I0612438

Unsterblich verflucht

Ebenfalls von Lexi C. Foss

Ein warmes Kribbeln erregte Leelas Sinne.

Sie spürte eine Liebkosung auf ihrer Haut.

Auf ihrem Hals.

Ihrer Schulter.

Ihrem Schlüsselbein.

Ihr entfuhr ein Stöhnen, als ihr ein heißer Schauer über den Rücken lief. *Wann bin ich eingeschlafen?*, fragte sie sich und wurde ihrer belebten Sinne gewahr. Sie fühlte sich verjüngt. Lebendig. *Und stand in Flammen.*

»Schhhh«, flüsterte eine tiefe Stimme an ihrem Ohr. »Entspann dich.«

Balthazar.

Oh, wie oft hatte sie davon geträumt, ihn wieder in ihrem Bett zu haben …

Doch jetzt war er hier, hatte einen Schenkel auf ihr Bein und die Hand auf ihren Bauch gelegt.

Sie trug kein Hemd.

Und ihre Jeans war ihr ebenfalls abhandengekommen.

Während ich B letzte Nacht geküsst habe, erinnerte sie sich verschlafen. Er war seinem Wort treu geblieben und hatte sie geküsst, bis sie eingeschlafen war.

Sie hatten einander liebkost und ein paar wissende Berührungen ausgetauscht, doch mehr war nicht passiert. Sie hatten nur eine sinnliche Umarmung voller unausgesprochener Erinnerungen und verruchter Absichten genossen.

Es war genau das, was sie beide gebraucht hatten.

Und doch war es nicht annähernd genug gewesen.

Doch das war genau der Punkt gewesen.

»B …« Der Kosename kam ihr mit einem flehenden Unterton über die Lippen. Sie wollte ihn schmecken, ihn küssen, ihn verschlingen und ihn dazu bringen, jedes Detail ihrer Begegnung mit ihm wiederaufleben zu lassen.

Ein Teil von ihr wusste, dass sie diese Schwäche nur zeigte, weil sie sich immer noch in einem halb schlafenden Zustand befand, in dem sie sich ihrer blühenden Fantasie hingab. Sie hätte sich am liebsten wieder zurück in ihre Träume gestürzt, um die Sehnsüchte ihrer Seele zu befriedigen und die gekonnten Berührungen Balthazars zu genießen.

»Du hast mir meine Erinnerungen genommen, Lee«, flüsterte er. »Ich will sie zurückhaben.«

»Wir können sie von Neuem erschaffen.«

»Wir werden mehr als das tun«, gelobte er, während seine Hand wie ein Brandmal auf ihrer Haut schmerzte.

HIMMLISCH VERRUCHT

UNSTERBLICH VERFLUCHT
BUCH 8

DEUTSCHE ÜBERSETZUNG:
SANDRA MARTIN FÜR
DANIELA MANSFIELD TRANSLATIONS

USA TODAY BESTSELLERAUTORIN
LEXI C. FOSS

Copyright © 2022 Lexi C. Foss

Englischer Originaltitel: »Wicked Bonds: A Dark Paranormal Romance (Immortal Curse Series Book 7)«

Deutsche Übersetzung: Sandra Martin für Daniela Mansfield Translations 2022

Alle Rechte vorbehalten. Dies ist ein Werk der Fiktion. Namen, Darsteller, Orte und Handlung entspringen entweder der Fantasie der Autorin oder werden fiktiv eingesetzt. Jegliche Ähnlichkeit mit tatsächlichen Vorkommnissen, Schauplätzen oder Personen, lebend oder verstorben, ist rein zufällig.

Dieses Buch darf ohne die ausdrückliche schriftliche Genehmigung der Autorin weder in seiner Gesamtheit noch in Auszügen auf keinerlei Art mithilfe elektronischer oder mechanischer Mittel vervielfältigt oder weitergegeben werden. Ausgenommen hiervon sind kurze Zitate in Buchrezensionen.

Titelbild entworfen von: Manuela Serra

Fotografie: CJC Photography

Models: Dan Rengering & Lauren Summers

Herausgegeben von: Ninja Newt Publishing, LLC

eBook:

ISBN: 978-1-954183-76-6

Taschenbuch:

ISBN: 978-1-68530-078-4

Besuchen Sie Lexi im Netz!

www.lexicfoss.com

www.facebook.com/LexiCFoss

twitter.com/LexiCFoss

www.instagram.com/LexiCFoss

E-Mail: lexicfoss@gmail.com

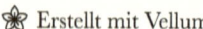 Erstellt mit Vellum

Für Bella und Lola, ich hoffe, ihr jagt Bällen hinterher und spielt mit den Engeln. Wir werden uns auf der anderen Seite der Regenbogenbrücke wiedersehen …

Und an meine Leserinnen und Leser, für Ihre Zuneigung und Unterstützung. Danke, dass Sie meine Träume verwirklichen. <3

HIMMLISCH VERRUCHT

UNSTERBLICH VERFLUCHT
BUCH 8

HIMMLISCH VERRUCHT

Setzen Sie mit Balthazar und Leela Ihre Reise durch die Welt der unsterblich Verfluchten fort …

Willkommen in der Welt der unsterblich Verfluchten, wo Engel und Vampire im Verborgenen leben … noch.

Eine leidenschaftliche Affäre.
Vergessen und begraben.
Denn was in Brasilien passiert, bleibt auch in Brasilien.

Zumindest war es so gedacht. Bis Balthazar begann, sich an alles zu erinnern. Und nun zwingt er Leela, den ultimativen Preis zu bezahlen – indem er sie betteln lässt.

Jede heiße Berührung erhitzt ihre Seele. Jeder funkelnde Blick bringt sie dazu, ihre Schenkel zusammenzupressen. Doch was noch schlimmer ist – es gibt kein Entrinnen.

Sie befinden sich auf der Flucht vor einer Horde kriegerischer Engel, um eine unschuldige Seele vor etwas Schlimmerem als dem Tod zu bewahren.

Der hohe Rat von Seraph hat ein Edikt erlassen.
Gehorche oder stirb.
Nur die Treuen werden überleben.

GLOSSAR

ÜBERNATÜRLICHE WESEN

Sprössling (Nomen): Das Kind eines männlichen Ichorianers und einer Menschenfrau, das noch nicht als Hydraianer wiedergeboren wurde. Für gewöhnlich besitzen Sprösslinge vor ihrer Wiedergeburt als Unsterbliche keine übernatürlichen oder übersinnlichen Fähigkeiten.

Hydraianer (Nomen): Der unsterbliche Nachkomme eines männlichen Ichorianers und einer Menschenfrau, der zwei übernatürliche oder übersinnliche Fähigkeiten besitzt und kein menschliches Blut zum Überleben braucht.

Ichorianer (Nomen): Ein unsterbliches Wesen unbekannter Herkunft, das eine übernatürliche oder übersinnliche Fähigkeit besitzt und menschliches Blut zum Überleben braucht.

Unsterblicher (Nomen): Ein genereller Begriff, der ein Wesen beschreibt, das nicht altert und gegen einen natürlichen, menschlichen Tod immun ist.

Nachkomme (Nomen): Ein Begriff, mit dem die Ichorianer die Wesen beschreiben, die sie mittels des ichorianischen Prozesses der Verwandlung erschaffen haben.

Seraph (Nomen): Ein Wesen, das zur höchsten Ordnung der Hierarchie der Engel gehört.

GLOSSAR

SCHLÜSSELBEGRIFFE

Arcadia: Ein berüchtigter ichorianischer Klub in New York, der der ichorianischen Regierung außerdem als Hauptversammlungsstelle dient.

Blutgesetze: Eine Reihe von Anordnungen, die als Reaktion auf den Vertrag von 1747 vom ichorianischen Verwaltungsrat aufgestellt wurden.

Stiftung für Katastrophenhilfe (Catastrophic Relief Foundation – CRF): Eine globale humanitäre Hilfsorganisation mit Hauptsitz in New York, der eine paramilitärische Einheit angehört, die geschaffen wurde, um abtrünnige Übernatürliche zu vernichten.

Konklave: Der ichorianische Verwaltungsrat.

Edikt: Ein Gesetz oder eine Vorschrift, die vom Hohen Rat von Seraph erlassen wurde.

Älteste: Die ursprünglichen Hydraianer, die auch als der hydraianische Verwaltungsrat dienen.

Schicksalslinie: Ein Seraph, der die Zukunft voraussagen kann.

Hoher Rat von Seraph: Der Verwaltungsrat der Seraphim.

Nizari: Altertümliche ichorianische Attentäter, die Sprösslinge jagen und töten.

Nizarigift: Eine grüne Substanz, die dafür berüchtigt ist, Sprösslinge zu töten und ihre Wiedergeburt zu verhindern.

Sentinel: Ein Soldat der Einheit der CRF, die geschaffen wurde, um abtrünnige Übernatürliche zu vernichten.

Vertrag von 1747: Eine Übereinkunft zwischen Hydraianern und Ichorianern, um eine Waffenruhe und das Leben in den ihnen zugewiesenen Territorien festzulegen. Diejenigen, die diese Grenzen überschreiten, tun das auf eigenes Risiko.

Eine Anmerkung von Lexi

Es empfiehlt sich, die Reihe *Unsterblich verflucht* in der richtigen Reihenfolge zu lesen, angefangen mit dem ersten Roman *Blutgesetze*. Ich bemühe mich, die Geschichten so zu schreiben, damit sowohl alte als auch neue Leserinnen und Leser mit den aktuellen Ereignissen Schritt halten können. Obendrein erzählt jedes der Bücher in sich eine gesonderte Liebesgeschichte. Im Grunde kann man die Bücher auch unabhängig voneinander lesen, doch es ist nicht ratsam.

Die empfohlene Reihenfolge für *Unsterblich verflucht* lautet wie folgt:

Blutgesetze

Unsterblich entfesselt

Blutige Unschuld

Unsterblich geboren

Himmlische Bande

Die Fährte des Blutes

Himmlische Bürde

Himmlisch verrucht

In dieser Geschichte werden auch Charaktere aus den früheren Erzählungen erscheinen, denen teilweise sogar ganze Kapitel gewidmet sind. Außerdem überschneidet sich *Himmlisch verrucht* zu Beginn teilweise mit *Die Fährte des*

Blutes. Dafür können Sie B die Schuld geben; er wollte unbedingt seine Duschszene.

Und da wir gerade vom Duschen sprechen, möchte ich Ihnen noch eine letzte Warnung mit auf den Weg geben: In diesem Buch geht es noch heißer her als in den vorherigen Erzählungen. Auch dafür zeichnet sich B verantwortlich. Und Leela wahrscheinlich ebenso.

Viel Spaß beim Lesen!

Schöne Grüße

Lexi

PROLOG

LEELA

EIN KRIEG STEHT UNS BEVOR.

Ich kann die herannahende Gewalt förmlich spüren. Meine Federn erzittern, wenn ich des Blutdursts gewahr werde, der über uns hereinbrechen wird.

Wir sind an einem Punkt angelangt, an dem es kein Zurück mehr gibt. Die Prophezeiung wird sich schon bald erfüllen und wir alle werden gezwungen sein, uns einer Seite anzuschließen.

Ich bin ein Seraph. Eigentlich hätte kein Zweifel daran bestehen sollen, auf welche Seite ich mich schlagen würde, doch ich habe während meines langen Lebens schon so vieles gesehen, was einen Zwiespalt in mir hervorgerufen hat.

Meine Art empfindet keine Gefühle. Wir sind stoische Wesen, die Entscheidungen basierend auf pragmatischen Gegebenheiten statt aus emotionalen Beweggründen heraus fällen. Menschlichkeit bedeutet unseresgleichen wenig, die Menschen sind eher eine Last als ein Geschenk. Ein Spielzeug, das zu leicht vergeht. Wesen, die uns bei Weitem unterlegen sind.

Als Tochter der Fruchtbarkeitslinie habe ich mich oft mit der sterblichen Natur befasst. Sex fasziniert mich. Die Liebe auch. Und ich liebe es, die Menschen dabei zu beobachten, wie sie sich ihre Träume erfüllen.

Auch deshalb bin ich in diesen Schlamassel hineingeraten und habe mich für eine Seite entschieden, die niemand erwartet hätte. Der Hohe Rat von Seraph hat einen Hang zur Zerstörung, der mir Angst einjagt.

Die Ratsmitglieder wollen alle Hydraianer und Ichorianer ausrotten. Dank Osiris, dem Seraph der Auferstehung, werden die Unsterblichen als abscheuliche Wesen angesehen. Durch seine Macht, Leben neu zu erschaffen, ist er maßgeblich für ihre Schöpfung verantwortlich.

Osiris ist ein Geächteter.

Er wurde aus dem Volk der Seraphim verbannt und hat seitdem ein Leben unter den Sterblichen fristen müssen. Nicht einmal ich habe verstanden, wofür er eigentlich bestraft wurde.

Nach seiner Verbannung hat er sich eine Armee erschaffen, die er gegen die Seraphim einsetzen will. Aus diesem Grund hat er während der letzten drei- oder viertausend Jahre dafür gesorgt, dass seine Schöpfungen nur mit den besten Kräften ausgestattet sind.

Das menschliche Leben stammt direkt von den Seraphim ab.

Das bedeutet, dass jeder Sterbliche mit einer natürlichen Fähigkeit geboren wird, die erst richtig zum Tragen kommt, wenn er als Ichorianer wiedergeboren wird.

Und wenn sich ein Ichorianer mit einer menschlichen Frau paart, zeugt er einen Hydraianer, wobei das Kind sogar mit zweierlei Fähigkeiten gesegnet ist.

Und mit der Unsterblichkeit.

Natürlich benötigen Ichorianer menschliches Blut, um zu überleben, was sie als etwas weniger widerstandsfähig kennzeichnet als ihre hydraianischen Nachkommen. Hydraianisches Blut ist außerdem giftig für Ichorianer, was einen weiteren Fehler in ihrer Programmierung darstellt. Aber die Ichorianer überwiegen an Stärke, Alter, Wissen und der bloßen Tatsache, dass sie die Eltern der Hydraianer sind.

Jahrelang hat Osiris die beiden Rassen gegeneinander ausgespielt und dafür gesorgt, dass nur die Stärksten der beiden Blutlinien überlebten.

Der Vertrag von 1747 setzte den Kämpfen ein Ende.

Aber die Wut blieb.

Und das bedeutet, dass wir uns auf den Kampf unseres Lebens gefasst machen müssen. Keine der beiden Seiten wird mit der anderen zusammenarbeiten wollen, während die Hydraianer und Ichorianer jedoch einem gemeinsamen Feind gegenüberstehen, denn die Seraphim wollen sie alle tot sehen.

Aus diesem Grund stehe ich auf der falschen Seite.

Eigentlich sollte ich mit dem Hohen Rat kämpfen und versuchen, die von Osiris geschaffenen Abscheulichkeiten zu vernichten.

Allerdings sind einige dieser abscheulichen Wesen zu meinen Freunden geworden. Ich würde sie sogar als meine Familie bezeichnen.

Ich habe die letzten zwei Jahrzehnte damit verbracht, eine Prophezeiung zu bewahren, indem ich Sethios' und Caros Kind, *Astasiya*, beschützt habe – oder Stas, wie sie es vorzieht, genannt zu werden.

Stas ist unsere Rettung. Unsere Hoffnung. Unsere Zukunft. Sie ist die Reinkarnation der Macht, denn sie entstammt zwei überaus mächtigen Blutlinien der

Seraphim, während sie ihr gesamtes Leben lang von der Menschheit geprägt wurde.

Sie wird sich nicht vor dem Hohen Rat beugen.

Und sie wird sich nicht vor Osiris beugen.

Unser ganzes Leben besteht aus Entscheidungen, von denen jede einzelne unseren zukünftigen Weg bestimmt.

Ich habe mich entschieden, den meinen zu gehen, und zwar Seite an Seite mit den Wesen, die ich eigentlich verabscheuen sollte.

Das heißt allerdings nicht, dass ich dieses Schicksal überleben werde. Dabei könnte es so einfach sein. Ich könnte mich vom Hohen Rat von Seraph gefangen nehmen lassen, damit ich der berüchtigten Reformation unterzogen werden kann. Da kein wirkliches Band zwischen mir und den abscheulichen Wesen besteht, könnten die Seraphim mich zweifellos umprogrammieren, wie sie es auch schon mit unzähligen anderen vor mir getan haben.

Der von mir gewählte Weg birgt also einige Risiken. Er ist furchterregend, gefährlich und tödlich.

Und er ist unwiederbringlich mit einem Mann verknüpft, den ich nicht lieben darf.

Er ist ein mächtiger Hydraianer. Ein Ältester seiner Rasse.

Vor einiger Zeit haben wir uns einmal zusammen am Strand vergnügt. Wir haben einen sinnlichen Tanz vollführt und Stunden miteinander im Bett verbracht. Wir haben einander geleckt, geschmeckt und gefickt. Ich habe damals ein Stück meines Herzens an ihn verloren. Vielleicht sogar mein ganzes Herz.

Aber ich habe ihm seine Erinnerungen genommen.

Meine beste Freundin Vera ist ebenfalls ein Seraph und für ihre Fähigkeit bekannt, Erinnerungen anderer zu manipulieren. Sie hat sämtliche Gedanken an mich aus seinem Gedächtnis entfernt.

Alles war in bester Ordnung. Es ging uns gut.

Bis genau diese Freundin eine Rune erschuf, die meinen natürlichen Widerstand schwächte, damit ich empfänglich für die Fähigkeiten der Hydraianer werden und somit geheilt werden konnte, nachdem ich einem Angriff zum Opfer gefallen war.

Die Veränderung hat meinen Geist für den Mann geöffnet, vor dem ich mich hatte verbergen wollen.

Balthazar.

Er behauptet jetzt, alles zu wissen.

Und all meine tiefsten und dunkelsten Geheimnisse zu kennen.

Ich bin mir nicht sicher, ob er mich umbringen, ficken oder beides tun will.

Aber eines weiß ich mit Sicherheit: Unsere Schicksale werden für immer miteinander verwoben sein. Die Frage ist nur, ob wir es überleben werden.

Wir sind weder füreinander noch für die Liebe bestimmt. Wir sind einzig und allein dazu bestimmt zu zerstören.

Dennoch habe ich tief in meinem Inneren die Hoffnung, dass wir einen Weg finden werden.

Zu lieben und zu ehren.

In Krankheit und Gesundheit.

Bis dass der Tod uns scheidet …

KAPITEL 1

BALTHAZAR

Im SCHLAFZIMMER HERRSCHTE CHAOS.

Schreie.

Schluchzen.

Und dann eine ohrenbetäubende Stille, die Balthazar in den Ohren dröhnte.

Das Herz des Kindes schlägt nicht. Es atmet nicht. Es gibt kein Lebenszeichen von sich.

Der Säugling ... war tot.

Unglaubliche Qualen durchdrangen die Luft und brachen als Welle der Emotionen über Balthazar mit einer Wucht herein, die ihn fast in die Knie gezwungen hätte. Seine Fähigkeit, Emotionen anderer wahrzunehmen und zu kontrollieren sowie die Gedanken der Menschen um ihn herum zu hören, war in solchen Momenten lähmend. Es bereitete ihm körperliche Schmerzen und er musste sich zwingen, tief durchzuatmen, und versuchen, sich verdammt noch mal zu konzentrieren.

Doch dann drang eine Stimme an sein Ohr.

Sie klang höher als die der anderen.

Und war voller Hoffnung, Lebendigkeit und Wissen.

Leela.

Er verlor sich in ihren Gedanken, saugte das unterschwellig erwartungsvolle Gefühl in sich auf und klammerte sich an ihre Existenz wie an eine Rettungsleine.

Mehr als dreitausend Jahre Erfahrung hatten ihn gelehrt, sich in die Gedanken der Menschen hineinzuversetzen und sich ihnen wieder zu entziehen, indem er einige Emotionen gegenüber anderen ignorierte. Er hatte gelernt, in einer Welt des ständigen Chaos zu existieren, die ihm seine übernatürlichen Fähigkeiten bescherten.

Er atmete tief durch.

Er atmete ein.

Und wieder aus.

Dann schloss er die Augen.

Lizzies Panik und Jaysons Besorgnis erzeugten eine heftige Energiewelle, die Balthazar nun versuchte, zu bändigen und zu beruhigen. Er hatte seinem besten Freund Jayson bei der Geburt beigestanden und ihm geholfen, ruhig zu bleiben, während dieser seine Frau Lizzie im Arm gehalten hatte. Aber als das Baby schließlich ohne jedes Lebenszeichen zur Welt gekommen war, hatte die überwältigende Verzweiflung der Eltern Balthazars Bemühungen unter einer Lawine unkontrollierbarer Gefühle begraben.

Leelas Gedanken erdeten ihn, denn sie waren die Einzigen im Raum, die Hoffnung in sich trugen.

Sie versuchte, die anderen zu beruhigen, ihnen zu sagen, dass sie sich auf sie konzentrieren sollten, aber sie waren zu sehr mit ihrem Kummer beschäftigt, um sie zu hören. Die Aufregung wuchs, als Stas gefolgt von Issac ins Zimmer zurückkam und Lizzies hysterischen Zustand bemerkte.

Sethios und Caro traten hinter ihnen durch die Tür.

Zu viele Stimmen. Zu viel Schmerz.

Aber Leelas Zuversicht übertrumpfte all die anderen Gedanken und verschaffte Balthazar genügend Halt, um die Kontrolle wiederzuerlangen.

Er entfaltete seine Macht und ließ sie auf die Menschen um sich herum wirken, indem er ihre Auren mit einer Welle der Ruhe durchtränkte.

Atme. Konzentriere dich. Denk nach.

Leela brauchte Ruhe, um das Kind in ihren Armen zu retten.

Sie drückte das Baby an ihre Brust und ihre blaugrünen Augen blitzten machtvoll, als sie Balthazars Blick begegnete. Er nickte einmal, um ihr mitzuteilen, dass er verstand, was vor sich ging.

Sie runzelte die Stirn.

Er weiß Bescheid, dachte sie. Balthazar konnte ihre Worte klar und deutlich in seinen Gedanken hören. *Aber wie ist das möglich?*

In ihrer Psyche blitzte eine Erinnerung auf, die er seit einer gefühlten Ewigkeit zu verstehen versucht hatte, die aber in Wahrheit nur wenige Tage her war.

Von der Sekunde an, in der sie in sein Leben getreten war, hatte er gewusst, dass sie sich schon einmal begegnet waren. Er konnte die Erinnerung allerdings nicht einordnen. Seit diesem entscheidenden Moment waren immer wieder Informationsfetzen seinem Gedächtnis entsprungen, die ihn an Brasilien erinnerten.

Der Ausflug lag erst einige Monate zurück.

Der Grund dafür war eine Mutprobe zwischen Luc und Balthazar gewesen. Sie stritten sich ständig darüber, welches Gericht sich besser für ein Frühstück eignete. Ihr Gezänk trug zur Belustigung der anderen in der Gruppe bei, doch er und sein Freund, der ebenfalls zu der Riege

9

der hydraianischen Ältesten zählte, erachteten die Debatte als eine ernste Angelegenheit.

Waffeln oder Pfannkuchen?

Balthazar entschied sich stets für Pfannkuchen, da sie den Waffeln in jeder Hinsicht überlegen waren, und er hatte mit Luc ein Spiel entwickelt, um ihre Behauptungen auf die Probe zu stellen.

Dabei hatte sich alles um eine Handvoll Frauen, einen Strand in Brasilien, Schnäpse mit Ahornsirup und den Seraph, der jetzt vor ihm stand, gedreht.

Er war sich sicher. *Sie war dabei gewesen.*

Doch sein Verstand weigerte sich, weitere Details preiszugeben. Er wollte alles wissen, aber es blitzten nur flüchtige Eindrücke in seinem Geist auf. Sein Gedächtnis war eindeutig manipuliert worden, um die Frau aus seinen Träumen in einem anderen Licht dastehen zu lassen.

Als er herausgefunden hatte, dass Vera, die ebenfalls ein Seraph war, Erinnerungen verändern konnte, hatte er sofort gewusst, dass sie in seinem Verstand herumgepfuscht hatte.

Statt sie darauf anzusprechen, hatte er gewartet, während Vera eine neue Rune auf Leelas Arm gezeichnet hatte, die sie empfänglich für die Fähigkeiten der Hydraianer gemacht hatte. Nach einem Kopfschuss hatte sie nämlich eine Heilerin gebraucht, die sie wieder zum Leben erwecken würde. Lara hatte ihre Arbeit getan und Leela gerade rechtzeitig kuriert, als bei Lizzie die Wehen eingesetzt hatten.

Seitdem hatte sich Balthazar Zutritt zu ihren Gedanken verschafft, wo er am äußeren Rand umherstreifte und nach dem betreffenden Erinnerungsstrang suchte. Er wusste, dass er existierte.

Er erblickte ihn gerade, während Leela sich auf das Kind konzentrierte, statt sich von der Erkenntnis ablenken zu lassen, dass er sie viel besser verstand, als es möglich sein sollte.

Du kleines Luder hast keine Ahnung, wie gut ich dich verstehe, dachte er, während er den Blick über jeden Zentimeter ihres atemberaubend schönen Körpers wandern ließ. *Ich habe dich ohne Zweifel schon einmal geschmeckt.*

Es machte ihn fast wahnsinnig, dass ihm weder der Zeitpunkt noch die Umstände ihrer Begegnung einfallen wollten.

Er wagte sich nicht zu weit in ihre Gedanken vor, denn sie musste sich auf ihre Pflichten konzentrieren. Dennoch lauerte er aufmerksam am Rand ihres Verstandes und hoffte, noch mehr in Erfahrung bringen zu können.

Sie dachte gerade daran, dass er sie in Rio de Janeiro Lee genannt hatte. Es bestätigte ihm, was er bereits wusste, nämlich dass er sie in Brasilien getroffen hatte. Im Zuge dessen fiel ihm auch der Drink ein, den er für sie gemixt hatte, weil er aus irgendeinem Grund gewusst hatte, dass sie ihn mögen würde.

Doch bevor sie noch mehr preisgeben konnte, schüttelte sie sich und konzentrierte sich auf das Kind.

Wir beide werden uns unterhalten müssen, Kleines, dachte Leela an das Bündel in ihren Armen gerichtet.

Und wir ebenfalls, dachte Balthazar, der wusste, dass sie ihn nicht hören konnte.

Er verschränkte die Arme vor der Brust und wartete darauf, dass sie fortfuhr.

Und zuerst werden wir darüber reden, wie du deine Eltern nicht in den Wahnsinn treibst, fügte sie hinzu.

Balthazar hörte zu, während sie mit dem Kind den Prozess durchlief, der typisch für eine seraphische Geburt war. Obwohl Lizzie im Grunde ein Laborexperiment war und alle seraphischen Merkmale, einschließlich der Unsterblichkeit, aufwies, war sie nicht reinblütig. Dennoch schien Leela davon überzeugt zu sein, dass ihr Kind der Norm entsprechen würde, was bedeutete, dass es als Säugling nicht weinen würde, von Geburt an übermäßig intelligent war und einen ausgeprägten Lebenswillen besaß.

Ihrem Verstand konnte er entnehmen, dass das Baby gar nicht tot war; die Seele hatte sich nur in einen Abgrund zurückgezogen, um den Qualen einer schmerzhaften Geburt zu entgehen. Die arme Kleine hatte sich auf dem Weg nach draußen ein paar Knochen gebrochen, denn die unsterbliche Geburt verlief um einiges schneller und qualvoller als die sterbliche.

Balthazars gesamtes Wissen zu diesem Thema beruhte auf der menschlichen Biologie. Die seraphische und unsterbliche dagegen entzog sich ihm, denn Hydraianer waren nicht in der Lage, sich fortzupflanzen.

Es sei denn, bei der Frau handelte es sich um einen gentechnisch veränderten Seraph, was Jayson gerade mit Lizzie bewiesen hatte.

Dennoch war die Geburt anders verlaufen als alles, was Balthazar je erlebt hatte, und hatte das Kind in eine Notlage versetzt. Aus diesem Grund hatte seine Seele die Flucht ergriffen, während sein Körper sich regenerierte.

Faszinierend, dachte Balthazar, während er sich darauf konzentrierte, alle zu beruhigen und Leela bei der Arbeit zu beobachten.

»Sie wird wieder gesund«, sagte Balthazar. Er verstärkte seine emotionale Kontrolle über Lizzie und Jayson, während er versuchte, sie mit Worten zu beruhigen. »Leela ist zuversichtlich, dass alles gut wird, und das macht auch mich zuversichtlich.«

Das war nicht gelogen.

Er hatte tatsächlich vollstes Vertrauen in Leela, denn

der Einblick in ihren Verstand erlaubte ihm, seine Meinung laut zu äußern.

Der Seraph war davon sichtlich beunruhigt, denn es war ein weiterer Beweis dafür, dass er ihre Gedanken lesen konnte.

Und *das* machte ihr Angst und bestätigte ihm, dass sein kleines Luder etwas zu verbergen hatte.

Brasilien, wusste er nun. *Du weißt, was wirklich in Brasilien passiert ist.*

Nach dieser Reise hatte er stets ein unbehagliches Gefühl gehabt, als wäre etwas nicht ganz im Lot.

Jetzt wusste er warum.

Du hast mit meinem Gedächtnis …

Lizzies Worte lenkten ihn davon ab, den Gedanken zu Ende zu führen. Er konnte ihre gesteigerte Angst spüren und war gezwungen, eine weitere Welle der Ruhe über ihr hereinschwappen zu lassen. Sie schnappte nach Luft, während ihr Tränen über die Wangen strömten. Ihr Herzschlag verlangsamte sich jedoch wieder, was sie davor bewahrte, völlig hysterisch zu werden. »Ist mir dasselbe widerfahren?«, fragte Stas ihre Eltern.

»Nein«, murmelte ihr Vater Sethios. »Aber bei dir war die Situation anders.«

»Seraphische Seelen können nicht vergehen«, informierte Caro sie und wiederholte damit, was Balthazar bereits in Leelas Geist gelesen hatte. »Der Körper kann sterben, aber er wird sich regenerieren.«

Und Balthazar wurde Zeuge, wie genau das gerade mit dem Baby in Leelas Armen geschah.

Er hüllte seinen Freund in eine beruhigende Energie und forderte ihn auf, seine Frau zu trösten, woraufhin Jayson begann, Lizzie mit sanfter Stimme zuzuflüstern. Wahrscheinlich war Jayson sich der Tatsache bewusst, dass

Balthazar seine Gefühle beeinflusste, und würde ihn möglicherweise später deshalb zur Rede stellen, doch er konnte sich Balthazars emotionaler Kontrolle nicht entziehen.

Aus diesem Grund war er so mächtig – er konnte sowohl Gedanken lesen als auch die Emotionen anderer manipulieren. Eine Kombination von Fähigkeiten, die für andere tödliche Folgen haben konnte, doch Balthazar setzte seine sekundäre Fähigkeit nur selten ein. Das Gedankenlesen war eine natürliche Gabe, die er nicht so leicht abzustellen vermochte, während der Umgang mit den Gefühlen anderer Wesen mit Bedacht und Vorsatz einherging.

Hör auf, durch die Gegend zu streifen, Kleines. Es wird Zeit, dass du deine Eltern in einem körperlichen Zustand kennenlernst.

Balthazar musste ein Lächeln unterdrücken, als er Leelas mentale Stimme hörte. Sie klang so mütterlich, was seiner Meinung nach in Anbetracht ihrer seraphischen Abstammung angemessen war.

Eine Fruchtbarkeitsgöttin, sinnierte er. *Ich frage mich, wozu du sonst noch in der Lage bist.*

Darüber würden sie sprechen, sobald sie das Kind gerettet hatte.

Und sie würden sich ausführlich darüber unterhalten, was eigentlich in Brasilien passiert war. Er wollte wissen, wie oft er sie hatte kommen lassen.

Wie sie geschmeckt hatte.

Welche Stellungen sie bevorzugt hatte.

Welche Laute sie im Rausch der Ekstase ausgestoßen hatte.

Wie ihre Augen während des Orgasmus ausgesehen hatten.

Wie sich ihr Körper angefühlt hatte, als er sich um seinen Schaft herum angespannt hatte.

Es gab so vieles, was er nicht wusste. Es war erregend

und machte ihn gleichermaßen wütend. Denn sie hatte mit seinem Verstand gespielt, was er ihr vielleicht nie verzeihen würde.

Es sei denn, sie entschuldigte sich bei ihm und erklärte ihm, warum sie es getan hatte.

Vielleicht würde er sich aber auch besänftigen lassen, wenn sie ihre vollen Lippen um seinen …

Komm schon, Schätzchen, gurrte sie und riss ihn aus seinen sinnlichen Gedanken. *Ich kann fühlen, dass du ganz in der Nähe bist. Finde dich selbst und zeige mir diese hübschen braunen Augen.*

Offenbar hatte Leela diese braunen Augen gesehen, bevor die Seele den Körper verlassen hatte. Balthazar nahm das als vielversprechendes Zeichen, dass das Kind zurückkehren würde.

Er vermittelte diese Gewissheit durch seine Fähigkeiten und umhüllte Lizzie und Jayson mit einer beruhigenden Liebkosung. Sie umarmten einander auf dem Bett. Lizzies dunkelrotes Haar hatte dieselbe Farbe wie die Blutflecke im Raum.

Fast hätte Balthazar die anderen gebeten, sie wegzuwischen, doch er spürte in Jaysons und Lizzies Gedanken, dass ihnen die Unordnung egal war. Sie wollten nur ihr Kind.

Da bist du ja, flüsterte Leela ein paar Minuten später. *Zeig mir diese Augen, süßes Mädchen.*

Es hatte den Anschein, dass das Kind Leela nicht unbedingt hören konnte, es fühlte jedoch die Wärme und den Trost, den ihr Wesen ihm spendete. Balthazar entnahm diese Tatsache Leelas Gedanken, die daraufhin um ihre Spezialisierung auf Geburt und Befruchtung … und Sex kreisten.

Mm, erzähl mir mehr, hätte er fast gesagt. Aber sie dachte bereits über Befriedigung nach und darüber, dass sie sie –

im Gegensatz zu einem Sukkubus – nicht zum Überleben brauchte. Sie genoss es einfach zu ficken.

Woraufhin Balthazar ein Schnauben ausstieß.

Wer genoss denn nicht einen guten Fick?

Nun, die Seraphim offensichtlich. Sie waren dafür bekannt, stoische und gefühllose Wesen zu sein.

Aber Leela widersetzte sich eindeutig dieser Norm.

Er trat einen Schritt auf sie zu, legte eine Hand an ihre Hüfte und presste die Lippen an ihr Ohr. »Du und ich, wir werden uns lange unterhalten, wenn das alles vorbei ist, Lee«, teilte er ihr leise mit, wobei die Worte nur für ihre Ohren bestimmt waren. Dann fragte er lauter, damit alle anderen es hören konnten: »Wie geht es ihr?«

Leela zitterte, während sie darüber nachdachte, ob sie auf seine erste Aussage eingehen sollte oder nicht. Er knabberte an ihrem Ohr und traf die Entscheidung für sie.

Denn er hatte es ernst gemeint.

Sie *würden* sich später darüber unterhalten.

Und zwar ausführlich.

Während sie nackt im Bett lagen.

In ihrem Kopf blitzte eine Erinnerung daran auf, wie sie rittlings auf ihm gesessen und ihren erhitzten Körper an ihn geschmiegt hatte. Das Bild war jedoch sofort wieder verschwunden und es war ihm nicht möglich, irgendwelche Details auszumachen.

Doch es reichte aus, um zu wissen, dass er in ihr gewesen war.

Und sie hatte es genossen.

Sie schüttelte den Kopf und wandte sich ihm zu, wobei sie seine Hand von ihrer Hüfte schob. Er begegnete ihrem Blick für einen kurzen Moment und gab ihr zu verstehen, dass er Bescheid wusste. Aber er würde ihr nicht sagen, wie viel er gesehen hatte.

Nein, so würden sie dieses Spiel nicht spielen.

Sie hatte in seinem Kopf herumgepfuscht, also würde er es ihr mit gleicher Münze heimzahlen.

Doch im Moment gab es dringendere Angelegenheiten, die seiner Aufmerksamkeit bedurften, wie zum Beispiel das Energiebündel in ihren Armen. *Du bist wunderschön, meine Kleine*, dachte Balthazar, als er in ein Paar atemberaubende braune Augen blickte. Sie sahen genauso aus, wie Leela sie beschrieben hatte.

»Hallo kleine LJ«, murmelte er. »Wie ich sehe, hast du die Augen deiner Mutter.«

Das Baby blinzelte ihn an. Es strahlte eine Intelligenz aus, die Balthazar bestätigte, was er zuvor in Leelas Gedanken über seraphische Geburten gehört hatte.

Er legte einen Finger auf die Nase der Kleinen. »Die hast du von Jay«, stellte er laut fest, während er die Gesichtszüge des Kindes bewunderte, die sowohl die Merkmale ihrer Mutter als auch die ihres Vaters aufwiesen. »Aber die Wangenknochen sind eindeutig von Lizzie.«

Er musste unwillkürlich lächeln, denn bei dem Anblick der Kleinen wurde ihm warm ums Herz.

Ihr kurzer Flaum aus kastanienbraunem Haar schien ein wenig dunkler zu sein als Lizzies, was sie wahrscheinlich ihrem Vater zu verdanken hatte.

»Du bist umwerfend, kleine Schönheit«, sagte er zu dem Kind. *Geradezu atemberaubend.*

Die kleine LJ – ein Spitzname, den sich Balthazar vor der Geburt des Babys ausgedacht hatte – betrachtete ihn einen Moment lang, bevor sie mit ihren Lippen eine saugende Bewegung machte.

Leela lachte. »Ja, ja. Ihr müsst eure Bindung eingehen.« Sie blickte ihn noch einmal mit ihren blaugrünen Augen an, bevor sie sich Lizzie und Jayson auf dem Bett zuwandte.

»Oh, sie ist am Leben!«, sagte Lizzie, nachdem Leela

ihr das Kind übergeben hatte. Ihre Überraschung erinnerte Balthazar daran, seine emotionalen Kräfte zu zügeln, denn die Mutter hätte schon vor einigen Minuten erkennen müssen, dass ihr Kind noch lebte.

»Ich habe es dir gesagt; sie musste nur ein wenig heilen«, antwortete Leela. »Aber sie ist sehr lebendig und eine ziemliche Überlebenskünstlerin, wenn du mich fragst. Sie ist außerdem ungeduldig. Ihr habt während der Geburt bereits einen Machtaustausch vollzogen, aber sie braucht noch ein bisschen mehr.«

Balthazar erinnerte sich an den Machtaustausch, der sich ebenfalls deutlich von einer sterblichen Geburt unterschied. Nichts an dieser Erfahrung konnte als menschlich bezeichnet werden.

Aber es war nur logisch, da alle im Raum unsterblich waren.

»Was soll ich tun?«, fragte Lizzie.

Leela half ihr und bat Jayson, die Mutter dabei zu unterstützen, sich aufzusetzen. Balthazar war immer noch dabei, seine emotionalen Fähigkeiten zurückzuziehen, und stellte fest, dass auch Lizzie bereits weitgehend geheilt war.

Vor der Geburt des Babys hatten sie alle Bedenken gehabt, denn niemand hatte gewusst, was sie erwartete, da Lizzie kein reinblütiger Seraph war. Offenbar hatte sie jedoch genug himmlische Gene in sich, um zu überleben.

Jayson würde sicher froh darüber sein.

Denn es bedeutete, dass seine Tochter ebenso widerstandsfähig war.

Lizzie und Jayson kommentierten murmelnd die Schönheit ihres Kindes, was Leela als Zeichen nahm, sich langsam zu entfernen.

Balthazar stellte sich ihr ungeniert in den Weg, sodass sie mit dem Rücken gegen seine Brust stieß. Er packte ihre Hüften und zog sie an sich.

Er spürte, wie sie ein weiterer Schauer durchfuhr. Ihre Körper schienen sich im Einklang miteinander zu bewegen, was auf eine innige gemeinsame Vergangenheit schließen ließ.

Denn sie verband eine gemeinsame Vergangenheit.

Und er wollte alles darüber wissen.

Ich stecke in unglaublichen Schwierigkeiten, dachte sie, woraufhin er den Mund an ihrem Ohr zu einem Grinsen verzog.

»Ja, das tust du in der Tat«, antwortete er, um sie wissen zu lassen, dass er ihre Gedanken lesen konnte. Da sie so sehr mit der Heilung des Kindes beschäftigt gewesen war, hatte sie es bisher noch nicht begriffen. Aber die Rune, die Vera auf ihren Arm geätzt hatte, machte sie für *alle* hydraianischen Kräfte empfänglich.

Habe ich das etwa laut gesagt? Oder hat er meine Gedanken gelesen?, fragte sich Leela.

Balthazar wartete und genoss es, wie sich die Puzzleteile in ihrem Geist zusammenfügten.

Dann erstarrte sie, als sie erkannte, was er bereits über die Rune wusste.

»Ich weiß alles«, sagte er mit sanfter Stimme und schlang seine Arme um ihre Taille, während er den Kopf auf ihre Schulter legte. Er wollte sie wissen lassen, dass er sie nicht so einfach gehen lassen würde. »Wir werden uns später unterhalten, Lee. Im Augenblick sollten wir einfach das Leben bewundern, bei dessen Geburt wir behilflich waren.«

Balthazar hatte bei einem Großteil der Vorbereitungen für die Geburt geholfen, denn durch seine medizinische Ausbildung war er für diese Aufgabe bestens geeignet. Als dann die Zeit für das Kind gekommen war, das Licht der Welt zu erblicken, hatte Leela das Kommando übernommen.

Sie waren ein verdammt gutes Team.

Leela wehrte sich nicht mehr gegen seine Fähigkeiten. Sie ließ den Blick über die Anwesenden schweifen und dachte daran, wie sie vor fünfundzwanzig Jahren etwas Ähnliches erlebt hatte, als sie Stas zur Welt gebracht hatte.

Caro schien in derselben Erinnerung zu schwelgen, aber Balthazar war nicht in der Lage, ihre Gedanken zu lesen. Er sah den glasigen Schimmer ihrer blauen Augen, als sie zuerst ihren Gefährten Sethios und dann wieder ihre Tochter anblickte.

Issac stand in der Nähe, wobei er selbst viel emotionaler als gewöhnlich wirkte.

Balthazar war nicht mehr imstande, den ehemaligen Ichorianer mental so gut zu verstehen wie früher, denn dieser war erst kürzlich eine Bindung mit Stas eingegangen, die ebenfalls ein Seraph war. Daher nahm Balthazar Issacs Gedanken nur noch verschwommen und unzusammenhängend wahr, was für Letzteren Grund zu überschwänglicher Freude war.

Balthazar wurde jedoch der Emotionen in Issacs Aura gewahr, die ihm verrieten, dass der Mann zwar momentan noch keinen Kinderwunsch hegte, jedoch eines Tages ein Kind würde haben wollen.

Balthazar erkannte die Wahrheit dessen in Issacs saphirblauen Augen, als dieser Stas mit einem liebevollen Blick betrachtete.

Sein Blick wurde sogar noch weicher, als Stas ihre beste Freundin nach dem Namen des Kindes fragte. Balthazar kannte ihn bereits, denn er hatte ihn in Jaysons und Lizzies Gedanken gehört.

»Aidyn Lee«, antwortete Lizzie. »Aidan hat uns beide gerettet. Es ist nur angemessen, dass sie seinen Namen in Erinnerung an das Opfer trägt, das er gebracht hat. Und sie heißt Lee, weil wir dank Leela alle überlebt haben.«

Balthazar schwieg, spürte aber die überwältigende Liebe, die den Raum durchströmte.

Luc würde es zu schätzen wissen, dass sein Vater auf diese Weise geehrt wurde.

Und Leela ... war von der Geste überwältigt.

Balthazar überraschte es jedoch nicht. Er hatte ihre Bindung zu dem Kind während der Geburt gespürt und dann wahrgenommen, wie sie sich vertieft hatte, als sie den kleinen Geist zurück in Aidyns Körper geholt hatte.

Leela verband außerdem ein unausgesprochenes Gelübde mit dem Kind, die sich zu dessen Schutz verpflichtet hatte.

Balthazar konnte das verstehen, denn er hegte der kleinen Schönheit gegenüber ähnliche Gefühle. Er würde für immer über sie wachen, so wie er Jahrtausende damit verbracht hatte, ihren Vater und seine anderen unsterblichen Brüder zu beschützen.

Die Ältesten seiner Art waren ein stillschweigendes Band eingegangen, das alle mit einschloss, die sie liebten.

Das bedeutete, dass Balthazar auch die kleine LJ beschützen würde.

»Ein passender Name«, sagte Balthazar, nachdem Leela angemerkt hatte, dass noch nie jemand ein Kind nach ihr benannt hatte. Er war jedoch angemessen, nicht nur für Leela, sondern auch für den Mann, der dem winzigen Kind das Leben gerettet hatte, als es im Bauch seiner Mutter herangewachsen war. »Aidan würde sich geehrt fühlen.«

»Das würde er«, stimmte Issac mit gefühlvoller Stimme zu. »Danke, dass ihr sein Andenken ehrt.«

»Ohne ihn wären wir nicht hier«, erwiderte Lizzie leise. »So werden wir uns auf eine wunderbare Art an ihn erinnern. Außerdem ist es ein kraftvoller Name, der zu unserem Wunder passt, unserem Baby Aidyn.«

Wieder breitete sich andächtige Stille aus. Das Schlimmste hatte verhindert werden können und alle konnten sich entspannen.

Das hatten sie Leela und ihrer seraphischen Fähigkeit zu verdanken, sich mit der Seele des Kindes zu verbinden.

Balthazar hielt sie weiterhin im Arm und dachte über ihre Macht nach, was sie bedeutete und wie sie sie möglicherweise schon einmal gegen ihn eingesetzt hatte. Aber auf eine sinnliche Art und Weise. *Ein Seraph der Fruchtbarkeitslinie.* Er hätte fast die Lippen zu einem Lächeln verzogen. *In der Tat ein Vergnügen.* Und er würde es ausgiebig erforschen, sobald er die Antworten hatte, die ihm noch fehlten.

Falls einer der anderen bemerkt hatte, dass er seine Arme um Leela geschlungen hatte und sie festhielt, so ließ derjenige sich nichts anmerken. Stattdessen verließen Issac und Stas den Raum, nachdem sie Lizzie, Jayson und ihrem Zuwachs noch ein Lächeln geschenkt hatten. Kurz darauf folgten ihnen auch Sethios und Caro, sodass Leela und Balthazar die Letzten waren, die vor dem Bett standen.

»Ruft, falls ihr etwas braucht«, sagte Leela.

»Das werden wir«, murmelte Lizzie, während sie ihre ganze Aufmerksamkeit auf das Baby in ihren Armen gerichtet hatte. Was das auch immer für ein Energieaustausch war, der zwischen ihnen stattfand, er erschien seelentief und ungreifbar zu sein.

Jay blickte mit dankbarer Miene zu Balthazar auf. *Ich danke dir.*

Balthazar nickte. Er würde alles für seinen besten Freund und dessen frischgebackene Familie tun. Jayson wusste das.

Leela versuchte, sich aus seinem Griff zu befreien, doch Balthazar hielt sie fest. Während sie mit der Heilung des Kindes beschäftigt gewesen war, hatte er ihr die

Führung überlassen, doch jetzt übernahm er die Kontrolle. Er würde mit sich verhandeln lassen, sobald sie ihm die gewünschten Einzelheiten ihrer gemeinsamen Vergangenheit lieferte.

»Wir werden nicht weit weg sein«, versprach er. »Du weißt, was du tun musst, um meine Aufmerksamkeit zu erregen.«

»Danke, dass du mich beruhigt hast«, sagte Jay, was Balthazar überraschte. *Aber tu das nie wieder.*

Balthazar hätte fast gelächelt, nickte aber noch einmal verständig, während er seinem Freund jedoch nicht zustimmte. Er konnte ihm ein derartiges Versprechen nicht geben, denn sie hatten keine Ahnung, was die Zukunft für sie bereithalten würde.

Er richtete sich auf und löste seine Arme um Leelas Taille. Er traute ihr allerdings zu, dass sie sich davon teleportieren könnte, also ergriff er ihre Hand und zog sie aus dem Zimmer.

In dem Moment, in dem sie auf den Flur traten, überlegte sie, ob sie sich unsichtbar machen sollte, genau wie er es erwartet hatte.

Er gab ihr mit einem Blick zu verstehen, dass er es nicht für ratsam hielt, dann zog er sie weiter den Flur hinunter in ein Zimmer mit einem Balkon auf der Rückseite.

Das sollte genügen, entschied er, schloss die Tür und ignorierte das Bett mit der blauen Seidenbettwäsche, das in der Mitte des großen Raumes stand. Stattdessen führte er sie ins Badezimmer und sah sich die riesige Marmordusche an. *Ja, das sollte in der Tat genügen.*

»Zieh dich aus«, befahl er ihr und beschloss, direkt zur Sache zu kommen.

»Du kannst mich nicht einschüchtern«, sagte sie leise, doch dann tat sie, wie geheißen. Sie zögerte nicht einen

Augenblick, noch schien sie verlegen zu sein. Sie war lediglich eine selbstbewusste, schöne Frau, die sich ihre blutigen Kleider vom Leib riss, als würden sie auf ihrer Haut brennen.

»Ich will dich nicht einschüchtern. Ich will mich um dich kümmern und dir meine Dankbarkeit zeigen, weil du meinem besten Freund geholfen hast. Dann werde ich in Betracht ziehen, dich zu ficken. Und danach werden wir uns unterhalten. Es sei denn, du willst, dass Vera wieder in meinem Verstand herumpfuscht.« Er unterstrich seine Worte mit einem höhnischen Unterton, um ihr zu verstehen zu geben, dass er über alles Bescheid wusste.

Was allerdings nicht stimmte.

Aber er wollte sie in dem Glauben lassen, denn er hoffte, dass sie dann offener mit ihm sprechen und ihren Gedanken freien Lauf lassen würde.

Sie starrte ihn an. »Du musst dich nicht um mich kümmern.«

»Ich weiß, dass ich es nicht muss, aber ich werde es trotzdem tun.« Nach allem, was sie gerade für seine Freunde getan hatte, hatte sie seine Zuwendung verdient. Außerdem hatte sie ein Verwöhnprogramm sicher bitter nötig, immerhin hatte man ihr, kurz bevor sie Lizzie bei der Geburt beigestanden hatte, in den Kopf geschossen.

»Und du musst überhaupt nichts in Betracht ziehen, wenn es darum geht, mich zu ficken«, fügte sie hinzu und ignorierte seine Antwort. »Wenn ich ficken will, werden wir ficken.«

Er verzog die Lippen zu einem Lächeln. »Ich kann dich dazu bringen, mich anzubetteln.«

»Du kannst es versuchen.«

»Oh, Leela«, sagte er, stellte sich dicht vor sie und schob ihre blutigen Kleider mit dem Fuß beiseite. »Ich werde dich dazu bringen, vor mir zu kriechen, Baby.« Es wäre eine angemessene Entschuldigung, nachdem sie ihm seine Erinnerungen genommen hatte.

»Dazu wird es niemals kommen.« Die Worte, die sie laut aussprach, stimmten nicht mit denen in ihrem Kopf überein, denn diese lauteten eher: *Ja, bitte.*

Ihr kam der Gedanke, dass Vera ihre Arbeit nicht gründlich genug gemacht hatte, was Balthazar in seiner Vermutung bestärkte, dass sie Vera gebeten hatte, sein Gedächtnis zu manipulieren.

»Du denkst, dass das in Brasilien meine Bestleistung war?«, fragte er in der Hoffnung, bei ihr eine weitere Erinnerung aufblitzen zu lassen und einen Blick darauf zu erhaschen. »Das war nur eine Einführung. Wenn ich mit dir fertig bin, wirst du nicht einmal mehr wissen, wie du dich bewegen sollst, ohne mich zwischen deinen Schenkeln zu spüren.«

Ihr Verstand beschwor eine Erinnerung daran herauf, wie sie miteinander vor einer Menschenmenge getanzt und gefickt hatten. In diesem Moment sah er ein Bild vor sich, das den Tiefen seines eigenen Gedächtnisses entsprang und sich an den Rand seines Bewusstseins drängte. Er hatte von dieser Szene geträumt, in der er auf einem Hocker saß, während eine Frau rittlings auf seinem Schoß Platz genommen hatte und ihn ritt. Nachdem sie ihn zum Höhepunkt gebracht hatte, war sie vor ihm auf die Knie gegangen und hatte ihn mit ihrem Mund befriedigt.

Verdammt, er spürte, wie sein Schwanz hart wurde.

Als er dann in ihren Gedanken lesen konnte, wie er sie danach stundenlang in irgendeinem Bett gevögelt hatte, steigerte sich sein Verlangen ins Unermessliche.

Als er die Hitze wahrnahm, die von ihrem Körper ausging, und ihre steifen Brustwarzen sah, wusste er, dass es ihr ähnlich erging.

Sie bestätigte ihn in seiner Annahme, als sie als

Antwort auf seine Drohung, sie bis zur völligen Erschöpfung zu ficken, hauchte: »Zeig es mir.«

»Das werde ich«, gelobte er. »Nachdem ich dich dazu gebracht habe, vor mir zu kriechen.«

Sie schnaubte. »Dann ist das alles doch nur leeres Gerede, Baby, denn ich werde niemals vor dir kriechen.«

Er verspürte einen Druck in der Lendengegend, während seine Vorfreude von Sekunde zu Sekunde wuchs. Er strich mit den Lippen sanft über ihren Mund, um sie zu reizen, während sich die elektrisierende Energie zwischen ihnen in einem erwartungsvollen Summen entlud. »Danke, Leela.«

Sie runzelte die Stirn. »Wofür?«

»Dafür, dass du mich vor eine neue Herausforderung gestellt hast«, antwortete er mit gedämpfter Stimme. *Und ich habe vor, sie in Rekordzeit zu meistern.* »Jetzt beweg deinen schönen Hintern unter die Dusche. Ich werde gleich zu dir kommen. Und dann werden wir sehen, wie lange deine Entschlossenheit anhält.«

KAPITEL 2

BALTHAZAR

NACKT. FEUCHT. WEIBLICH.

Drei Eigenschaften, die Balthazar mit Vorliebe vereint vor sich sah.

Zu schade, dass er sich jetzt nicht an dem atemberaubenden Anblick erfreuen konnte, der sich ihm bot. Er brauchte zuerst Antworten. Und er wollte diese Frau unbedingt dazu bringen, vor ihm zu kriechen, bevor er sie nahm.

Sie hatte mit seinem Verstand ein gefährliches Spiel gespielt.

Sie hatte ihn seiner Erinnerungen beraubt und die Tatsachen verdreht. Sie hatte seine sinnlichen Erfahrungen verwischt und ihn dazu gebracht, dass er eines der aufregendsten Wochenenden seines Lebens vergessen hatte.

Er kannte noch nicht alle Einzelheiten, doch er konnte ihren Gedanken genügend Informationen entnehmen, um zu wissen, dass sie eine verdammt gute Erinnerung manipuliert hatte.

Das Gefühl, dass ein anderes Wesen in seinem

27

Verstand herumgepfuscht hatte, rieb ihn innerlich auf. Er war ein Gedankenleser und damit selbst ein Wesen, welches über eine immense emotionale Macht verfügte. Ihm war die Vorstellung zuwider, dass seine eigene Psyche durch seraphische Magie verändert worden war.

»Hm«, brummte er und ließ den Blick über ihren perfekten Körper gleiten. Sie war in jeder Hinsicht umwerfend – wenn man von ihren mentalen Betrügereien einmal absah. Aber mit dem hinreißenden Körper, der gerade unter der Dusche stand, konnte Balthazar durchaus etwas anfangen.

Das Wasser färbte ihr langes blondes Haar hellbraun. Es tropfte von den Spitzen auf ihre wohlgeformten Brüste und rann über ihren flachen Bauch. Balthazar verspürte das Verlangen, dem Verlauf des Rinnsals mit der Zunge zu folgen, um dann vor ihr auf die Knie zu gehen und die Göttin zwischen ihren Schenkeln, die so schön wie die einer Tänzerin waren, zu verehren.

In ihren blaugrünen Iriden flackerte ein Feuer auf, das ihm verriet, dass sie um ihre Anziehungskraft und Macht über Männer wusste. Sie war ein Seraph mit Fruchtbarkeitskräften. Das hatte sie sowohl laut zugegeben als auch in ihren Gedanken bestätigt.

Oh, er erinnerte sich ohne Zweifel an sie.

Er konnte weder die Umstände noch den Grund dafür benennen, doch sie hatte in ihm sofort ein vertrautes Gefühl hervorgerufen, als sie wieder in sein Leben getreten war. In diesem Moment hatte er gewusst, dass er sie kannte und ihr zuvor auch körperlich näher gekommen war. Er hatte nur nicht einordnen können, wann sie sich begegnet waren. Er lebte bereits seit Tausenden von Jahren, da war es leicht, flüchtige Bekannte zu vergessen. Doch seine Seele hatte sie sofort wiedererkannt.

Und jetzt wusste er auch warum.

»Ich bin versucht, diese Erinnerungen aufs Neue mit dir zu erschaffen«, teilte er ihr mit. Er sprach zwar mit gedämpfter Stimme, doch sie war laut genug, um das Wasser zu durchdringen, das um sie beide herum niederprasselte. Er trat einen Schritt vor und legte eine Hand um ihren Hals, um sie zu zwingen, ihm in die Augen zu sehen. »Bis ins kleinste Detail.«

Es wäre nicht dasselbe, dachte sie. *Er weiß jetzt, wer ich bin.*

Balthazar legte den Kopf schief und bedachte sie mit einem neugierigen Blick. »Wenn überhaupt, würde das die Erfahrung nur intensiver machen.«

»Verschwinde aus meinem Kopf.«

»Auf keinen Fall, Lee«, murmelte er. »Es ist nur fair, dass ich deine Gedanken lese und mir zurückhole, was du mir gestohlen hast.«

Sie überlegte, ob sie sich unsichtbar machen sollte. Der Gedanke kam ihr immer wieder, doch sie blieb an Ort und Stelle, als hätte er sie mit seiner Präsenz in seinen Bann gezogen.

Balthazar bedachte sie mit demselben warnenden Blick, den er ihr schon zuvor im Flur zugeworfen hatte. Er gab ihr zu verstehen, dass es keine gute Idee wäre zu verschwinden. Sie könnte sich vielleicht aus dem Badezimmer teleportieren, aber er würde sie finden und zum Reden bringen. Es war besser, sich jetzt der Wahrheit zu stellen, als das Unvermeidliche hinauszuzögern.

»Warum?«, fragte er. »Warum hast du mir meine Erinnerungen an dich genommen?«

»Weil es für dich noch nicht an der Zeit war, mich zu kennen. Ich sollte nicht … *wir* sollten uns nicht …« Sie verstummte und räusperte sich. »Ich bin hier, um Stas zu beschützen. Das ist alles.«

Doch sie widersprach sich augenblicklich selbst in ihren Gedanken.

Er musterte sie, als sie ihm die Erinnerung an einen Tag offenbarte, den er so schnell nicht vergessen würde.

Die Hochzeitsfeier von Lizzie und Jayson am Strand. Der Angriff durch Jonathans Männer. Eine rätselhafte Magie, die zwischen Balthazar und den tödlichen Kugeln schwebte, die auf ihn abgefeuert wurden.

Er zog eine Augenbraue in die Höhe. »Ich verstehe.« Diese Erinnerung wollte er ganz sicher nicht wiederaufleben lassen, doch sie verriet ihm viel über ihre Beweggründe. Auch wenn sie wegen Stas hier war, so hatte sie an jenem Tag sein Leben gerettet. Seine Fähigkeit, Emotionen zu manipulieren, sagte ihm auch, wie sie darüber dachte.

Ich wollte ihn beschützen.

Als würde er zu ihr gehören.

Und es war ihre Pflicht, ihn am Leben zu erhalten.

Für Stas, fügte sie hinzu. *Er ist ein guter Beschützer für Stas.*

Balthazar verzog die Lippen zu einem Lächeln. »Und das ist der einzige Grund, hm?«

»Nur Stas zählt«, wiederholte sie. »Ihre Bestimmung ist wichtiger als alles andere.«

Eine Prophezeiung durchzog flüsternd ihre Gedanken und erregte seine Aufmerksamkeit. *Eine unbekannte Macht wird in Erscheinung treten. Sie wird die Kraft und den Willen haben, uns alle zu zerstören, es sei denn, es werden Maßnahmen ergriffen, um sie im Zaum zu halten.*

Balthazar hatte den genauen Wortlaut von Prophetin Skyes Weissagung noch nie zuvor gehört, doch er prägte ihn sich jetzt ein.

Ein Gedankenleser zu sein hatte definitiv seine Vorteile, denn somit hatte er die Möglichkeit, jemanden nackt unter der Dusche zu verhören und ihm alle Antworten zu entlocken, ohne dabei einen Tropfen Blut zu vergießen. Aus diesem Grund war er davon überzeugt, dass es besser war, Liebe zu machen, als andere zu verletzen.

Es gab auch Zeiten, in denen Gewalt zum Einsatz kommen musste.

Aber all diese aufgestaute Aggression könnte auch für völlig andere Zwecke verwendet werden.

Und er bevorzugte ohne Zweifel letztere Methode.

Er fuhr mit den Fingern durch ihr feuchtes Haar und drückte sie mit dem Rücken gegen die gekachelte Wand. Sie umklammerte seine Hüften und krallte sich in seine Haut, als er seinen Unterleib an ihren flachen Bauch presste.

»Ich habe versprochen, mich um dich zu kümmern«, erinnerte er sie mit sanfter Stimme.

Sie hatte gerade das Kind seines besten Freundes zur Welt gebracht und gerettet. Das war einer der Hauptgründe, warum Balthazar diese Methode des Verhörs gewählt hatte. Sie brauchte nicht nur eine Dusche, um das Blut abzuwaschen. Nach allem, was sie geopfert hatte, hatte sie auch seine Dankbarkeit verdient.

Nicht nur, weil sie Stas beschützt und Balthazar an jenem Tag am Strand das Leben gerettet hatte.

Sondern auch für alles, was sie gerade getan hatte, um das Kind von Jayson und Lizzie ins Leben zurückzuholen.

Balthazar hatte jedes Wort und jeden geflüsterten Gedanken gehört. Dann hatte er gespürt, wie sie die seraphische Seele mit ihrer himmlischen Energie zurück in die körperliche Gestalt des Kindes gezogen hatte. Es war atemberaubend, herzzerreißend und wunderschön zugleich gewesen.

Allerdings war ihr Verstand die ganze Zeit über verwundbar gewesen.

Und er hatte diesen Umstand schamlos ausgenutzt.

Das machte ihn vielleicht zu einem Arschloch, aber sie

war diejenige, die seine Erinnerungen gestohlen hatte. Es schien nur fair, dass er sie sich im Gegenzug zurückholte.

Allerdings hatte er nicht erwartet, in ihrem Kopf viele Erinnerungen zu finden, bei denen sein Name eine Rolle spielte.

Sie waren keineswegs eindeutig, sondern nur bedeutende Details, die sie in den äußeren Schichten ihres Gedächtnisses gespeichert hatte, was darauf hindeutete, dass sie oft an ihn dachte.

Das erfreute ihn natürlich. In gewisser Weise wirkte es beruhigend auf ihn, denn seit sie kurz nach Stas' Tod aufgetaucht war, hatte er auch ständig an sie denken müssen.

Leela erzitterte, als er sich zur Seite lehnte, um nach einer Flasche Shampoo zu greifen. In ihren Iriden spiegelte sich ein Strudel der Gefühle wider.

Lust. Furcht. Akzeptanz. Begierde.

Es war eine berauschende Mischung, die seine Sinne verhöhnte und ein Feuer in ihm entfachte, das nur für sie brannte. Er konnte sich nicht erinnern, wann eine Frau ihn das letzte Mal derart fasziniert hatte. Er liebte Frauen, Männer, Sex, das Leben. Für ihn war es alles ganz natürlich.

Aber etwas an Leela fesselte ihn auf eine Art und Weise, wie es viele andere nie vermocht hatten.

Eine beeindruckende Leistung, wenn man bedachte, dass er seit mehreren tausend Jahren existierte.

Vielleicht verheimlicht sie mir noch mehr, dachte er, während er ihr das Haar shampoonierte. Er hatte ihrem Verstand die Erinnerung an Brasilien entlockt, doch vielleicht waren sie sich schon vor jenem Wochenende begegnet. Es würde erklären, warum er sich mit ihr derart verbunden fühlte.

»Wann sind wir uns zum ersten Mal begegnet?«, fragte er sie, wobei er sich eher auf die Antwort in ihren

Gedanken konzentrierte, als auf die Worte zu achten, die ihr über die Lippen kamen.

»Ich habe mich das erste Mal mit dir in Brasilien unterhalten«, erwiderte sie.

Ihr Verstand verriet ihm, dass sie die Wahrheit sagte. Doch ihre Antwort ließ auf eine andere Tatsache schließen. »Aber das war nicht das erste Mal, dass du mich gesehen hast.«

»Nein. Ich weiß schon ... seit einer Weile über dich Bescheid.«

»Tatsächlich?« Er zog amüsiert eine Augenbraue in die Höhe. »Du bist also ein Fan meiner Arbeit, Leela? Hast du mich deshalb aufgesucht?«

Sie schnaubte. »Ich habe nicht nach dir gesucht«, entgegnete sie, wobei ihre Gedanken ihre Worte bestätigten. »Und wenn ich ein Fan wäre, würde das bedeuten, dass ich dich um etwas beneide. Doch das ist nicht der Fall.«

»Ein Fan zu sein ist nicht gleichbedeutend mit Neid. Vielmehr lässt es auf Interesse und eine gewisse Faszination schließen. Und vielleicht weckt es auch eine gewisse Neugierde.« Er zog sie zurück unter den Wasserstrahl, während er sprach, und wartete darauf, dass sie seine Vermutung in ihren Gedanken bestätigte.

Aber das tat sie nicht.

Es bestand zwar ein gewisses Interesse, das ausgereicht hatte, um sich ihm in Brasilien hinzugeben. Doch sie hatte es nicht getan, weil sie sich danach gesehnt hatte, in den Genuss seiner sexuellen Leistungsfähigkeit zu kommen.

Nein.

Sie hatte mit ihm gespielt, weil sie hatte sehen wollen, ob er mithalten konnte.

Faszinierend.

Er hatte noch nie eine Frau getroffen, die sich als ihm

ebenbürtig betrachtete, geschweige denn als ihm überlegen.

»Ich werde dich definitiv dazu bringen, diese Erinnerungen mit mir wiederaufleben zu lassen«, beschloss er laut.

»Vielleicht will ich sie gar nicht wiederaufleben lassen.«

Er starrte sie nur an. Bevor sie den Satz beendet hatte, hatten ihm ihre Gedanken verraten, dass das eine Lüge war. Und ihre geröteten Wangen verrieten ihm, dass sie sich dessen ebenfalls bewusst war.

Statt sie weiter zu drängen, spülte er ihr das Shampoo aus dem Haar und massierte dann eine Spülung in ihre Strähnen, bevor er sich ein Stück Seife schnappte. Sie mochte seinen Verstand manipuliert haben, aber sie hatte diese Zurschaustellung der Zuneigung dennoch verdient.

Er konnte hören, wie verwirrt sie deshalb war.

Denn sie wusste, dass er sich über sie ärgerte.

Balthazar gab sich für gewöhnlich nicht seiner Wut hin. Dennoch musste er sich eingestehen, dass er diese Frau für ihre Übertretungen bestrafen wollte. Sie hatte seine Erinnerungen gestohlen, sein Gedächtnis manipuliert und ihm bei ihrem Wiedersehen nicht die Wahrheit offenbart.

»Hattest du je vor, es mir zu sagen?«, fragte er sich laut.

Aber ihre Augen verrieten ihm die Antwort, noch bevor sie die Worte aussprach. *Nein.* »Warum sollte ich?«, fragte sie.

»Weil es nicht richtig ist, jemandem seine Erinnerungen zu nehmen, Leela.«

»Ich habe es getan, um dich zu beschützen.«

»Du lügst. Du hast es getan, um dich selbst zu schützen.« Zumindest das konnte sie ihm gegenüber zugeben. Er hatte es in ihren Gedanken gehört.

»Ich habe es getan, um *uns* zu schützen«, korrigierte sie

sich selbst. »Du durftest nichts über mich wissen. Noch nicht.«

»Was hätte sich dadurch geändert?«

»Möglicherweise alles.«

Balthazar dachte darüber nach, während er begann, nach und nach jeden Zentimeter ihres Körpers einzuseifen. Die meisten Frauen würden schon nach ein paar seiner Streicheleinheiten vor Erregung fast aus der Haut fahren, doch Leela erwies sich als Herausforderung. Oh, sie war durchaus erregt. Er konnte es förmlich schmecken, als er sich vor ihr hinkniete, um ihre Beine zu bearbeiten.

Aber sie bettelte ihn nicht an.

Sie schien nicht einmal vor Erwartung zu beben.

Sie wusste, dass er sehen wollte, wie sie vor ihm zu Kreuze kroch, doch er konnte in ihren Gedanken hören, dass sie nicht einmal die Absicht hatte, sich für ihre Taten zu entschuldigen.

Ihr Mangel an Reue verärgerte ihn aufs Äußerste. Sie hatte in seinem Verstand herumgepfuscht, seine Erinnerungen manipuliert, und nun machte sie sich nicht einmal die Mühe, sich bei ihm zu entschuldigen. Er konnte in ihren Gedanken hören, dass sie es nicht bereute und davon überzeugt war, das Richtige getan zu haben. Dabei dachte sie kein einziges Mal daran, dass sie mit ihm hätte reden und ihn seine eigenen Entscheidungen hätte treffen lassen können.

Sie hatte die Entscheidung *für* ihn getroffen.

Weil sie ihm eindeutig nicht vertraute.

Es war ein wirksames Mittel, um die Lust, die zwischen ihnen entbrannt war, abzutöten, denn Balthazar spielte nicht mit Frauen, die ihn so wenig schätzten.

Vielleicht würden sie diese Erinnerungen doch nicht wiederaufleben lassen.

Er richtete sich wieder auf und legte die Seife beiseite, bevor er sein eigenes Haar shampoonierte.

Die meisten Frauen würden sich in dieser Situation ganz unverhohlen ihren Fantasien über ihn hingeben.

Aber nicht Leela.

Ihre Gedanken wanderten zwischen der Vergangenheit und der Zukunft hin und her, während hin und wieder auch die Gegenwart darin aufblitzte und sie sich fragte, was als Nächstes geschehen würde.

Sie zeigte auch ein gewisses Interesse und ließ den Blick wie selbstverständlich seinen Händen folgen, als er wieder nach der Seife griff, um seinen Körper einzuschäumen. Aber sie dachte weder daran, ihm die Seife aus der Hand zu nehmen und es selbst zu tun, noch verspürte sie den Drang, ihn sauber zu lecken. Stattdessen bewunderte sie nur die Aussicht, während sie darüber nachdachte, wie sie Lizzies und Jaysons Kind am besten beschützen konnte.

Der Hohe Rat von Seraph wird uns sicher bald aufspüren, dachte sie. *Wir können uns hier nicht ewig verstecken.*

»Wohin willst du denn gehen?«, fragte Balthazar, wobei er sich nicht die Mühe machte, seine Fähigkeiten vor ihr zu verbergen. Die anderen in seiner Nähe waren dadurch oft irritiert und ließen sich zu abfälligen Bemerkungen oder Gedanken inspirieren. Aber Balthazar würde sich weder für seine Kräfte entschuldigen, noch würde er sie verstecken.

»Ich weiß es nicht«, antwortete sie, wobei sowohl ihre Stimme als auch ihre Gedanken darauf schließen ließen, dass sie nicht verärgert war. Wenn überhaupt, schien sie seine Fähigkeit als normal zu akzeptieren. Vielleicht lag es daran, dass sie unter sehr mächtigen Wesen aufgewachsen war, sodass das Gedankenlesen eine völlig natürliche Erfahrung für sie war.

Und wenn das der Fall ist, dann hat sie sich wahrscheinlich auch ein paar Tricks angeeignet, um ihre Gedanken zu verbergen, überlegte er und ließ den Blick noch einmal über ihren wunderschönen Körper gleiten.

Bisher bin ich nicht sonderlich beeindruckt, hörte er sie sagen. Er begegnete ihrem Blick und das Funkeln in ihren Augen verriet ihm, dass der Gedanke absichtlich an ihn gerichtet gewesen war. *Eine bessere Leistung als in Brasilien kannst du wohl nicht erbringen.*

Er stieß ein belustigtes Brummen aus, trat auf sie zu und presste sie noch einmal gegen die Wand. Sie zitterte und ihre steifen Brustwarzen streiften seinen Oberkörper, als er sich an sie schmiegte und sie leidenschaftlich küsste. »Du kannst mich nicht mit Sex ablenken, Lee.«

Sie ließ ihre Fingernägel in einer wissenden Geste an seinen Hüften entlanggleiten. »Wir wissen beide, dass das nicht stimmt.« Dann ließ sie ihre Hände über sein Kreuz bis zu seinem Hintern wandern und drückte dreist seine Pobacken. »Du wolltest die Erinnerungen doch wiederaufleben lassen, nicht wahr? Dafür brauchen wir eine Tanzfläche und einen Hocker.«

Sie begann, die Szene in ihrem Kopf zu beschreiben, und malte ein Bild von ihrer ersten Begegnung am Strand. Balthazar hörte zu und erinnerte sich an das Gespräch. Aber sein Gegenüber war nicht Leela gewesen, sondern eine andere rätselhafte Frau, von der er monatelang geträumt hatte.

Eine Frau ohne Gesicht.

Eine Fantasie, die er genossen hatte, ohne wirklich darüber nachzudenken.

Doch dann erzählte Leela ihm mehr von ihrer Unterhaltung und schilderte ihm in Gedanken, wie sie sich Luc angeschlossen hatten, um Zeuge seiner Wette zu werden, bei der es um Schnaps mit Ahornsirup ging. »Daran erinnere ich mich …« Aber es war nicht ganz so gewesen, wie sie es jetzt beschrieb. »Ich habe an diesem Nachmittag eine dieser Brünetten mit auf mein Zimmer genommen.«

Leela schüttelte den Kopf. »Nein, das hast du nicht.« Ihre Stimme klang fast traurig. Aber er konnte die Überzeugung in ihren Gedanken hören, denn sie wusste, dass sie diese Erinnerungen aus einem bestimmten Grund gelöscht hatte.

Um ihn zu beschützen.

Um uns zu beschützen.

Um Stas zu beschützen.

Balthazar legte eine Hand an ihre Wange und ließ seinen Daumen mit einer sinnlichen Geste über ihre Unterlippe gleiten. »Du irrst dich, Lee«, flüsterte er.

»Das tue ich nicht.«

»Doch, das tust du«, konterte er. »Du hättest mir vertrauen können.«

Sie schüttelte den Kopf und öffnete den Mund, um etwas zu erwidern, was er nicht hören wollte. *Ich kannte dich kaum. Wir hätten uns nie begegnen dürfen. Es war ein Fehler.*

All diese Gedanken kämpften in ihrem Kopf um die Vorherrschaft, während jede Aussage bis zu einem gewissen Grad ihre Berechtigung hatte.

Und doch … »Du hast uns nicht einmal eine Chance gegeben, Lee.«

»Eine Chance?«, wiederholte sie ungläubig. »Beleidige nicht meine Intelligenz. Keiner von uns beiden ist der Typ für eine Beziehung, Balthazar.«

»Ich meinte damit uns, die Ältesten«, verbesserte er sie und verzog die Lippen zu einem Lächeln. »Aber gut zu wissen, worum deine Gedanken kreisen.«

Sie verdrehte die Augen. »Das weißt du bereits, *Gedankenleser*.«

»Mm, das tue ich«, stimmte er zu, dann schmiegte er

sich noch dichter an sie, um dafür zu sorgen, dass sie jeden Zentimeter seiner Erregung spürte. »Und du weißt auch, worum sich meine drehen.«

Um ihre Pupillen flackerten blaue Flammen gefährlich auf und verdrängten das Grün in ihren Iriden. »Ich hatte erwartet, dass du wütend wirst.«

»Ich bin wütend«, gab er mit sanfter Stimme zu. »Sehr, sehr wütend.«

Sie hatte in seinem Verstand herumgepfuscht. Das gefiel ihm ganz und gar nicht.

Aber der Zugang zu ihren Gedanken half ihm zu verstehen, warum sie es getan hatte.

Es bedeutete jedoch nicht, dass er ihr Verhalten guthieß. Nein, er hatte vor, sie auf eine Weise dafür zu bestrafen, die sie beide befriedigen würde.

Dennoch wollte er von ihr hören, dass es falsch gewesen war, seine Erinnerung an ihre gemeinsame Zeit zu löschen.

Dann wollte er, dass sie ihn anbettelte.

Ihn anflehte, neue Erinnerungen mit ihm zu schaffen.

Und sich bei ihm entschuldigte, indem sie seinen Schwanz mit ihrem hübschen Mund umschloss.

Er hob ihr Kinn an und führte seinen Mund dicht an ihre Lippen. »Du wirst vor mir kriechen, Lee«, gelobte er und wiederholte damit, was er ihr bereits gesagt hatte, bevor er sie in diese Dusche gezerrt hatte. »Du wirst vor mir kriechen und mich anflehen, dich zu ficken. Aber ich werde nicht nachgeben. Nicht, bis du es wirklich willst. Und selbst dann werden wir sehen.«

»Ich werde nicht vor dir kriechen«, entgegnete sie in einem Brustton der Überzeugung, der die Spannung zwischen ihnen ins Unermessliche steigerte. »Ich krieche vor niemandem.«

»Du wirst es für mich tun«, versprach er ihr.

»Ich werde mich nicht bei dir entschuldigen, Balthazar.«

»Ich habe dich nicht um eine Entschuldigung gebeten, Leela«, konterte er, während er seine Lippen wieder über ihren Mund gleiten ließ. »Ich habe dir lediglich versprochen, dass du mich um eine weitere Nacht in meinem Bett anbetteln wirst.«

Sie lächelte. »Wie kommst du darauf, dass ich das will?«, fragte sie. »Ich kann mich an jede Minute unserer letzten Begegnung erinnern.«

Er schenkte ihr ein Lächeln. »Deshalb weiß ich auch, dass du mich um mehr anflehen wirst.« Denn obwohl er sich nicht an die Details erinnern konnte, vernahm er die überwältigende Befriedigung in ihren Gedanken. Diese Erinnerungen hatten sie bis spät in die Nacht wach gehalten, während ihr Körper sich danach gesehnt hatte, von einem so talentierten Mann wie ihm befriedigt zu werden.

»Davon träumst du wohl«, antwortete sie mit süßlichem Unterton.

»Du musst es ja wissen«, entgegnete er.

Bevor sie etwas erwidern konnte, presste er seine Lippen auf die ihren und ließ seine Zunge in ihren Mund gleiten, um sie auf sinnliche Weise daran zu erinnern, wie talentiert er war.

Sie vergrub ihre Fingernägel in seinem Hintern und zog ihn an sich, während er sie auf eine Weise verschlang, die ihm nur allzu vertraut war. Er hatte sie *definitiv* schon einmal geküsst. Er konnte es in den Tiefen seiner Seele spüren. Genauso wie er sie sofort wiedererkannt hatte, als sie wieder in sein Leben getreten war.

Kleine Ausschnitte hatten sich langsam zu einem Ganzen zusammengefügt.

Ein Lächeln, das er in einem Traum gesehen hatte.

Eine Stimme, die ihm ohne jede Vorwarnung einen steifen Schwanz beschert hatte.

Ein Körper, der für die Sünde geschaffen war.

Seine Instinkte übernahmen die Kontrolle über sein Handeln, beherrschten ihre Sinne und verzehrten gleichzeitig seine eigenen. Sein Blut geriet in Wallung und sein Verlangen wuchs rasend schnell.

Aber er spürte nicht nur seine *eigene* Begierde, sondern auch ihre Erregung.

Seine Fähigkeit, Emotionen wahrzunehmen und zu manipulieren, steigerte sich ins Unermessliche, als Leelas Lust seinen Unterleib durchzuckte.

Aber er konnte hören, was sie vorhatte.

Sie wollte ihm seine Überheblichkeit nehmen, bevor dieses Spiel überhaupt begonnen hatte.

Kleines Luder, dachte er belustigt.

Der Seraph war geradezu dafür gebaut, um sich mit ihm zu messen, denn sie war imstande, seine Sinnlichkeit mit ihrer eigenen zu bekämpfen.

Er stöhnte auf. Er hatte noch nie einen solchen Rausch erlebt, der ihn förmlich in einem Meer der Sehnsucht ertrinken ließ.

Diese Frau strotzte nur so vor sexueller Energie.

Sie war eine Meisterin der Sinnlichkeit und Anmut.

Sie wusste auch genau, wie sie mit ihm spielen konnte.

Und das bewies sie ihm, als sie ihre Fingernägel über seinen Hintern zu seiner Hüfte gleiten ließ. Es war offensichtlich, was sie vorhatte, doch er packte ihr Handgelenk, bevor sie ihr Ziel erreichen konnte. Er erlaubte ihr, mit einem Finger seinen Schaft zu streifen, dann hob er ihre Hand über ihren Kopf und drückte sie an die Wand.

Er tat dasselbe mit ihrer anderen Hand und hielt sie fest, während sie ihre nassen Körper aneinanderrieben.

»So leicht bin ich nicht zu haben, Baby«, sagte er an ihrem Mund. »Ich nehme meine Herausforderungen sehr ernst.« Das sollte sie wissen, nachdem sie ihn in Brasilien kennengelernt hatte.

»Wie kommst du darauf, dass ich spielen will?«

»Oh, du Luder«, murmelte er und streifte mit den Lippen über ihren Mund. »Du hast dieses Spiel begonnen, als du mein Gedächtnis manipuliert hast. Dann hast du den Einsatz erhöht, als du mir bei unserem nächsten Treffen nicht die Wahrheit gesagt hast. Also spiel mir gegenüber nicht die Unschuldige, Lee. Wir wissen beide, dass dir diese Rolle in diesem Spiel nicht gut zu Gesicht steht.«

Sie schluckte und ihre Pupillen weiteten sich.

»Ich werde nicht vor dir kriechen«, wiederholte sie.

»Doch, das wirst du«, versprach er ihr und grinste an ihrem Mund, bevor er sie losließ und einen Schritt zurücktrat. »Und jetzt erzähl mir vom Hohen Rat von Seraph. Was glaubst du, werden die Mitglieder als Nächstes tun?«

Kapitel 3

Leela

Als Balthazar so abrupt das Thema wechselte, drehte sich Leela der Kopf.

Im einen Moment hatte er sie noch gegen die Duschwand gedrückt und seine Männlichkeit verheißungsvoll an ihren Unterleib gepresst, und im nächsten beobachtete er sie mit einem nüchternen Ausdruck im Gesicht. Sie blinzelte erschrocken. Dann senkte sie den Blick und stellte fest, dass er immer noch hart war.

Also wollte er ihr demonstrieren, wie gut er sich selbst unter Kontrolle hatte.

Denn er wollte, dass sie ihn anbettelte.

Nun gut.

Sie würde ihm einfach zeigen müssen, was ihm entging.

Allerdings ging ihr seine Frage nicht aus dem Kopf. *»Was glaubst du, werden die Mitglieder als Nächstes tun?«*

»Die Schicksalsgöttinnen haben Aidyns Geburt vermutlich vorhergesehen«, sagte Leela, während sie laut nachdachte. »Der Rat hat sich wahrscheinlich gerade

versammelt, um über ihr Schicksal zu entscheiden. Es wäre
…« Sie verstummte und musste schlucken. »Es wäre gut
möglich, dass dies der entscheidende Faktor ist, der sie
letztlich zum Äußersten treibt.«

»Zum Äußersten?«, wiederholte er.

»In den Krieg«, flüsterte sie, während ihre Begierde
zunehmend schwächer wurde. »Hydraianer und
Ichorianer sind abscheuliche Wesen, die geschaffen
wurden, weil der Seraph der Auferstehung seine Macht
missbraucht hat. Der Rat will euch alle tot sehen.«

Sie waren bisher nur noch nicht zur Tat geschritten
und warteten auf den richtigen Zeitpunkt, um zu
intervenieren.

Der Hohe Rat von Seraph traf nie voreilige
Entscheidungen. Die Mitglieder waren bis zu einem
gewissen Grad praktisch veranlagt und warteten auf den
richtigen Moment im Verlauf der Geschichte, um in eine
Situation einzugreifen.

Und sie verließen sich darauf, dass die
Schicksalsgöttinnen ihnen den richtigen Zeitpunkt
nannten.

»Jegliche ihrer Handlungen werden von den Sehern
meiner Art gesteuert«, fuhr Leela fort. »Falls die
Schicksalsgöttinnen in Bezug auf Aidyn irgendwelche
schändlichen Absichten voraussagen – wie zum Beispiel die
Fähigkeit, weitere Seraphim wie Lizzie in einem Labor zu
erschaffen –, könnte der Rat beschließen, dass die Zeit reif
ist, Osiris' Schlamassel zu beseitigen.«

Beseitigen hieß, *sie alle zu töten*. Denn der Hohe Rat von
Seraph würde nicht versuchen, irgendjemanden zu
reformieren; sie würden die abscheulichen Wesen einfach
abschlachten und zum nächsten Punkt auf der
Tagesordnung übergehen.

Der einzige Grund, warum sie bisher noch nicht zur Tat geschritten waren, waren die Schicksalsgöttinnen.

Die Zeit ist noch nicht reif.

Wir würden verfrüht handeln, wenn wir uns jetzt einmischen.

Es besteht immer noch Hoffnung, dass Osiris sich reformieren lassen wird.

Leela hatte das Geflüster dieser Prophezeiungen außerhalb der Kolosseumsmauern gehört. Sie und Vera spionierten abwechselnd die Ratssitzungen aus, indem sie sich in einer Nische am Rande des Gebäudes versteckten, wo die Stimmen zu hören waren und niemand jemals nachsah.

Die Seraphim würden das Ausspionieren einer Ratssitzung niemals als praktisch empfinden.

Der Gedanke, dass ein Seraph sich gegen seinesgleichen wendete, war unvorstellbar.

Warum sollte jemand den Rat infrage stellen? Die Ratsmitglieder basierten alles auf Logik und Zweckmäßigkeit. Natürlich stellten sie bei ihren Entscheidungen das Wohl der Seraphim in den Vordergrund. Alles andere wäre unvernünftig und würde keinem höheren Zweck dienen.

Aber das war genau die Art von tief verwurzelter Logik, die ihresgleichen dazu brachte, die Augen vor der Wahrheit zu verschließen.

Der Hohe Rat von Seraph ist korrupt.

Sie konnte sich noch gut daran erinnern, wie ihr diese Erkenntnis zum ersten Mal in den Sinn gekommen war. Es war, nachdem sie mehrere Jahrhunderte in der Nähe der Menschen gelebt und deren Vorliebe für Krieg, Sex und Gewalt kennengelernt hatte. Aber nachdem sie über die Jahre die politischen Entwicklungen beobachtet hatte, war ihr klar geworden, dass diese Gepflogenheiten auch in ihrer Heimat Anwendung fanden. Denn der Hohe Rat von

Seraph setzte Logik und Zweckmäßigkeit ein, um die Engel bei der Stange zu halten.

Es war strategisch brillant, gerissen und gefährlich.

Je mehr Leela verstand, desto mehr fürchtete sie um ihr Leben.

Aufgrund ihrer Zugehörigkeit zur Fruchtbarkeitslinie der Seraphim wurde sie bereits genaustens auf mögliche Anzeichen von Menschlichkeit überwacht. Ihr gesamter Daseinszweck drehte sich darum, für andere zu sorgen. Aus diesem Grund galt sie als gefährdet, was das Empfinden von Emotionen anbelangte.

Der Rat hatte Programme ins Leben gerufen, um derartigen sensiblen Neigungen entgegenzuwirken.

Die Reformation.

Aus der Caro gerade geflohen war.

Leela wusste nicht viel über die Anforderungen oder den Ablauf des Verfahrens, da sie es nie selbst erlebt hatte. Aber sie hatte gesehen, was es mit den anderen gemacht hatte.

Nein danke, dachte sie.

Das war einer der Gründe, warum sie ihre emotionale Seite geheim hielt. Aber sie vermutete, dass der Rat bereits darüber Bescheid wusste. Zum einen stand ihnen mit den Schicksalsgöttinnen ein ganzes Team an Sehern zur Verfügung und zum anderen zog Leela es bekanntermaßen vor, unter den Sterblichen zu weilen. Letzteres war ein eindeutiger Hinweis auf ihren emotionalen Zustand.

Glücklicherweise hatten sie sich nicht dazu entschlossen, bei Leela eine Korrektur in dieser Hinsicht vorzunehmen.

Vielleicht, weil die Schicksalsgöttinnen keine Bedrohung in Bezug auf Leela vorausgesehen hatten.

Oder weil der Rat sie nicht aufspüren konnte, was wesentlich wahrscheinlicher war.

»Warum können sie dich nicht aufspüren?«, fragte Balthazar und bedachte sie mit einem unverhohlenen Blick. Er hatte eindeutig all ihre Gedanken mitgehört, einschließlich ihrer Kenntnisse über den Rat und darüber, dass sie die Menschen der Gesellschaft der Seraphim vorzog.

Statt einer Antwort drehte sie sich um und zeigte ihm die Rune auf ihrem Rücken. Sie hatte die Form eines Herzens, genau wie die, die Caro ihrer Tochter gegeben hatte. Sie ermöglichte Leela, ihren Aufenthaltsort zu verbergen und somit besagter Tochter, nämlich Stas, als Beschützerin zu dienen.

Ich habe die Rune erhalten, als ich Stas die Treue geschworen habe, erklärte Leela im Geiste, wobei sie nicht vor Balthazars natürlicher Gabe, Gedanken zu lesen, zurückscheute. Sie würde sich davon befreien können, sobald sie den Zauber, den Vera in ihre Haut geätzt hatte, entfernt hatte.

»Du könntest ihn auch behalten«, schlug Balthazar vor und packte ihre Hüften, um sie daran zu hindern, sich ihm wieder zuzudrehen. »Ich mag deinen Verstand«, flüsterte er an ihrem Ohr. »Er ist faszinierend, Lee.«

Sie wurde von der Wärme seines Körpers umhüllt, als er seine Brust an ihren Rücken und seine Lenden an ihren Hintern presste.

Mm, summte sie und genoss die Tatsache, dass sie wie selbstverständlich zueinander zu passen schienen. Sein starker Körper schmiegte sich in sinnlicher Harmonie an ihre Kurven und brachte ihr Blut in Wallung.

Er strich mit den Lippen über ihren Hals und hielt über ihrer Schlagader inne. Sie wusste, dass er ihre wachsende Begierde und das Verlangen, das durch ihre

Adern strömte, spüren konnte. Sie sehnte sich danach, das zu beenden, was sie vor all den Monaten begonnen hatten.

Die Erfahrung war in vielerlei Hinsicht denkwürdig gewesen, er wusste gar nicht, wie sehr.

»Erzähl mir davon«, murmelte er, während sein Atem auf ihrer Haut ihre Sinne liebkoste. »Wie oft habe ich dich kommen lassen, Lee?«

Sie bebte und spannte die Schenkel an, als sie sich daran erinnerte, wie er sich in ihr angefühlt hatte. Heiß. Dick. *Perfekt*.

Ein Stöhnen blieb ihr im Halse stecken, als sie von der Erinnerung an ihren ersten Kuss übermannt wurde. Er hatte sie mit einem Selbstvertrauen in seine Arme gezogen, das zu ihrer Seele gesprochen hatte.

»Nein, Schätzchen«, hatte er gesagt, als sie ihn gefragt hatte, ob dies seine übliche Masche im Umgang mit Frauen war. »Ich habe keine Masche.«

»Tatsächlich?«, hatte Leela erwidert. Sie hatte seine nackten Schultern gepackt und ihm direkt in die Augen gesehen. »Und warum?«

Daraufhin hatte er eine Hand auf ihren Hintern gelegt und mit der anderen ihren Nacken gestreichelt, bevor er geantwortet hatte: »Weil ich keine brauche.«

Dann hatte er sie mit einer Leidenschaft geküsst, die sie jetzt in seiner Berührung spürte. Seine Selbstsicherheit war eine der Eigenschaften, die sie an ihm am liebsten mochte.

Balthazar wusste es, sein Gegenüber zu reizen, zu ficken und immer wieder zu befriedigen. Sie hatte ihn während der vergangenen Monate mehrmals dabei beobachtet.

Und jedes Mal hatte sie sich der Erinnerung an ihre gemeinsamen Stunden hingegeben, wobei der bloße Gedanke an seine Berührung und seine Zunge zu ihrer Befriedigung beigetragen hatte.

Er grinste an ihrem Nacken und sagte mit sanfter Stimme: »Voyeurin.«

Aber sie spürte, was ihr Geständnis bei ihm auslöste. Sie spürte seinen harten Schwanz an ihrem Hintern und wusste, wie sehr es ihm *gefiel*, dass sie ihn beobachtet hatte.

Sie hatte diese Reaktion erwartet und hatte in Fantasien darüber geschwelgt, was er tun würde, wenn er es herausfände. Diese Fantasien hatten ihre Begierde nur gesteigert und sie an den Rand der Ekstase getrieben. Allerdings hatte sie keine Zeit gehabt, sich wirklich zu befriedigen.

Während der vergangenen Monate hatte sie alle Hände voll zu tun gehabt, um Stas zu beschützen.

»Und doch hast du Zeit gefunden, um mir nachzuspionieren.« In Balthazars Stimme schwang ein sinnlich verheißungsvoller Unterton mit, während er ihre Hüften immer noch mit festem Griff packte. »Faszinierend.«

Sie hätte ihn am liebsten aus ihrem Kopf verbannt, damit er nicht noch weitere Geheimnisse in Erfahrung bringen konnte.

»Lügnerin«, sagte er tadelnd, während er mit der Zunge über ihre Ohrmuschel strich. »Ich wette, du wünschst dir, ich hätte deine Gedanken gelesen, während du mir zugesehen hast.«

Sie schluckte, denn sie weigerte sich, es laut zuzugeben.

Doch das war gar nicht nötig.

Er konnte die Wahrheit in ihren Gedanken hören.

»Hättest du uns Gesellschaft leisten wollen?«, fragte er leise. »Oder hast du darüber fantasiert, wie ich meine erste Runde beende, um dich zu finden und mit dir eine neue Runde einzuleiten?«

Beides, dachte sie und wand sich. Sie hatte sich im Geiste beide Varianten ausgemalt, wobei sie die letztere bevorzugte. Seine sexuelle Leistungsfähigkeit war immer auf einem Höhepunkt, nachdem er sich mit den anderen aufgewärmt hatte.

Er streifte mit den Zähnen ihren Nacken, während sie seine harte Männlichkeit in ihrem Rücken spürte. Sie sehnte sich danach, ihn zu berühren. Aber er hielt sie mühelos fest und zwang sie, ihren Blick auf die Wand zu richten.

Männer versuchten häufig, sie zu dominieren und die Kontrolle zu übernehmen, denn sie wollten ihre sexuelle Überlegenheit unter Beweis stellen. Für gewöhnlich lachte sie nur, gestattete ihnen einen Versuch und erteilte ihnen dann im Bett eine Lektion.

Aber Balthazar war anders. Sein Selbstvertrauen entsprang jahrtausendelanger Erfahrung und wurde gefestigt durch sein Mitgefühl, was für sie eine achtenswerte Kombination war.

Er meinte seine sinnlichen Drohungen ernst.

Er setzte sie immer in die Tat um.

Außerdem besaß er die Fähigkeit, dieses Spiel genauso gut zu spielen wie sie.

Es wurde dadurch um einiges aufregender. Aber auch wesentlich gefährlicher.

»Leg die Handflächen gegen die Wand«, befahl er. »Über deinen Kopf.«

Sie überlegte, ob sie sich ihm verweigern sollte, nur um zu sehen, was er als Nächstes tun würde. Doch sie gehorchte, weil er genau das von ihr erwartete. Er wollte mit ihr spielen, sie überreden und sich ihre Instinkte untertan machen.

Leela wusste alles über Balthazar, kannte seine Vorlieben, seine Methoden, seine Verführungstechniken, seine *Ausdauer* – was ihr in dieser Situation den entscheidenden Vorteil verschaffte.

Ihr Wissen erlaubte es ihr, mit ihm ebenso zu spielen, wie er es mit ihr tat. Denn sie war in der Lage, jeden seiner Schritte vorherzusehen.

»Wie lange beobachtest du mich schon?«, fragte er mit einem Hauch von Verwunderung in der Stimme.

»Lange genug«, gestand sie. Sie wusste schon seit Jahrtausenden von seiner Existenz. Doch sie hatte sich erst in Brasilien erlaubt, ihn wirklich kennenzulernen.

Er stieß einen summenden Laut an ihrem Nacken aus, während er seine Hände langsam an ihrer Taille hinaufgleiten ließ. »Wann bist du zu meiner persönlichen Voyeurin geworden, Leela? Bevor oder nachdem wir uns in Brasilien begegnet sind?«

Danach.

Aber eigentlich auch schon vorher.

Sie hatte schon zuvor ein Auge auf ihn gehabt, war von seinen Spielchen beeindruckt gewesen und war dann wieder zur Tagesordnung übergegangen.

Aber in den letzten Monaten hatte sie mehr getan als nur zuzusehen. Sie hatte … sich danach selbst *verwöhnt.*

»Wie hast du dich verwöhnt?« In seiner Stimme schwang ein sinnlicher Unterton mit, der ihr eine Gänsehaut auf den Armen bescherte. Er strich mit den Fingern über die Wölbung ihrer Brüste, bis sie voller Verlangen nach Luft schnappte.

Seine gezielten Berührungen waren Beweis dafür, dass er um ihre gemeinsame Vergangenheit wusste, und sie fragte sich unwillkürlich, woran er sich erinnerte.

Oder vielleicht bildete sie sich das alles nur ein und fand darin eine Antwort auf all ihre Wünsche, Hoffnungen und ein *Verlangen*, das sie viel zu lange verleugnet hatte.

Denn sie durfte ihn nicht begehren.

Sie musste Stas beschützen, statt mit Balthazar zu spielen.

Er ließ seine Hand nach unten gleiten, strich über ihren flachen Bauch und wanderte tiefer zu der zarten Haut zwischen ihren Schenkeln.

Doch er berührte sie nicht dort, wo sie es begehrte. Stattdessen ließ er seine Hand zurück zu ihrer Hüfte gleiten, wo er mit dem Daumen hypnotische Kreise auf ihrer Haut zeichnete.

»Wenn du mich erst seit ein paar Monaten richtig beobachtest, dann hast du keine Ahnung, wozu ich fähig bin. Noch nicht.« Er streifte mit den Zähnen über ihren Hals, während seine erregte Männlichkeit an ihrem Rücken sowohl eine Verheißung als auch eine Drohung war. »Aber du wirst es erfahren, Lee. Bald. Sehr, sehr bald.«

Er biss zärtlich in ihren Nacken über ihrer Halsschlagader und trat einen Schritt zurück, wobei er mit den Händen immer noch ihre Hüften packte und sie mit sich zog.

Sie folgte ihm, weil sie zu müde und zu erschöpft war, um sich zur Wehr zu setzen. Sie war emotional viel zu ausgelaugt, um sich nicht von ihm führen zu lassen.

»Ich hab dich«, versprach Balthazar leise, als er sie beide ein letztes Mal abduschte.

Sie konnte die doppelte Bedeutung seiner Worte hören. Er wollte ihr damit sagen, dass er sie nicht nur beschützen würde, sondern auch, dass er sie auf eine Weise vereinnahmte, mit der er seine sinnlichen Absichten zum Ausdruck brachte.

Leela akzeptierte beide Definitionen.

Aber ich werde trotzdem nicht vor dir kriechen, gelobte sie.

Balthazar lachte leise. »Doch, das wirst du«, antwortete er, während er um ihren Körper herumgriff, um das Wasser abzustellen. »Und du wirst jede folgende Minute genießen.«

Sie überließ ihren Gedanken die Antwort und gab ihm zu verstehen, dass sie noch nie vor jemandem gekrochen war und auch in seinem Fall nicht damit anfangen würde.

Doch als er sie zu sich umdrehte, sah sie das herausfordernde Funkeln in seinen Augen, das besagte, dass er ihren kleinen Machtkampf genoss.

Er ließ seinen Blick sprechen, so wie sie ihren Verstand hatte sprechen lassen.

Statt etwas darauf zu erwidern, lächelte sie nur. Er hatte immer noch keine Ahnung, mit wem er es zu tun hatte. Und sobald sie das Problem mit ihrer Rune behoben hatte, würde er die Fähigkeit verlieren, ihre Gedanken zu lesen.

Er kniff die Augen zu dünnen Schlitzen zusammen. »Es scheint nur fair zu sein, diesen Kommunikationsweg offenzuhalten, wenn man bedenkt, dass du selbst dessen Vorteile zum Ausdruck gebracht hast.«

»Kommunikationsweg?«, wiederholte sie. »So nennst du das also?«

Er öffnete die Tür der Duschkabine und nahm ein Handtuch von der Ablage. Statt es sich um die Taille zu wickeln und ihr den Blick auf seine mehr als beeindruckende Gestalt zu verwehren, trocknete er sie damit gründlich ab. Dann hüllte er sie damit ein und zog sie an sich, um sie zu küssen.

Ohne Zunge.

Er presste lediglich seine Lippen auf die ihren.

Es war wie das Flüstern einer verruchten Verheißung.

Leela erzitterte trotz der Wärme, die sie umhüllte. Sie wurde von überwältigendem Verlangen gepackt, als er einen Schritt zurücktrat und sie musterte. »Kommunikation, Leela. So funktionieren Beziehungen nun einmal.«

»Beziehungen?«, wiederholte sie atemlos. Balthazar

ging keine Beziehungen ein. *Sie* ging keine verdammten Beziehungen ein. »Definiere *Beziehung*.«

Er antwortete nicht. Stattdessen schnappte er sich noch ein Handtuch und wickelte es um seine Hüften, ohne sich abzutrocknen. Dann streckte er ihr eine Hand entgegen und forderte sie mit einem Blick heraus, ihn abzuweisen.

Sie hätte es fast aus Prinzip getan.

Aber sie war zu fasziniert, um seiner Aufforderung nicht nachzukommen – eine Tatsache, die ihr ein wissendes Grinsen einbrachte.

Das heißt nicht, dass ich mich auf eine Beziehung einlassen will, gab sie ihm zu verstehen.

»Es ist zu spät, daran etwas zu ändern, Schätzchen«, sagte er, als er sie aus dem Badezimmer führte. »Unsere Geschichte fängt gerade erst an.« Er bedachte sie mit einem vielsagenden Blick und seine schokoladenfarbenen Augen funkelten verheißungsvoll. »Jetzt leg dich aufs Bett und spreiz die Beine. Ich will hören, wie du meinen Namen schreist.«

»Ich dachte, du wolltest, dass ich zuerst vor dir krieche?«

»Oh, das wirst du«, erwiderte er mit verschlagener Miene. »Und wenn …«

Ein Aufblitzen seraphischer Macht ließ die Härchen auf ihren Armen zu Berge stehen und schnitt Balthazar das Wort ab.

Denn er konnte ihre Reaktion in ihren Gedanken lesen. Es war ein Problem, das sie unbedingt beheben wollte.

Vor ihnen erschien ein Paar marineblauer Flügel, gefolgt von Veras vertrauter Energie. Sie nahm augenblicklich ihre körperliche Gestalt an, was Balthazar ein Grinsen entlockte. »Genau der Seraph, den ich sehen wollte. Wir beide sollten uns ernsthaft über mein Erinnerungsvermögen unterhalten.«

Sie blinzelte ihn an. Dann schüttelte sie den Kopf, als wollte sie ihre Gedanken klären, und wandte sich dann Leela zu. »Leek und Kital sind auf dem Weg hierher. Wir müssen von hier verschwinden. Und zwar sofort.«

KAPITEL 4

LEELA

LEELA STARRTE IHRE BESTE FREUNDIN AN. »WIE BITTE? Wie ist das möglich?«

Leek und Kital waren seraphische Krieger, genau wie Gabe. Aber im Gegensatz zu Letzterem gehörten die beiden anderen Krieger nicht zum Team Stas. Sie gehörten zum Team Hoher Rat.

Glücklicherweise war Gabe von allen drei Kriegern der stärkste, obwohl er um viele Jahrhunderte jünger war als sie. Vor einigen Jahrzehnten hatte er sogar seinen Halbbruder Leek besiegt und damit bewiesen, dass das Alter keine Rolle spielte, solange er den anderen an Macht und Geschick überlegen war.

Das bedeutete jedoch nicht, dass Leek oder Kital schwach waren.

Nein, sie stellten durchaus eine Bedrohung dar.

Allerdings war das Grundstück von Schutzsymbolen umgeben, das hatte Gabe vor Leelas und Balthazars Ankunft erwähnt. Sie hatte einige von ihnen selbst überprüft, wobei ihr aufgefallen war, wie sehr sie mit Lizzies Wesen verbunden waren.

»Draußen ist eine Tarnrune angebracht«, fügte sie hinzu, als sie sich an das magische Symbol erinnerte, welches das Land für jeden unsichtbar machte, der Lizzie schaden wollte. »Sie können uns hier nicht finden.«

»Patreel und Arvane sind bei ihnen«, antwortete Vera, wobei Leela die beiden Namen dunkel in Erinnerung hatte. *Fährtenleser.* »Sie haben den Auftrag, Elizabeth und ihr Kind lebend zu fangen. Aber sie haben auch die Erlaubnis erhalten, sie zu vernichten.«

Das wundert mich nicht, dachte Leela. Der Rat würde Lizzie keinen Prozess machen wollen; sie würden nur Experimente an ihr durchführen und sie danach töten.

»Hast du Gabe darüber informiert?« Er würde es wissen wollen, da sein Vater Adriel wahrscheinlich den Befehl erlassen hatte.

»Ich habe nicht mehr mit ihm gesprochen, seit ich seine Erinnerungen manipuliert habe«, antwortete sie. »Ich dachte, er wäre ebenfalls hier.«

»Ist er aber nicht.« Leela runzelte die Stirn. »Wo ist Gabe?« In dem ganzen Tumult hatte sie nicht daran gedacht, nach ihm zu fragen. Sie konnte jedoch verstehen, warum Vera angenommen hatte, dass er hier sein würde. Es wäre nur logisch, wenn er hier wäre.

»Ist er vielleicht immer noch bei Ezekiel?«, fragte Vera.

»Nein, ich habe ihn zuletzt in Hydria gesehen. Aber ich dachte, er wollte uns hier treffen.« Es sei denn, er hat die Insel nicht finden können.

Doch das war eher unwahrscheinlich, wenn man bedachte, wie leicht Leela sie gefunden hatte.

Und Vera hatte sie offensichtlich auch gefunden.

Weil sie alle wussten, wo sie suchen mussten. Aber …

»Wie hat der Rat uns gefunden?«, fragte sie sich laut. »Wir befinden uns mitten in der Karibik und nicht einmal in der Nähe von Hydria.«

Balthazar kniff die Augen zusammen. An seiner Miene konnte sie ablesen, dass ihm ein Gedanke gekommen war, aber er sprach ihn nicht laut aus.

Vera zuckte nur mit den Schultern. »Ich weiß es nicht, aber wir müssen von hier verschwinden. Ich schlage vor, wir gehen nach Island. Ezekiel und Skye haben Schutzmaßnahmen ergriffen. Wir können uns bei ihnen neu formieren und dann entscheiden, wohin wir als Nächstes gehen.«

Leela nickte. »In Ordnung. Ich brauche nur die Adr…«

Vera ergriff ihr Handgelenk und entfaltete ihre Macht, als sie eine falsche Erinnerung in Leelas Gedächtnis einpflanzte. Sie erschauderte, während ihr der Gedanke mit rasender Geschwindigkeit durch den Kopf schoss. Dann beruhigte er sich und verband sich mit ihren anderen Erinnerungen. Sie blinzelte.

Es fühlte sich so real an, dass sie fast an der Falschheit gezweifelt hätte.

Bin ich schon einmal dort gewesen?, fragte sie sich selbst. *Oder ist das nur einer von Veras mentalen Tricks?* Es war so schwer zu wissen, was Vera in ihrer Vergangenheit verändert hatte und wie viel davon echt oder erfunden war.

Als Vera die Hand auch nach Balthazar ausstreckte, wich er einen Schritt zurück. »Rühr mich nicht an, es sei denn, du hast vor, mir meine Erinnerungen zurückzugeben.«

Sie seufzte und schüttelte den Kopf. »Es ist nicht gerade so, als würde es mir Spaß machen.«

»Was du nicht sagst«, erwiderte er. Der zornige Unterton in seiner Stimme überraschte Leela. Sie hatte ihn noch nie so wütend erlebt, aber normalerweise hatte sie ihn auch immer nur beim Liebesspiel beobachtet. Und obwohl sie beide nur mit Handtüchern bekleidet waren, hatte Veras Ankunft der feurigen Sinnlichkeit zwischen ihnen einen Dämpfer verpasst.

Auch das faszinierte Leela.

Balthazar gestattete so gut wie jedem Zutritt zu seinem Bett.

Seine braunen Augen funkelten düster, als er Leelas Blick begegnete.

Sie musste schlucken, denn er strahlte eine Intensität aus, die erdrückend und fesselnd zugleich war.

»Ich will meine Erinnerungen zurück«, sagte er. »Bis das geschieht, bleibt Leelas Verstand zugänglich.«

Sie öffnete den Mund. »Das ist nicht …«

»Also schön«, stimmte Vera zu. »Was auch immer nötig ist, um euch beide zum Gehen zu bewegen. Uns läuft die Zeit davon.« Mit diesen Worten verschwand sie.

Balthazar starrte mit zusammengekniffenen Augen zu der Stelle, an der sie eben noch gestanden hatte. »Wie haben sie uns deiner Meinung nach gefunden?«, fragte er mit gedämpfter Stimme.

»Ich weiß es nicht«, gestand Leela. »Genau deshalb habe ich Vera dieselbe Frage gestellt.«

Er schwieg einen Moment, dann nickte er, als akzeptierte er diese Erklärung. Als er sie jedoch im nächsten Moment ansah, ließ sein Gesichtsausdruck darauf schließen, dass er eine Theorie hatte.

Sie bedachte ihn mit einem Stirnrunzeln. *Wie haben sie uns deiner Meinung nach gefunden?*, dachte sie und zog eine Augenbraue in die Höhe.

Er schüttelte den Kopf, bevor er sagte: »Zieh dich an.«

Ein Teil von ihr wollte sich seinem Befehl widersetzen, doch dann lief ihr ein kribbelnder Schauer des Unbehagens über den Rücken. Es ging von ihrer Rune aus, die ihr zuflüsterte, dass Gefahr im Verzug war.

Fährtenleser.

Sie schluckte, als sich die Angst, entdeckt zu werden, wie ein eisiger Dolch in ihre Sinne bohrte. Sie hatte sich jahrhundertelang im Verborgenen gehalten und war stolz darauf, dass sie selbst von den besten Seraphim der Blutlinie der Fährtenleser nie ausfindig gemacht worden war.

Jetzt hatten sie sie jedoch gefunden.

Wie?, fragte sie sich erneut.

In ihrem Blickfeld erschienen eine Jeans und ein Trägeroberteil, die Balthazar ihr entgegenstreckte. Die Kleidungsstücke gehörten beide nicht ihr, er hatte sie der Kommode neben ihnen entnommen.

»Das scheint deine Größe zu sein. Es hat fast den Anschein, als hätte jemand gewusst, dass wir uns in diesem Zimmer befinden würden, und zwar genau in diesem Moment.« Dann reichte er ihr einen Pullover. »Der hat auch deine Größe.«

Sie warf einen Blick hinter ihn und entdeckte in der Schublade ein weiteres Kleidungsstück, das für ihn zu sein schien.

Skye, dachte sie.

Er stieß ein Schnauben aus, wobei sie sich nicht sicher war, ob er damit seine Zustimmung bekundete oder sein Missfallen zum Ausdruck brachte. Sie hatte diese Seite von ihm noch nie gesehen, doch sie war der Grund dafür, dass er zu den Anführern seiner Rasse zählte.

Die Politik der Hydraianer war im Vergleich zu der der Seraphim und sogar der Ichorianer wesentlich entspannter.

Die Hydraianer legten viel Wert auf Macht und Alter und ernannten die betagtesten Mitglieder ihrer Rasse zu ihren Ältesten. Balthazar gehörte zu dieser Gruppe, denn er existierte seit Tausenden von Jahren und wurde allseits verehrt und respektiert. Dennoch bewahrte er sich stets ein gelassenes Auftreten und schlichtete Streitigkeiten eher mit einem liebevollen Ansatz statt mit eiserner Faust.

Balthazar unterbrach Leelas Gedanken mit einem Schnauben. »Es gibt alle möglichen Arten der Disziplin, Lee. Nicht alle von ihnen sind gewalttätig.«

Er stellte sich dicht vor sie und machte ihr dadurch bewusst, dass sie immer noch nackt war, während er sich bereits eine Jeans angezogen hatte.

»Bestimmte Bestrafungen erfordern eine sinnliche Herangehensweise«, sagte er mit sanfter Stimme. »Und nicht jeder will geführt werden. Manche müssen überredet werden, damit sie sich benehmen.« Seine nackte Brust strahlte Wärme aus, während seine schokoladenbraunen Augen verheißungsvoll funkelten. »Und jetzt zieh dich an.«

Sein dominanter Unterton rief in ihr den Wunsch hervor, sich ihm zu widersetzen. Sie störte sich dabei nicht an seiner Machtdemonstration, doch sie wollte herausfinden, wie er reagieren würde, wenn sie sich weigerte.

Das Kribbeln entlang ihrer Wirbelsäule erinnerte sie jedoch an die Bedrohung, die draußen lauerte, daher war sie gezwungen, sich zu fügen.

Balthazar zog sich ein Paar dicke Socken und schwarze Stiefel an, die er aus dem Schrank geholt hatte, und brachte ihr ein passendes Paar. Sie musste nicht erst fragen, um zu wissen, dass auch diese perfekt passten, genau wie die Jeans, das Trägerhemd und der blaue Pullover, die er ihr gereicht hatte.

Ein Blick über seinen nun bekleideten Oberkörper verriet ihr, dass auch seine Kleidung die richtige Größe hatte. Allerdings lag sein schwarzes, langärmeliges Rollkragenhemd so eng an, dass es wie aufgemalt schien, was seinen makellosen Körper noch mehr zur Geltung brachte.

Leela vermutete, dass ihr jemand damit einen Gefallen tun wollte.

Danke, Skye, dachte sie, als Balthazar sich umdrehte und ihr seinen prallen Hintern zuwandte.

Er nahm zwei Jacken aus dem Schrank, von denen er ihr die weiße, flauschige reichte, während er sich selbst die Lederjacke überzog.

Offensichtlich hatte jemand damit gerechnet, dass sie nach Island reisen mussten, denn diese Kleidung war für die Bahamas viel zu warm.

Und es gab nur eine Person, die vorhersehen konnte, wer die Kleidung in genau diesem Raum brauchen würde.

Das wiederum bedeutete, dass sie aus vielerlei Gründen als Nächstes in Island haltmachen würden.

»Wir sollten die anderen suchen«, sagte sie. Entweder hatte Vera ihnen bereits von der bevorstehenden Reise erzählt oder sie hatte erwartet, dass Leela und Balthazar ihnen die Nachricht überbringen würden.

Wahrscheinlich nahmen sowohl Stas als auch Sethios und Caro die herannahende Bedrohung ebenfalls wahr.

Leela wollte gerade die Tür öffnen, als Balthazar ihr Handgelenk packte. »Teleportiere uns nach Island.«

»Wie bitte?« Sie blinzelte ihn an. »Wir müssen es den anderen sagen.«

»Nein. Wir müssen zuerst sichergehen, dass wir nicht in eine Falle tappen, dann werden wir die anderen holen«, korrigierte er sie.

Sie starrte ihn an. »Ich kann die Gefahr deutlich spüren.«

»Durch eine von Vera erschaffene Rune, richtig?«

»Nein, von Caro …« Sie verstummte und runzelte die Stirn. »In gewisser Weise.«

Runen waren eine komplizierte Angelegenheit. Alle Seraphim wussten, wie man sie erschuf. Aber es galt in gewisser Hinsicht als Tabu, sich selbst mit einer zu versehen.

Vor allem, da das Risiko bestand, dass man die Umrandung oder den Winkel fehlerhaft zeichnete.

Deshalb halfen sich die Seraphim immer gegenseitig.

Diese Methode hatte jedoch einen Haken: Nur der Erschaffer der Rune war imstande, sie zu ändern, sobald sie einmal ins Fleisch geätzt worden war.

Schutzzauber und Runen auf leblosen Gegenständen konnten dagegen von jedem verändert werden. Was die Rune auf einer lebenden Kreatur betraf, so musste immer der ursprüngliche Seraph Hand anlegen.

Oder, wie in Leelas Fall, mehrere *Seraphim*.

Denn Vera und Caro hatten zusammengearbeitet, um Leelas Rune mit Stas zu verbinden, während sie ihr die Treue geschworen hatte.

»Ich verstehe nicht, in welcher Hinsicht das relevant sein soll«, sagte Leela schließlich. »Wir müssen es den anderen sagen.«

Doch Balthazar schüttelte den Kopf. »Wir müssen zuerst den Bestimmungsort überprüfen, um sicherzugehen, dass keine Gefahr besteht, bevor wir die anderen holen. Ich werde die kleine LJ und ihre Eltern keinem Risiko aussetzen.«

Er strahlte eine schützende Energie aus, die sich wie ein beruhigender Mantel um ihn legte. Er meinte es ernst, er musste für die Sicherheit seines besten Freundes und seiner Familie sorgen.

Denn sie waren auch Balthazars Familie.

Leela schluckte, dann nickte sie. »In Ordnung. Aber ich will wenigstens Caro Bescheid geben. Auf diese Weise können sie angemessen reagieren, wenn wir nicht zurückkehren.«

Sie würden zurückkehren, dessen war Leela sich sicher. Vera hatte keinen Grund, sie zu verraten.

Aber Balthazar kannte den gedächtnismanipulierenden Seraph nicht so gut wie sie selbst.

»Ich habe Issac bereits die Bilder übermittelt«, erwiderte Balthazar. »Er ist sich der Lage bewusst.«

»Ich dachte, du kannst ihn nicht hören«, erwiderte sie und legte die Stirn in Falten.

Issac war mit Stas ein Blutsband eingegangen, was den Ichorianer nun allmählich zu einem Seraph werden ließ. Dadurch war er gegen ichorianische und hydraianische Kräfte weitgehend immun.

In fünfundzwanzig Jahren würden ihm nicht nur Flügel wachsen, sondern er würde auch für immer unsterblich und unzerstörbar sein.

»Ich kann seine Gedanken nur undeutlich wahrnehmen, wie ein Radio, das einen schlechten Empfang hat«, sagte Balthazar zur Bestätigung. »Aber er hat mir eine visuelle Antwort geschickt. Er weiß, was wir vorhaben, und wird die anderen informieren.«

Ein Bild blitzte in ihrem Kopf auf. Sie sah, wie Issac und Stas Kleidungsstücke fanden, die so wie ihre und Balthazars für die beiden hinterlegt worden waren.

Leela schüttelte den Kopf und versuchte, das Bild zu verdrängen, als sie plötzlich Issac und Stas vor sich sah, die den Flur entlanggingen, um Caro und Sethios zu suchen.

Dann blickte Issac Leela direkt an und formte mit seinem Mund das Wort *Geht*.

Ihre Augen weiteten sich, als das Bild verschwand und sie in Balthazars belustigtes Gesicht starrte. »Hast du ihm gesagt, dass er das tun soll?«

»Nein, aber ich nehme an, er hat gespürt, dass du

wertvolle Zeit verlierst, und hat beschlossen, die Sache selbst in die Hand zu nehmen. Er verschwendet keine Zeit.«

»Ich auch nicht.«

»Warum stehen wir dann noch hier herum?« Er drückte ihr Handgelenk, um seinen Worten Nachdruck zu verleihen, woraufhin sie die Augen zusammenkniff.

Also schön. Du willst, dass wir nach Island gehen? Dann gehen wir eben nach Island. Von einem Augenblick zum anderen entfaltete sie ihre Teleportationskräfte, packte ihn am Nacken und ließ sie durch Raum und Zeit reisen.

Für Balthazar fühlte es sich wahrscheinlich an, als würde er mit Vollgas durch einen Tunnel fahren. Aber für Leela war es anders.

Für sie glich das Teleportieren einem Gefühl von Freiheit.

Es war ein Zustand, in dem ihr niemand etwas anhaben konnte und der es ihr ermöglichte, ohne viel Aufhebens die Bahamas zu verlassen und sie direkt nach Norden in das viel kältere Klima zu teleportieren.

Wobei niemand ihrer Anwesenheit gewahr wurde.

Dank ihrer Rune.

Vielleicht würden die anderen Balthazars Präsenz spüren, aber nur für den Bruchteil einer Sekunde. Es wäre so kurz, dass Patreel oder Arvane sie nicht würden aufspüren können. Diese Gewissheit beruhigte sie und half dabei, das Ziehen in ihrer Magengrube zu besänftigen.

Ihr war die Vorstellung zuwider, dass jemand sie beschatten könnte. Allein der bloße Gedanke daran schnürte ihr die Kehle zu.

Wenn jemand die Risse in ihrer Konditionierung entdeckte, würde man sie einer emotionalen Reformation unterziehen.

Das würde sie niemals überleben.

Sie war nicht wie Caro ein Band mit einem Gefährten eingegangen. Daher hatte sie niemanden, der sie erden würde, damit sie nicht dem Wahnsinn verfiel. Ihr wohnte lediglich eine tief empfundene Liebe gegenüber der Menschheit inne, was genau die Schwäche war, die der Hohe Rat von Seraph zu vernichten versuchte.

Sie wurde von einem Frösteln ergriffen, das jedoch nichts mit der eisigen Luft zu tun hatte, die ihre Federn bei ihrer Ankunft umhüllte.

Es war jedoch nicht nur der Gedanke an die Reformation, der ihr das Blut in den Adern gefrieren ließ.

Nein, es war die Erinnerung an *ihn* und daran, was er tun würde, wenn er sie fand. Er hatte sich nicht die Mühe gemacht, sie zu verfolgen. Aber wenn Patreel oder Arvane ihn von ihrer Anwesenheit in Kenntnis setzten, könnte er seine Meinung ändern und sie aufspüren.

Allein der Gedanke ließ sie heftig erzittern, was sie normalerweise dem Temperaturwechsel zugeschrieben und nicht weiter erwähnt hätte. Denn diese Angst, die sie in sich trug, war ihr Geheimnis. Niemand wusste davon.

Bis jetzt, erkannte sie und warf einen Blick auf den Gedankenleser neben ihr. Sie war zwar noch immer unsichtbar für ihn, aber er konnte sie hören.

Als sie wieder ihre körperliche Gestalt annahm, starrte Balthazar sie direkt an. Sein Blick hatte zielsicher den ihren gefunden, obwohl er sie in ihrem ätherischen Zustand nicht hatte sehen können.

Er kannte ihren Verstand und war imstande, sich jedes Detail vorzustellen, ohne sie zu sehen.

Und das machte ihr Angst.

Denn nun wusste er genau, was sie mehr als alles andere fürchtete, nämlich ihre Gefangennahme und die Maßnahmen, die folgen würden.

Die Reformation würde ihren Verstand erdrücken und ihre Seele zerstören.

Die Tatsache, dass sie Angst davor hatte, sagte alles über ihren derzeitigen Zustand. Ein stoischer Seraph würde die Reformationskapsel niemals fürchten, denn er hätte nichts zu verlieren.

Keine Freude. Keine schönen Erinnerungen. Kein *Leben*.

Leela würde lieber sterben, als sich dieser Qual zu unterziehen.

Und genau da lag das Problem.

Seraphim starben nicht.

Sollte sie jemals gefangen genommen werden, würde sie ihr Dasein für immer in einer qualvollen Vorhölle fristen müssen. Und er würde nur dabei zusehen, wie sie litt. Gefühllos. Kalt. Er würde ihre vollständige Reformation abwarten, damit er das vollenden konnte, was die Schicksalsgöttinnen ihm aufgetragen hatten.

Er wollte sich *fortpflanzen*.

Was frühestens in einem Jahrhundert der Fall sein würde.

Der Vorteil ihrer Fruchtbarkeitslinie war, dass sie ihren eigenen Zyklus kannte.

Dieser Umstand hatte ihr mehr als einmal ermöglicht, ihrem Schicksal zu entkommen. Aber es bedeutete auch, dass sie im Falle ihrer Gefangenschaft möglicherweise hundert Jahre lang leiden musste, während man versuchte, sie zu heilen.

Und das alles, während *er* die »Korrektur« überwachte.

Balthazar sagte nichts und stellte keine Fragen. Er betrachtete sie noch einen Augenblick, bevor er den Blick auf den Schnee richtete.

Januar in Island bedeutete, dass es kalt und dunkel war. *Genau wie eine Reformationskammer.*

Sie schluckte und verdrängte die Vorstellung aus ihren Gedanken, wobei ihr Blick auf das Haus fiel, das etwa zwanzig Meter vor ihnen stand. Es war von einer vibrierenden Energie umhüllt, die darauf schließen ließ, dass es mit Schutzsymbolen versehen war. Doch die Tatsache, dass sie die Schutzschilde wahrnehmen konnten, bedeutete, dass sie das Haus betreten durften.

Balthazar schien nicht ganz so überzeugt zu sein.

»Ich habe nicht so lange überlebt, weil ich gleich alles geglaubt habe, was ich gesehen habe«, sagte er und richtete die Aufmerksamkeit wieder auf Leela. »Woher wusste Vera von dem Haus auf den Bahamas? Sie hat sich mit einer Selbstverständlichkeit dorthin teleportiert, als wäre sie schon einmal dort gewesen. Aber bei der Geburt war sie nicht anwesend.«

»Gabe muss ihr davon erzählt haben.« Allerdings hatte Vera gesagt, dass sie das letzte Mal mit ihm gesprochen hatte, nachdem sie seine Erinnerungen verändert hatte. Oder hatte sie gesagt, dass sie ihn *gesehen* hatte?

»Sie sagte *gesprochen*«, bestätigte Balthazar. »Woher wusste sie dann von Osiris' Haus?«, fragte er erneut.

»Ich …« Leela verstummte. »Um ehrlich zu sein, weiß ich bei der Hälfte der Dinge, über die Vera Bescheid weiß, nicht, wie sie davon erfahren hat.« Sie war immer mehrere Schritte voraus und bestens vorbereitet. »Sie ist ein Genie.«

»Ein Genie, das die Erinnerungen anderer nach Belieben manipulieren kann.«

»Sie ist auf unserer Seite«, beharrte Leela.

»Das wird sich noch zeigen.«

»Ja, das wird es«, stimmte sie zu und war sich ihrer Sache sicher. Vera war ihre beste Freundin. Sie vertraute ihr bedingungslos.

Balthazar brummte etwas Unverständliches und setzte sich in Bewegung.

»Wir müssen die anderen holen.«

»Erst wenn wir wissen, wer sich im Haus befindet, und du die Schutzrunen überprüft hast«, erwiderte Balthazar. »Und wenn wir uns einig sind, dass es sicher ist, können wir zurückgehen und sie holen.«

Sie blieb im Schnee stehen, während er mit energischen Schritten auf das Haus zuging.

Leela gefiel diese beschützende Art von Balthazar außerordentlich.

Genauso wie sein Hintern in dieser Jeans.

»Heb dir deine Fantasien für später auf, Schätzchen«, rief er ihr zu. »Wir haben zu arbeiten.«

»Und du kannst nicht gleichzeitig arbeiten und spielen?«, neckte sie ihn und teleportierte sich an seine Seite.

Seine Reflexe waren beeindruckend, denn er packte sie am Nacken, noch bevor sie ihre körperliche Gestalt annahm.

»Ich höre nie auf zu spielen«, sagte er mit täuschend leiser Stimme, als er sie an sich zog und küsste. Die Bewegung war so schnell und unerwartet, dass sie nur verblüfft dastand, als er sie im nächsten Moment wieder losließ.

Keine Zunge.

Schon wieder.

Nur mit den Lippen.

Warum …

»Ich habe dir gesagt, dass es nicht ausreicht, mich nur ein paar Monate zu beobachten«, flüsterte er mit düsterer Stimme. »Du wirst vor mir kriechen.«

Die Zuversicht in seinem Tonfall glich der Bestimmtheit seiner Schritte, als er weiter auf das Haus zuging.

Sie starrte ihm hinterher und keuchte hilflos.

Diese Version von Balthazar war völlig anders als die, der sie in Brasilien begegnet war. Und doch war er genau derselbe, denn er schaffte es immer noch, sie mit allem, was er tat, zu verblüffen.

Sie verzog die Lippen zu einem Lächeln.

Charmante und sexy Männer gab es viele. Doch Balthazar verlieh diesen Eigenschaften eine ganz neue Bedeutung und vereinte sie mit Intelligenz, strategischem Geschick und einer ordentlichen Prise Beschützerinstinkt.

Das wird sich noch zeigen, wiederholte sie seine Worte und setzte sich ebenfalls wieder in Bewegung.

In diesem Moment verstand Leela, worum es ihm bei seiner Herausforderung ging. Es ging nicht darum, dass sie ihn abwies oder sich ihm verweigerte. Er wollte sie dazu bringen, vor ihm kriechen zu *wollen*.

Für ihn.

Zu ihm.

Angetrieben von ihrer eigenen Lust.

Er wollte sich darum verdient machen, dass sie ihm die sinnliche Version einer Entschuldigung zuteilwerden ließ. Und bis es so weit war, hatte er vor, sie beide mit erotischen Spielchen bei Laune zu halten.

Seine Miene verriet nichts, als sie die Haustür erreichten. Sie wusste jedoch, dass er in ihre Gedanken hineinhorchte, während sie seine wahren Absichten erkannte.

»Tatsächlich?« Ezekiels Stimme durchdrang die mitternächtliche Luft. Seine Belustigung war selbst durch die massive Holztür hindurch spürbar.

Leela tauschte mit Balthazar einen Blick und zog die Augenbrauen in die Höhe. Er schien ebenso fasziniert von dem zu sein, was drinnen vor sich ging. Es war zwar nicht ungewöhnlich, dass Ezekiel sich hin und wieder über etwas amüsierte, doch es wäre hilfreich zu wissen, was ihn derart erheiterte.

Ezekiels Vorliebe für Unbeständigkeit und Gewalt machte ihn zu einem würdigen Gegner. Leela vertraute ihm bis zu einem gewissen Grad. Allerdings würde der Attentäter »im Ruhestand« immer seine eigenen Interessen über die der anderen stellen.

»Und was hat er sich sonst noch angeeignet?«, wollte Ezekiel wissen.

»Das wirst du ihn schon selbst fragen müssen«, antwortete eine Frau mit sanfter Stimme.

Balthazars Augen weiteten sich, als er die Hand nach dem Türgriff ausstreckte. Leela konnte an seinem Gesichtsausdruck sehen, dass er die Stimme der Frau erkannt hatte.

»Hm«, brummte Ezekiel daraufhin. »Wir werden ja sehen, wohin das führt.«

»Wir werden sehen, wohin was führt?«, wollte Balthazar wissen und trat ein, ohne vorher anzuklopfen. Er sah, wie Ezekiel mit einer blonden Frau sprach, und zog eine Augenbraue in die Höhe. »Was machst du denn hier?«

KAPITEL 5

ISSAC

Einige Minuten zuvor

ISSACS HAND RUHTE AUF ASTASIYAS FLACHEM BAUCH UND er spürte ihre warme Haut. Sie lagen entspannt nebeneinander und genossen die Stille, die von einer Vielzahl unausgesprochener Worte erfüllt war. Sie mussten keine Worte wechseln, um einander zu verstehen.

Natürlich war es dabei hilfreich, dass ihr Band ihnen erlaubte, miteinander zu kommunizieren.

Dennoch ruhten sie beide in sich und genossen einfach nur ihr Zusammensein.

Es war ein schöner Moment der Glückseligkeit und Harmonie.

Sie waren gerade Zeuge der Entstehung eines neuen Lebens geworden. Vor dem heutigen Tag hatte Issac nie den Wunsch verspürt, so etwas zu sehen, doch das Erlebnis hatte ihn auf unwiderrufliche Weise verändert.

Er fragte sich, wie sein Sohn oder seine Tochter aussehen würde, falls er und Astasiya ebenfalls diesen Pfad einschlagen sollten. Natürlich würde es weder jetzt noch bald so weit sein, und vor etwa drei Stunden hätte er diesem Gedanken sogar ein *Niemals* hinzugefügt.

Doch als er die Freude in Jaysons und Elizabeths Gesicht gesehen hatte, war er … neugierig geworden.

Aya neigte den Kopf, um seinem Blick zu begegnen, und ihre grünen Augen funkelten verständig. Er konnte spüren, dass es ihr ebenso erging und sie darüber nachdachte, was sie gemeinsam erschaffen könnten.

Ein kleiner Seraph.

Würde sie das Elfenkinn ihrer Mutter haben? Diese schönen, langen blonden Strähnen? Oder würde es ein Junge mit saphirblauen Augen und dichtem, dunklem Haar sein? Vielleicht wäre das Kind mit einer atemberaubenden Kombination ihrer beider Merkmale gesegnet.

Er schmunzelte und dachte daran, was seine Schwester sagen würde, wenn sie diese Gedanken jetzt hören könnte. Amelia wäre überglücklich und vielleicht auch ein wenig überrascht, weil er diese Möglichkeit überhaupt in Betracht zog.

Aya stützte sich neben ihm auf den Ellbogen und blickte auf ihn hinab, wobei ihr ihr seidiges Haar über die nackten Schultern fiel.

Sie sagte nichts.

Weil sie es nicht musste.

Er verstand sie in jeglicher Hinsicht, daher wusste er auch genau, was sie jetzt vorhatte.

Er legte eine Hand an ihre Hüfte, als sein Körper wie selbstverständlich auf jede ihrer Bewegungen reagierte. Sie ließ einen Schenkel zwischen seine Beine gleiten und beugte sich vor, um ihn zu küssen. Die Liebkosung ihrer Lippen war wie ein Hauch, der ihm das Versprechen der Ewigkeit zuflüsterte.

So intuitiv und perfekt.

Sein wunderbarer Seraph.

Seine Gefährtin.

Seine Aya.

Er ließ die Hände an ihrer Taille hinaufgleiten, streifte über die Wölbung ihrer Brüste und hielt dann an ihrer Kehle inne. Sie lächelte, als er mit einer Hand ihren Nacken umschlang, und stöhnte auf, als er die Kontrolle übernahm und ihren Kuss vertiefte.

Jede Berührung, jeder Zungenstreich, jede Liebkosung fühlte sich an, als würden sie sich zum ersten Mal lieben. Zwischen ihnen war eine pure, alles verzehrende Leidenschaft und ein inniges Versprechen entbrannt. Sie hatten ein Fundament für die Ewigkeit geschaffen. Sie war ganz und gar die Seine, so wie er der Ihre war. Dieses Bewusstsein erfüllte ihn auf eine unerklärliche Weise. Ihre Beziehung war unvergleichlich, sie sprengte alle Grenzen, brach alle Regeln und widersetzte sich allen Erwartungen.

Er betete sie an.

Liebte sie.

Verehrte sie.

Und genau das gab er ihr jetzt mit seiner Zunge zu verstehen, während er gelobte, immer für sie da zu sein, egal was die Zukunft für sie bereithielt. Er würde für diese Frau sterben. Er würde ihr seine Seele geben, wenn er nur einen Atemzug länger mit ihr gemeinsam hatte.

Sie erwiderte sein Gelübde, indem sie ihm mit der sinnlichen Geschicklichkeit ihrer Lippen antwortete.

Er lächelte und festigte seinen Griff um ihre Taille, als sie sich rittlings auf ihn setzte und sich genau dort platzierte, wo er sie haben wollte.

Doch dann erschauderte sie plötzlich, als sie das Eindringen einer fremden Macht spürte.

Sie hob den Blick zur Decke und wandte sich dann der Tür zu.

Er verstand sofort, dass sie eine Störung wahrgenommen hatte, denn ihre Haut vibrierte förmlich unter seinen Fingern. Sie runzelte die Stirn. *Meine Rune kribbelt.*

Issac dachte einen Moment lang darüber nach, dann erwachte seine visuelle Manipulationskraft automatisch zum Leben. Er suchte im Geiste die Umgebung ab, indem er gleichzeitig die Sehkraft aller, die auf dem Gelände anwesend waren, im Blick hatte. Es war fast so, als würde er mehrere Fernsehkanäle gleichzeitig sehen, während es hier jedoch weniger Frequenzen gab, da sie sich mitten im Nirgendwo befanden.

Dadurch war es ein Leichtes, die betreffende Frequenz zu finden. »Vera ist hier«, sagte er, als er sie durch Balthazars Augen sah.

Astasiya entspannte sich.

Doch Issac blieb wachsam.

Denn er beobachtete, wie Leela sich anspannte, nachdem sie Vera zugehört hatte.

Issac machte sich Balthazars Sichtfeld zunutze und manipulierte sie, um selbst am Rande schemenhaft in Erscheinung zu treten. Damit gab er ihm auf subtile Weise zu verstehen: *Ich kann dich sehen. Was ist hier los?*

Der Gedankenleser war mittlerweile nicht mehr in der Lage, diese Gedanken deutlich zu hören, was die Sache etwas schwieriger gestaltete als früher. Aber der hydraianische Älteste ließ sich nicht beirren und brachte sich in seine Vorstellungskraft ein, indem er sich zwei kriegerische Engel ausmalte, die von oben auf sie herabschwärmten.

»Balthazar sagt, wir haben Gesellschaft«, interpretierte Issac laut.

Das erklärt das Kribbeln, murmelte Aya, wobei sie die Hand auf ihr Kreuz legte, um die herzförmige Rune am unteren Rand ihrer Wirbelsäule zu berühren. *Wenn Vera in der Nähe ist, kribbelt sie für gewöhnlich nicht.*

Issac antwortete nicht, sondern konzentrierte sich auf Balthazar, der im Geiste weiter seine Gedanken veranschaulichte. Er stellte sich gerade ein Feld aus Eis und Schnee vor.

»Ich glaube, Vera hat Leela und Balthazar gerade gesagt, dass sie nach Island reisen sollen.« Seine Vermutung basierte auf der Tatsache, dass Sethios und Caro dort gewesen waren, bevor sie sich auf die Bahamas teleportiert hatten.

Im nächsten Augenblick stellte Balthazar sich Ezekiel vor und ließ dann den Blick nach oben gen Himmel schweifen.

Issac schickte ihm ein Bild von dem Gesicht des Seraphs Skye, um ihn zu fragen, ob sie die Frau war, die er getroffen hatte. Dann dämmerte ihm, dass die Ältesten ihr noch nie zuvor begegnet waren. Osiris hatte sie die ganze Zeit über versteckt gehalten, bis er Ezekiel schließlich gestattet hatte, sie mitzunehmen.

Zumindest hatte Osiris die Ereignisse so geschildert.

Er hatte behauptet, Sethios' und Skyes Rettung hätten lediglich als Übung für Astasiya gedient.

Der uralte Seraph der Auferstehung hatte eine seltsame Auffassung davon, wie man jemanden in der Entfaltung seiner Kräfte unterrichtete.

Balthazars geistiges Bild änderte sich erneut, als er sich hinkniete, um etwas in den Schnee zu schreiben. *Wir reisen nach Island, um die Schutzsymbole zu überprüfen. Traue Vera nicht.*

Issac zog verwundert die Augenbrauen in die Höhe. Er wollte nach dem Grund fragen, doch er ahnte, dass ihm nicht viel Zeit blieb, denn er konnte durch die Sicht des Gedankenlesers sehen, dass Balthazar bereits nach etwas zum Anziehen suchte.

Vera war wieder verschwunden.

Und Leela schien nicht überzeugt zu sein.

Issac übermittelte Astasiya die Informationen, während diese die Kommode neben dem Bett durchsuchte. »Wir haben ebenfalls zwei Outfits.«

»Das ist eindeutig Skyes Werk«, sagte Issac und bemerkte die Winterjacken, die Balthazar in seinem Zimmer im Schrank vorfand.

Aya überprüfte daraufhin den Schrank in ihrem Zimmer und entdeckte ebenfalls warme Outdoor-Kleidung.

»Sie ist also schon einmal hier gewesen«, murmelte Issac. »Aber wann?«

»Oder sie hat die Einzelheiten an Osiris weitergegeben«, antwortete Aya, wobei ihr Gesichtsausdruck verriet, dass sie von keiner der beiden Möglichkeiten sonderlich begeistert war.

Balthazars Vision erregte erneut Issacs Aufmerksamkeit, als er eine weitere Nachricht in den Schnee schrieb. Wir gehen jetzt. Gib den anderen Bescheid.

»In Ordnung«, sagte Issac, rollte sich vom Bett und begann, sich anzuziehen. Er schickte Balthazar ein vorgegriffenes Bild von ihnen beiden, in dem sie bereits angezogen waren, um ihm mitzuteilen, dass er sich um alles hier kümmern würde. Er und Aya würden die anderen informieren und ihre nächsten Schritte planen, während Leela und Balthazar in Island alles überprüften.

Wie er Balthazar kannte, würde dieser sich weigern, Jayson, Elizabeth und das Baby Aidyn umzusiedeln, bis er sich vergewissert hatte, dass der Ort sicher war.

Auf einige Dinge konnte man sich bei dem Gedankenleser immer verlassen. Er war imstande, jede Situation in eine sexuelle Begegnung zu verwandeln, er mischte sich unaufgefordert in die Gedanken anderer ein und er sorgte für die Sicherheit derer, die ihm wichtig waren.

Die mentale Verbindung wurde gekappt und verriet Issac, dass der Älteste sich mit Leela bereits auf den Weg gemacht hatte.

Jayson, der ebenfalls ein hydraianischer Ältester war, schien in einem Moment der Glückseligkeit mit Elizabeth versunken zu sein, da er nur Augen für sie und das Baby hatte.

Issac zog sich wieder aus seinem Sichtfeld zurück, um nach Caro und Sethios zu suchen. Er hatte die beiden zuvor nur gestreift, da sie sich gerade einem intimen Moment der Zweisamkeit hingegeben hatten. Doch jetzt sah er, dass sie sich bereits die Kleider angezogen hatten, die Skye auch für sie hinterlassen hatte.

»Entweder hat Vera deinen Eltern ebenfalls einen Besuch abgestattet oder sie haben die Störung in der Atmosphäre gespürt«, stellte Issac fest.

Aya kratzte sich wieder am Rücken und presste die Lippen zu einer dünnen Linie zusammen. »Definitiv Letzteres, aber vielleicht war sie auch bei ihnen. Warum hat sie uns nicht aufgesucht?«

»Weil ich damit beschäftigt war, mich draußen mit Osiris zu unterhalten«, antwortete eine weibliche Stimme, als Issac aus dem Augenwinkel einen Wirbel aus marineblauen Federn wahrnahm.

Vera raschelte irritiert mit den Flügeln, bevor sie ihre körperliche Gestalt annahm.

»Er sorgt für Ablenkung, damit wir fliehen können«, fuhr sie fort. »Aber zuerst muss ich Caro nach einem Peilsender absuchen. Es ist die einzige Erklärung dafür, wie sie euch alle so schnell gefunden haben.«

Balthazar hat gesagt, dass er Vera nicht traut, dachte Issac an Aya gerichtet. *Aber ich weiß nicht warum.*

Vielleicht weil sie ohne eine Erklärung einfach aufgetaucht war? Gabriel hatte ihr wahrscheinlich gesagt, wohin sie sich teleportieren musste. Allerdings schien ihm auch ihr Gespräch mit Osiris ein wenig verdächtig.

Astasiya antwortete nicht, sondern sagte stattdessen: »Wir sollten meine Eltern suchen.«

Issac stimmte zu. »Sie warten im Flur auf uns.«

Entweder hatten Caro und Sethios sie gehört oder sie hatten Issac irgendwie wahrgenommen, als er die Umgebung durch ihre Augen gesehen hatte.

Er war sich nicht sicher, wie die Runen funktionierten, um die Kräfte anderer zu blockieren, aber er vermutete, dass sie anderen einen Zugang gewähren würden, sobald eine Vertrauensbasis geschaffen worden war. Vielleicht wirkten sie aber auch nur den übernatürlichen Fähigkeiten der Ichorianer und Hydraianer entgegen.

Da Issac kein Ichorianer mehr war, zeigten seine Gaben jetzt auch bei den Seraphim Wirkung.

Zumindest bei denen, die er kennengelernt hatte.

Mit Ausnahme von Sethios. Sein Geist war für Issac immer noch ein dunkler Fleck. Es waren Caros Augen gewesen, durch die er vor ein paar Minuten noch geblickt hatte, und selbst diese hatten ihm nur eine verschwommene Sicht gewährt.

Vielleicht hatte er seine Fähigkeiten noch nicht vollständig entfaltet, denn Sethios schien für andere seraphische Kräfte empfänglich zu sein. Immerhin hatte sein Vater ihn seinem Willen unterworfen und Vera war in der Lage gewesen, sein Gedächtnis zu manipulieren.

Issac machte sich eine gedankliche Notiz, dass er später mehr über die Runen in Erfahrung bringen würde. Außerdem wollte er herausfinden, wie sich seine eigenen seraphischen Fähigkeiten in den nächsten fünfundzwanzig Jahren entwickeln würden. So lange dauerte es nämlich, bis einem Seraph nach seiner Geburt oder nachdem er ein Blutsband eingegangen war endlich Flügel wuchsen.

Aus diesem Grund war Astasiya, die als Seraph geboren worden war, erst nach ihrem fünfundzwanzigsten Geburtstag in der Lage gewesen, sich unsichtbar zu machen und sich zu teleportieren.

Sie riss ihn aus seinen Gedanken, als sie seine Hand ergriff und ihre Finger mit den seinen verschränkte, um ihn in Richtung Tür zu ziehen.

Vera ging energischen Schrittes voraus.

Sie benahm sich ganz und gar nicht, als hätte sie sich etwas zuschulden kommen lassen.

Vielleicht war Balthazar …

Das Fundament des Hauses vibrierte unter ihnen, woraufhin Aya seitlich gegen seine Brust fiel. Er fing sie auf, wobei seine Knie durch den Aufprall fast nachgegeben hätten. Instinktiv krallte sie sich in seine braune Wildlederjacke und machte sich unsichtbar.

»Das sind die Schutzsymbole«, stieß Vera hervor und lief zur Tür, um sie aufzustoßen.

Caro und Sethios standen auf der anderen Seite. »Was ist hier los?«, wollte Sethios wissen, als Aya wieder ihre körperliche Gestalt annahm. Sie hielt Issac immer noch fest, was ihr Vater bemerkte, woraufhin er die Augen zu dünnen Schlitzen zusammenkniff.

»Der Rat hat zwei Krieger und zwei Fährtenleser geschickt. Ihr Befehl lautet, Lizzie und das Kind lebend zu fangen, aber sie haben auch die Erlaubnis, sie wenn nötig zu töten«, fasste Vera zusammen. »Ich habe Leela davon unterrichtet, aber sie und Balthazar sind bereits in Island.«

Caro runzelte die Stirn. »Ohne uns?«

»Balthazar wollte zuerst das Grundstück überprüfen,

um sicherzustellen, dass für Jayson, Elizabeth und Aidyn keine Gefahr besteht«, erklärte Issac.

»Warum sollte es nicht sicher sein?«, fragte Caro, deren ausdrucksloser Tonfall ihn an Gabriels Stoizismus erinnerte.

Issac zuckte mit den Schultern. Er konnte den anderen gegenüber nicht erwähnen, dass der Gedankenleser Vera nicht über den Weg traute. Es würde nur noch mehr Fragen aufwerfen, die er nicht beantworten konnte.

Stattdessen antwortete er: »Das müsst ihr Balthazar fragen.«

Sethios warf ihm einen Blick zu, mit dem er auszudrücken schien: *Du verschweigst uns etwas*, woraufhin er sofort hinzufügte: *Ich nehme an, dafür gibt es einen guten Grund.*

»Ich werde mit Astasiya und Issac gehen, um mit Jayson zu sprechen, denn ich bin mir sicher, dass das kleine Beben ihn aufgeschreckt hat. Ihr beide kümmert euch um einen Fluchtweg«, sagte er und tauschte mit Caro einen Blick aus.

Sie nickte, womit sie sowohl dem Plan zustimmte als wahrscheinlich auch dem, was er ihr gerade durch ihr Band gesagt hatte.

»Ich muss dich zuerst auf einen Peilsender untersuchen«, sagte Vera zu Caro.

»Ein Peilsender?«, wiederholte Sethios. »Warum?«

»Weil mir sonst keine andere Möglichkeit einfällt, wie euch der Rat so schnell ausfindig machen konnte.«

»Wenn das zutrifft, dann wissen sie bereits von Island«, warf Sethios ein. »Und du hast gerade Balthazar und Leela dorthin geschickt.«

Vera runzelte die Stirn. »Das ist wahr.«

Und das bedeutete, dass sie sich dort in Gefahr befinden könnten. Issac ging zu den Kleidern, die er zuvor getragen hatte, um sein Handy zu holen. »Kein Empfang.«

»Wahrscheinlich sind die Schutz…«

»Kann mir jemand sagen, warum die Erde bebt?«, unterbrach Jason Vera, als er ihnen vom Flur aus zurief.

»Seraphische Krieger versuchen, die Grenze zu durchbrechen«, antwortete Sethios, ohne zu zögern. »Offenbar stören sie auch den Mobilfunkempfang.«

»Osiris kümmert sich darum«, fügte Vera hinzu. »Er arbeitet an einem Ablenkungsmanöver, damit wir fliehen können.«

»Und zwar an einen Ort, den sie möglicherweise bereits kennen«, sagte Sethios mit ausdrucksloser Stimme. »Ein großartiger Plan.«

»Hast du etwa einen besseren?«, blaffte Vera.

»Ja, allerdings.«

Sie zog eine Augenbraue in die Höhe. »Und der wäre?«

»Wir schalten die Arschlöcher da oben aus, um Zeit zu gewinnen, damit wir ein neues Versteck finden können«, sagte er und deutete gen Himmel. »Ich habe ein neues Paar Flügel und könnte etwas Übung gebrauchen.«

»Du weißt doch nicht einmal, wie man sie benutzt«, bemerkte Vera.

»Manchmal lernt man am besten, indem man den Sprung ins kalte Wasser wagt«, antwortete er.

Vera stöhnte auf. »Meine Güte, du bist wirklich der Sohn deines Vaters.«

»Leider«, erwiderte Sethios und wandte sich an Caro. »Hast du Lust, mit deinen neuen Messern zu spielen?«

»Indem ich sie gegen die seraphischen Krieger einsetze?« Sie verzog den Mund, während sie ernsthaft über die Frage nachdachte, wobei sie einen seraphischen Pragmatismus an den Tag legte. »Meine Messer werden gegen sie nicht viel ausrichten können. Sie kämpfen bevorzugt mit Schwertern.«

Sethios zog die Augenbrauen in die Höhe. »Schwerter? Warum keine Pistolen?«

»Pistolen sind Spielzeuge der Sterblichen«, warf Vera ein. »Aber wir verschwenden Zeit. Osiris sagte, wir sollen nach Island gehen. Skye und Ezekiel werden wissen, was zu tun ist.«

Caro und Sethios starrten sie an. »Seit wann hörst du auf den Rat meines Vaters?«, wollte Sethios wissen.

»Seit ich weiß, warum er ins Exil geschickt wurde«, entgegnete sie.

Einen Moment lang herrschte Stille, während Caro und Sethios einen Blick austauschten.

Vielleicht ist das der Grund, warum Balthazar Vera nicht traut?, vermutete Aya.

Möglicherweise, stimmte Issac zu und dachte über alles nach, was Vera gerade gesagt hatte. *Glaubst du, sie arbeitet mit Osiris zusammen?*

Ihre Bemerkung darüber, dass Osiris ihnen befohlen hatte, nach Island zu reisen, um sich mit Ezekiel und Skye zu treffen, deutete darauf hin, dass Vera Anweisungen von ihm erhielt. Die Frage war jedoch, ob er ihr diesen Plan gerade eben bei ihrer Ankunft mitgeteilt hatte oder ob sie schon seit einer Weile Befehle von ihm entgegennahm.

Könnte sie anstelle von Mateo der Spitzel sein?, fragte sich Issac voller Hoffnung. Er wollte nicht glauben, dass sein Nachkomme in der Lage war, sie alle zu verraten, auch wenn sein technisches Können darauf hindeutete, dass er der Schuldige war.

Vielleicht, erwiderte Aya, wobei Zweifel dieses eine Wort unterstrichen.

»Du warst noch nicht am Leben, als er verbannt wurde«, sagte Caro schließlich. »Du hast es nicht miterlebt.«

»Nicht persönlich, nein. Aber ich habe es in seinen

Erinnerungen gesehen.« Sie blickte Issac aus ihren vielfarbigen Augen an. »Ich werde die Erinnerung mit Issac teilen, sobald wir in Sicherheit sind. Issac kann sie für mich an die anderen weitergeben.«

Issac war sich nicht sicher, ob ihm die prosaische Beschreibung seiner Fähigkeiten gefiel, aber er gab keinen Kommentar ab. Er nickte nur, denn er spürte Ayas Neugierde. Auch er wollte mehr über die Exilierung erfahren.

»Island«, wiederholte Vera. »Wir sollten uns auf den Weg machen.«

»Nein.« Sethios verlieh seiner Stimme einen machtvollen Unterton, der seine Ablehnung mit einer Endgültigkeit zum Ausdruck brachte, die jeder spüren konnte. »Ich werde sicher nicht dem Rat meines Vaters folgen. Vor allem, da du zu glauben scheinst, dass man uns wegen Caro hier aufgespürt hat. Das bedeutet, dass sie über das Versteck in Island bereits Bescheid wissen.«

»Es erfüllt mich auch nicht gerade mit Zuversicht, dass Balthazar und Leela noch nicht zurückgekehrt sind«, fügte Issac hinzu und begegnete Sethios' Blick. »Balthazar verschwendet nie Zeit, wenn seine Freunde in Gefahr sind. Er sollte bereits zurück sein.«

Es bedeutete, dass er entweder etwas gefunden hatte oder von unvorhergesehenen Ereignissen abgelenkt worden war.

Sethios nickte. »Also schön, Planänderung. Wir überwältigen zuerst unsere himmlischen Angreifer, dann gruppieren wir uns neu und entscheiden, wohin wir als Nächstes gehen.« Er wandte sich an Vera. »Du suchst Caro nach einem Peilsender ab. Ich werde mehr über diese Schwerter in Erfahrung bringen. Und du«, sagte er zu Jayson, »bewahre Ruhe und kümmere dich um deine Frau und dein Kind.«

Sethios entfaltete seine schwarzen Flügel, deren Ränder dunkelblau im Mondlicht schimmerten, das durch die Fenster strömte. Im nächsten Moment war er verschwunden, woraufhin Vera einen Seufzer ausstieß. »Wahrscheinlich hat er sich versehentlich nach Island teleportiert.«

Caro blinzelte vage. Dann verzog sie die Lippen zu einem Lächeln. »Nein, nach Montana.«

Vera verdrehte die Augen. »Idiot.«

»Bevor wir uns auf den Weg machen können, braucht Lizzie etwas zum Anziehen«, sagte Jayson und ignorierte Vera. Er trug lediglich eine Jeans und stand mit nacktem Oberkörper da. Issac konnte sich nicht erinnern, was er getragen hatte, als Jacque ihn hierher teleportiert hatte, aber es war vermutlich nicht viel mehr als das, was er jetzt am Leib hatte.

»Sieh in der Kommode und im Schrank nach«, sagte Issac. »Skye hat uns allen ein paar Geschenke hinterlassen.« Zumindest nahm er an, dass es für sie alle galt.

Jayson nickte und verschwand wieder in seinem Zimmer, als der Boden erneut bebte.

Soll ich Osiris helfen?, fragte Aya sich.

Vielleicht wäre es besser, du wartest noch, schlug Issac vor.

Er zweifelte nicht an Astasiyas kämpferischem Geschick – obwohl keiner von ihnen Erfahrung im Kampf gegen die Seraphim hatte, denn außer Osiris waren sie bisher noch keinem von ihnen gegenübergetreten –, aber er wollte, dass sie bei ihm blieb, um Vera zu beobachten.

Diese packte Caro ohne Vorwarnung am Arm, die jedoch weder beunruhigt noch schockiert wirkte. Sie beobachtete Vera nur dabei, wie sie ihre Arbeit machte.

Wie überprüft sie sie?, fragte Aya, wobei sie sich die Frage eher selbst stellte, als sie an Issac zu richten.

Vielleicht überprüft sie ihre Erinnerungen?, antwortete Issac.

Vielleicht, murmelte Aya und zuckte dann zusammen, bevor sie sich am Kreuz kratzte.

Kribbelt es noch?, wollte er wissen.

Ja. In ihrem Tonfall schwang ein Anflug von Verärgerung mit.

Er schob seine Hand unter ihre Jacke, legte sie an ihre Wirbelsäule und begann, die Stelle mit seinem Daumen zu massieren. *Ist es so besser?*

Sie schmiegte sich an ihn und legte ihren Kopf an seine Schulter.

Caro warf einen Blick auf die beiden und bedachte Vera dann mit einem Stirnrunzeln. »Diese Erinnerungen gefallen mir ganz und gar nicht.«

»Mir auch nicht«, erwiderte Vera zwischen zusammengebissenen Zähnen. »Aber falls sie dir wirklich einen Peilsender eingepflanzt haben, dann haben sie es während der Reformation getan.«

Einige der Bilder schossen Issac durch den Kopf, darunter die Isolationskapsel, die ihm sofort ein klaustrophobisches Gefühl vermittelte. Er schüttelte sich, denn die Empfindungen, die die Vision mit sich brachte, ließen ihn erschaudern.

Das Konzept der Reformation zu verstehen war etwas völlig anderes, als es tatsächlich zu *sehen.* Caro war jahrelang in diesem kleinen, sterilen Raum gefangen gehalten worden. Es war fast schlimmer, als immer wieder zu ertrinken. Ursprünglich hatten sie geglaubt, dass sie letzteres Schicksal zwei Jahrzehnte lang erduldet hatte.

Aber nein.

Sie hatte sich die ganze Zeit über in einer Kapsel befunden.

Deine Mutter ist eine starke Frau, dachte Issac an Aya gerichtet. *Bewundernswert geradezu.*

Welche Erinnerungen siehst du gerade?

Einige von ihrer Reform…

Das Gebäude wurde von einem weiteren Beben erfasst, das diesmal noch heftiger war. Vera stieß einen Fluch aus, entfaltete ihre Flügel und verschwand.

»Was ist gerade passiert?«, fragte Aya, wobei ihre eigenen Federn mit einem peitschenden Laut zum Leben erwachten.

»Sie haben gerade die äußeren Schutzsymbole durchbrochen«, erklärte Caro in ausdruckslosem Tonfall. Ihre Miene wurde jedoch ernst, als sie sich ihrer Tochter zuwandte. »Die Seraphim sind auf dem Weg hierher.«

KAPITEL 6

BALTHAZAR

»STARK HAT SIE MITGEBRACHT«, sagte EZEKIEL UND beantwortete damit Balthazars Frage, warum Clara sich in Nordisland befand.

Es wäre untertrieben zu behaupten, dass ihre Anwesenheit ihn schockierte. Seines Wissens hatte sie zuletzt noch in einer hydraianischen Gefängniszelle gesessen.

»Dann ist er verschwunden, um an den Schutzsymbolen zu arbeiten«, fuhr Ezekiel fort und bezog sich auf Stark, der auch unter dem Namen Gabriel bekannt war. »Vielleicht ist er auch nur wieder *anderweitig beschäftigt*.« Die letzten Worte verrieten Balthazar, dass Ezekiel etwas wusste, was er selbst nur ansatzweise verstehen konnte.

Was habt ihr beide denn getrieben?, fragte er sich, während er Clara musterte, die seltsam schweigsam war. Für gewöhnlich gingen kraftvolle Emotionen von ihr aus, da sie über eine natürliche empathische Gabe verfügte und die Gefühle anderer lesen konnte. Als Ichorianerin besaß sie zwar nur diese eine Fähigkeit, aber sie war bei ihr sehr stark ausgeprägt.

Doch jetzt wirkte sie seltsam stoisch. Gefühllos. Als wäre sie gar nicht *hier*. Selbst ihr Geist war völlig leer.

Sie spürte, dass er sie beobachtete, und starrte ihn an. In ihren blauen Augen spiegelte sich ein Flehen wider, das er nicht hören konnte.

Und das war in der Tat beunruhigend.

»Warum hat Stark sie hierhergebracht?«, fragte Balthazar gedehnt. Er richtete die Frage an Ezekiel, während er weiter Claras stummen Geist durchforstete. *Warum kann ich dich nicht hören?*

»Das hat er mir nicht verraten«, murmelte Ezekiel.

»Er gibt nur selten etwas preis«, fügte Leela hinzu.

Balthazar hörte sie kaum, denn er hatte seine ganze Aufmerksamkeit auf Clara und ihre nicht greifbaren Gedanken gerichtet. Sie erinnerte ihn an Issac, und die Erkenntnis ließ seine Augenbrauen in die Höhe schnellen.

Clara riss die Augen auf und bedachte ihn wieder mit diesem flehenden Blick. *Bitte ... nichts ...* Er nahm die beiden Worte nur gedämpft war, als stünde sie hinter einer dicken Glasscheibe oder flüsterte sie ihm aus einigen Metern Entfernung zu.

Aber es reichte aus, um zu verstehen, was sie meinte.

Bitte sag nichts.

Balthazar räusperte sich und kniff die Augen zusammen. »Weiß Luc, dass du hier bist?«

»Gabriel sagte, er wüsste Bescheid, ja«, antwortete sie.

Gabriel, wiederholte Balthazar. *Nicht Stark.*

Das war in der Tat aufschlussreich.

Er warf Leela einen Blick zu und fragte sich, ob sie eine Veränderung an Clara bemerkt hatte. Allerdings schien sie weder etwas zu denken, noch sagte sie etwas, sondern begegnete nur seinem Blick. »Ich werde Gabriel bei den Schutzsymbolen behilflich sein und dann Jay und Liz holen.«

Denn offensichtlich ist es hier sicher, fügte sie in Gedanken hinzu. *Ich habe es dir ja gesagt.*

Der Schein kann trügen, hätte er fast geantwortet. Aber sie verschwand, bevor er etwas erwidern konnte.

Clara riss die Augen auf, als Leela sich unsichtbar machte, was ihn erneut stutzig machte. Das Teleportieren war nichts Neues für sie, was darauf hindeutete, dass Leelas Verschwinden anderweitig ihre Aufmerksamkeit erregt hatte.

Die Flügel?, fragte er sich. *Hast du Leelas Flügel gesehen?* Denn Balthazar war nicht in der Lage, sie wahrzunehmen. Stas wäre jedoch dazu imstande, genauso wie Issac.

Wenn Clara also gesehen hatte, wie Leela sich teleportiert hatte, konnte das nur eines bedeuten – sie war mit Stark ein Band eingegangen.

Wie?, wollte er wissen. *Wie zum Teufel hast du dich mit Stark verbunden?*

Doch sie hatte ihn mit einem Blick angefleht, als wollte sie ihn davon abhalten, die Wahrheit laut auszusprechen. Obwohl er sie am liebsten dazu gezwungen hätte, ihm zu antworten, entschied er sich, ihre unausgesprochene Bitte zu respektieren.

Es war das Mindeste, was er tun konnte, nachdem er und die anderen sie in der vergangenen Woche derart schlecht behandelt hatten.

Jemand hatte sie alle glauben lassen, dass sie der Spitzel war, der vertrauliche Informationen an Jonathan übermittelt hatte. Besagte Informationen hatten dazu geführt, dass einige von ihnen ihr Leben gelassen hatten. Die Ältesten hatten jedoch vor Kurzem erkannt, dass Clara keine Schuld traf. Dennoch hatten sie sie in ihrer Zelle sitzen gelassen, damit der wahre Spitzel sich in Sicherheit wiegte, während sie versuchten herauszufinden, welche Informationen er an Osiris weitergab.

Es hatte allerdings den Anschein, als hätte Stark sie nicht nur aus ihrer Gefängniszelle befreit, sondern war auch ein Band mit ihr eingegangen.

Was zum Teufel ist hier los?

»Worüber habt ihr Luc sonst noch informiert?«, fragte Balthazar sich laut. *Weiß er, dass du dich mit dem Seraph verbunden hast?*, war das, was er eigentlich wissen wollte.

»Äh.« Clara räusperte sich und war offensichtlich verunsichert von seiner Frage. »Ich, äh, weiß es nicht.«

Du weißt es nicht? Oder willst du es mir nicht sagen?, wollte er sie fragen.

Aber er konnte auch auf einfache Weise herausfinden, was Luc wusste.

»Ich verstehe«, sagte er und zog sein Handy hervor, um besagten Mann anzurufen.

Der König der Hydraianer nahm nach dem ersten Klingeln ab. »B.«

Balthazar überging die Begrüßungsfloskeln und kam direkt zur Sache. »Hast du in letzter Zeit von Stark gehört?«

»Nein. Aber Ezekiel hat mir gesagt, dass Stark mit Clara in New York ist.« Lucs Tonfall verriet, dass ihn dieser Umstand nicht sonderlich erfreute.

Das bedeutete, dass er vor Wut aus der Haut fahren würde, wenn er erfuhr, dass Stark Clara nach Island gebracht hatte.

Statt ihn darüber zu informieren, nickte Balthazar nur, denn er sah sich in seiner Vermutung bestätigt, dass Stark und Clara definitiv etwas vor den anderen verbargen.

Das Handy gab ein summendes Geräusch von sich, woraufhin Luc sagte: »Jacque hat gerade geschrieben, dass du dich in Island befindest.«

Balthazar suchte nach dem Geist des Teleporters, um herauszufinden, wo er sich gerade aufhielt, und hörte ihn im oberen Stock mit Owen. Er hätte beinahe gelächelt. Die beiden Hydraianer schlichen schon seit Jahrzehnten umeinander herum. Offenbar musste Owen erst sterben und aus dem Grab auferstehen, um Jacque davon zu überzeugen, seinem Instinkt zu folgen.

Wurde auch Zeit, dachte Balthazar. Er würde den Teleporter später beglückwünschen müssen.

»Bist du auf dem Weg hierher?«, fragte er Luc, weil er wissen wollte, ob er sich ihnen hier anschließen wollte.

Seine Frage diente auch als Warnung für Clara, denn Luc würde wahrscheinlich nicht sehr erfreut über die neueste Entwicklung sein, die sie und Stark durchlaufen hatten. Im Grunde ging es Luc nichts an, aber seit Aidans Tod hatte er sich verändert. Er war wütender, grausamer und auch ein wenig … unberechenbar.

»Ja, Jacque ist auf dem Weg hierher«, antwortete Luc.

Balthazar begegnete Claras Blick und vergewisserte sich, dass sie die Bedeutung seiner Worte verstand, als er antwortete: »Bis bald.«

Sie schluckte, denn offensichtlich hatte sie ihn verstanden.

»In drei Minuten«, erklärte Luc. Dann beendete er abrupt das Gespräch.

Balthazar steckte sein Telefon zurück in die Tasche und starrte Clara noch einen Moment länger an, um ihr mit einem Blick zu verstehen zu geben: *Dieses Gespräch ist noch nicht beendet.* Dann wandte er sich an Ezekiel.

»Wir müssen uns unterhalten«, sagte Balthazar.

»Wir müssen uns ständig unterhalten«, antwortete Ezekiel gedehnt und ließ sich auf die Couch fallen. Eine schlanke Frau mit blassem Gesicht und unterwürfiger

Haltung folgte seinen Bewegungen, als wäre sie durch eine unsichtbare Schnur an ihn gebunden.

Das muss Skye sein.

Sie legte ihre zierlichen Hände in den Schoß und blinzelte ein paarmal, während sie mit ihren blauen Augen ins Leere zu blicken schien.

Ja, das ist zweifellos Skye.

Er würde später mehr über sie in Erfahrung bringen.

Im Moment hatte er andere Sorgen und hoffte, dass Ezekiel etwas Licht ins Dunkel bringen konnte.

»Osiris«, sagte Balthazar gedehnt. »Genauer gesagt, seine Vergangenheit mit dem Rat. Und was er momentan vorhat.«

»Und du denkst, dass ich das weiß?«, fragte Ezekiel und zog eine schwarze Augenbraue in die Höhe. In seinen engen Jeans, dem schwarzen T-Shirt, den tätowierten Armen und den langen, dunklen Haaren sah er aus wie ein cooler Rocker. Im Gegensatz dazu war Skye mit ihrem rabenschwarzen Haar, den hellblauen Augen, dem porzellanartigen Teint und dem weißen Spitzenkleid ein Abbild der Unschuld neben ihm.

Balthazar konzentrierte sich wieder auf Ezekiel, denn er war nicht in der Stimmung für Wortspiele. Es war spät, er war müde und er brauchte Antworten. Und zwar sofort.

»Ich weiß, dass du es weißt«, sagte er zu dem berüchtigten Attentäter und verschränkte die Arme vor der Brust. »Und jetzt rede.«

Ezekiel bedachte ihn mit einem Schmunzeln. »Also schön, es war einmal …«

Balthazar kniff die Augen zu dünnen Schlitzen zusammen, als er langsam die Geduld verlor. »Ezekiel.«

Der Attentäter stieß einen übertriebenen Seufzer aus. »Normalerweise bist du von uns beiden der Spaßvogel.«

»Es war ein langer Tag und ich habe es satt, ständig

von Osiris an der Nase herumgeführt zu werden. Und jetzt verrate mir, warum er für Lizzie einen Unterschlupf geschaffen hat und warum er diesen Unterschlupf gerade verteidigt, indem er zwei seraphische Krieger bekämpft. Außerdem will ich wissen, was du mir über Vera erzählen kannst.«

»Seraphische Krieger?«, wiederholte eine tiefe Stimme, als ein Mann mit blondem Haar und meergrünen Augen im Raum erschien. »Du hast mir nicht gesagt, dass seraphische Krieger am Werk sind.«

»Weil du dich hierher teleportiert hast, bevor ich meinen Satz beenden konnte«, sagte Leela, die sich mit verärgertem Gesichtsausdruck neben dem anderen Seraph materialisierte. »Dein Vater hat sie geschickt.« Sie verschwand wieder, ohne weiter darauf einzugehen.

Gabriel starrte mit wütender Miene auf die Stelle, an der sie eben noch gestanden hatte. Das überraschte Balthazar. Der Seraph stellte nie Emotionen zur Schau, doch es war nicht zu übersehen, dass er nicht sonderlich erfreut darüber war, dass sie sich nach diesen Worten sofort wieder in Luft aufgelöst hatte.

Keinem der Anwesenden entging, wie Clara einen Schritt auf ihn zutrat, gerade als Jacque mit Luc auf dem Flur erschien.

Die smaragdgrünen Iriden des hydraianischen Königs flackerten wütend auf, als er Clara im Wohnzimmer stehen sah. »Was zum Teufel tust du hier?«

»Oh, gut. Jetzt geht das Ganze von vorn los«, murmelte Ezekiel und fuhr sich mit der Hand durchs Haar, bevor er sich auf die Couch zurückfallen ließ. »Weck mich, wenn sie fertig sind, Liebes.«

Skye blinzelte nur und neigte den Kopf leicht zur Seite, während sie in irgendeine Vision vertieft zu sein schien.

Balthazar war der Prophetin noch nie persönlich

begegnet. Allerdings hatte er den Gedanken der anderen ein paar Informationen über sie entnehmen können, sodass er eine Ahnung hatte, was er von der Frau zu erwarten hatte.

Bisher erfüllte sie seine Erwartungen.

»Clara geht dahin, wo auch ich hingehe«, verkündete Stark, als er sich vor genannte Frau stellte und die Arme vor der Brust verschränkte. Dabei ließ er Luc nicht aus den Augen. »Darüber gibt es keine Diskussion. Ich werde weder Fragen dulden, noch werde ich mich erklären müssen.«

Balthazar zog eine Augenbraue in die Höhe.

Was soll das Ganze?, dachte Luc. *Beschützt er sie etwa?*

Balthazar schenkte ihm ein kaum merkliches Nicken, um seine Frage zu beantworten.

Seit wann? Warum? Wie? Luc stellte im Geiste eine Frage nach der anderen, während er die Situation mit seinem komplexen Verstand in rasendem Tempo durchdachte.

Er analysierte ihr Verhalten, bemerkte Claras Hand, als sie sie an Starks Kreuz legte, und die Art, wie sie mit arglosem Blick um ihn herumspähte. Dann bemerkte er, dass Stark ein Stück zur Seite trat, um sie weiter abzuschirmen.

All das ging ihm durch den Kopf, während seine allwissende Fähigkeit, sich an jedes Detail zu erinnern, zum Tragen kam. Luc kam sofort zu dem Schluss, dass die beiden eine romantische Beziehung zueinander hegten.

Unerwartet. Seltsam. Vielleicht hängt es mit dem Blut zusammen, das Stark vor Kurzem getrunken hat. Ähnlich wie Issac und Stas … Er verstummte und betrachtete mit funkelnden Augen den Hals des Seraphs. *Hat sie ihn ebenfalls gebissen?* Er suchte nach einem Beweis für diese Theorie, konnte jedoch nichts finden.

Er blickte Balthazar an. *Sind sie ein Band miteinander eingegangen?*

Der Gedankenleser hielt einen Moment inne und überlegte, wie er antworten sollte. Er konnte es nicht mit Sicherheit wissen, doch es schien offensichtlich zu sein, dass die beiden eine enge Verbindung zueinander hatten. Also nickte er dem König der Hydraianer erneut zu.

Faszinierend, dachte Luc. »Wo sind Jay und Lizzie?«

Der plötzliche Themenwechsel war nicht ungewöhnlich für Luc. Er dachte ständig über fünftausend Dinge gleichzeitig nach, sodass er nie wusste, welche Richtung er als Nächstes einschlagen würde, bis er einen Gedanken laut aussprach.

Allerdings kannte Balthazar den Mann schon seit mehreren Jahrtausenden, wodurch er ihn besser als die meisten anderen einschätzen konnte.

Dabei war es natürlich auch hilfreich, dass er seine Gedanken lesen konnte.

»Leela hat sich auf den Weg gemacht, um sie zu holen«, antwortete Stark und runzelte die Stirn. »Sie sollte längst zurück sein.« Er zog sein Telefon aus der Tasche und wählte eine Nummer, wobei seine Miene sich verfinsterte. »Irgendetwas stimmt nicht.«

Balthazar konnte zwar nicht hören, wie er zu diesem Schluss gekommen war, da er die Gedanken des Seraphs nicht lesen konnte, aber er nahm an, dass die Verbindung nicht zustande gekommen war.

»Krieg«, flüsterte Skye, die immer noch ins Leere starrte. »Es wird Krieg geben. Daran besteht kein Zweifel mehr.« Sie neigte den Kopf wieder in einem von ihr bevorzugten Winkel. »Tod. Zerstörung. *Reformation*.« Sie zitterte.

Ezekiel schlang sofort seinen Arm um sie, während er

die andere Hand an ihr Kinn legte, um ihren Kopf zu sich zu drehen. »Was siehst du, Liebling?«

Balthazar hatte den Mann noch nie zuvor in einem derart sanften Tonfall sprechen hören.

Und er hatte auch noch nie erlebt, dass er jemandem gegenüber so fürsorglich sein konnte.

Der Attentäter hatte eine Vorliebe für Messer und Schmerzen und war für gewöhnlich nicht der Typ für zärtliche Worte und sanfte Liebkosungen. Aber bei dieser Frau ließ er sich eindeutig dazu hinreißen.

Lucs Gedanken glichen denen Balthazars, während seine Überraschung einem Verständnis wich. Sie wussten beide, dass Ezekiel aus Liebe zu Skye mit Osiris zusammengearbeitet hatte. Allerdings hatte es keiner von beiden je verstanden.

Bis jetzt.

Bis sie es mit ihren eigenen Augen gesehen hatten.

Leider schien die Seherin seine Zuneigung nicht wahrzunehmen. Sie starrte immer noch ins Leere, während er versuchte, eine Verbindung zu ihr aufzubauen.

»Es kommt«, flüsterte sie. »Die Macht naht. Erwacht. Zerstörerisch. *Reformation*.« Sie blinzelte erschrocken und konzentrierte sich auf Ezekiel. »Wir sind hier nicht mehr sicher.«

»Wohin willst du gehen?«, fragte er, ohne zu zögern.

Sie schüttelte den Kopf. »Wir müssen uns aufteilen.«

Er kniff die Augen zusammen, sodass die goldenen Sprenkel in seinen schwarzen Iriden in der schwachen Beleuchtung funkelten. »Ausgeschlossen.«

»Sie sind nicht bereit«, drängte sie. »Die Seraphim brauchen eine Ablenkung, sonst greifen sie zu früh an.«

Balthazar wünschte sich, er könnte die Gedanken der Frau lesen, um die Bedeutung ihrer Worte besser zu verstehen, aber ihr Verstand war für ihn genauso verschlossen wie Ezekiels, Gabriels und jetzt auch Claras.

Es war irritierend. Seine natürlichen Fähigkeiten waren ein Teil seiner selbst. Durch sie blühte er täglich auf. Sie nicht nutzen zu können war ein Gefühl, als hätte er einen seiner Sinne verloren.

»Hydria braucht bessere Grenzen. Runen. Schutz.« Sie blinzelte erneut, bevor sie sich an Luc wandte. »Eure Schutzsymbole werden nutzlos sein.«

»Welche Schutzsymbole?«, wollte Luc wissen.

»Die, die Osiris geschaffen hat«, antwortete sie. »Sie sind alt. Zu alt. Zu zerbrechlich. Er muss – *ihr müsst* – sie verstärken, um zu überleben.«

Luc und Balthazar tauschten einen Blick aus. Das war das erste Mal, dass sie von Schutzsymbolen auf der Insel hörten.

»Wusstest du davon?«, fragte Luc an Stark gewandt.

»Ja.« Seine Stimme war ausdruckslos und ließ keinen Zweifel daran, dass er nicht die Absicht hatte, ihnen noch mehr zu erzählen. Doch dann legte Clara wieder ihre Hand an sein Kreuz. Sie krallte sich in sein Hemd und der Seraph fuhr fort: »Ich wusste nicht, dass Osiris sie erschaffen hat, da die Symbole keine Energiesignatur aufweisen. Aber Skye hat recht. Sie werden immer schwächer und müssen verstärkt werden.«

»Warum sollte Osiris Hydria mit Schutzsymbolen versehen?«, fragte Clara mit sanfter Stimme.

»Um die Hydraianer zu beschützen«, antwortete Skye mit sonorer Stimme und schloss die Augen. »Geschätzte Schöpfungen. Wertvoll. Sie sind ihm wichtig.«

Luc antwortete nicht, aber er dachte eindringlich über ihre Bemerkungen nach, während er tausend Szenarien gleichzeitig in seinem Verstand abspielte.

Balthazar versuchte gar nicht erst, seine Gedanken zu

verfolgen. Wenn Luc zu einem Ergebnis kam, würde er es ihnen mitteilen.

Skye schreckte auf und riss die Augen auf. »Wir können hier nicht bleiben«, wiederholte sie, dann sah sie Jacque mit einem wilden Ausdruck in den Augen an. »Teleportiere deinen König nach Hause. *Sofort.*«

Draußen erfüllte ein Knall die Luft, der ihren Worten Nachdruck verlieh.

»Mach schon«, befahl Balthazar dem Teleporter, der sich daraufhin in Bewegung setzte.

Luc wollte protestieren, aber Jacque packte das Handgelenk des hydraianischen Königs mit festem Griff. Die beiden verschwanden, während Ezekiel von der Couch sprang und mit jeder Hand eine Waffe zückte.

Stark zog ein Schwert aus dem Nichts hervor und Balthazar zog verblüfft die Augenbrauen in die Höhe. *Beeindruckend.*

Doch der Gedanke war schnell wieder verflogen, als der Boden unter ihnen zu beben begann.

»*Leek*«, sagte Stark und verschwand.

Blitze erhellten den Himmel und beleuchteten die Fenster des Hauses. Owen stürmte in einer Jeans und einem T-Shirt die Treppe hinunter, welches er nur teilweise über seinen frisch rasierten dunklen Kopf gezogen hatte. »Wo ist Jacque?«

»Hydria«, antwortete Balthazar. »Mit Luc.«

Owen nickte und war scheinbar erleichtert, bis ein weiterer Lichtblitz durch den Nachthimmel zuckte. »Was zum Teufel ist da draußen los?«

»Sie haben die Schlacht hierher verlegt«, sagte Skye und glitt von der Couch, um einen Schritt zur Seite zu treten. »Sie kommen.«

Während sie die Worte aussprach, materialisierten sich die anderen einer nach dem anderen. Zuerst Jay mit Caro.

Dann Lizzie und Aidyn mit Leela. Gefolgt von Stas und Issac.

Lichter flackerten auf, als hinter ihnen ein Donnergrollen die Luft erfüllte.

Balthazar konnte Leelas Gedanken entnehmen, was passiert war, als sie über ihre Ankunft auf den Bahamas und den Krieg, der dort ausgebrochen war, nachdachte. Der Name *Patreel* hallte in ihrem Kopf wider, woraufhin sie von einem Anflug von Entsetzen durchströmt wurde.

Leela fürchtete den Fährtenleser und das, was er repräsentierte.

Aber Balthazar konnte nicht genau erkennen, warum sie so viel Angst vor ihm hatte oder in welcher Verbindung sie in der Vergangenheit zu ihm gestanden hatte.

Ihre Gedanken drehten sich bereits um den Kampf. Sethios war plötzlich erschienen und hatte von Kital verlangt, ihm sein Schwert auszuhändigen, woraufhin Chaos ausgebrochen war.

Seraphim kämpften nicht mit ihren angeborenen Kräften, sondern mit *Runen*. Sethios hatte seinen Fehler schnell erkannt.

Doch da war es bereits zu spät gewesen.

Die Schutzwälle waren zerborsten und hatten sich unter einer Welle der Kraft von Patreel aufgelöst, die die anderen zur Flucht gezwungen hatte.

Island war der naheliegendste Rückzugsort gewesen, denn die Schutzsymbole hier waren frisch und in der Lage, alle fernzuhalten, die Schaden anrichten wollten. Aber da sie mitten in der Schlacht geflohen waren, hatten sie den anderen ermöglicht, ihnen zu folgen.

Und nun hatte die eigentliche Schlacht begonnen.

Im Himmel.

KAPITEL 7

SETHIOS

GABRIEL ERSCHIEN IN EINEM WIRBEL AUS ROTEN FEDERN.
Seine Schwerter strahlten im Mondlicht, als er seine
Klinge gegen das himmlische Arschloch erhob, das Sethios
gerade in Stücke hatte schneiden wollen.

Beinahe hätte Sethios dem Scheißkerl das Schwert
entrissen, doch dann hatte Osiris Sethios seinem Willen
unterworfen und ihn gezwungen, nach Island
zurückzukehren.

Und dieser seraphische Krieger war ihm gefolgt.

Dadurch hatte er die Oberhand gewonnen.

Danke, Dad, dachte Sethios, während er vor Wut kochte.

Er hatte endlich herausgefunden, wie er sich rechtzeitig
auf die Bahamas zurück teleportieren konnte, um mit in
den Kampf zu ziehen, doch sein Vater hatte seine Gabe
der Willensunterwerfung spielen lassen und sie alle ins
eiskalte Island geschickt. Wahrscheinlich sah Osiris darin
eine Art ausgeklügelte Trainingsübung. Vielleicht hatte er
auch helfen wollen.

Bei Osiris war das schwer zu sagen.

Der Krieger mit dem frevlerischen Schwert und dem

kurzen, dunklen Haar hielt inne und blinzelte, als die Klinge gegen seine eigene prallte. Dann blickte er zu dem rotgeflügelten Engel auf, der den Griff der Angriffswaffe umklammerte. Alles geschah in Zeitlupe, als hätte er Schwierigkeiten zu begreifen, was gerade geschehen war.

»Gabriel.« In seiner Stimme lag weder Überraschung noch sonst irgendeine Emotion. Er starrte ihn nur mit ausdruckslosem Blick an, als er seinen Namen aussprach.

»Leek«, erwiderte Gabriel. »Eure Anwesenheit ist hier nicht erwünscht.«

»Adriel hat uns geschickt«, antwortete Leek. »Unsere Anwesenheit ist zwingend erforderlich. Wir sind wegen des abscheulichen Wesens und ihres Kindes gekommen.«

»Sie stehen unter meinem Schutz«, erwiderte Gabriel. »Verschwindet.«

Leek starrte ihn einen Moment lang nur an. »Deine Konditionierung weist Mängel auf.«

»Im Gegenteil, meine Konditionierung wurde verbessert.«

»Ich werde Adriel davon berichten«, fuhr Leek fort, als hätte Gabriel gar nichts gesagt. »Du wirst einer Reformation unterzogen werden.«

Gabriel schnaubte. Der Laut war für den Seraph höchst untypisch. Dann durchschnitt er mit seinem anderen Schwert Leeks Hals.

Ohne zu zögern.

Einfach so.

Er enthauptete den Engel, indem er seine Klinge durch die Luft zischen ließ, woraufhin Sethios die Augenbrauen bis zum Haaransatz in die Höhe zog. »Nun, das ist ein …«

Ein gleißendes Licht durchdrang die Nacht und ließ ihn verstummen. Gabriel fing den Strahl mit seinem Schwert ab, als ein Donnerhall die Luft vibrieren ließ.

»*Verschwinde*«, befahl Gabriel zwischen zusammengebissenen Zähnen. »*Sofort.*«

Er schleuderte die Energie zurück in die Nacht, was eine Welle statischer Energie auslöste, die Sethios' neue Flügel erzittern ließ.

Im nächsten Atemzug erschien Caro neben ihm. Sie ergriff seine Hand und flüsterte ihm in Gedanken zu: *Lass Gabriel das erledigen.*

Von wegen, erwiderte Sethios, der viel zu fasziniert von den bizarren Waffen war, um sich zu bewegen. *Ich will sehen, wie er noch einem von ihnen den Kopf abschlägt.*

Caro brummte etwas davon, dass er ein Sadist sei, was ihm nur ein Lächeln aufs Gesicht zauberte.

Denn sie hatte nicht unrecht.

Er flog nach unten auf Leeks gefallenen Körper zu und war entschlossen, sein Schwert ausfindig zu machen. Stattdessen fand er nur eine Leiche im Schnee vor. Er runzelte die Stirn. *Verdammt.*

Die Waffen sind Teil der Macht eines seraphischen Kriegers, erklärte Caro, als sie neben ihm landete. »Sie können sie nach Belieben manifestieren.« Sie sah sich mit wachsamem Blick um. »Es wird nicht lange dauern, bis er sich regeneriert hat. Vielleicht dreißig Minuten. Wir müssen uns einen Plan zurechtlegen.«

»Dreißig Minuten? Nach einer Enthauptung?« Sethios musste sich eingestehen, dass er beeindruckt war.

»Seraphim sind unverwüstlich. Krieger sogar noch mehr als die anderen himmlischen Wesen.« Sie wandte den Blick gen Himmel, als ein weiterer Lichtstrahl die Nacht erhellte. »Sie kämpfen mit Runen auf ihren Schwertern. Deshalb bist du nicht in der Lage, sie deinem Willen zu unterwerfen. Sie dienen zu ihrer Verteidigung und ähneln der Rune, die ich unserer Tochter als Kind in die Haut geätzt habe.«

Sie runzelte die Stirn, während sie über ihre eigenen Worte nachdachte.

Er wartete, denn er wusste, dass sein Engel noch nicht fertig war.

»Nun, abgesehen von der Tatsache, dass Stas' Rune auch ihre Blutlinie verbergen sollte, also ist es nicht ganz dasselbe. Wäre die Rune dazu gedacht gewesen, sie gegen seraphische Kräfte immun zu machen, dann hätte sie in regelmäßigen Abständen erneuert werden müssen, denn die Seraphim entwickeln sich ständig weiter und umgehen die Schutzsymbole.«

Sethios erinnerte sich vage daran, dass Caro ihm gegenüber schon einmal die Art und Weise seraphischer Kriegskunst erwähnt hatte, doch er hatte bis heute nie Gelegenheit gehabt, sie mit eigenen Augen zu sehen.

»Kann eine Rune eine Kugel aufhalten?«, fragte er sich laut. Vera hatte Pistolen als ein Spielzeug der Sterblichen bezeichnet, aber vielleicht rührte ihre engstirnige Sichtweise daher, dass sie ein Seraph war und mit übernatürlicher Magie kämpfte. Immerhin hatten die Sterblichen eine Vorliebe für Krieg und tödliche Waffen, die auch nicht zu unterschätzen war.

Caro schüttelte den Kopf. »In gewisser Weise schon. Seraphische Krieger benutzen Runen, um Schilde zu erschaffen, die die Kugeln abwehren würden«, sagte sie in einem sachlichen Tonfall, der typisch für die Seraphim war.

»Warum hast du mir nie etwas über diese Runen beigebracht?« Sie waren zwar damit beschäftigt gewesen, eine Tochter aufzuziehen und sich vor Osiris zu verstecken, doch diese Informationen hätten sich als nützlich gegen einen Angriff der Seraphim erweisen können.

»Seraphim sind praktisch veranlagt und geben

Informationen den Blutlinien entsprechend weiter. Als Tochter der Botenlinie wurde ich als Kind in der Kunst der Verschleierungssymbole unterrichtet, über Verteidigungs- und Angriffsrunen habe ich jedoch nichts gelernt.«

»Du meinst, der Hohe Rat hat die Informationen gleichmäßig unter den Seraphim aufgeteilt, um sicherzustellen, dass keine der Blutlinien zu viel weiß«, interpretierte Sethios ihre Worte. »Das wundert mich nicht.«

Es war ein strategisch geschickter Schachzug und ein Weg, um unauffällig für Ordnung zu sorgen.

Und da die Seraphim darauf programmiert waren, sich auf logisches Denken zu verlassen, haben sie diese Vorgehensweise nie infrage gestellt. Sie würden es als sinnvoll erachten, dass sie nur über die Runen Bescheid wissen, die ihrer Blutlinie anhafteten.

Warum sollte ein Botenengel etwas über Verteidigungssymbole lernen müssen?

Um das System zu bekämpfen, dachte Sethios.

Aber ein gewöhnlicher Seraph würde diese Möglichkeit niemals in Betracht ziehen. Es würde keinerlei Zweck erfüllen, denn in ihren Augen war ihre bestehende Regierung perfekt und beruhte auf dem von ihnen geschätzten Prinzip der Zweckmäßigkeit.

»Die Seraphim sind Opfer ihrer Regierung, da sie einer Gehirnwäsche unterzogen wurden und wie Marionetten Befehle ausführen«, murmelte Sethios, während sein Blick auf den enthaupteten Seraph am Boden fiel. »Das macht ihn fast zu einem Unschuldigen.«

Allerdings hätte der Seraph alles infrage stellen sollen.

Ein Mangel an Intelligenz hatte ihm diese Strafe eingebracht. Er war hierhergekommen, um ein Kind und seine Mutter zu entführen oder zu töten.

Das war alles andere als ehrenhaft.

»Wie viele Seraphim werden sie noch schicken?«
Momentan waren nur vier hier, von denen drei immer
noch irgendwo im Himmel kämpften.

»Sie werden nicht mehr schicken, es sei denn, Leek
bittet sie darum.«

»Warum Leek?«, fragte Sethios und betrachtete die
Überreste des Seraphs. Abgesehen von seinen scharfen
Schwertern hatte er nicht sonderlich beeindruckend
gewirkt. Hätte Sethios' Fähigkeit der Willensunterwerfung
bei ihm funktioniert, dann wären seine Klingen zu Staub
zerfallen. Und wo wäre er dann?

Tot. Auf dem Boden. So wie jetzt.

Und doch hatte er das Sagen ... warum?

»Er ist in dieser Gruppe der Ranghöchste«, erklärte
Caro. »Eigentlich wird er jedoch von Gabriel übertroffen,
da er seinen Halbbruder vor einigen Jahrzehnten besiegt
hat.« Sie wandte sich ihm zu. »In meiner Welt hat Macht
nichts mit dem Alter zu tun.«

Er zog eine Augenbraue in die Höhe. »Was willst du
damit sagen, Engel?« Er stellte sich dicht vor sie und legte
eine Hand an ihre Hüfte. »Sind mein Alter und meine
Erfahrung nicht genug für dich?«

»Ich will damit sagen, dass die Hierarchie in meiner
Welt sich von der in deiner Welt unterscheidet.«

»Sie unterscheidet sich nicht«, erwiderte er mit
gedämpfter Stimme, als er seine Lippen an ihr Ohr führte.
»Weil du meine Welt bist, Caro.«

Sie schnaubte. »Willst du mich etwa verführen? Hier?
Im Schnee? Neben einem enthaupteten Seraph?« *Sadist.*

Er grinste, als er seine Lippen über ihren Hals entlang
ihrer pochenden Schlagader gleiten ließ.

»Blut törnt mich an«, erinnerte er sie. »Und ich bin
immer in der Stimmung, dich zu verführen, Engel. Das
gehört zu meinem Charme.« Er liebkoste ihre

geschmeidige Haut, bevor er den Kopf zurückzog, um in ihre hübschen blauen Augen zu starren. »Aber dadurch sind meine Worte nicht weniger wahr, Engel.«

Sie verzog die Lippen zu einem Lächeln. »Ich habe dich vermisst.«

Er schlang seine Arme um ihre Taille und presste seine Stirn an ihre. »Ich habe dich auch vermisst.« Es war ein leises Eingeständnis, das jedoch kein Geheimnis war.

Seine Gefährtin war fast zwei Jahrzehnte lang in einer Reformationskammer eingesperrt gewesen. Natürlich hatte er sie vermisst. Und bei all dem Trubel hatten sie nicht wirklich genügend Zeit gehabt, um ihre Wiedervereinigung gebührend zu feiern.

»Hat Osiris alle seinem Willen unterworfen und sie gezwungen, sich hierher zu teleportieren?«, fragte er. »Oder nur uns?«

Sie runzelte die Stirn. »Er hat uns nicht seinem Willen unterworfen. Wir haben uns entschieden hierherzukommen, als wir hörten, dass die Schutzrunen wirkungslos wurden. Aber die Fährtenleser haben diesen Schritt vorausgesehen und sind uns gefolgt.«

Sethios runzelte ebenfalls die Stirn. »Nein. Osiris hat uns gezwungen hierherzukommen. Ich habe es gespürt.«

»Ich habe *dich* gezwungen, deiner ungeübten Teleportationsfähigkeit entgegenzuwirken«, verbesserte ihn eine tiefe Stimme, als sein Vater neben dem toten Körper im Schnee landete.

Die olivfarbene Haut seiner Glatze schimmerte im Mondlicht, als er auf die Überreste des Seraphs hinabblickte. Er musterte sie einen Moment lang, wobei seine Miene jedoch keinerlei Regung zeigte.

»Hm. Gabriel ist weitaus nützlicher, als ich je erwartet hätte.« Er hob den Kopf und blickte Sethios mit seinen grünen Augen an. »Glücklicherweise habe ich ihn nicht vernichtet. Beinahe hätte ich es getan, als ich ihn für einen Spion des Hohen Rates gehalten habe.«

Wie üblich schwangen in seinen Worten keinerlei Emotionen mit.

»Hast du die Seraphim gezwungen, uns zu folgen?«, fragte Sethios und blickte zum Himmel hinauf. Die Blitze waren erloschen, was darauf hindeutete, dass die Schlacht zumindest für den Moment vorüber war. »Es wäre doch sicher einfacher gewesen, sie auf den Bahamas zurückzulassen.«

»Das war gar nicht nötig, denn sie sind Caro gefolgt«, sagte er und ließ den Blick an ihr auf und ab gleiten. »Sie müssen dir während der Reformation Blut abgenommen haben, das die Fährtenleser jetzt benutzen, um dir zu folgen.«

»Möglicherweise, aber woher wussten sie, dass ich bei Lizzie sein würde?«

»Es war wahrscheinlich eine wohlüberlegte Vermutung, denn du bist der einzige Seraph, der ihr bei der Geburt des Kindes helfen konnte«, sagte Osiris. »Oder sie wissen um die Loyalität deiner Tochter, die sie ihrer Freundin gegenüber empfindet. In diesem Fall wird sie entweder beobachtet oder abgehört.«

Sethios gefiel weder die eine noch die andere Möglichkeit.

»Wie gehen die Fährtenleser vor?«, wollte er wissen. »Ähnlich wie Ezekiel?«

Osiris nickte kurz. »Ja. Wenn sie einmal Blut von jemandem getrunken haben, können sie denjenigen für immer aufspüren. Es sei denn, die Verbindung wird auf irgendeine Weise verändert.« Er blickte nach oben, als Vera herabschwebte und mit ihren marineblauen Flügeln ihren Flug abbremste. »Und da kommst du ins Spiel.«

Sie seufzte, als ihre Stiefel den Boden berührten. »Ja,

ich kann ihr Gedächtnis manipulieren, damit sie sich auf ein neues Ziel konzentrieren. Aber wir müssen ihnen etwas geben, das sie verfolgen können, sonst kehren sie einfach zum Rat zurück, dem sie von meiner mangelnden Loyalität berichten werden.«

Gabriel gesellte sich als Nächster zu ihnen, wobei seine Schwerter nirgends zu sehen waren. *Das ist eine sehr nützliche Fähigkeit.*

Genauso wie die Macht, anderen einen Willen aufzuzwingen, erwiderte Caro.

Ja, aber offenbar kann ich nicht das Erscheinen von Schwertern erzwingen. Das ist enttäuschend. Er schmollte zwar nicht unbedingt, aber in ihm regte sich ein gewisser Trotz.

Ich werde dir ein paar Schwerter kaufen, antwortete sie und klang, als hätte sie die Absicht, ihre Worte in die Tat umzusetzen.

Passend zu deinen Messern?, schlug er vor und überlegte, wie er die längeren Klingen beim Sex einsetzen könnte. Sie würden sicherlich eine Herausforderung darstellen.

Keine Schwertspiele im Schlafzimmer. Ihre Stimme klang so streng, dass er fast laut aufgelacht hätte.

Oh, Engel. Im Schlafzimmer wird es immer Schwertkämpfe geben.

Sie runzelte die Stirn und blickte ihn an. Es war ihr eindeutig entgangen, worauf er mit seiner Aussage hatte anspielen wollen, denn sie antwortete: *Aber ich bevorzuge Messer.*

Ja, ich weiß. Ich spreche von meinem Schwert, Liebling, erklärte er, wohl wissend, dass sie alles wörtlich nahm.

Aber du hast gerade gesagt, dass du kein … Sie verstummte. *Oh.*

Er lächelte. *Ja. Genau dieses Schwert.*

Sie errötete und räusperte sich, um sich wieder auf Vera zu konzentrieren.

Sie und Osiris sprachen gerade verschiedene Möglichkeiten durch, wobei Sethios ein wenig verwirrt war, als er sah, wie ungezwungen sie miteinander umgingen. Bei ihrem letzten Treffen hatten die beiden einen Kampf ausgefochten, bei dem Vera ihn mehr oder weniger besiegt hatte. Es schien seltsam, dass sie sich jetzt derart offen unterhielten.

»Wir müssen uns mit den anderen beraten«, sagte Vera zum Abschluss und breitete die Flügel aus, um zurück zum Haus zu fliegen.

Osiris sah ihr einen Augenblick lang nach, bevor er sich Sethios und Caro zuwandte. »Ich bleibe hier, denn wir können es uns nicht leisten, Zeit zu verschwenden. Die anderen werden sicher nicht wohlwollend auf meine Anwesenheit reagieren.«

»Nun, wenn du sympathischer wärst, wäre das vielleicht kein Problem«, erwiderte Sethios.

»Anführer sind nicht dazu bestimmt, sympathisch zu sein«, entgegnete sein Vater. »Anführer treffen Entscheidungen, die niemand sonst treffen kann. Aus diesem Grund braucht ihr mich, um Astasiya auszubilden. Ich bin der Einzige, der dazu in der Lage ist, ihr mit allen Mitteln alles Nötige beizubringen.«

»Nicht alle Ausbildungsmethoden müssen mit herzloser Grausamkeit einhergehen«, erwiderte Sethios und verschränkte die Arme vor der Brust.

»Nein. Aber die effektivsten schon.«

»Das kannst du aber nicht mit Sicherheit wissen, oder?«, entgegnete Sethios und zog eine Augenbraue in die Höhe.

»Ich bin viel älter als du«, erinnerte er seinen Sohn. »Ich habe meine Techniken im Laufe von Zehntausenden von Jahren perfektioniert. Und sie funktionieren.«

»Bei Stas werden sie nicht funktionieren. Sie hat nichts

mit deinen üblichen Versuchsobjekten gemein.« Was im übertragenen Sinne bedeutete, dass sie nicht wie Sethios war.

Er war unter Osiris' grausamer Herrschaft aufgewachsen. Sein Vater würde vielleicht anführen können, dass Stas angesichts ihres jungen Alters als Seraph noch ein Kind war, aber Sethios hatte ihre Sturheit erlebt.

Osiris' Version einer Ausbildung würde sie eher wütend machen, als sie etwas lehren. Denn sie besaß den Funken Menschlichkeit, der dem Rest von ihnen fehlte.

»Du hast keine Ahnung, was Stas braucht, um sich weiterzuentwickeln«, fuhr Sethios fort. »Wenn du sie zwingst, sich von dir unterrichten zu lassen, wird sie dich nur noch mehr hassen, als sie es ohnehin bereits tut.«

»Sie hasst mich nicht, sondern sie fürchtet mich«, entgegnete Osiris.

»Und in deinen Augen ist das besser«, erwiderte Sethios. »Genau deshalb werden deine Methoden bei ihr versagen.« Allerdings stand das ohnehin nicht zur Debatte, denn sie hatte sein Angebot, sie zu trainieren, bereits abgelehnt.

»Gabriel wird sie ausbilden«, warf Caro ein. »Er ist ein seraphischer Krieger und steht in der Rangordnung direkt hinter Adriel. Du hast ihn gerade kämpfen sehen und sicher bemerkt, wie nützlich er ist. Überlass ihm Stas' Ausbildung.«

Es war ein praktischer Vorschlag, der nur von seinem Engel stammen konnte. Offensichtlich hatte sie auch bei Osiris einen Nerv getroffen, denn er schwieg, um über ihre Worte nachzudenken.

Nach einem kurzen Moment nickte er. »Also gut. Er kann ihr eine angemessene Einführung geben. Wenn sie dann ihre Grundausbildung beendet hat und merkt, dass sie mehr braucht, soll Ezekiel mich holen. Ich werde warten.«

Sethios hätte ihn fast darauf hingewiesen, dass er sehr lange warten würde, aber Caro stimmte ihm mit einem leisen »In Ordnung« zu.

Das wird ihn erst einmal von ihr fernhalten, fügte sie in Sethios' Gedanken hinzu. *Dadurch bleibt uns etwas Zeit, um uns zu überlegen, wie wir in Zukunft mit dieser Situation umgehen sollen.*

Er wird nicht aufgeben. Es lag seinem Vater nicht im Blut, einfach zu kapitulieren. Sethios verstand das, weil er ebenso stur war. Und es hatte den Anschein, dass sich das auch auf seine Tochter übertragen hatte.

Nein, das wird er nicht, murmelte sie. *Aber zumindest setzt er seine Kräfte nicht ein, um seinen Willen zu bekommen.*

Das ist wahr. Wenn sein Vater etwas wollte, nahm er es sich. Er machte ihnen also fast ein Geschenk damit, dass er es sie zuerst auf ihre Weise versuchen ließ.

Statt noch weiter darauf einzugehen, nickte er zustimmend und warf einen Blick auf das Haus. »Wir sollten zu den anderen gehen, um mit ihnen einen neuen Plan auszuarbeiten.« Vor allem, weil es dabei auch um Caro und die Fähigkeit der Seraphim ging, sie aufzuspüren.

Osiris nickte und steckte die Hände in die Taschen seiner grauen Hose. Dazu trug er ein weißes Hemd, das am Hals aufgeknöpft und bis zu den Ellbogen hochgekrempelt war, was ihm eine seriöse Ausstrahlung verlieh. Dennoch umgab ihn auch weiterhin eine tödliche Aura, die nach dem Kampf mit den Seraphim im Himmel, bei dem er sich mehr als gut geschlagen hatte, deutlich zu spüren war.

»Warum hast du mir nichts über die Runen beigebracht?«, wollte Sethios von Osiris wissen, wobei in seiner Stimme aufrichtige Neugier mitschwang.

»Weil du nie in der Lage warst, auf ätherische Energie zuzugreifen«, antwortete sein Vater. »Ich dachte, du würdest nach deinem fünfundzwanzigsten Lebensjahr als Sterblicher dazu in der Lage sein, aber dir sind nie Flügel gewachsen. Also habe ich meine Zeit nicht damit verschwendet, dir etwas beizubringen, was du ohnehin nicht gebrauchen konntest.«

»Warum habe ich die Verwandlung nie vollständig vollzogen?«, wollte Sethios daraufhin wissen. »Leela zufolge überlagern die seraphischen Gene die sterblichen irgendwann. Demnach hätte ich ein vollblütiger Seraph werden müssen.«

Die Miene seines Vaters blieb stoisch. »Ich nehme an, dass es etwas mit göttlicher Intervention zu tun hat. Vielleicht hatte ein Seraph der Fruchtbarkeitslinie seine Finger im Spiel.« Er wandte die Aufmerksamkeit wieder dem Körper auf dem Boden zu. »Der Regenerationsprozess ist in vollem Gange. Wenn ihr einen Plan ausarbeiten wollt, solltet ihr euch beeilen.«

Caro ergriff Sethios' Handgelenk. »Er hat recht. Wir brauchen einen Plan. Und zwar sofort.«

Er wirbelte durch die mitternächtliche Luft, als sie sie zum Haus teleportierte.

Dort schienen Jayson und Balthazar gerade in einen Streit verwickelt zu sein.

»Nein«, sagte der frischgebackene Vater. »Das kommt gar nicht infrage.«

Balthazar packte den anderen Mann an der Schulter und drückte sie. »Es ist ein solider Plan.«

»Hast du etwa vergessen, dass die Seraphim gegen unsere Kräfte immun sind?«

»Ich werde Leela dabeihaben.«

»Sie ist ein Seraph der Fruchtbarkeitslinie«, blaffte Jayson. »Was soll sie denn tun? Sie schwängern?«

Leela schnaubte.

Balthazar ignorierte die Bemerkung und konzentrierte sich auf das Wesentliche. »Sie hat euer Kind zur Welt gebracht und wieder zum Leben erweckt. Dadurch ist sie mit Aidyn eine Verbindung eingegangen, wodurch sie perfekt geeignet ist, um Lizzie zu verkörpern. Ich werde sie begleiten und mich als dich ausgeben, während du hierbleibst, um Lizzie und Aidyn zu beschützen. Ende der Diskussion.«

»Von wegen *Ende der Diskuss*…«

Balthazar zog Jayson in seine Arme und schnitt ihm das Wort ab. »Ich verstehe deine Bedenken, Bruder. Aber es ist der beste Plan.«

»Und welcher Plan wäre das?«, fragte Sethios, als er sich lässig an die Wand neben der Tür lehnte. »Leela und Balthazar geben sich als Lizzie und Jayson aus und schicken die Seraphim auf eine falsche Fährte, indem sie sich von ihnen rund um den Globus verfolgen lassen?« Zumindest nahm er das an, denn er hatte gehört, wie Balthazar davon gesprochen hatte, dass Leela sich als Lizzie ausgeben wollte.

»So etwas in der Art«, sagte Ezekiel gedehnt. »In der Zwischenzeit werden die anderen daran arbeiten, die Schutzsymbole um Hydria zu verbessern.«

»Und wo werden die echte Lizzie, der echte Jayson und die echte Aidyn sein?«, wollte Sethios wissen.

»In Hydria«, antwortete Balthazar, der den Blick immer noch auf Jayson gerichtet hatte, als er sich aus der Umarmung löste.

»Dort werden die Seraphim als Erstes nach ihnen suchen«, murmelte Ezekiel, der Sethios die Worte aus dem Mund nahm.

»Aus diesem Grund schicken wir sie auf eine falsche Fährte«, erwiderte Balthazar. »Jayson weiß, dass der Plan gut ist. Er macht sich nur Sorgen darüber, dass sein bester Kumpel verlieren könnte. Aber wer könnte dich besser verkörpern als der Mann, der dich am besten kennt, nicht wahr?« Er verlieh seinen letzten Worten Nachdruck, indem er Jayson die Wange tätschelte.

Jayson war gar nicht belustigt und packte Balthazar im Nacken. »Wenn du dich meinetwegen umbringen lässt, werde ich dich wiederauferstehen lassen, nur um dich noch einmal zu töten.«

Der Gedanken lesende Hydraianer grinste. »Verstanden.«

»Ich meine es ernst, B. Ich werde dich verdammt noch mal in Stücke reißen.«

Balthazars Lächeln wurde nur noch breiter. »Das klingt verheißungsvoll und würde mir sicher gefallen.«

Jayson knurrte. »Balthazar.«

»Mach dir keine Sorgen«, sagte der Gedankenleser. »Leela spielt schon seit Jahrtausenden Verstecken mit den Fährtenlesern. Nicht wahr, Schatz?«

Sie ignorierte ihn und wandte sich stattdessen Vera zu. »Ich will, dass du diese Rune entfernst. Und zwar sofort.«

»Mir bleibt kaum genügend Zeit, um diesen Plan zu verwirklichen, Lee«, antwortete sie mit einem Anflug von Erschöpfung in der Stimme. »Die Krieger haben Regenerationskräfte und die Fährtenleser haben Heilrunen, die ihre Genesung beschleunigen. Nicht einmal eine Enthauptung wird sie lange außer Gefecht setzen können. Der Rest wird also warten müssen.«

Sethios richtete sich auf und blickte den gedächtnismanipulierenden Seraph an. »Und was genau habt ihr vor?«

KAPITEL 8

LEELA

VERA ERKLÄRTE SETHIOS DEN AUSGEKLÜGELTEN PLAN. Sie hatten vor, die Ereignisse des heutigen Abends im Gedächtnis der Seraphim, die ihnen hierher gefolgt waren, zu verändern und sie auf ein neues Ziel anzusetzen.

Leela und Balthazar.

Allerdings würden sie glauben, dass die Spur zu Lizzie und Jayson führte, denn genau das würden sie ihrem Erinnerungsvermögen entnehmen.

Sie würden sich zwar immer noch an Caro erinnern und weiterhin in der Lage sein, sie aufzuspüren, doch eine Rune gepaart mit einem Blockierungssymbol würde dieses Problem lösen. Das bedeutete, dass sie sich in die ungefähre Richtung teleportieren konnten, in der Caro sich befand, aber die Rune würde es ihnen erschweren, ihren genauen Standort innerhalb eines bestimmten Radius zu ermitteln, während das Schutzsymbol sie davon abhalten würde, einen Fuß auf die Insel zu setzen.

Vorausgesetzt, sie setzten den Plan in die Tat um, bevor Patreel und Arvane bemerken konnten, dass sie hereingelegt worden waren.

Leela und Balthazar mussten sich nur lange genug in der Weltgeschichte herum teleportieren, während sich die anderen um die Sicherheitsvorkehrungen kümmerten, um Hydria zu schützen.

Caro, Gabe und Vera waren für die Verstärkung der Schutzsymbole zuständig. Sie würden auch Sethios und Stas unterrichten und hoffentlich die nötige Zeit haben, um genügend Verteidigungsrunen zu erschaffen, die die Seraphim fernhalten sollten.

Es war zwar nur ein vorläufiger Plan, aber es lohnte sich, ihn zu verfolgen.

Luc hatte ihnen bereits am Telefon seinen Standpunkt klargemacht: »Wenn wir uns aufteilen, wird uns das alle schwächen. Wir müssen eine starke Front bilden, und das können wir nur in Hydria tun.«

Balthazar hatte sofort zugestimmt, ebenso wie Jayson. »Wir rechnen seit 1747 mit einer Invasion«, hatte Letzterer gesagt.

»Mit einer Invasion der Ichorianer«, hatte Issac betont. »Nicht der Seraphim.«

»Ja. Und genau da kommen die Schutzsymbole ins Spiel«, hatte Luc geantwortet. »Wir brauchen nur etwas Zeit, um sie zu verstärken, wie Skye uns vorhin geraten hat.«

Das hatte zu der Diskussion über das Ablenkungsmanöver geführt und dazu, dass Leela sich angeboten hatte, in diesem Katz-und-Maus-Spiel die Rolle der Maus zu übernehmen.

Sie hatte Jahrtausende damit verbracht, den seraphischen Fährtenlesern auszuweichen.

Warum sollte sie jetzt nicht von dieser Erfahrung profitieren? Vera würde den Seraphim keine Ampulle mit Leelas Blut geben, denn dann wäre es so gut wie unmöglich, sich vor ihnen zu verstecken.

Stattdessen schlug sie ihnen vor, nur einige Blutflecke auf einem Tuch zu hinterlassen. Es würde ausreichen, damit die Fährtenleser die Verfolgung aufnehmen könnten, aber es wäre nicht genug, um eine solide Verbindung zu ihnen herzustellen. Sie benötigten mindestens einen Schluck des Lebenssaftes eines anderen Wesens, um es wirklich aufspüren zu können.

Daher würde Leela nur ein paar vereinzelte Tropfen zurücklassen, die ausreichen würden, um die Seraphim zu reizen, ohne sie wirklich verführen zu müssen.

Sie hatte jedoch nicht damit gerechnet, dass Balthazar darauf bestehen würde, sie zu begleiten.

Er hatte behauptet, das Ablenkungsmanöver würde noch glaubhafter wirken, wenn er sich als Jayson ausgab. Vera hatte zugestimmt, weil Leela eine Bindung zu dem Kind hatte, die die Seraphim möglicherweise in ihrem Blut riechen konnten, während Balthazar die Essenz eines abscheulichen Wesens besaß.

Zusammen würden sie eine hervorragende Beute abgeben.

Zumindest waren alle anderen dieser Meinung.

Jetzt schien es, als hätte sie keine andere Wahl, als sich auf den Plan einzulassen. Sie war zwar nicht damit einverstanden, aber sie wollte … nicht noch mehr preisgeben.

Er wusste bereits zu viel.

Und das würde die Dinge nur noch komplizierter machen.

»Ganz im Gegenteil, Lee«, murmelte er plötzlich dicht an ihrem Ohr. »Ich glaube, es wird alles nur noch interessanter machen.«

Er presste seinen warmen Körper an ihren Rücken, als er sanft ihre Hüften umfasste. Seine Berührung war weder forsch noch unangenehm, sondern einfach nur natürlich.

Es fühlte sich an, als wären ihre Körper dazu bestimmt, sich aneinanderzuschmiegen.

Dennoch vermutete sie, dass sie sich eine Bemerkung nicht hätte verkneifen können, wenn ein anderer derart in ihren persönlichen Raum eingedrungen wäre.

Aber Balthazar war nicht irgendjemand.

Er war ... der *Ihre*.

Der Gedanke war riskant. Und auch falsch. Dennoch fühlte es sich so richtig an.

Sie hatte ihn auf eine Weise beansprucht, wie sie nie einen anderen beansprucht hatte. Sie verstand es nicht ganz. Aber so war das Leben nun einmal.

Er presste seine Lippen an ihre Schläfe. Es war ein zärtlicher Kuss, der jedoch von so viel gegenseitigem Verständnis geprägt war, dass ihr Herz einen Schlag aussetzte.

Du solltest nicht mitkommen, sagte sie. *Es ist zu gefährlich.*

»Es ist beschlossene Sache«, flüsterte er und lenkte ihre Aufmerksamkeit auf die anderen im Raum.

Sie alle bereiteten sich auf die Abreise vor.

Sogar Ezekiel und Skye.

Ist sie mit dem Plan einverstanden?, fragte sich Leela. *Hat sie überhaupt irgendjemand gefragt?*

Sie öffnete den Mund, um genau das zu tun, als Skye sich ihr wie gerufen zuwandte.

Im nächsten Atemzug begegnete sie Leelas Blick und in ihren stahlblauen Augen zeichnete sich ein Ausdruck von Ungewissheit ab, während sie unvorstellbare Dinge zu sehen schien. »Geht nicht nach Marokko. Er wird es erfahren, und es wird bekannt werden, wem gegenüber du wirklich verpflichtet bist.«

Ezekiel runzelte die Stirn. »Wem sie verpflichtet ist?«

»Dem Rat«, sagte Leela mit kaum hörbarer Stimme. *Den Schicksalsgöttinnen. Und* ihm.

Denn sie wusste, was Skye meinte und auf *wen* sie sich bezog. Sie wusste, was geschehen würde, wenn *er* sie fand.

Es gab einen Grund dafür, warum Leela derart geschickt darin war, den seraphischen Fährtenlesern aus dem Weg zu gehen.

»Es ist das Risiko nicht wert, Leela. Nichts ist dieses Risiko wert«, betonte Skye. »Er ist einer von *ihnen*. Sie sind nicht echt. Eine Maske. Alle von ihnen sind *Masken*.«

»Wer?«, drängte Ezekiel, dann legte er eine Hand an ihr Kinn und drehte ihren Kopf, bis ihre Blicke sich begegneten. »Wer sind die Masken, Skye?«

Sie blinzelte ihn an und neigte den Kopf zur Seite. »Kann ich jetzt in der Ägäis schwimmen gehen? Das würde mir viel mehr Freude bereiten als dieser eiskalte Schnee.«

Mit einem Seufzen verzog er die Lippen zu einem Lächeln und musterte sie. »Natürlich, Liebes.«

»Danke«, flüsterte sie und drückte ihm einen Kuss auf die Kieferpartie, bevor sie sich an ihn schmiegte. »Bring mich ans Meer.«

Die goldenen Sprenkel in seinen schwarzen Iriden funkelten, als er den Kopf hob und Leela einen entschuldigenden Blick zuwarf. Sie nickte verständnisvoll. Skyes Prophezeiungen waren flüchtig und ihre Warnungen immer kryptisch. Sie äußerte sie nur, wenn sie sich in Trance befand. Sobald sie bei klarem Verstand war, konzentrierte sie sich auf die Gegenwart, und da diese Momente nur von kurzer Dauer waren, zog Ezekiel es vor, sie in Ehren zu halten, indem er ihr jeden Wunsch erfüllte.

Wie zum Beispiel, sie nach Hydria zu teleportieren, wo sie sich trotz der winterlichen Temperaturen im Meer vergnügen konnte.

Die beiden verschwanden und ließen Leela und

Balthazar mit Gabriel, Clara, Sethios, Issac und Stas im Haus zurück.

Caro hatte sich mit Jayson, Lizzie und Aidyn dorthin auf den Weg gemacht, kurz nachdem Vera den Plan noch einmal erklärt hatte. Jacque war hierher zurückgekehrt, um Owen zu holen und ihn auch nach Hydria zurückzubringen. Das Handy, mit dem Luc telefoniert hatte, war ebenfalls nirgends zu sehen. Und Vera war draußen, um Erinnerungen zu manipulieren.

Das bedeutete, dass die Verfolgungsjagd bald ihren Anfang nehmen würde.

»Wo ist Osiris?«, fragte Balthazar. Sie spürte das Vibrieren seiner Brust an ihrem Rücken.

»Draußen«, antwortete Sethios. »Zumindest behauptete er, er wolle draußen warten, bis wir alles besprochen haben. Vielleicht hat Vera ihm bereits mitgeteilt, was wir vorhaben.«

»Findest du es nicht merkwürdig«, fragte Balthazar, »dass sie sich so ungezwungen mit Osiris unterhält?«

Sethios zuckte mit den Schultern. »Besser sie als ich.«

»Was beunruhigt dich deshalb?«, fragte Issac, der den Mann hinter Leela mit scharfsinnigem Blick musterte.

Sie hatte Issac Wakefields sachliche Art immer gemocht. Sie unterschied sich stark von Balthazars offenherziger Lebenslust, was zur Folge hatte, dass die beiden sich oft stritten. Allerdings waren sie beide äußerst loyal. Auch wenn sie häufig geteilter Meinung waren, schätzten sie immer den Beitrag des anderen, wenn es um ernste Angelegenheiten ging.

Im Grunde waren sie wie Brüder.

Wobei Balthazar jedoch des Öfteren versuchte, Issac zu verführen. Leela konnte das durchaus verstehen, doch es machte ihre Beziehung ein wenig weniger familiär.

Trotzdem machte es ihr Spaß, die beiden zu

beobachten.

Sie hätte auch nichts dagegen, zwischen ihnen im Bett zu liegen. Sie würde sogar Stas einladen, sich ihnen anzuschließen. Je mehr, desto besser.

Balthazar schlang die Arme um ihre Taille, was darauf hindeutete, dass er ihre Gedanken gehört hatte. Er ließ sich jedoch nichts anmerken, als er sagte: »Sie hat sich, ohne zu zögern, auf das Gelände auf den Bahamas teleportiert, als wäre sie schon einmal dort gewesen. Hast du ihr gesagt, wie man dorthin kommt?«

Die Frage schien an Gabriel gerichtet zu sein, obwohl sie nicht sehen konnte, an wen sich Balthazar gerade gewandt hatte.

»Nein, das habe ich nicht«, antwortete Gabriel.

»Woher wusste sie dann, wohin sie gehen musste?«, fragte Balthazar. »Und warum hat sie keinerlei Hemmungen, mit Osiris offen zu sprechen?«

»Weil sie versteht, welche Absichten ich verfolge«, ertönte eine tiefe Stimme, als ein Wirbel schwarzer Federn erschien. Er materialisierte sich einen Augenblick später und seine Flügel verschwanden, als er seine körperliche Gestalt annahm. »Stas muss alles über Runen, Schutzsymbole und Verteidigungsmanöver lernen. Ich erwarte, dass du ihr eine Einführung gibst, da sie noch nicht bereit ist, mit mir zu trainieren.«

»Noch nicht *gewillt* ist, mit dir zu trainieren«, korrigierte Stas, ohne zu zögern.

Issac legte seinen Arm um sie, als wollte er sie zurückhalten oder sie vielleicht davor warnen, noch einmal die Stimme zu erheben. Osiris half ihnen allen zwar heute, aber das machte ihn noch lange nicht zu einem Verbündeten oder zu jemandem, der einen solchen Tonfall tolerieren würde.

»Ihre Manieren bedürfen ebenfalls einer

Verbesserung«, fügte er hinzu, als hätte er Leelas Gedanken gelesen. »Darum wirst du dich kümmern.« Diese Bemerkung galt Sethios. »Durch euren Plan gewinnt ihr vielleicht ein paar Tage Zeit, doch das ist im Vergleich zum großen Ganzen rein gar nichts.«

»Hast du einen besseren Vorschlag?«, fragte Issac in höflichem Tonfall, in dem ein wenig Neugierde, jedoch kein Sarkasmus mitschwang.

»Allerdings«, antwortete Osiris. »Aber dafür müsste Astasiya zustimmen, sich von mir anleiten zu lassen, und mir wurde gesagt, dass sie dazu noch nicht bereit ist. Deshalb werde ich ihren Wünschen nachgeben. Zumindest für den Moment.«

»Wie nett von dir«, sagte Stas mit ausdruckslosem Tonfall.

Sethios stellte sich unauffällig vor sie, wobei die Bewegung jedoch keinem der Anwesenden entging. Er wusste, dass ihr Verhalten Osiris verärgern würde, und gab ihm unverblümt zu verstehen, dass sein Vater es zuerst mit ihm aufnehmen müsste, falls er vorhatte, sie zur Rechenschaft zu ziehen.

Glücklicherweise schien Osiris nicht in der Stimmung zu sein, jemanden zu bestrafen.

Er schüttelte nur den Kopf und sah Leela an. »Viel Glück, Seraph. Du wirst es brauchen.« Dann fiel sein Blick auf den Gedankenleser hinter ihr. »Ich wäre sehr enttäuscht, wenn dich jemand tötet, Balthazar. Versuch also, am Leben zu bleiben.«

Mit einem Rascheln seiner Federn verschwand er ohne ein weiteres Wort.

»Vera arbeitet mit ihm zusammen«, sagte Balthazar eine Sekunde später. »Deshalb versteht sie auch seine Beweggründe. Sie ist unser Spitzel.«

»Zusätzlich zu Mateo oder an seiner statt?«, fragte

Issac.

»Das bleibt abzuwarten«, antwortete Balthazar. »Tristan sollte ihn weiter beobachten.«

Issac nickte. »Wird erledigt.«

»Gut.« Dann führte er seine Lippen an Leelas Ohr. »Wir sollten bald aufbrechen, Lee. Ich habe ein Haus in Stockholm, in dem wir uns verstecken können.«

Sie schüttelte den Kopf. »Wir werden nicht nach Stockholm gehen.« Sie hatte überall auf der Welt Häuser mit Schutzsymbolen versehen. Sie würden sich stattdessen an einem dieser Orte verkriechen. »Vera braucht mein Blut, bevor wir gehen.«

Nicht genug, um es schlucken zu können.

Nicht genug, um es wirklich aufspüren zu können.

Nur ein paar Tropfen.

Ein Köder.

Ein … ein *Anreiz*.

Leela schluckte. *Ich schaffe das. Ich schaffe das. Ich schaffe das.*

Es widersprach ihren Instinkten, doch es war nur vorübergehend. Und sie wären dadurch in der Lage, das Kind zu verstecken.

Aidyn. Ich tue es für sie. Diese arme kleine Seele hatte nichts falsch gemacht. Sie hatte es nicht verdient, gejagt zu werden, genauso wenig wie Lizzie oder Jayson. Leela wusste, worauf sie sich im Kampf gegen die Seraphim einließ, sie hatten jedoch keine Ahnung. Dadurch war es die einzig logische Möglichkeit und ein solider Plan.

Vorübergehend.

Allerdings würde Balthazar sie begleiten. Und das machte alles komplizierter. »Du solltest …«

Sie schrie auf, als er sie in seinen Armen herumwirbelte. »Es ist beschlossene Sache«, sagte er noch einmal. »Und nun sag mir, wo ich dich schneiden soll.«

Leela spannte die Schenkel an, als sie den dominanten Unterton in seiner Stimme hörte. *Verdammt, ich stecke wirklich in Schwierigkeiten.*

»Das tust du«, stimmte er zu, wobei seine Stimme kaum mehr als ein Murmeln war.

Es war nicht das erste Mal, dass ihr der Gedanke kam, und es war nicht das erste Mal, dass er darauf reagierte. Sein dunkler verheißungsvoller Blick verriet ihr, dass er ihre Strafe bald einfordern würde.

Indem er sie dazu brachte, vor ihm zu kriechen.

Sie schüttelte den Kopf und wehrte sich gegen das lustvolle Gefühl, das der Gedanke in ihr hervorrief. Er müsste sich schon sehr viel mehr anstrengen, um sie so weit zu bringen.

Sie kniete nur vor Männern, wenn sie es verdient hatten.

Er zog die Augenbrauen nach oben.

Sie tat es ihm gleich und hielt seinem Blick stand.

Das war schon besser. Es fühlte sich natürlich und normal an und beruhigte sie ungemein. Die Konfrontation mit diesem Mann verankerte sie in der Gegenwart und in dieser Realität, sie vertrieb ihre Ängste und ließ sie aufatmen.

Er legte eine Hand an ihre Wange und strich mit dem Daumen über ihre Unterlippe, wobei er ihm mit seinem Blick folgte.

So kühn. So durchdringend. So *Balthazar*.

Er fragte nicht, er nahm sich einfach, was er wollte. Denn ein Teil von ihm wusste, dass sie ihn immer gewähren lassen würde. Vielleicht lag es daran, dass er ihre Gedanken lesen konnte und ihre Beweggründe kannte, vielleicht war es einfach die Art, wie sie zusammenspielten.

Woran es auch lag, sie liebte die Tatsache, dass er keine Zeit mit Fragen verschwendete oder um Erlaubnis heischte. Er wusste einfach, wo ihre Grenzen lagen, und tat sein Bestes, um sich heranzutasten, ohne in verbotenes Territorium vorzudringen.

Allerdings war sie sich nicht sicher, ob es in seinem Fall überhaupt ein verbotenes Territorium gab.

Vielleicht würde sie ihm einfach alles überlassen.

Seine braunen Iriden funkelten voller Neugier, als er den Mund zu einem sinnlichen Grinsen verzog.

Er hatte jeden Gedanken, jede Überlegung und jede Begierde gehört.

Und der verheißungsvolle Ausdruck in seinem Gesicht verriet ihr, dass er jeden einzelnen zur rechten Zeit erfüllen würde.

Aus dem Augenwinkel nahm sie das Aufblitzen einer Klinge wahr, als er die Hand um ihren Nacken schlang. »Sag mir, wo ich dich schneiden soll, Lee«, wiederholte er.

Plötzlich verstand sie Sethios' und Caros Vorliebe für das Spiel mit Messern im Schlafzimmer. Es war nie eine ihrer sexuellen Vorlieben gewesen. Fesseln, Augenbinden und Dominanz durchaus, aber Blut und das Hinterlassen von Spuren auf der Haut gehörten weniger dazu.

Aber sie konnte nicht leugnen, dass der Gedanke, seinem Partner genug zu vertrauen, um mit ihm beim Sex mit einer tödlichen Waffe zu spielen, etwas unglaublich Intimes hatte.

»Du hast die Wahl«, flüsterte sie ihm zu.

Er lächelte, als er die Klinge anhob und sie sanft über ihre Kehle gleiten ließ. Sie schluckte, als das kühle Metall ihre Haut berührte, doch dann öffnete sie den Mund, als sie bemerkte, dass es nicht das scharfe Ende, sondern der Griff war.

»Gib mir deine Hand, Lee«, sagte er.

Sie streckte sie zwischen ihnen in die Höhe, als würde sie von einer Schnur nach oben gezogen. Es fühlte sich fast so an, als wäre sie gezwungen, ihm zu gehorchen. Für gewöhnlich würde sie sich gegen dieses Gefühl wehren, doch in seinem Fall bereitete es ihr mehr Vergnügen, sich ihm zu fügen.

Obwohl es auch ein verlockender Anblick wäre, ihn vor ihr kniend zu sehen.

»Nur wenn du es dir verdient hast«, murmelte er und spielte damit auf ihren Gedanken an.

Das klingt nach einer Herausforderung, dachte sie.

Er verzog die Lippen zu einem Lächeln, ging jedoch nicht weiter darauf ein. Stattdessen konzentrierte er sich auf ihre Hand. »Dreh die Handfläche nach oben.«

Sie tat, wie geheißen. Er festigte den Griff um ihren Nacken, während er das Messer mit der anderen Hand auf ihre Handfläche presste.

Sie stieß einen zischenden Laut aus, als sich die Spitze der Klinge in ihre Haut bohrte.

Er presste das Metall an die kleine Wunde und tränkte das Ende der Klinge mit ihrem Blut. Dann ließ er sie los und ging zu Issac, um von ihm ein Handtuch entgegenzunehmen. Leela hatte weder gesehen, wie der Mann in die Küche gegangen war, um es zu holen, noch wusste sie, wo Balthazar das Messer gefunden hatte.

Denn sie hatte sich zu sehr von all den anderen Geschehnissen ablenken lassen.

Das verhieß nichts Gutes für ihre bevorstehende Verfolgungsjagd.

Sie musste einen klaren Kopf behalten, um zu überleben.

Balthazar hatte sie auf den Boden der Tatsachen zurückgeholt und sie vor der Angst bewahrt, und sie fragte sich unwillkürlich, ob einer von den anderen ihre Gefühle bemerkt hatte. Doch ihre Mienen verrieten nichts. Sie alle wirkten entschlossen.

Es wird funktionieren, sagte sich Leela, als Balthazar die Klinge mit dem Handtuch abwischte. *Es muss einfach funktionieren.*

Sie ballte die Hand zur Faust und spürte das Brennen, das ihren Arm durchzuckte. Es wäre in einer Minute vorbei, denn ihre seraphischen Gene ließen sie übernatürlich schnell heilen. Doch im nächsten Atemzug kam Balthazar mit einem feuchten Papiertuch zurück, das er auf die Wunde presste, was sie zu einem Stirnrunzeln veranlasste.

Woher kommt das?, fragte sie sich.

Er zwinkerte ihr zu. »Vorbereitung ist das A und O, Lee.« Ihr entging der sinnliche Unterton in seiner Stimme nicht. »Dadurch geht man sicher, dass alle Beteiligten ihr Vergnügen haben.«

Nur Balthazar war imstande, aus einer gefährlichen Situation eine Möglichkeit zur Verführung zu machen.

Nun, Leela war ebenfalls dazu in der Lage.

Normalerweise.

Nur nicht heute. Nicht jetzt. Nicht bei allem, was ihnen bevorstand.

Balthazar presste das feuchte Papiertuch auf ihre Wunde und übte gerade genügend Druck aus, um die Blutung zu stoppen und sie gleichzeitig in die Gegenwart zurückzuholen. Er lenkte sie von ihren Ängsten ab und zwang sie, sich zu konzentrieren. *Schon wieder.*

Sie begegnete seinem wissenden Blick und nickte ihm zum Dank zu.

Er zog das Papiertuch von der Wunde und legte es zu dem Handtuch. »Ich bin mir nicht sicher, wo Vera es deponieren will«, sagte er und reichte es Issac. »Es hängt wohl davon ab, welche Erinnerung sie gerade geschaffen hat. Vorausgesetzt, sie hat uns die Wahrheit darüber gesagt.«

»Sie würde mich nicht belügen«, warf Leela ein, denn sie war sich sicher. »Und wenn sie mit Osiris zusammenarbeitet, hat sie einen guten Grund dafür.« Sie hatte sich vorhin nicht für ihre Freundin eingesetzt, weil sie es nicht für nötig gehalten hatte. Vera hatte Leela im Laufe der Jahre mehr als bewiesen, dass sie ihr gegenüber loyal war. Sie war ihre beste Freundin und Vertraute.

Und sie hatte ihr in unzähligen Situationen hilfreich zur Seite gestanden.

Balthazar betrachtete Leela einen langen Moment mit neugierigem Blick. Aber dann nickte er nur, um ihr in diesem Punkt recht zu geben. Zumindest hoffte sie, dass er das damit sagen wollte.

Vielleicht bezog er sich auch darauf, dass Vera seine Erinnerungen auf Leelas Aufforderung hin manipuliert hatte, und räumte ein, dass dies eine der Situationen war, in denen Vera Leela geholfen hatte.

Es war schwer zu sagen, was er meinte.

So berechenbar Balthazar auch zu sein schien, im Grunde fand Leela, dass er schwer zu durchschauen war. Sex war für ihn eindeutig eine treibende Kraft, doch sein Verlangen reichte so viel tiefer als die bloße Sehnsucht nach einem kurzen Vergnügen im Bett.

Unter der verführerischen Fassade war er ziemlich kompliziert.

Sie wünschte sich, seine Gedanken lesen zu können.

Doch dann würden sie zweifellos direkt im Schlafzimmer landen.

»Ich bin bereit, wenn du es bist«, sagte Balthazar und streckte ihr die Hand entgegen.

Sie sah ihn mit zusammengekniffenen Augen an. »Das sollte keine Einladung sein.«

»Doch, das sollte es«, entgegnete er. »Aber ich meinte eigentlich, dass wir uns jetzt teleportieren sollten,

Schätzchen. Vera hat, was sie braucht. Es ist an der Zeit, dass wir die Seraphim von Hydria ablenken.«

»Wir erwarten deinen Anruf in vierundzwanzig Stunden«, sagte Issac, der einen Arm um Stas geschlungen hatte.

Balthazar nickte ihm zur Bestätigung zu. »Ihr werdet von uns hören.«

Issac erwiderte die Geste, bevor er und Stas verschwanden.

Gabriel begegnete Leelas Blick. Der seraphische Krieger war seltsam ruhig, nachdem er zwei seiner Brüder enthauptet hatte. Er schien weniger verärgert zu sein, sondern sich mit seinem Schicksal abgefunden zu haben.

Doch wenn Vera alles richtig gemacht hatte, würden sich die Seraphim draußen überhaupt nicht daran erinnern, dass er an der Schlacht beteiligt gewesen war. Sie sollten auch nichts mehr über Leelas oder Veras Anwesenheit wissen. Sie würden sich nur an Osiris erinnern, denn es war seine Macht, die die beiden Krieger lange genug gebändigt hatte, damit er die Oberhand gewinnen konnte.

Zumindest war das ihr Plan gewesen.

Vorausgesetzt, Vera war in der Lage gewesen, die Geschichte in ihrem Gedächtnis vollständig zu ändern.

Sie hatte zuerst dafür gesorgt, dass sie sich nicht mehr an Leelas Anwesenheit erinnern würden, denn andernfalls würde das Ablenkungsmanöver nicht funktionieren.

»Leela«, murmelte Balthazar und ließ sie aufhorchen. »Bist du bereit?«

Nein, dachte sie. Aber sie ergriff dennoch seine Hand und sagte: »Halt dich fest.« Denn sie waren im Begriff, eine Reise zu unternehmen, die keiner von ihnen so schnell vergessen würde.

KAPITEL 9

BALTHAZAR

»Melbourne«, sagte Balthazar, als er der vertrauten Umgebung gewahr wurde. Auf dieser Seite des Erdballs war es gerade Sommer. »Wunderschön.«

Er bevorzugte die Sonne gegenüber dem Mond, ganz zu schweigen von den wärmeren Temperaturen. Er würde seine Jacke hier nicht brauchen, aber er behielt sie an und wartete darauf, dass Leela den nächsten Schritt unternahm.

Sie verzog den Mund und runzelte die Stirn. *Wie* ... Sie verstummte und erregte damit seine Neugier. Er wartete darauf, dass sie etwas hinzufügte, doch dann bekam er den Strang der Verwirrung in ihren Gedanken zu fassen. Sie hatte sie nicht nach Melbourne, sondern nach Sydney teleportieren wollen.

Er blickte sich noch einmal um. Er war schon oft in dieser Gegend gewesen. »Die Ältesten haben eine Wohnung etwa zwei Häuserblocks von hier entfernt.«

Die Fünfzimmer-Eigentumswohnung gehörte eigentlich Alik, aber sie teilten sie sich alle. Das galt auch für die anderen Immobilien, die sie überall auf der Welt innehatten. Es machte es ihnen leichter, wenn sie diese Orte besuchen wollten.

»Da drüben befindet sich ein hervorragendes italienisches Restaurant«, fügte er hinzu und deutete auf die andere Straßenseite. »Deren Pizza ist besser als die einiger berühmter Lokale in Rom.«

Das war ein Teil dessen, was er an Melbourne so liebte. Hier konnte man an einem einzigen Ort die verschiedensten Kulturen erleben. Es war nur schade, dass sie nicht im Urlaub waren, sonst würde er mit Leela einen kleinen Spaziergang machen, etwas mit ihr essen gehen und sie dann zum Nachtisch ficken.

Ihre Gedanken strahlten jedoch eine Besorgnis aus, die ihm verriet, dass das Vergnügen noch warten musste. Vielleicht bedeutete es aber auch nur, dass er sich ein bisschen mehr anstrengen musste. »Was ist los, Lee?«, fragte er und drückte ihre Hand. »Müssen wir uns nach Sydney teleportieren?«

Sie schüttelte den Kopf. »Nein. Ich habe hier auch eine Wohnung. Ich … ich versuche nur herauszufinden, warum wir hier statt in Sydney gelandet sind.« *Und warum es ein so vertrautes Gefühl ist, genau an diesem Ort neben dir zu stehen*, fügte sie hinzu.

Er dachte einen Moment darüber nach und suchte seine Erinnerungen danach ab, wann er diese Straße entlanggegangen war. Es waren jedoch zu viele Male gewesen, als dass er sie auf Anhieb hätte abrufen können. Er war nicht allwissend wie Luc.

»Vielleicht sind wir uns auf dieser Straße schon einmal begegnet«, riet er. »Wenn du auch eine Wohnung hier hast, ist es durchaus möglich, dass wir schon einmal hier waren.«

Zumal sie beide eine Vorliebe für unverbindlichen Sex mit wechselnden Partnern hatten. Vielleicht waren sie nicht zusammen gewesen, sondern hatten sich mit anderen zur gleichen Zeit vergnügt. Möglicherweise hatten sie sogar einer Orgie beigewohnt. Dagegen hatte Balthazar nie etwas einzuwenden. Je mehr, desto besser.

»Es ist nur …« Sie runzelte die Stirn, während sie gegen eine Art Blockade ankämpfte. Ein Gedanke blitzte in ihrem Kopf auf, doch er war im nächsten Augenblick wieder verschwunden und zu flüchtig, als dass er ihn hätte einfangen können. Als würde sie versuchen, sich eine Erinnerung ins Gedächtnis zu rufen, die eigentlich existieren sollte, aber nicht greifbar war.

Eine Art Déjà-vu, erkannte er. Dasselbe passierte ihm gelegentlich, wenn er sich häufig in einer bestimmten Gegend aufhielt. Er lebte schon seit so vielen Jahrtausenden, dass es nicht verwunderlich war. Aber irgendetwas störte sie in diesem Fall. Als sollte sie sich genau daran erinnern, warum es ihr bekannt vorkam, jedoch nicht dazu in der Lage war.

Balthazar ließ Leelas Hand los und streichelte ihr über den Arm. Sie trug immer noch diesen bezaubernden, bauschigen Mantel. Er hätte ihn ihr am liebsten ausgezogen, um ihren Pullover zu bewundern, unter dem sie keinen BH trug.

Leider musste er zuerst ihrem Verstand auf die Sprünge helfen.

»Vielleicht sollten wir einen Spaziergang machen und sehen, ob irgendetwas die Erinnerung wachrüttelt.« Er sprach mit sanfter, beschwichtigender Stimme, aber das Funkeln in ihren blaugrünen Augen verriet ihm, dass sie seine Worte durchschaute.

Sie packte sein Handgelenk und teleportierte sie erneut, wobei sie für den Bruchteil einer Sekunde durch Zeit und Raum gewirbelt wurden.

Statt auf der Straße zu stehen, wurde er jetzt von

Wänden umgeben und der Beton unter seinen Füßen wich einem Teppichboden. Vor ihm bot eine Fensterreihe einen atemberaubenden Ausblick auf den Ozean.

Sie waren immer noch in Melbourne.

Dessen war er sich sicher, weil er von Aliks Wohnung aus eine ähnliche Aussicht hatte.

Doch sie befanden sie nicht in Aliks Wohnung.

Die Möbel waren zu weiß, der Balkon zu schmucklos und die Räume waren kleiner. Das Wohnzimmer ging nahtlos in die Küche über. Ein Esszimmer gab es nicht. Und der Flur neben ihm ließ vermuten, dass er nur zu einem einzigen Schlafzimmer führte.

Das stellte für ihn kein Problem dar, denn er würde sich gern ein Bett mit Leela teilen.

Sie ließ ihn los, doch er packte sie im Nacken und zog sie mit sich. »Du kannst uns so oft teleportieren, wie du willst, Schätzchen, doch du wirst mich nicht davon ablenken, dass ich die Wahrheit erfahren will.«

»Worüber?«

»Über alles«, sagte er gedehnt. »Brasilien. Wie oft wir uns begegnet sind. Wie es sich angefühlt hat, in dir zu sein. Wie du aussiehst, wenn du kommst.« Er wollte alles wissen.

Der Wunsch war fast so überwältigend wie das Bedürfnis, mehr über ihre Angst vor der Reformation und vor dem Mann, an den sie immer wieder denken musste, zu erfahren.

Vor wem hast du Angst, kleines Luder?, wollte er sie fragen. Aber er wusste, dass er sie nicht drängen durfte. Es war eine Kunst, derart heikle Geheimnisse zu lüften, die er allerdings besser als jeder andere beherrschte.

Seine Fähigkeit, Gedanken zu lesen, half ihm dabei natürlich.

Ebenso wie seine Gabe, Gefühle zu manipulieren.

Aber am Ende brauchte man vor allem ein feines Gespür.

Er strich mit den Lippen über ihren Mund und schmeckte sie mit einer Liebkosung, die auf jahrelanger Erfahrung beruhte. Dank seiner Fähigkeit, ihre Gedanken zu lesen, wusste er, dass sie seinen Kuss willkommen hieß und genoss.

Sie würde ihm niemals etwas verweigern.

Es lag nicht in ihrer Natur, ihn von sich zu stoßen.

Er wusste es, denn er empfand dasselbe für sie. Zwischen ihnen herrschte ein seltsames Gefühl der Vertrautheit, das er seit ihrer Ankunft in Hydria empfand. Sein Körper kannte den ihren. Sein Verstand ebenfalls. Und sein Mund … sein Mund hatte den ihren schon viele, viele Male geküsst.

»Wie viele Tage haben wir zusammen im Bett verbracht?«, flüsterte er.

Er hatte das Gefühl, als wären es Hunderte, wenn nicht sogar Tausende gewesen. Er spürte, dass sie eine gemeinsame Vergangenheit verband. Und doch waren sie nur in Brasilien zusammen gewesen. Ein Teil seines Verstandes fragte sich, ob das wirklich der Wahrheit entsprach. Vielleicht hatte sie ihm schon vorher die Erinnerungen genommen.

Wenn Vera hier wäre, würde er Antworten verlangen.

Aber er war mit Leela allein.

»Nur zwei«, antwortete sie an seinen Lippen.

»Unmöglich«, hauchte er und öffnete mit seiner freien Hand den Reißverschluss ihres Mantels, während er mit der anderen weiterhin ihren Nacken umklammerte. »Ich *kenne* dich, Lee.«

»Weil wir uns ähnlich sind, B«, murmelte sie. »Ich bin eine Sexgöttin, eine Göttin der Verführung, Fruchtbarkeit und *Lust*.«

LEXI C. FOSS

Er schob ihr die Jacke von den Schultern.

Sie ließ sie auf den Boden fallen, bevor sie die Arme um ihn schlang.

»Ich bin die Frau, die dazu bestimmt ist, alles zunichtezumachen, was du über das Ficken zu wissen glaubst«, versprach sie. Ihre Stimme war eine sanfte Liebkosung, die ihm direkt in die Lenden fuhr. »Deshalb werde ich auch nicht vor dir kriechen.«

Er verzog die Lippen zu einem Lächeln an ihrem Mund. »Oh, Schätzchen, dieses Spiel wird mit jedem deiner Worte interessanter.«

Er machte es ihr unmöglich, etwas zu erwidern, indem er seine Zunge in ihren Mund gleiten ließ. Doch ihren Verstand brachte es nicht zur Ruhe.

Ihre Gedanken schlugen Purzelbäume, als sie sich an sein Geschick und seine Ausdauer erinnerte. Sie spürte die Richtigkeit seiner Berührung auf ihrer Haut, das Feuer ihrer Leidenschaft und die Hitze, die noch Wochen nach ihrer Begegnung in Brasilien durch ihre Adern geströmt war.

Doch am Rande ihres Verstandes nahm er noch mehr wahr. Eine vage Erinnerung, die in ihrer Psyche pulsierte, ohne wirklich greifbar zu sein. Er versuchte, ihr zu folgen, um herauszufinden, was sie dort verborgen hielt. Doch sie krallte sich in seinen Nacken und brachte ihn zurück in die Gegenwart.

Sie ließ ihre andere Hand über seine Jacke bis hinunter zum Saum und unter seinen Pullover gleiten, um über seinen flachen Bauch zu streichen.

Es war eine kühne Geste. Wissend. Berauschend.

Er brummte zustimmend, denn er mochte Frauen, die wussten, wie man das Kommando übernahm. Doch im nächsten Augenblick drückte er leicht ihren Nacken, um

136

sie daran zu erinnern, dass er nicht so einfach zu haben war.

Zwischen ihnen entbrannte eine herausfordernde Leidenschaft. Sie strich mit den Zähnen über seine Unterlippe und drohte ihm damit, ihn zu beißen. Er öffnete die Augen und sah, dass ihre Iriden hellblau leuchteten, wobei jede Spur von Grün aus ihnen verschwunden war. In diesem Moment erinnerte sie ihn an einen Sukkubus.

Atemberaubend. Er wollte sehen, wie sich der Zustand intensiver Ekstase in ihrem Blick widerspiegeln würde. Wie sehr konnte er sie zum Glühen bringen?

Diese Schlacht wirst du nicht gewinnen, dachte sie an ihn gerichtet.

Er lächelte fasziniert. Allerdings rüttelten diese Worte eine Erinnerung wach, die er nicht ganz greifen konnte. Er wusste nicht einmal, ob sie ihren oder seinen eigenen Gedanken entsprungen war.

Es gab eine Art seltsame Verbindung zwischen ihnen, die er nicht definieren konnte.

Sie legte die Stirn in Falten, als hätte sie es auch gespürt. »Hast du das in Brasilien auch zu mir gesagt?«, fragte er sich laut.

»Ich …« Sie musste schlucken. »Ich weiß es nicht.« Sie löste ihre Hand von seinem Nacken und er ließ auch die seine fallen. Sie trat einen Schritt zurück und geriet ins Taumeln. Er fing sie an der Hüfte auf. »Meine Gedanken sind verschwommen, vielleicht liegt es an dem Kopfschuss?«

Er runzelte die Stirn. »Davon solltest du dich mittlerweile vollständig erholt haben.«

»Dann ist vielleicht die Rune dafür verantwortlich.« Sie warf einen Blick auf ihren Arm, aber die Markierung war unter ihrem Pullover verborgen. »Sie könnte in Konflikt mit meiner anderen Rune stehen.« Sie schüttelte den Kopf, als wollte sie ihn klären. »Vielleicht brauche ich nur etwas Schlaf.«

»Oder etwas zu essen«, sagte er. »Wann hast du das letzte Mal etwas gegessen?«

»Ich habe keine Ahnung«, gestand sie und stieß den Atem aus, während sie sich umsah. »Ich muss außerdem sicherstellen, dass die Schutzsymbole wirksam sind. Ich war schon lange nicht mehr hier.«

»Wie wäre es, wenn du dich darum kümmerst, während ich etwas koche?«

»Um etwas zu kochen, bräuchtest du Lebensmittel«, murmelte sie.

»Ich könnte einkaufen gehen«, bot er an.

Aber sie schüttelte wieder den Kopf. »Du musst in der Nähe bleiben, falls ich von hier verschwinden und mich teleportieren muss.«

»Dann können wir etwas bestellen und uns das Essen liefern lassen«, erwiderte er.

»Du hast wirklich eine Vorliebe fürs Essen, nicht wahr?« Er wusste, dass sie sich an Brasilien erinnerte, denn sie begann, an Pfannkuchen zu denken.

»Ich mag alles, was dem Körper Freude bereitet«, erklärte er in erstem Tonfall.

Ihre Augen leuchteten auf. »Ein Mann ganz nach meinem Geschmack.« Die Art und Weise, wie sie die Worte aussprach, verriet ihm, dass sie sie ebenso ernst meinte.

Statt jedoch näher darauf einzugehen, besann sie sich auf das Wesentliche. »In der Nähe gibt es ein paar Restaurants, die anständiges Essen servieren. Aber du müsstest bar bezahlen.«

Sie ging in die Küche, um einen Schrank zu öffnen, in

dem sich ein Safe befand. Mit flinken Fingern tippte sie einen Code ein, der die Tür öffnete.

»Nimm dir, was du brauchst, aber verlass die Wohnung nicht. Ich werde in der Luft sein.« Im nächsten Moment war sie verschwunden und überließ ihn sich selbst.

Und er würde die freie Zeit nutzen.

———

»Du hast eine beeindruckende Sammlung an Dessous«, sagte Balthazar, als Leela endlich zurückkehrte.

Er hatte ihnen etwas aus dem italienischen Restaurant bestellt, an das er zuvor hatte denken müssen, und hatte das Abendessen in Ermangelung eines Esstischs auf dem Couchtisch arrangiert. Und während er auf den Lieferdienst gewartet hatte, hatte er sich etwas in ihrer Wohnung umgesehen.

»Portovinos«, murmelte sie, wobei sie seine Bemerkung über die Unterwäsche ignorierte und sich aufs Essen konzentrierte. »Gut gemacht.« Sie ließ sich neben ihm auf die Couch fallen. »Welches Telefon hast du benutzt, um zu bestellen?«

»Das Wegwerfhandy, das ich auf die Anrichte gelegt habe«, antwortete er. »Du verfügst über eine beachtliche Ausstattung.« Er hatte unter anderem mehrere Pässe und eine Unmenge Bargeld in ihrem Safe gefunden. Die Ausrüstung erinnerte ihn an die, die Jay in seinem Tresor für die Ältesten aufbewahrte. Er hatte einen ganzen Raum nur für ausländische Währung reserviert.

Er lag direkt neben seiner Waffenkammer – ein Raum, den Leelas Wohnung vermissen ließ.

In der Tat schien sie nirgendwo eine Waffe aufzubewahren. Die einzigen scharfen Gegenstände waren ihre Steakmesser. Sie besaß weder Pistolen noch sonst irgendwelche modernen Waffen.

Obwohl man sagen könnte, dass das schwarze Negligé in der obersten Schublade ihrer Kommode einer Waffe gleichkam.

Denn darin würde sie absolut mörderisch aussehen.

»Willst du die nicht öffnen?«, fragte sie und deutete auf die Flasche Wein. Es war ein trockener Weißwein, der zu dem Nudelgericht mit Meeresfrüchten passte, welches er für sie bestellt hatte.

Er nahm die Flasche und den danebenliegenden Öffner und begann, den Wein zu entkorken. »Erzähl mir mehr über die Schutzsymbole.« Er wollte verstehen, wie sie funktionierten. »Werden sie uns warnen, falls die Seraphim sich uns nähern?«

»Sie werden *mich* warnen«, berichtigte sie. »Du bist nicht imstande, ätherische Energie wahrzunehmen, daher kannst du die Symbole weder sehen noch fühlen.«

Er entkorkte die Flasche und schenkte ihr einen kleinen Schluck ein, damit sie ihn kosten konnte. »Ätherische Energie, du meinst die Energie, die freigesetzt wird, wenn du dich teleportierst?«, fragte er und reichte ihr das Glas.

Leela atmete die fruchtigen Aromen des Weins ein, schwenkte ihn kurz und trank dann einen Schluck. »Er ist gut.«

Er setzte die Flasche an, um ihr Glas aufzufüllen.

»Und ja, das ist richtig«, fuhr Leela fort. »Die Seelen der Seraphim sind ätherischer Natur, aus der wir unsere Kräfte ziehen. Durch das Blut wird diese Energie in einer körperlichen Gestalt gebannt, was der Grund dafür ist, warum Osiris' ichorianische Linien es zum Überleben brauchen.«

»Aber die Hydraianer benötigen es nicht.«

»Richtig, weil ihr Kinder eines seraphähnlichen Wesens seid. So lautet zumindest die Theorie. Eure Blutlinien sind dadurch irgendwie reiner und näher verwandt mit denen meiner Art. Aus diesem Grund haben die Seraphim die Hydraianer immer als die größere Bedrohung angesehen.«

Es war ein interessantes Detail, von dem Balthazar Luc später berichten würde. Er schenkte sich selbst ein Glas ein, während er darüber nachdachte, was sie über die ätherische Energie gesagt hatte. »Wakefield ist jetzt in der Lage, Stas' Flügel zu sehen. Bedeutet das auch, dass er eine Rune oder ein Schutzsymbol erschaffen kann?«

Leela schüttelte den Kopf und stellte ihr Weinglas ab, um sich ihrem Salatteller zu widmen. Balthazar hatte den Salat absichtlich nicht angemacht, da er nicht sicher war, wie sie ihn mochte. »Ätherische Energie zu sehen ist die erste Phase. In der Lage zu sein, auf sie zuzugreifen und sie zu manipulieren, ist die letzte. Es wird noch etwa fünfundzwanzig Jahre dauern, bis er sich die Essenz zunutze machen kann. Aber er ist jetzt schon imstande, die Markierungen wahrzunehmen, um sie zu lernen.«

Balthazar beobachtete Leelas Zusammenstellung von Tomaten, Zwiebeln, Salatblättern und einem Schuss Olivenöl und Essig. Diese Details würde er später brauchen können, denn er kochte mit Vorliebe für seine Geliebten. Es war ein wichtiger Schritt, um eine Beziehung voranzutreiben. Das und die Fähigkeit zuzuhören, wenn seine Partner ihm etwas erzählten. Worte waren mächtig und gaben viel mehr preis, als den meisten Leuten bewusst war.

So wie jetzt, denn Leela hatte einen offenherzigen Tonfall angeschlagen.

Das bedeutete, dass sie in der Stimmung war, Informationen mit ihm zu teilen.

Daher gestattete sie ihm, ihr weiter Fragen zu stellen, während sie aßen.

Zuerst wollte er mehr über den Wachstumsprozess der Seraphim wissen und war neugierig, wie er sich auf Wakefield auswirken würde. Das führte zu Fragen über das Unterrichten von seraphischen Schutzsymbolen, wobei er erfuhr, dass die verschiedenen Blutlinien ihre eigenen Versionen der Zeichen lernten.

»Dem Ganzen liegt reiner Praktizismus zugrunde«, fuhr sie fort, nachdem sie zu ihren Spaghetti mit Tomaten, Zwiebeln und Jakobsmuscheln übergegangen war. Balthazar merkte sich, wo ihre Vorlieben lagen, und griff nach dem Pesto-Gericht, das sie zugunsten des anderen ignoriert hatte. »Seraphim machen sich nicht die Mühe, unnötige Informationen zu lernen.«

»Doch das bestimmt euer Rat und nicht die Seraphim selbst«, bemerkte Balthazar, der diese Information ihren Ausführungen entnommen hatte.

»Ganz genau. Die Mitglieder schreiben jeder Blutlinie vor, was sie zu lernen hat, und niemand stellt sie infrage.«

»Aber du hast es getan.« Es war weniger eine Frage als vielmehr eine Feststellung, denn er hatte ihre Gedanken gehört, während sie sich in der Nähe von einem Ort zum anderen teleportiert hatte, um die ätherischen Symbole zu manipulieren. »Alle Runen, die du gerade geändert hast, sind Schutzrunen. Ich kann mir nicht vorstellen, dass die meisten Seraphim der Fruchtbarkeitslinie es als notwendig erachten würden, sie zu kennen.«

»Ja, während meiner Kindheit habe ich hauptsächlich gelernt, wie man das perfekte Umfeld für eine Paarung schafft und für Gesundheit und Erfolg bei der Geburt sorgt. Ich kenne auch ein paar hilfreiche Tricks, wie man Jünglinge bei der Stange hält.«

Er dachte darüber nach, während er ein paar Spaghetti

auf seine Gabel wickelte. »Und was hat dich dazu veranlasst, die Schutzsymbole zu lernen?« Er wusste, dass sich die Antwort um *ihn* – irgendein unbekanntes Wesen aus ihrer Vergangenheit – und den seraphischen Fährtenleser drehte. Aber was steckte dahinter? Was hatte sie dazu bewogen, Dinge zu lernen, die für ihre Blutlinie nicht vorgesehen waren?

Sie hatte eindeutig durchschaut, warum der Rat das Wissen aufgeteilt hatte. Aber ihre Gedanken verrieten ihm nicht, wie sie zu der Frau geworden war, die sie heute war. Welche Ereignisse hatten sie an einen Punkt in ihrem Leben gebracht, bei dem sie gezwungen gewesen war, über die gesellschaftlichen Normen ihrer Art hinauszuwachsen?

Das war der wahre Kern der Frau, die neben ihm saß.

Das Geheimnisvolle.

Das, was sie so anziehend machte.

Die Faszination, der er sich nicht widersetzen konnte.

Er wollte alles über sie wissen. Er sehnte sich nach den Informationen, die sie vor ihm verschlossen hielt, und nach den Erinnerungen, die sie seinem Verstand genommen hatte.

Wer bist du, liebste Leela? Erzähle mir alles. Ich will dein wahres Ich kennenlernen.

»Der Hohe Rat von Seraph verlässt sich darauf, dass die Schicksalsgöttinnen uns unsere Zukunft vorschreiben. Sie erklären uns, welchen Nutzen und Platz wir im Leben haben«, begann Leela in gedämpftem und nachdenklichem Tonfall, während sie auf ihre halb gegessene Mahlzeit starrte. »Meine Mutter ist der Seraph der Fruchtbarkeit, das heißt, sie ist in unserer Blutlinie das stärkste Wesen.« Sie blickte zu ihm auf. »Alle seraphischen Blutlinien haben jemanden, der ihnen vorsteht. Und dieser Jemand hat einen Sitz im Rat inne.«

»Und dabei ist das Alter der entscheidende Faktor?«,

fragte er und runzelte die Stirn, als er sich an etwas erinnerte, das er in ihren Gedanken über Stark gehört hatte. »Nein, Macht.«

»Macht«, wiederholte sie und nickte. »Das Alter kann eine Rolle spielen, wenn es um das Leben und Lernen geht, aber Macht ... Macht lässt sich nicht durch das Alter definieren. Stas ist der Beweis dafür. Und Gabe auch.«

Balthazar streckte die Hand aus und stibitzte eine Jakobsmuschel von ihrem Teller.

Sie nahm sich daraufhin eine seiner Garnelen, wobei die beiden ganz ungezwungen und vertraut miteinander umgingen.

Er sagte jedoch nichts dazu.

Stattdessen wartete er darauf, dass sie ihm noch mehr erzählte.

»Meine Mutter ist die Mächtigste unserer Blutlinie und gibt Befehle an die Untenstehenden weiter. Diese Befehle erteilt der Rat basierend auf den Aussagen der Schicksalsgöttinnen. Dabei handelt es sich um so einfache Dinge wie die Zuteilung von Wohnraum, Jobs und Aufgaben auf den Inseln, oder ...« Sie verstummte und kniff die Augen zusammen. »Oder um die Zuweisung idealer *Partner*.«

Balthazar schluckte einen Bissen hinunter und zog eine Augenbraue in die Höhe. »Um sich fortzupflanzen? Oder ...«

»Zur Fortpflanzung«, bestätigte sie. »Sie sagen uns, wen wir ficken sollen und wann.« Ihre finstere Stimme verriet ihm, wie sie darüber dachte. »Seraphische Kinder sind selten und nicht leicht zu zeugen. Unsere Zyklen sind bestenfalls unvorhersehbar, aber das ist Teil meiner Aufgabe als Fruchtbarkeitsseraph. Ich kann spüren, wann eine Frau am ehesten einen Samen empfangen kann.«

»Wie schön Sex doch für euresgleichen sein muss«, sagte Balthazar in sarkastischem Tonfall.

Sie schnaubte. »Vergnügen ist ein menschliches Empfinden. Seraphim genießen es nicht.«

»Und doch muss ein Mann etwas empfinden, um seinen Samen in einer Frau entleeren zu können«, erwiderte Balthazar.

»Genau das sage ich schon mein ganzes Leben lang.« Leela stellte ihren Teller ab und zog ihr Knie an, um sich ihm zuzuwenden. »Männliche Seraphim behaupten, dass sie nichts fühlen, und geben beim Orgasmus nicht einmal einen Laut von sich. Aber ich bin ein Fruchtbarkeitsseraph. Ich kann ihre Lust spüren. Sie können versuchen, es zu verbergen, doch ich weiß, dass sie etwas empfinden.«

»Zweifellos empfinden sie etwas. Das ist ganz natürlich.«

»Aber nicht für einen Seraph. Uns ist es nicht erlaubt, etwas zu fühlen.« In ihrer Stimme schwang ein sarkastischer Unterton mit. »Das ist ja das Problem. Ich weiß, dass es eine Lüge ist. Das habe ich immer gewusst. Sie behaupten, es sei eine biologische Reaktion. Doch meine Fähigkeiten beweisen, dass das eine Lüge ist. Warum es also verbergen?«

Er erwiderte nichts, denn er konnte sowohl ihren Gedanken als auch ihrem Tonfall entnehmen, dass es eine rhetorische Frage gewesen war.

»Da habe ich begonnen, vom rechten Pfad abzukommen. Ich verstand nicht, warum man ein Gefühl verheimlichen sollte, das man so klar und deutlich empfindet. Meine Neugier wuchs immer weiter, doch das Problem war, dass ich noch dabei behilflich sein musste, die Fortpflanzung unter den Seraphim zu organisieren. Das war meine Aufgabe, aber ich hatte schon immer ein ungutes Gefühl dabei gehabt. Deshalb habe ich angefangen, die menschliche Nähe zu suchen.« Bei diesen Worten verzog sie die Lippen zu einem Lächeln und in ihren blaugrünen Augen spiegelte sich ein verschmitztes und begieriges Funkeln wider.

Er lächelte und genoss den Anblick.

Sie sieht aus wie eine kleine Sex-Nymphe, entschied er belustigt. Er war zuvor schon anderen Frauen ihres Typs begegnet, doch Leela verlieh dem Ganzen eine völlig neue Bedeutung. Und diese wollte er unbedingt erkunden.

»Sterbliche scheuen sich nicht vor ihren Gefühlen. Sie nehmen sie bereitwillig an. Ihr Leben ist so kurz, dass sie keine andere Möglichkeit haben. Für mich war es berauschend. Es unterschied sich so sehr von der Art, wie meinesgleichen damit umgeht. Das Problem war nur, dass es zu Abweichungen im Denkprozess führt, was der Rat missbilligt.«

Er nickte und verstand, was sie meinte. »Seraphim sind nicht von Natur aus stoische Wesen, sie werden dazu programmiert.«

»Bis zu einem gewissen Grad, ja. Wir werden ohne Emotionen geboren. Ich kann es immer wieder bei Neugeborenen beobachten. Die Seelen brauchen Zeit, um zu wachsen, zu atmen und zu lernen. Meinesgleichen hat sich deshalb dem Stoizismus verschrieben. Aber ich habe mich oft gefragt, ob es ein Ergebnis des gesellschaftlichen Drucks ist oder der Wunsch besteht, ohne Gefühle zu leben.«

»Es scheint eine eintönige Existenz zu sein«, räumte Balthazar ein. »Aber eine mächtige Spezies wird auch leicht kontrollierbar, wenn sie sich nur auf logisches Denken beruft und keinerlei Emotionen zulässt.« Er selbst war imstande, die Emotionen anderer zu manipulieren, und erkannte durchaus einen Vorteil darin, Gefühle abzuschalten.

»Ja«, flüsterte Leela. »Das ist der Grund für die Reformation. In ihren Augen sind Gefühle ein fataler Fehler, der behoben werden muss. Manchmal bezeichnen sie sie auch als unsterblichen Wahnsinn. Aber ich glaube, es steckt mehr dahinter. Deshalb habe ich mich mit Schutzrunen vertraut gemacht, um deine Frage von vorhin zu beantworten.«

Hm, das erklärte weder ihre Gedanken über die Fährtenleser noch über den geheimnisvollen Mann. Balthazar vermutete jedoch, dass die beiden in irgendeinem Zusammenhang zueinander standen.

Doch heute Abend würde er sie nicht darauf ansprechen. Sein Instinkt sagte ihm, dass sie ihn ausschließen würde, wenn er sie fragte, warum sie sich vor den Fährtenlesern fürchtete. Sie hatte nicht gewollt, dass er diese Gedanken hörte. Also würde er ihr Respekt zollen, indem er kein Wort darüber verlor.

Aber das bedeutete nicht, dass er nicht den Versuch unternehmen würde, sie zu verstehen.

Wovor auch immer sie Angst hatte, es war offensichtlich von großer Bedeutung.

»Also, wie funktioniert der Alarm?«, fragte er und brachte sie damit wieder zum Anfang ihres Gesprächs zurück. »Wie viel Zeit bleibt uns zur Flucht?«

»Vielleicht zehn Minuten«, antwortete sie. »Sie müssen die Symbole deaktivieren, um einzudringen, vorausgesetzt, sie wollen uns etwas antun. Das verschafft uns genügend Zeit, um uns an einen anderen Ort zu teleportieren.«

»In Ordnung. Wie lange dauert es, bis sie uns finden?«

Sie zuckte mit den Schultern. »Das hängt davon ab, wie viel von meiner Energiesignatur sie aus der Blutprobe gewonnen haben. Es könnte ein paar Tage dauern, vielleicht auch eine Woche. Zumindest wenn wir Glück haben. Mit einer direkten Verbindung können sie die

Quelle innerhalb von Stunden aufspüren, aber dafür haben sie nicht genügend Blut.«

»Und dazu sind sie nur imstande, weil sie der Blutlinie der Fährtenleser angehören, richtig?«

Sie nickte zur Bestätigung. »Es ist ihre natürliche Fähigkeit und ist Ezekiels Gabe ähnlich.«

Richtig. Das hatte er bereits vermutet. »Verfügen die Seraphim über zwei Fähigkeiten, genauso wie die Hydraianer?«

»Ja und nein. Wir werden mit einer stärkeren Gabe geboren, welche in meinem Fall mit der Fruchtbarkeit zusammenhängt. Aber viele von uns haben auch Talente, die in ihnen schlummern, wie zum Beispiel Caros Gabe zu heilen.«

»Was ist deine?«

Sie betrachtete ihn einen Moment lang und lächelte. »Vielleicht habe ich gar keine.«

»Das klingt wie eine Herausforderung, sie wachzurütteln.« Die Aufgabe würde ihm gefallen, denn dadurch hätte er die Gelegenheit, noch tiefer in ihren Geist vorzudringen.

Und dieser faszinierte ihn in der Tat.

Zumal sich darin viele unerforschte Bereiche befanden, die mit Blockaden übersät waren.

Er wollte wissen, was es damit auf sich hatte, und herausfinden, warum sie sich versteckte und welche Erinnerungen sie sich weigerte abzurufen. »Ich werde alles über dich erfahren, Lee.«

Ihre Augen funkelten. »Wir werden sehen.« Sie streckte ihm die Hand mit der Handfläche nach oben entgegen und zog eine Augenbraue in die Höhe. Als er in ihren Gedanken hörte, was sie wollte, reichte er ihr seinen Teller und beugte sich dann vor, um sich den ihren zu nehmen. Sie ergriff seine Gabel und drehte ein paar Nudeln auf, während sie sich nicht davon beeindrucken ließ, dass sie ihr Essen miteinander teilten.

Denn es fühlte sich normal an.

Als hätten sie es schon einmal getan.

Doch er konnte nichts in ihren Gedanken finden, was ihm diese Vermutung bestätigt hätte.

Er konnte sie nicht fragen, was er wissen wollte, denn sonst wäre ihr bewusst geworden, wie wenig er ihren Gedanken entnommen hatte. Dieses Spiel funktionierte viel besser, wenn er sie in dem Glauben ließ, dass er alles wusste. Es hielt sie davon ab, bei den Gedanken über ihn zu viel Vorsicht walten zu lassen.

Also schwieg er, während sie aßen.

Ihr Verstand schwieg ebenfalls.

Es war eine angenehme, träge und zufriedene Stille.

Als sie mit dem Essen fertig waren, räumte er das Geschirr ab und wartete auf die Einladung, von der er wusste, dass sie sie äußern würde. Und sie würde sie direkt ins Schlafzimmer führen.

Doch er hatte vor, sie abzulehnen.

Nicht sofort. Er wollte nicht unhöflich sein und würde subtil vorgehen.

Vertrauen bedeutete ihm sehr viel, doch das hatte Schaden genommen, als sie sein Gedächtnis manipuliert hatte.

Was bedeutete, dass sie noch einmal ganz von vorn anfangen mussten.

Es war ein Segen und ein Fluch gleichzeitig.

Ein Segen, weil das *Neue* immer aufregend war. Und ein Fluch wegen der Situation, in der sie sich befanden. Balthazar war nicht nachtragend, zumindest nicht lange, aber es gefiel ihm nicht, hinters Licht geführt zu werden.

Um sich seine Vergebung zu verdienen, müsste Leela schon etwas mehr tun, als ihn in ihr Bett einzuladen.

»Normalerweise wäre dies jetzt der Zeitpunkt, an dem ich dir einen Nachtisch anbiete«, sagte sie und ließ den Blick über seinen Körper gleiten, während sie sich von der Couch erhob. »Aber wir sind noch nicht bereit, miteinander zu spielen.«

»Nein, wir sind noch nicht bereit«, sagte er zustimmend.

»Das heißt aber nicht, dass wir uns nicht ein Bett teilen können.«

»Um zu schlafen?«, fragte er.

»Um uns auszuruhen«, antwortete sie. »Um zu träumen und uns unseren Fantasien hinzugeben. Und um unsere Befriedigung unter dem Vorwand hinauszuzögern, dass du in meiner Nähe sein musst, falls ich uns an einen anderen Ort teleportieren muss.«

Ihm wurde warm ums Herz. Diese Frau war ihm wirklich in fast jeder Hinsicht ebenbürtig. »Du lädst mich in dein Bett ein und ich werde dich küssen, bis du einschläfst.« Mehr würde er nicht tun. Aber auch nicht weniger. Sie trugen einen Willenskampf aus, den er zu gewinnen gedachte.

Wobei es ihm am liebsten wäre, wenn sie dabei vor ihm auf die Knie ginge.

»Und dann folgst du mir in meine Träume«, sagte sie.

»Ich bin bereits dort«, murmelte er und stellte sich dicht vor sie, um ihre Hüfte zu packen. »Und zwar seit Brasilien.«

Sie betrachtete seinen Mund, bevor sie ihren Blick nach oben wandern ließ, um dem seinen zu begegnen. Sie leugnete seine Worte nicht.

»Bring mich ins Bett, B, und küss mich die ganze Nacht, damit sich die Herausforderung lohnt. Zeig mir, was ich verpasse, und versuche, mich zu überreden, vor dir zu kriechen.«

Er verwarf sein ursprüngliches Vorhaben, ihr den Wunsch zu verweigern, denn er konnte in ihren Gedanken keinen Hinweis darauf entdecken, dass sie seine Absichten hinterfragte.

Sie wollte wirklich nur gehalten werden.

Um ihre Ängste zu vertreiben.

Um sich sicher zu fühlen.

Nachzudenken.

Und ihn zu küssen.

Aber sie wollte ihn nicht ficken.

Es war eine Schande, denn er hatte ihr eine Lektion erteilen wollen. Aber offenbar hatte sie die nicht nötig, denn ihr war bewusst, dass sie noch nicht bereit waren.

Die Vergangenheit lastete immer noch schwer auf ihnen.

Sie würden sich dieses Problems annehmen, sobald sie beide durchgeatmet und ein wenig geschlafen hatten.

Immerhin hatte Leela sich gerade von einem Kopfschuss erholt, hatte Lizzie bei der Geburt geholfen und sie in der Weltgeschichte herum teleportiert.

Sie hatte sich eine vorübergehende Auszeit von diesem Spiel verdient.

Zumindest für heute Abend, entschied Balthazar.

Er presste seine Lippen auf die ihren. Die eine Hand hatte er immer noch auf ihre Hüfte gelegt, während er die andere an ihren Nacken wandern ließ. Dann schob er sie rückwärts ins Schlafzimmer und führte sie zum Bett.

Heute Nacht würden sie sich ausruhen.

Morgen würden sie sich der wahren Herausforderung stellen.

KAPITEL 10

STAS

STAS STARRTE IN DEN DUNKLEN HIMMEL HINAUF UND verzog den Mund. »Außer dem Mond und den Sternen kann ich nichts erkennen.«

Vielleicht lag es an der Anstrengung der vergangenen Tage, aber sie fand einfach nichts, was auf ätherische Energie hindeutete.

Doch ihre Mutter war fest davon überzeugt, dass sie existierte.

Issac stand neben ihnen und hielt eine Tasse Kaffee in der Hand. Stas hatte zwei davon getrunken, bevor sie vor dreißig Minuten Balthazars Haus verlassen hatten.

Nach ihrer Rückkehr aus Island hatten sie und Issac beschlossen, sich auszuruhen, obwohl es bereits gedämmert hatte. Sie waren erst um etwa achtzehn Uhr wieder aufgewacht, was ihren gesamten Schlafrhythmus durcheinandergebracht hatte.

Laut ihrer Mutter war es bei Nacht ohnehin einfacher, an den Schutzsymbolen zu arbeiten.

Angeblich konnte man sie dann besser sehen.

In Stas' Fall war das jedoch nicht zutreffend, denn sie konnte rein gar nichts erkennen.

Es war eine schöne Nacht.

Allerdings funkelte die ätherische Energie nicht so, wie sie es erwartet hatte.

Ich sehe es auch nicht, murmelte Issac in ihren Gedanken. *Aber das hat nichts zu bedeuten.* Er trank einen weiteren Schluck Kaffee, während er die andere Hand in die Tasche seiner schwarzen Jeans gesteckt hatte. Stas gefiel seine legere Kleidung, die er in Hydria immer trug. Es waren zwar immer noch teure Designermarken, aber das Outfit verlieh ihm eine sanftere Ausstrahlung, die ihn zugänglicher machte.

Er riss seine saphirblauen Augen vom Himmel, um ihrem Blick zu begegnen, den sie gerade über seinen Körper schweifen ließ. Er zog eine dunkle Augenbraue in die Höhe. *Suchst du etwa nach Anzeichen meiner ätherischen Energie, Liebling?*

Nein. Ich bewundere nur die Aussicht, antwortete sie.

Er betrachtete ihre Jeans und ihren dünnen Pullover und lächelte anerkennend. *Du hast recht, sie ist wirklich allerliebst.*

Allerliebst? Sie stieß fast ein Schnauben aus. *Man merkt dir dein Alter an.*

Verführerisch. Wunderschön. Atemberaubend.

Sie errötete, als er mit jedem Wort einen Schritt auf sie zutrat. Er zog die Hand aus der Hosentasche und strich mit den Fingerknöcheln über ihre Wange.

Köstlich, fügte er hinzu.

Du brauchst kein Blut mehr, um zu überleben, erinnerte sie ihn.

Das macht es nicht weniger begehrenswert.

Ein leises Räuspern erinnerte sie daran, warum sie hier waren. Stas errötete noch mehr, als ihr bewusst wurde, dass ihre Mutter Zeuge ihres kleinen Flirts geworden war, was Issac dazu veranlasste, in ihren Gedanken leise zu lachen.

Nach außen hin klang seine Stimme jedoch völlig normal und sogar kultiviert. »Ich bin auch nicht in der Lage, die ätherischen Markierungen zu erkennen. Ich sehe nur meine Aya.«

Stas' Mutter lächelte. »Ihr werdet sie schon sehen.« Stas hörte die Zustimmung in der Stimme ihrer Mutter und ihr wurde warm ums Herz. Es war ein wenig überwältigend, ihre Eltern nach fast zwei Jahrzehnten wiedergefunden zu haben, aber es war besser, als sie tatsächlich tot zu wissen. »Abgesehen davon kann ich von diesem Standpunkt aus auch keine Schutzsymbole erkennen. Wir sollten es an einem anderen Strand versuchen.«

Geschmeidige blaue Federn erschienen, als Stas' Mutter ihren ätherischen Zustand annahm. Dann verschwand sie, um sich an einen anderen Strand zu teleportieren.

Stas schlang die Arme um Issacs Oberkörper. »Sieh zu, dass du deinen Kaffee nicht auf meinen Flügeln verschüttest.«

Er lachte wieder und schlang seinen freien Arm um ihr Kreuz. »Ich würde nicht im Traum daran denken, eine solche Schönheit zu beschmutzen, Liebes.«

Diesmal schnaubte sie tatsächlich.

Ihre rosafarbenen Flügel waren weiß Gott keine Schönheit.

Opalfarben, flüsterte er in ihren Gedanken. Er brauchte sie nicht einmal zu hören, um zu wissen, was sie gedacht hatte. Ihm war wohl bewusst, wie sehr sie die Tatsache verabscheute, dass ihre Federn rosa waren.

Statt etwas zu erwidern, teleportierte sie sie zum nächsten Strand, an dem ihr Vater auf sie wartete. Er hielt ein Schwert in der Hand, was ihre Mutter gerade zu beanstanden schien, als Stas und Issac auftauchten.

»… von Gabriel«, sagte ihr Vater.

»Und weiß er, dass du es hast?«

Ihr Vater zuckte mit den Schultern. »Ich bin sicher, er wird es irgendwann herausfinden.«

Stas' Mutter seufzte und schüttelte den Kopf. »Du bist unverbesserlich.«

»Das ist nicht das erste Mal, dass du mir das sagst«, murmelte er und hob den Blick, um Stas anzusehen. »Wie läuft es mit dem Unterricht?«

»Wenn man bedenkt, dass wir noch keine Schutzsymbole gefunden haben, würde ich sagen, nicht sonderlich gut«, antwortete Stas, als Issac sich neben ihr aufbaute. Er hielt seine Kaffeetasse ruhig in der Hand, während er einen weiteren Schluck trank.

Ihre Teleportationsfähigkeiten hatten sich eindeutig verbessert.

Vielleicht lag es auch an ihm.

Möglicherweise war es auch eine Mischung aus beidem.

Auf jeden Fall war sie zufrieden und kehrte mit einem Lächeln in ihren körperlichen Zustand zurück, wobei sie den Blick nach oben in den Nachthimmel richtete.

Hier war es auch nicht anders.

Keine Spur von ätherischer Energie. »Können wir sicher sein, dass diese Symbole existieren?«, fragte Stas mit einem Stirnrunzeln. Sie traute Osiris nicht über den Weg, und er war derjenige, der sie angeblich geschaffen hatte. Das konnte nichts oder alles bedeuten.

»Vielleicht befinden sie sich gar nicht am Himmel«, murmelte ihre Mutter und ließ den Blick über den schwarzen Sand und die nahe gelegenen Felsen schweifen. »Er hat sie sicher tarnen wollen, aber nicht, um sie vor den

Hydraianern zu verbergen, denn sie können die Runen nicht sehen, sondern vor den anderen Seraphim.«

»Sie sind überall auf der Insel«, ertönte eine andere Stimme, als Stas' Halbbruder in Jeans und schwarzem T-Shirt erschien. Er trug keine Schuhe. Er sah ungepflegt aus und wirkte ganz und gar nicht wie der Mann, den sie während der letzten Monate kennengelernt hatte.

Er streckte lässig die Hand aus, wodurch das Schwert aus dem Griff ihres Vaters verschwand und in Starks Hand wieder auftauchte.

»Spiel nicht mit Waffen, die du nicht verstehst«, sagte er, als sich die Klinge in Luft auflöste. »Du kannst nie wissen, wer sie gegen dich einsetzen wird, Sethios.«

Ihr Vater schmunzelte. »Ich habe es immer vorgezogen, neue Dinge zu lernen, indem ich sie einfach ausprobiere.«

»Dann ist es ein Wunder, dass du noch am Leben bist«, entgegnete Stark spöttisch.

»Nicht wahr?«

Stark ignorierte ihn und konzentrierte sich stattdessen auf seine und Stas' Mutter. »Osiris hat die Symbole mit Tarnmarkierungen versehen. Eine davon befindet sich etwa fünfundvierzig Meter über uns. Ich zeige sie euch.« Er machte sich unsichtbar, dann folgte ihre Mutter seinem Beispiel.

Stas wandte sich Issac zu. *Soll ich dich mitnehmen?*

Geh ohne mich. Ich werde es durch deine Augen sehen können, Liebes. Seine Fähigkeit, die Sicht anderer zu manipulieren, war sehr nützlich, besonders in einer Situation wie dieser.

Sie nickte und folgte ihrer Mutter und ihrem Halbbruder.

Die beiden schwebten in der Luft, wobei sie mithilfe ihrer Flügel mühelos die Balance hielten. Für Stas war das Fliegen noch neu, daher fiel es ihr schwer, sich neben den beiden in der Luft zu halten. Sie betrachtete ihre Federn und bemerkte, dass sie sie in einem bestimmten Winkel ausgerichtet hatte, um auf der Stelle zu schweben. Aber als sie versuchte, ihre Haltung nachzuahmen, begann sie zu fallen.

»Es ist eine Kunst«, sagte ihre Mutter leise, als sie Stas am Ellbogen festhielt. »Es ist so ähnlich wie Stehen. Wenn du es einmal gelernt hast, ist es ganz natürlich. Aber es braucht Übung.«

Stas schluckte und nickte.

»Ähnlich wie das Teleportieren«, fügte ihre Mutter hinzu. »Und das scheinst du ja schon meisterlich zu beherrschen.«

»Aber nur zu Orten, die ich gesehen habe oder bereits kenne«, räumte Stas ein. »Ansonsten muss mich jemand führen.«

»Das ist normal. Alles Weitere kommt mit der Erfahrung und dem Alter.« Sie deutete auf eine Stelle in der Dunkelheit. »Oder mit Magie, wie es bei deinem Bruder der Fall ist. Ich kann das Symbol nämlich nicht sehen.«

Stas starrte auf die Stelle und schüttelte den Kopf. »Ich auch nicht.«

»Man muss auf die Ränder achten«, erklärte Stark und zeigte auf eine feine Linie in der Luft, die eigentlich nicht dort sein sollte. Sie schimmerte schwach, ähnlich einer Schneeflocke, die vom Mond beschienen wird. »Er hat sie sehr gut versteckt, aber wenn man die Energiesignatur versteht, sind sie leicht zu entdecken. Nach meiner Überprüfung vorhin gibt es allein auf dieser Seite der Insel über vier Dutzend davon. Die meisten von ihnen sind verfallen, genau wie Skye es prophezeit hat.«

»Sind sie dir aufgefallen, bevor sie uns darauf aufmerksam gemacht hat?«, fragte Stas neugierig.

»Ja, aber ich wusste nicht, dass Osiris sie gezeichnet hatte. Ich dachte, Vera oder Leela hätten sie geschaffen. Ich habe im letzten Jahr selbst ein paar kreiert, doch diese sollten dich im Vergleich zu den anderen noch mehr beschützen.«

Er ließ seine Hand durch die Luft kreisen und wirbelte mit seinen Fingerspitzen einen magischen Strang nebelartiger Energie auf. Dann zeichnete er ein Symbol, das sie an ein umgedrehtes Hufeisen erinnerte, das von einer diagonalen Linie durchkreuzt wurde.

»Osiris maskiert seine Energiesignatur«, sagte Stark, während er einen weiteren Strich durch sein Zeichen zog, der horizontal verlief. »Man braucht also eine Rune, um das eigentliche Symbol zu enthüllen, und selbst dann ist es nur vorübergehend sichtbar.« Er zog eine letzte vertikale Linie durch das Symbol, woraufhin dahinter die Energie zu schimmern begann.

Wow, staunte Stas, als sich eine Wolke formte, die in der Nachtluft zu tanzen schien. Sie schimmerte sanft, ähnlich wie der Mond, der sich auf dem Wasser spiegelt. Eine optische Täuschung.

»Ich verstehe, warum du gesagt hast, dass wir auf die Dunkelheit warten müssen«, flüsterte sie ihrer Mutter zu. Tagsüber würden sie es kaum sehen können, denn das Symbol würde leicht mit den Sonnenstrahlen verschmelzen, die die Erde beschienen.

»Sie brauchen nur ein wenig zusätzliche Energie«, fuhr Stark fort, während er mit den Fingern über die Markierung fuhr. »Sie sind alt, deshalb verblassen sie. Aber selbst bei voller Leistung sind sie nicht viel heller.« Er demonstrierte es, indem er einen Energiestrang aus seinem Zeigefinger fließen ließ. Die ätherische Magie wies eine rötliche Färbung auf und leuchtete in der Nacht.

Seine Essenz, erkannte sie und runzelte die Stirn. *Soll das heißen, dass meine rosa sein wird?*

Issacs Lachen hallte durch ihre Gedanken.

Das ist nicht lustig.

Doch, das ist es, Liebes. Das ist es wirklich.

Ich hoffe, deine Flügel werden pink sein, sagte sie. *Knallpink. So hell, dass sie dich blenden.*

Er lachte jetzt aus voller Kehle, woraufhin sich ihre Miene verfinsterte. Doch dann begann Stark, seinen Zauber mit dem Symbol zu verweben, und nahm ihre ganze Aufmerksamkeit in Anspruch.

So wunderschön, dachte sie und beobachtete, wie die Stränge miteinander verschmolzen, bis die Nachtluft von einem magischen Summen erfüllt wurde. So etwas hatte sie noch nie gesehen. Das Symbol funkelte wie tausend Sterne, die in einer entfernten Galaxie aneinandergereiht waren.

Es sieht aus wie … eine Konstellation …

Nur viel weniger hell.

Kannst du da unten irgendetwas erkennen?, dachte sie an Issac gerichtet.

Nur deine leuchtenden Flügel, Liebes, antwortete er. *Aber ich kann durch deine Augen sehen, was vor sich geht.*

»Fertig.« Stark ließ die Hand wieder sinken. »Es ist vollbracht.«

Die rötliche Nebelschicht verband sich mit der schwarzen Form und bildete ein kräftiges Seil aus Macht, das sich langsam aufzulösen begann, als es wieder von der Verschleierungsrune überlagert wurde.

»Wie erzeugst du den Strang aus Energie?«, fragte sie und warf einen Blick auf ihre Fingerspitzen. Sie schienen normal zu sein, wobei sie in ihrem ätherischen Zustand fast durchsichtig wirkten. Ihre Hände zitterten auch ein wenig, denn es kostete sie einiges an Anstrengung, sich in der Luft zu halten.

Die Flügel an ihrem Rücken waren nicht wirklich schwer, doch sie war noch unbeholfen im Umgang mit ihnen. Ihre Mutter hatte wohl recht gehabt, als sie es mit dem Stehen verglichen hat, denn sie fühlte sich wie ein Kleinkind, das noch auf unsicheren Beinen stand.

Es hatte sie auch einige Mühen gekostet, bis sie fähig gewesen war, ihre Flügel willentlich erscheinen zu lassen. Doch mittlerweile war es für sie ganz natürlich, genau wie das Teleportieren, wenn sie sich durch Zeit und Raum bewegte. Aber tatsächlich mit ihren Flügeln zu fliegen … das war etwas völlig anderes.

»Versuche, einen Buchstaben in der Luft zu zeichnen«, sagte Stark zu ihr.

Sie zog eine Augenbraue in die Höhe, aber tat, wie geheißen.

Nichts geschah.

Er stieß einen knurrenden Laut aus. »Nein, Stas. Versuche, einen Buchstaben in die Luft zu zeichnen. Bewege die Luft um deine Hand, sodass der Buchstabe in der Nacht erscheint.«

»Du bist ein schrecklicher Lehrer.« Stas wollte nicht jammern, sondern nur die sachliche Art ihres Bruders kommentieren, die viel zu wünschen übrig ließ.

»Und doch bin ich der beste, der dir zur Verfügung steht. Und jetzt zeichne einen verdammten Buchstaben.«

»Gabriel«, ermahnte ihre Mutter ihn leise.

Er ignorierte sie und verschränkte die Arme vor der Brust, während er Stas mit seinem Blick fixierte.

Sie stieß die Luft aus. Sie wusste, dass er sie die ganze Nacht lang anstarren würde, bis sie seinem Wunsch Folge leistete. Oder er würde sich einfach an den Ort zurück teleportieren, an dem er sich zuvor aufgehalten hatte, und sie so lange ignorieren, bis sie sich entschloss, seine Anweisung zu befolgen.

So sehr ihr seine Umgangsformen auch missfielen, musste sie doch zugeben, dass er mit seiner Einschätzung recht hatte. Er war der beste verfügbare Lehrer.

Also versuchte sie es erneut.

Und kam genauso weit wie zuvor.

Sie runzelte die Stirn, als sie die Luft um sich herum betrachtete. Sie blickte erneut auf das sanfte Glühen am Rand der Rune neben ihnen und bemerkte das Energiemuster, das sie umgab.

Wie eine Wolke, dachte sie erneut. *Nein, wie* Nebel.

Allerdings bestand er nicht aus Feuchtigkeit.

Sondern aus Macht.

Ein Element, das nur die Seraphim sehen konnten.

Und es existierte überall um sie herum.

Mit diesem Gedanken im Hinterkopf machte sie sich daran, einen weiteren Buchstaben zu schreiben.

Sie verzog den Mund, als sich die Luft kein bisschen regte. Aber sie konnte das Vibrieren der Energie auf ihrer Haut spüren. Sie musste sie irgendwie freisetzen, vielleicht genauso, wie sie ihre Flügel dazu brachte, sich zu entfalten.

Hm.

Sie zeichnete ein Z in die Luft.

Dann ein T.

Dann ein A.

Versuche, es zu visualisieren, schlug Issac vor, der ihre Frustration in ihren Gedanken gehört hatte, als sie jeden Buchstaben ausgesprochen hatte.

Als Nächstes versuchte sie ein W. Dann ein A. K. E. F. I. E. L. D.

Sie stieß einen Seufzer aus und schüttelte den Kopf.

Stark schnippte mit den Fingern und sandte einen Energiestoß durch die Luft. Mit einem Zischen löste er sich vor ihren Augen in Luft auf. »Du musst es beherrschen, bevor ich dir beibringen kann, wie man gegen einen seraphischen Krieger kämpft. Ihre Schwerter sind aus Energie statt aus Metall. Deshalb kann dein Vater meine Waffe auch nicht behalten. Sie ist ein Teil von mir.«

»Er will, dass du ihm beibringst, wie man sie herstellt«, sagte ihre Mutter in dem ausdruckslosen und stoischen Tonfall eines Seraphs. »Es wäre eine nützliche Fähigkeit, wenn man bedenkt, was uns bevorsteht. Du solltest uns alle unterrichten.«

Stark nickte. »Ja.«

Stas zog eine Augenbraue in die Höhe. »Ach? Du kannst also auch vernünftig sein und Informationen austauschen? Wer hätte das gedacht?«

Er blickte sie nur an, während das Wort *Göre* unausgesprochen zwischen ihnen in der Luft hing.

Denn in seinen Augen war sie ein nervtötendes Kind.

Aber der Mistkerl hatte ihr eine Unzahl nützlicher Informationen vorenthalten, die Stas und Issac viel Leid hätten ersparen können. Das würde sie Stark so schnell nicht verzeihen, auch wenn er im Moment sehr hilfreich war.

Er schnippte noch einmal mit den Fingern und sandte ihr erneut einen Energieschub zu, der diesmal bis zu ihren Flügeln reichte. Sie zuckte zusammen, als die glühende Magie ihre Federn zum Zischen brachte. »Autsch.«

»Das ist nichts im Vergleich zu dem, wozu Leek und Kital imstande sind«, antwortete er. »Es ist wichtig, dass du die Verteidigungsrunen beherrschst. Und um das zu tun, musst du dir die ätherische Energie zunutze machen.«

Er traf sie mit noch einem Strahl dieser staubartigen Energie, woraufhin ihr ein Knurren entfuhr.

»Das bringt dich nicht weiter«, sagte er unverblümt. »Lenke meine Energie ab. Oder besser noch, *absorbiere* sie.«

Diesmal warf er einen größeren Energieball in ihre Richtung, der mit voller Wucht auf ihre Schulter prallte.

Sie kniff die Augen zu dünnen Schlitzen zusammen. »Stark ...«

Er warf einen weiteren Ball und zwang sie, sich zu ducken.

Aber eine halbe Sekunde später kam eine dritte Kugel auf sie zugerast. Sie hob instinktiv die Hand, um sie abzufangen, wobei die Funken auf ihre eigenen prallten.

»Besser«, lobte Stark.

Aber er gab ihr keine Gelegenheit, etwas zu erwidern.

Er schoss weitere Energiebälle in ihre Richtung, von denen einer schneller war als der andere.

Sie fing vier davon auf und zischte, als der fünfte ihren Flügel traf. »Autsch!«

»Dann *absorbiere* die Energie, Stas. Schließlich beschieße ich dich nicht mit seraphischem Feuer.«

Beinahe hätte Stas ihn gefragt, was es mit seraphischem Feuer auf sich hatte, doch der ankommende Ansturm magischer Bälle lenkte sie ab und zwang sie, ihnen auszuweichen.

Ihr Abend verlief wirklich anders als erwartet. Im einen Moment hatte sie mit ihrer Mutter noch über die Schutzsymbole gesprochen und im nächsten spielte sie Völkerball.

Sie knurrte, als einer der Bälle ihre Federn streifte. Sie fing den nächsten auf und schleuderte ihn mit einer Kraft zurück, die sie selbst überraschte.

Er fing ihn auf und warf ihn wieder in ihre Richtung.

Sie tat es ihm gleich.

Und ihr Völkerballspiel verwandelte sich in eine Partie Baseball.

Oder Football.

Oder was auch immer die Seraphim es nennen würden.

»Versuche, ihm deine eigene Energie hinzuzufügen«, sagte er, als er den Ball zu ihr zurückwarf.

»Im Moment konzentriere ich mich vor allem darauf, mich nicht von dir verbrennen zu lassen.«

»Ich verbrenne dich nicht. Du verspürst ein Kribbeln, weil deine ätherische Energie mit der meinen vertraut ist. Wir sind Blutsverwandte, keine Feinde.«

»Was du nicht sagst«, murmelte sie, als sie zum zehnten oder elften Mal einen Ball von ihm abfing. Sie versuchte, die Energie mit ihrer eigenen zu durchsetzen.

Und fluchte, als die Kugel sich in Luft auflöste.

Stark ließ ihr keine Zeit, um sich zu beschweren. Er schleuderte ihr einfach eine weitere Kugel an den Kopf.

Sie duckte sich und wirbelte herum, um einer zweiten auszuweichen, dann schrie sie auf, als eine dritte ihre Schulterblätter traf. Er warf sie immer schneller und mit viel mehr Wucht und trieb sie an, wie er es immer tat.

Ich …

Sie teleportierte sich hinter ihn.

Werde …

Sie flog auf, um seinem präzisen Wurf auszuweichen. Der Mistkerl wusste mittlerweile genau, wie er ihren nächsten Schritt vorhersehen konnte.

Dich …

Sie teleportierte sich erneut und versuchte, ihn aus dem Konzept zu bringen.

Um…

Verdammt! Die feurige Energie, die er freisetzte, verhedderte sich in ihren Federn und brachte sie aus dem Gleichgewicht, woraufhin sie abwärts stürzte.

Sie hörte noch die tadelnde Stimme ihrer Mutter, doch

sie konnte nicht verstehen, was sie sagte, denn der Wind rauschte in ihren Ohren.

Stas teleportierte sich, landete neben Issac und stieß einen wütenden Fluch aus. »Ich werde ihn umbringen!«, schrie sie.

»Nicht in diesem Zustand«, entgegnete ihr Bruder, als er vor ihr auftauchte.

Sie sprang auf ihn zu und war bereit, die Fäuste fliegen zu lassen.

Doch stattdessen bildete sich ein Ball aus funkelnder Energie in ihrer Hand.

Und segelte direkt auf seinen Kopf zu.

Er duckte sich gerade noch rechtzeitig, wobei sein überraschter Gesichtsausdruck fast belustigend wirkte.

Sie nahm sich jedoch keine Zeit, um es zu genießen. Stattdessen warf sie einen weiteren nach ihm. Und noch einen. Und noch einen. Wütende Flammen züngelten durch die Luft, als sie ihn den Strand entlang jagte. »Wie gefällt dir das?«, schrie sie ihn an und wurde angetrieben von dem Wunsch, ihn zu töten.

Doch das Schimmern von Diamanten zu ihren Füßen ließ sie innehalten.

Der schwarze Sandstrand war übersät mit durchscheinenden Kristallen, die im Mondlicht in allen Farben glitzerten.

Opale, hauchte Issac in ihren Gedanken.

Sie blieb mit offenem Mund stehen, als sie die Energie um sich herum betrachtete.

Stark hielt einige Meter vor ihr an und beobachtete sie mit ausdrucksloser Miene.

Sie schluckte und hob wie verzaubert die Hand, dann versuchte sie aufs Neue, ein *W* zu zeichnen.

Diesmal folgte ihre Essenz der beschriebenen Linie und durchzog die Luft mit Funken, die sich im Handumdrehen wieder auflösten. Genau wie die Reste der Glut auf dem Sand unter ihr.

»Heilige Scheiße«, flüsterte sie erschrocken. Sie war von dem Anblick der Macht wie gebannt.

»Gern geschehen«, erwiderte Stark mit ausdrucksloser Stimme. Aber sie sah einen kaum merklichen Ausdruck von Stolz in seinem Blick, der so schnell wieder verschwand, wie er gekommen war.

Dann warf er ihr einen weiteren Ball an den Kopf.

Und die Verfolgungsjagd begann von Neuem.

KAPITEL 11

LEELA

EIN WARMES KRIBBELN ERREGTE LEELAS SINNE.

Sie spürte eine Liebkosung auf ihrer Haut.

Auf ihrem Hals.

Ihrer Schulter.

Ihrem Schlüsselbein.

Ihr entfuhr ein Stöhnen, als ihr ein heißer Schauer über den Rücken lief. *Wann bin ich eingeschlafen?*, fragte sie sich und wurde ihrer belebten Sinne gewahr. Sie fühlte sich verjüngt. Lebendig. *Und stand in Flammen.*

»Schhhh«, flüsterte eine tiefe Stimme an ihrem Ohr. »Entspann dich.«

Balthazar.

Oh, wie oft hatte sie davon geträumt, ihn wieder in ihrem Bett zu haben ...

Doch jetzt war er hier, hatte einen Schenkel auf ihr Bein und die Hand auf ihren Bauch gelegt.

Sie trug kein Hemd.

Und ihre Jeans war ihr ebenfalls abhandengekommen.

Während ich B letzte Nacht geküsst habe, erinnerte sie sich verschlafen. Er war seinem Wort treu geblieben und hatte sie geküsst, bis sie eingeschlafen war.

Sie hatten einander liebkost und ein paar wissende Berührungen ausgetauscht, doch mehr war nicht passiert. Sie hatten nur eine sinnliche Umarmung voller unausgesprochener Erinnerungen und verruchter Absichten genossen.

Es war genau das, was sie beide gebraucht hatten.

Und doch war es nicht annähernd genug gewesen.

Doch das war genau der Punkt gewesen.

»B ...« Der Kosename kam ihr mit einem flehenden Unterton über die Lippen. Sie wollte ihn schmecken, ihn küssen, ihn verschlingen und ihn dazu bringen, jedes Detail ihrer Begegnung mit ihm wiederaufleben zu lassen.

Ein Teil von ihr wusste, dass sie diese Schwäche nur zeigte, weil sie sich immer noch in einem halb schlafenden Zustand befand, in dem sie sich ihrer blühenden Fantasie hingab. Sie hätte sich am liebsten wieder zurück in ihre Träume gestürzt, um die Sehnsüchte ihrer Seele zu befriedigen und die gekonnten Berührungen Balthazars zu genießen.

»Du hast mir meine Erinnerungen genommen, Lee«, flüsterte er. »Ich will sie zurückhaben.«

»Wir können sie von Neuem erschaffen.«

»Wir werden mehr als das tun«, gelobte er, während seine Hand wie ein Brandmal auf ihrer Haut schmerzte.

Selbstvertrauen und Charisma waren eine berauschende Kombination, die Balthazar ganz und gar verkörperte. Sie verlor sich in seiner Aura, seiner Berührung, seiner *Existenz* und ließ sich von ihm tiefer in dieses gefährliche Spiel hineinziehen.

Ihm seine Erinnerungen zu nehmen war schmerzhafter gewesen, als sie es sich je hätte vorstellen können.

Aber sie hatte das Richtige getan.

Sie hatte versprochen, Stas zu beschützen. Sie hatte ein Treuegelübde abgelegt, das nicht gebrochen werden konnte, und hatte ihr Schicksal über ihre persönlichen Sehnsüchte gestellt.

Das machte Leela nicht zu einem schlechten Wesen. Wenn überhaupt, dann machte es sie zu einer Märtyrerin.

Balthazar gab einen summenden Laut als Antwort auf ihre Gedanken von sich. Der hydraianische Älteste versuchte nicht einmal, ihren Gedanken auch nur eine Sekunde Privatsphäre zu gewähren.

Sie nahm an, dass er das als sein gutes Recht ansah, wenn man bedachte, was sie mit seinen Erinnerungen gemacht hatte.

Vielleicht war er aber auch nicht imstande, es abzustellen.

Gedankenlesen musste überwältigend sein.

Und nützlich, dachte sie.

Vor allem im Bett.

Er strich mit den Lippen über ihren Hals und hielt inne, um über ihre Schlagader zu lecken. »Ich brauche keinen Zugang zu deinen Gedanken, um dein Verlangen zu verstehen, Lee. Dein Körper verrät mir alles, was ich wissen muss.«

Sie erschauderte, als er seine Hand über ihren Unterleib zu ihrer Hüfte gleiten ließ. Er streichelte mit dem Daumen sanft über ihren Hüftknochen und liebkoste dann die empfindsame Stelle daneben. Sie stieß einen zufriedenen Seufzer aus, während Balthazar mit seinen sinnlichen Berührungen ihr Blut in Wallung brachte.

Er trug immer noch seine schwarzen Boxershorts, doch abgesehen davon war er nackt. Ihr lief das Wasser im Munde zusammen bei dem Gedanken, seinen Körper zu erforschen und ihm zu zeigen, was sie mit ihrer Zunge alles anstellen konnte.

Doch er ließ seinen Mund bereits hinunter zu ihrem Schlüsselbein gleiten. Er liebkoste, leckte und reizte sie. Es war so verlockend und einfach perfekt.

Er vermied die Stellen, die die meisten Männer ansteuern würden, und wählte den Weg zwischen ihren entblößten Brüsten, um sich dann zur Seite bis zu ihrem Brustkorb weiterzuarbeiten.

Ihre Brustwarzen verhärteten sich, als er mit seinen Liebkosungen ein Feuer tief in ihrem Inneren entfachte.

Sie fuhr mit den Fingern durch sein Haar, wobei sie ihn nicht führen, sondern einfach nur spüren wollte. Mit der anderen Hand krallte sie sich in die Bettdecke, während er seine Lippen weiter nach unten zu der Stelle gleiten ließ, an der sein Daumen auf ihrer Hüfte ruhte.

»Gedankenlesen ist für mich wie die Luft zum Atmen«, flüsterte er an ihrer Haut. »Es ist ebenso selbstverständlich automatisch. Und du hast recht, ich kann es nicht abstellen.«

Er strich mit der Nase über ihren Bauch, als er mit den Lippen kaum merklich über den Saum ihres Spitzentangas streifte. Außer dem Höschen trug sie nichts und lag fast völlig nackt unter ihm. Doch Balthazar war nicht der Typ Mann, der sich von bloßer Nacktheit verführen ließ. Er würde dieses Spiel so lange in die Länge ziehen, wie er wollte, was er ihr mit einem Blick bewies.

In seinen schokoladenbraunen Augen glänzte eine lebhafte Entschlossenheit.

Er würde so lange wie nötig warten, um seinen Standpunkt durchzusetzen.

Und sie würde jede Minute genießen, während sie Stück für Stück dem lustvollen Wahnsinn anheimfallen würde.

Ich werde es dir nicht leicht machen, B, dachte sie an ihn gerichtet.

»Ich würde es nicht anders wollen, Schätzchen«, murmelte er und ließ eine Hand hinunter zu ihren Schenkeln gleiten, um sie für ihn zu spreizen.

Aber er vermied es, dabei ihr heißes Geschlecht zu berühren.

Nein, stattdessen ging er auf die Knie und starrte mit einem sinnlichen, innigen und verruchten Blick auf sie herab.

Sie hatte die Hand aus seinen Haaren gelöst, als er sich aufgesetzt hatte, doch ansonsten bewegte sie sich keinen Zentimeter.

Wenn er die Aussicht bewundern wollte, würde sie ihn nicht daran hindern. Selbstvertrauen war eine Eigenschaft, die sie gemein hatten. Sie war sich der Tatsache bewusst, dass ihr Körper mit weiblichen Kurven, einem flachen Bauch und einer Wespentaille perfekt geschaffen war, um zu verführen.

Sie war zum Ficken gemacht.

Genau wie Balthazar.

Über ein Meter achtzig straffe Muskeln, gebräunte Haut und ein Gesicht, das wie geschaffen war, um es anzubeten. Er war ein wahrer Gott mit teuflisch funkelnden Augen, sexy Grübchen und einem Kinn, das wie aus Stein gemeißelt schien.

Er war die Art von Mann, der überall, wohin er ging, die Blicke aller auf sich zog. Er war in der Lage, jeden zu verführen, den er wollte.

Doch das Wunderbare daran war, dass er diese Eigenschaften niemals dazu benutzen würde, um jemanden dazu zu bringen, seinen Glauben zu verlieren oder ein Gelübde zu brechen. Er respektierte jeden um ihn herum und sorgte für die Befriedigung aller Beteiligten, weil es ihm wirklich wichtig war.

Genau das hatte Leela über die Jahrhunderte, in denen

sie ihn beobachtet hatte, immer am meisten an ihm bewundert.

Er könnte sowohl sein Aussehen als auch seine Kräfte dem Bösen verschreiben, doch es war ihm nie in den Sinn gekommen, etwas dergleichen zu tun.

Balthazar liebte das *Leben*. Und er wollte seine Freude mit der Welt teilen.

Er verzog die Lippen zu einem Lächeln, als er ihre Gedanken las, denn sie hatte gerade zugegeben, dass sie ihn schon viel länger als ein paar Monate beobachtete.

Aber was spielte das jetzt für eine Rolle? Ohne Veras Hilfe konnte sie die Rune nicht verändern, und ihre Freundin hatte ihr mehr als deutlich zu verstehen gegeben, dass sie Balthazar nicht aus ihren Gedanken verbannen wollte.

Warum sollte sie ihm dann nicht alles offenbaren?

Er wusste bereits von Brasilien und was sie getan hatte. Sie hatte wirklich nichts mehr zu verbergen.

Und sie wollte sich auch nicht vor ihm verstecken.

Sie vermutete, dass er das wusste, denn er unternahm nicht einmal den Versuch, ihre Gedanken zu ignorieren. Allerdings hatte er ihr auch gerade gesagt, dass er dazu gar nicht imstande wäre, selbst wenn er es wollte.

Gedanken sind für ihn wie die Luft zum Atmen.

Er kniete immer noch zwischen ihren gespreizten Schenkeln und betrachtete sie, während er seine Fingerspitzen an den Außenseiten ihrer Beine hinaufgleiten ließ.

»Ich bin mir bewusst, dass nicht alle Gedanken dazu bestimmt sind, gehört zu werden«, sagte er leise. »Deshalb bin ich der Bewahrer vieler Geheimnisse. Einige davon wollte ich nie erfahren. Andere sind nützlich, um Beweggründe zu verstehen, obwohl sie dennoch ausgesprochen unangenehm sind. Aber in gewisser Weise erden sie mich, denn sie geben mir das Gefühl, dass ich für das Leben und die wunderschönen Dinge, die ich erleben darf, dankbar sein kann.«

»Du warst noch nie der Typ, der seine Fähigkeiten für ruchlose Zwecke einsetzt.« Mit dieser Aussage bestätigte sie ihre Gedanken, denen er hatte entnehmen können, dass sie ihn schon seit Jahrhunderten beobachtete.

Nein, sie beobachtete ihn nicht erst seit Jahrhunderten.

Sondern seit *Jahrtausenden*.

Sie wusste schon seit einer halben Ewigkeit von seiner Existenz. Er war ihr sinnlicher Gegenpart. Zumindest würden viele es so sehen.

Aber sie war ihm sowohl in Lebensjahren als auch in Erfahrung überlegen, obwohl sie nicht genau sagen konnte, wie viele Jahrzehnte oder Jahrhunderte sie älter war als er. Vielleicht sogar Jahrtausende.

Zeit war für ihresgleichen weitgehend irrelevant. Sie lebten ewig, zählten ihre Geburtstage in Jahrzehnten oder manchmal Jahrhunderten, und einige wenige sogar in Jahrtausenden.

Osiris war mit über zehntausend Jahren uralt.

Veras Alter war mit dem von Osiris vergleichbar, wobei sie vielleicht ein paar Jahrhunderte jünger war.

Leela war zwar eher in Balthazars Alter, aber dennoch älter als er.

»Ich bewundere deine Erfahrung«, sagte B. Er lächelte erneut und brachte seine verführerischen Grübchen zum Vorschein. »Das verleiht dieser Herausforderung eine weitere Dimension.«

»Mich überrascht nichts.« Das war gelogen, denn in Brasilien hatte er sie ohne Zweifel überrascht.

Und das Glitzern in seinen braunen Augen verriet ihr, dass er es wusste.

Wahrscheinlich hatte er es in ihren Gedanken gelesen.

Vielleicht sagte ihm sein Selbstvertrauen auch nur, dass ihre Worte einfach nicht wahr sein konnten.

Er strich weiter mit seinen Fingern an der Außenseite ihrer Oberschenkel vom Knie zu ihrer Hüfte hinauf und wieder hinunter. Seine Berührungen waren sanft, zärtlich und zaghaft, um sich mit den Reaktionen ihres Körpers vertraut zu machen.

Sie wusste, was er damit beabsichtigte, denn sie hatte das Gleiche sowohl mit Frauen als auch mit Männern getan.

Allerdings war sie es nicht gewohnt, dabei den passiven Part einzunehmen.

Aber es gefiel ihr, zur Abwechslung auf der anderen Seite zu stehen. Und sie genoss es besonders, als er an ihrem Knie innehielt, um sie unterhalb ihres Gelenks zu streicheln. Nicht viele wussten, wie empfindsam diese Stelle sein konnte, doch er kostete sie voll aus und bescherte ihr eine Gänsehaut.

Mit jeder zaghaften Berührung wuchs ihr Verlangen danach, ihre Schenkel zusammenzupressen, um Reibung zu erzeugen, doch sie vermutete, dass er genau das damit beabsichtigte.

Er berührte sie so zärtlich, um ihre Lust zu erwecken und ihre Erregung bis hin zu einem flammenden Inferno zu schüren.

Sie wehrte sich nicht dagegen, sondern genoss seine Liebkosungen und ließ zu, dass ihr Körper darauf reagierte.

Er hatte magische Hände und strahlte eine Hitze aus, die sie süchtig machte.

Sie schloss die Augen und schmolz einfach unter ihm dahin.

Sie verlor sich in den Empfindungen.

In seiner Existenz, die sie verzauberte.

Und in seinen meisterhaften Berührungen.

Er wanderte mit seinen Fingerspitzen an ihrem Körper auf und ab, ließ sie kreisen, streichelte und reizte sie. Er übte nur kaum merklich Druck aus, während er sie mit zärtlichen Streicheleinheiten und gefühlvollen Liebkosungen verwöhnte.

Er ließ seine Hände wieder zu ihren Hüften gleiten, strich über die Bikinizone ihres Höschens und dann an der Innenseite ihrer Oberschenkel entlang, bis hinunter zu der empfindsamen Stelle hinter ihrem Knie.

Sie wurde von Wärme durchflutet, als er sich vorbeugte, um einen Kuss auf ihre Hüfte zu pressen, dann ließ er seinen Mund dem Verlauf seiner Finger folgen und strich mit der Zunge über ihr Spitzenhöschen bis hinunter zwischen ihre Schenkel. Es war ein so wunderbares Gefühl.

»Ich kann dein Verlangen riechen, Lee«, flüsterte er. »Das Aroma liegt in der Luft und verrät mir, dass es genau das ist, was du willst. Du sehnst dich danach, von einem Mann angebetet zu werden, der weiß, wie man eine Frau richtig verwöhnt.«

Mit den Zähnen streifte er entlang der Innenseite ihres Oberschenkels und liebkoste die Haut über ihrer Oberschenkelarterie.

»Deine Gänsehaut und dein Schaudern übertönen deine Gedanken. Sie verraten mir, wo ich dich küssen und berühren soll …« Er verstummte und fuhr fort, sie auf wunderbare Weise zu quälen, während er ihre Seele mit seinem Mund in Verzückung versetzte.

Er war so talentiert.

Geduldig.

Und ein Meister der Verführung.

Leela würde nie wieder dieselbe sein und war mit dieser Tatsache völlig im Reinen.

»Aus diesem Grund brauche ich deinen Verstand nicht, Schätzchen.« Seine Worte waren wie eine dunkle Verheißung. »Dein Körper ist wie ein offenes Buch, das mir jedes intime Detail verrät.«

Sie krallte sich wieder in die Bettdecke, hauptsächlich um sich nicht selbst zu berühren. Es würde ihre Lust nur noch steigern, wenn sie sein Spiel mitspielte. Und das bedeutete, dass sie sich nicht selbst befriedigen durfte.

»Du bist wunderschön, wenn du errötest«, sagte er. »Es ist eine so schöne Röte. Sie weckt in mir den Drang, dein Spitzenhöschen zur Seite zu schieben, um zu sehen, wie schön deine Haut schimmert.«

Sie musste schlucken. Seine Worte waren wie ein Aphrodisiakum für ihre Psyche.

»So schön«, fügte er hinzu, während er die Stelle um ihr Knie liebkoste. »Deine Beine haben die perfekte Länge, um die verschiedensten Stellungen einzunehmen. Und dein athletischer Körperbau verrät mir, dass du sie alle mit der Anmut einer Tänzerin meistern wirst.«

Er übte Druck auf ihre Schenkel aus und zwang sie, ihre Beine noch weiter für ihn zu spreizen.

»Mm, und deine Beweglichkeit bringt mich auf weitere Ideen, Lee.«

»Ich kann außerdem fliegen«, sagte sie in einem sinnlichen Tonfall, den sie nicht zu verbergen suchte. »Und ich weiß, dass deine früheren Liebhaberinnen diese Fähigkeit nicht hatten.«

Er hielt inne und seine braunen Iriden funkelten aufgeregt. »Bist du in der Lage, in deinem ätherischen Zustand zu ficken?«

»Ja.«

»Gut«, erwiderte er mit verheißungsvoller, sinnlicher Stimme. »Dann werden wir auch darauf näher eingehen.«

»Wir werden jahrzehntelang beschäftigt sein, wenn du deiner Liste immer weitere Ideen hinzufügst«, warnte sie.

»Ich hätte nichts dagegen, kleines Luder.« Er hob ihr Bein an, um über die Rückseite ihres Oberschenkels zu lecken. Sie wurde von einem Kribbeln durchströmt, das in ihrem pochenden Unterleib mündete. »Ich werde jeden Zentimeter deines Körpers schmecken, dich auf jede nur erdenkliche Weise ficken, bis du immer wieder meinen Namen schreist. Aber erst, nachdem du vor mir gekrochen bist.«

»Ein paar Liebkosungen deiner Zunge werden mich nicht dazu bringen, dich anzubetteln.«

»Ich weiß«, flüsterte er mit einem Lächeln. »Das ist nur eine Einführung. Ich will dir nur zeigen, wie ich eine Frau gern aufwecke, wenn sie in meinem Bett liegt.«

»In meinem Bett«, korrigierte sie ihn.

»Tatsächlich?«, fragte er. »Denn ich denke, wir wissen beide, dass ich dich darin leicht in Besitz nehmen könnte.«

»Dieses Versprechen musst du auch einlösen.«

»Natürlich«, stimmte er zu und knabberte zärtlich an ihrem Schenkel. »Nachdem du vor mir gekrochen bist.« Er ließ ihr Bein los und nahm sich das andere vor, wobei seine Lippen sich noch heißer auf ihrer feuchten Haut anfühlten.

Er trieb ihre Sinne in den Wahnsinn und reizte sie auf eine Art und Weise, die sie zwang, sich ausschließlich auf ihn zu konzentrieren. Nichts anderes existierte, es gab nur noch Balthazar und seine wunderbare Zunge.

Verdammt, sie wollte ihn zwischen ihren Schenkeln spüren.

Sie wollte, dass er ihre Spalte leckte.

Ihre Klitoris.

Ihr Innerstes.

Alles.

Sie hatte es in Brasilien nur ein paarmal erleben dürfen und sehnte sich jetzt nach so viel mehr.

Die Monate ohne ihn waren wie ein verruchtes Spiel, um ihre Befriedigung hinauszuzögern. Er hatte sie unwissentlich verhöhnt, indem er mit anderen geschlafen und sie in ihren Träumen in den Wahnsinn getrieben hatte.

Sie hatte ihnen Gesellschaft leisten wollen.

Um zu spüren.

Zu genießen.

Und zu *spielen*.

Sie hatte das Bedürfnis verspürt, sich in ihre Mitte zu teleportieren und die Kontrolle zu übernehmen. Sie hatte ihm ein Erlebnis bieten wollen, das er so schnell nicht vergessen würde. Aber sie war gezwungen gewesen, aus der Ferne zuzusehen, und jetzt, da sie unter ihm lag, gab es keinen Ort, an dem sie lieber …

Ein Summen durchströmte ihre Sinne und sie riss die Augen auf. *Nein. Das ist unmöglich.* Sie setzte sich auf und warf einen Blick auf die Uhr. Sie waren vielleicht gegen achtzehn oder neunzehn Uhr zu Bett gegangen. Jetzt war es ungefähr sieben Uhr am Morgen, was bestätigte, dass sie eine Weile geschlafen hatte – zwölf Stunden, um genau zu sein.

Das bedeutete, dass sie insgesamt seit etwa fünfzehn, bestenfalls sechzehn Stunden in Melbourne waren.

Und die Seraphim hätten eigentlich eine Woche brauchen müssen, um sie zu finden.

»Irgendetwas stimmt hier nicht«, sagte sie und packte Balthazar an den Schultern. Er kniete immer noch zwischen ihren Schenkeln, hatte sich aber ebenfalls aufgerichtet. »Wir müssen von hier verschwinden.«

Das beunruhigende Gefühl wurde stärker und verriet ihr, dass die Seraphim ihre Barrieren fast schon durchbrochen hatten. Das bedeutete, dass die erste Schicht Schutzsymbole nicht wie erwartet funktioniert hatte.

Vielleicht war sie zu übereilt vorgegangen.

Aber sie bezweifelte es.

Nein, irgendetwas stimmte hier ganz und gar nicht. Sie hatten nicht einmal Zeit, sich anzuziehen. So wie es aussah, würden die Seraphim sie nicht in Minuten, sondern in Sekunden erreicht haben.

Sie schlang die Arme um Balthazars Schultern und entfaltete ihre Flügel, um sich einen Moment später aus dem Raum zu teleportieren.

Balthazar packte mitten im Flug ihre Hüften. Ihre Hüften berührten sich, als sie die Beine ausstreckten, um sich auf die Landung vorzubereiten.

Leela war sich nicht sicher, wohin genau sie sie teleportieren sollte. Ihre Instinkte waren zu überwältigend, um ihre Umgebung zu verarbeiten, bevor ihre Füße den Boden berührten. Sie blinzelte zweimal und erwartete, die vertrauten Straßen von San Francisco zu erblicken, denn dies war ihre übliche Anlaufstelle, wenn sie auf der Flucht war.

Aber die Gebäude um sie herum hatten nichts mit denen der hügeligen, kalifornischen Stadt gemein.

Und die Schilder waren definitiv nicht auf Englisch.

»Tokio«, informierte Balthazar sie und legte die Stirn in Falten, als er die grellen Lichter der Stadt betrachtete. Hier war es ein paar Stunden früher als in Melbourne und immer noch Nacht. In Anbetracht der Tatsache, dass sie fast vollständig nackt waren, war das von Vorteil. »Wo ist deine Wohnung?«

»Ich besitze hier keine«, gestand sie mit kaum hörbarer Stimme. Sie hatte nie vorgehabt, nach Tokio zu reisen, und doch kam ihr der Ort irgendwie … vertraut vor. *Zu* vertraut. Als wären sie und Balthazar schon einmal hier gewesen. Aber sie konnte in ihrem Gedächtnis keine Erinnerung daran finden. Nicht einmal annähernd.

Warum habe ich dann so ein seltsames Gefühl von Déjà-vu?, fragte sie sich.

»Wir können nicht hierbleiben«, unterbrach Balthazar ihre Gedanken. »Wir sollten nach Süden gehen. Wir haben ein Haus in Okinawa, direkt am Meer.«

Leela glaubte, sich an etwas zu erinnern, was sie jedoch nicht genau definieren konnte.

Stirnrunzelnd folgte sie der Spur in ihrem Kopf, bevor Balthazar ihr den Weg weisen konnte, und teleportierte sie in den Süden Japans.

Direkt vor die Tür eines Hauses, das sie noch nie gesehen hatte.

Und doch erkannte sie es, als wäre es ihr eigenes.

Das Haus eines Ältesten.

Lucs Haus.

Aber woher weiß ich das?

Und warum habe ich das Gefühl, schon einmal hier gewesen zu sein?

KAPITEL 12

BALTHAZAR

UNZÄHLIGE FRAGEN GINGEN LEELA DURCH DEN KOPF, als sie den Blick über den Vorgarten und den Eingang schweifen ließ, wobei jeder ihrer Gedanken seinen eigenen Überlegungen gleichkam.

Denn sie sollte nichts von der Existenz dieses Ortes wissen.

Nur wenige Hydraianer wussten von dem Haus und Balthazar besuchte es nur selten. Das Anwesen verfügte über fünf Schlafzimmer und gehörte eigentlich Luc, aber wie alles andere im Besitz der Ältesten teilten sie es sich für Zwecke wie diesen.

Vielleicht war Leela Luc irgendwann einmal hierher gefolgt? Jacque teleportierte den hydraianischen König hierher, wenn er nachdenken musste, was dank Aidans Tod in letzter Zeit viel häufiger der Fall war.

Vielleicht kannte Leela deshalb das Haus?

Aber die Blockaden in ihrer Psyche deuteten darauf hin, dass die Erklärung nicht ganz so einfach war. Balthazar hatte das Verlangen, sie anzustoßen, um zu

LEXI C. FOSS

sehen, ob er sie aus dem Weg räumen konnte, doch im Moment war ihre Sicherheit wichtiger.

»Leela.« Er sprach mit sanfter, gedämpfter Stimme, um sie vorsichtig aus ihren verwirrten Gedanken zu reißen. »Kannst du hier Schutzsymbole anbringen?« In Melbourne hatten sie nicht wie erwartet funktioniert. Das war ein weiteres Problem, mit dem sie sich befassen mussten, aber Balthazar war entschlossen, einen Schritt nach dem anderen zu tun.

Zuerst die Schutzrunen.

Dann etwas zum Anziehen und vielleicht auch etwas zu essen.

Gefolgt von einer Lagebesprechung über ihren derzeitigen Standort und die nächsten Schritte.

Ich … ich … Ihre mentale Stimme verstummte. Sie hatte immer noch nicht ihre körperliche Gestalt angenommen, sodass sie für ihn unsichtbar blieb.

Er konnte ihre Arme um seinen Hals nicht spüren, aber er wusste, dass sie da waren, weil sie sie in Melbourne um ihn geschlungen hatte.

Und er konnte ihre Gedanken hören.

»Leela«, wiederholte er.

Ja, antwortete sie. *Schutzsymbole. Richtig.*

Sein Haar wurde vom Wind zerzaust, als er hörte, wie sich ihre Gedanken entfernten, was ihm verriet, dass sie gerade aufgeflogen war, um an den Schutzrunen zu arbeiten.

Mit einem Nicken konzentrierte er sich auf das elektronische Tastenfeld neben der Tür. Um ins Innere des Hauses zu gelangen, musste man eine Zahlenkombination eingeben. Jay hatte es selbst installiert, um sich den Schlüssel zu sparen. Sie besaßen zu viele Immobilien auf der ganzen Welt und konnten nicht überall Schlüssel mit sich herumtragen. Und mit diesem System waren sie in der Lage, nach Belieben zu kommen und zu gehen.

Außerdem trug es zur allgemeinen Instandhaltung bei.

Da dies einer von Lucs bevorzugten Rückzugsorten war, wurde das Haus regelmäßig gereinigt und aufgestockt.

Das bedeutete, dass der Kühlschrank voller Lebensmittel und die Betten frisch bezogen waren.

Balthazar tippte den erforderlichen Code ein, um sowohl den Alarm zu deaktivieren als auch die Tür zu öffnen.

Er warf einen Blick zurück auf das Tor am Ende der Einfahrt und dann hinauf in den Himmel. Wieder einmal wurde er von Neugier gepackt und hätte zu gern gewusst, was Leela dazu veranlasst hatte, sie hierher zu teleportieren.

Balthazar war in den letzten zehn Jahren vielleicht ein einziges Mal hier gewesen, und das auch nur, um zu sehen, welche Verbesserungen Luc vorgenommen hatte, denn der hydraianische König wertete sein Lieblingshaus ständig mit irgendwelchen technischen Spielereien auf. Frauen wurden in der Regel nicht in dieses Anwesen eingeladen, da es für Luc zu wertvoll war, um es für ein Techtelmechtel zu missbrauchen.

Dennoch hatte Leela genau gewusst, wo sich dieses Haus befand. Ihre Gedanken hatten ihm jedoch bestätigt, dass sie den Grund dafür nicht kannte.

Balthazar grübelte weiter darüber nach, während er ihren Gedanken über die Schutzsymbole lauschte. Sie war weit entfernt, befand sich jedoch immer noch innerhalb eines Radius von einem Kilometer. Wäre sie weiter weg gewesen, hätte er ihre Gedanken nicht mehr hören können.

Sie überlegte gerade, wo sie die einzelnen Runen

platzieren sollte, was ihm verriet, dass hier derzeit keinerlei Symbole existierten.

Es überrasche ihn im Grunde nicht, aber es gab ihm dennoch zu denken, da sie in der Lage gewesen war, sie ohne Wegbeschreibung direkt hierher zu teleportieren.

Er schloss die Vordertür und die Schlösser rasteten sofort ein. Leela würde entweder klingeln oder sich ins Innere teleportieren müssen. Er ging davon aus, dass sie Letzteres tun würde.

Balthazar ging durch die Eingangshalle, die sich über zwei Stockwerke erstreckte, an der weißen Marmortreppe und der offenen Sitzecke zu seiner Linken vorbei und betrat die Küche.

Wie erwartet, war sie voll ausgestattet.

Ein kurzer Blick in den holzverkleideten Kühlschrank bestätigte, dass kürzlich Lebensmittel geliefert worden waren, darunter auch ein paar Fertiggerichte.

Die würden sich bestimmt als nützlich erweisen.

Lucs Personal kam in der Regel jeden dritten Tag vorbei, um die Vorräte aufzufüllen, und nahm alle nicht verzehrten Lebensmittel mit, um sie selbst zu essen.

Dieser Service gehörte zur laufenden Instandhaltung, mit der sie auch ihre anderen Immobilien überall auf der Welt pflegten. Ein Team von Hydraianern, das sich auf internationale Gesetzgebung und Finanzmanagement spezialisiert hatte, kümmerte sich um Modernisierungen und die Reinigung und sorgte dafür, dass die Anwesen ständig einsatzbereit waren. Außer den Ältesten und einer Handvoll Wächter waren sie die Einzigen, die über diese Immobilien Bescheid wussten.

Nun, sie und Ichorianer wie Wakefield, da er in einige investiert hatte.

Auch Aidan hatte darüber Bescheid gewusst.

Sie waren nicht unbedingt gut gehütete Geheimnisse,

sondern Investitionen, die man gedeihen und wachsen ließ. Aber um viele von ihnen musste man sich ständig kümmern, vor allem, wenn sie wie dieses Anwesen direkt am Strand lagen. An die Rückseite grenzte außerdem ein Garten, den Luc hegte und pflegte.

Dieses Haus verkörperte für den uralten Hydraianer einen Ort des Friedens.

Zumindest war es vor Aidans Tod so gewesen.

Balthazar seufzte und schloss den Kühlschrank, bevor er sich an einem weiteren Sitzbereich vorbei in den hinteren Teil des Anwesens begab. In Lucs Arbeitszimmer würde er alles Nötige finden, um mit den anderen zu Hause in Kontakt zu treten.

Er trat durch die Doppeltür und hielt inne, um die Möbel zu bewundern. Seit seinem letzten Besuch hatte sich einiges verändert. Die Holzmöbel und übergroßen Stühle waren verschwunden und einem Glastisch und einem einzelnen Chefsessel gewichen, die neben einem riesigen Bildschirm standen.

»Du warst aber fleißig«, murmelte Balthazar und bewunderte den überdimensionalen Touchscreen. Er war über zwei Meter hoch und nahm die gesamte Wand zu seiner Linken ein. Die Fläche hinter dem Schreibtisch bestand aus getöntem Glas, durch das man den Innenhof, das Schwimmbecken und den dahinter liegenden Strand überblicken konnte.

Die beiden anderen Wände waren im Vergleich dazu langweilig, denn sie waren einfach nur strahlend weiß gestrichen. Wahrscheinlich nutzte Luc sie, um sich zu konzentrieren, während er sich durch sein Wissen arbeitete, das Tausende von Jahren umfasste.

»Wo hast du die Telefone und das Bargeld verstaut?«, fragte sich Balthazar laut und suchte die Umgebung nach Anzeichen für einen Safe ab. Früher hatte er sich hinter einem alten italienischen Ölgemälde befunden, doch dort hing jetzt ein Computerbildschirm.

Balthazar betrachtete ihn einen Moment lang, bevor er sich davorstellte und seine Handfläche in die Mitte presste.

Nichts geschah.

Kein Wunder. Im Gegensatz zu Luc und Jay interessierte Balthazar sich nicht wirklich für ausgefallene Technik.

Mit einem Seufzen kehrte er zu Lucs leerem Schreibtisch zurück. Keine Schubladen. Keine Stifte. Keine Handys.

»Also schön.« Er verließ das Büro und ging die Hintertreppe hinauf, wobei er zwei Stufen auf einmal nahm. Er wollte sich die Schlafzimmer im oberen Stock ansehen.

Sie waren alle spärlich eingerichtet. Außer einem Bett, einer Kommode mit Kleidung und den voll ausgestatteten Badezimmern waren sie so gut wie leer.

Die Tür von Lucs Zimmer war jedoch verschlossen und Balthazar runzelte die Stirn.

Sein ältester Freund sperrte eigentlich nie jemanden aus, doch angesichts seines jüngsten Verhaltens schien es Balthazar auf seltsame Weise angemessen zu sein.

Sie würden sich wirklich bald unterhalten müssen.

Dafür braucht man ein Telefon, dachte Balthazar und ging zurück in das dritte Schlafzimmer, das Jay gehörte.

Wenn Luc den Safe in eines der Zimmer verlegt hätte, dann wäre es dieses gewesen, denn Jay war der Experte für Notfallsituationen.

Und tatsächlich, im hinteren Teil des Schranks befand sich ein Safe.

Balthazar lächelte, als er den Code eintippte, von dem er wusste, dass sein Mitältester ihn benutzen würde. Dabei handelte es sich um eine siebenstellige Zahl, die nur die Ältesten von Hydria kannten.

Mit einem Zischen öffnete sich die Tür.

»Voilà«, sagte Balthazar und grinste, als der Safe einen erweiterten Teil des Schranks enthüllte, der im Grunde die Größe eines kleinen Zimmers hatte.

Im Gegensatz zu Leelas Safe enthielt dieser Pistolen, Messer und eine Vielzahl von gefälschten Pässen und Visa. Außerdem fand er einige Tablet-PCs mit aufgeladenem Akku und natürlich eine Reihe von Wegwerfhandys.

Sie befanden sich direkt neben dem Bücherregal, das Bargeld in verschiedenen Währungen enthielt.

Es sah alles genauso aus wie das, was er unten im Arbeitszimmer erwartet hatte, was darauf schließen ließ, dass Jay Luc geholfen hatte, alles hier heraufzutragen.

Dennoch war es seltsam, dass er Balthazar gegenüber nichts davon erwähnt hatte. Vielleicht hatte Luc die Änderungen doch im Alleingang vorgenommen. Im Grunde hatte er nur den begehbaren Kleiderschrank abgetrennt, indem er eine verstärkte Wand gezogen hatte, die von einem Hightech-Eingangssystem bewacht wurde. Diese Art von Projekt sah Luc ähnlich.

Balthazar fragte sich jedoch, was es mit dem Bildschirm im Arbeitszimmer auf sich hatte.

Er schnappte sich ein Wegwerfhandy und schickte Luc eine SMS in einer altertümlichen Sprache, die sein Freund lesen konnte. Grob übersetzt lautete die Nachricht: *Hier ist B. Ruf mich unter dieser Nummer zurück.*

Er verließ den Safe, verschloss die Tür und nahm das Handy mit in das Schlafzimmer, das er für gewöhnlich bewohnte, wenn er hier war.

Kaum war er über die Schwelle getreten, klingelte auch schon das Telefon.

»Luc«, sagte Balthazar und ging zu dem Bett, in dem

er seit Jahren nicht mehr geschlafen hatte. Wahrscheinlich war es nicht einmal mehr dieselbe Matratze oder dasselbe Gestell wie damals. Aber es erfüllte seinen Zweck.

»Schön, deine Stimme zu hören«, erwiderte sein ältester Freund.

Balthazar lächelte. »Ich dachte, du machst dir vielleicht Sorgen.«

»Ich? Niemals.«

Es war eine Lüge, aber Balthazar ließ sie ihm durchgehen. Der König der Hydraianer machte sich immer Sorgen um sein Volk. Deshalb war er auch so ein guter Anführer.

»Wann hast du dein Arbeitszimmer in einen Computer verwandelt?«, fragte Balthazar, wobei die Frage eine gute Möglichkeit war, um Luc seinen aktuellen Aufenthaltsort mitzuteilen, ohne ihn laut auszusprechen. Balthazar benutzte zwar ein verschlüsseltes Wegwerfhandy, aber das bedeutete nicht, dass es ganz und gar sicher war, offen zu sprechen.

Vor allem, da Mateo, der das technische Genie in ihrer Gruppe war, vermutlich für Osiris arbeitete.

Es sei denn, Vera ist der Spitzel, dachte Balthazar, als er sich an ihr verdächtiges Verhalten erinnerte. Sein Misstrauen rührte wahrscheinlich von der Tatsache, dass sie sein Gedächtnis manipuliert hatte.

Aber seine Instinkte ließen ihn selten im Stich, und gerade jetzt sagten sie ihm, dass Vera etwas vor ihnen verbarg. Und zwar etwas Wichtiges.

Und dabei ging es nicht nur um ihre Zusammenarbeit mit Osiris.

»Auf meinem alten Bildschirm konnte ich nur eine bestimmte Anzahl an Fenstern gleichzeitig öffnen. Also habe ich den Ablauf verbessert, indem ich ihn so erweitert habe, dass er die ganze Wand umfasst, doch er ist immer noch nicht groß genug, um mit meiner mentalen Leistung Schritt zu halten. Ich muss noch einige Änderungen vornehmen.« Luc klang ein wenig frustriert.

Balthazar nahm an, dass seine Miene ebenso verdrossen war wie sein Tonfall, doch er konnte ihn nicht sehen. Das Wegwerfhandy war nicht mit der entsprechenden Technologie ausgestattet. Da mittlerweile überall auf der Welt Gesichtsscanner eingesetzt wurden, konnten sie es nicht riskieren, eine neuere Technologie zu verwenden. Es hatte Jay tatsächlich einige Mühen gekostet, diese alten Geräte zu beschaffen.

»Ist alles in Ordnung?«, wollte Luc wissen, dessen neugieriger Tonfall seine Stimme erhellte.

»Ja«, antwortete Balthazar, »es ist alles bestens. Wir werden ein paar Tage hierbleiben.« Es war wichtig, dass er ihm diese Information übermittelte. Es bedeutete, dass dieses Haus momentan nicht sicher für Luc war und es vielleicht auch in absehbarer Zukunft nicht sein würde.

Leela würde ihm noch mehr über die Vorgehensweise der Seraphim erzählen und ihn darüber informieren müssen, was sie mit diesem Ort tun würden, wenn sie ihn entdeckten. Würden sie ihn überwachen? Ihm keine weitere Beachtung schenken? Oder ihn zerstören?

»Sie haben uns im Handumdrehen aufgespürt«, fuhr Balthazar fort, »aber die vorhandenen Sicherungssysteme haben uns frühzeitig gewarnt.«

»Mein *Computer* ist mit verschiedenen Abwehrmechanismen ausgestattet, die euch auch dort von Nutzen sein sollten«, antwortete Luc, wobei er mit *Computer* das *Haus* meinte.

»Ausgezeichnet.« Balthazar wusste bereits, dass Luc irgendeine Art Sicherheitssystem installiert hatte, um seine Investition zu schützen. Jede Immobilie in ihrem Besitz verfügte über ein ähnliches System zu ihrem Schutz. Nicht nur für die Häuser selbst, sondern auch für die potenziellen Bewohner darin.

»Hier machen wir Fortschritte«, sagte Luc, der wusste, dass Balthazar sicher auf den neuesten Stand gebracht werden wollte. »Der pensionierte Sentinel sagt, dass es vier oder fünf Tage dauern wird, bis die Überprüfung abgeschlossen ist.«

Mit dem pensionierten Sentinel ist Gabriel Stark gemeint, dachte Balthazar. Denn er würde weder Tom noch Stas auf diese Weise beschreiben.

Der einzige andere »pensionierte Sentinel« in Hydria war im Moment Blake, und der war garantiert nicht in die Sache involviert. Soweit Balthazar wusste, erholte sich der Sterbliche immer noch von den mentalen Spielchen, die John mit ihm getrieben hatte. Der inzwischen verstorbene Firmenchef der Stiftung für Katastrophenhilfe (CRF) war ein verdammter Mistkerl und hatte Blake einer Art Rehabilitation unterzogen, um ihn dafür zu bestrafen, dass er sich nicht an seine Befehle gehalten hatte.

Ähnlich der Seraphim, die ihresgleichen offenbar ebenfalls einer Rehabilitierung unterzogen, wenn sie Anzeichen von Gefühlen oder Emotionen bei ihnen entdeckten.

»Es würde schneller gehen, wenn er Hilfe hätte«, fügte Luc hinzu. »Aber einer seiner Verbündeten ist unauffindbar.«

Balthazar dachte einen Moment lang über seine Worte nach und fragte sich, ob er Leela meinte. Doch das ergab keinen Sinn. Luc würde Leela nicht in die Gleichung miteinbeziehen, da sie einen anderen Auftrag hatte, nämlich die Seraphim abzulenken.

Was nur bedeuten konnte, dass er sich auf die Wesen bezog, die über die Macht verfügten, Stark bei der Verstärkung der Schutzsymbole zu helfen.

Osiris kann es nicht sein. Luc würde ihm niemals Zugang zu Hydria gewähren. Also meint er entweder Stas, Sethios, Caro oder …

»V?«, vermutete Balthazar, wobei er nur den Anfangsbuchstaben statt ihres vollständigen Namens nannte.

Falls Mateo mithörte und auch ein Spitzel war, dann wusste er bereits, dass Veras Anwesenheit bemerkt worden war. Er würde auch von Starks derzeitiger Aufgabe, die Symbole zu verstärken, wissen. Daher gingen sie kein Risiko ein, wenn sie die Initiale ihres Namens verwendeten.

Es sei denn, die Seraphim hörten mit, dann würden sie vielleicht irgendwann herausfinden, wer gemeint war.

Aber dieses Risiko nahm Balthazar in Kauf.

»Ja«, bestätigte Luc. »Sie wurde seit unserem Besuch in Island nicht mehr gesehen.«

»Ich verstehe.« Balthazar würde es Leela erzählen müssen. »Ich werde mich morgen wieder melden und sehen, ob sich daran etwas geändert hat.«

»Ein Lagebericht alle zwölf Stunden statt vierundzwanzig«, entgegnete Luc. »Du kannst mein Arbeitszimmer benutzen, wenn du willst.«

»Dazu müsste ich in der Lage sein, deinen Bildschirm einzuschalten.«

»Dann begrüße ihn einfach mit einem *Hallo*.«

Balthazar runzelte die Stirn. »Hallo?«

»Ganz genau. Sie wird deine Stimme erkennen und dir antworten.« Die Frustration in seiner Stimme wich einem stolzen Unterton, was darauf hindeutete, dass er eine Hassliebe zu seinem Computer hegte.

»Was gibt es sonst Neues?« Balthazar fragte sich, ob sein ältester Freund noch irgendwelche nützlichen Informationen für ihn hatte.

»Es ist alles unter Kontrolle«, antwortete er. »Einige

Angelegenheiten werden noch geprüft, während andere sich gut einleben.«

Balthazar nahm an, dass Luc sich bei dem ersten Teil seiner Aussage auf Mateo bezog, und mit den *anderen* Jay, Lizzie und Aidyn meinte. Seine Vermutung beruhte darauf, dass er Luc seit Jahrtausenden kannte und wusste, wie sein Verstand funktionierte.

»Pass auf dich auf, alter Freund«, murmelte Luc in einer toten Sprache, die nur wenige verstanden.

»Das tue ich immer«, antwortete Balthazar in derselben Sprache. »Du solltest dir deinen eigenen Ratschlag ebenfalls zu Herzen nehmen.«

Luc schnaubte. »Mir geht es gut.«

»Tatsächlich?«, fragte Balthazar in ernstem Tonfall, während er immer noch denselben Dialekt verwendete.

Es herrschte Schweigen zwischen ihnen.

Nach einem Moment sagte Luc: »Wir werden bald darüber sprechen.« Dann beendete er das Gespräch.

Balthazar verzog den Mund. Es würde nichts bringen, wenn er Luc dazu zwang, sich ihm zu öffnen. Sein ältester Freund musste sich selbst dazu entschließen. Doch das bedeutete nicht, dass Balthazar ihn nicht ein wenig in die richtige Richtung schubsen konnte.

Mit einem Kopfschütteln schaltete er das Handy aus und legte es auf die Kommode. Er würde es später vernichten. Jetzt brauchte er erst einmal etwas zum Anziehen für sich und seinen Seraph.

Er zog sich eine graue Jogginghose und ein weißes T-Shirt an, dann schnappte er sich Boxershorts und ein weiteres weißes T-Shirt für Leela. Es wäre eine Schande, ihre Kurven zu verdecken, aber er hatte sie sich in sein Gedächtnis eingeprägt.

Zumindest so lange, bis ihre beste Freundin beschloss, seine Erinnerungen wieder zu löschen.

Allein bei dem Gedanken runzelte er die Stirn.

Wie funktionierte das überhaupt? Gab es einen Punkt, an dem Vera die Erinnerungen nicht mehr manipulieren konnte, weil sie einfach zu tief in der Psyche der anderen Person verwurzelt waren?

Diese Fragen würde er Leela stellen müssen.

Vielleicht würde er den seraphischen Gedächtnismanipulator auch selbst darauf ansprechen.

Vorausgesetzt, sie tauchte wieder auf.

Wo bist du?, fragte er sich, als er die Treppe wieder hinunterging. *Was hast du wirklich vor?* Leela vertraute ihr vielleicht, aber Balthazar tat es nicht. Nicht nachdem sie in seinem Verstand herumgepfuscht und sich offensichtlich mit Osiris verbündet hatte.

Leela hatte nicht viel Zeit gehabt, über Vera oder ihre Absichten nachzudenken. Sein kleines Luder war zu sehr mit der Verfolgungsjagd und allem anderen beschäftigt gewesen, um ihre beste Freundin zu hinterfragen.

Im Moment drehten sich ihre Gedanken um die Schutzrunen, die sie gerade überall auf dem Grundstück angebracht hatte. Er hörte zu, wie sie jedes Detail betrachtete und sich vergewisserte, dass alles korrekt war.

Das brachte sie dazu, die Symbole in Melbourne infrage zu stellen, weil sie sie erst im letzten Moment alarmiert hatten.

Irgendetwas stimmt nicht, sagte sie sich immer wieder. *Sie hätten uns nicht so schnell finden dürfen. Und meine Schutzrunen hätten ihnen standhalten müssen.*

Balthazar fand sie auf der hinteren Terrasse neben dem Schwimmbecken vor, wobei sie den Blick auf den immer noch dunklen Himmel gerichtet hatte. Er nahm ihre Frustration nicht nur in ihren Gedanken, sondern auch in ihrer Körperhaltung wahr.

Doch sie schien auch besorgt zu sein.

Was geschieht, wenn er *mich findet?* Die düstere Frage hatte sich in ihrem Hinterkopf festgesetzt und suchte sie immer wieder heim.

Sie hatte offenbar bereits ein cremefarbenes Hemd gefunden, und der Größe und dem Schnitt nach zu urteilen, gehörte es *ihm.* Das deutete darauf hin, dass sie sich in sein Zimmer teleportiert hatte, während er durch das Haus gewandert war.

Es war interessant, dass sie von allen fünf vorhandenen Schränken ausgerechnet auf seinen gestoßen war. Es hatte fast den Anschein, als hätte sie genau gewusst, wo sie suchen musste.

Vielleicht war es aber auch nur Zufall.

Angesichts der Tatsache, dass sie sie ohne Wegbeschreibung hierher teleportiert hatte, vermutete er jedoch, dass es sich nicht um einen Zufall handelte. Irgendetwas anderes war hier im Spiel. Etwas, das keiner von ihnen wirklich verstand.

Er legte das T-Shirt und die Boxershorts auf den Esstisch und öffnete die hinteren Glasschiebetüren, um sich zu ihr auf die Terrasse zu gesellen. Sie wandte sich nicht um, sondern betrachtete den Mond, der tief am Himmel stand. Bald würde der Morgen dämmern.

Aber das war ihm egal.

Denn ihm bot sich ein atemberaubender Anblick.

Leela glich mit ihrem goldenen Haar, das ihr über eine Schulter fiel, und ihren langen, wohlgeformten Beinen einer Göttin. Das Hemd war eindeutig eines von seinen, denn er erkannte die Marke. Es umspielte ihre Oberschenkel und verlieh ihr eine sexy Ausstrahlung, die ihn tief in seiner Seele berührte.

Sie ist perfekt, dachte er und stellte sich hinter sie.

Seine Faszination rührte nicht nur von ihrer Schönheit,

sondern von *ihr* als Frau. Sie war ihm in vielerlei Hinsicht ebenbürtig.

Ihr einziger Fehler war ihre Entscheidung gewesen, seine Erinnerungen zu manipulieren, doch nachdem er die Rechtfertigungen in ihren Gedanken gehört hatte, hatte sein Zorn sich etwas gelegt. Sie hatte ihre Bindung für ein höheres Schicksal geopfert. Zumindest war das ihre Sicht der Dinge.

Es war ein Fehler gewesen.

Sie hätte es nicht tun sollen.

Aber sie hatte nicht wissen können, wie Balthazar auf ihr Bestreben reagieren würde. Er hätte ihr geholfen, wenn sie ihm nur die Gelegenheit dazu gegeben hätte.

Und das ärgerte ihn am meisten. Sie hatte ihm nicht genug vertraut und geglaubt, dass er ihre Mission nicht unterstützen würde.

Aber er würde ihr jetzt beweisen, dass er ihres Vertrauens würdig war.

Und mit der Zeit würde er hoffentlich auch das Vertrauen in sie wiedergewinnen.

Er schlang seine Arme um ihre Taille und presste seine Lippen an ihren Hals. Sie seufzte und schmiegte sich an ihn, aber ihre Gedanken überschlugen sich weiter.

Wie haben sie uns gefunden?

Weiß er, dass ich diejenige bin, die sie verfolgen?

Wäre das überhaupt möglich?

Wie haben sie uns so schnell gefunden?

Die Fragen wirbelten durch ihren Kopf und die Antworten waren allesamt verworrener Natur. Denn sie wusste es nicht, und das beunruhigte sie nur noch mehr.

»Was werden sie tun, wenn sie uns hier finden?«, wollte er schließlich wissen und fügte ihren Gedanken eine eigene Frage hinzu. »Werden sie Lucs Haus zerstören?«

Sie schüttelte nur den Kopf. *Ich weiß es nicht*, schoss es

ihr immer wieder durch ihre Gedanken, dann wiederholte sie: *Sie hätten uns nicht so schnell finden dürfen.*

»Vielleicht wussten sie von deiner Wohnung«, sagte er.

»Das ist unmöglich. Nur Vera wusste davon.«

Er legte sein Kinn auf ihre Schulter, während er mit den Armen immer noch ihre Taille umschlang. »Wie lange kennst du sie schon?«

»Mein ganzes Leben«, flüsterte sie. »Sie steht mir so nahe wie Jay dir, B. Sie würde mich nie verraten, genauso wie er dich nie verraten würde.«

»Aber sie arbeitet mit Osiris zusammen«, räumte er ein. »Jay würde so etwas nie tun.«

»Das würde er, wenn er die richtigen Beweggründe hätte«, betonte Leela. »Wenn Vera wirklich mit Osiris zusammenarbeitet, hat sie einen guten Grund dafür. Vielleicht hat er sie auch seinem Willen unterworfen. Wie auch immer, ich weiß, dass sie nichts Niederträchtiges tut.« Sie drehte sich in seinen Armen zu ihm um und legte die Hände auf seine Schultern. »Vera würde den Fährtenlesern niemals meinen Standort verraten.«

Ihr Verstand bekräftigte ihre Aussage und verriet ihm, wie sehr sie an die Unschuld ihrer Freundin glaubte. Ihre Freundschaft hatte Jahrtausende überdauert und basierte auf Vertrauen.

Genau wie Balthazars und Jays Freundschaft.

Und wenn es um Jay ginge, würde er genauso denken. Er würde auch auf Jays Unschuld beharren.

»Also schön«, murmelte Balthazar und beschloss, Leelas Erklärung zu respektieren. Ein Teil von ihm war immer noch misstrauisch, aber er würde sein Urteil vorerst für sich behalten. »Ist es möglich, dass andere Seraphim von deiner Wohnung wussten? Sind dir die Fährtenleser schon einmal dorthin gefolgt?«

Leela schüttelte den Kopf. Dann zuckte sie mit den Schultern. Dann schüttelte sie wieder den Kopf.

»Ich weiß es nicht. Eigentlich sollten sie nichts von dem Apartment wissen. Aber sie hätten uns auch nicht so schnell finden dürfen.« Sie biss sich auf die Unterlippe und blickte wieder gen Himmel. »Ich frage mich immer wieder, ob mir ein Fehler bei den äußeren Schutzsymbolen unterlaufen ist. Aber ich kann es mir einfach nicht vorstellen.«

»Was denkst du über die, die du hier erschaffen hast?«

Ihre blaugrünen Iriden flackerten auf. »Sie sind perfekt. Ich habe sie dreimal überprüft.«

»Dann können wir uns ein wenig entspannen und sehen, ob sie standhalten«, murmelte er.

Balthazar fielen mehrere Möglichkeiten ein, wie er Leela dabei helfen konnte, sich richtig zu entspannen. Und er würde damit beginnen, ihren Geist zu beruhigen, indem er ihr etwas gab, auf das sie sich konzentrieren konnte.

Denn im Moment waren ihre Gedanken zu zerstreut und viel zu chaotisch, um nützliche Antworten zu formulieren. Sie brauchte nur ein wenig Zärtlichkeit und eine Gelegenheit, ihre Nerven zu beruhigen. Dann würde sich der Rest von selbst ergeben.

Sie öffnete den Mund, um zu protestieren, doch er brachte sie zum Schweigen, indem er einen Finger auf ihre Lippen legte, während er den anderen Arm um ihre Taille schlang.

»Die Schutzsymbole haben uns rechtzeitig gewarnt, nicht wahr?«, fragte er mit sanfter Stimme. »Und du hast uns an einen anderen Ort teleportiert. Jetzt sind wir hier. Wir sind in Sicherheit. Und wir können dort weitermachen, wo wir unterbrochen wurden.«

Ursprünglich hatte er nur vorgehabt, sie solange zu reizen, bis sie ihn anflehte, sie zu ficken.

Aber ihr geistiger Zustand erforderte jetzt andere Maßnahmen.

Eine Art Pause.

Die von Sinnlichkeit geprägt war.

Um ihr zu helfen, ihr Selbstvertrauen und ihre Konzentration wiederzuerlangen.

Und Balthazar war genau der richtige Mann für diese Aufgabe.

»Teleportiere uns in mein Schlafzimmer, Lee«, sagte er zu ihr. Der Befehl war nur ein Test, der ihm bestätigte, was er längst vermutet hatte. Denn sie wusste bereits, wohin sie gehen musste.

Sein kleines Luder enttäuschte ihn nicht. Sie schlang die Arme um seinen Hals und brachte sie nach oben.

Frag mich nicht, woher ich weiß, dass dies dein Zimmer ist. Ich weiß es einfach, dachte sie an ihn gerichtet, wobei ihre mentale Stimme erschöpft klang.

Es bestätigte seine Vermutung, dass sie einfach ein Ventil für all die Verwirrung und Frustration brauchte, die in ihrem Kopf tobten.

»Das Einzige, was ich im Moment von dir will, ist dieser Spitzentanga, Lee«, antwortete er. »Zieh ihn aus und gib ihn mir. Dann leg dich aufs Bett und spreize die Beine. Der Rest kann warten.«

KAPITEL 13

LEELA

LEELA WUSSTE, WAS BALTHAZAR VORHATTE. ER WOLLTE sie erden, ihren Geist beruhigen und ihr Konzentrationsvermögen schärfen, indem er ihr etwas bot, um wieder einen klaren Kopf zu bekommen. Er wollte sie von ihren wirren Gedanken ablenken.

Er wollte sie verschlingen.

Sich ihrer Lust hinzugeben, war vielleicht die schlechteste Entscheidung, die sie in dieser Situation treffen konnten.

Oder es könnte sich als die beste erweisen.

Denn Balthazar hatte recht, sie waren in Sicherheit. Zumindest vorläufig.

Sie konnte sich den Kopf darüber zerbrechen, dass die Seraphim sie so schnell gefunden hatten, und sich Sorgen darüber machen, wann sie wieder auftauchen würden. Oder sie könnte sich von Balthazar ablenken lassen und ihre Gedanken beruhigen.

Letzterer Gedanke behagte ihr mehr.

Vor allem, weil sie wusste, dass sie besser funktionierte,

wenn sie ruhig und gefasst war, und im Moment war sie weder das eine noch das andere.

Sie fühlte sich verloren und verwirrt, war unruhig und *verängstigt*.

Letztere Emotion war auch der Grund dafür, dass sie sich in seinen Armen zu ihm umgedreht hatte. Sie hatte sich seine Kraft leihen wollen. Und nun wollte sie sich in seinen Berührungen verlieren.

Deshalb hatte sie sich mit ihm nach oben teleportiert. In sein Schlafzimmer, welches Erinnerungen barg, die jedoch für sie weder greifbar noch definierbar waren. Denn jeder Winkel dieses Zimmers war ihr vertraut und doch völlig fremd.

»Hör auf zu denken«, sagte Balthazar, als er ihr Kinn ergriff und sie zwang, seinem Blick zu begegnen. »Zieh das Spitzenhöschen aus, Lee. Ich will jeden Zentimeter von dir ausgiebig schmecken, sowohl innerlich als auch äußerlich.«

Sie erschauderte, denn in seinen sinnlichen Worten schwang ein dominanter Unterton mit, der eine verruchte Seite in ihrem Inneren ansprach.

Balthazar wusste nicht nur, wie man eine Frau berührte, er vermochte es auch, sie nur mit Worten allein zu liebkosen. Sanfte Schmeicheleien, verruchte Versprechen, dunkle Verheißungen, aufrichtige Komplimente, er meisterte sie alle.

Deshalb wusste er auch genau, wie er jetzt mit ihr sprechen musste.

Seine Worte waren fordernd und schmeichlerisch zugleich und zeugten von absolutem Selbstvertrauen.

»Sofort, Leela«, fügte er mit strengem Tonfall hinzu.

Sie dachte daran, ihm eine Herausforderung zu bieten, indem sie ihm nicht einfach Folge leistete. Aber sie erkannte auch, dass dies ein Geschenk an sie war und er es vielmehr ihr zuliebe als für sich selbst tat.

Hauptsächlich war das der Grund dafür, dass sie ihm gehorchte.

Er ließ sie los, als sie sich in Bewegung setzte. Er ließ den Blick über ihren Oberkörper bis hinunter zu ihren Schenkeln schweifen, als sie die Hände an ihre Hüften auf ihr Spitzenhöschen legte. An seinem Gesichtsausdruck änderte sich nichts, während er sie immer noch mit einem feurigen, aber milden Funkeln in den Augen betrachtete.

Das ist nicht gut genug, dachte sie an ihn gerichtet und beschloss, ihm ein kleines Schauspiel zu bieten.

Es fiel ihr ganz leicht.

Sie drehte sich um und wandte ihm ihren Hintern zu, beugte sich dann langsam nach vorn, während sie das Höschen über die Oberschenkel, die Knie, die Waden bis zu den Knöcheln hinunterschob. Sein Hemd rutschte bei jeder Bewegung ein Stück weiter nach oben und gewährte ihm einen verlockenden Blick auf ihren Hintern, als das Höschen ihre Waden streifte. Sie streckte ihm auch weiter ihre entblößten Pobacken zu, als sie sich des Spitzenstoffs gänzlich entledigte.

Sie stellte seine Geduld auf die Probe und bot ihm eine Show, die einer meisterlichen Stripperin würdig war. Als sie ihn über die Schulter hinweg anblickte, wusste sie, dass sie damit Erfolg gehabt hatte, denn die milde Hitze in seinen Augen hatte sich in zwei glühende Feuerbälle verwandelt.

Mit dem Höschen in der Hand richtete sie sich langsam auf, ließ das Hemd wieder nach unten gleiten und bedeckte damit ihre Kurven. Dann drehte sie sich um und streckte ihm das Höschen entgegen.

Er lächelte und seine Grübchen kamen zum Vorschein. Dann verschwanden sie, als er sich vorbeugte, um ihr den Fetzen Stoff abzunehmen … mit seinen Zähnen.

Ihr Herz setzte einen Schlag aus, denn die Hitze, die in

der Luft zwischen ihnen lag, steigerte sich von Sekunde zu Sekunde.

In seinen Augen lag ein verheißungsvoll sündiger Ausdruck. Bei dem Anblick spannte sie die Schenkel vor Verlangen an, während das Feuer in ihrem Inneren bis in ihre Seele brannte.

Sie wollte mehr.

So viel mehr.

Und jetzt würde er ihr einen kleinen Einblick in seine Fähigkeiten bieten. Eine Kostprobe. Er wollte sie ablenken und ihr eine Möglichkeit geben, um sich zu erden und sich wieder normal zu fühlen.

Sie hatte nicht vor, sein Angebot abzulehnen. Nein, sie hatte vor, sich ganz auf ihn einzulassen, um zu sehen, was er mit ihr anstellen würde. Sie würde ihm die Führung überlassen, während sie ihre Gedanken ordnete.

Mit nackten Füßen ging sie rückwärts über den Teppich auf das Bett zu, wobei sie ihm die ganze Zeit über in die Augen starrte. Es war ein intimer Tanz, der von einer Vertrautheit zeugte, die sie nicht verstand. Sie wusste genau, wo sich die Matratze befand, ohne einen Blick darauf zu werfen.

Natürlich hatte sie sie zuvor schon gesehen.

Doch sie hatte mehr als nur ein visuelles Verständnis davon, wie das Zimmer aufgeteilt war. Sie bewegte sich wie selbstverständlich durch den Raum, als würde ihr Körper die Umgebung aus dem Gedächtnis kennen, obwohl ihr so viele Teile ihrer Erinnerung fehlten.

Balthazars begieriger Blick befahl ihr, sich keine Gedanken darüber zu machen, sich auf die Gegenwart zu konzentrieren und sich nur der Lust hinzugeben, die zwischen ihnen brannte.

Er half ihr, ihren rasenden Puls zu beruhigen, bot ihr

einen Punkt, auf den sie sich konzentrieren konnte, und erlaubte ihr durchzuatmen.

Ja, ich will mehr, dachte sie, als sie sich rückwärts auf das Bett gleiten ließ. *Mehr Hitze. Mehr Feuer. Mehr Balthazar.*

Er hatte immer noch ihr Spitzenhöschen im Mund, während sich seine braunen Augen zunehmend verdunkelten, bis sie sie an schwarzen Kaffee erinnerten.

Sie brauchte einen Drink.

Einen, der mit der Süße von Balthazars Zunge getränkt war.

Und mit dem Geschmack seiner berauschenden Berührung gewürzt.

Sie legte sich in die Mitte des Bettes, wobei sich ihr Haar wie ein Fächer um ihren Kopf ausbreitete. Es war eine ihr wohlbekannte verführerische Pose, die sie noch verlockender gestaltete, indem sie die Knie anzog und ihre Schenkel einladend spreizte.

Balthazar starrte ihr noch immer in die Augen, statt den Blick auf ihre wartende heiße Muschi wandern zu lassen. Er war nicht der Typ Mann, der die Dinge übereilte, was die Sache umso betörender machte. Denn er wusste, wie und wann er einen sinnlichen Moment in die Länge ziehen konnte, was er ihr jetzt bewies, indem er sie mit dem Höschen im Mund beobachtete.

Sie wusste, dass er sie auf dem Spitzenstoff schmeckte.

Seine Zunge strich sanft über das Höschen zwischen seinen Zähnen und bereitete sich auf das bevorstehende Mahl vor.

Allein der Gedanke hätte sie fast zum Höhepunkt gebracht.

Er war die personifizierte Leidenschaft. Ein Gott im Schlafzimmer. *Ein Gott, der im Begriff ist, seine Göttin für sich zu beanspruchen*, dachte sie. Denn er war nicht der Einzige, der dieses Spiel beherrschte.

Sie ließ die Finger über ihre Taille bis hinauf zu ihren Brüsten gleiten, die noch immer von seinem Hemd bedeckt waren.

Er hatte nicht gesagt, dass sie es ausziehen sollte.

Aber er hatte auch nicht gesagt, dass sie es nicht durfte.

Sie öffnete den obersten Knopf mit einer flinken Bewegung und lenkte seinen Blick auf ihre Brüste. Dann öffnete sie den zweiten und den dritten Knopf, während er sie die ganze Zeit beobachtete. Er gab keinen Kommentar von sich und rührte sich abgesehen von der Verlagerung seines Blicks keinen Zentimeter. Sie atmeten beide kaum noch.

Sie öffnete auch den vierten Knopf.

Und ließ dann den fünften folgen.

Das Hemd öffnete sich und gab den Blick auf ihre cremefarbene Haut frei, während sie die sinnlichen Stellen weiterhin vor seinem Blick verbarg.

Zumindest bis sie den letzten Knopf erreichte.

Dieser, zusammen mit ihren gespreizten Schenkeln, sorgte dafür, dass er jedes bisschen ihrer Erregung sehen würde.

Er bewunderte den Anblick und seine Nasenflügel bebten. Sie wusste instinktiv, was er als Nächstes sehen wollte, und kam ihm entgegen, indem sie ihre Finger über ihre feuchte Spalte gleiten ließ und die Linien nachzeichnete, an denen sie seine Zunge spüren wollte.

Sie zeigte ihm, wie bereit sie für ihn war, indem sie sich selbst sanft liebkoste. Ein Stöhnen entfuhr ihrer Kehle. Sie brachte damit ihr Verlangen zum Ausdruck, das sie ihm auch mit einem Blick zeigte.

Er betrachtete ihren willigen Körper und seine Iriden glitzerten im Mondlicht, das durch die Fenster fiel. Mit seinem dichten braunen Haar, das perfekt zerzaust war, und der grauen Jogginghose, die tief auf seinen muskulösen Hüften saß, glich er einem Inkubus. Am liebsten hätte sie jeden Zentimeter seines wohlgeformten Oberkörpers mit ihrer Zunge erkundet.

Aber sie wusste, dass das im Moment nicht auf der Speisekarte stand.

Nicht während er ihren Körper musterte und sie mit den Fingern ihre empfindliche Klitoris streichelte.

Er führte eine Hand an seine Lippen, ergriff ihr Spitzenhöschen und zog es übertrieben langsam aus seinem Mund. Sie sah, wie er sich über die Lippen leckte und die Kiefermuskeln anspannte, und sie bewunderte seine männlichen Lippen, die dazu bestimmt waren, eine Frau zu liebkosen.

Ohhh … Bei dem Anblick allein spannte sie die Schenkel an, während ihr Unterleib von einer unbändigen Hitze durchströmt würde.

Es war eine so einfache Geste, doch sie hatte etwas unbestreitbar Erotisches an sich. Es hatte den Anschein, dass er seine niederen Instinkte gar nicht bändigen wollte und seine animalische Seite zum Vorschein brachte, wenn auch nur für einen Moment.

Sie hatte das Gefühl, als würde er sie … *in Besitz nehmen.*

Doch sie konnte weder das Wie noch das Warum definieren.

Sie wusste nur, dass es ihr gefiel, und sie wollte unbedingt, dass er seinen Anspruch auf sie in jeder Hinsicht geltend machte.

Er faltete das Höschen zu einem ordentlichen Dreieck zusammen und legte es auf den Nachttisch neben dem Bett. Dann ließ er den Blick noch einmal über ihren Körper schweifen, betrachtete das halb geöffnete Hemd, ihre teilweise entblößten Brüste, ihren flachen Bauch und schließlich die heiße Stelle zwischen ihren Schenkeln.

»So sieht ein Engel also wirklich aus«, sagte er, als er sich mit einem Knie auf das Bett stützte. »Irgendwie hast du es geschafft, all meine Erwartungen zu übertreffen.«

Dann hob er auch das andere Bein auf die Matratze und kniete sich neben sie.

Sie ließ den Blick an seinem großen, muskulösen Körper hinaufwandern, angefangen bei den Schenkeln, über die beeindruckende Wölbung seiner Männlichkeit, entlang seines definierten Bauchs, bis hinauf zu seinen ausgeprägten Brustmuskeln.

Männliche Perfektion, dachte sie mit einem Seufzer. *Du könntest auch ein Engel sein.*

Allerdings war er dafür viel zu sinnlich. Er ähnelte eher einem gefallenen Engel oder einem verlockenden Teufel. *Ein Inkubus nur für mich.*

Er verzog die Lippen zu einem Lächeln. »Bist du dann der Sukkubus, der nur mir gehört?«

Ja. Sie strich mit dem Finger über ihre Spalte und hob ihre Hand an seinen Mund. »Führe ich dich in Versuchung, B? Hast du Angst, ich könnte deine Seele verderben?«

Er packte ihr Handgelenk und führte ihre Finger an seine Lippen. »Du kannst mich nicht verderben, Schätzchen«, murmelte er und leckte über die Spitze ihres Fingers. »Aber du kannst mich zweifellos verführen.«

Balthazar umschloss ihren Zeigefinger mit seinen Lippen und saugte ihn tief in seinen Mund.

Ihr lief ein Schauer über den Rücken und ihre Bauchmuskeln spannten sich an. *Mm*, schnurrte sie und schwelgte in ihrer eigenen Erregung, die sich dank seiner Geschicklichkeit und Geduld ins Unermessliche steigerte.

Dieser Mann verstand etwas von Vorspiel.

Er wusste, welche Wirkung seine Worte auf eine Frau hatten.

Und er verstand es, die Befriedigung einer Frau hinauszuzögern.

Sie liebte es.

Wollte mehr.

Sie sehnte sich danach, dass er mit seiner Zunge auch andere Stellen ihres Körpers liebkoste.

Aber sie wusste, er würde sich Zeit lassen.

Er würde jede Bewegung genießen, das Unvermeidliche hinauszögern und sich jeden Zentimeter von ihr einprägen.

Und das tat er, nachdem er an jedem ihrer Finger gesaugt hatte.

Er begann mit ihrem Handgelenk, knabberte an ihrer Pulsschlagader und übte gerade genügend Druck aus, bis sie rasend vor Verlangen war. Dann wanderte er mit den Lippen hinauf zu ihrem Ellbogen, schob den Hemdsärmel hinauf und liebkoste ihre erogenen Zonen, von denen nur wenige wussten.

Er strich über den Stoff an ihrem Bizeps und wanderte hinauf zu ihrer Schulter, bevor er ihren Hals küsste und einen seiner Schenkel zwischen ihre Beine schob.

Er verwob seine Finger in ihrem Haar und packte es mit bestimmendem, aber beruhigendem Griff, als er seine Lippen auf die ihren presste.

Er verschlang sie förmlich.

Und nahm sie in Besitz.

Er brachte ihr Blut in Wallung.

Es war berauschend und umwerfend und absolut perfekt. Sie war so erregt, dass sie allein von dem Kuss fast zum Höhepunkt gekommen wäre, dabei hatte er sie noch nicht einmal richtig berührt.

Er streifte mit den Zähnen ihre Unterlippe und löste die Hand aus ihrem Haar, um sie auf ihre Wange zu legen. »Du bist mehr als verführerisch, Lee«, sagte er an ihrem

Mund. »Du bist ein Luder, das jeden Mann in seiner Nähe buchstäblich in die Knie zwingt.«

»Und doch willst du, dass ich vor dir krieche«, antwortete sie atemlos.

»Ja, und das wirst du«, flüsterte er. »Aber nicht heute. Heute werde ich dich verehren. Ich werde dich dazu bringen, meinen Namen zu schreien und immer wieder an meiner Zunge zu kommen, bis du voll und ganz befriedigt bist.« Er ließ die Hand hinunter zu ihrem Hemd gleiten, schob es beiseite und enthüllte eine ihrer Brüste. »Halt dich am Kopfteil fest, Baby. Wir wollen doch nicht, dass du wegfliegst.«

Sie lächelte. »Die besten Orgasmen bringen mich dazu, meinen ätherischen Zustand anzunehmen.«

Er lächelte ebenfalls. »Dann werde ich dort die Messlatte ansetzen und dafür sorgen, dass sie höher gelegt wird.« Er knabberte an ihrer Unterlippe, dann küsste er ihre Kieferpartie und begann, sich entlang ihres Halses hinunterzuarbeiten.

Er liebkoste ihren Körper mit seiner Zunge und biss sie sanft. Er übte gerade genügend Druck mit den Zähnen aus, um einen dezenten Abdruck zu hinterlassen, der bewies, dass er diesen Teil ihres Körpers für sich beansprucht hatte.

Er wanderte von der Mitte ihres Brustbeins hinunter zu ihrem Bauchnabel, dann hinüber zu ihrer Taille und wieder hinauf entlang ihres Brustkorbs, wobei er sie gründlich mit seiner Zunge verwöhnte. Ihre Brustwarzen waren so verdammt hart, dass sie fast schmerzten. Sie war so begierig darauf zu spüren, wie er sie mit seinem Mund umschloss, dass sich eine Gänsehaut auf ihren Brüsten ausbreitete.

Mit der Nase strich er über die Unterseite ihrer Brust, während er mit einem Brummen ihre Haut erhitzte. Er zog den Moment in die Länge, bis sie vor Verlangen fast den Verstand verlor.

Sie stöhnte auf und umfasste die Metallstange des Kopfteils, genau wie er es verlangt hatte. Aber wenn er sie nicht bald richtig leckte, würde sie sein Haar packen und seinen Kopf entsprechend positionieren.

»Wenn du mich anfasst, werde ich von vorn anfangen«, warnte er sie mit einem Flüstern, bei dem sie ihre Schenkel aufs Neue anspannte. Er saß immer noch rittlings auf ihrem Oberschenkel, wobei sein linkes Knie fast ihren heißen Unterleib berührte.

Auch damit reizte er sie.

Und zog den sinnlichen Moment in die Länge.

Sie liebte und hasste ihn gleichzeitig dafür.

Und das war genau der Punkt.

Sie hatte dieses Spiel schon häufiger gespielt, doch noch nie so wie jetzt. Vor allem noch nie mit jemandem, der so unbestreitbar geschickt war. Er war ihr fast ebenbürtig. Vielleicht war er ihr sogar ebenbürtig. Sie war sich nicht mehr sicher, denn dieser Mann wusste zweifellos, wie er ihre Bedürfnisse in jeder Hinsicht befriedigen konnte.

Denn sie brauchte genau diese süße Qual, damit sie sich nur auf ihn konzentrierte und alles andere um sich herum vergaß.

Es gab nur noch Balthazar.

Seine Hände. Seine Zunge. Seine geschickten Finger.

Er entblößte auch ihre andere Brust und strich mit der Nase über ihren Brustkorb. Es war eine sanfte und wissende Liebkosung, die sie berauschte und zu *überwältigen* drohte.

Ihr Körper vibrierte förmlich vor Verlangen, während ihr Innerstes von einer Begierde durchströmt wurde, die nur Balthazar stillen konnte.

Er versuchte, sie für andere Männer zu ruinieren.

Oder sie völlig zu beherrschen.

Sie war sich nicht sicher, aber sie würde sich später auf jeden Fall bei ihm revanchieren.

Er verzog die Lippen zu einem Lächeln auf ihrer Haut, als er das Versprechen in ihren Gedanken hörte. »Ich hätte nichts dagegen«, sagte er leise, als er die Zähne über ihre Brust gleiten ließ. »Wir werden ja sehen, wer von uns beiden den intensivsten und längsten Orgasmus hat.« Er leckte über ihre Brustwarze und entlockte ihrer Kehle einen Schrei. »Wer von uns beiden wird am *lautesten* schreien?«, fügte er hinzu, umschloss ihre steife Brustwarze mit dem Mund und saugte so heftig daran, dass sie fast zum Höhepunkt kam.

Aber er gewährte ihr nicht genügend Reibung.

Mit dem Bein streifte er nur knapp die Innenseite ihrer Oberschenkel und reizte sie damit.

Sie hätte ihn am liebsten umgebracht.

Sie wollte ihn ficken.

Sie wollte ihn packen und ihm die Jogginghose herunterreißen, um einem stahlharten Schwanz zur Freiheit zu verhelfen. Denn sie wusste, dass er hart war. Sie hatte zuvor die Umrisse seiner Wölbung gesehen.

Und jetzt wollte sie ihn reiten.

Sie wollte seinen Rücken auf die Matratze drücken, sich rittlings auf ihn setzen und ihn tief in sich spüren.

Sie sah das Bild vor Augen und erinnerte sich daran, wie kraftvoll seine Stöße gewesen waren und wie perfekt sie zueinander *gepasst* hatten.

Er liebkoste nun ihre andere Brust, während ihr gegenseitiges Verlangen sich immer mehr steigerte, denn er konnte ihre Gedanken lesen und die Begierde spüren, die ihren Unterleib fast zum Explodieren brachte.

Alles nur seinetwegen.

Weil er sie immer weiter reizte.

Und weil sie monatelang getrennt gewesen waren.

Oh, wie sehr sie ihn vermisst hatte.

Er glich einer verbotenen Sehnsucht, der sie nicht nachgeben durfte, sich aber nicht dagegen wehren konnte. Denn er verstand sie auf eine Art und Weise, wie es kein anderer je getan hatte. *Du bist mir wahrlich ebenbürtig*, dachte sie. Zumindest im Schlafzimmer. Vielleicht auch außerhalb. Vielleicht sogar im alltäglichen Leben.

Sie krallte sich in die Metallstange und ein stechender Schmerz durchzuckte ihre Arme. Aber sie ignorierte ihn und konzentrierte sich auf seine Zunge auf ihrer Haut.

Dann begann er, sich weiter nach unten vorzuarbeiten, um sich schließlich dem letzten Akt zu widmen.

Genau daran mangelte es so vielen Männern. Sie begriffen nicht, dass es nicht nur um die Klitoris ging, sondern auch um jeden anderen Teil des Körpers. Man konnte einer Frau mit dem Mund und der Zunge so viel Lust bereiten, wenn man sich nur ausreichend Zeit nahm.

Und Balthazar war sich dessen voll und ganz bewusst.

Er verehrte sie mit seinen Lippen, genau wie er es versprochen hatte. Er bescherte ihr so viele sinnliche Freuden, bevor er seine Zunge allmählich zwischen ihre Schenkel hinabgleiten ließ.

Seine Bewegungen waren perfekt und gipfelten in diesem einen Moment … in dem er mit der Zunge endlich über ihre feuchte Spalte strich. Er leckte sie tief und gründlich und drang in sie ein, bevor er an die empfindsame Stelle vordrang, die sie ins Paradies schicken würde.

Ihr Unterleib krampfte sich in Erwartung zusammen und sie spannte die Schenkel an, um den Druck, der sich in ihr aufbaute, unter Kontrolle zu halten.

Und dann umschloss er mit den Lippen ihre Klitoris

und saugte so heftig an ihr, dass sie ihren Fall nicht mehr aufhalten konnte.

Immer tiefer und tiefer.

In einem Wirbel.

Bis zum Verglühen.

Sie wurde von einer Flut überwältigender Gefühle überrollt.

Sie versuchte nicht, zu atmen. Sie versuchte nicht, wieder aufzutauchen. Sie ließ sich von ihm in die Tiefe ziehen, denn sie wusste, dass auf dem Grund die pure Ekstase auf sie wartete.

Er drang mit den Fingern in sie ein und schürte das Feuer in ihr, das nur wenige Männer jemals richtig entfachen konnten, welches sie den Wellen entriss und sie ins Paradies katapultierte.

Sie wurde von einer nie enden wollenden Ekstase durchflutet, die sich von Sekunde zu Sekunde immer weiter steigerte, bis ihr schwarz vor Augen wurde und ihre Kehle vom Schreien rau war. Abgesehen von der überwältigenden Euphorie war ihr Verstand völlig leer.

Aber er war noch nicht fertig.

Er leckte und liebkoste sie weiter, um ihre Ekstase immer weiter in die Länge zu ziehen.

Sie verlor das Gefühl in ihren Händen, weil sie das Kopfteil so fest umklammert hatte.

Ihre Lunge schmerzte, weil sie nur noch keuchte.

Ihre Kehle protestierte bei jedem Schrei.

Aber ihr Körper genoss Balthazars Liebkosungen, seine Berührungen, sein zufriedenes Brummen, als sie an seinem Gesicht zum Höhepunkt kam.

Er hörte nicht auf, und sie gebot ihm keinen Einhalt, auch wenn es schmerzte.

Denn es fühlte sich so verdammt gut an. Monate. Sie hatte *Monate* ohne diese Ekstase gelebt. Es lag nicht daran, dass sie das Bedürfnis verspürt hatte, ihm treu zu sein, sondern daran, dass kein anderer Mann wirklich mit Balthazar und ihrer Begegnung in Brasilien konkurrieren konnte. Sie hatte einfach ihre Zeit nicht verschwenden wollen. Und sie hatte es vorgezogen, ihn mit anderen Partnern zu beobachten. Die Befriedigung, die sie sich danach selbst beschert hatte, war mehr als ausreichend gewesen.

Doch während sie sich von seinen Berührungen verwöhnen ließ, wusste sie, dass sie sich damit nur selbst belog.

Denn nichts war mit Balthazars Streben nach Sinneslust vergleichbar.

Und die Tatsache, dass er jetzt auch in ihren Verstand eingedrungen war, machte die Erfahrung nur noch intensiver.

Er konnte hören, wenn ihr etwas gefiel, wusste genau, was sie wollte, und machte sie mit Dingen bekannt, von denen sie nicht einmal wusste, dass sie sie begehrte.

Die Stunden verstrichen.

Sie erlebte einen Orgasmus nach dem anderen.

Seine Zunge und sein Mund waren überall auf ihrem Körper. Er ließ keinen einzigen Zentimeter von ihr unberührt. Es war die perfekte Mischung aus Verzückung und Ehrfurcht.

Es war ein Beweis dafür, wie überlegen B im Schlafzimmer war.

Zumindest im Vergleich zu anderen Männern.

Aber beim nächsten Mal würde sie es sein, die ihn um den Verstand brachte.

»Ich freue mich schon darauf«, flüsterte er ihr ins Ohr, als er sie an sich zog.

Ihr Körper war völlig erschöpft und sie hatte begonnen, in den Schlaf abzudriften.

Er hielt sie fest und lullte sie in einen Traum.

Oder vielleicht war es auch die Realität.

Bei Balthazar war es schwer zu sagen. Denn er war ihre fleischgewordene Fantasie.

Ein geliebtes Geheimnis.

Ein Leben, das sie wirklich genießen konnte.

Eine Zukunft … die niemals die ihre sein würde.

KAPITEL 14

ISSAC

»SIE WIRD BALD LERNEN, WIE SIE IHM DAS SCHWERT entreißen kann«, sagte Sethios, als er sich am Strand neben Issac materialisierte. »Und ich kann es kaum erwarten zu sehen, was sie ihm damit antun wird.«

»Hm«, brummte Issac zustimmend und freute sich ebenfalls auf das Schauspiel.

Gabriel hatte Aya die ganze Nacht lang gequält. Zuerst hatte er sie mit seiner Lehrmethode erschöpft, als er ihr das Zeichnen der Runen beigebracht hatte, die er von Caro übernommen hatte, da er versierter in dem Erschaffen von Schutzsymbolen war. Jetzt trieb er Aya mit seinen Sparringmethoden im Himmel in den Wahnsinn.

Sein System zeigte zwar Wirkung, aber es machte Aya auch so wütend, dass sie sich nur noch auf eine Aufgabe zu konzentrieren schien: Sie wollte ihren älteren Bruder verstümmeln.

Sethios und Caro hatten einem Teil des Unterrichts beigewohnt – wenn man es wirklich so nennen konnte –, um mehr über die Schutzzauber und andere Möglichkeiten der Verteidigung mit ätherischer Energie zu erfahren. Issac war die ganze Zeit über unten am Strand geblieben, hatte die Lektion mit Ayas Augen verfolgt und dabei ihre Gedanken gehört.

Ich werde ihn verdammt noch mal umbringen, wiederholte sie momentan gebetsmühlenartig.

Während der letzten Stunde hatte Gabriel Aya dabei geholfen, ihre Treffsicherheit zu verbessern.

Zumindest war das Issacs Interpretation der Geschehnisse. Gabriel hatte sie mithilfe seines Schwertes immer wieder mit ätherischer Energie beworfen, die sie nun mit ihren Händen auffing und zurückschleuderte.

Ihr Bruder reagierte, indem er sein Tempo erhöhte und die Kraft seiner Würfe steigerte, um Aya sowohl körperlich als auch geistig an ihre Grenzen zu bringen.

Sie war eindeutig erschöpft.

Gabriel schien im Gegensatz dazu einen leichten Dauerlauf am Nachmittag zu absolvieren.

Sethios und Issac beobachteten weiterhin die beiden am Himmel, während die Sonne über Hydria aufging. Sie standen schweigend nebeneinander, während außer dem Rauschen der Wellen kein Geräusch zu hören war. Abgesehen von Ayas Flüchen, die Issac in ihren Gedanken vernahm.

Sie war durchaus kreativ in ihrer Ausdrucksweise.

Und schillernd.

Er wollte ihr gerade vorschlagen, eine Pause einzulegen, als ein Bild von Tristan in seinem Kopf aufblitzte. Mit den Lippen formte er das Wort *Sire*.

Issacs Fähigkeit, die Sicht anderer zu manipulieren, ermöglichte es ihm im Grunde, Tausende von Bildern gleichzeitig im Geiste zu sehen. Er hatte schon vor langer Zeit gelernt, diese Visionen zu kontrollieren, doch diejenigen, die ihm besonders nahestanden, waren nie weit von seinen Gedanken entfernt.

Dazu zählten seine beiden Nachkommen.

Auch Luc und Amelia.

Und natürlich Aya.

Durch Issacs Gabe hatten sie die Möglichkeit, problemlos seine Aufmerksamkeit auf sich zu ziehen, wobei sie für gewöhnlich so vorgingen, wie Tristan es gerade getan hatte.

Issac reagierte, indem er Tristans Sicht manipulierte und ihm ein Bild von sich selbst zeigte, wie er fragend eine Augenbraue in die Höhe zog. Damit wollte Issac sagen: *Ja?*

Tristan stellte sich im Geiste vor, wie Issac zu der nahe gelegenen Baumreihe ging, wo Tristan und Mateo auf ihn warteten.

Hm, dachte Issac und übermittelte die Nachricht an Aya. *Offenbar bitten meine Nachkommen mich um ein vertrauliches Gespräch.*

Zumindest nahm er an, dass Tristan ihn deshalb auf mentale Weise kontaktiert hatte, statt ihm einfach zuzurufen. Vielleicht wollte er nicht, dass Sethios hörte, was sie zu sagen hatten.

Merkwürdig.

Aber um Tristans willen würde Issac mitspielen, denn er war immerhin sein bester Freund. Außerdem war es das Mindeste, was er tun konnte, nachdem er Tristans Loyalität vorübergehend infrage gestellt hatte.

Versuche, Gabriel am Leben zu lassen, während ich weg bin, Liebes. Ich würde die Show nur ungern verpassen.

Das kann ich nicht versprechen, zischte sie.

»Ich werde Aya etwas zu essen machen«, sagte er zu Sethios. »Sie wird Hunger haben, wenn sie fertig ist.«

Tristan hatte die Fähigkeit, Klang zu manipulieren, was ihm sicher ermöglicht hatte, Issacs Worte zu hören. Für den Fall, dass er die Nachricht dennoch nicht erhalten hatte, schickte Issac ihm eine Vision von

Balthazars Haus, welches nicht allzu weit vom Strand entfernt lag.

Dann sah er das Bild von einem nickenden Tristan vor seinem geistigen Auge.

»Solange du dich weiter um meine Tochter kümmerst, lasse ich dich am Leben«, sagte Sethios gedehnt.

Issac verzog die Lippen zu einem Lächeln. »Ich denke, wir wissen beide, dass Aya mich selbst umbringen würde, falls ich sie jemals verletzen sollte.«

»Und ich würde dich wiederauferstehen lassen, nur um dich noch einmal zu töten.«

»Verstanden«, murmelte Issac, der sich nicht im Geringsten einschüchtern ließ.

Sethios war sadistisch und für seine tödlichen Vorlieben bekannt. Viele fürchteten ihn, aber Issac respektierte lediglich die Macht, über die er verfügte.

Außerdem war er dankbar, dass der uralte Unsterbliche sich derart um Aya sorgte. Es trug nur zu ihrer Sicherheit bei, und diese nahm Issac sehr ernst.

Aus diesem Grund hatte er auch kein Problem damit, sie jetzt zu verlassen, um mit seinen Nachkommen zu sprechen. Sethios würde nicht zulassen, dass ihr jemand etwas antat.

Natürlich konnte sie auch auf sich selbst aufpassen. Aber das hielt ihn nicht davon ab, sich Sorgen zu machen. Zumal dies der Strand war, an dem sie erst vor wenigen Wochen gestorben war.

Und so etwas wollte er nie wieder erleben.

Niemals.

Pfannkuchen, Liebling?, fragte er, als er sich auf den Weg zum Haus machte. *Da wir immer noch in Balthazars Haus wohnen, scheint es …*

Er wurde von ihrem Schrei unterbrochen und wirbelte herum, um zu sehen, wie sie in einer Spirale vom Himmel fiel. Sein Herz setzte mehrere Schläge aus. »Aya!«, rief er und rannte auf sie zu. Doch sie verschwand im nächsten Atemzug und kam neben ihm wieder zum Vorschein.

Ihr rechter Flügel stand in Flammen.

»Verdammt!« Issac streckte die Hand nach ihr aus, doch Caro materialisierte sich hinter Aya und hob die Hände, um die brennenden Federn zu löschen.

»Das war ein wenig übertrieben, Gabriel«, sagte Caro mit ausdrucksloser Stimme.

Ihr Sohn schwebte von oben herab. Er ließ die Arme locker seitlich an seinem Körper hängen und betrachtete sie alle mit gelangweilter Miene. Er entschuldigte sich nicht, während jedoch ein enttäuschtes Funkeln in seinen hellgrünen Augen aufblitzte. In seinen sonst so stoischen Gesichtszügen war das eine kaum merkliche Abwechslung.

Gabriel hatte sich irgendwie verändert.

Und das hatte etwas mit Clara zu tun.

Aber keiner der beiden verlor ein Wort darüber.

Und im Moment interessierte sich Issac auch nicht dafür, denn er konzentrierte sich ganz und gar auf Aya.

Geht es dir gut, Liebes? Er fragte sie in Gedanken, da er wusste, dass sie eine Schwäche nicht laut aussprechen wollte.

Ich werde ihn umbringen, sagte sie zum tausendsten Mal. *Ich werde ihm die Federn vom Rücken abfackeln und ihm mit seinem verdammten Schwert das Herz durchbohren.*

Issacs Lippen verzogen sich zu einem Lächeln, denn sie hatte ihm bewiesen, dass er sich keine Sorgen um sie machen musste. *Du hast eine lebhafte Fantasie.* Er konnte sie deutlich in ihren Gedanken sehen. Er legte eine Hand an ihr Gesicht und strich ihr mit dem Daumen über den Wangenknochen.

»Pfannkuchen?«, fragte er sie noch einmal und lenkte das Gespräch wieder auf das Essen.

Bald würde der Morgen dämmern, daher wäre ein amerikanisches Frühstück genau richtig. Und wie er bereits angemerkt hatte, wohnten sie immer noch in Balthazars Haus, was bedeutete, dass sie Zugang zu einer Vielzahl von ausgefallenen Geräten und hochwertigen Zutaten hatten.

Aya streckte ihren Flügel aus, der dank der heilenden Energie ihrer Mutter bereits wieder funktionstüchtig war. »Ja«, antwortete sie und blickte ihn aus ihren schönen Augen an. *Aber ich nehme an, Tristan will zuerst mit dir allein sprechen, also geh zu ihm, während ich meinem Bruder eine Lektion erteile.*

Indem du ihn tötest?, vermutete Issac.

Ja.

»Es wäre keine schlechte Idee, wenn du eine Pause machst«, sagte Caro, die die mentale Unterhaltung zwischen Issac und Aya nicht hörte. »Wir könnten uns ausruhen und in ein paar Stunden weitermachen.«

Gabriel stieß ein Schnauben aus, wobei der Laut für ihn untypisch war. »Ja. Ich bin mir sicher, dass Leek und Kital Stas bereitwillig die Möglichkeit geben werden, sich während eines Kampfes auszuruhen«, sagte er mit fester Stimme.

Aya blickte zu ihm auf, teleportierte sich dann in den Himmel und schleuderte ihm einen weiteren Ball aus ätherischer Energie an den Kopf.

Caro seufzte und schüttelte den Kopf. »Sie ist so dickköpfig. Genau wie ihr Vater.«

»Und ihre Mutter«, murmelte Sethios und grinste. »Aber sie ist auch zäh und entschlossen.« Er blickte auf und sah, wie sie durch den Himmel auf Gabriel zuschoss.

Er duckte sich und wich ihr mit Leichtigkeit aus, während er sein Schwert wieder materialisierte, um damit weitere Energie in Ayas Richtung zu schleudern. Ihr

Bruder war eindeutig nicht zimperlich und hatte kein Problem damit, sie zu verletzen, was Issac Sorgen bereitete.

Aber er musste zugeben, dass es notwendig war.

So sehr ihm Gabriels Trainingsmethoden missfielen, so musste er doch ihren Nutzen anerkennen. Es gab nur wenige, sich selbst eingeschlossen, die bereit wären, Ayas Grenzen auf diese Weise zu testen. Der seraphische Krieger würde sie nicht schonen, was bedeutete, dass sie diese Art von Training brauchte, um zu überleben.

Außerdem war es besser, als Osiris die Führung übernehmen zu lassen.

»Das haben wir gut gemacht, Engel«, sagte Sethios mit sanfter Stimme und legte eine Hand an Caros Nacken. »Sie ist perfekt.«

Das ist sie wirklich, dachte Issac und setzte sich in Bewegung, um ihnen ihre Privatsphäre zu lassen.

Er war kaum drei Schritte gegangen, als Sethios rief: »Pfannkuchen klingen gut, Wakefield. Wir sind dabei.«

»Sethios«, schimpfte Caro.

»Was denn?«

»Die Pfannkuchen sind für Stas, nicht für uns.«

»Ich bin sicher, er hatte vor, uns auch welche zu machen, Engel.« Sethios blickte Issac aus seinen grünen Augen an. »Stimmt's, *Schwiegersohn*?«

Issac zuckte bei dem Begriff zusammen, denn er machte sich nichts daraus. Seine Beziehung zu Aya übertraf eine gewöhnliche Ehe bei Weitem. Außerdem fühlte es sich ... *falsch* an, Sethios als Schwiegervater zu betrachten.

Aber er könnte dem berüchtigten Sadisten zumindest Frühstück machen.

»Pfannkuchen für vier«, antwortete Issac. »Klingt gut.«

»Nicht wahr?« Sethios lächelte und wandte sich wieder

Caro zu. »Siehst du, Engel? Ich kann ein guter Schwiegervater sein.«

Sie seufzte nur und schüttelte wieder den Kopf.

»Wäre es dir lieber, ich würde wieder darüber nachdenken, ihn zu töten?«, warf Sethios ein. »Denn damit hätte ich auch kein Problem.«

»Lügnerin«, entgegnete sie. »Du magst ihn.«

Sethios grunzte. »Ich habe eingeräumt, dass er nützlich ist.«

»Und du *magst* ihn.«

Issac grinste, setzte sich wieder in Bewegung und überließ die beiden sich selbst. *Deine Eltern reden über mich, als wäre ich keine drei Meter von ihnen entfernt,* sagte er zu Aya. *Obendrein haben sie sich selbst zum Frühstück eingeladen.*

Hauptsache Stark ist nicht eingeladen, brachte Aya zwischen zusammengebissenen Zähnen hervor, wobei ihrer mentalen Stimme immer noch ihre Erschöpfung anzumerken war.

Er blickte hinauf zu den Sternen und sah einen opalfarbenen Schimmer am noch dunklen Himmel aufblitzen. Es folgte ein roter Blitz, der ihm verriet, dass ihr Bruder hinter ihr her war. *Ich werde Gabriel nicht einladen. Aber ich habe keine Kontrolle über deinen Vater.*

Genauso wenig, wie er Issac kontrollieren konnte.

Es war für ihn selbstverständlich, dass er den Älteren Respekt entgegenbrachte, doch Issac ließ sich nicht vorschreiben, was er zu tun und wie er mit Aya umzugehen hatte. Glücklicherweise schien Sethios ihnen nicht diktieren zu wollen, wie sie ihre Beziehung zu führen hatten. In Anbetracht der Umstände war er sogar recht verständnisvoll.

Ruf mich, falls du mich brauchst, Aya.

Immer, hauchte sie.

Immer, wiederholte er. Es war ihr Gelübde.

Doch nicht im Sinne eines Eheversprechens.

Denn das schien im Vergleich zu ihrer wahrhaftigen Bindung unzureichend zu sein.

Er ließ Aya mit ihrer Familie zurück und ging den Pfad vom Strand hinauf, der zu den Kopfsteinpflasterstraßen führte, von wo aus er den Hügel zu Balthazars Haus erklomm. Jayson war sein nächster Nachbar, wobei beide ihrer Häuser eine überschaubare Größe hatten. Sie verfügten über zwei bis drei Schlafzimmer, einen Wohnbereich, eine schöne Küche und private Schwimmbecken auf der Rückseite.

Sie waren nicht so groß wie die Anwesen, die Issac für gewöhnlich bewohnte, aber sie passten perfekt zu den Häusern auf Hydria.

Seine Schwester und Tom hatten vor, eines in der Nähe zu bauen, und wohnten derzeit in dem Haus, das für die hydraianischen Sprösslinge vorgesehen war. Es gab zwei oder drei Häuser, die zu diesem Zweck gebaut worden waren. In der Regel hielten sich darin diejenigen auf, die sich noch nicht in Hydraianer verwandelt hatten.

Sprösslinge waren selten. Issac war schockiert gewesen, als er Aya zum ersten Mal begegnet war, obwohl sie aufgrund ihrer Verbindung zu den Seraphim kein echter Sprössling gewesen war.

Eliza, Hydrias jüngster Neuzugang, gehörte jedoch in diese Kategorie. Obwohl ihre Kräfte seiner Meinung nach noch nicht bekannt waren.

Aber sie war jetzt zweifellos mittlerweile eine Hydraianerin, da sie zusammen mit Aidan und ein paar anderen am Strand getötet worden war. Allerdings war sie im Gegensatz zu den anderen ein paar Stunden später unsterblich und sehr lebendig wieder aufgewacht.

Sie war seit mehr als hundert Jahren der erste

Sprössling in Hydria, denn die Ichorianer hatten ihre eigenen Kinder abgeschlachtet.

Nizari-Attentäter.

Und der Anführer von ihnen hielt sich vorübergehend in Hydria in einem größtenteils unbewohnten Teil der Insel auf.

Issac bezweifelte, dass die Hydraianer von seiner Anwesenheit sonderlich begeistert waren, denn Ezekiel hatte den Großteil des letzten Jahrtausends damit verbracht, Sprösslinge zu jagen und zu töten.

Luc hatte ihm und Skye jedoch vorerst sicheres Geleit gewährt und erklärt, dass ihre Visionen für ihr aller Überleben unabdingbar seien. Einige der Hydraianer stellten diese Entscheidung jedoch infrage, was dem König der Hydraianer im Moment zu denken gab.

Glücklicherweise stimmte auch Jay der Entscheidung zu, was dazu beitrug, die Gemüter auf der Insel etwas zu besänftigen.

Dennoch spürten alle, dass sich die Stimmung geändert hatte.

Etwas Großes stand ihnen bevor, und alle wussten es.

Leider hatte Issac eigene Probleme, die in Form von zwei Nachkommen auf ihn warteten, von denen einer sie alle wahrscheinlich an Osiris verraten hatte.

Er fand Tristan und Mateo in Balthazars Wohnzimmer vor, nachdem sie sich Zutritt verschafft hatten.

Issac schloss die Tür hinter sich und ging in Richtung Küche. »Worum auch immer es sich handelt, wir können darüber reden, während ich koche.«

Denn Aya brauchte etwas zu essen, und offenbar würden seine »Schwiegereltern« ihnen Gesellschaft leisten.

Sie hatten sich in Jaysons Gästezimmer einquartiert, jedoch, ebenso wie Aya und Issac, nicht viel geschlafen. Sie alle waren zu sehr damit beschäftigt, sich auf eine mögliche Invasion vorzubereiten.

Tristan und Mateo setzten sich auf die Barhocker an der Kücheninsel, während Issac begann, Zutaten aus Balthazars Schränken und dem Kühlschrank zu holen. Es war eine gute Ablenkung. Andernfalls könnte Issac versucht sein, von Mateo eine Erklärung für seine Taten zu verlangen, und er hatte noch nicht genügend Beweise, um seinen Nachkommen wirklich zu beschuldigen.

Die beiden beobachteten schweigend, wie Issac alle Zutaten auf der Anrichte neben Balthazars Gasherd mit sechs Flammen anordnete. In der Mitte stand eine Pfanne, die wahrscheinlich nur für die Zubereitung von Pfannkuchen gedacht war.

Er und Luc stritten sich immer um das bessere Frühstück und lieferten sich alberne Wettkämpfe, um den anderen von ihrer Meinung zu überzeugen.

Doch in diesem Fall stimmte Issac tatsächlich mit Balthazar überein – Pfannkuchen waren bedeutend besser als Waffeln.

»Du bist derjenige, der reden wollte«, sagte Tristan leise, woraufhin Issac die Stirn runzelte. »Also schlage ich vor, du fängst an zu reden, Kumpel.«

Wie bitte? Issac drehte sich verwirrt um. »Ich wollte nicht …«

Mateo unterbrach Issac, indem er sich räusperte. »Osiris kam etwa ein Jahr, nachdem du mein Sire geworden warst, zum ersten Mal auf mich zu.«

Issac zog die Augenbrauen bis zum Haaransatz hoch. Er hatte nicht mit einem Geständnis gerechnet. Er sah Tristan an und bemerkte seinen resignierten Gesichtsausdruck.

»Er weiß, dass wir ihm auf der Spur sind«, sagte Tristan und nannte damit das Offensichtliche beim

Namen. »Aber er hat darum gebeten, alles erklären zu dürfen.«

Alles erklären? Das soll wohl ein verdammter Witz sein, dachte Issac, der plötzlich keinen Appetit mehr auf Pfannkuchen hatte.

»Und warum zum Teufel sollte ich dir diese Möglichkeit einräumen?«, wollte Issac wissen, als er sich wieder an Mateo wandte. »Du hast uns verraten. Du hast *mich* verraten. Scheiße, Aidan ist deinetwegen tot. Und du hast die Frechheit, es so beiläufig zuzugeben? Als hätte ich nicht das Bedürfnis, dir den Kopf abzureißen?«

Issacs Zorn wuchs von Sekunde zu Sekunde, und die ganze Wut, die er in sich aufgestaut hatte, entlud sich in einem Atemzug.

Denn jetzt bestand keine Möglichkeit mehr, dass Mateo unschuldig war.

Er hatte gerade seine Schuld zugegeben.

Und war dabei auch noch so verdammt lässig.

Der Mann hatte die Frechheit, so zu tun, als wäre er es wert, dass man ihm die Gelegenheit gab, sich zu rechtfertigen!

Issac?, flüsterte Aya.

Mateo ist gerade dabei zu gestehen, erwiderte er und war nicht in der Lage, die Wut in seiner Stimme zu unterdrücken. *Er ist gekommen, um sich zu rechtfertigen.* Doch dazu würde es nicht kommen. »Warum sollte ich mich für deine Erklärung interessieren?«

Mateo wich zurück. Und das zu Recht. Er hatte Jonathan wichtige Informationen gegeben, die es ihm ermöglicht hatten, die Insel anzugreifen. »Aya ist *deinetwegen* gestorben.« Es grenzte an ein verdammtes Wunder, dass sie wiederauferstanden war. »Ich will nicht …«

»Wegen Jonathan«, warf Mateo ein. »Das Update, das

ich geschickt habe, war für Osiris bestimmt, aber Jonathan hat es benutzt, um sich zu rächen. Das hätte ich nie vorhersehen können.«

»Du hättest ihn gar nicht erst informieren dürfen«, konterte Issac wütend. »Ich habe dir *vertraut*, meinem eigenen Nachkommen, und du ...«

»Ich habe es zu eurem Schutz getan!«, schrie er.

Tristan spannte den Kiefer an, doch seine Miene verriet nichts.

»Osiris hat immer von deiner Verbindung zu Luc gewusst. Er wusste auch davon, dass du und Aidan euch heimlich mit den Hydraianern getroffen habt und ihr die gleichen Beziehungen wie immer unterhalten habt. Er war besorgt, dass dank des technologischen Fortschritts jemand auf euch aufmerksam werden könnte. Er befahl mir, dafür zu sorgen, dass es dazu nicht kommen würde.«

Issac starrte ihn mit offenem Mund an.

»Jetzt verstehst du vielleicht, warum ich ihm erlaubt habe, sich dir gegenüber zu rechtfertigen«, murmelte Tristan.

»Die Mitteilung über die Hochzeit war dazu gedacht, Osiris auf den neusten Stand in Bezug auf Elizabeth zu bringen«, fuhr Mateo fort und ignorierte Tristans Bemerkung. »Osiris und Jonathan waren ein Bündnis eingegangen, das hauptsächlich in der Forschung begründet war. Elizabeth war die erste erfolgreiche Schöpfung, die im Labor geschaffen worden war, und Osiris wollte stets über sie informiert sein. Er hat mich jedoch angewiesen, ihm diese Informationen über Jonathan zukommen zu lassen, da sie auch für ihn von Bedeutung waren. Ich hatte keine Ahnung, dass er ... er so etwas ...« Er verstummte und musste schlucken.

Issac ballte die Hände zu Fäusten, als sich das

Massaker am Strand vor seinem geistigen Auge noch einmal abspielte.

Er sah es nicht aus Mateos Sicht, sondern aus seiner eigenen.

Ayas toter Körper.

Aidans letzter Atemzug.

Die Schreie.

Issacs Trauer.

Die Qualen, die er nach dem Verlust von Aya durchlitten hatte ...

Ihm traten Tränen in die Augen, denn die Erinnerung war noch viel zu frisch und real.

»Osiris hat mich seinem Willen unterworfen und mich gezwungen, es dir nicht zu verraten«, fuhr Mateo im Flüsterton fort. »Aber ich habe ihm aus eigenem Antrieb geholfen. Ich wollte ... ich wollte euch alle beschützen. *Uns* alle. So habe ich es mir selbst gegenüber gerechtfertigt. Und jahrzehntelang habe ich ihm nur Informationen geliefert. Bis Jonathan ...«

»Du hast dafür gesorgt, dass wir Clara verdächtigen«, flüsterte Issac.

»Das war Osiris«, erklärte Mateo. »Aber ja, ich habe ihm dabei geholfen. Er hat mir gesagt, er wolle Stas auf diese Weise testen und sie würde etwas über ihre Fähigkeiten lernen«, sagte er und schluckte erneut. Sein Gesicht war kreidebleich. »Er hat mich gestern Abend aus seinem Bann befreit. Sonst hätte ich es dir schon früher gesagt.«

Issacs Unterarme begannen zu schmerzen, weil er die Hände so fest zu Fäusten geballt hatte. Er war hin- und hergerissen zwischen dem Wunsch, seinem Nachkommen ins Gesicht zu schlagen, und dem Verlangen, ihn zu erdrosseln.

Aber der logische Teil von ihm wollte noch mehr hören.

Er brauchte Antworten, die ihm helfen würden, Mateos Entscheidungen zu verstehen.

Der Mann war immer noch sein Nachkomme und damit ein Mitglied seiner Familie.

Allerdings machte Verrat alles zunichte, sogar ein Blutsband.

Trotzdem wollte er verstehen, wie viel Osiris wusste und warum Osiris ihn jetzt aus dem Bann erlöst hatte.

»Erzähl alles von Anfang an«, sagte er. »Und lass kein einziges Detail aus.«

KAPITEL 15

LEELA

MM, GLÜCKSELIGKEIT. WUNDERBARE GLÜCKSELIGKEIT.

Leela ließ die Finger durch das heiße Wasser gleiten, das Balthazar für sie eingelassen hatte, während sie den minzigen Duft des entspannenden Badesalzes einatmete.

Sie lag schon seit mindestens einer Stunde in der Wanne, während er unten mit dem Abendessen beschäftigt war.

Sie hätte nichts dagegen, sich immer wieder auf diese Weise verwöhnen zu lassen.

Zu schade, dass die Bedrohung durch die Seraphim, die sie verfolgten, ihnen im Nacken saß. Aber Balthazar hatte ihren Geist mit seiner Fürsorge so weit beruhigt, dass sie den Augenblick genießen konnte. Irgendwann würde sie sich bei ihm dafür revanchieren müssen.

Vielleicht würde sie ja doch vor ihm kriechen.

Er hatte es verdient.

Und sie hatte wirklich ein schlechtes Gewissen, weil sie seine Erinnerungen hatte löschen lassen.

Natürlich hatte sie nichts dagegen, dass sie diese Erinnerungen jetzt neu inszenieren mussten.

Sie verzog die Lippen zu einem Lächeln, als sie an all die Dinge dachte, die sie während dieser Verfolgungsjagd rund um den Globus erleben konnten. Sie sah sie im Geiste vor sich, wobei einige davon auf den Geschehnissen in Brasilien beruhten und andere ihren eigenen Fantasien entsprangen.

Sie fühlten sich alle so real an.

So verlockend und frisch.

Es fiel ihr fast schwer, die Realität von der Fiktion zu unterscheiden, denn sie hatte sich in ihrer Vorstellung mehrere sehr intime Situationen ausgemalt, die durchaus realistisch erschienen.

Vielleicht hatte sie diese Dinge in einem anderen Leben mit ihm erlebt.

Wer konnte das schon wissen?

Sie tauchte unter und stieß zufrieden den Atem aus. Sie fühlte sich lebendig. Dann teleportierte sie sich auf den Teppich neben der Wanne und schnappte sich ein Handtuch. Ihre Haut war schon schrumpelig, was darauf hindeutete, dass sie viel zu lange in der Wanne gelegen hatte.

Und als ihr die Düfte in die Nase stiegen, die von unten heraufzogen, stellte sie fest, dass ihr Magen knurrte. Sie hatte vor einem Tag das letzte Mal etwas gegessen, vielleicht war es auch schon länger her. Sie waren durch mehrere Zeitzonen gereist, da war es schwer zu sagen.

Sie trocknete sich ab und warf einen Blick auf die Kleidung, die Balthazar für sie bereitgelegt hatte – ein frisches Hemd und eine seiner Boxershorts. Er hatte für sie auch eine Bürste und ein paar andere Hygieneartikel gefunden. Sie benutzte sie, putzte sich die Zähne, zog sich an und teleportierte sich ins Wohnzimmer hinunter, statt die Treppe hinunterzugehen.

»… hat es Issac gestanden«, sagte eine tiefe Stimme in der Küche.

Luc, erkannte Leela.

»Er hat Osiris jahrzehntelang geholfen«, fuhr er fort. »Er sagte, er habe dafür gesorgt, dass die falschen Leute dank der neuen Technologien nicht auf unsere Verbindungen aufmerksam werden, und dass Osiris ihn dazu angestiftet hat.«

Leela bog um die Ecke und betrat die Küche. Balthazar stand mit nacktem Oberkörper am Herd. Er blickte sie an und wandte sich dann wieder dem Lautsprecher an der Wand zu.

»Worauf hat er ihn noch angesetzt?«, fragte Balthazar, wobei weder sein Tonfall noch sein Gesichtsausdruck seine Emotionen verriet.

»Im Grunde nicht viel mehr. Laut Mateo hat Osiris gelegentlich um ein Update gebeten, was aber nur selten vorkam. Und Mateo hat ihm nie Informationen zugespielt, wenn er nicht direkt dazu angehalten wurde. Er sagt, er habe ihm nie von Stas erzählt oder von Issacs Beziehung zu ihr.«

»Also hat er stattdessen Details an John weitergegeben«, murmelte Balthazar.

»Nicht ganz«, antwortete Luc. »Mateo sagte, dass John im Namen von Osiris um Neuigkeiten in Bezug auf Lizzie gebeten habe. Ihre geschäftliche Beziehung war für Mateo kein Geheimnis; er wusste, dass Osiris seine Laborexperimente bei John in Auftrag gegeben hatte. Also dachte er sich nichts dabei und brachte ihn auf den neuesten Stand, indem er ihn darüber informiert hatte, dass sie kurz davor stand, Jay zu heiraten.«

Balthazar verstummte und runzelte die Stirn. »Und das glaubst du ihm?«

»Er konnte den Beweis durch die Originalaufnahme

erbringen, die er John hinterlassen hat«, sagte Luc. »Natürlich könnte sie manipuliert worden sein, so wie er es mit den Beweisen getan hat, die Clara belastet haben. Er sagt übrigens, dass dies Osiris' Idee war und ein Weg, Stas zu testen. Sethios hat bereits bestätigt, dass das durchaus wie eine Lektion klingt, die sein Vater sich ausgedacht haben könnte.«

»Und die Explosion der CRF?«

»Dafür war John verantwortlich. Mateo hat ihn zwar nicht gewarnt, aber er sagt, dass John mit einem Vergeltungsschlag gerechnet haben muss. Vielleicht hat er aber auch eine Ausfallsicherung eingebaut, um Mateos Hacks zu umgehen. Er ist sich nicht sicher, aber er schwört, dass er ihm diese Information nicht gegeben hat.«

Balthazar dachte einen Moment lang darüber nach. »Ich denke, das ist eine plausible Erklärung. Vor allem, falls die Akten, die Mateo ursprünglich besorgt hat, alle gefälscht waren. Wir können es nicht mit Sicherheit wissen.«

»Er sagte, Osiris wird all seine Aussagen bestätigen. Er wollte Jonathans Tod für das, was er getan hatte. Er hat den Angriff auf Hydria nicht gutgeheißen. Nach allem, was Mateo erzählt hat, klingt es fast so, als hätte er uns John töten lassen.«

»Hast du versucht, das mit Osiris zu klären?« In Balthazars Tonfall schwang ein gewisses Unbehagen mit, wahrscheinlich weil der Gedanke, Osiris um eine Bestätigung zu bitten, äußerst befremdlich anmutete. Immerhin war er seit … Jahrtausenden Staatsfeind Nr. 1. Und zwar nicht nur in den Augen der Seraphim, sondern auch für die Hydraianer.

»Noch nicht.« Luc räusperte sich und das Geräusch hallte in der Küche wider. »Leider hat es den Anschein, dass er der Einzige ist, der irgendetwas davon bestätigen kann. Das schließt auch Mateos eidesstattliche Erklärung mit ein, dass er nichts von Johns Plänen, uns am Strand anzugreifen, gewusst hatte.«

»Die Frage ist wohl, warum gerade jetzt? Was hat Osiris davon, uns jetzt die Wahrheit zu sagen?«, fragte Balthazar sich laut.

Eine sehr gute Frage, eine, auf die auch Leela eine Antwort wollte. *Warum offenbart er uns das jetzt?*

»Mateo wusste bereits, dass wir ihn verdächtigen«, antwortete Luc, jedoch nicht auf Leelas Gedanken, sondern auf Balthazars Frage. »Er hat es offenbar die ganze Zeit über gewusst. Also hat Osiris ihn von der Leine gelassen. Angeblich hatte er Mateo seinem Willen unterworfen und ihn gezwungen, nichts zu sagen. Und gestern Abend hat Osiris den Bann gelüftet.«

»Ich verstehe.« Balthazar warf einen Blick auf Leela. Vielleicht wollte er hören, was sie zu Osiris' Verhalten zu sagen hatte.

Es klingt ganz nach Osiris, räumte sie ein. Es sah ihm ähnlich, dass er Mateo zwingen würde, das Geheimnis zu bewahren. Und er hatte ihn nicht ohne guten Grund von dem Bann befreit.

»Lacy spricht gerade mit Mateo«, fügte Luc hinzu. Der Name kam Leela nicht bekannt vor. »Wir werden sehen, ob sie feststellen kann, ob er gelogen hat. Allerdings ist sie bei Weitem kein so mächtiger Lügendetektor wie John es war.«

»Ihre Fähigkeit fußt eher auf Gefühlen als auf tatsächlichen Aussagen«, murmelte Balthazar. »Sie ist vielleicht in der Lage, etwas aufzuschnappen, aber ich glaube nicht, dass es von Bedeutung ist. Du vermutest bereits, dass Mateo die Wahrheit sagt.«

»Ich wüsste nicht, wie es ihm nutzen würde, uns jetzt

anzulügen«, erwiderte Luc. »Deshalb bin ich geneigt, ihm zu glauben.«

»Und möglicherweise willst du Osiris bitten, seine Aussagen zu bestätigen«, drängte Balthazar, wobei seine Miene sich verfinsterte.

»Ich ziehe es ernsthaft in Erwägung.«

»Geh nicht allein.« In Balthazars Stimme schwang ein strenger Unterton mit, den er in letzter Zeit häufiger an den Tag legte.

Luc antwortete nicht.

»Luc …«, sagte Balthazar zaghaft. »Du …«

»Da ist noch mehr«, warf Luc ein und ignorierte Balthazars Bemerkung. »Mateo hat bestätigt, dass Vera mit Osiris zusammenarbeitet, wobei er uns auch versichert hat, dass sie ihm noch nicht lange hilft. Sie hat erst damit begonnen, nachdem wir Sethios befreit hatten.«

Leela riss die Augen auf. Balthazar hatte diese Möglichkeit schon einmal erwähnt, doch sie hatte ihr gar keine Beachtung geschenkt. Für alles, was Vera tat, gab es einen bestimmten Grund. Doch jetzt die Bestätigung zu hören …

»Hat er gesagt, warum Vera mit Osiris zusammenarbeitet?«, meldete sie sich zu Wort.

Wenn Balthazar nicht gewollt hätte, dass sie diese Unterhaltung mithört, hätte er sie nicht auf Lautsprecher gestellt. Oder er hätte Luc gebeten zu schweigen, als Leela sich ins Erdgeschoss teleportiert hatte. Er wollte eindeutig, dass sie alles hörte.

Luc antwortete nicht. Vielleicht war er verblüfft, plötzlich ihre Stimme zu hören.

»Es ist in Ordnung, Luc. Ich vertraue ihr«, sagte Balthazar.

Luc stieß einen knurrenden Laut aus. »Vera und Mateo haben wir auch vertraut.«

»Leela arbeitet nicht für Osiris. Ich kann ihre Gedanken hören, Luc. Sie ist auf unserer Seite. Außerdem hat sie Stas die Treue geschworen«, fügte Balthazar hinzu. »Sie wird uns nicht verraten.«

»Sie hat ihr die Treue geschworen?«, wiederholte Luc fasziniert.

»Frag Caro«, schlug Balthazar vor, der eindeutig ihren Gedanken entnommen hatte, wie Stas' Mutter damit in Verbindung stand. Caro war bei dem Treueschwur zwischen Stas und Leela dabei gewesen, was bedeutete, dass sie alles erklären konnte. »Erzähl uns mehr über Vera und wo ihre Loyalitäten liegen. Wir müssen es wissen, bevor wir wieder gezwungen werden, von hier zu verschwinden.«

Luc schwieg noch einen Moment, dann sagte er: »Laut Mateo hat es etwas mit einer Erinnerung zu tun, die sie in Osiris' Gedächtnis gesehen hat. Er weiß nichts Genaueres, aber er behauptet, dass sie es uns verraten wird, wenn sie zurückkehrt.«

»Und wo ist sie jetzt?«

»Er weiß es nicht.«

»Praktisch«, murmelte Balthazar, woraufhin Leela die Stirn runzelte.

Sie ist eine Verbündete, schwor sie.

Diesmal sah er sie nicht an, sondern konzentrierte sich auf den Lautsprecher. »Hat er sonst noch irgendetwas gesagt, was nützlich sein könnte?«

»Nein, er hat nur darum gebeten, dass Clara aus der Zelle befreit wird, was bereits geschehen ist. Sie und Gabriel sind in der Nähe von Ezekiel und Skye im ruhigeren Teil der Insel untergebracht.«

Das bedeutete, dass sie in der Nähe der Felsstrände wohnten. Die meisten Hydraianer lebten nicht weit entfernt vom Hafen, aber einige waren über die Hügel verstreut. Wiederum einige zogen es vor, im dichter bewaldeten Teil der Insel zu leben, wo sie von Bäumen umgeben waren. Dann waren da die Strände, die eher aus Felsen als aus Sand bestanden und den *ruhigen* Teil von Hydria ausmachten. Zumindest hatte sie das gelernt, während sie sich um die Insel teleportiert hatte.

Balthazar nickte, obwohl Luc ihn nicht sehen konnte. »Das ist wahrscheinlich besser für Clara. Ich kann mir nicht vorstellen, dass sie im Moment in der Nähe der anderen sein möchte.«

»Nein, das hat sie auch gesagt, als wir sie freigelassen haben.« Luc klang ein wenig erschöpfter als sonst. »Die Bewohner der Insel werden langsam unruhig. Ich muss sie auf das Unvermeidliche vorbereiten.«

Ein Angriff der Seraphim, dachte Leela, woraufhin B erneut nickte. Diesmal sah er sie an, um ihre Vermutung zu bestätigen.

»Ich werde bald zurück sein und euch helfen«, versprach er. »Sobald wir wissen, dass das Baby in Sicherheit ist.«

Das bedeutete, dass die Schutzsymbole funktionstüchtig sein mussten.

Wie lange?, fragte Leela in Gedanken.

Drei Tage, formte er mit seinen Lippen. *Vielleicht auch länger.*

Hydria war nicht sonderlich groß, aber die Runen mussten sehr mächtig sein, um die Insel zu schützen. Drei Tage waren durchaus realistisch.

»Melde dich in ein paar Stunden wieder bei mir«, sagte Luc. »Ich werde deinen Rat brauchen, wie ich mit Mateo verfahren soll. Die anderen wollen Blut sehen.«

Balthazar zog eine Augenbraue nach oben, denn etwas in Lucs Stimme hatte seine Aufmerksamkeit erregt. »Und du? Was willst du?«

Luc schwieg einen Moment. »Ich will, dass der richtige Mann für das Verbrechen bezahlt. Und dieser Mann ist bereits tot.« Seine Stimme war ein kaum hörbares Flüstern.

Dann war die Leitung tot.

Balthazar starrte einen Moment auf den Lautsprecher und schien in Gedanken versunken zu sein. Dann richtete er die Aufmerksamkeit wieder auf den Herd und begann, die Suppe umzurühren, die er zubereitet hatte. »Wir müssen etwas essen«, sagte er zu Leela. »Wir sind schon fast so lange hier wie in Melbourne.«

Leela schluckte und wandte den Blick automatisch nach oben zu den Schutzsymbolen. Ein Teil von ihr wollte sie überprüfen, nur um sicherzugehen. Aber sie wusste, dass sie funktionierten. Sie hatte bereits mehrere Male nachgesehen.

Dennoch wurde sie das Gefühl nicht los, dass sie nicht ausreichten.

»Zuerst musst du etwas essen«, sagte Balthazar, holte eine Schüssel aus dem Schrank und füllte sie mit frischen Ramen-Nudeln. »Danach kannst du sie noch einmal überprüfen.« Er fügte der Suppe weitere Zutaten hinzu, darunter ein hart gekochtes Ei und etwas Gemüse, das er in einer Pfanne angebraten hatte. Es war eine komplexe Mahlzeit, die definitiv reichhaltiger war als nur etwas Brühe und Nudeln.

Er stellte die Schüssel mit einem Löffel vor ihr ab, bevor er quer durch die Küche zu der Anrichte neben dem Kühlschrank ging. Ihre Augen weiteten sich, als er ein Tablett mit frisch zubereitetem Sushi zurückbrachte.

»Wie ...« Sie verstummte, als ihr Magen zu knurren begann und nach Nahrung verlangte. Sie musste etwas essen, und zwar sofort.

»Luc sorgt dafür, dass immer genügend Vorräte im

Haus sind, denn er hält sich häufig hier auf«, erklärte Balthazar. »Da ich nicht weiß, was deine Seraphim tun werden, wenn sie diesen Ort finden, dachte ich, wir könnten genauso gut die frischen Lebensmittel vertilgen, bevor sie zerstört werden.«

Sie nickte. Sie war sich auch nicht sicher, wie sie reagieren würden. Wahrscheinlich würden sie es ignorieren und weiterziehen, aber es hing davon ab, was die Schicksalsgöttinnen bezüglich dieses Hauses vorhergesehen und welche Anweisungen sie vom Hohen Rat von Seraph erhalten hatten.

Er schenkte ihr ein Glas Wasser ein und machte sich dann daran, sich selbst eine Schüssel Suppe zuzubereiten, während sie zu essen begann. Er trug immer noch die graue Jogginghose. Sie hoffte wirklich, dass die Seraphim nicht so bald auftauchen würden, denn sie hatte mit dieser Hose noch etwas vor.

Er wandte sich ihr mit einem wissenden Blick zu und grinste sie mit einem Funkeln in den Augen an. Sie schämte sich jedoch nicht im Geringsten. Wahrscheinlich hatte er vorhin auch alle ihre Fantasien gehört.

»Das habe ich tatsächlich«, sagte er zur Bestätigung, wobei er sich nicht die Mühe machte, sich zu verstellen. »Ich freue mich darauf, sie später wiederaufleben zu lassen.«

Sie verzog die Lippen zu einem Lächeln. »Ich auch.«

Er nahm seine fertige Suppe und setzte sich auf den Stuhl neben sie. Sie aßen in angenehmem Schweigen, wobei er hin und wieder ein Stück Sushi zwischen die Stäbchen klemmte, um Leela damit zu füttern, bevor er sich selbst eines nahm. Sie saßen ungezwungen beieinander, während seine Fähigkeit, jeden ihrer Wünsche in ihren Gedanken lesen zu können, ihr Zusammensein noch geselliger machte.

Vielleicht war es gar nicht so schlecht, dass er in ihrem Kopf herumschwirrte.

Er zwinkerte ihr zu und trank einen Schluck von ihrem Wasser, da er kein eigenes Glas hatte. Sie stand auf, um das Problem zu beheben. Sie spürte, wie er sie musterte, während sie in der Küche umherging.

Als sie an den Tisch zurückkam, fütterte er sie mit einem weiteren Stück Sushi, nahm dann das Glas entgegen und trank dankbar einen Schluck.

Sie aßen schweigend ihre Mahlzeit, dann begann Balthazar aufzuräumen. »Das ist eigentlich meine Aufgabe«, sagte sie.

»Da du dich jetzt gestärkt hast, solltest du noch einmal die Schutzsymbole kontrollieren. Ich werde mich um den Abwasch kümmern.«

»Ich weiß, dass sie funktionieren.«

»Beweise es«, forderte er sie auf. Aber sie wusste, dass es weniger darum ging, ihm einen Beweis zu erbringen, als sich selbst zu vergewissern.

Sie biss sich auf die Unterlippe, dann teleportierte sie sich hinauf in den Himmel, um ihr Werk in Augenschein zu nehmen. Dank der untergehenden Sonne fiel es ihr leicht, das ätherische Glühen auszumachen. Sie schaffte es, jedes einzelne Symbol in wenigen Minuten zu überprüfen, und stellte fest, dass sie alle einwandfrei funktionierten.

Warum ist mir dann so unbehaglich zumute?, fragte sie sich. Sie wurde das Gefühl der Unsicherheit auch nicht los, als sie in die Küche zurückkehrte. Balthazar war inzwischen mit dem Abwasch fertig und hatte die restliche Suppe in einem Behälter neben dem Kühlschrank abgestellt. Sie war wahrscheinlich noch zu heiß, um sie einzuräumen.

»Bist du wegen Vera so unruhig?«, fragte er beiläufig.

»Da wäre die Tatsache, dass sie mit Osiris zusammengearbeitet hat, ohne uns etwas davon zu erzählen. Und dann hast du ihr dein Blut anvertraut, und trotzdem haben uns die Fährtenleser schneller als erwartet gefunden. Vielleicht hat das eine nichts mit dem anderen zu tun, aber unser Verstand reiht Verdachtsmomente aus einem bestimmten Grund aneinander.«

»Ich vertraue ihr«, sagte Leela mit Nachdruck. Aber sie konnte seiner Logik nicht widersprechen. All die Indizien ließen Vera verdächtig erscheinen. Aber … »Sie gehört zur Familie, B. Sie … sie ist wie eine Schwester für mich. Oder zumindest die, die ich immer wollte. Wir sind jedoch durch Melanythos verbunden.«

Leela lief ein Schauer über den Rücken, als sie den verhassten Namen aussprach. Sie wurde auch einfach *Mel* genannt. Sie kam ganz nach ihrer mütterlichen Linie, der auch Vera entstammte. Mit Leela war Vera durch die väterliche Linie verbunden.

»Wir sind im Grunde genommen eine Familie«, fuhr Leela fort und konzentrierte sich wieder auf Vera, um nicht weiter an ihre und Veras schreckliche Halbschwester denken zu müssen. »Sie tut alles aus einem bestimmten Grund. Was auch immer sie in Osiris' Vergangenheit gesehen hat, muss sie davon überzeugt haben, ihm zu helfen. Ich bin sicher, sie wird es uns sobald wie möglich erklären.«

»Aber wo ist sie?«

»Ich habe keine Ahnung. Sie verschwindet ständig irgendwohin.« Leela konnte die Frustration in ihrer Stimme nicht verbergen. »Ich kenne sie schon mein ganzes Leben, B. Bitte vertrau mir. Sie ist eine von uns, dessen bin ich mir sicher. Sie würde uns nie verraten, selbst wenn es den Anschein hat. Sie hat immer nur unser Bestes im Sinn.«

»Vielleicht genauso wie Mateo«, murmelte B. Er kniff die Augen zusammen, als er das Geschirrtuch zum

Trocknen auf einen Ständer hängte. »Er ist jung und beeinflussbar, aber ich kann mir nicht vorstellen, dass er uns ohne gute Absichten hintergehen würde. Und nach allem, was Luc gesagt hat, hat Mateo es nur getan, um uns zu beschützen. Auch das könnte eine Lüge sein, die möglicherweise Osiris' Feder entsprungen ist, aber es ist schwer zu sagen.«

»Wird Lacy in der Lage sein zu erkennen, ob er die Wahrheit sagt?«, fragte Leela. »Soweit ich gehört habe, ist sie eine Art Lügendetektor.«

»In gewisser Weise«, sagte Balthazar. »Wenn Mateo gezwungen wurde, die Wahrheit zu glauben, dann kann sie vielleicht nicht helfen.«

»Hat sie in Claras Fall herausfinden können, ob sie die Wahrheit gesagt hat?«

»Wir haben sie nicht um ihre Hilfe gebeten.« Balthazar hatte plötzlich einen finsteren Ausdruck im Gesicht. »Wir haben Claras Behauptungen für bare Münze genommen und sind davon ausgegangen, dass sie ein falsches Spiel mit uns spielt, ohne sie je zu überprüfen.«

Leela vermutete, dass Balthazar sich für diesen Fehler noch lange die Schuld geben würde.

»Ich habe ihre Frustration nicht wahrgenommen«, fuhr er fort und legte die Stirn in Falten. »Ich hätte tiefer in ihre Psyche vordringen müssen. Ihre Gedanken waren viel zu oberflächlich, ich hätte erkennen müssen, dass daran etwas faul ist. Aber ich war zu wütend, um die Situation richtig einzuschätzen. Und ich hatte mich mehr auf Luc konzentriert und darauf, ihn zu beruhigen.«

Er fuhr sich mit den Fingern durchs Haar und lehnte sich mit der Hüfte gegen die Anrichte, als er sich ihr zuwandte.

»Ich möchte nicht denselben Fehler mit Mateo machen«, gestand er. »Wir wissen, dass er schuldig ist.

Aber ich will glauben, dass er aus den richtigen Beweggründen gehandelt hat. Zumindest seinem eigenen Verständnis nach.«

»Laut Luc klingt es so, als wollte er niemandem schaden.«

»Und doch sind einige gute Leute seinetwegen gestorben.«

»Nicht direkt«, sagte sie leise. »Er konnte nicht wissen, dass die Informationen für einen Angriff verwendet werden würden. Nach allem, was Luc erzählt hat, hat Mateo John nur auf den neuesten Stand gebracht. Er hat den Sentinels weder detaillierte Informationen gegeben, noch hat er ihnen geholfen, einen Angriff zu planen.«

»Nein, aber er hat uns hinterher angelogen und Clara die Schuld gegeben.«

»Weil Osiris es ihm befohlen hat.«

»Ich bin mir nicht sicher, ob das irgendetwas entschuldigt.« Balthazars Bauchmuskeln spannten sich an, als sie sich von der Anrichte abstieß. »Verrat zerstört das Vertrauen. Es ist schwer, sich davon zu erholen.«

Seinen Worten lag noch eine andere Bedeutung zugrunde.

Sie ging über Mateos Handeln hinaus und bezog sich direkt auf sie.

Denn sie hatte sein Gedächtnis manipuliert und ihn damit in gewisser Weise ebenfalls verraten. Und doch hatte er Luc gerade gesagt, dass er ihr vertraute.

»Wie ich schon sagte, manchmal haben wir gute Absichten. Das heißt aber nicht, dass unser Handeln richtig ist. Es bedeutet nur, dass unsere Beweggründe nicht ruchloser oder grausamer Natur sind.« Er sprach die Worte mit einem gemäßigten Tonfall aus, der sie mitten ins Herz traf.

»Ich musste Stas beschützen.«

»Auf meine Kosten. Auf unsere Kosten. Auf Kosten einer Zukunft, die vielleicht nie mehr dieselbe sein wird.« Er schüttelte den Kopf. Sie konnte seine Enttäuschung förmlich spüren, als er auf sie zukam. »Stattdessen hättest du mir vertrauen können. Aber du hast die Entscheidung für uns beide getroffen, ohne auch nur den Versuch zu unternehmen, dich mir anzuvertrauen.«

»Balthazar …«

»Schhhh«, flüsterte er und strich mit der Fingerspitze über ihre Lippen. »Ich sage nicht, dass ich dir nicht vertraue, Lee. Ich sage nur, dass es Zeit braucht, sich von einem Verrat zu erholen. Es ist zwar nicht leicht, aber nicht unmöglich.«

Er beugte sich vor und presste seinen Mund sanft auf ihre Lippen.

Sie hatte plötzlich das Gefühl, sich entschuldigen zu müssen, während ihr Herz unangenehm in ihrer Brust hämmerte.

Denn er hatte recht.

Sie hätte versuchen können, mit ihm zu reden.

Stattdessen hatte sie sich entschieden, allein zu leiden und sich seinen Gedanken zu entziehen. Er hätte es nie erfahren dürfen. Sie musste diese Last allein tragen.

Doch jetzt wusste er es.

Und sie konnte die Enttäuschung und das Bedauern spüren, das er in Wellen ausstrahlte.

»Ich habe nicht vor, dich wirklich zu bestrafen, Lee«, flüsterte er. »Ich kann deine Beweggründe verstehen. Doch jetzt müssen wir beide mit den Konsequenzen dieser Entscheidung leben.«

»Ich wollte dir nicht wehtun.«

»Ich weiß.«

»Ich … Du solltest es nie erfahren.«

»Das macht alles fast noch schlimmer«, murmelte er,

während er eine Hand an ihre Wange legte. »Es waren unsere gemeinsamen Erinnerungen, nicht nur deine.«

Er küsste sie noch einmal. Diesmal wurde er leidenschaftlicher, als er seine Zunge in ihren Mund gleiten ließ. Er wollte ihr damit weder vergeben, noch wollte er sich entschuldigen. Doch zwischen ihnen herrschte ein unerklärliches Gefühl, das einen Weg in die Zukunft beschrieb, der von gegenseitigem Verlangen und Sehnsucht nach dem anderen geprägt war.

Leelas Seele frohlockte tief in ihrem Inneren und sie wurde von einer seltsamen Wärme durchströmt, als sich ein Gedanke an die Oberfläche ihres Gedächtnisses drängte. Es war etwas Wichtiges, an das sie sich erinnern sollte, irgendein Moment in der Vergangenheit. Eine Verbindung, die eigentlich nicht möglich sein sollte und die sich ihrem Verständnis entzog.

Der Gedanke verflog so schnell, wie er gekommen war, und tauchte in den Abgrund ihrer Psyche zurück, wobei sie nur noch einer vagen Empfindung hinterherjagen konnte.

Was war das?, staunte sie atemlos. In ihrem Kopf schrillten die Alarmglocken und auf ihren Gliedmaßen breitete sich eine Gänsehaut aus. Es fühlte sich so real an. So unwahrscheinlich. So …

Sie riss die Arme auf.

Alarmglocken.

Echte Sirenen.

Aber das Heulen kam nicht von ihren Schutzsymbolen. Das Haus war zum Leben erwacht, als irgendetwas den Alarm ausgelöst hatte.

»Leela, wir müssen gehen!« Die Dringlichkeit in Balthazars Stimme deutete darauf hin, dass er die Worte schon einmal ausgesprochen hatte, aber sie hatte sie beim ersten Mal nicht gehört.

Er hatte die Hände von ihren Wangen gelöst und ihre Hüften gepackt.

»Leela.«

Eine Art Verteidigungsmechanismus, der zu dem Haus gehörte, feuerte draußen Kugeln ab.

Sie hatte keine Zeit, sich zu überlegen, woher sie kamen, denn sie konnte die herannahenden Seraphim spüren. Doch nicht die Schutzsymbole verhalfen ihr zu der Wahrnehmung, sondern ihr eigener Selbsterhaltungstrieb.

Sie war schon einmal in dieser Situation gewesen.

Doch sie konnte nicht sagen wann.

Es war eine merkwürdige Erkenntnis, doch sie verdrängte den Gedanken. Sie schlang die Arme um Balthazars Nacken und teleportierte sie an den ersten Ort, der ihr in den Sinn kam … auf irgendeine Türschwelle in …

Sie runzelte die Stirn, als sie wieder ihre körperliche Gestalt annahm.

Italien?, vermutete sie und betrachtete den Kanal hinter ihnen und das lange Boot, das darauf trieb. Als sie die gotische Architektur mit einem Hauch byzantinischer Einflüsse und die berühmten Wasserstraßen erblickte, wusste sie sofort, wo sie gelandet waren. *Venedig.*

Aber sie besaß hier keine Wohnung.

Seltsam.

Als sie jedoch aufblickte, um Balthazars verwundertem Blick zu begegnen, wurde ihr klar, dass es vielleicht doch nicht so merkwürdig war.

Und das bewies er ihr, als er die Hand ausstreckte und um sie herumgriff.

Um den Code an der Tür in ihrem Rücken einzugeben.

KAPITEL 16

BALTHAZAR

ES SCHIEN FAST ANGEMESSEN, DASS SIE HIER WAREN, WENN man bedachte, dass dies Jays Hauptdomizil außerhalb von Hydria war. Wie alle Immobilien im Besitz der Ältesten war auch dieses Haus mit den besten Sicherheitssystemen, einem Türcode und genügend Schlafzimmern ausgestattet, um jeden der Männer bei Bedarf zu beherbergen.

Balthazar führte Leela in die Eingangshalle, die sich über zwei Stockwerke erstreckte, dann schloss und verriegelte er die Tür hinter ihr. Ein orientalischer Teppich zierte den Marmorfußboden und führte sie ins Wohnzimmer, dessen Fenster einen Blick auf die vordere Terrasse und den dahinterliegenden Kanal boten.

Ich war schon einmal hier, flüsterte sie in ihren Gedanken. *Aber wann?*

Er folgte ihrem Blick zu einem Gemälde, das an der Wand zwischen den überdimensionalen Fenstern hing.

Sie schritt mit der Anmut einer Tänzerin durch den Raum, während sie von dem Gemälde wie gebannt war. War das der Ort, den sie wiedererkannte? Oder war es das Anwesen, in dem sie sich befanden?

Jay hatte das Haus renoviert, um die Sanitäranlagen und die Elektrik den heutigen Zeiten anzupassen, aber er hatte das Ambiente weitgehend so belassen, wie es vor einigen Jahrhunderten gewesen war, als er es gekauft hatte. Es war eines dieser Häuser, die von Generation zu Generation weitervererbt wurden.

Der gesamte Papierkram und die rechtlichen Angelegenheiten wurden von einem Team in Hydria verwaltet. Balthazar verstand das meiste davon, aber nicht alles, denn die Gesetzeslage war von Land zu Land unterschiedlich und änderte sich oft im Laufe der Jahrzehnte.

»Wie oft besuchst du dieses Haus?«, wollte Leela wissen, deren Stimme weit entfernt klang, während sich ihre Gedanken weiter um eine Erinnerung drehten, die sie jedoch nicht ganz fassen konnte. *Bin ich ihm schon einmal hierher gefolgt? Nein. Vielleicht. Ich* war *schon einmal hier. Aber wann?*

»Häufiger als die anderen, aber nicht allzu oft«, antwortete er. »Es ist Jays Zuhause.«

»Ja«, flüsterte sie. *Ich weiß. Aber woher weiß ich das?* Sie ging durch den Essbereich auf die riesige Küche zu. *Steinöfen. Pizza.* Sie warf einen Blick auf den Tisch, der für acht Personen gedacht war. *Pfeffersalami und italienische Wurst.*

Leela ging zu einer Tür und öffnete sie, um zu bestätigen, was sie bereits wusste. *Ein Weinkeller.* Sie dachte über die Sorten nach und darüber, wie sie einen Rotwein ausgesucht hatte. Es war einer von Balthazars Lieblingsweinen.

Er runzelte die Stirn, weil er nicht begriff, woher sie das alles wissen konnte. Es hatte fast den Anschein, als hätte sich ihr Verstand mit dem seinen vermengt, während sie seine Erinnerungen als die ihren empfand.

Aber als sie ihren Erkundungsgang fortsetzte und ihn

zur Treppe im hinteren Teil des Hauses führte, die sie bis in den zweiten Stock hinauf erklommen, begann er, sich zu fragen, ob es vielleicht doch *ihre gemeinsamen* Erinnerungen waren. Sie erkannte jeden Raum und wusste, wie er aussah, noch bevor sie eintrat. Dann führte sie ihn direkt in das Zimmer, das er als sein eigenes betrachtete, und ging zu dem Bett, von dem sie überzeugt war, darin geschlafen zu haben.

»Unmöglich«, sagte er. »Wir bringen nie Frauen mit hierher.«

Es war weniger eine Regel als vielmehr höfliche Rücksichtnahme. Balthazar hätte Leela nie mit in dieses Zimmer genommen, selbst wenn er die Möglichkeit gehabt hätte, sich eine Woche lang mit ihr zu vergnügen.

Bei Lizzie würde Jay natürlich jetzt eine Ausnahme machen.

So wie Alik für Jenika eine gemacht hatte.

Doch Balthazar und Luc waren nie von der Regel abgewichen.

Dennoch sah er diesen Moment vor sich. *Leela, die lacht. Ihr offenes Haar, das ihr in Wellen über die Schultern fällt. Dieses verführerische Lächeln auf ihren Lippen. Voller Leben. Voller Liebe.*

Sie drehte sich zu ihm um, als hätte sie denselben Gedanken gehabt, wobei sie jedoch Balthazar vor sich sah. *Seine schokoladenbraunen Augen. Sein verruchtes Grinsen. Seine verführerischen Grübchen, die zum Vorschein kommen, als er mit den Fingern seine Krawatte löst.*

Doch er trug keine Krawatte.

Nur eine graue Jogginghose.

Dennoch fasste er sich an den Hals und war fasziniert von dem Bild, das sie in ihren Gedanken beschrieb.

Er nahm die Krawatte ab. Schwarz. Er hängte sie auf ... Sie ging zu seinem Schrank und fand sie genau dort an der Wand vor, wo sie sie in Erinnerung hatte. Sie strich über den Seidenstoff, bevor sie einen Blick auf das mitternachtsschwarze Hemd warf, das er normalerweise dazu trug. *Er hat es getragen …*

»Was für eine Erinnerung ist das?«, fragte er.

»Es ist eine Fantasie«, flüsterte sie. »Aber sie fühlt sich … sie fühlt sich so real an.« Ihre blaugrünen Augen funkelten, als sie sich ihm zuwandte. Draußen stand die mittägliche Sonne hoch am Himmel und fiel in einem perfekten Winkel durch die Fenster.

Leela schritt auf sie zu, öffnete mit flinken Fingern die Schlösser und drückte sie weit auf. Für gewöhnlich herrschten im Winter kühle Temperaturen in Venedig und der heutige Tag bildete keine Ausnahme. Aber die frische Nachmittagsluft berührte kaum seine glühend heiße Haut. Seine Gedanken verloren sich in Leelas Erinnerungen, während ihre vertrauten Bewegungen im Raum sowohl beunruhigend als auch hypnotisch schön waren.

Sie trat auf den Balkon hinaus und ihre Gedanken verrieten ihm, dass sie jedes Detail wiedererkannte.

Dann drehte sie sich um und hielt inne. Die Silhouette ihres Körpers, der von der Sonne beschienen wurde, war überwältigend. Ihr blondes Haar fiel ihr in feuchten Strähnen über ihre Schultern, während sich sein weißes Hemd an ihre Rundungen schmiegte.

Perfekt.

Aber in einem anderen Leben trug sie ein weißes Sommerkleid, das ihre weibliche Figur umschmeichelte und die rosigen Brustwarzen zur Geltung brachte.

Er stellte es sich für einen kurzen Moment vor und schüttelte dann verwirrt den Kopf. »Was machst du mit mir?«

»Ich weiß es nicht«, sagte sie mit sanfter Stimme und biss sich auf die Unterlippe. »Ich verstehe das alles nicht. Nur, dass … dass ich … *wir haben* …«

»Ja«, erwiderte er und trat auf sie zu, wobei er kaum den Plüschteppich unter seinen nackten Füßen spürte. »Ja«, wiederholte er, als er eine Hand um ihren Nacken schlang und sie an sich zog. *»Ja.«* Er war nicht in der Lage, etwas anderes zu sagen.

Denn es gab sonst nichts, was er hätte sagen können.

Er musste wissen, ob es wahr war. Ob es richtig war. Ob es *real* war. Denn er hatte das Gefühl, in einem Traum verloren zu sein, der nicht existieren sollte. Eine Fantasie, die nicht seine eigene war.

Und doch geschah es.

Es widerfuhr ihm.

Ihnen *beiden*.

»Küss mich«, hauchte sie. Ihre Worte riefen eine fremde Erinnerung in ihm wach, die er nicht ganz fassen konnte. »Nimm mich, B. Lass mich fliegen.«

Sie wiederholte Worte, die ihrer Erinnerung entsprangen, die jedoch keiner von ihnen verstand.

Doch er war begierig, ihrer Aufforderung nachzukommen.

Ich muss es wissen, dachte er. Er legte die andere Hand an ihre Hüfte, als er sie mit der Hand um ihren Nacken an sich zog, um sie zu küssen.

Zwischen ihnen knisterte eine energiegeladene Hitze, die unberührte Nerven in ihm zum Explodieren brachte, von denen er nicht einmal gewusst hatte, dass er sie besaß. *Wer bist du für mich?*, fragte er sich, während er den Arm um Leelas Taille schlang und sie dicht an sich zog.

Verzehre mich. Die flehenden Worte hallten durch ihre Gedanken.

Er erfüllte ihr den Wunsch, indem er seine Zunge in ihren Mund gleiten ließ und einen innigen Tanz mit der ihren vollführte. Es war so vertraut. So richtig. *Ein Traum, der von Fantasien durchwoben ist.*

Balthazar rang nach Luft. Er wusste nicht mehr, wie er aufhören sollte, wohin er gehen sollte, wo oben oder unten war.

Doch dann ließ er sich mit Leela auf die Matratze fallen, wobei sie unter ihm landete.

Er streichelte ihre Brüste, während sein Hemd in Fetzen auf dem Boden lag. *Ist das eine Erinnerung oder Realität?* Er war sich nicht sicher. Aber er sehnte sich danach zu *fühlen.*

»Balthazar«, stöhnte Leela und wölbte sich unter ihm auf.

Es ist real, entschied er, während er ihren erhitzten sündigen Körper spürte.

Er zog den Kopf zurück und erblickte das Hemd, das er ihr gerade vom Leib gerissen hatte. Allerdings schien es die Farbe zu wechseln, während es immer wieder in Weiß- und Schwarztönen aufblitzte. *Realität und Erinnerung. Leben und Fantasie. Die Gegenwart und ein Traum.*

Sie krallte sich in seine Schultern und lenkte seine Aufmerksamkeit wieder auf sie.

Ihr blondes Haar lag ausgebreitet auf dem schwarzen Satinlaken. Ein Engel. *Sein* Engel. Verloren im Rausch der Leidenschaft, aber nicht ganz.

Denn sie trug immer noch seine Boxershorts.

Und er eine Jogginghose.

Dieser Traum erforderte mehr.

»Du hast ein Kleid getragen«, flüsterte er. »Weiße, dünne Seide, mit der du selbst den Teufel hättest zu Fall bringen können.«

Sie war in jener Nacht wunderschön gewesen. Sie war lachend und verführerisch durch die Straßen Venedigs geschritten und hatte jeden Mann und jede Frau mit ihren Reizen verzaubert.

Eine atemberaubende Göttin.

Seine Göttin.

Er hatte einen schwarzen Anzug getragen, um ihr weißes Outfit zu komplementieren.

Ein Spiel aus Sinnlichkeit und Anmut.

Zwei Götter, die zusammen durch die Straßen zogen … Wie lange war das her? War es echt? Oder nur ein Traum?

Sie strich mit den Lippen über seinen Mund und küsste ihn. Sein Verstand verschmolz mit der Glückseligkeit ihrer Liebkosung.

Verdammt, ihre Brüste sind perfekt.

Sie waren fest und hatten genau die richtige Größe.

Er küsste ihren Hals, wanderte mit den Lippen hinunter bis zu einer ihrer Brüste und umschloss ihre Brustwarze mit seinem Mund, genauso wie er es in jener Nacht getan hatte. Sie stöhnte auf und verwob die Finger in seinem Haar, um ihn festzuhalten und ihn zu führen.

Doch das wäre gar nicht nötig gewesen.

Er wusste genau, was sie begehrte. Und sie kannte wiederum all seine Begierden.

Wie ist das möglich?, fragte er sich. *Haben wir das auch in Brasilien getan?*

»Mehr«, flehte sie ihn an. Ihr Verstand war ganz und gar in dem Traum versunken, den sie hier einst geschaffen hatten.

Vielleicht war es auch eine Fantasie, die ihrer Vorstellungskraft entsprang.

Was auch immer es war, es war berauschend. Es überwältigte seine Sinne, ertränkte ihn in seinen Sinneseindrücken und zwang ihn, mit dem Mund über ihren Bauch bis hinunter zu den Boxershorts zu wandern.

»Du hast in jener Nacht kein Höschen getragen, kleines Luder.« Er sah das Bild ihres heißen Unterleibs vor sich, der vor Erregung feucht geschimmert hatte, als er den Rock ihres Kleides angehoben hatte, um sie zu lecken.

Jetzt zog er ihr die Boxershorts aus, denn er musste sie sehen, um sich an jene Nacht zu erinnern.

Sie spreizte die Schenkel und ihre Weiblichkeit war so schön wie …

Wie früher, dachte er. *Nicht wie in jener Nacht. Sie hat nie stattgefunden.*

Aber dieses Bett … ihr Haar … ihre gespreizten Schenkel … er hatte das alles schon einmal erlebt.

Vor langer Zeit.

In einem anderen Leben.

Sie setzte sich auf und machte sich an seiner Jogginghose zu schaffen. Aber in ihrer Vorstellung öffnete sie eine Anzughose. Sie war schwarz, passend zu seinem Hemd und seiner Krawatte. In der gleichen Farbe wie seine Boxershorts, die er darunter trug.

Sie zog sie herunter und betrachtete seine Männlichkeit mit begierigem Blick.

Er konnte sie nicht aufhalten.

Er versuchte es nicht einmal.

Es fühlte sich einfach zu richtig an, um diesem Wahnsinn jetzt ein Ende zu setzen.

Sie mussten es beide wissen. Was auch immer zwischen ihnen vorgefallen war, sie mussten es *wiederaufleben* lassen.

Er setzte sich aufs Bett und lehnte sich mit dem Rücken ans Kopfteil, denn er wusste, was als Nächstes geschehen würde, als sie sich rittlings auf ihn setzte.

Sie hatten es auf genau dieselbe Weise miteinander getrieben. Sie hatten zuerst ein wenig Druck abgebaut, bevor sie ein ganzes Wochenende lang gefickt hatten.

Stunden-, tage-, manchmal sogar wochenlang.

Er spürte das Hämmern seines Schädels, als die

fremden Erinnerungen auf ihn einstürmten. All diese Gedanken konnten nicht real sein.

Und dann drang er in sie ein.

Tief. Feucht. *Eng.*

Verdammt, es war besser als eine Fantasie. Ihre Körper schmiegten sich in sinnlicher Harmonie aneinander, die viel zu perfekt war, um real zu sein, während sie sich in ihren leidenschaftlichen Bewegungen verloren.

Sie gab das Tempo vor, aber er begegnete ihr Stoß für Stoß, indem er seine Hüften vom Bett hob, um noch tiefer in sie einzudringen.

Sie schrie seinen Namen, als er sich aufsetzte, damit sie ihre Beine um sein Kreuz schlingen konnte.

Sie waren sich so nahe.

Ihr Busen schmiegte sich an seine Brust.

Sie schlang die Arme um seinen Hals.

Sie presste die Lippen auf seinen Mund.

Er legte eine Hand an ihre Hüfte, während er mit der anderen ihr Haar packte.

Sie keuchten und ihr Puls raste, während ihre Körper glühten.

Es ist immer genauso wie jetzt. Ihre Körper, die sich perfekt miteinander vereinen. Heftig. Stürmisch. Wahnsinnig. Leelas Gedanken glichen den seinen, wobei sie sich jedoch an alles, was in Brasilien vorgefallen war, erinnern und es mit dieser Erfahrung vergleichen konnte.

Das machte es nur intensiver.

Denn er konnte in ihren Gedanken hören, dass sie beide Erlebnisse miteinander verglich, und erkannte die Richtigkeit ihrer Verbindung, wobei die jetzige Erfahrung von einer dunklen Leidenschaft geprägt war.

Er packte wieder ihren Nacken und küsste sie, als hinge sein Leben davon ab, während ihre Schenkel um seine Hüften bebten. Er legte die andere Hand auf ihr Kreuz, um sie anzutreiben, wobei er die Kontrolle übernahm und selbst das Tempo bestimmte.

Dann drehte er sie um, warf sie mit dem Rücken auf die Matratze und stieß erneut in sie hinein. Sie stieß einen Schrei aus, den er schon oft gehört hatte.

So viele Male.

Immer wieder.

Ja, genau so.

Er legte eine Hand an ihre Kehle und hielt sie fest, während er mit Wucht immer wieder in sie eindrang, um sie in eine Glückseligkeit zu erheben, die nur sein Körper ihr bescheren konnte.

Sie wussten es beide und erkannten, dass ihre Verbindung alle anderen übertraf. Ihre Seelen gerieten in Verzückung, weil das Schicksal sie wiedervereint hatte.

Er bebte am ganzen Körper und das Blut pochte ihm in den Adern, während er sie in einen euphorischen Zustand fickte, den er in der Luft schmecken konnte.

Tränen kullerten ihr über die Wangen – damals wie heute –, als sie seinen Namen stöhnte. »Balthazar …«

Nicht B.

Sondern seinen vollen Namen.

Immer und immer wieder.

Er behielt das Tempo bei und genoss das berauschende Gefühl, als sich ihre enge Weiblichkeit um seinen Schaft anspannte.

Dann hielt er inne und starrte auf sie hinab. Sein schönes Luder. Sie lag unter ihm und ihr goldenes Haar wirkte wie ein Heiligenschein um ihren Kopf.

Allein der Anblick ließ ihn über den Abgrund fallen. Sein Unterleib krampfte sich zusammen, als er mit Wucht von der Welle der Ekstase davongetragen wurde.

»*Leela*«, stöhnte er. Alles drehte sich um ihn herum, als Realität und Fantasie sich miteinander vermischten.

Er war noch nie zuvor hier gewesen.

Und doch hatte er genau das schon einmal erlebt.

In ihr, genau wie jetzt. Er hörte sie schreien und spürte das Pochen ihrer Weiblichkeit, als sie unter ihm zum Höhepunkt kam.

Er packte das Kissen neben ihrem Kopf und ballte die Hände zur Faust, als er mit einer solchen Wucht noch einmal in sie hineinstieß, dass es ihm den Atem raubte.

Genau wie früher.

Und all die anderen Male …

»Ich verstehe nicht, was hier vor sich geht«, flüsterte er ihr ins Ohr. Mit einer Hand streichelte er ihr über die Hüfte, während seine andere Hand auf dem Kissen neben ihrem Kopf ruhte. »Wir haben genau das schon einmal getan.«

»Ohne Zweifel«, stimmte sie mit heiserer Stimme zu.

Er hob den Kopf gerade so weit, dass er ihr in die Augen sehen konnte. »Wann?«

»Ich weiß es nicht«, gestand sie.

»Ich weiß es auch nicht.« Er ließ den Blick auf ihren Mund gleiten, bevor er ihr wieder in die Augen sah. »Aber ich möchte es noch einmal tun.«

»Ja«, erwiderte sie. »Unbedingt.«

Die Worte waren ein weiteres Echo aus einem Traum.

Eine weitere Fantasie, die es zu wiederholen galt.

Ein anderes Leben … das in Vergessenheit geraten war.

Aber seine Seele erinnerte sich. Tief in seinem Inneren drängte seine Lebenskraft ihn dazu, noch tiefer einzutauchen und all die Erinnerungen wiederaufleben zu lassen.

Also küsste er Leela.

Und ihre Fantasie begann von Neuem.

Kapitel 17

Balthazar

Leela machte sich nicht die Mühe, Schutzsymbole zu erschaffen. In Japan hatten sie nicht funktioniert, also nahm sie an, dass sie auch hier keine Wirkung zeigen würden.

Balthazar bedrängte sie nicht.

Dieses Anwesen hatte ein ähnliches Sicherheitssystem wie Lucs Haus, welches sie gegen die Seraphim verteidigt hatte. Also würde auch dieses hier funktionieren.

Allerdings war er sich nicht ganz sicher, *warum* es angeschlagen hatte. Seraphim waren ätherische Wesen. Vielleicht hatten sie ihren körperlichen Zustand angenommen und so den Alarm ausgelöst? Wenn das der Fall war, würden sie denselben Fehler nicht noch einmal begehen, was Leela und Balthazar hier ein wenig verwundbarer machte.

Leela fragte sich indes, ob die Seraphim gar nicht ihr Blut, sondern die Schutzsymbole aufspürten.

Es wäre ein weiterer Grund dafür, sie hier nicht zu erschaffen.

Sie befanden sich nahe genug an Hydria, sodass er sich

einigermaßen sicher fühlen konnte. Falls sie sich teleportieren mussten, könnten sie in ein paar Sekunden dort sein, dann würden sie sich mit den Konsequenzen auseinandersetzen müssen.

Er hatte gerade ein Update von Luc erhalten, welches besagte, dass sie gut in der Zeit lagen und noch zwei Tage brauchen würden, vielleicht auch weniger.

Vera war immer noch nicht wieder aufgetaucht.

Und Luc hatte noch nicht entschieden, was mit Mateo geschehen sollte.

Es überraschte Balthazar nicht, wenn man bedachte, dass seit ihrem letzten Gespräch nur etwa fünf Stunden vergangen waren.

Er hatte kurz daran gedacht, Luc von der seltsamen Verschmelzung von Leelas und seinen Gedanken zu erzählen, hatte dann aber beschlossen, dass der hydraianische König im Moment genug um die Ohren hatte. Balthazar und Leela würden der Sache selbst auf den Grund gehen.

Nachdem er sie zum Essen ausgeführt hatte.

Sie gingen zwar ein Risiko ein, wenn sie sich vor die Tür wagten, doch wenn sie sich mit Menschen umgaben, wäre das möglicherweise ein besseres Alarmsystem als das im Haus. Laut Leela wollten die Seraphim im Verborgenen bleiben. Deshalb hatten sie ihre Heimatinseln mit unzähligen Schutzrunen abgeschirmt, um sicherzugehen, dass sie auf keinen Karten der Sterblichen verzeichnet sein würden.

Das bedeutete, dass sie weniger geneigt sein würden, Leela und Balthazar in der Öffentlichkeit anzugreifen.

Natürlich bestand die Möglichkeit, dass sie noch nicht einmal wussten, wo sie sich aufhielten. Es hatte den Anschein, dass sie in Abständen von zwölf bis dreizehn

Stunden auftauchten, und sie waren erst seit weniger als sechs Stunden in Venedig.

Das gab ihnen reichlich Zeit, diese Gedankenverschmelzung näher unter die Lupe zu nehmen und Wahrheit und Fiktion voneinander zu trennen. Falls sie wirklich schon einmal gemeinsam durch diese Straßen geschlendert waren, würden vielleicht weitere Erinnerungen an die Oberfläche gelangen. Dann könnten sie den Strängen folgen, um auf weitere Informationen zu stoßen.

Er nahm an, dass Vera etwas damit zu tun hatte. Sie hatte seine Erinnerungen an Brasilien manipuliert, aber vielleicht war das nicht das erste Mal gewesen. Vielleicht hatte sie Leela dasselbe angetan.

Warum erinnerten sie sich also jetzt? Weil er sich dank Veras Rune mit ihrem Geist verbinden konnte? Oder handelte es sich um eine völlig andere Verwirrung ihrer Sinne, die sie glauben lassen sollte, dass sie schon einmal zusammen gewesen waren, obwohl das in Wirklichkeit nie der Fall war?

Welchem Zweck könnte das alles dienen?

Es wäre möglich, dass jemand sie damit ablenken wollte.

Er war sich nicht sicher, aber er wollte es herausfinden.

Genau wie Leela.

Er konnte die Entschlossenheit in ihren Gedanken hören, als sie das Kleid anzog, das er für sie hatte liefern lassen. Es war nicht weiß wie das aus ihrer gemeinsamen Erinnerung, sondern ein langärmeliges marineblaues Ensemble, das ihr bis auf die Waden reichte. Ein Paar schwarze kniehohe Stiefel würde das Outfit vervollständigen.

Kein Höschen.

Kein BH.

Denn sie wussten beide, dass sie ohnehin keine Unterwäsche tragen würde.

Er hatte sich ebenfalls nicht die Mühe gemacht, eine Unterhose unter seiner schwarzen Hose anzuziehen. Dazu trug er ein cremefarbenes Hemd, dessen obersten Knopf er nicht zugeknöpft hatte. Dazu wollte er ein dunkles Sportjackett anziehen.

Es war kurz nach zwanzig Uhr in Venedig und damit die perfekte Zeit, um irgendwo etwas zu Abend zu essen.

Sie hatten nirgendwo einen Tisch reserviert, denn sie wollten sich treiben lassen und herausfinden, wohin ihre Gedanken sie führen würden.

Er wartete am Fuß der Hintertreppe auf Leela, deren Stiefelabsätze leise auf dem Holz klackerten, als sie die Treppe hinabstieg.

Er verzog die Lippen zu einem Lächeln, als er sie erblickte. Das enge Kleid brachte ihre straffen Brüste wunderbar zur Geltung und gewährte ihm einen verlockenden Blick auf ihre Brustwarzen. Es war immer noch anständig genug, um sich damit in die Öffentlichkeit zu wagen, aber auch aufreizend genug, um ihm und jedem anderen, der heute Abend in ihre Richtung blickte, den Kopf zu verdrehen.

Wahrhaftig eine Göttin, staunte er, wobei er einmal mehr von einem Gefühl des Déjà-vus übermannt wurde. Diese Worte waren ihm schon unzählige Male in den Sinn gekommen, nicht nur heute.

Nicht nur gestern.

Nicht nur in Brasilien.

Sondern schon *früher.*

Die Frage war nur, wann?

Leelas Gedanken kamen den seinen gleich, als sie den sinnlichen Ausdruck in seinen Augen wiedererkannte. Sie hatte ihn schon einmal gesehen. *Vor langer, langer Zeit,* flüsterte sie zu sich selbst.

Er streckte ihr die Hand entgegen. Sie ergriff sie und die Berührung durchzuckte ihn aufs Neue mit einem Gefühl der Vertrautheit. Er sagte nichts, denn sie spürte dieselbe elektrisierende Energie durch ihre Adern rauschen. Sie rief eine Erinnerung hervor, die sie nicht ganz fassen konnte.

Balthazar führte ihre Hand an seine Lippen, drückte ihr einen Kuss auf die Fingerknöchel und verhakte dann ihren Arm mit dem seinen, um sie durchs Haus zur Tür zu führen.

Sie würden nicht weit gehen.

Es wäre besser, denn er würde es verabscheuen, wenn sie ein weiteres Haus der Ältesten an die Seraphim verraten müssten.

Wenn sie Leela und Balthazar zusammen sahen, würden sie jedoch erkennen, dass sie nicht Jay und Lizzie waren, was die ganze Verfolgungsjagd zunichtemachen könnte.

Glücklicherweise hatten sie mindestens noch sieben Stunden, bevor es soweit kommen würde, was ihnen genügend Zeit gab, um sich zu überlegen, wie sie weiter vorgehen sollten.

»Du würdest sie wahrnehmen, falls sie früher auftauchen, nicht wahr?«, fragte Balthazar, bevor er die Eingangstür öffnete.

»Eigentlich sollte ich das«, antwortete sie. »Aber um ehrlich zu sein, weiß ich nichts mehr mit Sicherheit. Hast du Luc gewarnt?«

»Ich habe ihm erzählt, dass wir schon wieder früher als erwartet weiterziehen mussten und dass sein Sicherheitssystem uns gerettet hat. Aber mit diesem Standort verhält es sich ein wenig anders. Wir sind hier von viel mehr Sterblichen umgeben. Das Haus in Japan ist viel abgelegener.«

Sie nickte. »In Venedig wird es für sie schwieriger sein, uns aufzuspüren. Aber in Melbourne waren wir auch von Menschen umgeben.«

»Das ist wahr.«

Er lehnte sich gegen die Tür und sah sie an. »Sollen wir hierbleiben? Ich möchte Jay, Lizzie und die kleine LJ nicht in Gefahr bringen.« Er wollte unbedingt herausfinden, was zwischen ihm und Leela vor sich ging, aber nicht auf Kosten seines besten Freundes.

»Wir sind erst seit ein paar Stunden hier und als ich uns hierher teleportiert habe, wusste ich nicht einmal, wohin die Reise ging. Sie können uns unmöglich gefolgt sein. Ich glaube wirklich nicht, dass sie uns so schnell finden werden. Aber falls sie es doch tun, werden sie versuchen, uns zu fangen, wenn wir allein sind und uns nicht in der Nähe von Menschen befinden.«

»Werden sie nicht bemerken, dass sie die Falschen verfolgt haben, und sich nach Hydria teleportieren?«

»Sie werden bemerken, dass wir sie an der Nase herumgeführt haben, und werden Antworten verlangen. Von mir. Das heißt, sie werden mich zuerst verhören wollen und erst dann die Verfolgung von Lizzie und ihrem Kind wieder aufnehmen.«

Er dachte einen Moment darüber nach. Es bedeutete, dass sie noch genügend Zeit hätten, die anderen zu warnen, falls die Seraphim sie zu fassen bekamen. Die seraphischen Krieger und Fährtenleser würden zuerst Leela ausfragen, bevor sie ihre Jagd fortsetzen würden.

»Können sie dich daran hindern, dich zu teleportieren?«, fragte er sich laut und zog die Möglichkeit in Betracht, die Verfolgungsjagd noch ein oder zwei Tage in die Länge zu ziehen, falls sie entdeckt würden.

»Nur wenn sie es schaffen, mich vorübergehend ruhigzustellen«, antwortete sie. »Zum Beispiel, indem sie mir in den Kopf schießen.«

Er runzelte die Stirn. Damit war dieser Vorschlag wohl hinfällig. »Wir sollten hierbleiben.«

Balthazar wollte nicht riskieren, dass ihr noch einmal in den Kopf geschossen wurde. Und nicht nur, weil er sie brauchte, um zu fliehen, sondern weil er sich um ihr Wohlbefinden sorgte.

»Nein, wir sollten ausgehen«, entgegnete sie. »Wir sollten herausfinden, was zwischen uns vor sich geht, und uns ein wenig amüsieren. Ich werde sie spüren, falls sie sich uns nähern, und werde uns aus Venedig heraus teleportieren.«

»Deine Schutzsymbole haben in Japan versagt. Wir haben sie nur dank Lucs Alarmsystem wahrgenommen.«

»Das ist wahr.« Sie biss sich auf die Unterlippe. »Aber ich will nicht hier herumsitzen und mich verstecken. Ich … ich muss das alles verstehen. Ich muss der Spur meines Verstandes folgen. Es ist … Irgendetwas geht hier vor sich, B. Und ich verabscheue die Tatsache, dass ich es nicht definieren kann.«

»Es ist, als hätte jemand in deinem Kopf herumgespielt, nicht wahr?«, fragte er.

»Ja.«

»Und du hasst das Gefühl, richtig?«

»Natürlich«, erwiderte sie in frustriertem Tonfall. »Ich fühle mich missbraucht.«

»Hm.« Er zog eine Augenbraue in die Höhe und wartete darauf, dass ihr klar wurde, was sie gerade gesagt hatte.

Sie brauchte nicht lange, um es zu begreifen, und riss die Augen auf. »Scheiße. Okay, ich weiß. Ja, ich hätte wenigstens versuchen sollen, mit dir zu reden. Es war falsch. Ich … ich habe Stas an erste Stelle gesetzt. Ich hätte Vera nicht sagen sollen, dass sie deine Erinnerungen löschen soll. Aber ich hätte nie erwartet, dass es so weit kommt.«

»Du hättest nie erwartet, dass ich es herausfinde.«

»Ganz genau.«

»Dann hat derjenige, der uns das angetan hat, ebenfalls erwartet, dass wir es nicht bemerken«, sagte er. »Aber was auch immer es ist, wir können es jetzt spüren, und es ist verdammt frustrierend.«

Sie spannte die Kiefermuskeln an. »Ja. Das ist es. Soll ich jetzt zu Kreuze kriechen? Um Vergebung betteln?«

Er lächelte. »Vielleicht nach dem Abendessen.« Nach allem, was sie an diesem Tag erlebt hatten, musste er sich um ihr leibliches Wohl kümmern. Er liebte es, seine Geliebten zu umsorgen, und in Leelas Fall wollte er besondere Fürsorge walten lassen.

Sie stieß den Atem aus und schüttelte traurig den Kopf. »Es tut mir leid, B. Es tut mir leid, dass ich …«

Er zog sie an sich und brachte sie mit einem Kuss zum Schweigen. Er konnte hören, wie sie sich in Gedanken weiter bei ihm entschuldigte, woraufhin er eine Hand fest um ihren Nacken schlang.

Er hatte nie vorgehabt, einen Groll zu hegen oder Rache zu üben. Er hatte nicht einmal gewollt, dass sie zu Kreuze kroch. Er hatte lediglich einen Weg gesucht, um ihre Beziehung voranzutreiben, damit sie einer Zukunft entgegensehen konnten, die für sie beide erstrebenswert war.

Denn es stand für ihn außer Frage, dass er und Leela füreinander bestimmt waren. Sie waren sich viel zu ähnlich, eine andere Möglichkeit gab es nicht.

Er strich mit der Zunge über ihre Unterlippe und befeuchtete sie, bevor er sie mit seinen Zähnen umschloss.

Sie erschrak, als er zubiss und für alle sichtbar ein Mal hinterließ.

Zumindest, bis es verheilt war.

Es würde nicht lange dauern, denn er hatte sie nicht bluten lassen. Aber sie hatte danach ein sinnliches Funkeln in den Augen, das sie fast den ganzen Abend begleiten würde.

Denn sie wollte es ihm mit gleicher Münze heimzahlen.

Er zog jedoch den Kopf zurück, bevor sie die Gelegenheit dazu hatte.

Die dunkle Begierde tränkte ihre Iriden in ein sirenenhaftes Blau, das ihre Gesichtszüge betonte und sie in dem hübschen Kleid noch mehr erstrahlen ließ.

»Mm, ich würde dich ja wieder mit nach oben nehmen, um dieses Verlangen zu stillen, aber wir sollten dich zuerst füttern, kleines Luder«, flüsterte er.

»Vielleicht werde ich stattdessen unseren Kellner vernaschen. Nur um etwas Druck abzubauen.«

»Nur wenn ich zusehen darf«, erwiderte er und schlang einen Arm um ihre Taille, während er mit der anderen Hand ihr Kinn packte. »Wenn du eine Vorspeise brauchst, kannst du dich gern für eine Kostprobe unter unseren Tisch begeben. Es sei denn, du ziehst es vor, dich anderen hinzugeben.«

»Du würdest es gutheißen, wenn ich in deiner Gegenwart einen anderen Mann ficke?«

»Ich würde alles gutheißen, was deine Fantasien erfüllt, Schätzchen«, murmelte er und meinte es ernst. »Solange du verstehst, dass ich derjenige bin, mit dem du danach nach Hause gehst. Denn wir wissen beide, dass du dich von mir ficken lassen musst, um wirklich befriedigt zu sein.«

»Und du? Was brauchst du, B?«

Er starrte ihr in die Augen, dann ließ er seine Hand

von ihrem Kinn auf ihre Wange gleiten, um dann mit den Fingerknöcheln über ihren Hals zu streichen. »Jetzt gerade?«, fragte er mit sanfter Stimme, als er ernsthaft über ihre Frage nachdachte. »Im Moment brauche ich nur dich.« Er meinte es ernst.

Nicht jeder Anlass erforderte die Beteiligung einer Gruppe.

Manchmal war es auch schön, die Zweisamkeit zu genießen.

Besonders mit einer so talentierten Partnerin wie Leela.

»Dann werde ich mir die Vorspeise wohl doch von dir holen müssen«, flüsterte sie und strich mit den Fingern über die Knöpfe seines Hemdes. »Führe mich zum Abendessen aus, B. Bitte. Ich bin es leid, mich zu verstecken. Ich will sehen, ob wir noch mehr Erinnerungen wachrufen können, indem wir durch die Gegend streifen. Ich verspreche dir, dass ich uns beim ersten Anzeichen von Ärger hier heraus teleportieren werde.«

Er wollte auch wissen, ob sie noch weitere Erinnerungen an die Oberfläche bringen konnten, und es gab nur einen Weg, das herauszufinden. Sie mussten ihre Umgebung erkunden.

Glücklicherweise hatte Leela mehr als bewiesen, dass sie sich im Handumdrehen teleportieren konnte.

Solange sie bei Bewusstsein ist, dachte er und blickte in ihr flehendes Gesicht.

»Ich werde besonders wachsam sein«, versprach sie. »Ich kann himmlische Auren spüren. Ich darf mich nur nicht ablenken lassen. In Japan war ich unachtsam, weil ich mich auf meine Schutzschilde verlassen habe. Dieser Fehler wird mir nicht noch einmal unterlaufen, B. Ich verspreche dir, dass ich uns beschützen kann.«

Das war das zweite Mal innerhalb einer Minute, dass sie ihm ein Versprechen gegeben hatte.

Er konnte nicht anders, als darauf zu reagieren.

»Ich vertraue dir«, sagte er, wobei die Worte viel mehr bedeuteten, als sie auf den ersten Blick vermuten ließen.

Denn damit brachte er zum Ausdruck, dass er ihre Entschuldigung akzeptierte.

Sie würde es verstehen, denn zuvor hatte er ihr gesagt, dass es Zeit brauchte, um sich von einem Verrat zu erholen und wieder Vertrauen schöpfen zu können.

Manchmal gab es kein Zurück mehr, nachdem ein Versprechen gebrochen wurde.

Aber er und Leela waren auf dem Weg der Besserung. Jeder ihrer Schritte wies ihnen die richtige Richtung, während jedes Geständnis das Band zwischen ihnen festigte.

Jeder Kuss barg die Verheißung auf eine gemeinsame Zukunft.

Er presste den Mund auf ihre Lippen. »Geh du voraus, kleines Luder. Heute Abend kannst du mit mir tun und lassen, was du willst.«

KAPITEL 18

STAS

ISSAC HATTE MAGISCHE HÄNDE. MIT DEN DAUMEN FAND er Druckpunkte, von deren Existenz Stas nicht einmal etwas gewusst hatte, während er ihre Schultern massierte, um die Verspannung zu lösen.

Angeblich bin ich unsterblich. Wie kommt es dann, dass mir alles wehtut?, fragte sie sich.

Vielleicht hast du dir nicht genügend Zeit genommen, um dich auszuruhen, antwortete Issac. *Unsere Körper heilen schnell, doch das heißt nicht, dass wir keine Schmerzen empfinden können.*

Sie seufzte, denn sie wusste, dass er recht hatte.

Sie hatte ihr Training heute nur unterbrochen, um mehr über Mateos Beweggründe zu erfahren und Issac bei seiner Entscheidung beizustehen. Bisher hatte er sie noch nicht getroffen.

Er konnte Mateo nicht mehr trauen, aber er war immer noch sein Nachkomme. Sollte er ihn verbannen? Ihn töten? Ihm die Gelegenheit geben, sich zu rehabilitieren?

All diese Fragen schwirrten Issac durch den Kopf, und dank ihres Bands konnte Stas sie auch hören. Sie konnte nichts anderes tun, als ihm ihre eigene Sicht der Dinge darzulegen.

Auf die ein oder andere Weise hatte Osiris einen Einfluss auf sie alle gehabt. Mateo hatte jedoch deutlich gemacht, dass er die technische Überwachung freiwillig übernommen hatte, wobei er es getan hatte, um sie alle zu beschützen.

Was dem ganzen Durcheinander einen seltsamen Beigeschmack gab.

Denn es bedeutete, dass Osiris versucht hatte, Issacs und Aidans Verbindungen zu den Hydraianern zu schützen, indem er sie geheim gehalten hatte.

»Warum sollte er ein Konklave ins Leben rufen und Regeln für die Interaktion zwischen Hydraianern und Ichorianern aufstellen, nur um dann einigen Mitgliedern zu erlauben, diese Regeln zu brechen, während er sie sogar dabei unterstützt hat?«, hatte Issac Luc zuvor gefragt.

Der König der Hydraianer hatte ihm nicht geantwortet. Stattdessen hatten seine smaragdgrünen Augen einen verklärten Blick angenommen, was jedes Mal geschah, wenn seine allwissende Fähigkeit zum Einsatz kam.

Allerdings war Stas' Vater genau in diesem Moment aufgetaucht und hatte seinen Senf dazugegeben. »Mein Vater nutzt alle Möglichkeiten, die ihm zur Verfügung stehen. Er hat seine Macht nicht umsonst über mehrere Jahrtausende hinweg kultiviert. Wenn er das Gefühl hatte, dass euer Bündnis stark ist, hätte er versucht, es zu nutzen und nicht zu zerstören.«

»Dennoch hat er Regeln aufgestellt und Ichorianer bestraft, die ähnliche Bündnisse eingegangen sind«, hatte Issac bemerkt.

Was Stas dazu veranlasst hatte zu murmeln: »Er hat Sierra bei lebendigem Leib gehäutet und ihren Schöpfer gezwungen, sie anzuzünden, nur weil er gewusst hatte, dass Owen sich in der Stadt aufhielt und seine Anwesenheit Osiris gegenüber verschwiegen hatte.«

»Weil das einen Mangel an Loyalität gegenüber der Sache beweist«, hatte Sethios geantwortet. »Mein Vater würde ein solches Verhalten nicht auf die leichte Schulter nehmen.«

»Aber wir haben die letzten dreihundert Jahre damit verbracht, dieses Bündnis im Geheimen zu pflegen.« Issac hatte die Stirn gerunzelt. »Es sei denn …«

»Es sei denn, Aidan hat ihm davon erzählt«, hatte Luc den Satz beendet, wobei er keinerlei Gefühlsregung gezeigt hatte. »Als Anführer der Blutlinie wäre es seine Pflicht gewesen. Und er hat nie versprochen, sich von mir abzuwenden. Im Grunde hat er Osiris schon vor langer Zeit gesagt, dass er die Politik nicht über seinen eigenen Sohn stellen würde.«

Daraufhin hatten sie alle geschwiegen.

Dann war Luc gegangen und hatte gesagt, er wolle sich mit Mateo unter vier Augen unterhalten.

Das war vor drei Stunden gewesen.

Keiner von ihnen wusste, was er tun würde. Normalerweise beriet er sich mit den anderen, vor allem mit den Ältesten, aber weder Jay noch Alik hatten etwas von ihm gehört, seit er Mateo mit nach Hause genommen hatte. Er hatte ihn nicht wie Clara in den Kerker gesperrt, sondern ihn in sein eigenes Heim eingeladen.

Issac war besorgt, aber er massierte weiterhin Stas' Schultern, statt seine Bedenken laut zu äußern. Er vertraute darauf, dass Luc das Richtige tun würde. Und er war ohnehin noch nicht bereit, eine eigene Entscheidung zu treffen.

Alle diese Gedanken konnte sie deutlich hören, denn er entzog sich ihr nie, nicht einmal für einen Moment. Durch ihr Band machte er ihr sein Bewusstsein zugänglich, sodass sie jedes Wort hören konnte.

Sie hätte fast gelächelt, denn ihre Beziehung war nicht immer so innig gewesen. Früher hatte er seine Geheimnisse geliebt.

Sie seufzte und lehnte sich mit dem Rücken an ihn. Sie genoss die körperliche Nähe und den kurzen Moment der Entspannung, den er ihr bot.

In letzter Zeit schienen sie nur noch selten einen Moment für sich zu haben. Aber er hatte sie noch einen Augenblick länger in Balthazars Haus festgehalten und dann begonnen, wahre Wunder an ihren Schultern zu bewirken, sodass sie ihre Verpflichtungen völlig vergessen hatte.

Nun, nicht wirklich.

Nachdem die Nacht hereingebrochen war, hatten ihre Mutter und Stark begonnen, wieder an den Schutzsymbolen zu arbeiten. Und Stas hatte vor, sich ihnen anzuschließen.

Allerdings ... Sie gähnte. *Allerdings bin ich wahrscheinlich zu erschöpft, um mich nützlich zu machen.* Sie wusste nicht genug über die Symbole oder die ätherische Energie, um ihnen wirklich behilflich zu sein. Für sie wäre es vielmehr eine Lektion, die sie in ihrem derzeitigen Zustand nur schwer erlernen würde.

Sie hatte seit über vierundzwanzig Stunden nicht mehr geschlafen, wobei sie die ganze Zeit damit verbracht hatte, etwas über Schutzzauber und ätherische Energie zu lernen. Sie hatte das Gefühl, beträchtlich im Rückstand zu sein, aber ihre Mutter hatte ihr versichert, dass das normal wäre. Die meisten Seraphim konnten mit den Lektionen nicht beginnen, bevor ihnen Flügel gewachsen waren.

Du bist großartig, murmelte Issac in ihren Gedanken. *Aber du darfst dich hin und wieder auch ausruhen.*

Wir wissen nicht, wann die Seraphim angreifen werden. Ich muss bereit sein.

Du wirst nicht bereit sein, wenn du erschöpft bist, Liebes, flüsterte er, während er seine Nase über ihren Nacken bis zu ihrem Ohr gleiten ließ. »Komm mit mir ins Bett, Aya. Ich kann Caro ein Bild von dir schicken, wie du schläfst. Sie wird es verstehen.«

»Ja, aber Unsterbliche brauchen keinen Schlaf.« Ihr Körper stimmte mit dieser Aussage zwar nicht überein, aber sie müsste zutreffen. Unsterblichkeit bedeutete, dass sie ohne Nahrung und Schlaf überleben konnte. Zumindest in der Theorie.

»Du hast recht, Liebes. Wir brauchen keinen Schlaf. Allerdings hatte ich etwas anderes im Sinn. Ich nehme jedoch an, dass deine Mutter nicht sonderlich begeistert wäre, wenn ich ihr ein Bild von dem schicke, was ich mit dir vorhabe. Daher werde ich ihr eine Vision übermitteln, die dich schlafend zeigt.«

Er ließ seine Hände über ihre Schultern auf ihre Arme gleiten und zog sie an seine Brust.

»Komm mit mir ins Bett, Aya«, wiederholte er und legte die Hände auf ihre Hüften. Dann begann er, sie rückwärts aus dem Wohnzimmer zu führen. »Ich werde mich um all deine Bedürfnisse kümmern, und du wirst dich danach viel besser fühlen. Das verspreche ich dir.«

»Issac ...«

»Du nimmst eine Auszeit«, sagte er, wobei ein herrischer Unterton in seiner Stimme mitschwang. Es war deutlich genug, um sie wissen zu lassen, dass es keine Bitte, sondern eine Forderung war. »Deine Eltern haben eine Pause gemacht. Und Gabriel ebenso. Du hast dich jedoch kein einziges Mal ausgeruht. Es ist an der Zeit, auf deinen Körper zu hören und mir zu gestatten, mich um dich zu kümmern.«

»Ich habe auch eine Pause gemacht«, entgegnete sie halbherzig. »Ich bin schon seit ein paar Stunden nicht mehr geflogen.«

Er presste die Lippen auf ihre Halsschlagader. »Nicht jede Erschöpfung ist körperlicher Natur, Aya. Manchmal braucht auch der Geist einen Moment der Ruhe.«

Hm, summte sie, als sie die tiefere Bedeutung seiner Worte verstand.

Hier ging es nicht nur um sie, sondern auch um ihn. Er brauchte sie, denn sie war eine emotionale Stütze für ihn. Er würde es zwar nicht laut zugeben, doch in gewisser Weise hatte er es mit seinen Worten zum Ausdruck gebracht. Sie selbst war geistig nicht erschöpft, doch Issac war es mit Sicherheit. Er hatte den ganzen Nachmittag und Abend damit verbracht, sich den Kopf über Mateo zu zerbrechen, und darüber nachgegrübelt, was sein Geständnis alles beinhaltete.

Sein Nachkomme hatte indirekt zu der Ermordung des Mannes beigetragen, der für Issac immer wie ein Vater gewesen war. Aidan war nicht nur sein Schöpfer, sondern auch derjenige, der ihn mehr oder weniger adoptiert hatte, als er noch ein kleiner Junge gewesen war, und ihn wie seinen eigenen Sohn aufgezogen hatte. Er hatte Issacs Mutter geliebt, hatte mit ihr Amelia gezeugt und war Issacs wahre Familie gewesen.

Während Mateo seiner Verantwortung unterlag.

Er war sein Nachkomme.

Denn Issac hatte ihn zu einem Ichorianer gemacht.

Und seine Handlungen hatten Issacs Vater das Leben gekostet.

Issac hatte recht.

Sie konnte nicht weiter trainieren, solange ihr Gefährte sie brauchte. Unter dem Vorwand, sich um sie kümmern zu wollen, bat er sie, bei ihm zu bleiben. Sie würde ihm damit helfen, sich besser zu fühlen.

Und um ehrlich zu sein, würde sie sich dann auch besser fühlen.

Sie drehte sich in seinen Armen zu ihm um und er drückte sie im Flur gegen die Wand. Seine saphirblauen Augen glühten vor Leidenschaft. »Astasiya …«

»Küss mich, Issac«, forderte sie und ließ ihre Fähigkeit der Überzeugungskraft in die Worte mit einfließen.

Seine Iriden verdunkelten sich und schimmerten mitternachtsblau, was ihr verriet, dass er genau diese Worte hatte hören wollen. Ihre Lippen kribbelten erwartungsvoll und ihre Zunge sehnte sich nach der seinen.

Doch er küsste sie nicht auf den Mund.

Stattdessen presste er seine Lippen auf ihre Kehle und umschloss mit den Lippen ihre Halsschlagader, was ihr Blut in Wallung brachte.

Du hast nicht gesagt, wo ich dich küssen soll, Liebes, flüsterte er in ihren Gedanken, während er seine Schneidezähne in ihr Fleisch bohrte.

Sie schnappte nach Luft, als er die Zähne tief in ihrem Hals versenkte und ihr Blut in den Mund saugte, um es zu trinken.

Sie wurde von einer Welle der Euphorie durchströmt, die ein Feuer tief in ihrem Inneren schürte und nach mehr verlangte.

Er hatte die Hände immer noch an ihre Hüften gelegt und drückte sie gegen die Wand, während er seinen Unterleib an ihren presste. Sie trugen beide Jeans, was ihre Vorfreude noch steigerte, indem die Kleidungsstücke ihre unvermeidliche Verbindung hinauszögerten.

Denn Issac Wakefield hatte es nie eilig.

Nein, er zog es vor zu genießen.

Langsam. Gründlich. *Zielstrebig.*

Und heute Abend würde er keine Ausnahme machen.

Stas spannte die Schenkel an, als er sich langsam von ihrem Hals löste, um sich mit seinen Lippen einen Weg zu ihrem Ohr zu bahnen. »Ich will, dass du nackt auf dem Bett auf mich wartest, Aya. Du hast dreißig Sekunden Zeit.«

Sie fragte ihn erst gar nicht, wie er sie belohnen würde, wenn sie ihm gehorchte. Stattdessen teleportierte sie sich ins Schlafzimmer und riss sich das Hemd über den Kopf. Sie wollte gerade ihren BH öffnen, als sie sich auf die Unterlippe biss und ihre Möglichkeiten abwog.

Er wollte sie nackt sehen.

Aber Widerstand wurde oft belohnt.

Sie ließ den BH an und konzentrierte sich stattdessen auf ihre Jeans, streifte ihre Socken ab und kletterte auf das Bett, das sie vorübergehend für sich beansprucht hatten.

Da Balthazar im Moment nicht hier war, fühlte es sich so an, als würden sie für ihn das Haus hüten.

Stas lehnte sich zurück in die Kissen und richtete den Blick auf die Tür.

Dann begann sie zu zählen.

Als dreißig Sekunden verstrichen waren, legte sie die Stirn in Falten.

Aus dreißig Sekunden wurde eine Minute.

Und aus einer Minute wurden zwei Minuten.

Issac?

Keine Antwort.

Sie setzte sich auf, als die Tür geöffnet wurde und ihr Dämon auf der anderen Seite mit einem Glas Rotwein in der Hand stand.

Mit einem Stirnrunzeln ließ sie sich zurückfallen, wobei sie sich auf den Ellbogen abstützte. *Du hast dir einen Drink geholt?*

Er antwortete nicht, sondern betrat das Zimmer und schloss leise die Tür hinter sich. Das Schloss rastete mit einem Klicken ein, das ihr einen erregenden Schauer über den Rücken jagte. »Du bist nicht nackt, Aya«, sagte er beiläufig, während sein verführerischer Blick die schwarze Spitze musterte, die ihren Oberkörper zierte.

»Es macht viel mehr Spaß, wenn du mich ausziehst«, erwiderte sie.

»Mm«, knurrte er und schlenderte auf das Bett zu. Er stellte das Weinglas auf dem Nachttisch neben ihr ab, während er den Blick immer noch über ihren Körper schweifen ließ.

Sie liebte es, wenn er sie auf diese Weise betrachtete. Es gab ihr ein Gefühl von Macht, als könnte sie ihn in diesem Moment zu allem überreden, ohne es überhaupt zu versuchen.

Aber sie wusste auch, dass er gern das Kommando an sich riss und es im Schlafzimmer nur selten aus der Hand gab. Sein Gesichtsausdruck verriet ihr, dass er heute Abend keine Ausnahme machen würde.

Auf diese Weise fand er sein emotionales Gleichgewicht und übernahm die Kontrolle über seine Gefühle. So gönnte er seinem Verstand eine Pause von der Entscheidung, die er unweigerlich würde treffen müssen.

»Ich habe Caro eine visuelle Nachricht geschickt und alle Außentüren verriegelt. Wir sollten für eine Weile nicht gestört werden.«

»Ist das der Moment, in dem du mir sagst, dass niemand mich schreien hören wird?«, scherzte sie.

»Oh, die ganze Insel wird dich schreien hören, Liebes. Vorausgesetzt, ich mache meinen Job richtig.«

»Das wird meinen Eltern vielleicht nicht gefallen.« Sie hätte nie geglaubt, diese Worte einmal aus ihrem eigenen Mund zu hören.

»Deine Eltern spielen im Moment keine Rolle in meinen Gedanken, Liebes. Nicht, solange du dich mir widersetzt und diese verdammte sexy Spitze trägst.«

Sie erschauderte, als sie den bedrohlichen Tonfall in seiner Stimme hörte. Sie wusste, dass er im Begriff war, die Kontrolle wiederzugewinnen und sie in die Knie zu zwingen. »Es tut mir nicht leid.«

»Das weiß ich«, murmelte er und beugte sich vor, um ihre Brustwarze durch den dünnen Stoff ihres BHs mit den Zähnen zu umfassen.

Sie wölbte sich auf, doch er legte eine Hand auf ihren Bauch und drückte sie sofort wieder nach unten, während er mit der anderen Hand ihre Schulter packte und sie zurück in die Kissen presste.

»Issac«, zischte sie. Der Lustschmerz durchzuckte sie und sie spannte die Gliedmaßen an. Sie krallte sich in die weiche Bettdecke, während er mit der Zunge über ihre wunde Brustwarze strich.

»Stemme deine Hände gegen das Kopfteil«, befahl er, als er sich wieder aufrichtete.

Sie schluckte, tat jedoch, wie geheißen. Das Holz fühlte sich kühl unter ihren Händen an.

»Bewege dich keinen Zentimeter, bis ich es dir sage.«

Auf ihren Armen breitete sich eine Gänsehaut aus. Es wäre so einfach, sich ihm zu widersetzen, um zu sehen, was er tun würde. Aber sie wusste, dass er genau das brauchte, um sein Gleichgewicht wiederzufinden. Außerdem würde sie von seiner derzeitigen Stimmung durchaus profitieren, was sie an dem verschmitzten Funkeln in seinen Augen erkennen konnte.

Würde sie ein langsames und sinnliches Spiel vorziehen, würde er ihr den Wunsch sofort erfüllen.

Aber sie ertappte sich immer öfter dabei, dass sie sich nach dieser Seite von Issac sehnte. Nach seiner Dominanz.

Nach dem Alphamann in ihm, der sie in Besitz nahm, wie es kein anderer vermochte.

Danach würde er sie massieren, sie baden und verwöhnen.

Doch im Moment sehnte er sich nur nach Leidenschaft.

Und er würde sie mit allen Mitteln in ihr entfachen.

Ihr Dämon lächelte, als er die Rolle annahm, für die er in ihrem gemeinsamen Leben bestimmt war – die Rolle der personifizierten Sünde.

»Wunderbar«, sagte er, wobei sein sinnlicher Unterton jede Silbe umschmeichelte. »Du bist bereit.« Es war keine Frage, sondern eine Feststellung.

Dennoch fühlte sie sich geneigt zu antworten: »Das bin ich.«

»Dann lass uns beginnen.«

KAPITEL 19

ISSAC

AYA ÖFFNETE DEN MUND UND IHR ATEM WAR WIE EIN verheißungsvoller Kuss in der Luft. Er brauchte keine Worte, um sie zu verstehen, und kannte ihre Bedürfnisse, ohne ihre Gedanken zu lesen.

Sie gehörte ihm.

Und sie vertraute ihm bedingungslos, genau wie er ihr.

Sie war seine andere Hälfte. Sein Herz. Seine Quelle der Ruhe und Zufriedenheit nach einem beschissenen Tag. Und während er sie jetzt um ihretwillen verwöhnte, tat er es auch für sich selbst.

Und das wusste sie.

Denn sie kannte ihn besser als jeder andere.

Ihr Band ging tiefer, als eine einfache Blutsverbindung es je sein könnte. Ihre Seelen hatten sich vermählt und waren bis in alle Ewigkeit miteinander verbunden, was bedeutete, dass er diese Frau für den Rest seines sehr langen Lebens an seiner Seite haben würde.

Es war ein Geschenk, das er nicht verdient hatte, aber er hatte geschworen, es zu ehren. Und genau das beabsichtigte er jetzt zu tun.

Sie hatte die Hände immer noch gegen das dunkle Holz des Kopfteils gepresst und stellte ihren Körper auf diese Weise wunderbar zur Schau.

Sie hatte ihr Höschen und ihren BH anbehalten, denn sie wusste, dass sie ihn damit um den Verstand bringen konnte. Er vergötterte ihr Faible für Dessous-Sets. Er mutete fast unschuldig an und war zugleich verdammt sexy. Sie hatte schon immer gern Spitzen- und Seidenwäsche getragen, und hatte diese Vorliebe bereits ausgelebt, bevor er sie kennengelernt hatte.

Aber es war eine Eigenart, die er genoss, seit er das erste Mal ihren schwarzen Stringtanga auf dem Konklave befühlt hatte.

Verdammt, sie war umwerfend gewesen in diesem sündhaft kurzen Kleid.

Allein der Gedanke zauberte ihm ein Lächeln aufs Gesicht.

Sie hatte seine Hilfe gebraucht, um es zu öffnen.

Dann hatte er sich wie ein anständiger Gentleman umgedreht, während sie sich entkleidet hatte.

Aber im Moment hatte er nichts Anständiges an sich.

»Hm«, knurrte er und strich mit einem Finger von ihrem Schlüsselbein über die Mitte ihrer Brust bis zu ihrem Bauchnabel hinunter. »Ich bin am Verdursten, Astasiya. Ich brauche mehr Blut.«

Das war natürlich gelogen.

Er brauchte kein Blut mehr, um zu überleben. Dank des Bands, das er mit Aya eingegangen war, verwandelte er sich allmählich in einen Seraph, was ihn auch von seinen früheren ichorianischen Bedürfnissen befreite.

Das bedeutete jedoch nicht, dass er den Geschmack nicht mehr genoss.

Blut war das Grundnahrungsmittel der Seraphim. Es schuf das Band zwischen ihnen und diente als Gefäß, das ihre Macht enthielt. Daher war es nur natürlich, dass er sich immer noch daran ergötzte, Aya zu beißen. Dem Beben ihrer Nasenflügel nach zu urteilen war er nicht der Einzige, der es genoss.

»Öffne den Mund, Liebes«, sagte er mit gedämpfter Stimme.

Sie gehorchte ihm sofort und öffnete ihre vollen Lippen, damit er tun konnte, wonach ihm der Sinn stand.

Er nahm das Weinglas und trank einen Schluck, bevor er sich vorbeugte, um ihr eine Kostprobe zu geben. Es war ein trockener Rotwein aus Argentinien, der etwas Süße vertragen konnte.

Mit der Zunge ließ er den Wein in ihren Mund tropfen, damit sie sich mit dem Geschmack vertraut machen konnte. Ihr entfuhr ein Stöhnen, doch nicht wegen des Weins, sondern wegen der Sinnlichkeit des Augenblicks.

Issac küsste sie und zog den Moment in die Länge, während er das Weinglas vorsichtig neben ihrem Kopf auf dem Kissen balancierte. »Du wirst ihn mir versüßen, Aya«, sagte er mit tiefer und verheißungsvoller Stimme.

Er strich mit der Nase über ihren Wangenknochen und genoss es, wie sie unter seiner Berührung errötete. Es war so dekadent und wunderschön.

Er ließ die Lippen über ihren Hals gleiten, hielt inne, um die Stelle zu küssen, an der er sie im Flur gebissen hatte, und wanderte dann weiter zu ihrer Schulter.

Er packte den Träger ihres BHs mit den Zähnen und zog ihn an ihrem straffen Arm hinunter bis zu ihrem Ellbogen. Ihre Brust war nun teilweise entblößt, wobei der Spitzenstoff an ihrer steifen Brustwarze hängenblieb.

Issac konnte sie leicht durch den hauchdünnen Stoff sehen, der ihren rosigen Nippel dunkler erscheinen ließ.

»Du hättest ihn ausziehen sollen, Liebes. Ich hätte ein wenig schneller zur Sache kommen können.«

»Ich ziehe es gern in die Länge«, erwiderte sie. »Genau wie du.«

»In der Tat«, stimmte er zu. Er liebte es, dass sie genau wusste, wie sie auf seine Spielchen reagieren musste. Sie war für ihn ein Rätsel, wie er es zuvor noch nie erlebt hatte. Sie kannte all seine Vorlieben und gab ihm zugleich jedes Mal das Gefühl, eine völlig neue Erfahrung zu machen.

Es war berauschend.

Süchtig machend.

Und so verdammt aufregend.

Sie hielt mit ihm Schritt und ließ dennoch jede Begegnung neu erscheinen.

Vielleicht hatte er auch nur das Gefühl, dass es so war.

Er würde nie genug von ihr bekommen. Wenn überhaupt, glaubte er, dass selbst die Ewigkeit nie genug sein würde.

Er strich mit den Lippen über ihre Brust bis hinunter zu dem Stoff, der ihre Brustwarze bedeckte. Er packte ihn mit den Zähnen und zog ihn nach unten, um ihre Brust zu entblößen.

Aber statt den Anblick zu genießen, widmete er sich dem anderen Träger und begann von vorn. Als er ihre weiblichen Kurven vollständig entblößt hatte, hatte sich eine Gänsehaut auf ihrer Brust ausgebreitet und ihre rosigen Brustwarzen waren völlig steif.

»Umwerfend«, sagte er und trank noch einen Schluck Wein.

Er hielt sich jedoch nicht mit ihren Brüsten auf, sondern konzentrierte sich auf den Fetzen Spitze zwischen ihren Schenkeln.

Dieser würde schwieriger zu entfernen sein.

Doch er schreckte nie vor einer Herausforderung zurück.

Er ließ seine Lippen über ihren flachen Bauch bis zum Saum ihres Höschens gleiten, das ihren rasierten Venushügel bedeckte. Dann senkte er den Kopf zwischen ihre Schenkel und schmeckte ihre süße Essenz durch den Stoff hindurch. Der Duft brachte das Raubtier in ihr zum Vorschein.

»Mm.« Sie schmeckte absolut göttlich. Er trank noch einen Schluck Wein und stöhnte auf. »Ja. Genau das hat der Wein gebraucht.« Mehr als nur ihr Blut.

Oder vielleicht … eine Mischung aus beidem.

Er löste sich von ihrem heißen Unterleib und glitt an ihrem Oberschenkel hinunter zu seiner Lieblingsarterie. Ihre Beine spannten sich an, als er ihren pochenden Puls küsste.

Sie wusste, was er begehrte.

Und die Röte, die sich auf ihrem Gesicht und ihren Brüsten ausbreitete, verriet ihm, dass sie mehr als einverstanden war.

Doch bevor er sie beißen konnte, musste er das Höschen entfernen.

Er blickte ihr in die Augen, als er sich langsam aufrichtete, wobei er das Weinglas immer noch in der Hand hielt. Er hatte die ganze Zeit neben ihr gestanden, sich über ihren verführerischen Körper auf dem Bett gebeugt und sich mit der freien Hand auf der Matratze abgestützt.

Er stellte das Glas ab und konzentrierte sich wieder auf das Höschen, wobei er langsam die Geduld verlor.

Es war ein verdammt langer Tag gewesen.

Und er wollte sich satt trinken, sie schreien hören, sie bis zur Besinnungslosigkeit ficken und all ihre Sorgen für einen Moment vergessen.

Entschlossen packte er die Riemchen, die ihre Hüften zierten, und riss ihr das Höschen vom Leib.

Sie schnappte schockiert nach Luft und legte sofort die Stirn in Falten. *Sie schulden mir neue Dessous, Mister Wakefield.*

Ich werde dir eine ganze Dessous-Linie kaufen, antwortete er, während er sich das Hemd über den Kopf zog.

Wie immer ließ sie den Blick sofort zu seinem Oberköper wandern. Er hatte in letzter Zeit nicht mehr so regelmäßig Sport getrieben und war aufgrund der aktuellen Ereignisse nicht mehr oft schwimmen gewesen. Doch dem bewundernden Ausdruck in ihren Augen nach zu urteilen hatte es wohl keinen großen Unterschied gemacht.

Das waren die Vorzüge der Unsterblichkeit.

Das bedeutete im Gegenzug, dass sich auch ihr Körper nie wieder verändern würde, und er war dem Schicksal jeden verdammten Tag dankbar dafür.

Denn mit ihrem seidigen blonden Haar, den funkelnden grünen Augen, dem elfischen Kinn, perfekten Brüsten, schlanken Taille und ellenlangen Beinen war sie der Inbegriff der Schönheit.

Alles an ihr war perfekt, als hätte das Schicksal sie nur für ihn geschaffen.

Und die Art, wie Aya ihn ansah, verriet ihm, dass sie genau dasselbe für ihn empfand.

Er öffnete den Knopf seiner Jeans und seufzte erleichtert, als er den Reißverschluss herunterzog. Sein Schwanz war so verdammt hart – *immer so verdammt hart für sie* – und es fiel ihm schwer zu atmen.

Es hatte seine Vorteile, wenn man die Befriedigung hinauszögerte.

Aber manchmal wollte er einfach nur in seine Frau eindringen und sich von einer nie enden wollenden Welle der Ekstase mitreißen lassen.

»Willst du immer noch deinen Wein versüßen?«, reizte Aya ihn mit wissendem Blick.

»Vielleicht nachdem ich dich gefickt habe«, sagte er und zog dabei seine Jeans und Boxershorts aus.

Sie ließ den Blick an seinem Körper hinunter zu dem Teil wandern, der sie am meisten begehrte. »Dagegen habe ich nichts einzuwenden.«

Er verzog die Lippen zu einem Lächeln. »Tatsächlich?«, fragte er und kletterte aufs Bett, um auf sie zuzukriechen.

»Ja«, flüsterte sie mit einem begierigen Funkeln in den Augen.

Er hielt inne, als er ihre Schenkel erreichte, denn er hatte zuerst das Bedürfnis, sie zu schmecken.

Issac sah ihr in die Augen, als er den Kopf senkte, um mit seiner Zunge über ihre feuchte Spalte zu streichen. Sie krallte sich in das Kopfteil, als sie die Arme anspannte, um nicht dem Verlangen nachzugeben, seinen Kopf zu packen.

Er reizte sie noch mehr, indem er mehr Druck ausübte und mit seiner Zunge in sie eindrang.

Verdammt, flüsterte sie, wobei der Gedanke wahrscheinlich mehr ihr selbst galt. *Verdammt. Verdammt. Verdammt.*

Wer wird denn gleich fluchen, Liebes, neckte er sie, während er mit seiner Zunge ihre Klitoris umkreiste.

Ihr entfuhr ein Stöhnen und ihre Pupillen weiteten sich, als sie darum kämpfte, seinem Blick standzuhalten.

Er leckte sie erneut, um ihre Standhaftigkeit auf die Probe zu stellen.

Sie rührte sich nicht und starrte ihm weiterhin in die Augen, während sie immer heftiger atmete. Er umschloss ihre Klitoris mit seinen Lippen und saugte lange und genüsslich daran, bis sie versuchte, die Hüften aufzubäumen. Doch er hatte die Hände auf ihre Hüften gelegt und hielt sie fest, während er mit den Ellbogen ihre Schenkel auf die Matratze drückte und sie zwang, sein sinnliches Spiel über sich ergehen zu lassen.

Ihre Flüche in ihren Gedanken wurden immer vulgärer, wobei hin und wieder auch sein Name fiel.

Sie begann, mit den Wimpern zu flattern, und hatte zunehmend Schwierigkeiten, seinem Blick standzuhalten.

Issac ... Ich ... Ich werde gleich ...

Er zog den Kopf zurück und entlockte ihr ein weiteres Schimpfwort, doch diesmal sprach sie es laut aus. »Arschloch.«

»Ich werde es wiedergutmachen, Liebes«, versprach er, während er sich mit den Lippen einen Weg zu ihren Brüsten bahnte. Er ließ seine Hand an ihren Rücken gleiten, um ihren BH zu öffnen, und zog ihn ihr aus, während er eine ihrer Brustwarzen tief in seinen Mund saugte.

Sie schrie auf und schlang ihre Beine um seinen Oberkörper, um ihn nach oben zu ziehen. Er sah ihr wieder in die Augen und ermahnte sie mit einem Blick zur Geduld, während er sich ihrer anderen Brust widmete.

Die ganze Zeit über hatte sie die Hände kein einziges Mal vom Kopfteil gelöst, und ihr Gehorsam ließ seinen Schwanz nur noch härter werden. Sie hätte ihn mit Leichtigkeit ihrem Willen unterwerfen können, doch sie hatte sich entschlossen, sich ihm zu fügen. Sie unterwarf sich ihm und ließ ihn die Kontrolle übernehmen.

Es war ein wunderbares Geschenk, das er niemals als selbstverständlich ansehen würde.

Er wanderte mit seinem Mund höher, leckte und knabberte an ihr und hielt dann an ihrem Hals inne. Er leckte über die blutige Wunde, bevor sie verheilen würde.

Das Aroma ihres Lebenssaftes durchzuckte seine

Lenden und ließ seinen Schwanz nur noch härter werden, als er ihn an ihren heißen Unterleib presste.

»Du bist immer so perfekt, Aya«, flüsterte er ihr ehrfürchtig ins Ohr, während er langsam in sie eindrang. »So schön. So verführerisch. So warm und *eng.*« Er stieß bis zum Anschlag in sie hinein und sie schnappte nach Luft. »Ich werde nie genug von dem Gefühl bekommen, in dir zu sein.«

»Erlaube mir, dich zu berühren«, flehte sie. »Bitte.«

Er stützte sich mit den Ellbogen auf beiden Seiten ihres Kopfes ab und ergriff eines ihrer Handgelenke, um ihre Hand an seine Wange zu führen. Sie erschauderte und ihre Augen wären fast in ihren Kopf zurückgerollt. Er musste grinsen, als er sah, welche Wirkung er auf sie ausübte.

»Du kannst dich jetzt wieder bewegen, Aya«, sagte er mit sanfter Stimme. »Aber nur, wenn ich dich weiter verwöhnen darf.«

Sie schlang ihre Beine fester um seine Taille und legte ihre andere Hand an seinen Nacken, um ihn an sich zu ziehen und ihn zu küssen.

Und dann begannen ihre Körper, miteinander zu tanzen.

Sie bewegten sich jedoch nicht in einem sanften Rhythmus, denn sie waren nur selten zärtlich miteinander. Vielmehr entbrannte zwischen ihnen eine intensive, leidenschaftliche Hitze, die auch jetzt ihr Blut in Wallung brachte.

Er stieß tief in sie hinein.

Sie hob die Hüften, um ihm entgegenzukommen.

Sie presste die Waden an seinen Hintern.

Sie krallte sich in seinen Nacken.

Und ließ ihre Hand von seinem Gesicht gleiten, um sein Haar zu umfassen und ihn an sich zu drücken.

Sie küssten sich und ihre Zungen vollführten einen Tanz voller Sinnlichkeit und Anmut, während ihre Hüften sich miteinander vermählten. Ihre Erregung umhüllte jeden Zentimeter seines Körpers und packte ihn mit einer Leidenschaft, die seine Lenden durchzuckte.

Er rollte sich auf den Rücken und zog sie mit sich. Er brauchte mehr, brauchte *sie*.

Sie setzte sich auf und er tat es ihr gleich. Er schlang seine Arme um sie, während sie sich weiter leidenschaftlich küssten. Sie legte die Beine um seine Taille und setzte sich auf seinen Schoß, während sie sich weiter in einem sinnlichen Rhythmus bewegten.

Ihre Körper berührten einander überall.

Ihr Busen war an seine Brust gepresst.

Ihre erregte Weiblichkeit umschloss seine Männlichkeit.

Sie hatte die Arme um seinen Hals geschlungen.

Und die Finger in seinem Haar verwoben.

Ihre Zungen tanzten miteinander.

Verdammt, er stand kurz vor dem Höhepunkt, aber er wollte, dass sie zuerst kam. Er hatte gelobt, sich um sie zu kümmern, und zwar nicht nur heute Nacht, sondern bis in alle Ewigkeit, und er hatte es ernst gemeint.

Er spürte, dass sie am Rand der Ekstase stand, und wusste, dass sie eine Berührung und vielleicht auch ein paar Worte brauchte, um sie über den Abgrund zu stoßen.

»Du wirst für mich kommen, Aya«, flüsterte er, als er eine Hand zwischen ihre Körper gleiten ließ, um sie auf die empfindsame Stelle zu legen, die sie zum Explodieren bringen würde. »Du wirst für mich kommen, und zwar *sofort*.« Er stieß tief in sie hinein an den Punkt, der sie ins Paradies versetzen würde, während er gleichzeitig Druck auf ihre Klitoris ausübte.

»*Issac*«, keuchte sie und festigte den Griff um seinen Hals, als sie am ganzen Körper zu beben begann.

Er ließ seine Lippen auf ihren Hals gleiten, während seine Instinkte ihn dazu antrieben, sie erneut zu beißen.

Sie schrie auf, als er seine Zähne in ihrem Fleisch versenkte. Die Endorphine, die dabei in ihren Körper strömten, steigerten ihre Ekstase um das Dreifache und ließen sie erneut kommen, noch bevor ihr erster Orgasmus verebbt war. Er hoffte, dass die Endorphine immer ein Teil von ihm sein würden und nicht nur eine ichorianische Eigenschaft waren. Falls sie jedoch irgendwann verblassen sollten, würde er einen anderen sinnlichen Weg finden, um seine Aya zu beißen.

Denn er liebte ihre Reaktion.

Ihre Weiblichkeit spannte sich an, presste seinen Schaft zusammen, bis es fast schmerzte, und zwang ihn, ihr über den Abgrund zu folgen. Er hatte keine Wahl. Doch die wollte er auch gar nicht.

Er folgte ihr, sehnte sich danach, an ihrer Seite zu fliegen, und träumte von dem Tag, an dem ihm eigene Flügel wachsen würden.

Aber für den Augenblick würde er sich mit diesen gemeinsamen Momenten der Glückseligkeit begnügen, in denen sich ihre Seelen in einem berauschenden Kuss vereinten, der sie beide in eine unerklärliche Euphorie versetzte.

Sein Herz hämmerte wild in seiner Brust, als er sich in ihr ergoss und sie von innen in Besitz nahm, während sie sich in seinen Rücken krallte und immer noch von der Welle der Ekstase davongetragen wurde.

Er küsste sie noch einmal und flüsterte Worte der Verheißung durch ihr Band.

Sie stöhnte und ihre Muskeln entspannten sich

langsam, als er sie sanft wieder auf den Boden der Tatsachen zog.

Ihr blondes Haar fiel auf das Kissen, als er sie auf die Matratze legte. Sein Schaft war noch immer tief in ihr, als er über ihr schwebte und sie einander sanft liebkosten, um das letzte Beben ihrer Lust auszukosten.

Dann presste er seine Stirn an die ihre und verzog die Lippen zu einem erschöpften, aber zufriedenen Grinsen. »Wie fühlst du dich, Aya?«

»Lebendig«, flüsterte sie.

»Ich mich auch.« Er küsste sie erneut und liebkoste ihre Zunge träge mit der seinen, während er wartete, bis sie sich erholt hatten.

Es würde nicht lange dauern, denn ihre unsterblichen Seelen verjüngten sich im Handumdrehen und gaben ihnen neue Energie.

Sie ließ ihre Fingerspitzen über seine Wirbelsäule gleiten, während ihre Glückseligkeit ihr Band mit Wärme durchströmte. *Du hattest recht*, dachte sie staunend. *Ich habe definitiv etwas Ruhe gebraucht.*

Er lachte leise und zog den Kopf zurück, um ihr ins Ohr zu flüstern: »Es tut nicht nur dem Körper gut, sondern auch …«

Der Anblick von Balthazars Wohnzimmer ließ ihn verstummen und er runzelte die Stirn. Er hatte die Tür verschlossen, was bedeutete, dass derjenige, der sich gerade im Haus aufhielt, entweder eingebrochen war oder absichtlich ignoriert hatte, dass sie nicht gestört werden wollten.

»Was ist los?«, fragte sie.

»Irgendjemand ist im Haus«, murmelte er und glitt aus ihr heraus. »Ich werde mich darum kümmern. Du bleibst hier.« Er öffnete eine Schublade und zog sich eine

Flanellhose an. Er machte sich nicht die Mühe, sich auch ein Hemd überzuziehen. »Ich bin gleich zurück.«

Die berühmten letzten Worte.

Denn in dem Moment, in dem er den Flur betrat, wusste er, dass es etwas länger dauern würde.

Vera lehnte an der Wand und hatte ihre marineblauen Flügel ausgebreitet. »Wir müssen uns unterhalten.«

Er zog eine Augenbraue in die Höhe. »Wer ist bei dir?« Denn er sah die Vision in seinem Kopf nicht durch Veras Augen, sondern durch die einer anderen Person.

Osiris trat mit ausdrucksloser Miene hervor. »Ich kann dich also meinem Willen unterwerfen und dich zwingen, eine Vision zu sehen. Gut zu wissen.«

Issac runzelte die Stirn, denn Osiris' Worte behagten ihm ganz und gar nicht. *Aya, du solltest dir doch etwas anziehen.*

Bin schon dabei, antwortete sie.

»Warum bist du hier?«, fragte er.

»Ich bin Vera nur gefolgt, um mich von ihr auf den neusten Stand bringen zu lassen, und das hat sie gerade getan. Hat Stas noch einmal über ihre Ausbildung nachgedacht?«

»Nein«, antwortete Aya, als sie hinter Issac auf den Flur trat. Sie hatte sich Schlafshorts und ein Trägerhemd angezogen. »Ich arbeite immer noch mit Stark und meiner Mutter zusammen. Außerdem ist es erst ein paar Tage her.«

»Tatsächlich?« Osiris dachte einen Augenblick darüber nach. »Nun.« Er zuckte mit den Schultern und wandte sich Vera zu. »Dann also bis zum nächsten Mal.« Im nächsten Moment war er verschwunden und ließ die drei auf dem Flur zurück.

»Du versorgst ihn also jetzt mit Neuigkeiten?« Aya klang so ungläubig, wie Issac sich fühlte.

»Es gibt so viel, was ihr nicht wisst«, sagte Vera und klang müde.

»Ja, das sehe ich«, erwiderte Stas. »Und die Tatsache, dass du nach Island einfach verschwunden bist, macht die Sache nicht besser.«

Vera verzog den Mund. »Ich bin einem Erinnerungsstrang gefolgt, den ich in Patreels Gedächtnis gefunden habe.«

»Patreel?«, wiederholte Aya.

»Einer der seraphischen Fährtenleser, die Leela und Balthazar verfolgen. Ich musste seine Erinnerung an die Geschehnisse in Island manipulieren, und dabei bin ich … auf etwas gestoßen.« Vera rieb sich den Nacken. Ihrer Haltung und ihrem Gesichtsausdruck nach zu urteilen war ihr ausgesprochen unbehaglich zumute. Issac hatte sie noch nie so gesehen.

Er kannte sie zwar kaum, aber sie wirkte erschöpft und vielleicht auch ein wenig überfordert.

»Was hast du entdeckt?«, fragte er laut.

Veras Flügel verschwanden, als sie ihre körperliche Gestalt annahm, wobei sich ihre blaugrünen Iriden silbergrau verfärbten.

Sie blinzelte einmal. Dann noch einmal. Doch sie schien immer noch in die Ferne zu blicken, als hätte sie Schwierigkeiten, sich auf die Realität zu konzentrieren.

»Balthazar und Lee sind sich in Brasilien nicht zum ersten Mal begegnet«, flüsterte sie, mehr zu sich selbst als zu ihnen. »Sie … sie kennen sich schon seit sehr langer Zeit.« Sie räusperte sich und begegnete seinem Blick. »Issac, sie kennen sich seit über dreitausend Jahren.«

KAPITEL 20

LEELA

DER WÜRZIGE DUFT VON KNOBLAUCH LAG IN DER Nachtluft und brachte ihren Magen zum Knurren.

Hm. Es war himmlisch.

Frische Zutaten, ein mediterranes Flair und ein kleines Ristorante abseits der üblichen Touristenpfade.

Leela nippte an ihrem Glas und war begeistert, wie gut der süße Weißwein zu dem Tomatengericht passte, das sie bestellt hatte. Es schmeckte genau so, wie sie es erwartet hatte.

Nein.

Genau so, wie sie es in *Erinnerung* hatte.

Dasselbe galt für das Ambiente.

Aber die anderen Personen kannte sie nicht.

Balthazar hatte den Kellner beiläufig nach der Geschichte des Restaurants gefragt, was dazu geführt hatte, dass sie den Besitzer persönlich kennenlernten.

Er war ein mittelgroßer Mann mittleren Alters mit schönen braunen Augen und einem ansprechenden Akzent. Als er erkannt hatte, dass Leela und Balthazar Italienisch sprachen, hatte er ihnen mit Freude alles über seinen Ururgroßvater erzählt, der das Restaurant ursprünglich eröffnet hatte.

Das bedeutete, dass Balthazar und Leela dieses Lokal irgendwann in den letzten hundert oder zweihundert Jahren schon einmal besucht haben könnten.

Auf jeden Fall war es nicht vor Kurzem gewesen, denn der jetzige Besitzer kam ihnen nicht im Geringsten bekannt vor.

Und abgesehen davon, dass er sich eindeutig zu B und Leela hingezogen fühlte, hatte auch nichts darauf hingedeutet, dass er sie wiedererkannt hatte.

Balthazar hatte sich herzlich bei ihm für die Informationen bedankt.

Jetzt kam er alle zehn Minuten an ihren Tisch, um zu sehen, wie ihnen das Essen schmeckte.

Er war reizend, also machte es ihnen nichts aus. Und das Essen war absolut göttlich.

»Eindeutig ein Familienrezept«, sagte sie laut. »Denn ich habe genau dieses Gericht schon einmal gegessen.«

Manche glaubten vielleicht, dass sich die italienischen Gerichte alle ähnelten, aber Leela wusste es besser. Richtige italienische Küche variierte von Familie zu Familie, bis hin zu der Wahl der Gewürze.

Und dieses Gericht konnte niemals nachgekocht werden.

Zumindest nicht genau.

Ihre Geschmacksknospen gaben ihr recht. Sie hatte dieses Gericht schon einmal gegessen, und zwar genau in diesem Restaurant.

Mit Balthazar.

»Beim letzten Mal habe ich dich gefüttert«, sagte er leise. »Wir saßen nebeneinander und ich habe dich gefüttert, weil deine Hand anderweitig beschäftigt war.«

»Du erinnerst dich?«

»Nur an flüchtige Einzelheiten.« Er hob den Kopf und blickte sie mit seinen braunen Augen an. »Zum Beispiel, wie du meinen Schwanz zum Nachtisch geschluckt hast.«

Sie kniff die Augen zu dünnen Schlitzen zusammen. »Woher weiß ich, dass du das nicht nur sagst, weil du dich nach meinem Mund um deinen Schaft sehnst?«

»Weil ich mich immer nach diesen schönen Lippen sehnen werde, Lee«, murmelte er. »Außerdem muss ich keine Geschichte erfinden, um dich zu verführen.«

»Das ist wahr, du gehst einfach gleich in die Vollen, nicht wahr?«, sagte sie und dachte an Brasilien zurück, als er genau diese Worte ausgesprochen hatte, kurz bevor er sie am Strand leidenschaftlich geküsst hatte. Er hatte das richtige Maß an Kontrolle und Zärtlichkeit an den Tag gelegt und sie völlig verzaubert. Es war beeindruckend und unglaublich souverän gewesen.

»Was habe ich sonst noch in Brasilien getan?«, fragte er mit einem Lächeln in der Stimme.

»Ich dachte, das wüsstest du alles«, murmelte sie, als sie sich an seine Worte erinnerte. Wann war das gewesen? Vor ein paar Tagen? Vor Wochen? Die Zeit schien auf seltsame Weise zu verstreichen. Wie dem auch sei, er hatte behauptet, alles zu wissen.

Aber an seinem Blick konnte sie sehen, dass das nicht zutraf.

Ganz und gar nicht.

Sein verschmitztes Lächeln wich einem Stirnrunzeln. »Ich erinnere mich an deine Hand an meinem Schwanz und wie du mich gestreichelt hast, während ich dich mit Nudeln gefüttert habe. Die Erinnerung beruht eher auf einem Gefühl als auf einem Bild, das ich vor mir sehe, aber es ist wirklich passiert. An Brasilien kann ich mich jedoch nicht erinnern.«

»Vielleicht liegt es daran, dass wir hier sind und nicht in Brasilien«, gab Leela zu bedenken.

Er überlegte einen Moment. »Möglicherweise.« Sein Tonfall verriet ihr jedoch, dass er das nicht glaubte.

Sie aß einen weiteren Bissen, während er weiter darüber nachgrübelte.

Er hatte ein Pastagericht in Weinsoße bestellt. Nachdem sie ihren Bissen hinuntergeschluckt hatte, stibitzte sie eine Penne von seinem Teller. Er bedachte sie mit einem bewundernden Blick, während er sie beobachtete. Dann folgte er ihrem Beispiel, indem er sich ebenfalls etwas von ihrer Pasta nahm.

Ihr Umgang miteinander zeugte von Warmherzigkeit und Vertrautheit.

Genau wie neulich abends.

Und all die anderen Male, flüsterte ihre Seele. Sie versuchte, den Erinnerungen nachzujagen und sie zu definieren, um festzustellen, ob sie wirklich real waren oder nur eine Art Einbildung, die sie von etwas ablenken sollte.

»Die Ereignisse in Brasilien sind für mich nichts Besonderes«, sagte Balthazar und riss sie aus ihren Gedanken. »Ich messe ihnen keine Bedeutung bei, denn es gibt nichts an diesen Erinnerungen, was besonders hervorsticht. Sie scheinen nur irgendeine beliebige Erfahrung zu sein, die ich wahrscheinlich nie wieder in Betracht ziehen würde.«

Seine Worte trafen sie mitten ins Herz und verdarben ihr sofort den Appetit.

Denn jenes Wochenende … jenes Wochenende war eines der denkwürdigsten Wochenenden ihres Lebens gewesen.

Und für ihn war es *nichts Besonderes*.

Doch das war nicht seine Schuld. Sie hatte Vera gebeten, diese Erinnerungen zu löschen. Sie war sich über die Konsequenzen im Klaren gewesen und hatte zugestimmt, den Preis dafür zu zahlen.

Dennoch war es schmerzhaft zu hören, dass er über ihre tiefe Verbundenheit sprach, als spielte sie überhaupt keine Rolle.

Jenes Wochenende bedeutete ihm überhaupt nichts. Er hatte danach nie wieder daran gedacht und würde auch nie wieder daran denken, während sie sich das gemeinsame Erlebnis während der vergangenen Monate immer wieder ins Gedächtnis gerufen hatte.

Er griff über den Tisch hinweg nach ihrer Gabel, wickelte damit ein paar Spaghetti auf und führte sie an ihre Lippen. »Wir werden neue Erinnerungen schaffen, Lee«, versprach er ihr. »Jetzt öffne deinen hübschen Mund und iss etwas für mich. Ich will sehen, wie viel du schlucken kannst.«

Wenn er sich an Brasilien erinnern würde, wüsste er es bereits.

Er kniff die Augen zusammen. »Hör auf, dich selbst zu bestrafen, und iss.«

»Manche würden darin eine dem Verbrechen angemessene Strafe sehen«, erwiderte sie.

Er grinste. »Vielleicht lasse ich dich schlucken, nachdem du vor mir gekrochen bist.« Er presste die Gabel an ihre Lippen. »Öffne den Mund für mich, Baby.«

Sie kam seinem Wunsch nach, weil sie gehorchen wollte. Außerdem verstand sie, was er vorhatte, und wusste seine Fürsorge zu schätzen. Er wollte sie mit sexuellen Wortspielen ablenken, um sie auf andere Gedanken zu bringen.

Doch damit konnte er nicht die Schuldgefühle auslöschen, die sie innerlich verzehrten.

Vielleicht waren es weniger Schuldgefühle, sondern vielmehr ein Gefühl von Traurigkeit.

Sie wollte, dass er sich erinnerte und verstand, wie unglaublich jenes Wochenende gewesen war. Genauso wie sie sich die Erinnerung vergegenwärtigen wollte, die ihr Besuch in Venedig ausgelöst hatte und der sie seit ihrer Ankunft hinterherjagten.

»Das ist ja das Interessante daran«, murmelte Balthazar, während er noch ein paar Spaghetti für sie auf die Gabel wickelte. »Ich habe ein Gefühl der Vertrautheit und weiß tief im Inneren, dass wir hier schon einmal zusammen waren. Aber in Bezug auf Brasilien fühle ich nichts. Wir wissen, dass Vera mir meine Erinnerungen an jenes Wochenende genommen hat. Aber wer auch immer meine Erinnerung an unsere Zeit in Venedig gestohlen hat, war offensichtlich nicht ganz so gründlich.«

Sie runzelte die Stirn, während sie die Pasta kaute, die er ihr gerade in den Mund schob.

»Es fühlt sich anders an und kann unmöglich von derselben Person ausgehen«, fuhr er fort. »Also hat ein anderer mein Gedächtnis manipuliert oder jemand hat uns aus irgendeinem Grund mit einem sehr mächtigen Zauber belegt.«

Leela schluckte den Bissen hinunter, während er sich selbst von ihrem Teller bediente. »Ich weiß von keiner Kraft, mit der man einen solchen Zauber erschaffen könnte. Vielleicht ist es irgendeine Art Amor? Aber diese Fähigkeit liegt eigentlich meiner Blutlinie zugrunde, wobei keiner von uns über die Macht verfügt, derartige Halluzinationen hervorzurufen.«

Er legte die Gabel beiseite und trank einen Schluck von seinem Wein. »Dann trifft wohl eher erstere Vermutung zu, nämlich dass nicht Vera, sondern jemand anderes unsere Erinnerungen verändert hat.«

Sie genoss ebenfalls einen ordentlichen Schluck Wein, während sie über diese Möglichkeit nachdachte. »Es gibt eine ganze Reihe von Gedächtnismanipulatoren, aber abgesehen von Veras Mutter ist sie die beste.«

»Was meine Theorie nur noch untermauert, denn wer immer dafür verantwortlich ist, ist nicht so gut wie Vera.«

»Weil du keine Erinnerungen an Brasilien hast, hier jedoch Erinnerungsfetzen in deinem Gedächtnis aufblitzen«, sagte sie und wiederholte damit seine Worte von vorhin. »Warum jetzt? Warum hier? Warum nicht früher?« Sie war ihm über Monate gefolgt und hatte abgesehen von ihrer gemeinsamen Zeit in Brasilien kein einziges Mal einen Anflug von Vertrautheit verspürt.

Er ließ den Blick zu ihrem Arm wandern. »Deine Rune hat mir Zugang zu deinem Verstand gewährt. Vielleicht hat sie als ein unerwarteter Nebeneffekt eine Art Tür zur Vergangenheit geöffnet.« Er lehnte sich in seinem Stuhl zurück und griff nach seinem Weinglas. »Das wäre ein weiteres Indiz, das auf Veras Unschuld hindeutet.«

»Sie ist unschuldig«, betonte Leela noch einmal. »Das habe ich dir doch gesagt.«

Er nickte und wandte den Blick nicht von ihr ab, während er sein Glas schwenkte. »Du hast vorhin eine Halbschwester erwähnt. Sie und Vera haben eine gemeinsame Mutter?«

»Mel«, murmelte Leela. Sie konnte sich nicht erinnern, ob sie ihm gegenüber ihre Verwandtschaftsverhältnisse laut ausgesprochen hatte, aber sie hatte zumindest darüber nachgedacht. »Sie kann Erinnerungen manipulieren, ja.«

»Hätte sie einen Grund, mit unserem Gedächtnis zu spielen?«, fragte er beiläufig.

»Es kommt wohl darauf an, was diese Erinnerungen beinhalten«, sagte Leela gedehnt, wobei ihr die Vorstellung ganz und gar nicht gefiel.

Denn wenn Mel einen Grund gehabt hatte, Leelas Erinnerungen zu verändern, dann weil Leela und

Balthazar irgendeine Regel gebrochen hatten. Oder die Mitglieder des Hohen Rates von Seraph hatten es ihr befohlen.

Aber das war unwahrscheinlich, denn sie hätten Vera gebeten, diesen Job zu übernehmen. Vera war die Zweitmächtigste der Blutlinie und verfügte über außergewöhnliche Kräfte, die in einem solchen Fall weitaus nützlicher gewesen wären. Mels Gabe war dagegen nur mittelmäßig ausgeprägt.

Leela dachte weiter darüber nach, während sie ihren Wein austrank.

Kurz darauf kam der Besitzer des Restaurants an ihren Tisch zurück und fragte sie, ob er ihr nachschenken sollte. Sie lehnte höflich ab und lenkte das Gespräch auf den Nachtisch.

Balthazar bestellte eine Portion Tiramisu für sie beide und zwei Espressi.

Sie genossen das Dessert in angenehmem Schweigen, während sie beide noch einmal über alles nachdachten. Balthazar hatte wieder das Kommando über die Gabel übernommen. Sie genoss es, von ihm gefüttert zu werden, und das Funkeln in seinen schokoladenbraunen Augen verriet ihr, dass es ihm auch gefiel.

»Was haben wir nach dem Essen getan?«, fragte Leela leise. Sie blickte ihm in die Augen, als er ihr den letzten Bissen mit der Gabel anbot. »Nachdem ich dich zum Nachtisch geschluckt hatte«, fügte sie hinzu, bevor sie das Stück zwischen ihren Zähnen von der Gabel zog.

»Mm«, brummte er und strich mit dem Daumen über ihre Unterlippe, um einen Krümel wegzuwischen. Er leckte ihn sich vom Finger, dann legte er die Gabel ab. »Wir sind spazieren gegangen.«

»Und?«, fragte sie, wobei ihr Puls sich ein wenig beschleunigte.

»Und ich glaube, wir müssen diesen Spaziergang wiederholen, um herauszufinden, was dann geschehen ist.« Balthazar zwinkerte ihr zu, bevor er den Blick des Besitzers auf sich zog. Es war nicht schwer zu bewerkstelligen, denn der Mann hatte sie die ganze Zeit erwartungsvoll beobachtet.

Sie verabschiedeten sich, wobei Leela und Balthazar den Koch und das Ambiente des Restaurants lobten. Sie waren ziemlich lange geblieben, aber das schien den Besitzer nicht zu stören.

Balthazar bezahlte die Rechnung und versprach wiederzukommen, dann ergriff er Leelas Arm und führte sie den Fußweg zwischen den bunten Häusern entlang, der fast menschenleer war.

»Ich liebe die Tatsache, dass es in dieser Stadt keine Autos gibt«, bemerkte Leela und atmete tief durch. »Die Boote sind viel romantischer.«

»Vielleicht solltest du hier auch eine Immobilie erwerben«, schlug Balthazar vor.

»Das werde ich vielleicht tun.« Sie hatte es schon einmal in Erwägung gezogen, aber stattdessen ihre Wohnung in Melbourne gekauft. Vielleicht würde sie hier als Nächstes investieren. »An welchen Orten besitzt du Immobilien?«

»In Hydria.« Er verzog die Lippen zu einem Lächeln, wobei seine sexy Grübchen zum Vorschein kamen. »Die Ältesten haben überall auf der Welt Häuser, aber keines davon gehört in erster Linie mir. Ich habe in alle investiert, aber das liegt daran, dass wir unser Geld in Hydria miteinander teilen.«

»Gibt es denn kein Haus, das du als dein eigenes betrachtest, so wie das Anwesen in Venedig Jay gehört?« Hatte er nicht zuvor Stockholm erwähnt?

Er zuckte mit der Schulter. »Ich habe es schon immer

bevorzugt, etwas in einer Gruppe statt im Alleingang zu tun. Abgesehen von meinem Haus in Hydria besitze ich also kein weiteres. Und ja, es gibt eine Wohnung in Stockholm, in der ich mich gern aufhalte.« Das verschlagene Funkeln in seinem Blick verriet ihr, dass er ihren Gedanken gehört hatte. »Aber sie gehört nicht mir, sondern Wakefield.«

»Hat er etwas dagegen, dass du bei ihm wohnst?«

»Ja.« Balthazars Belustigung war spürbar. »Genau deshalb halte ich mich so gern dort auf.«

Sie lachte und schüttelte den Kopf. »Ich frage mich, was er gerade bei dir zu Hause macht«, sagte sie. »Offensichtlich herrscht zwischen euch beiden eine gewisse Rivalität.«

»Oh, er vögelt gerade mit Stas«, antwortete er, ohne zu zögern. »Vorausgesetzt, Sethios hat ihn noch nicht kastriert.«

Leela lachte noch lauter. »Als könnte Sethios etwas dagegen sagen. Er und Caro spielen mit Messern.«

»Wakefield steht eher auf subtile Dominanzspiele«, sagte Balthazar nachdenklich. »Bei Messern zieht er wahrscheinlich die Grenze.«

»Du hast eindeutig schon einmal darüber nachgedacht.«

»Sogar viele Male.« In seiner Stimme schwang nicht einmal ein Anflug von Scham mit. »Aber ich respektiere seine Vorlieben und …« Er verstummte und hob den Blick gen Himmel. »Und ich freue mich, wenn er glücklich ist.« In seinen sanften Worten lag ein Hauch von Bewunderung.

»Du liebst ihn.«

»Wie einen Bruder«, murmelte er. »Wir haben unsere Differenzen, aber wir sind eine Familie.«

»So wie Vera und ich.« Leela hatte im Grunde

niemanden außer ihr. Seraphim waren nicht gerade familienorientiert. Sie betrachteten Liebe und familiäre Bindungen als Schwächen und reine Zeitverschwendung. Nur die Sterblichen ließen sich zu derartigen oberflächlichen Bagatellen herab, ein höheres Wesen würde sich damit niemals aufhalten. »Ich habe seit über tausend Jahren nicht mehr mit meinen Eltern gesprochen. Und ich unterhalte mich nie mit Mel.«

»Vielen Hydraianern geht es ähnlich, denn unsere Väter haben stets versucht, uns zu töten. Also haben wir untereinander eigene Familien gegründet.«

»Das ist die beste Lösung.« Leela lehnte sich an ihn, als er seinen Arm um ihr Kreuz legte. »Ich habe mir meine Familie auch ausgesucht.«

»Vera.«

»Vera«, wiederholte sie zur Bestätigung. »Und Gabriel. Aber er ist eher wie ein mürrischer älterer Bruder. Und Ezekiel ist der Ärger in Person. Aber im Grunde sind wir alle eine Familie, denn uns verbindet eine gemeinsame Bestimmung.«

Er brummte zustimmend und verlangsamte seine Schritte, als sie eine Kreuzung erreichten. Einer der Fußwege führte zurück zum Wasser und hinauf zu Jays Haus. Der andere führte sie in einen anderen Teil der Stadt.

Balthazar entschied sich für Letzteren.

Sie fragte nicht nach dem Grund, sondern ließ sich einfach von ihm führen. Er folgte einer Erinnerung, die sich jetzt an den Rand ihres Gedächtnisses drängte. *Ein Lächeln. Die Berührung warmer Hände. Ein Lachen, das durch die Luft hallt.*

Bei dem Gedanken allein wurde ihr warm ums Herz.

»Ich sollte wirklich in diese Stadt investieren«, überlegte sie laut. »Sie ist wunderschön.« Und so friedlich, obwohl so viele Menschen hier leben. Sie liebte das gesamte Flair, das Wasser, die schönen bunten Gebäude.

Ihr entfuhr ein Seufzer und sie schloss fast die Augen vor lauter Glückseligkeit.

»Soll ich dich tragen, Schätzchen?«, flüsterte Balthazar ihr ins Ohr.

Sie lächelte. »Ich könnte jederzeit einfach neben dir herschweben.«

»In deinem himmlischen Zustand?«

»Mm«, summte sie und genoss einfach den Moment, in dem sie mit einem Gott von einem Mann durch die Straßen zog. Es fühlte sich so richtig und perfekt an.

»So unvergesslich«, sagte er und führte sie um eine weitere Kurve. Sie folgte ihm und achtete gar nicht darauf, wohin sie gingen, bis er stehen blieb und sie gegen die Wand eines Gebäudes drückte. Sie öffnete die Augen und sah zu ihm auf.

Sie wurde von einem Gefühl des Déjà-vus übermannt, das ihr den Atem raubte.

Wir haben hier gefickt. An dieser Wand.

Er antwortete ihr nicht, sondern küsste sie.

Sanft und sinnlich.

Genüsslich und gründlich.

Verführerisch und verlockend.

Er schlang seine Arme um sie und verwöhnte sie mit seiner geschickten Zunge.

Er erforschte ihren Mund, als wäre es ihr erster Kuss, während er sich jede ihrer Reaktionen in sein Gedächtnis einprägte. Sie stöhnte auf, denn sie liebte die Tatsache, dass er so aufmerksam war.

Er ließ seine Hände über ihre Hüften nach oben über ihre Taille gleiten, dann streichelte er mit den Daumen über die Unterseite ihrer Brüste. *Oh.* Es war eine so sinnliche Berührung, die ihre Brustwarzen vor Verlangen steif werden ließ.

Er spielte meisterlich mit ihrem Körper.

Sie sehnte sich danach, sich bei ihm zu revanchieren. Sie ließ ihre Hände an seiner Brust hinaufgleiten und schlang die Arme um seinen Hals. Sie vertiefte den Kuss und bewies ihm, dass auch sie das sinnliche Spiel beherrschte, während er ihren Brustkorb liebkoste.

Sie waren hier für jeden sichtbar.

Und das war genau der Punkt.

Beim letzten Mal hatten sie auch ein Publikum gehabt.

Warum sollten sie es nicht noch einmal …

Ein subtiles Kribbeln in ihrem Nacken riss sie aus ihren Gedanken und ihr Herz setzte einen Schlag aus. *Seraphim.*

Sie zog den Kopf zurück und richtete den Blick auf die Quelle der Magie, die ihre Sinne berührte.

Patreel.

Scheiße!

Sie dachte nicht nach, sondern reagierte nur, indem sie ihre Arme um Balthazars Nacken schlang und sie aus Venedig heraus teleportierte. Die vertrauten Gebäude um sie herum verschwommen und wichen einer anderen Stadt. Diesmal waren die Häuser kleiner. Sie sah weiße Fassaden und gewölbte Dächer. Berge.

Sie runzelte die Stirn, denn sie erkannte diesen Ort nicht wieder. Und doch kannte sie ihn, wie auch all die anderen Städte.

Noch ein Haus, das den Ältesten gehört?, fragte sie sich, während sie einen Blick auf die Bäume warf, die den dahinterliegenden Gebäuden mehr Privatsphäre boten.

Ein paar farbige Häuser ein Stück weit die Straße runter stachen ihr ins Auge, aber die Architektur hier hatte nichts mit der italienischen Gotik gemein.

Und dies war auch nicht gerade ein Ort, an den sie sich normalerweise teleportieren würde.

»Balthazar?«, fragte sie und blickte in seine weit aufgerissenen Augen. »Wo sind wir?«

»In Bulgarien«, flüsterte er. »Ich bin hier in der Nähe aufgewachsen. Nicht in einem dieser Gebäude, aber … nicht weit von hier.« Er nahm das Gebäude vor ihnen in Augenschein, bevor er sich umsah. In seinen Augen spiegelten sich Erinnerungen und verdunkelten seinen Blick. Es waren keine schlechten Erinnerungen, nur … alte.

»Habt ihr hier irgendwo noch ein Haus?«

»Nein.«

Sie runzelte die Stirn. »Warum habe ich uns dann …«

Sie verstummte, als sie wieder dieses Kribbeln spürte. Sie blickte sich hastig um, um nach der Quelle zu suchen, als Patreel in seiner himmlischen Gestalt erschien. Er flatterte lautlos mit seinen goldenen Flügeln, während langes weißes Haar von einer himmlischen Brise aufgewirbelt wurde.

»Unmöglich«, hauchte sie. Er sollte nicht in der Lage sein, ihr so schnell zu folgen. *Es sei denn … es sei denn, er hat es irgendwie geschafft, mehr von meinem Blut zu trinken, was ihn dazu befähigt …*

Sie riss die Augen auf und war unfähig, den Gedanken zu Ende zu führen. *Du musst von hier verschwinden*, sagte sie zu Balthazar und löste sich aus ihrer Umarmung. *Lauf weg! Sofort!*

Sie ließ ihm keine Möglichkeit, ihr zu widersprechen, und stürmte auf Patreel zu, wobei sich eine Kugel aus ätherischer Energie auf ihrer Handfläche bildete.

Seraphim kämpften nicht mit normalen Waffen.

Sie benutzten Energie.

Und sie hatte im Laufe der Jahre eine Menge über die Kunst der Selbstverteidigung gelernt.

»Leela!«, schrie Balthazar.

Er hat mich viel zu leicht aufgespürt, B! Du musst weg …

Ein Netz aus Energie flog durch die Luft und verfehlte nur knapp ihren linken Flügel, als sie in den Himmel schoss. Patreel folgte ihr und sie nutzte die Gelegenheit, um ihm den Ball aus Energie, den sie erschaffen hatte, entgegenzuschleudern.

Er wich ihm aus, woraufhin sich die Energie in Nebel auflöste.

»Leela«, sagte er mit emotionsloser Stimme. »Lass uns …«

Sie warf ein weiteres Energiegebilde nach ihm, das diesmal schärfer war und die Form einer Klinge hatte.

Er wich ihm aus, wobei in seinen goldbraunen Augen ein Ausdruck aufblitzte, der wie der Anflug einer Emotion wirkte. Sie blinzelte und war sicher, dass sie sich das nur eingebildet hatte. Aber er hatte die Mundwinkel nach unten gezogen.

Seraphim haben keine Gefühle.

Warum starrt er mich dann so an?

Er schoss nach oben, um mit ihr auf gleicher Höhe zu sein, wobei er die Hände vor sich ausgestreckt hielt. »Ich will nur mit dir reden.«

»Hast du deshalb ein Netz nach mir geworfen?«

»Nun, ja. Ich wollte nicht mit dir kämpfen, sondern dich nur lange genug in Schach halten, um dir zu sagen, was ich zu sagen habe.« Er war direkt, genauso wie alle Seraphim.

Doch in seiner Stimme lag ein Hauch von Verzweiflung.

Und dieser Tonfall war ganz und gar nicht typisch für einen Seraph.

»Vera hat mich geschickt, um mit euch zu sprechen«, fuhr er fort. »Mit euch beiden.«

Vera hat ihn geschickt? Wie? Wann? Und was meint er mit … »Mit uns beiden?«

Er nickte. »Mit dir und dem abscheulichen Wesen.«

»Balthazar«, verbesserte sie ihn sofort. Der Ausdruck *abscheuliches Wesen* hatte ihr noch nie gefallen.

»Ja. Mit Balthazar. Deinem Gefährten.«

»Meinem Gefährten?«, wiederholte sie, wobei sie sich langsam fühlte, als wäre sie ein Echo.

Er blinzelte sie an, wobei er sich in seiner offensichtlichen Verwirrung ein wenig mehr wie ein Seraph verhielt. »Vera sagte, du würdest wollen, dass er an dieser Unterhaltung teilhat.«

Leela richtete sich auf und schüttelte die ätherische Energie ab, die ihre Arme streifte. War das eine Falle?

Sie konnte sonst niemanden wahrnehmen.

Aber das bedeutete nicht, dass sie nicht in ein paar Sekunden hier auftauchen würden.

Sie kniff die Augen zusammen. »Warum sollte ich dir glauben?«

»Weil ich der Grund bin, warum du noch nicht gefunden wurdest«, antwortete er, ohne zu zögern. »Ich habe dein Blut auf dem Handtuch sofort erkannt, da ich dir seit deiner ersten Reformation zugeteilt bin. Aber Vera hat mich überredet, dir nichts zu verraten. Und jetzt ist es an der Zeit, dass ich dir sage, warum ich zugestimmt habe.«

KAPITEL 21

LEELA

»R-reformation?«, stammelte Leela. *Erste Reformation? Was ... was meint er ... m-mit »erste«?* Ihre Flügel knickten ein und sie fiel ein paar Meter in die Tiefe, bevor Patreel sie am Ellbogen packte.

Sie befreite sich ruckartig aus seinem Griff, denn seine Berührung fühlte sich unsagbar falsch an.

»Ein Teil der Reformation sieht eine obligatorische Reinigung deines Gedächtnisses vor«, sagte er mit sanfter Stimme. »Deshalb erinnerst du dich nicht an den Prozess.«

Sie schluckte und ihr Herz klopfte wie wild in ihrer Brust. »Das ist ... das ist unmöglich.« Sie würde sich erinnern, falls sie einer Reformation unterzogen wurde.

Mehr als einmal.

Das muss es doch bedeuten, wenn er von einem ersten Mal spricht, nicht wahr?

Mehr als einmal.

Die Welt begann, sich um sie herum zu drehen. Sie ignorierte den Schwindel und suchte verzweifelt nach einer Erinnerung, um den Wahrheitsgehalt seiner Worte zu überprüfen.

Aber da war nichts.

Ich … ich weiß nicht …

Plötzlich sah sie schwarze Flecke auf Patreels engelsgleichen Zügen und seine blasse Haut verdunkelte sich.

Das kann nicht … Das kann nicht wahr sein.

»Ich bin dir seit deiner ersten Reformation zugeteilt.«

Patreels Worte hallten durch ihre Gedanken. *Erste Reformation. Erste Reformation. Erste Reformation.*

Nein. Nein. NEIN.

Es musste ein Trick sein. Er wollte sie ruhigstellen und sie zum Schweigen bringen. Damit er sie gefangen nehmen und umgarnen konnte!

Nein. Nein. Nein!

Sie wollte es nicht glauben. Sie würde nicht zulassen, dass er sie so einfach zu fassen bekam, denn dann würde sie tatsächlich ihrer ersten Reformation unterzogen werden.

Sie hörte das Schlagen von Flügeln.

Sie kommen. Die seraphischen Krieger sind im Anzug. Ich muss kämpfen. Um … um …

Für einen viel zu langen Moment wurde alles um sie herum dunkel. Die Luft rauschte ihr in den Ohren, während ihre Flügel völlig kraftlos waren.

Es ist zu spät. Sie sind hier! Ich sitze in der Falle!

Sie wurde von stahlharten, muskulösen Bändern aufgefangen. Sie schlangen sich um sie. Erdrückten sie. Zerstörten ihr Leben. Ihre Bestimmung. *Sie ertränken mich im … im … Nichts.*

Sie schnappte nach Luft und ihre Lunge brannte, als sie einen lautlosen Schrei ausstieß. Sie wurde von Dunkelheit umhüllt und von einem schwarzen Band dunkler Energie immer weiter in die Tiefe gezogen. Es hielt sie fest und raubte ihr den Atem.

Hier gibt es keinen Sauerstoff.

Keine Möglichkeit zu atmen.

Ich werde hier sterben.

Einsam.

In einem Glaskäfig.

Eine Träne kullerte ihr über die Wange, aber sie konnte sie nicht spüren. Hier gab es nichts außer dem Rattern einer Maschine und diesen stahlharten Bändern.

Tief im Abgrund hörte sie das Flüstern ihres Namens, der von einem traurigen Krächzen begleitet wurde.

Dies ist der Tod, dachte sie. *Nein, es ist schlimmer als der Tod.*

Sie blinzelte in die sternenlose Nacht und legte dabei die Stirn in Falten.

Warum gebe ich mich geschlagen? Sie sollte eigentlich kämpfen. Schreien. Sich *teleportieren.*

Aber dazu brauchte sie Sauerstoff.

Leben.

Atem.

Also atme, sagte sie sich. *Atme!*

Leela würde nicht aufgeben. Sie ließ sich nicht von anderen ihr Leben vorschreiben. Sie war unabhängig. Hatte ihr Leben selbst in der Hand. Sie war *lebendig.*

Ich werde mich diesem Schicksal nicht ergeben.

Es reicht.

Keine Reformation.

Keine Isolation.

Sie lehnte diesen ganzen Mist ab!

Leela öffnete die Lippen, um ihrer Weigerung Ausdruck zu verleihen, doch ein Strom warmer Luft drang in ihre Kehle bis hinunter in ihre schmerzende Lunge. Sie hustete und würgte.

Es brannte!

Sie schnappte nach Luft, während ihre Brust vor Schmerzen zu explodieren drohte, als der Sauerstoff ihre

Sinne wiederbelebte. Sie bebte am ganzen Körper, während ein Kribbeln ihre Gliedmaßen durchzuckte.

Eine Empfindung.

Oh, wunderbare Empfindung …

Als sie eine harte Betonplatte an ihrem Rücken spürte, wäre sie fast in Tränen ausgebrochen. Denn sie konnte sie fühlen und verstehen. *Ich lebe. Ich bin frei.*

Aber ihr war immer noch schwarz vor Augen.

Doch als sie eine warme Liebkosung an ihrer Wange spürte, schmiegte sie sich an sie. *Mehr,* flehte sie. *Hilf mir, noch mehr zu fühlen.*

Sie spürte eine Wärme, die entlang ihres Kiefers zu ihrem Hals wanderte. Das sanfte Streicheln von Fingern entspannte sie innerlich und half ihr dabei, Atem zu schöpfen. Mit jedem Atemzug verringerte sich der Schmerz in ihrem Inneren und sie fühlte sich zunehmend geerdet, während sie langsam zu Bewusstsein kam.

Sie spürte den zärtlichen Druck von Lippen auf ihrem Mund. Der Kuss berührte sie direkt in ihrem Herzen. »Du bist in Sicherheit, Lee«, sagte eine tiefe Stimme. »Ich hab dich.«

Sie erschauderte, denn diese Stimme war wie eine Droge, von der sie nicht einmal gewusst hatte, wie süchtig sie danach war.

»Du musst atmen«, fuhr er fort, wobei seine Lippen dicht an ihrem Ohr waren. »So ist es gut, Lee. Komm zurück zu mir, kleines Luder.«

Falls das ein Teil der Reformation war, um ihr einen bösen Streich zu spielen, dann würde sie laut schreien.

»Das ist keine Reformation, Schätzchen«, versicherte er ihr. »Wir sind immer noch in Bulgarien.«

Sie runzelte die Stirn. *Wirklich?*

»Du bist gefallen«, sagte er, wobei er seinen Mund wieder von ihrem Ohr zu ihren Lippen gleiten ließ. Er küsste sie noch einmal. Es war so zärtlich. So perfekt. So B.

»Ich habe dich aufgefangen.«

Sie versuchte zu verstehen, wie es dazu hatte kommen können.

Seraphim fielen nicht.

Es sei denn, sie wurden von jemandem bewusstlos geschlagen.

Sie riss die Augen auf. *Patreel! Sie sind hier!*

»Schhhh«, flüsterte Balthazar und hob sie vom Betonboden in seine Arme. »Du bist in Sicherheit, Lee. Atme einfach weiter mit mir ein und aus, in Ordnung?«

Hatte er den Verstand verloren? *Sie sind hier! Ich muss uns von hier fort teleportieren!*

Aber sie konnte ihre Flügel nicht entfalten.

Ihre ätherische Energie war … war … *verschwunden.*

Ihr Herz raste und sie zitterte wieder am ganzen Körper, während sie versuchte, ihre …

Balthazar küsste sie erneut und umfasste ihr Gesicht mit beiden Händen. Sie packte seine Schultern und wollte ihn von sich stoßen, um ihm zu sagen, dass dies nicht der richtige Zeitpunkt für Zärtlichkeiten war, doch sein Griff war zu fest.

»Du bist in Sicherheit«, sagte er noch einmal. »Ich hab dich, Lee. Es ist alles in Ordnung.«

Nichts davon fühlte sich sicher oder real an.

Ein Trick während der Reformation. Es kann nicht anders sein.

»Berühre mich, Lee«, sagte er. »Fühle mein Haar. Die Bartstoppeln an meinem Kinn. Meine Schultern. Ich bin sehr real. Und wir sind wirklich hier, in Bulgarien. Wir sitzen auf einem Bürgersteig, weniger als einen Kilometer von meinem Geburtsort entfernt.«

Sie musste schlucken, während ihr Puls immer noch raste. *Ich verstehe das nicht. Diese … Reformation …*

»Du hattest eine Panikattacke«, flüsterte er, während er

mit den Händen immer noch ihr Gesicht umfasste. »Du hast dich immer noch nicht ganz davon erholt. Sieh mir einfach in die Augen und versuche, mit mir gemeinsam zu atmen, in Ordnung?«

Leela zitterte, während sie immer noch nicht überzeugt war. Das könnte alles ein gemeiner Trick sein. *Aber ... aber für den unwahrscheinlichen Fall, dass es keiner ist ...*

Sie hob den Kopf und sah ihn an, wobei sie sich in den schokoladenbraunen Strudel seiner Iriden ziehen ließ. Er glich wirklich einem Kunstwerk.

Er sieht so gut aus. Sie streckte eine Hand aus und legte sie an seine Wange, wobei sie mit dem Daumen über seinen markanten Kiefer strich. *Er ist perfekt.*

»Einatmen, Lee.«

Sie befolgte den Befehl, der ihm sanft über seine verführerischen Lippen kam, und fuhr mit dem Daumen über seine Unterlippe.

»Braves Mädchen«, lobte er. »Und jetzt ausatmen.«

Sie stieß den Atem aus und ihr Herzschlag normalisierte sich allmählich wieder. Ihr Puls war jetzt nur noch ein rhythmisches Pochen in ihren Ohren.

»Sehr gut«, sagte er und befahl ihr weiterzuatmen. Jedes Mal wenn sie seiner Aufforderung folgte, gab er ihr einen Kuss, entweder auf die Lippen oder auf die Wange, aber auch auf ihren Daumen und ihr Handgelenk.

Sie fühlte sich so jung und verletzlich, so zerrüttet und gebrochen. Doch als er sie mit einem bewundernden Funkeln in den Augen ansah, fühlte sie sich lebendig und weiblich.

»Du bist die schönste Frau, die mir je begegnet ist«, sagte er.

Das war nicht nur ein Spruch.

Denn Balthazar log nie.

Er sagte immer nur die Wahrheit, was einen großen

Teil seines Charmes ausmachte. Auf seine Worte war immer Verlass. Er war auch immer direkt, redete nie um den heißen Brei herum und verführte nie jemanden mit falschen Schmeicheleien.

Das bedeutete, dass er sie wirklich für die schönste Frau hielt, die er je getroffen hatte.

Normalerweise hätte sie nur gelächelt und erwidert, daran wären nur ihre seraphischen Gene schuld.

Aber der Moment war zu kostbar, um ihn mit einer beiläufigen Bemerkung zu verderben.

Sie sehnte sich nach seiner Wärme, seiner Berührung und seiner beruhigenden Art. Und deshalb gab sie nach und erlaubte ihm, ihre Nerven zu beschwichtigen.

Mit einer Hand strich er ihr das Haar aus dem Gesicht, während er die andere an ihren Nacken legte.

»Du bist vom Himmel gefallen, nachdem du deine körperliche Gestalt angenommen hattest«, sagte er mit sanfter Stimme. »Weil du eine Panikattacke hattest. Ich habe dich mit Patreels Hilfe aufgefangen.«

Ihre Schultern spannten sich an, als sie den Namen hörte. *Sie sind …*

»Schhhh«, brachte Balthazar ihre Gedanken zum Schweigen, während er mit der Fingerspitze erneut über ihren Kiefer strich. »Wir sind in Sicherheit, Lee. Patreel will nur reden. Und er ist ganz allein hier.«

Aber das konnte er nicht mit Sicherheit wissen, weil er die Seraphim nicht sehen konnte.

Sie versuchte, ihren Blick von ihm loszureißen, um den Nachthimmel nach weiteren Seraphim abzusuchen, doch er hielt ihr Kinn fest und zwang sie, sich auf ihn zu konzentrieren. »Wir sind in Sicherheit, Lee«, wiederholte er zum tausendsten Mal.

»Hör auf, das ständig zu wiederholen. Wenn Patreel hier ist, sind wir nicht sicher.«

»Wenn ich dich in deine Reformationskammer zurückbringen wollte, hätte ich das schon längst getan«, sagte eine dunkle Stimme und ließ sie aufschrecken.

Sie erstarrte.

Doch Balthazar wärmte sie sofort wieder, indem er die Arme schützend um sie legte, als er seine Lippen an ihr Ohr presste. »Ich bin hier, Lee. Ich hab dich. Vertrau mir.«

Das könnte eine Falle sein.

»Es ist keine Falle«, erwiderte er. »Patreel hat vor, uns die Wahrheit über diese Erinnerungen zu sagen. Er hat eine Rune auf seinen Arm gezeichnet, um mir vorübergehend Zugang zu seinem Geist zu gewähren. Genauso wie ich deine Gedanken lesen kann. Er sagt die Wahrheit.«

Sie erschrak und ihre Augen weiteten sich. *Du kannst seine Gedanken lesen?*

Er nickte. »Er ist dir seit über dreitausend Jahren zugeteilt. Seit wir uns zum ersten Mal begegnet sind. Und zwar hier, in Bulgarien.«

Wie bitte? Sie blinzelte ihn an. *Ich ... ich weiß nicht ...*

»Sag es ihr«, befahl Balthazar, wobei er ihr immer noch in die Augen starrte. »Sag ihr, was du mir erzählt hast.«

»Du warst erst etwa fünfhundert Jahre alt, als deine Mutter dich auf die Erde geschickt hat, damit du deine Fruchtbarkeitskräfte unter den Sterblichen vervollkommnen konntest. Sie hat dich hierher, nach Bulgarien, gesandt. Und zwar in das Bordell, in dem Balthazar geboren wurde. Auf diese Weise habt ihr euch kennengelernt.«

Sie versuchte, ihn anzusehen, aber Balthazar hielt ihr Kinn fest. Sie schluckte und ihr Herz begann wieder, ein wenig schneller zu schlagen.

»Er war Anfang zwanzig. Ihr habt … miteinander Unzucht getrieben.«

Balthazar schnaubte, als er den Ausdruck hörte, unterbrach ihn aber nicht.

»Deine Mutter hat Melanythos geschickt, um dich zu überwachen, da sie wusste, welche Auswirkungen Sterbliche auf deine Fähigkeiten haben können«, fuhr er fort. »Sie wollte nicht riskieren, dass irgendetwas deiner geplanten Paarung mit Dian im Wege stand.«

Leela gefror das Blut in den Adern.

Dian.

Der Seraph des Todes und der Zerstörung.

Fortpflanzung.

Ein eiskalter Schauer lief ihr über den Rücken, aber ihr war viel zu kalt, um ihn wirklich zu spüren.

Reformation. Reformation. Reformation.

»Leela«, sagte Balthazar und unterbrach Patreel. Er hatte weitergeredet, aber sie hatte nur noch ein Summen in ihren Ohren gehört. Sie konnte ihn nicht hören. Sie *wollte* ihn nicht hören. »Ich hab dich. Ich bin bei dir.« Balthazar legte wieder eine Hand an ihre Wange und strich mit dem Daumen über ihren Wangenknochen.

Verdammt, sie fühlte sich so *klein*.

Allein.

Erstarrt.

Reformation.

Zerbrechlich …

Er strich mit seinen Lippen über ihren Mund, brachte sie zurück in die Gegenwart und gewährte ihrem Verstand die Möglichkeit, ihrer schaurigen Vergangenheit einen Moment zu entfliehen.

Oder war es ihre Gegenwart?

Dian suchte ihre Vergangenheit, Gegenwart und Zukunft heim.

Das Schicksal hatte ein Kind vorhergesagt. Es war nur eine Frage der Zeit.

»Es ist bereits geschehen«, flüsterte Balthazar. »Genau das will Patreel dir sagen.«

Sie blinzelte. »W-wie bitte?«

»Du hast dich Dian verweigert«, erklärte er ihr. »Du hast dich dem Rat verweigert.«

»Für ihn«, fügte Patreel hinzu, bevor sie etwas erwidern konnte. »Du hast Balthazar gebissen, um ein Band einzugehen, und hast dadurch deine Blutlinie beschmutzt. Dian hat deine Reformation angeordnet. Ich war derjenige, der dich aufgespürt und gefangen genommen hat.«

Ihr Herz setzte einen Schlag aus. »Nein …«

»Sie haben deine Erinnerungen verändert und Balthazar vollständig aus deinem Gedächtnis gelöscht.« Patreel sprach unbeirrt weiter, als hätte sie nichts gesagt. »Es war Dians Vorschlag gewesen. Er sagte dem Rat, es sei der einzige Weg, um sicherzustellen, dass deine Reformation Erfolg hat. Aber das war nicht der Fall. Seitdem bist du mehrmals zu Balthazar zurückgekehrt. Du wurdest zwei weiteren Reformationen unterzogen, wobei zahllose deiner Erinnerungen manipuliert wurden, und dennoch findest du ihn jedes Mal wieder.«

Ihr wurde wieder schwarz vor Augen, als sie den Wahrheitsgehalt seiner Worte bis tief in ihre Seele spürte.

Balthazar hielt sie weiterhin fest. In seinen Augen spiegelte sich ein Anflug von Verständnis wider, als wüsste auch er tief im Inneren, dass die Worte der Wahrheit entsprachen.

All ihre gemeinsamen Momente.

Das tief sitzende Gefühl des Déjà-vus.

»Dies war das erste Mal, dass du seine Erinnerung an dich aus eigenem Willen verändert hast. Zumindest in den

Augen des Rates war es vielversprechend«, fuhr Patreel fort. »Aber als ich dein Blut auf dem Handtuch entdeckt habe, wusste ich, dass noch mehr dahintersteckte. Vera hat mich jedoch aufgehalten, bevor ich etwas unternehmen konnte.«

»Wie?«, fragte Balthazar und äußerte damit die Frage, die auch Leela durch den Kopf ging. »Was hat sie getan, um dir Einhalt zu gebieten?«

»Sie hat mir die Wahrheit über die Reformation erzählt«, antwortete Patreel. »Sie hat mir die Geschichte über ihre Entstehung geschildert. Und … und diese Wahrheit hat mich dazu gebracht, alles infrage zu stellen, was ich weiß. Auch das hier. Einschließlich all der Dinge, die ich getan habe. Ich habe Leela so viele Male verfolgt. Und wenn ich sie jetzt gefangen nehme, wird sie wieder eine Reformation durchlaufen. Aber was wird das ändern? Sie hat bereits bewiesen, dass sie ganz und gar gebrochen ist.«

»Sie ist nicht gebrochen«, entgegnete Balthazar mit finsterer Stimme. »Wenn etwas in ihr gebrochen ist, dann ist es das Ergebnis dieser Folter, die ihr *Reformation* nennt. Emotionen sind nicht verwerflich. Sie machen uns nicht schlechter, sondern überlegener.«

Patreel antwortete nicht.

Wahrscheinlich sah er keinen Sinn darin, über Gefühle zu streiten. Für ihn wäre es eine alberne Diskussion, die seiner Zeit nicht würdig war.

»Sie kehrt immer zu dir zurück«, sagte Patreel, der darüber nachzudenken schien. »Aber deine Erinnerungen wurden auch verändert.«

Von Mel, dachte Leela und runzelte die Stirn. »Und Vera hat nichts davon gewusst?«

»Nur sehr wenige wissen davon«, antwortete Patreel. »Das ist bei allen Reformationen der Fall. Nur ein paar wichtige Mitglieder des Hohen Rates von Seraph wissen über die Einzelheiten Bescheid, aber der Rest der Bevölkerung hat keine Ahnung. Auf diese Weise werden die reformierten Seraphim wieder in die Gesellschaft eingegliedert. Andernfalls würden sie verstoßen werden.«

»Und sie löschen die Erinnerungen derer, die ihnen am nächsten stehen«, sagte Balthazar.

»Nach den wenigen Informationen zu urteilen, die ich habe, ja«, gestand Patreel. »Leela wurde mir zugeteilt, aber ich bin nicht der einzige Fährtenleser.«

Nein. Es gab eine ganze Armee von ihnen. *Sind sie alle für Fälle wie meinen zuständig?*, fragte sie sich. *Ist das der Grund, warum die Schicksalsgöttinnen häufig eine Paarung innerhalb dieser Blutlinie vorschlagen?*

»Haben sie auch Veras Erinnerungen verändert?«, fragte Balthazar. »Ihre Erinnerungen an Leela, meine ich.«

»Ihre Mutter hat einige davon manipuliert, ja. Gerade so viel, um ihr die Wahrheit über Leelas Reformation vorzuenthalten.«

»Aber sie hat es von dir erfahren«, antwortete Balthazar.

»Sie hat die Wahrheit herausgefunden, nachdem sie versucht hatte, meine Erinnerung an die Ereignisse auf den Bahamas zu verändern«, bestätigte Patreel. »Sie hat das Handtuch mit deinem Blut benutzt, welches sofort mit meinem sensorischen Gedächtnis in Konflikt geraten ist, woraufhin sich mein Verstand der Manipulation widersetzt hat.«

»Und dann hat sie dich zu mir geschickt«, flüsterte Leela.

»Nicht ganz. Sie hat mich zuerst zu Osiris gebracht, damit ich die Wahrheit über die Reformation erfuhr. Sie wollte mir beweisen, dass alles, was mir jemals über den

Zweck und die Entstehung der Reformation erzählt wurde, eine Lüge war.«

Balthazar löste seine Hand von Leelas Kinn, als sie zu Patreel aufblickte. Er stand in leibhaftiger Gestalt neben ihnen, wobei er mit einer Jeans und einem Pullover bekleidet war. Bis auf das Aufflackern uralten Wissens in seinen Augen war er ein Bild engelhafter Unschuld.

»Was hat er dir erzählt?«, fragte sie leise.

»Osiris hat die Reformation erschaffen.« Patreel spannte die Kiefermuskeln an. »Deshalb hat der Rat ihn verbannt. Nicht weil er sie erschaffen hat, sondern um ihm die Fähigkeit zu nehmen, sie zu kontrollieren, denn die Mitglieder wollten die Macht darüber selbst an sich reißen. Um *uns* zu kontrollieren und gefügig zu machen, indem sie jegliche Emotionen aus der Welt verbannen.«

»Sie haben euch in mächtige Marionetten verwandelt«, warf Balthazar ein.

»Im Grunde ja. Während nur eine Handvoll Seraphim die Fäden in Händen hält.« Patreels goldbraune Iriden verdunkelten sich. »Und Dian ist einer von ihnen.«

KAPITEL 22

VERA

»LEELA HAT BALTHAZAR IM HEUTIGEN BULGARIEN IN DEM Bordell kennengelernt, in dem er aufgewachsen ist.« Vera ging in Balthazars Wohnzimmer auf und ab, während Stas, Issac und Luc ihr zuhörten.

Sie hatte vorgehabt, zuerst Gabriel davon zu erzählen, aber Osiris hatte sie ertappt, als sie sich gerade in Hydria materialisiert hatte, und hatte vorgeschlagen, erst einmal zu Stas und Issac zu gehen. Sie war zu erschöpft gewesen, um seine Anweisungen infrage zu stellen.

Dann hatte Issac darauf bestanden, dass Luc ebenfalls an dieser Unterredung teilnahm.

Sie hatte erwartet, dass der König der Hydraianer die Anwesenheit der anderen Ältesten wünschen würde, aber er hatte es sich nur bequem gemacht und ihr mit einer Geste zu verstehen gegeben, dass sie beginnen sollte.

Und das hatte sie getan.

Zuerst hatte sie ihnen von Patreel erzählt und erklärt, dass er Leela bei ihrer ersten Reformation zugeteilt worden war. Sie hatte davon erfahren, als ihre Gedächtnismanipulation bei ihm versagt hatte.

Dann hatte sie ihnen geschildert, wie sie ihn überwältigt und zu Osiris gebracht hatte. Was dazu geführt hatte, dass Luc sie nach dem Grund gefragt hatte.

»Ich will euch zuerst von Balthazar und Leela erzählen. Dann erkläre ich euch alles, was ihr über Osiris wissen wollt«, hatte sie gesagt. »Nun ja, alles, was ich selbst weiß.«

Luc hatte mit einem Nicken zugestimmt.

Und so hatte sie ihre Erzählung mit dem Bordell begonnen.

Sie wusste nicht viel über die Geschehnisse, zumindest nicht alle Einzelheiten, aber hatte genügend Kenntnisse von den Ereignissen, die sich auf übergeordneter Ebene abgespielt hatten.

»Leela war dorthin geschickt worden, um mehr über ihre Fruchtbarkeitsgaben zu lernen«, erklärte sie. »Der Aufenthalt auf Erden sollte ihr Kraft geben und ihr helfen, ihren eigenen Zyklus zu finden. Die Schicksalsgöttinnen hatten Leelas Paarung mit Dian vorausgesagt.«

Vera schluckte, da es ihr unangenehm war, den Namen laut auszusprechen. Der tödliche Seraph war unter ihresgleichen für seine beängstigende Aura wohlbekannt.

»Er ist der Seraph des Todes und der Zerstörung«, fügte sie hinzu. »Seine Kräfte stehen im Wesentlichen in direktem Kontrast zu denen von Osiris. Während Osiris Wesen auferstehen lässt, tötet Dian sie.«

»Auch Seraphim?«, fragte Stas.

»Soweit ich weiß, ist diese Theorie nie auf die Probe gestellt worden.« Das hieß jedoch nicht, dass sie nie bestätigt worden war. Und dieser Gedanke machte ihr noch mehr Angst. »Er ist so alt wie Osiris, sitzt im Hohen Rat von Seraph und ist der Einzige seiner Blutlinie. Er hat weder Nachkommen noch sonst irgendwelche Familienmitglieder, weil Leela sich ihm verweigert hat.«

Nein. Es war noch viel schlimmer.

»Sie hat außerdem ihre Blutlinie beschmutzt«, fuhr Vera fort. »Das war eine noch schlimmere Verweigerung, und zwar nicht nur gegenüber Dian, sondern gegenüber dem gesamten Rat. Sie hat sich einem direkten Befehl widersetzt und sich gegen die Etikette gestellt.«

Luc starrte sie an. »Wie genau hat sie ihre Blutlinie beschmutzt?«

»Leela hat Balthazar gebissen.« Vera gab ihnen einen Moment Zeit, um den Schock zu verarbeiten. Sie selbst war von dieser Neuigkeit völlig überrascht gewesen.

»Sie ist ein Band mit ihm eingegangen«, interpretierte Luc ihre Worte. »Wann?«

»Sie hat sich nur teilweise mit ihm verbunden«, korrigierte sie ihn. »Er hat sie nie gebissen.« Hätte er es getan, wäre die Reformation umso schlimmer gewesen.

Vielleicht wäre er auch ein mentaler Anker für sie gewesen.

Es war schwer zu sagen, doch Vera wollte keine Zeit damit verschwenden, sich über Ereignisse den Kopf zu zerbrechen, die nie stattgefunden hatten.

»Was den Zeitpunkt betrifft, so geschah es irgendwann, nachdem er das Bordell verlassen hatte und kurz bevor er dich zum ersten Mal traf.«

»Woher weißt du, wann wir uns kennengelernt haben?« Er klang nicht misstrauisch, sondern schien aufrichtig neugierig zu sein.

»Weil dein Verstand aufgrund all der Geschehnisse in gewissem Maße auch verändert wurde«, erklärte sie ihm. Und da sie nun wusste, wonach sie suchen musste, konnte sie bestätigen, dass Patreels Behauptungen wahr waren.

Allerdings hatte sie nicht wirklich daran gezweifelt.

Die Geschichte hatte zu wahrhaftig geklungen, um erfunden zu sein.

»Meine Halbschwester Melanythos hat in deinem Kopf herumgepfuscht«, fuhr sie an Luc gewandt fort. »Sie ist mit Balthazar eine Affäre eingegangen, um ihre mentalen Krallen tief in seiner Psyche zu vergraben und all seine Erinnerungen an Leela zu verändern. Einschließlich der Erinnerung an ihr einseitiges Band.«

Und das alles, während Leela reformiert wurde.

»Melanythos?«, wiederholte Luc mit konzentriertem Blick. »Wie in *Nythos*?«

»Richtig, sie hat den Namen angenommen, als sie Balthazar verführte«, antwortete sie. »Die Fähigkeit der Gedächtnismanipulation hat sie von meiner mütterlichen Seite der Familie geerbt. Das heißt, wir haben eine gemeinsame Mutter. Mit Leela verbindet sie ein gemeinsamer Vater, von dessen Blutlinie sie ihre Begehrenswürdigkeit geerbt hat.«

Diese Eigenschaft entstammte nicht der seraphischen Fruchtbarkeitslinie.

Sondern einer anderen.

»Ihr Vater ist Adonis. Und es gibt einen Grund, warum sein Name in den menschlichen Mythen weit verbreitet ist. Er ist der Seraph der Schönheit und der Begierde.« Leela führte ihre Sinnlichkeit oft auf die mütterliche Seite der Familie zurück. Aber Vera wusste es besser. Ihre Anziehungskraft entsprang einer berauschenden Mischung beider Blutlinien und machte sie für jeden unwiderstehlich.

Auch für Dian.

»Patreel sagte, Dian wollte, dass Leela sich an die Entscheidung des Rates bezüglich ihrer beabsichtigten Paarung erinnerte, dass er es aber so darstellen sollte, als wäre noch kein Datum für besagtes Ereignis festgelegt worden. Er behauptete, es wäre eine gute Möglichkeit zu testen, ob ihre Reformation erfolgreich war. Wenn sie während eines Fruchtbarkeitszyklus zu ihm geht, um dem Edikt nachzukommen, wird sie als geheilt betrachtet.«

Stattdessen hatte sie Angst vor ihm und allem, was er repräsentierte, gehabt.

»Sie hat drei verschiedene Reformationen durchgemacht und in den vergangenen dreitausend Jahren wurden unzählige ihrer Erinnerungen verändert. Balthazars ebenfalls.« Allein der Gedanke daran weckte in Vera den Wunsch, jeden zu töten, der irgendwie daran beteiligt gewesen war.

Melanythos und Dian standen ganz oben auf ihrer Liste.

Denn die Reformation und die Veränderung des Gedächtnisses waren Dians Idee gewesen. Und ihre Halbschwester hatte es bereitwillig zugelassen.

Ganz zu schweigen davon, dass selbst Veras Mutter ihre Finger mit im Spiel hatte. »Die Mitglieder des Rates haben auch einige meiner Erinnerungen verändert. Mithilfe meiner eigenen Mutter. Ich habe nie etwas bemerkt, weil ich es mir nicht zur Gewohnheit mache, im Kopf meiner besten Freundin herumzupfuschen.«

Sie hatte die Veränderungen in Balthazars Gedächtnis auch nicht bemerkt. Sie hatte sich zu sehr auf seine Erinnerungen an Brasilien konzentriert und sie in einer Weise verändert, damit er sich immer noch vage an Leela erinnern würde.

Vera hatte geglaubt, ihrer besten Freundin damit einen Gefallen zu tun, denn Balthazar und Leela waren eindeutig füreinander bestimmt.

Ironischerweise hätte Vera feststellen können, wie recht sie damit gehabt hatte, wenn sie nur ein wenig tiefer gegraben hätte.

Und sie hatte von alledem nur etwas in Patreels Verstand bemerkt, weil er eine Verbindung zu Leelas Blut hatte. Wäre sie diesem Strang nicht gefolgt, hätte sie nie etwas darüber erfahren.

»Die Mitglieder des Rates haben all das angeordnet, um Leela zu reformieren«, fuhr sie fort. »Und das bringt mich zu Osiris.«

Das war der Teil, mit dem sie Patreel auf ihre Seite gebracht hatte.

Es war auch der Grund, warum sie sich in letzter Zeit mit Osiris verbündet hatte.

Denn jetzt kannte sie die Wahrheit über seine Verbannung.

»Die Seraphim wurden zu der Annahme verleitet, dass Osiris verbannt wurde, weil er einen Seraph getötet hat«, begann sie und kam direkt zur Sache. »Und das hat er auch, bis zu einem gewissen Grad. Er hat eine Form der Wiedergeburt erschaffen, bei der die Psyche des Seraphs komplett ausgelöscht wurde und die es dem Wesen ermöglichte, eine angemessene Bestimmung zu finden. Das bedeutet, er hat den Verstand des Seraphs so umprogrammiert, dass alle Formen von Emotionen verdrängt wurden und der Praktizismus über alles gestellt wurde.«

Osiris hatte es ihr erklärt und gesagt, dass nicht er, sondern der Rat das Wesen gewählt hatte.

Adriel.

Aus diesem Grund war Vera gerade auf dem Weg zu Gabriel gewesen, nachdem sie in Hydria angekommen war. Sie würde ihm als Nächstes einen Besuch abstatten, da Osiris vorgeschlagen hatte, bei Stas und Issac anzufangen.

»Reformation«, interpretierte Luc ihre Worte, dessen smaragdgrüne Augen voller allwissender Kraft funkelten. Sie hatte noch nie jemanden getroffen, der in der Lage war, ein Puzzle so schnell zusammenzusetzen wie er.

Wahrscheinlich war es eine Erleichterung, ihn dabeizuhaben, denn das ersparte allen die Spekulationen.

»Ja, Osiris hat die Reformation geschaffen«, bestätigte sie. »Unter der Leitung des Hohen Rates von Seraph – oder derer, die damals an der Macht waren.« Es war eine wichtige Unterscheidung, auf die sie gleich zurückkommen würde. »Der Rat belohnte ihn für seine Bemühungen, indem er ihn verbannte.«

Luc betrachtete sie einen Moment. »Dafür kann es nur zwei Gründe geben. Entweder hat er die Technik ohne ihre Zustimmung an jemandem angewandt, oder sie haben entschieden, dass die Reformation ein zu mächtiges Werkzeug ist, als dass man es in seinen Händen lassen durfte.«

»Sie haben ihm das Subjekt für seine erste und einzige Reformation zur Verfügung gestellt, das sollte Antwort genug sein«, erwiderte sie.

»Das heißt, sie haben ihn verbannt, um selbst über diese Macht zu verfügen. Und jetzt benutzen sie sein Werkzeug, um alle Seraphim in Schach zu halten.«

Er verfiel in nachdenkliches Schweigen.

Sie warf einen Blick auf Stas und Issac, um zu sehen, ob sie noch Fragen hatten, aber sie beobachteten beide Luc.

Vera wandte sich ihm wieder zu, als er gerade nickte, als würde er dem Ganzen zustimmen.

»Um ehrlich zu sein, ist es eine brillante Taktik. Die Seraphim sollten keinerlei Gefühle haben – zumindest ist das die Norm, die von eurem Rat vorgeschrieben wurde«, sagte er. »Diejenigen, die dennoch Gefühle empfinden, würden auch dazu neigen, die Reformation zu fürchten. Auf diese Weise stellen die Mitglieder des Rates also sicher, dass sich jeder an ihre Vorschriften hält.«

»Sie benutzen die Reformation, um die Seraphim zu kontrollieren«, fügte Issac hinzu.

»Ganz genau«, murmelte Luc. »Ähnlich wie Osiris das Konklave geschaffen hat, um die Ichorianer unter Kontrolle zu halten. Er hat schon immer Angst als Motivator eingesetzt.«

»Das Konklave ist im Grunde eine Nachbildung des Rates«, informierte Vera sie. »Zumindest basiert es auf demselben Konzept. Er hat seine eigene Version geschaffen, die aber stark vom Hohen Rat von Seraph inspiriert wurde. Allerdings lädt er dazu alle Ichorianer ein und nicht nur die ranghöchsten Mitglieder einer jeden Blutlinie.«

Zumeist war der ranghöchste Seraph auch gleichzeitig der ursprüngliche oder erste Vertreter der Linie.

Aber nicht immer.

Gabriel war ein gutes Beispiel für jemanden, der das Potenzial hatte, Adriel als Oberhaupt der Linie zu stürzen, und zwar aufgrund seiner Macht statt aufgrund seines Alters.

Luc nickte erneut und deutete damit an, dass er die Informationen über das Konklave bereits kannte oder zumindest vermutet hatte. »Wie viele eurer Ratsmitglieder kennen die Wahrheit über die Reformation?«, fragte er.

»Laut Osiris kennen nur fünf Seraphim die Wahrheit, von denen derzeit nur einer im Hohen Rat sitzt. Dian. Deshalb war er in der Lage, die Rahmenbedingungen für Leelas Reformation zu bestimmen.« Der Gedanke entfachte erneut Wut in ihr.

Er hatte Schlimmeres als den Tod verdient für das, was er Leela angetan hatte.

»Es mutet allerdings ein wenig *rachsüchtig* an, Leela einer Reformation zu unterziehen und ihr Gedächtnis zu manipulieren und obendrein Balthazars Erinnerungen von ihrer eigenen Halbschwester löschen zu lassen«, warf Issac beiläufig ein. »Und soweit ich weiß, wird der Wunsch nach Rache häufig als emotionaler Zustand bezeichnet.«

»Das deutet darauf hin, dass die fünf Seraphim, die jetzt die Kontrolle über die Reformation innehaben, nicht nach der seraphischen Maxime des Stoizismus leben«, sagte Luc. »Stattdessen stellen sie diese Anforderung an die breite Masse, die dadurch leichter kontrollierbar ist. Ich kann mir nicht vorstellen, dass die seraphische Bevölkerung und der derzeitige Rat von dieser Information allzu begeistert wären.«

»Patreel war es sicher nicht«, gab Vera zu. »Er ist gerade auf dem Weg zu Leela und Balthazar, um ihnen die ganze Wahrheit zu sagen. Vielleicht ist er aber auch schon dort. Ich bin mir nicht sicher.«

Sie war erschöpft von den vergangenen Tagen und Wochen. Seraphim brauchten zwar keinen Schlaf, aber sie konnten dennoch Müdigkeit empfinden.

Sowohl geistig als auch körperlich.

»Du sagtest, dass nur einer von ihnen derzeit im Rat sitzt. Wo befinden sich die anderen vier?«, wollte Luc wissen.

»Sie ruhen sich aus, wie die meisten ältesten Wesen unserer Art. Dian ist der Einzige, der momentan wach ist und die Wahrheit kennt. Osiris hat jedoch spekuliert, dass die anderen möglicherweise ebenfalls wach sind und nur angenommen wird, dass sie schlafen.« Vera mochte Osiris zwar nicht sonderlich, aber sie glaubte ihm.

Vielleicht weil er ihr erlaubt hatte, ungehindert Zeuge der Erinnerung an seine Verbannung zu werden.

Oder – was wahrscheinlicher war – weil sie die letzten tausend Jahre damit verbracht hatte, die Urteile des Rates und die von den Schicksalsgöttinnen vorgeschriebenen

Bestimmungen infrage zu stellen. Es schien alles ein wenig zu zweckdienlich zu sein.

»Wie auch immer, es ist offensichtlich, dass der Hohe Rat von Seraph auf die ein oder andere Weise korrumpiert ist. Es wäre möglich, dass mittlerweile auch andere Seraphim die Wahrheit über die Reformation kennen. Aber die meisten glauben zweifellos, dass Osiris böse ist, was nicht der Fall wäre, wenn sie über die tatsächlichen Begebenheiten Bescheid wüssten.«

»Einige haben doch sicher die Ereignisse um seine Verbannung bezeugt oder zumindest davon gewusst.« Issac zog die Worte in die Länge und runzelte die Stirn. »Haben sie etwa die Erinnerungen aller Seraphim verändert?«

Vera schüttelte den Kopf. »Nach allem, was ich in Osiris' Verstand gesehen habe, war der ursprüngliche Hohe Rat von Seraph viel kleiner. Außerdem ist er viel älter als die meisten Seraphim. Er wurde erweitert, als sich neue Blutlinien gebildet haben.« Es war ein Rätsel, *wie* sie entstanden waren. Sie waren einfach aufgetaucht, als ätherische Energien sich miteinander verbunden haben, um körperliche Wesen zu schaffen, die dann zu Seraphim wurden.

Sie erklärte einiges davon den anderen, nachdem Luc sie gefragt hatte, was sie mit »gebildet« meinte. Er nahm die Information mit einem Nicken entgegen und wandte sich dann wieder dem politischen Teil der Unterhaltung zu. »Was glauben die Seraphim, wie die Reformation zustande kam?«

»Man hat uns alle in dem Glauben gelassen, dass es sich um ein Werkzeug handelt, das von einem überlegenen Intellekt geschaffen wurde«, erklärte Vera. »Die eigentliche Darstellung ist ziemlich wissenschaftlich. Aber nur diejenigen, die einer Reformation unterzogen wurden, wissen wirklich, wie sie sich anfühlt. Allerdings verstehen sie die Mechanismen nicht in vollem Ausmaß.«

»Oder ihre Erinnerungen werden verändert, damit sie sie vergessen«, murmelte Stas. »Wie es offenbar bei Leela der Fall war. Meine Mutter erinnert sich jedoch an Abschnitte ihrer Reformation.«

»Hat sie sie je beschrieben?«, fragte Luc.

Stas schüttelte den Kopf. »Nicht wirklich. Aber sie ist daran interessiert, mit Blake zu sprechen. Clara hat erwähnt, dass er im Kerker sitzt, und meine Mutter wollte wissen, was er verbrochen hat. Issac hat ihr erklärt, dass man ihm noch nicht trauen kann, da John für seinen Zustand verantwortlich ist. Sie sagte, der Rehabilitationsprozess hat Ähnlichkeiten mit der Reformation.«

Luc rieb sich das Kinn, während seine Augen funkelten. »In Anbetracht des Bündnisses, das Osiris und John verband, und der Experimente bei der CRF wäre es durchaus möglich, dass sie eine Art Reformation geschaffen haben, um die Sentinels bei der Stange zu halten. Oder um sie sogar einer Gehirnwäsche zu unterziehen.«

»Ich würde vorschlagen, dass Mateo sich das ansieht, aber …«, sagte Issac und verstummte.

»Ich werde mit ihm reden«, erwiderte Luc. »Mal sehen, was er weiß.«

»Oder du fragst Osiris«, schlug Vera vor. »Wir stimmen vielleicht nicht mit seinen Methoden überein, aber er hat im Grunde dieselben Absichten wie wir.«

Stas schnaubte. »Erzähl das meinen Eltern.«

»Das habe ich vor. Und Gabriel werde ich es ebenfalls erzählen.« Vorausgesetzt, sie würde nach dieser Unterhaltung noch die nötige Energie dafür aufbringen.

Lucs Gesichtsausdruck verriet ihr, dass das vielleicht

nicht der Fall sein würde, denn er hatte eindeutig noch Fragen an sie. Zumindest würde er all die Antworten abspeichern. Vielleicht könnte sie ihn bitten, die Informationen an die anderen weiterzugeben.

»Wer sind die anderen vier Seraphim, die die Wahrheit über die Reformation kennen?«, fragte er.

Niemand sonst würde sich für diese Details interessieren, denn die Namen würden Luc nichts sagen.

Aber er würde sie sich merken.

Und sie vielleicht mit dem schier unendlichen Wissen abgleichen, das er in seinem Verstand abgespeichert hatte, um mögliche Verbindungen zu finden.

Deshalb gab sie ihm eine umfassende Antwort. Sie nannte ihm die Namen aller Mitglieder des alten Rates, sowie die Blutlinien, denen sie angehörten.

Dian, dessen Namen er bereits kannte, war der ursprüngliche und einzige Seraph des Todes und der Zerstörung.

Cassia war der ursprüngliche Seraph des Schicksals und die erste Schicksalsgöttin.

Pakhet war der ursprüngliche Seraph der Jagd. Die Fähigkeit des Fährtenlesens entstammte seiner Blutlinie.

Veles war der ursprüngliche Seraph der Elemente. Nach ihr hatten sich mehrere Blutlinien gebildet, die jeweils eines der Elemente repräsentierten. Sie hatte jedoch die Fähigkeit beibehalten, alle Elemente auf einmal zu kontrollieren.

Marduk war der ursprüngliche Seraph der Verurteilung, der sich von dem Seraph der Gerechtigkeit unterschied. Letztere war Silvia, die auch ein derzeitiges Mitglied des Rates war. Ihre Fähigkeiten drehten sich alle darum, das Gleichgewicht zu wahren, während es bei Marduks Kräften um Bestrafung und Züchtigung ging.

»Sie gehören zu den ältesten unserer Art«, schloss Vera. »Genau wie Osiris.«

»Gab es zu diesem Zeitpunkt in der Geschichte noch andere Seraphim?«, fragte Luc.

»Einige wenige. Es war der Beginn unserer Schöpfung, zumindest hat Osiris damals mit der Reformation begonnen. Cassia hatte vorausgesagt, dass eine Zeit kommen würde, in der sie notwendig werden würde. Er verbrachte Jahrtausende damit, den Prozess zu perfektionieren.« Soweit Vera wusste, war Osiris weit über zehntausend Jahre alt. Genau wie die anderen, die seinem Zeitalter entstammten.

Aber die Linien der Seraphim hatten sich auch nach seiner Verbannung weiterentwickelt. Es war, als wären sie aus den ursprünglichen Wurzeln des Lebens herausgewachsen und hätten riesige Bäume mit weit verzweigten Ästen geschaffen. Einige davon waren ineinander verschlungen, während andere in entgegengesetzte Richtungen gewachsen waren.

Das Ergebnis war ein Wald der Macht, wobei einige Bäume viel größer und robuster waren als andere.

»Und nachdem er das Verfahren perfektioniert hatte, haben sie ihn verbannt«, sagte Luc.

»Ja. Und sie benutzen ihn als abschreckendes Beispiel dafür, wie man sich als Seraph nicht verhalten sollte.«

»Gerissen.« Luc klang beeindruckt, wahrscheinlich weil er die Strategie auf einer intellektuellen Ebene verstehen konnte. »Sie stellen ihn als Bösewicht dar und haben damit ein weiteres Mittel, um die Bevölkerung zu kontrollieren.«

Sie nickte zustimmend. »Die Geschichte, die uns erzählt wurde, besagt, dass die Reformation bei ihm nicht funktioniert hat, was einer der vielen Gründe ist, warum er unter meinesgleichen als der Vergiftete bekannt ist. Das liegt auch daran, dass er das Blut der Menschen vergiftet, indem er Ichorianer und Hydraianer erschafft.«

»Und um uns zu verunglimpfen, werden wir als abscheuliche Wesen bezeichnet.«

Sie nickte wieder. »Ja, denn eine der Strafen, die Osiris auferlegt wurden, war das Verbot, seine Blutlinie fortzusetzen. In den Augen der Seraphim ist die Existenz der Hydraianer und Ichorianer eine offenkundige Missachtung eines Ratsedikts.«

»Mein Vater und ich sind direkte Nachkommen dieser Linie«, betonte Stas. »Und doch wollen sich die Mitglieder des Rates mit mir treffen.«

»Weil die Schicksalsgöttinnen prophezeit haben, dass du Osiris und seine Schöpfungen vernichten wirst. Zumindest ist das die Interpretation der Prophezeiung von Seiten des Rates«, antwortete Vera. »Es wird sich zeigen, ob sie wahr ist oder nicht.«

»Ich werde niemanden zerstören«, gelobte Stas.

Äußere keine Versprechen, die du nicht halten kannst, junges Wesen, dachte Vera. Aber darüber würden sie ein andermal sprechen müssen. Heute Abend hatte sie nicht mehr genügend Energie, um über das Schicksal zu diskutieren.

»Sie haben Osiris verboten, sich fortzupflanzen, um sicherzustellen, dass kein anderer die Kontrolle über die Reformation übernehmen kann«, sagte Luc nachdenklich. »Jedenfalls vermute ich, dass das der Grund war. Doch Stas wird laut der Prophezeiung seine Schöpfungen zerstören. Glaubst du, die Schicksalsgöttinnen meinen damit die *Reformation*? Wäre es möglich, dass Stas dazu bestimmt ist, sie zu zerstören?«

Daran hatte Vera noch nicht gedacht.

Und dem Schweigen der anderen nach zu urteilen hatten sie diese Möglichkeit auch noch nicht in Betracht gezogen.

»Meine Eltern glauben, dass die Schicksalsgöttinnen tatsächlich versuchen, gegen den Rat zu arbeiten, denn es ist offensichtlich, dass sie von den Mitgliedern versklavt wurden.« Stas zog die Worte in die Länge, als müsste ihr Verstand erst noch verarbeiten, was Luc gesagt hatte.

Vera bemerkte, dass Stas sich gegen diese Interpretationsmöglichkeit nicht wehrte, ganz im Gegensatz zu ihrer Reaktion auf Veras vorherige Bemerkung, sie würde Osiris' Schöpfungen vernichten.

Was bedeutete, dass sie für diese Möglichkeit empfänglicher war.

Könnte das die eigentliche Bedeutung der Prophezeiung sein? Oder zögert sie nur, weil sie davon überrascht ist?

Issac streckte seinen Arm auf der Rückenlehne der Couch hinter Stas aus, um ihr Trost zu spenden, wie es sich für einen Gefährten ziemte. »Es ist gut möglich, dass die Schicksalsgöttinnen in Aya eine Art Erlösung sehen, die den Mechanismus, der die Seraphim als Geisel hält, zerstören wird.«

»Eine unbekannte Macht wird in Erscheinung treten. Sie wird die Kraft und den Willen haben, uns alle zu zerstören, es sei denn, es werden Maßnahmen ergriffen, um sie im Zaum zu halten.« Luc rezitierte die ursprüngliche Prophezeiung von Skye Wort für Wort, ohne ins Stocken zu geraten. »Wissen wir, ob das dieselbe Prophezeiung ist, die die Schicksalsgöttinnen dem Rat überbracht haben?«

Vera schüttelte den Kopf. »Nur die Mitglieder des Rates hören die Prophezeiungen.«

Luc lehnte sich nach vorn und stützte die Unterarme auf seinen gespreizten Oberschenkeln ab. »Hören sie Aufzeichnungen davon? Oder stehen sie den Schicksalsgöttinnen gegenüber, wenn sie sie äußern?«

»Es sind Echos«, antwortete Vera. »Sie ähneln Aufzeichnungen, sind aber nicht ganz dasselbe.« Die

Prophezeiungen wurden von den seraphischen Schreibern aufgezeichnet, die sie dem Rat in visueller Form vorspielten.

»Das heißt, sie könnten manipuliert werden«, bemerkte Luc.

»Ja«, stimmte Vera zu. »Aber die Seraphim würden nie auf diese Idee kommen. Sie sind viel zu praktisch veranlagt.«

»Das liegt daran, dass die Mitglieder des Rates sie dazu gebracht haben, den Praktizismus über ihre Emotionen zu stellen.« Luc lehnte sich in seinem Stuhl zurück. »Euer Rat hat die Kunst perfektioniert, eine Diktatur voller gehorsamer Schafe zu schaffen.«

»Nicht alle von uns sind gehorsam.« Es war ihr selbst, Leela, Gabriel oder Caro vielleicht nicht leichtgefallen, aber sie waren jetzt alle hier. Und mit der richtigen Strategie könnten sie noch weitere Seraphim auf ihre Seite bringen.

Und das brachte sie zu ihrem nächsten Punkt.

»Ich habe Osiris' Erinnerungen gesehen. Bis auf das, was er mir erzählt hat, kann ich nichts über seine Absichten sagen, aber er hat vor, den Seraphim die Wahrheit zu offenbaren. Für mich war das Grund genug, mit ihm zu reden. Alles, was er für Lizzie und Jayson getan hat, war seine Art, sich uns gegenüber als würdige Quelle zu erweisen.«

Stas schnaubte erneut. »Sicher. Allerdings hat er meine beste Freundin entführt, weil er sie als Brutkasten für sein eigenes Kind benutzen wollte. Oder hat er etwa vergessen, das zu erwähnen?«

»Für ihn war sie Mittel zum Zweck und eine Art Gefäß, um ein mächtiges Wesen zu gebären, das er in seinem Kampf gegen die Seraphim einsetzen konnte.« Vera hob eine Hand, um Stas zum Schweigen zu bringen, bevor sie etwas entgegnen konnte. »Ich habe nicht gesagt, dass ich mit ihm übereinstimme. Genau genommen bin ich sogar dagegen. Doch genau das wird seine Erklärung sein, denn er ist ein echter Seraph, dem es an Emotionen mangelt. Ob seine Handlungen richtig oder falsch sind, ist für ihn irrelevant. Für ihn zählt nur der Erfolg.«

»Du hast also angefangen, für ihn zu arbeiten, nachdem du seine Erinnerungen zum ersten Mal gesehen hattest«, sagte Luc und unterbrach Stas, die gerade etwas hatte einwerfen wollen.

»Ich bin zu ihm zurückgekehrt, nachdem wir Sethios befreit hatten, und habe ihn gebeten, mir auch den Rest seiner Erinnerungen, die er von dem Geschehenen hat, zu zeigen. Ich habe nie zugestimmt, *für* ihn zu arbeiten, sondern nur *mit* ihm, wenn es darum ging, die Sicherheit aller zu gewährleisten. Da habe ich herausgefunden, dass Mateo ihm ebenfalls geholfen hat, zumindest am Rande.« Sie wandte sich wieder Luc zu und begegnete seinem Blick. »Ich nehme an, du hast ihn in den Kerker geworfen?«

Ihre Frage erfüllte zweierlei Zweck.

Zum einen wollte sie wissen, wie er mit Mateo verfahren war.

Und zum anderen wollte sie herausfinden, was er mit ihr zu tun gedachte. Denn wenn er vorhatte, sie einzusperren, würde er bald merken, dass das unmöglich war.

»Er ist bei mir zu Hause im Gästezimmer«, antwortete er und überraschte sie.

»Trotzdem hast du Clara, ohne mit der Wimper zu zucken, eingesperrt.« Die Bemerkung kam ihr über die Lippen, bevor sie sich eines Besseren besinnen konnte. Das lag vor allem daran, dass er sie mit seiner Antwort schockiert hatte.

»Claras Erklärung für ihre Taten war bestenfalls oberflächlich und geistlos. Mir ist mittlerweile klar geworden, dass das Warnzeichen waren, die ich hätte erkennen müssen, aber zu dem Zeitpunkt war ich nicht in der Verfassung, sie richtig einzuschätzen.« Lucs Tonfall war nicht defensiv, sondern lediglich sachlich. Ähnlich wie der eines Seraphs. »Mit Mateo verhält es sich anders und wir müssen erst sehen, wie sich die Situation noch entwickelt.«

»Du wirst dich mit mir absprechen, bevor du entscheidest, wie du mit ihm verfahren wirst«, warf Issac ein, wobei er mit seinem Tonfall deutlich machte, dass dies keine Bitte, sondern eine Anordnung war.

Luc blickte ihn an und nickte, bevor er sich wieder Vera zuwandte. »Ich möchte mehr über deine Schwester erfahren und darüber, was sie B angetan hat. Er wird darüber nicht sonderlich erfreut sein.«

»Nein, wohl kaum«, stimmte Vera zu und seufzte.

Sie war die ganze Zeit auf und ab gegangen, während die anderen gesessen hatten.

Statt Balthazars Böden weiter zu strapazieren, wählte sie den einzigen freien Stuhl im Raum.

»Es wäre vielleicht einfacher, wenn ich die Erinnerungen in deinem Kopf entwirren würde, um dir zu zeigen, was wirklich passiert ist«, sagte Vera und akzeptierte die Tatsache, dass sie so bald keinen Schlaf finden würde.

Außerdem würde sie dadurch ein wenig Vertrauen von Luc und den anderen zurückgewinnen.

Und das war nach ihrer heimlichen Zusammenarbeit mit Osiris auch bitter nötig.

Sie hatte es gut gemeint und würde sich nicht dafür entschuldigen.

Aber sie würde sich denen gegenüber als loyal erweisen, die es verdient hatten.

»Schließe die Augen«, befahl sie. »Dann wird es weniger wehtun.«

Zumindest für ihn.

Für sie würde es verdammt schmerzhaft sein.

Denn es würde ihr den schändlichen Verrat noch mehr vergegenwärtigen.

Melanythos hatte Leelas Leben zerstört, ihr Herz zerschmettert und mit einem Band Schindluder getrieben, das niemals hätte berührt werden dürfen.

Und Lucs Erinnerung an die Ereignisse war nur die Spitze des sprichwörtlichen Eisbergs.

KAPITEL 23

BALTHAZAR

BALTHAZAR HÖRTE ZU, WÄHREND PATREEL ERKLÄRTE, was er über die Korrumpierung des Rates erfahren hatte.

Osiris hatte die Reformation geschaffen. Diese Aussage hallte immer wieder in Balthazars Gedanken nach, vor allem, weil Leela sie ständig wiederholte.

Patreel nannte ihnen die Namen der ursprünglichen Ratsmitglieder, erzählte ihnen davon, wie sie Osiris damit beauftragt hatten, eine Methode zu entwickeln, mit der man eine seraphische Seele in ihren beabsichtigten stoischen Zustand zurückversetzen konnte, und wie sie ihn danach diffamiert hatten.

Nur, um die Kontrolle über die Seraphim zu erlangen.

Alles, was sie den Seraphim erzählt hatten, beruhte im Grunde auf einer Lüge. Zumindest, was Osiris betraf. Daher fragte sich Patreel, inwiefern sie sie sonst noch belogen hatten.

Balthazar hatte immer noch Zugang zu seinen Gedanken, was ihm erlaubte, das Chaos im Kopf des anderen Mannes zu hören.

Wir sollen nicht fühlen, aber ich ... mir ist ... übermäßig warm.

Ich strotze vor Energie.

Und verspüre ein Verlangen nach Gewalt.

Als wollte ich Dian ... schlagen.

Was geht hier vor? Was ist das? Wut?

Werde ich jetzt einer Reformation unterzogen? Ist das der Sinn des Ganzen? Sollen wir den Mechanismus fürchten? Damit wir uns beim ersten Anzeichen von Emotionen gegeneinander wenden?

Wer bin ich?

Was wird jetzt mit mir geschehen?

Die Dinge, die ich getan habe ...

Es ist ... es ist überwältigend.

Es muss aufhören.

Wie kann ich es abschalten?

Balthazar hatte Patreels Psyche mit beruhigender Energie durchströmt, damit dieser in der Lage war, beim Sprechen eine friedliche Fassade aufrechtzuerhalten.

Allerdings half er dem Mann nicht, um ihm einen Gefallen zu tun, sondern um ihn ruhigzustellen, denn Leela brauchte im Moment Gelassenheit um sich.

Die Flut von Informationen hatte ihren Verstand erschüttert, während sie immer noch von einem vagen Gefühl der Panik erfasst wurde. Sie hatte sich jedoch genug entspannt, um die Informationen zu verarbeiten, ohne sich wieder in die Tiefe ziehen zu lassen.

Er hatte immer noch seine Arme um sie gelegt und stützte mit einer Hand ihren Nacken, um ihr körperlich Halt zu geben, während sie ihren Kopf an seine Schulter gelehnt hatte.

Ihr schien nicht einmal bewusst zu sein, dass sie in seinem Schoß auf dem Bürgersteig saß und sich ganz und gar auf Patreel und seine Worte konzentrierte.

Glücklicherweise waren zu dieser späten Stunde nur noch wenige Menschen unterwegs.

Wobei es Balthazar natürlich nichts ausmachte, mit

einer wunderschönen Frau in seinen Armen gesehen zu werden.

Aber er vermutete, dass Leela davon weniger begeistert wäre.

Ihre Panikattacke war ein Zeichen von Schwäche gewesen, von der sie bis heute Abend nicht einmal gewusst hatte, dass sie in ihr steckte.

Weil ihre Vergangenheit mit falschen Erinnerungen durchsetzt war.

Genau wie meine, dachte er.

Sie hatte ihn gebissen. Hatte eine partielle Bindung aufgebaut.

Und er hatte keine Erinnerung daran.

Und doch war es hier geschehen. In Bulgarien. Nur ein paar Häuserblocks entfernt von hier.

Patreels Psyche hatte ihm einige Details geliefert, aber Balthazar wollte mehr wissen.

Er musste seine Erinnerungen wiedergewinnen.

Er wollte wissen, was zwischen ihm und Leela vorgefallen war und warum sie ihn gebissen hatte. Er weigerte sich, Patreels mentalen Rückblick auf die Ereignisse zu glauben.

Sie hat ihn gebissen, um ihre Blutlinie zu beschmutzen, dachte Patreel.

Wenn das wahr war, warum fand sie ihn dann immer wieder? Wegen ihrer Verbindung? Oder war etwas anderes dafür verantwortlich?

Balthazar war Zeuge der intensiven Bindung geworden, die zwischen Issac und Stas herrschte. Das lag nicht nur daran, dass Issac sie zuerst gebissen hatte. Sie waren füreinander bestimmt. Jeder, der sie zusammen gesehen hatte, wusste das.

Was bedeutete das nun für Leela und Balthazar?

Er verstand, was ein Blutsband beinhaltete. Wenn sich beide Partner erst einmal gegenseitig gebissen hatten und das Band dadurch vollständig hergestellt worden war, würden sie bis in alle Ewigkeit zusammenbleiben.

Und einander bedingungslos treu sein.

Das war auch der Grund gewesen, warum Stark sich derart über Issac geärgert hatte. Er hatte ihn davor gewarnt, das Band mit Stas zu vollziehen, wegen der daraus resultierenden Treueklausel.

Sie trat automatisch in Kraft und war unumstößlich.

Issac hatte dem jedoch keinerlei Beachtung geschenkt.

Stas war die Richtige für ihn.

Balthazar hatte das Gelübde in seinen Gedanken gehört, kurz nachdem er Stas getroffen hatte.

Hatte Leela Balthazar gebissen, wohl wissend, dass er sie niemals zurückbeißen würde? War das der Sinn der Sache gewesen? Hatten sie eine Vereinbarung getroffen, wonach die Bindung immer nur einseitig sein würde?

Oder hatte er einmal erwogen, sich auf die Monogamie einzulassen?

Wenn es irgendeine Frau auf der Welt gab, die in ihm den Wunsch dazu erwecken könnte … dann wäre sie es.

Sie passte zu ihm.

Sie verstand ihn.

Die Leidenschaft zwischen ihnen war unbestreitbar und wahrscheinlich eine der stärksten, die er je erlebt hatte.

Zwischen ihnen herrschte eine Verbindung. Lag es nur an dem Band? Oder war da noch etwas anderes?

Er musste es verstehen und wollte noch mehr sehen. Er wollte sich *erinnern*.

Nachdem er seine Ausführungen über Osiris' Beteiligung an der Reformation abgeschlossen hatte, war

Patreel verstummt. Jetzt beobachtete er Leela mit einem Anflug von Traurigkeit, den sein Verstand nur schwer fassen konnte.

Dieser Mann, der Tausende von Jahren alt war, hatte sich nie erlaubt, etwas zu empfinden.

Aber all die Regeln, die er immer befolgt hatte, waren mit einem Schlag zunichtegemacht worden, als er die Wahrheit über Osiris erfahren hatte.

Er wusste nicht mehr, wem er vertrauen konnte und was er denken und *fühlen* sollte.

Leela erging es ähnlich, während der Name *Dian* ihre Gedanken durchzog. Ein kindlicher Teil von ihr war verängstigt, wobei das wahrscheinlich der Teil von ihr war, der sich vage an die Reformation erinnerte.

Doch langsam, aber sicher kam ein Teil von ihr an die Oberfläche, der von Stärke gezeugt war.

Ein Kampfgeist, der Balthazar tief im Inneren ansprach.

Und dieser Geist war leibhaftige Wut.

Sie wollte die Ratskammern mit dem Blut derer bespritzen, die ihr Unrecht getan hatten. Sie wollte schreien, damit alle die Wahrheit hören konnten. Und sie wollte ihre Erinnerungen zurückhaben.

Melanythos ist dafür verantwortlich. Sie hat meine Erinnerungen gestohlen und in Balthazars Verstand herumgepfuscht.

Ihre Mordlust wurde von dem dringenden Bedürfnis überschwemmt, die Wahrheit zu erfahren. Sie starrte ihn mit ihren blaugrünen Augen an, als ein Feuer in ihrem Inneren entfachte.

Zum Teil diente es ihr als eine Flucht vor den Qualen, die sie innerlich zerrissen. Doch in gewisser Weise war es auch ein Gegenmittel, denn das Wissen war für sie beide ein Balsam, der ihre Schmerzen linderte.

»Wir müssen zum Bordell gehen«, sagte er. Es existierte

zwar nicht mehr, aber vielleicht könnten sie eine Erinnerung wachrufen, wenn sie sich so wie in Venedig einfach nur auf demselben Boden befänden.

»Ich weiß.« Sie schlang ihre Arme um seinen Hals und teleportierte sie ohne ein weiteres Wort.

Patreel war in der Lage, ihr zu folgen, was er auch tat.

Balthazar landete auf einem Bürgersteig, als Leela sie in eine menschenleere Straße teleportierte. Sie stand neben ihm und hatte die Arme immer noch um seinen Nacken geschlungen. Er konnte sie in ihrem ätherischen Zustand zwar nicht sehen, aber er spürte ihre Anwesenheit in seinen Gedanken.

Zu schade, dass die einseitige Bindung ihm nicht erlaubte, die ätherische Sphäre wahrzunehmen.

Stas hatte ihm von Leelas lila Flügeln erzählt. *Welchen Farbton haben sie?*, fragte er sich. *Violett? Lavendel? Weisen sie noch andere Schattierungen auf, die zu der Marmorierung ihrer blaugrünen Augen passen?*

Sie nahm langsam wieder ihre körperliche Gestalt an, während sie ihn mit ihren atemberaubenden Augen anstarrte. Die Erinnerung an ihre gemeinsame Vergangenheit war ihnen jedoch immer noch ein Rätsel. Vielleicht war es schon zu lange her oder es hatte sich zu viel verändert.

»Ich habe dich vor über dreitausend Jahren hier aufgespürt«, sagte Patreel mit gedämpfter Stimme und legte die Stirn in Falten, als er sich an den Tag erinnerte. »Damals hatte ich dein Blut noch nicht erhalten und wir kannten uns noch nicht. Aber du warst meine Mission und ich habe sie erfüllt.«

»Offensichtlich«, antwortete sie mit ausdrucksloser Stimme.

»Bist du denn ebenfalls teilweise mit ihr verbunden, weil du ihr Blut getrunken hast?«, wollte Balthazar wissen, dem der Gedanke ein seltsam ungutes Gefühl bescherte. Es hatte ihn im Grunde nie gestört, seine Sexpartner mit anderen zu teilen. Aber die Vorstellung, dass Patreel eine derart enge Bindung zu Leela hatte …

Nein. Das behagt mir nicht.

Tatsächlich gefiel ihm die Vorstellung von Patreel und Leela zusammen überhaupt nicht.

Aber auch das war merkwürdig, denn für gewöhnlich fand er es erregend, einem anderen Paar beim Ficken zuzusehen.

Und er genoss es, mit zwei oder mehr Partnern zu schlafen.

Wie auch immer, Patreel … hatte Leela nicht verdient.

Nur sehr wenige würden ihrer jemals würdig sein.

»Um ein Band einzugehen, muss man den Partner beißen. Also lautet die Antwort nein. Wir sind nicht aneinander gebunden.« Die Vorstellung schien Patreel anzuwidern, doch Balthazar war sich nicht sicher, ob er den Gedanken, an Leela gebunden zu sein oder sie zu beißen, derart abstoßend fand. Es verärgerte ihn allerdings so sehr, dass er Patreel einen Teil der beruhigenden Energie wieder entzog.

Emotionalen Beistand musste man sich erst verdienen.

Und Patreel hatte ganz sicher nicht das Geringste von Balthazar verdient. Wenn überhaupt, dann sollte er die emotionale Anspannung des Seraphs eher verschlimmern als sie zu beruhigen.

Er erhielt jedoch einen losen Strang zwischen ihnen aufrecht, nur um sicherzugehen, dass Patreel nicht völlig den Verstand verlor.

Er hatte zuerst noch ein paar Fragen an den Seraph.

»Erzähl uns von jenem Tag«, sagte Balthazar, ohne den Blick von Leela abzuwenden.

Patreel erschien in seinem peripheren Blickfeld, als er seinen körperlichen Zustand annahm.

»Da gibt es nicht viel zu erzählen. Ich habe Leela hier aufgespürt und sie direkt zu Dian gebracht.« Er räusperte sich. »Dian hat die Angelegenheit den Mitgliedern des Rates vorgetragen. Ich weiß nicht, wer an der Sache beteiligt war, da ich nicht eingeweiht war. Aber Dian hat mir bestätigt, dass sie für die Reformation vorgesehen war, und mir gesagt, dass man sich um dich kümmern würde. Ich habe keine Fragen gestellt.«

Balthazar folgte den Aussagen in den Gedanken des Seraphs und suchte nach einem Anzeichen dafür, dass er log.

»Sprich weiter«, sagte er, als er den letzten Informationsstrang in Patreels Gedanken ausmachte. Er hatte nicht gewusst, was damals geschehen war. Aber er hatte später einige wichtige Details erfahren.

»Leela verbrachte ein Jahrhundert in der Reformation.« Seine Aussage stimmte mit seinen Gedanken überein.

Balthazar strich mit dem Daumen über Leelas Hals, während er die Hand immer noch um ihren Nacken geschlungen hatte.

Diesmal brach sie jedoch nicht in Panik aus, als sie Patreels Worte hörte.

Nein, ihr Kampfgeist hatte sie jetzt völlig eingenommen.

Sie wollte Blut sehen.

»Etwa eine Woche nach ihrer Verurteilung wurde mir eine Ampulle mit ihrem Blut gegeben. Ziel war es, eine Bindung zu ihr aufzubauen, für den Fall, dass sie der Reformation irgendwie entkommen würde. Nachdem der Prozess abgeschlossen war, hatte ich die Order, dich zu überwachen.«

»Das heißt, du hast mich gestalkt«, murmelte Leela.

»Ich wurde beauftragt, dich zu verfolgen, ja. Deshalb wusste ich auch von der Gedächtnismanipulation. Dian sagte mir, dass Melanythos sich um euer beider Erinnerungen gekümmert hatte. Ich habe ihn gefragt, warum Balthazar nicht einfach getötet wurde, worauf Dian mir erklärte, dass er zu deinem Schutz am Leben gelassen wurde, da es deiner Seele schaden könnte, wenn ein einseitiges Blutsband zerstört wird.«

Leela schnaubte. »Sein Ego war verletzt, und er wollte Balthazar und mich leiden sehen.« Sie wandte den Blick von Balthazar ab und sah Patreel mit zusammengekniffenen Augen an. »Ich fürchte ihn schon seit einer Ewigkeit, denn er wollte, dass ich Angst vor ihm und der Prophezeiung habe, laut der wir uns paaren sollen. Er hat es nicht getan, um meine Reformation zu unterstützen, sondern um mich zu quälen.«

Balthazar stimmte ihr zu. Es war durch und durch die Reaktion eines Mannes, dem es nicht gefiel, abgewiesen zu werden. Er hatte Leela das Leben für Tausende von Jahren zur Hölle gemacht.

»Er war derjenige, der diesen Teil meines Gedächtnisses hat löschen lassen, nicht wahr?«, fragte Leela. »Er wollte nicht, dass ich eine Erinnerung daran hatte, mich ihm verweigert zu haben, damit ich weiter auf den gefürchteten Tag wartete, an dem die Schicksalsgöttinnen mich dazu aufrufen würden, mich mit ihm zu paaren.«

»Er sagte, es sei Teil deiner Reformation, und behauptete, du würdest als geheilt gelten, wenn du endlich freiwillig zu ihm gehst.« Patreels Stimme war emotionslos, doch im Geiste verarbeitete er diese Worte durch einen neuen Filter, zu dem er sich erst vor Kurzem Zugang verschafft hatte.

Emotionen.

»Es ging ihm nie darum, mich zu heilen«, fauchte Leela. »Er wollte mich immer nur foltern. Deshalb hat er Balthazar am Leben gelassen. Er wusste, dass die Erinnerungen mich verfolgen würden, und wahrscheinlich will er sie mir jetzt wieder wegnehmen. Deine Anwesenheit hier ist nur eine List, um Zeit zu schinden, bis er selbst in Erscheinung tritt. Und er wird ohne Zweifel Melanythos bei sich haben.«

Patreel runzelte die Stirn, während er ihre Worte mittels seines praktischen Verstandes überprüfte und zu dem Schluss kam, dass sie wahr waren.

Denn es wäre typisch für die Ratsmitglieder, ihn zu einer Marionette zu machen. Im Grunde hatten sie die gesamte Gesellschaft der Seraphim in eine Theateraufführung verwandelt, in der jedes Wesen die Rolle spielte, die der Rat ihm zugewiesen hatte.

Das war nicht schwer zu bewerkstelligen, wenn die gesamte Bevölkerung einer Gehirnwäsche unterzogen und in dem Glauben gelassen wurde, dass Emotionen eine Schwäche sind, die beseitigt werden musste.

Es würde nie eine Meuterei zustande kommen, solange die Bürger weder Wut noch Leidenschaft empfanden.

Sie lebten in einer praktischen, von Logik geprägten Welt.

Wie langweilig und stumpfsinnig.

Das war kein Leben. Es glich eher einer verklärten Gefängnisstrafe, bei der man eine Ewigkeit der Einsamkeit und sinnlosen Existenz absaß.

Die Seraphim hatten nicht einmal richtige Familien.

»Es ist keine List«, sagte Patreel gedehnt. »Vera hat meine Erinnerungen auf Manipulationen überprüft und keine gefunden. Ich habe noch nie die Wahrheit erfahren. Bis heute.«

Leela musterte ihn und schürzte die Lippen. Sie stellte sich neben Balthazar und legte einen Arm um seine Taille, um dicht bei ihm zu sein. Obwohl sie davon ausging, dass Patreel die Wahrheit sagte, traute sie der Situation nicht.

Balthazar ging es ähnlich. Dian oder Melanythos konnten jeden Moment hier auftauchen.

Vorausgesetzt, sie überwachten den Fährtenleser.

Vielleicht wussten sie noch nicht, was Patreel erfahren hatte. Und wenn das der Fall war, würden sie wahrscheinlich nicht einmal in Erwägung ziehen, ihm zu folgen. Misstrauen war immerhin auch ein Gefühl. Sie bräuchten konkrete Beweise, um einen logischen Grund für die Verfolgung des seraphischen Fährtenlesers zu haben. Bisher gab es für sie keinen Anlass zu glauben, dass er seinen Job nicht erledigte, vor allem, da er schon seit Jahrtausenden damit betraut war.

Leelas Gedanken stimmten zwar mit Balthazars überein, doch das beruhigte sie nicht im Geringsten.

Sie wollte mehr über ihre gemeinsame Geschichte wissen, wie es zu ihrer Vereinigung gekommen war und wann Melanythos in Balthazars Gedächtnis herumgepfuscht hatte.

Er wollte die gleichen Informationen bekommen.

»Ich habe nicht viele Erinnerungen an meine Kindheit hier, nur an ein paar unbeschwerte Momente, in denen ich mit meiner Sexualität experimentiert habe, als ich volljährig wurde. Ich weiß auch nicht mehr genau, wie ich unsterblich wurde, und kann mich nur noch an einen eifersüchtigen Liebhaber erinnern, der mich nach einer Nacht mit ihm und seiner Frau im Bett umgebracht hat. Danach bin ich als Unsterblicher erwacht.«

Es war keine bedeutsame Geschichte.

Balthazar war damals nicht gerade erfreut, aber er war viel zu sehr von seiner Unsterblichkeit fasziniert gewesen und hatte sich entschieden, die Chance auf ein neues Leben zu nutzen, statt sich an dem Mann zu rächen.

Natürlich war das nicht das einzige Mal, dass ein gekränkter Mann ihn wegen eines Techtelmechtels getötet hatte. Dank seiner Fähigkeit, Emotionen zu kontrollieren, perfektionierte er jedoch die Kunst, die Gefühle seiner Liebhaber zu interpretieren und zu wissen, was er von ihnen erwarten konnte.

Mittlerweile schlief er nicht mehr mit Menschen, die zur Aggression neigten.

Es sei denn, er hatte das Verlangen danach.

»Ich habe keine einzige Erinnerung an Leela an diesem Ort«, fuhr er fort und runzelte die Stirn. »Doch das ist seltsam, denn sowohl in Venedig als auch in Japan habe ich zumindest Erinnerungsfetzen wahrgenommen.«

»Diese sind jüngeren Datums«, antwortete Patreel. »Die Erinnerungen an eure Zeit hier sind viel älter. Und soweit ich weiß, hat Melanythos danach mehrere Jahre mit dir verbracht, um dein Gedächtnis vollständig zu manipulieren und einen Strang einzupflanzen, an dem sie in Zukunft bei Bedarf ziehen kann. Es war ein komplizierter Vorgang.«

»Mehrere Jahre?«, wiederholte Balthazar.

»Ja. Während Leela sich in der Reformation befunden hat.« Patreel blickte sie an. »Deine Erinnerungen wurden erst nach Balthazars beeinflusst, doch die Manipulation war genauso gründlich.«

»Offensichtlich«, erwiderte sie wieder mit ausdrucksloser Stimme.

Balthazar ging währenddessen immer noch Patreels Bemerkung durch den Kopf und er fragte sich, was er mit *mehreren Jahren* gemeint hatte. »Willst du damit etwa sagen, dass ich Melanythos kenne?«

Patreel betrachtete ihn einen Moment. »Ja, ich denke

schon. Es sei denn, sie hat auch deine Erinnerungen an sich selbst verändert, aber das bezweifle ich. Solange sie in deiner Vergangenheit verankert ist, hat sie sofortigen Zugang zu deinem Verstand und kann immer wieder darauf zugreifen. Und wie ich bereits erwähnt habe, hat sie dein Gedächtnis im Laufe der Zeit mehrmals manipuliert.«

Balthazar runzelte die Stirn.

Ihm gefiel die Vorstellung nicht, dass *irgendjemand* in seinem Kopf herumpfuschte.

Aber er hatte sie sogar gekannt?

Das setzte dem Ganzen die Krone auf.

Wer war sie?, fragte er sich, als er ihren Namen wiederholte und an die Zeit zurückdachte, in der …

Er zog ruckartig die Augenbrauen nach oben. »Melanythos.« Der Name ging ihm leicht über die Lippen … denn er ähnelte … einem anderen Namen. *»Nythos.«*

Nein. Unmöglich. Das kann nicht sein …

Aber der Zeitpunkt …

Er schluckte und wandte sich Leela zu. »Wie sieht deine Halbschwester aus?« Aber er wusste bereits, dass sie es war. Es gab keine andere Möglichkeit, denn es ergab einfach zu viel Sinn.

»Äh, kastanienbraunes Haar, schwarze Augen, blass. Sie ist ein bisschen kleiner als ich und etwas kurviger. Und sie hat mehr von der Sinnlichkeit unseres Vaters geerbt als ich …« Sie verstummte und ihre Miene verhärtete sich, als sie den verständigen Ausdruck in Balthazars Augen sah. »Was ist los? Was hat sie getan?«

Balthazar spannte die Kiefermuskeln an und ein Fluch lag ihm auf der Zunge.

Er hatte sie sterben sehen. Er hatte ihren Tod betrauert. Er hatte für sie *getötet*.

Und all das … war nur ein Trick gewesen? Ein Weg,

um seinen Verstand zu manipulieren, damit er Leela vergaß?

Wie viel von alledem entsprach der Wahrheit? Hatte er sie so gefickt, wie er es in Erinnerung hatte? Hatten Aidan und Luc auch mit ihr geschlafen?

Er ballte die Hände zu Fäusten.

Er war schon häufiger getäuscht worden, aber noch nie auf diese Weise. Niemals von jemandem, den er *geliebt* hatte.

Es sei denn, diese Gefühle hatten auch nie existiert.

Oder hatte er sie eigentlich für Leela empfunden?

»Sie hat mich manipuliert«, brachte er zwischen zusammengebissenen Zähnen hervor. »Sie hat ihren eigenen Tod vorgetäuscht. Und sie hat uns den Unterschied zwischen Ichorianern und Hydraianern gelehrt.« Und jetzt wusste er, dass sie es aus einem bestimmten Grund getan hatte.

Er stieß ein humorloses Lachen aus.

Denn es war wirklich brillant.

»Sie hat uns beigebracht, wie man Ichorianer tötet.« Wahrscheinlich in der Hoffnung, dass er und Luc die Informationen nutzen würden, um einige von Osiris' *abscheulichen Wesen* zur Strecke zu bringen. »Sie hat den perfekten Zeitpunkt gewählt. Sie hat mir den Unterschied *demonstriert*, indem sie mich als angeblich frisch verwandelte Ichorianerin beim Sex gebissen hat und in meinen verdammten Armen gestorben ist. Wahrscheinlich hat sie mir diese Erinnerung jedoch nur eingepflanzt, da sie unmöglich daran gestorben sein kann. Außerdem hätte sie eine Bindung zu mir hergestellt, indem sie mich beißt ...« Er verstummte und sah Leela an. »Es sei denn, es war eine Erinnerung an dich und sie hat sie nur mit einem Bild von sich ersetzt ...«

Verdammt, sein Kopf schmerzte, wenn er darüber nachdachte.

Aber es ergab alles einen Sinn.

»Wir haben kurz darauf die anderen Hydraianer getroffen, weil Osiris begonnen hatte, sie all seinen ichorianischen Schöpfungen zu entreißen und sie zu sammeln.« Und Nythos, oder vielmehr *Melanythos*, hatte ihn, Luc und Aidan kurz zuvor darüber informiert, wie man einen Ichorianer tötet.

Vielleicht weil die Schicksalsgöttinnen sie oder Dian vor dem bevorstehenden Ereignis gewarnt hatten.

Wie auch immer, es war perfekt inszeniert.

Und hätte zu einem Massengemetzel führen können.

Allerdings waren Aidans und Lucs strategische Fähigkeiten zu ausgeprägt, um solch einem simplen Plan gerecht zu werden. *Haben die Schicksalsgöttinnen das auch vorhergesehen? Spielen sie schon die ganze Zeit über ein Geduldsspiel und warten nur ab?*

Er schüttelte den Kopf. »Ich muss Luc anrufen und ihm davon erzählen.«

»Vera ist bereits in Hydria«, sagte Patreel. »Sie hat sich dorthin teleportiert, als ich hierherkam.«

Das war nicht gut genug. Vera wusste vielleicht nicht, dass sie ihm diese Details erzählen musste. Möglicherweise würde sie nicht einmal mit ihm sprechen. »Ich kenne ein Gasthaus ganz in der Nähe.« Dort würde es ein Telefon geben. Außerdem hatte er mit der Besitzerin eine feste Vereinbarung getroffen.

Sie war keine direkte Nachfahrin von ihm, doch er hatte ihre Vorfahren vor langer Zeit gekannt. Es lag noch nicht einmal so lange zurück. Er hatte die Familie vor einigen Jahrhunderten kennengelernt und kam immer wieder zurück, um ihr seine Aufwartung zu machen, wenn er konnte.

»Wir sind hier vielleicht nicht sicher«, gab Leela zu bedenken.

»Dann ist es gut, dass du Flügel hast«, erwiderte er und löste die Hand von ihrer Schulter, um über ihre Wirbelsäule zu streichen. »Es wird nicht lange dauern.«

In ihren blaugrünen Iriden spiegelte sich ein Ausdruck von Unsicherheit wider, doch er betrachtete sie mit einer solchen Dringlichkeit, dass sie nickte. *Okay*, dachte sie an ihn gerichtet.

Er beugte sich vor und strich mit seinen Lippen über die ihren. »Wir müssen uns immer noch über die Vergangenheit unterhalten, kleines Luder.«

»Ich weiß.«

»Wir werden einen Weg finden.« Denn er war fest entschlossen, seine Erinnerungen wiederzuerlangen. Jede einzelne von ihnen.

Sie schluckte und nickte zustimmend. Doch ein Anflug von Unsicherheit drängte sich einmal mehr in ihre Gedanken, als sie erneut von der Angst vor der Reformation gepackt wurde.

»Ich werde nicht zulassen, dass sie dich noch einmal gefangen nehmen«, gelobte Balthazar. Es war ein gewagtes Versprechen, wenn man bedachte, mit wem sie es zu tun hatten, doch er war fest entschlossen, diesem Spiel ein Ende zu setzen.

Die Seraphim hatten in seinem Verstand herumgepfuscht.

Nythos hatte sein Vertrauen zerstört.

Und Leelas Vergangenheit in der Reformation brach ihm das Herz.

Nie wieder, gelobte er. *Sie werden dich nie wieder anrühren.*

Er besiegelte den unausgesprochenen Schwur mit einem weiteren Kuss, wobei er seine Zunge leidenschaftlich mit der ihren tanzen ließ.

Es war ihm egal, dass Patreel sie sehen konnte.

Vielleicht würde er etwas lernen.

Vielleicht würde er sich verpissen.

Wichtig waren nur Leela und die elektrisierende Verbindung zwischen ihnen.

Und die Vergangenheit, an die er sich unbedingt erinnern wollte.

KAPITEL 24

BALTHAZAR

LUC WUSSTE GENAU, WORÜBER B SPRECHEN WOLLTE. DAS bewies er, indem er sich am Telefon meldete mit: »Hat Patreel dir von Nythos erzählt?«

Von da an entwickelte sich ihr Gespräch zu einer langen Reise in die Vergangenheit.

Offensichtlich hatte Vera Lucs Gedächtnis wiederhergestellt, sodass er B seine Version der Ereignisse schildern konnte.

Die sinnliche Beziehung zwischen Nythos und Balthazar war real gewesen.

Der Blutaustausch hatte jedoch nie stattgefunden.

Es war Nythos' Fluchtplan gewesen, um ihr die Möglichkeit zu geben, wieder zu den Seraphim zurückzukehren.

Sie hatte nie von Aidans Blut getrunken.

Sie war nie gestorben und wiederauferstanden.

Und Balthazar hatte sie nicht getötet.

Er spannte während des Gesprächs mehrmals die Kiefermuskeln an, sodass seine Zähne irgendwann anfingen zu schmerzen. Luc erklärte Balthazar, dass

Adonis Leelas und Nythos' Vater sei. Beide Frauen hatten seine Gabe der Sinnlichkeit geerbt, wodurch Nythos es mit Leelas Anmut im Bett aufnehmen konnte.

Luc vermutete, dass Nythos Balthazars Erinnerungen an Leela entweder mit ihm neu erschaffen oder sie dahingehend manipuliert hatte, dass er rückblickend Nythos statt Leela vor sich gesehen hatte.

Daher hatte er zwar mit Nythos geschlafen, aber vielleicht nicht so oft, wie er glaubte.

Oder es waren so viele Male gewesen, wobei ihr Liebesspiel jedoch auf seiner früheren Erfahrung mit Leela basiert hatte.

Beide Möglichkeiten weckten in ihm den Wunsch, Nythos zu töten.

Sowie alle anderen, die in diesen mentalen Irrsinn verwickelt waren.

»Wie geht es Leela?«, fragte Luc nach einem Moment des Schweigens.

Er warf einen Blick auf besagte Frau. Sie saß flankiert von zwei Hunden auf einer Couch im privaten Bereich des Gasthauses. Die Tiere hatten sie bei ihrer Ankunft fast zerfleischt, denn ihre innere Unruhe war deutlich spürbar gewesen. Leela hatte sich auf den Boden fallen lassen, um sie zu begrüßen, und ihre Sorgen hatten sich unter den tapsigen Pfoten und sabbernden Zungen aufgelöst.

Offensichtlich waren die Hunde für sie eine Art emotionale Therapie gewesen, die sie gebraucht hatte, um sich gänzlich aus ihrer Panik zu befreien.

»Es geht ihr gut«, antwortete Balthazar, der in der Nähe des Hinterausgangs des Gebäudes stand. Patreel hatte es vorgezogen, draußen zu warten. Vielleicht hatte er sich auch an einen anderen Ort teleportiert. Es war einer der Gründe, warum Balthazar Leela im Auge behielt, für den Fall, dass sie schnell fliehen mussten.

Sie lächelte, als der Hund mit der kürzeren Schnauze versuchte, sich auf ihren Schoß zu setzen. Der ausgewachsene Boxermischling, der mit seinem schwarz-weißen Fell auch ein Staffordshire-Terrier-Mischling gewesen sein könnte, wog vermutlich um die dreißig Kilo. Er war ganz sicher kein Schoßhund, aber er schien wild entschlossen zu sein, Leela für sich zu beanspruchen.

Balthazar konnte ihn verstehen.

Sie hatte wunderschöne Beine.

Und sie roch auch außerdem göttlich.

»Sie wird gerade von zwei Hunden vereinnahmt«, fügte Balthazar hinzu.

»Auf der Straße?« Luc klang verwirrt.

»In einem Gasthaus. Die Familie Spriggs hat ein paar niedliche Köter adoptiert.«

»Aha«, antwortete Luc, der sofort wusste, wo Balthazar und Leela sich gerade aufhielten. Denn der Name *Spriggs* war allen Ältesten bekannt. Es war nicht der richtige Nachname der Familie, sondern ein Spitzname für einen ihrer Vorfahren.

Der schwarz-braune Mischling auf der gegenüberliegenden Seite machte es sich neben ihr bequem und legte eine Pfote auf Leelas Oberschenkel, während er sie mit seinen bezaubernden karamellbraunen Augen anstarrte.

Ein treuer Hundeblick, dachte er und musste trotz der Wut, die ihn noch immer durchströmte, lächeln.

Vielleicht würde ihm eine Dosis flauschige Liebe ebenfalls guttun.

»Ich sollte jetzt auflegen«, sagte er zu Luc. »Wir werden nicht lange hierbleiben.«

»Das ist klug. Wir sprechen uns in sechs Stunden wieder. Ich werde dich über die Ereignisse hier auf dem

Laufenden halten.« Luc beendete das Gespräch, bevor Balthazar zustimmen konnte.

Es war einfacher, nur alle zwölf Stunden miteinander zu kommunizieren.

Wenn Luc bereits in sechs Stunden wieder mit ihm reden wollte, bedeutete das, dass sie kurz vor der Fertigstellung der Schutzsymbole standen.

Eine Last fiel von Balthazars Schultern. Er vermisste Hydria, sein Zuhause und sein *Bett*.

Mm, er wollte Leela in seinem Bett liegen sehen. Gefesselt und feucht, während sie ihn anflehte, sie zu ficken.

Würde er dadurch noch mehr Erinnerungen wachrufen oder nur neue schaffen?

Ein Lachen entfuhr ihren vollen Lippen und riss ihn aus seinen erotischen Gedanken. Der Boxermischling versuchte immer noch, auf ihren Schoß zu klettern. Sehr zum Leidwesen des Schlappohrs, der ihren Oberschenkel als Kopfkissen für seine lange Schnauze benutzte.

Balthazar schlenderte mit dem Telefon in der Hand auf sie zu. In Leelas Augen lag ein Ausdruck der Freude, der zu ihren Gedanken passte und ihn zum Lächeln brachte.

Wenn sie glücklich war, strahlte sie sogar noch mehr. Sie war eine Frau, die es verdient hatte, zu lächeln, zu lachen und das Leben zu genießen. Aber ihr Dasein war durch lebenslange grausame Manipulationen verdunkelt worden.

Und diese Dunkelheit hatte auch sein Wesen durchdrungen, hatte seine Erinnerungen und seinen Verstand verhöhnt und dieses reizende Geschöpf seinen Gedanken entrissen.

Wo würden sie heute stehen, wenn der Rat sie nicht getrennt hätte?

Wären sie miteinander verbundene Gefährten?

Wäre ihr Band immer noch einseitig?

Oder wären sie nie ein Band eingegangen?

Hatte Leela ihn nur gebissen, um ihre Blutlinie zu beflecken? Oder waren sie ineinander verliebt gewesen?

Sie lachte wieder, als der schlappohrige Schäferhund-Mischling sich aufsetzte, um ihr unerwartet über das Kinn zu lecken.

Balthazars Lächeln wurde noch breiter, als er ihre Freude sah und hörte.

Sie ist umwerfend, staunte er und war fast hypnotisiert von ihrer Schönheit. Aber er wollte sie ebenfalls küssen.

Auf ihre Lippen.

Er ging zu ihr und beugte sich vor, um seine Lippen auf ihren Mund zu pressen. Mit seiner Zunge gab er ihr zu verstehen, dass er ihr keine Vorwürfe machte und in Zukunft nichts als ihr Glück wollte.

Als er den Kopf zurückzog, krallte sie sich in sein Hemd, als bräuchte sie ihn, um ihr Gleichgewicht nicht zu verlieren. Ihr Lächeln war einem zufriedenen Gesichtsausdruck gewichen, in dem auch ein Funke Lust mitschwang.

»Wie heißen deine neuen Freunde?«, fragte er leise, als er eine Schnauze an seiner Wange spürte.

Die beiden Hunde hatten aufgehört zu hecheln und beschnüffelten Balthazar jetzt, um seinen Charakter und seine Absichten zu beurteilen.

Leelas Augen leuchteten auf, als sie die Lippen zu einem atemberaubenden Grinsen verzog.

»Das ist Bella«, sagte sie und streichelte sanft über das samtige Fell des schwarz-weißen Boxermischlings. »Und das ist Lola.« Sie legte die andere Hand auf den Kopf des flauschigen Schlappohrs.

»Bella und Lola«, wiederholte er und ging vor Leela in

die Hocke, um sich etwas kleiner als die Hunde zu machen.

Im Stehen wirkte er sicher einschüchternd auf die Tiere, denn seine Größe von über einem Meter achtzig überragte sie um Längen, selbst wenn sie auf der Couch lagen.

Lola warf ihm einen zögerlichen Blick zu und in ihren hellbraunen Augen lag ein Ausdruck von Unsicherheit. Doch Bella stürzte sich sofort auf ihn. Mit ihrer kürzeren Schnauze war sie sofort bereit, sein Gesicht durch freudiges Lecken zu beanspruchen.

Er fing das Tier auf und ließ sie eine Weile gewähren. Sie war größer, als er gedacht hatte, und wog wahrscheinlich eher vierzig Kilo, während sie nur aus Muskeln zu bestehen schien.

Lola war nicht ganz so eifrig, gab ihm jedoch einen kleinen Stups und erlaubte ihm, sie hinter den Ohren zu kraulen.

»Ah, da seid ihr ja«, sagte eine weibliche Stimme auf Bulgarisch. »Hört auf, meine Gäste zu belagern.«

»Diese Art von Belagerung genieße ich sehr«, antwortete er in derselben Sprache. »Mit Zungen voller Liebe und Hingabe.«

In seinen Worten lag noch eine tiefere Bedeutung, die er mit einem Blick auf Leela zum Ausdruck brachte. Doch sie betrachtete immer noch das flauschige Geschöpf an ihrer Seite.

Sie hatte ihn jedoch gehört, denn sie übersetzte in Gedanken einige seiner Worte, was darauf hindeutete, dass sie zumindest ein wenig Bulgarisch oder vielleicht eine andere slawische Sprache beherrschte.

»Mr. B«, sagte Mrs. Spriggs und lächelte übers ganze Gesicht. »Ihr Zimmer ist fertig. Die kleinen Monster bleiben hier.«

»Ich bin mir nicht sicher, ob die kleinen Monster Leela erlauben werden zu gehen«, bemerkte er, während Lola seinem kleinen Luder über die Nase leckte. Leela lachte und kraulte die Ohren des hübschen Tieres. Bella stupste Balthazars Hand an und forderte ihn auf, sie weiter zu streicheln. Er erfüllte ihr den Wunsch, während er Mrs. Spriggs mitteilte, dass sie in ein paar Minuten nach oben kommen würden. Sie gab ihnen stattdessen den Schlüssel und sagte, sie sei zu müde, um aufzubleiben, und bat sie, sich wie zu Hause zu fühlen.

Balthazar bedankte sich noch einmal bei ihr und gönnte Leela noch eine Weile in ihrem flauschigen Paradies. »Hast du ein Haustier?«, fragte er, nachdem er Bella und Lola einige Minuten lang gestreichelt hatte.

Leela schüttelte den Kopf. »Ich halte mich nie lange genug an einem Ort auf, um ein Tier zu haben. Und du?«

»Nein. Aber einige der Hydraianer haben Hunde und Katzen. Lara hilft dabei, ihr Leben zu verlängern. Sie hat selbst eine Katze namens Pouncer, die mittlerweile fast vierzig Jahre alt ist.« Die tigerartige Hauskatze war auf der Insel berüchtigt dafür, dass sie überall im Wohnbezirk verschiedene Betten für sich beanspruchte, von denen viele nicht als Katzenbetten gedacht waren. Aber keiner von ihnen hätte es je gewagt, sie davonzujagen.

»Lara, die Heilerin?«, fragte Leela.

»Genau die.« Sie war eine jüngere Hydraianerin mit nützlichen Fähigkeiten. Leela hatte selbst davon profitiert, als sie vor Kurzem von der Hydraianerin geheilt worden war.

»Ich war mir nicht sicher, ob es mehr als eine gibt. Lara ist ein beliebter Name.«

»Heutzutage schon«, stimmte er zu. »Aber wir haben nicht viele junge Hydraianer auf der Insel.«

»Das ist wahr.« Sie beugte sich vor und drückte Lola

einen Kuss zwischen die Ohren. »Du bist ein sehr braves Mädchen«, gurrte sie. Dann sah sie Bella an und sagte: »Und du bist auch sehr brav.« Die Hunde genossen die Aufmerksamkeit sichtlich, doch schließlich gingen sie zu ihren Betten im Wohnbereich, um sich zusammenzurollen und ein Nickerchen zu machen.

Balthazar nahm das als Gelegenheit, Leela von hier fortzubringen, obwohl sie offensichtlich glücklich damit gewesen wäre, die beiden Tiere einfach nur zu beobachten.

»Ich habe uns ein Zimmer besorgt«, sagte er leise. »Aber wir werden nicht darin übernachten.« Es war zu riskant für sie hierzubleiben. Aber er hatte Mrs. Spriggs dafür entschädigen wollen, dass sie ihn hatte telefonieren lassen.

Leider war das auch der Grund, warum sie weiterziehen mussten, denn das Festnetztelefon konnte viel zu leicht geortet werden.

Außerdem wartete Patreel immer noch draußen auf sie, was Balthazar wusste, weil er die Gedanken des anderen Mannes immer noch hören konnte. Er war in ätherischer Form herumgeflogen und hatte über alles nachgedacht, was er über Osiris, über Emotionen und die Reformation gelernt hatte.

Leela warf den Hunden noch einen wehmütigen Blick zu, bevor sie leise aufstand und Balthazar anblickte. Ihr verträumter Gesichtsausdruck wich einem entschlossenen Ausdruck, der sich auch in ihren Gedanken widerspiegelte.

Das Schmusen mit den Hunden hatte ihr Klarheit verschafft. Sie hatte einen Moment zum Nachdenken gehabt und all die neuen Informationen verarbeitet. Und sie war zu einem Schluss gekommen.

»Ich will unsere Erinnerungen zurück.« Ihre Stimme war zwar leise, doch in ihr schwang eine Überzeugung mit, die auch in ihren Gedanken widerhallte. »Ich weiß, dass das wahrscheinlich bedeutet, dass ich mich an die Schrecken der Reformation erinnern werde. Aber ich bin bereit, diesen Preis zu zahlen, um mich an dich zu erinnern.«

Ein Teil von ihm wollte Einwände erheben, weil er nicht wissen konnte, wie ihre Psyche auf das Trauma ihrer Vergangenheit reagieren würde.

Aber es war nicht seine Entscheidung, sondern ihre. Und das würde er immer respektieren, koste es, was es wolle.

»Also schön. Dazu brauchen wir Vera«, sagte er. Denn auch er wollte ihre gemeinsamen Erinnerungen zurückhaben. Leela würde die Vergangenheit nicht alleine durchstehen müssen. Er würde bei jedem Schritt an ihrer Seite sein.

»Oder du könntest sie beißen«, verkündete Patreel, als er in seiner körperlichen Gestalt neben ihnen erschien. Die Hunde wurden sofort hellhörig. Sie drehten die Ohren in alle Richtungen, um die Quelle der Stimme auszumachen. Lola entdeckte den Engel zuerst. Sie hob ruckartig den Kopf und sprang auf, während sie eine defensive Haltung einnahm.

Balthazar hatte schon vor langer Zeit gelernt, auf die Instinkte von Tieren zu hören. Sie waren in der Lage, eine Situation schnell und akkurat einzuschätzen.

»Wenn ich etwas gelernt habe, dann, dass ein Blutsband die mächtigste Magie von allen ist. Nutzt sie, um euren Geist zu befreien«, schlug Patreel vor, woraufhin Lola knurrte.

Bella war ebenfalls in höchster Alarmbereitschaft und bemerkte, dass der Engel jetzt neben Leela stand.

»Ich denke, das ist mein Stichwort. Ich sollte mich auf den Weg machen«, bemerkte Patreel. »Ich werde tun, was ich kann, um die anderen abzulenken, aber ich würde euch raten, nicht lange hierzubleiben.« Im nächsten Moment war er verschwunden.

Die Hunde, die sich gerade in Bewegung gesetzt hatten, erstarrten beide und sahen sich um, woraufhin Leela sie schnell beruhigte.

Aber Balthazar blieb wie erstarrt stehen, während er darüber nachdachte, was Patreel gerade gesagt hatte. Seine Worte hatten so beiläufig geklungen, als könnte sein Vorschlag nicht sowohl Leelas als auch Balthazars Leben für immer verändern.

Oder du könntest sie beißen.

Ein Blutsband ist die mächtigste Magie von allen. Nutzt sie, um euren Geist zu befreien.

Ein Blutsband war in der Tat mächtig. Aber es würde sie auch bis in alle Ewigkeit aneinander binden. Leela war sich dessen eindeutig bewusst gewesen, als sie ihn zum ersten Mal gebissen hatte.

Aber wollte Balthazar das überhaupt? Wollten sie beide es? Eine monogame Beziehung für … immer?

Durch das Blutsband würden sie möglicherweise die Wahrheit erfahren.

Es war ein Risiko.

Ein Sprung ins Ungewisse.

Und möglicherweise eine katastrophale Entscheidung.

Was geschieht, wenn wir uns aneinander binden und ich finde heraus, dass sie mich nur gebissen hat, um sich vor Dian zu verstecken?

Balthazar runzelte die Stirn. Das schien nicht richtig zu sein. Leela war nicht eigennützig. Sie würde ihn nicht benutzen, um sich zu verstecken oder ihre Blutlinie zu verschleiern. Sie würde mit offenen Karten spielen.

»B?«, fragte Leela. Ihr dringlicher Tonfall ließ vermuten, dass sie ihn mehr als einmal angesprochen hatte.

Er blinzelte. Ihre Aura strahlte Besorgnis aus, während ihre Gedanken ihm verrieten, dass sie versucht hatte, mit ihm über das zu sprechen, was Patreel gesagt hatte. Er konnte hören, dass sie unsicher war und sich ähnlich wie er über das Risiko einer Bindung den Kopf zerbrach.

Ist es unsere Erinnerungen wert?

Würde ein Leben in Monogamie nur zu Bitterkeit führen?

Sind wir überhaupt in der Lage, nur mit einem Partner zusammen zu sein?

Der sensiblere Teil ihres Verstandes flüsterte: *Ja.*

Balthazar spürte, wie er von einem Verständnis erfasst wurde, das von irgendwo tief im Inneren seines Wesens ausstrahlte.

Er rieb sich die Brust, während er nicht sicher war, ob ihm das Gefühl gefiel oder nicht.

»B?«, wiederholte Leela.

»Ich will meine Erinnerungen zurückgewinnen«, sagte er und wiederholte damit ihre Worte von vorhin. »Aber wir können noch nicht nach Hydria zurückkehren.«

Das bedeutete, dass sie sich noch gedulden mussten, bevor sie mit Vera sprechen konnten. Denn ihr Fachwissen wurde in Hydria dringender gebraucht als hier. Sobald die anderen die Verstärkung der Schutzsymbole abgeschlossen hatten, konnten sie zurückkehren. Er würde die Sicherheit der anderen immer über seine eigenen Wünsche und Bedürfnisse stellen.

»Unsere Erinnerungen werden warten müssen«, entschied er.

»Nicht alle«, erwiderte Leela, während sie ihre Finger über seinen Arm zu seiner Hand gleiten ließ. »Ich habe noch ein paar in meinem Kopf, die ich mit dir teilen könnte ...« Sie verstummte, doch es war klar, was sie hatte sagen wollen.

Brasilien. Denn diese Erinnerungen waren ihr nicht genommen worden.

Oder wir könnten sie wiederaufleben lassen, fügte sie in einem mentalen Flüsterton hinzu, der nur für ihn bestimmt war.

Er verschränkte seine Finger mit ihren und schlang den anderen Arm um ihre Taille. Er hatte das Zimmer im Gasthof bereits im Voraus bezahlt. Mrs. Spriggs würde bemerken, dass er es nicht benutzt hatte, aber sie würde keine Fragen stellen. Was bedeutete, dass es hier nichts mehr für sie zu tun gab.

Doch in Brasilien gab es eine Menge Dinge, die sie erkunden konnten.

»Ich will alles bis ins kleinste Detail wissen, Lee«, murmelte er und führte die Lippen an ihr Ohr. »Jedes intime Detail.«

Da sie sich ohnehin ablenken mussten, konnten sie es auch richtig tun.

»Teleportiere uns nach Brasilien, kleines Luder.« Er festigte seinen Griff um ihre Taille. »Zeig mir alles.«

KAPITEL 25

LEELA

DER MOND SPIEGELTE SICH AUF DEM WASSER UND erzeugte einen fast mystischen Schimmer, während die Wellen ans Ufer brandeten.

Leela verschränkte ihre Finger mit Balthazars und erzählte ihm, wie er sie an diesem Strand angesprochen hatte. Sie hatten einen Drink genossen – irgendeinen fruchtigen Cocktail, den er bestellt hatte –, bevor sie sich einen verbalen Schlagabtausch voller sexueller Anspielungen geliefert hatten.

»Du hat sehr selbstbewusst gewirkt«, sagte sie und führte ihn zu der Stelle, an der er sie geküsst hatte. »Ich habe dich gefragt, ob es deine übliche Masche war, ein paar unschuldige Fragen zu stellen, Interesse vorzutäuschen und die Informationen später zu nutzen, um deinen Charme spielen zu lassen.«

»Und ich habe dir gesagt, dass ich keine Masche habe«, erwiderte er und stellte sich ihr in den Weg, um ihre Hüfte zu ergreifen und sie zum Stehenbleiben zu bewegen.

»Du erinnerst dich?«

Er schüttelte den Kopf, wobei ihm sein dichtes, dunkles

Haar kunstvoll in die Stirn fiel. »Nein, ich erinnere mich nicht. Aber ich weiß, was ich darauf erwidern würde.« Er legte eine Hand an ihren Nacken und strich mit dem Daumen über ihre Pulsschlagader. »Ich würde dir sagen, dass ich es nicht nötig habe, dich mit einem plumpen Spruch zu verführen.«

»Ach tatsächlich?«, fragte sie, wobei sie ihre Worte von damals absichtlich wiederholte, um zu sehen, ob er ähnlich darauf reagieren würde. »Und warum?«

Er ließ die Hand von ihrer Hüfte an ihren Hintern gleiten und zog sie fest an sich. »Weil ich keinen brauche, Schätzchen«, murmelte er, wobei er seine Antwort von damals fast Wort für Wort wiederholte.

In seinen Augen funkelte ein wissender Ausdruck, der ihr verriet, dass er bereits wusste, was jetzt kommen würde.

Und er enttäuschte sie nicht, als er sie mit einer Kühnheit küsste, die jenem Tag in nichts nachstand, während ihr Körper aufs Neue von einer elektrisierenden Hitze durchzuckt wurde.

Sie stöhnte auf und erwiderte ungeniert seine Liebkosung, als er mit der Zunge langsam die Kontrolle über ihren Mund übernahm.

Er überstürzte nichts.

Und war nicht zu forsch.

Sondern küsste sie mit der Geduld eines Mannes, der sicherstellen wollte, dass seine Geliebte jede Sekunde seiner Umarmung genoss.

Er ließ sich Zeit und merkte sich jede ihrer Reaktionen, während er den Daumen an ihrem Hals ruhen ließ, um das Pochen ihres Pulses zu spüren.

Sie schmolz förmlich dahin und schmiegte sich an ihn, so wie sie es an diesem Tag getan hatte.

Dann erzählte sie ihm in Gedanken, was als Nächstes geschehen war. Er hatte sie an eine andere Stelle am

Strand geführt, an der Luc sich gerade mit Schnäpsen aus Ahornsirup vergnügt hatte.

Leela hatte ein Glas von einer Frau, an deren Namen sie sich nicht mehr erinnerte, da er nicht wichtig gewesen war, entgegengenommen und Balthazar aufgefordert, sie später aufzusuchen.

Er war ihrer Bitte nachgekommen und hatte sie in der Hotelbar angesprochen. *Du hast mich gefragt, ob ich den anderen Mann einladen will, sich uns später anzuschließen, und hast mich dann vor seinen Augen förmlich verschlungen.*

Balthazar lächelte an ihren Lippen. »Etwa so?«, fragte er und küsste sie so leidenschaftlich, dass ihr in seinen Armen schwindelig wurde.

Nicht ganz so intensiv, gab sie zu. *Aber wage es nicht aufzuhören.*

Natürlich hörte er nicht auf sie und zog seinen Kopf gerade so weit zurück, damit er ihr mit einem Grinsen im Gesicht in die Augen sehen konnte. »Was ist dann passiert?«

Sie dachte darüber nach, es ihm nicht zu verraten.

Doch wenn sie es ihm erzählte, würden sie genau das tun, wonach sie sich sehnte.

»Wir haben getanzt«, flüsterte sie. Es war einer der erotischsten Abende ihres Lebens gewesen.

Vielleicht sogar der erotischste überhaupt.

Und sie hatte seit jener Nacht mehrmals bis ins kleinste Detail davon geträumt.

»Zeig es mir, Lee.« Seine Worte klangen wie eine sanfte verführerische Brise in der Nachtluft, die ihr einen Schauer der Erregung über den Rücken jagte.

Denn sie sehnte sich danach, alles zu vergessen. Sie wollte nicht mehr an die Vergangenheit oder die Zukunft denken, sondern einfach ein paar glückliche Momente mit dem Mann genießen, der Gefühle in ihr wachrief, die niemand sonst je in ihr geweckt hatte.

Es war wie eine kurze Liebkosung des Lebens.

Eine Erfahrung, die von Hitze und Leidenschaft geprägt war.

Eine Flucht in die Vergessenheit.

Sie gab ihm einen Kuss auf den Mundwinkel, dann ergriff sie seine Hand auf ihrem Hintern und drehte sich in einer fließenden Bewegung aus seiner Umarmung. Er hielt spürbar belustigt ihre Hand, als sie ihn zu einer der Außenbars des Hotels führte.

Auf die gleiche Tanzfläche, auf der sie sich vor Monaten vergnügt hatten.

Diesmal wurden sie von einer neuen Menschenmenge begrüßt, deren lustvolle Bewegungen sie wie eine berauschende Wolke umhüllten, die heißblütige Erinnerungen wachrief und sie bis in die Haarspitzen erregte. *Heute Abend ist es voller als damals*, sagte sie zu ihm in Gedanken. *Und wärmer ist es auch.* Bei ihrem letzten Besuch war es in diesem Teil der Welt Winter gewesen. Jetzt erwärmte die Sommerhitze die Luft und umschmeichelte ihre Haut.

Sie bedauerte, ein langärmeliges Kleid angezogen zu haben. Das kleine Schwarze, das sie in jener Nacht getragen hatte, wäre so viel angenehmer gewesen.

Leela beschrieb ihm das Kleid bis ins kleinste Detail und erzählte ihm auch von seinem Outfit, das aus Jeans und einem Hemd bestanden hatte.

Balthazar schlang einen Arm um ihre Taille und zog sie von der Tanzfläche in einen dunkleren Bereich unter eine Palme. Die Musik war hier nicht ganz so laut, aber der verlockende Rhythmus hallte durch die Luft und forderte sie zum Tanzen auf.

»Beweg dich nicht«, flüsterte er ihr ins Ohr, wobei er seine Brust an ihren Rücken presste.

Dann spürte sie seine Wärme plötzlich nicht mehr, als er auch seine Hand zurückzog.

Sie runzelte die Stirn. *Was …*

Ein lautes Ratschen drang an ihr Ohr, als er die Naht ihres Kleides auf der einen Seite bis zu ihrer Hüfte aufriss. Sie warf einen Blick zurück und sah, dass er hinter ihr kniete und den Blick auf die gegenüberliegende Naht richtete.

Es folgte ein weiteres Ratschen.

Und die warme Luft liebkoste ihre nackten Oberschenkel. »Besser?«, fragte er, immer noch hinter ihr kniend.

Ja. Der Stoff umwehte ihre nackten Waden und der Rock öffnete sich aufreizend, als sie mit den Hüften wackelte.

Sie hatte ihre Stiefel irgendwo am Strand liegen gelassen, weil sie den Sand zwischen ihren Zehen hatte spüren wollen. Balthazar hatte sein Jackett abgelegt und trug nur noch eine Hose und ein Hemd. Er hatte die Ärmel bis zu den Ellbogen hochgekrempelt, sodass seine muskulösen Unterarme zum Vorschein kamen.

Sie waren beide bereit zu tanzen.

Ich habe an jenem Abend Stilettos getragen, sagte sie. *Aber ich kann mich genauso gut barfuß bewegen.*

Vorausgesetzt, es lag kein scharfer oder glitschiger Gegenstand auf dem Boden.

Balthazar packte ihre Hüften, bevor sie zurück auf die Tanzfläche gehen konnte, und erhob sich, um seinen Körper an ihren zu schmiegen.

»Lass uns lieber am Strand tanzen«, schlug er vor und zog ebenfalls seine Schuhe und Socken aus. »Es sei denn, du kannst im Sand nicht mit mir mithalten.«

Die spöttische Bemerkung entfachte ein Feuer in ihrer Seele. »Du hast keine Ahnung, wozu ich fähig bin, B.«

»Dann zeig es mir, kleines Luder.« Er biss zärtlich in ihr Ohrläppchen, um sie zu reizen. »Gib dein Bestes.«

Sie musste unwillkürlich lächeln. Balthazar hatte ihr an jenem Abend genau dasselbe gesagt, kurz bevor sie ihn auf einem Barhocker gefickt hatte.

»Mm, kommt das als Nächstes?«, flüsterte er ihr ins Ohr. »Wo haben wir gefickt?«

»Wir haben zuerst miteinander getanzt.« Und er hatte sie vor den Augen der anderen Gäste kommen lassen. »Dann sind wir in die verlassene Bar dort drüben gegangen. Mehrere Leute haben uns beobachtet.«

Es war eine so intensive Erfahrung gewesen, während all die Menschen sie mit neidvollen Blicken beobachtet hatten.

Der Duft von Begierde und Sex hatte in der Luft gelegen und ihre seraphische Seele angerufen.

Ähnlich wie jetzt.

Allerdings fühlte es sich jetzt noch intimer an als zuvor, denn Balthazar hatte Zugang zu ihren Gedanken und konnte das Verlangen tief in ihrem Inneren hören. Er war imstande, jede ihrer Bewegungen vorherzusehen, kannte alle ihre Begierden und konnte ihren Körper fast so gut lesen wie ihren Verstand.

»Es gefällt dir, beobachtet zu werden.« Es war eine Feststellung, keine Frage. Er umfasste ihre Hüften und wirbelte sie herum, bevor sie etwas erwidern konnte.

Doch das war auch nicht nötig.

Er kannte die Wahrheit bereits.

Exhibitionismus hatte sie schon immer gereizt. Voyeurismus auch. Es kam nur auf die Situation an. Sie lebte für den Augenblick und gab sich der Atmosphäre hin, die das Universum für diesen Moment geschaffen hatte.

Er strich mit den Lippen über ihren Mund und bedachte sie mit einem verheißungsvollen, sündigen Blick. Er fragte nicht, ob sie zum Tanzen bereit war, sondern fing einfach an, sich zu bewegen.

Und sie folgte ihm Schritt für Schritt und Drehung für Drehung.

Der sinnliche Beat von der Tanzfläche drang an ihre Ohren. Die Musik war sanfter als beim letzten Mal, aber genauso mitreißend.

Sie passten ihre Bewegungen dem leidenschaftlichen Rhythmus an und brachten damit die Luft zum Glühen. Balthazar kippte Leela nach hinten, wobei die Spitzen ihres langen blonden Haares über den Sand streiften. Dann zog er sie wieder hoch und wirbelte sie herum, wobei er sie geschickt an den Hüften auffing.

»Tanzen«, murmelte er und streifte mit seinen Lippen über die ihren, »ist meine liebste Art des Vorspiels.«

Er presste die Hüften an ihren Körper, wobei sie die beeindruckende Wölbung seiner Männlichkeit an ihrem Bauch spürte. Dann flogen sie wieder über den Strand und ihre Füße trugen sie ebenso gekonnt wie ihre Flügel.

Sie erzählte ihm, wie er beim letzten Mal seine Hand unter ihren Rock geschoben und sie vor den Augen der Leute zum Höhepunkt gebracht hatte. Doch statt es noch einmal zu tun, tanzte er weiter mit ihr, zog den Moment in die Länge und steigerte ihre erwartungsvolle Stimmung, bis sie sich fragte, was er als Nächstes tun würde.

Sie hatte die Erinnerung mit ihm geteilt.

Würde er sie wiederaufleben lassen?

Oder eine neue schaffen?

Seine Augen funkelten in der Nacht, während seine Gedanken für sie ein verführerisches Geheimnis blieben, das sie erforschen wollte. Aber er gab nichts preis, als er sie herumwirbelte und dann seinen muskulösen Körper mit einer erotischen Anmut an den ihren presste, die ihr Blut in Wallung brachte.

Sie ließ sich auf das Spiel ein und vollführte selbst ein paar Bewegungen, um das erotische Knistern zwischen ihnen weiter zu entfachen. Eine Verlagerung ihrer Hüften, eine Berührung seiner Lenden, ihre Lippen, die über die geschmeidige Haut an seinem Hals oder seine Hand strichen, je nachdem, in welche Position er sie drehte.

Am Rande hatte sich eine Menschenmenge versammelt, die von den gottgleichen Wesen fasziniert war, die miteinander durch die Nacht tanzten.

Balthazar warf sie in die Luft, fing sie mit Leichtigkeit wieder auf und kippte sie noch einmal nach hinten, bis ihr Haar den Sand streifte. Doch als er sie wieder aufrichtete, schlang sie ihre Schenkel um seine Taille und hielt ihn begierig fest.

Er ließ ihren Kopf noch einmal zurückfallen, wobei er mit den Händen über ihre Taille streifte, dann zog er sie ruckartig nach oben und drückte sie an seine Brust. »Du bist eine Göttin, Lee«, sagte er. »Und so verdammt perfekt.«

Ihr zerrissener Rock gewährte dem Publikum einen Blick auf ihre Schenkel und ließ keinen Zweifel daran, dass sie keine Unterwäsche trug.

Nacktheit hatte sie nie gestört.

Sex in der Öffentlichkeit erregte sie.

Und in Balthazars Armen ... fühlte sie sich vollkommen.

Er presste seine Lippen auf die ihren und ließ seine Zunge in ihren Mund gleiten, um sich mit der ihren zu duellieren, sodass alle es sehen konnten. Sie erwiderte den Kuss mit gleicher Leidenschaft und verwöhnte ihn mit ein paar Liebkosungen, die einen normalen Mann in die Knie gezwungen hätten.

Aber nicht B.

Sie stöhnte auf, als er seinen harten Schwanz gegen ihren heißen Unterleib presste. Seine Hose war nur eine dünne Barriere, die sie ihm am liebsten vom Leib gerissen hätte.

»Tu es«, sagte er an ihrem Mund. »Greif hinunter und öffne meinen Reißverschluss, Lee.«

Ein erregender Schauer lief ihr über den Rücken und durchströmte sie mit Wärme. Sie atmeten beide schwer und ihr Tanz war fast so berauschend wie der jetzige Moment.

So viele Blicke waren auf sie gerichtet, während die Menge sie neugierig und erwartungsvoll beobachtete.

Und Balthazar hatte sich gerade bereit erklärt, ihnen die ultimative Show zu bieten.

Sie ließ ihre Hand zwischen ihre Körper gleiten und öffnete geschickt mit dem Daumen den Knopf seiner Hose, bevor sie den Reißverschluss hinunterzog.

Sie spürte die geschmeidige, heiße Haut seines Schaftes unter ihren Fingerspitzen. Sie reizte ihn, indem sie ihn streichelte, bevor sie ihm gänzlich zur Freiheit verhalf.

Er spannte die Muskeln an und hielt sie weiterhin in der Luft, während sie immer noch die Schenkel um seine Hüften geschlungen hatte und unter ihrem Rock völlig entblößt war.

Sie rieb seine Eichel über ihre feuchte Spalte und führte ihn an ihren heißen Unterleib.

Dann drang er in sie ein, füllte sie bis zum Anschlag aus und entlockte ihr ein heiseres Stöhnen.

Es folgte ein Rausch der Begierde, während sich die Menge zweifellos bewusst war, was sie gerade mit ansah. Balthazar ignorierte sie und konzentrierte sich ganz auf Leela, die jedoch wusste, dass er die Erregung der anderen durch seine emotionale Verbindung zu ihnen spüren konnte.

Genauso wie Leela ihre Faszination und ihr Interesse wahrnehmen konnte.

Sie musste nur den Gedanken hegen, und sie würden alle auf die Knie fallen und eine ganze Reihe an Orgasmen durchleben, die sie um den Verstand bringen würden. Es gehörte zu Leelas Fähigkeiten, bei anderen ein Gefühl der Erregung hervorzurufen, ohne sie zu berühren.

Sie hatte diese Gabe auch bei Balthazar in Brasilien eingesetzt, aber erst nachdem sie ihn auf die altmodische Art und Weise hatte kommen lassen.

Sie hatte ihm eine Lektion erteilen wollen, um ihm zu zeigen, wer sie war, ohne es ihm direkt zu sagen.

Doch bei all den anderen Orgasmen hatte sie ihr Talent nicht spielen lassen, denn er hatte ihre übersinnlichen Fähigkeiten nicht nötig gehabt, genauso wenig wie sie seine gebraucht hatte.

Der Sex zwischen ihnen war auch ohne die mystische Energie wie ein explodierendes Feuerwerk gewesen.

Statt sie jetzt zu ficken, hielt er sie einfach fest und ließ seine Zunge sinnlich über die ihre gleiten, indem er sie auf eine Weise verehrte, die nur wenige je verstehen würden.

Er ließ sich immer Zeit und kostete bis zum Schluss jeden Moment aus. Er zeichnete sich durch Zurückhaltung, Selbstbewusstsein und der Fähigkeit aus, den Reiz in die Länge zu ziehen.

Sie gab sich ihm hin und verlor sich in den subtilen Berührungen ihrer Taille, in der Art, wie sein Schwanz tief in ihr pulsierte, in den zärtlichen Liebkosungen seiner Zunge und in dem Gefühl der Einigkeit, das zwischen ihnen vibrierte.

Es gab nur sie beide an diesem Strand.

Die Leute um sie herum spielten keine Rolle mehr. Ihre

kollektive Begierde verdichtete die Atmosphäre, steigerte ihre Lust und verschmolz mit der sinnlichen Umgebung.

Balthazar ließ eine Hand an ihren Hintern und die andere an ihren Nacken gleiten. Dann vertiefte er den Kuss, während seine Bewegungen immer noch langsam und gemessen und so perfekt waren.

Er war ein Mann, der andere durch unerwartete Berührungen und geduldige Liebkosungen verführte. Er verstand, dass es beim Sex nicht nur um Macht ging, sondern auch darum, was der andere brauchte. Er ließ Emotionen in das Spiel mit einfließen, um eine berauschende Mischung aus Zärtlichkeit und Sexualität zu schaffen, die ihr den Atem raubte.

Denn er wusste, was sie heute Abend brauchte.

Er wusste, dass sie nicht von ihm gefickt werden wollte, sondern sich danach sehnte, mit ihm Liebe zu machen.

Und genau das tat er mit seinem Körper und seinem Geist.

Er ging in die Knie und bettete sie auf den Sand, wobei seine anmutigen Bewegungen vor Kraft und Macht strotzten. Ihr Rock legte sich wie eine Decke unter sie, als er sich zwischen ihren Schenkeln niederließ und die Hand von ihrem Nacken an ihre Wange führte.

Sie starrte in seine dunklen Augen und sah die Emotionen, die ihr entgegenstrahlten.

Die Verbindung zwischen ihnen pulsierte, während das Mondlicht sie wie eine romantische Umarmung umhüllte, die für das Paradies bestimmt war.

Er bewegte langsam die Hüften, drang mit seinem dicken Schaft in ihren heißen, engen Unterleib ein, und zog ihn dann heraus, um von Neuem zu beginnen.

Sie wölbte sich ihm entgegen, wobei ihr ein leiser Schrei der Begierde entfuhr. Doch er steigerte das Tempo nicht, sondern vergewisserte sich, dass sie jeden Zentimeter von ihm spürte, während er mit gemessenen Bewegungen immer wieder in sie hineinstieß.

Sie schlang die Schenkel um seine Taille und zog ihn an sich, als er wieder bis zum Anschlag in sie eindrang.

Er küsste sie wieder und gab ihr dabei mit seiner Zunge zu verstehen, dass sie sich ihm hingeben und sich nur auf ihn konzentrieren sollte, um mit ihm eins zu werden.

Es fiel ihr nicht schwer, ihm zu gehorchen, denn ihr Körper unterlag bereits seinem Befehl. Sie hatte sich noch nie im Leben derart geborgen, so wohl und so sehr im Einklang mit einem anderen Wesen gefühlt.

Das war Balthazar. *Ihr* Balthazar. Und er wusste genau, wonach sie sich sehnte.

Er strich mit dem Daumen über ihren Wangenknochen, bevor er die Hand über ihren Hals und schließlich auf ihre Brust gleiten ließ. Er umkreiste ihre steife Brustwarze mit den Fingerspitzen und versetzte jeden Zentimeter ihres Körpers in Schwingung. Es war eine so einfache Berührung und doch so unbestreitbar erotisch.

Sie seufzte und schob ihm ihre Hüften entgegen, während ihr Körper in den Sand schmolz.

Als er wieder tief in sie hineinstieß, traf er die empfindsame Stelle tief in ihr und entlockte ihrer Kehle einen zischenden Laut. Er schluckte den Laut mit seinem Mund, bevor er sie wieder in einen berauschenden Zustand dunkler Sinnlichkeit versetzte.

Sie ließ ihre Fingernägel an seinem Rücken hinaufgleiten und genoss es, seine Muskeln unter seinem Hemd zu spüren, während sie sich danach sehnte, seine geschmeidige Haut zu streicheln. Dennoch war es unbestreitbar sexy, in ihren Kleidern zu ficken.

An einem öffentlichen Strand.

Mit einem Publikum.

Es war perfekt. Sie schufen eine noch bessere Erinnerung als die zuvor und sie aalte sich in der Schönheit des Augenblicks.

»Du bist perfekt«, flüsterte Balthazar und erwärmte damit ihr Herz. »Alles an dir ist perfekt.«

Er küsste sie noch leidenschaftlicher, während sich die Erregung zwischen ihnen steigerte und sie das Tempo unmerklich erhöhten.

Einige der Leute hatten sich mitreißen lassen und waren ihrem Beispiel gefolgt. Eine elektrisierende Energie durchzog die Luft, als sie sich dem hedonistischen Schauspiel am Strand hingaben. Leela stöhnte auf, denn die sinnliche Atmosphäre war ein Aphrodisiakum für ihre Sinne.

Vielleicht hatte Balthazar ihnen mit seinen Kräften einen Anstoß gegeben.

Vielleicht hatten sie sie auch mit ihrer sinnlichen Energie zum Spielen verleitet.

Sie dachte nicht weiter darüber nach, sondern genoss einfach die erotische Atmosphäre, die die Nachtluft durchtränkte. »Härter«, forderte sie ihn auf.

Er erfüllte ihr den Wunsch und stieß mit Wucht in sie hinein, wobei sein Körper vor Kraft und Anmut strotzte.

Die anderen taten es ihm gleich, als sie sich von der erregenden Hitze umhüllen ließen.

Sie hatte keine Ahnung, wie viele sich zu ihnen an den Strand gesellt hatten. Es war ihr auch egal. Die Gerüche und Geräusche vermischten sich mit dem Tosen der Wellen, betäubten ihre Sinne und ließen sie mit Balthazar in einem Meer glückseliger Vergessenheit ertrinken.

Er küsste sie weiter, während er sie mit kontrollierten Bewegungen in Besitz nahm.

Und sie ließ sich fallen und von ihm führen, denn ihr Körper gehörte ihm und fügte sich jeder seiner Begierden.

Er ließ seine Hand von ihrer Brust zwischen ihre Körper gleiten, um ihre Klitoris zu massieren.

Die Berührung wäre gar nicht nötig gewesen.

Denn sie stand auch so kurz vor dem Höhepunkt. Sie spannte die Schenkel an, als er immer weiter in sie hineinstieß und sie an den Rand der Ekstase trieb.

Ein Beben erwachte tief in ihrem Inneren, durchströmte ihre Gliedmaßen und strahlte bis zu ihren Nervenenden aus. Ein elektrisierender Schauer durchzuckte ihren Körper und ließ sie vor Erregung erzittern.

»Ich will hören, wie du meinen Namen schreist, Lee.« Er ließ seine Zähne über ihre Unterlippe gleiten. »Ich will sehen, wie du immer wieder aufs Neue kommst, und spüren, wie du dich um meinen Schaft herum anspannst. Dann werde ich mich in dir entleeren und wieder von vorn anfangen. Die ganze Nacht. Hier am Strand. Oben in einem Zimmer. Wo auch immer du willst. Aber ich werde nicht aufhören, bis du an meinem Schwanz ohnmächtig wirst.«

Ihr Herz setzte einen Schlag aus, denn seine Worte waren wie ein betörendes Aphrodisiakum.

»Balthazar …« Sein Name kam ihr wie ein leises Flehen über die Lippen und ihre Lunge brannte, als sie vergaß zu atmen.

Die Welt begann, sich um sie herum zu drehen, und sie sah schwarze Punkte vor den Augen, als eine elektrisierende Spannung ihre Wirbelsäule durchzuckte und sich zwischen ihren Schenkeln entlud.

Sie konnte nicht mehr denken.

Nichts mehr sehen.

Die Ekstase verschlang sie und reduzierte sie auf ein Wesen aus Empfindungen und Gefühlen.

Sie durchströmte sie in Wellen, erfasste jeden Zentimeter ihres Körpers und belebte ihren Geist.

Sie erhob sie in den Himmel und katapultierte sie zu den Sternen in einem alles verzehrenden Moment völliger Euphorie.

Sie wurde von einem Beben erfasst, das sogar ihre Seele erreichte.

Heiß. Heftig. Explosiv. *Friedvoll.*

Es erschütterte ihre Sinne und ließ sie für einen kurzen Moment die Welt vergessen, während Balthazar weiter in sie hineinstieß und sie fast unmöglich lange auf der Welle der Ekstase reiten ließ.

Doch mit ihm war alles möglich.

Und das bewies er, indem er ihr einen weiteren Orgasmus bescherte, der fast so intensiv war wie der erste und ihr die Fähigkeit nahm, sich auf etwas anderes zu konzentrieren als auf die Empfindungen, die er in ihrem Inneren hervorrief.

Er füllte sie so vollständig aus. So perfekt. So intensiv.

Diese Erfahrung stellte die erste in den Schatten, setzte die Messlatte noch höher und weckte in ihnen den Wunsch, eine neue Ebene der Erfüllung zu erklimmen.

Und Balthazar würde alles daransetzen, damit sie sie erreichten.

Und sie würde jede Herausforderung, die folgen würde, annehmen.

Er presste die Lippen auf die ihren und ließ seine Zunge in ihren Mund gleiten, als sein Schwanz in ihr zu pulsieren begann und er sich in ihr ergoss, um sie mit seinem Samen zu brandmarken.

Er gehörte auf eine Weise zu ihr, wie es kein anderer je tun würde.

Er war zum Teil ihr Gefährte.

Sie spürte das Band und diese unbändige Kraft, die sie

zu ihm zog, als wäre sie durch einen ätherischen Faden an ihn gefesselt. Es war ein tief verwurzelter Teil von ihr, den sie nie erforscht hatte. Doch da sie jetzt von seiner Existenz wusste, konnte sie ihn nicht mehr loslassen.

Sein Stöhnen ließ ihre Brust vibrieren und durchströmte jeden Teil ihres Wesens, als er selbst von der Welle der Ekstase davongetragen wurde und sie gleichzeitig küsste.

Um sie herum hallte das lustvolle Stöhnen der anderen, die im selben Moment über den Abgrund fielen, als wären sie gezwungen gewesen, Leela und Balthazar in die Vergessenheit zu folgen.

»Teleportiere uns von hier fort«, sagte er mit sinnlichem Tonfall an ihrem Ohr. »Teleportiere uns in ein Zimmer, damit wir das hier richtig zu Ende bringen können.«

Allein, interpretierte sie seine Worte.

Er genoss es, mit anderen zu spielen, Orgien heraufzubeschwören und sich dem Gruppensex hinzugeben. Aber heute Nacht wollte er sie nicht mehr teilen. Sie konnte es an der Art und Weise spüren, wie sein Körper den ihren umschloss, und an der schützenden Energie, die von seinem Geist ausging, als er Anspruch auf ihre Seele erhob.

Sie verstand es, denn er gehörte genauso zu ihr.

Sie hatten genug mit den anderen geteilt. Sie hatten ihnen ein Geschenk der Lust und Erregung gemacht.

Jetzt würden sie diesen Tanz unter vier Augen fortsetzen.

In demselben Raum, in dem er sie vor Monaten genommen hatte.

Genau hier in Brasilien.

KAPITEL 26

BALTHAZAR

LEELAS LIPPEN UND ZUNGE WAREN EINE GÖTTLICHE Schöpfung und verdienten es, verehrt zu werden. Sie verwöhnte Balthazars Schaft mit langsamen, geschmeidigen Bewegungen, bei der er voller Erwartung den Unterleib anspannte.

Und diese Augen.

Verdammt.

Er liebte dieses sündige Leuchten in ihren hübschen Augen. Sie trieb ihn in den Wahnsinn, und das verschmitzte Funkeln in ihrem Blick verriet ihm, dass sie sich dessen bewusst war.

Sie saugte langsam und genüsslich an seinem Schaft.

So wunderschön.

Sie umkreiste ihn mit ihrer geschickten Zunge.

Er stöhnte auf und ballte die Faust um ihr Haar, während sie das Tempo vorgab und ihn langsam in die Ekstase führte.

Sie hatten sich schon vor Stunden ihrer Kleidung entledigt und genossen das Gefühl von Haut auf Haut, während sie einander mit dem Mund erforscht hatten.

Die Zeit war stehen geblieben.

Ihre Sorgen waren verflogen.

Es zählte nur noch ihre innige Verbindung und die Jagd nach ihren Erinnerungen.

Balthazar konnte sich immer noch nicht an Brasilien erinnern, aber er vertraute darauf, dass Leela ihn führen und ihm zeigen würde, was er unbedingt wissen wollte.

Sie offenbarte ihm jetzt, was sie damals mit ihrem Mund angestellt hatte. Er wusste, dass sie ihn auf unglaubliche Weise kommen lassen konnte, doch sie steigerte seine Lust allein mit ihrem sinnlichen Geschick.

Er würde später mit ihren Kräften experimentieren und herausfinden, von welcher Blutlinie sie sie geerbt hatte. Wahrscheinlich entstammten sie der väterlichen Seite, denn er hatte von Patreel erfahren, dass Adonis ihr Vater war.

Oder vielleicht waren ihre Fähigkeiten eine Mischung aus beiden Blutlinien.

»Leela«, brachte Balthazar zwischen zusammengebissenen Zähnen hervor, als seine Eichel an ihren Rachen stieß. Sie verlangte seine Aufmerksamkeit und wollte, dass er sich ganz auf das Spiel ihrer Zunge konzentrierte.

Diese Frau machte ihrer Rolle als Luder alle Ehre und brachte ihn mit der Geschicklichkeit eines überlegenen Wesens an den Rand der Ekstase. Er festigte seinen Griff um ihr Haar, während sein Unterleib sich anspannte. Sie höhlte die Wangen aus und forderte ihn damit auf, sich mit Wucht in ihrem Mund zu ergießen.

Er war nicht der Typ Mann, der seine Geliebten enttäuschte, und bei ihr würde er sich sicher nicht zurückhalten.

Sie krallte sich in seine Hüften und spannte selbst die Schenkel an, als sie von einem Verlangen gepackt wurde, das er in der Luft schmecken konnte. Es erregte sie, ihn mit dem Mund zu befriedigen.

Und jetzt wollte sie, dass er sich in ihrer hübschen kleinen Kehle ergoss.

»Schluck es, Lee«, befahl er ihr mit heiserer Stimme. »Schluck es und ich werde dich belohnen.«

Ihre Augen funkelten herausfordernd, während ihre Erregung die Luft erfüllte und ihn über den Abgrund in die Vergessenheit stürzte.

Sein Schwanz pulsierte in ihrem Mund, als seine Adern von flüssigem Feuer durchströmt wurden. Es war intensiv und atemberaubend und so verdammt heiß.

Leela strich mit der Zunge über die Unterseite seines Schaftes, während sich ihre Kehle um seine Eichel schloss und sie jeden Tropfen seines Saftes schluckte.

Sie hatte die Kunst des Oralsex perfektioniert und die Messlatte unglaublich hoch gelegt. Er bezweifelte, dass ein anderer sie je erreichen könnte.

Und er hatte fest vor, sich zu revanchieren.

»Ich werde dich verschlingen«, gelobte er, wobei seine Stimme ein leises, anerkennendes Knurren war.

Sie reagierte, indem sie wieder an seinem Schwanz saugte und er Sterne vor Augen sah. Sie ließ ihre Kräfte spielen und presste noch mehr aus seinem Unterleib heraus.

Er stieß einen Fluch aus und ließ den Kopf zurück in die Kissen fallen. Ihm entfuhr ein lustvoller Schrei, der sich mit Schmerz vermischte. Es war viel zu früh, um schon wieder zum Höhepunkt zu kommen, und doch …
»Verdammt …«

Sie zwang ihn, sich noch einmal der Ekstase hinzugeben, die sein ganzes Wesen durchzuckte, bis er völlig erschöpft unter ihr lag. Seine Faust um ihr Haar hielt ihn davon ab, den Verstand zu verlieren, während er von einer Vielzahl sinnlicher Farben und einem heißen Kribbeln durchströmt wurde.

Ihm stockte der Atem und sein Herz raste in seiner Brust, während er darum kämpfte, nicht dem Wahnsinn anheimzufallen.

Ihr Mund fühlte sich magisch auf seiner Haut an.

Sie saugte, knabberte, schluckte.

Sie zog seine Ekstase in die Länge und beraubte ihn fast seiner Sinne.

Doch dann erblickte er einen Lichtschimmer. Er hielt sich daran fest und ballte wieder die Faust um ihr Haar, um ihre Lippen von seinem Schaft zu lösen und sie zu sich hinaufzuziehen.

Sie summte zustimmend und bestätigte damit, was er bereits über seinen Seraph wusste – sie liebte es, einen dominanten Mann im Bett zu haben.

»Hände über den Kopf«, forderte er und drehte sie auf den Rücken, während er sich auf sie rollte. »Und beweg dich nicht.«

»Genau das habe ich dir gesagt, als du dich auf den Hocker gesetzt hast«, murmelte sie und kam seinem Befehl nach, indem sie die Hände über den Kopf streckte und sie auf die Kissen legte. »Kurz bevor ich mich rittlings auf dich gesetzt habe.«

»Hast du mich gut geritten?«, fragte er, doch er kannte die Antwort bereits. Auch damals hatte er die Kontrolle übernommen und das Tempo vorgegeben, selbst als sie auf ihm gesessen hatte. Als sie sich die Erinnerung vergegenwärtigte, schwang Anerkennung in ihren Gedanken mit, die ihm verriet, dass er ihre Erwartungen mehr als erfüllt hatte. Dabei hatte er damals nicht einmal Zugang zu ihrem Verstand gehabt.

»Mit dir ist es immer ein toller Ritt«, antwortete sie und ihre blaugrünen Augen funkelten verheißungsvoll.

»Mm«, knurrte er zustimmend, denn das Gefühl beruhte auf Gegenseitigkeit.

Sein kleines Luder hatte einen völlig neuen Spielplatz voller Möglichkeiten geschaffen, der ihm sowohl neue Erfahrungen als auch eine ungewohnte Herausforderung bescherte. Mit ihr gab es keinerlei Grenzen, alles war möglich. Allein die Vorstellung berauschte seine Sinne.

Er konnte sie ficken, wie er wollte.

Sie auf eine Art und Weise herausfordern, der viele andere nie standhalten würden.

Und sie alles mit sich machen lassen und es sogar genießen.

Er mochte keine Schmerzen und weigerte sich, seinen Partner bluten zu lassen oder ihm körperliche Verletzungen zuzufügen. Aber manchmal konnte auch das Vergnügen Schmerzen bereiten.

Wie sie es gerade mit ihrem Mund demonstriert hatte.

Mit den Lippen bahnte er sich einen Weg zu ihren Brüsten, liebkoste sie mit seinem Mund und seinen Händen und reizte ihre kleinen rosigen Brustwarzen. Sie bewunderte den Anblick und sah ihn an, wobei in ihren Augen blaue Flammen zu tanzen schienen.

Er streifte mit den Zähnen ihre Brustwarze, um ihre Reaktion zu testen.

Ihre Nasenflügel bebten, als sie die Beine um die seinen anspannte.

Also biss er zu, wobei er gerade genügend Druck ausübte, um sie zu zwicken.

Sie stöhnte auf und wand sich in wollüstigem Verlangen.

Er widmete sich ihrer anderen Brust und biss zu, wobei er sofort mit der Zunge den Schmerz linderte, bevor er sich an ihren Rippen abwärts bis zu ihrer Hüfte vorarbeitete.

Er ließ die Zunge über ihren Hüftknochen gleiten und bescherte ihr eine Gänsehaut.

»Ich liebe es, wie dein Körper auf mich reagiert, Lee«, sagte er, während er mit der Nase über ihren Bauch strich und sich mit den Lippen der geschmeidigen Haut ihres Venushügels näherte. »Rasierst du dich immer?«, fragte er, als plötzlich eine vage Erinnerung an getrimmte Schamhaare in ihm wachgerufen wurde. »Oder variieren deine Pflegegewohnheiten?«

»Ich tue das, wonach mir der Sinn steht«, murmelte sie, wobei ihre Stimme kaum mehr als ein kehliges Schnurren war. »In letzter Zeit rasiere ich mich gern, aber ich gehe mit dem Trend. Warum? Hast du bestimmte Vorlieben?«

»Mir ist nur wichtig, dass du dich wohlfühlst«, antwortete er aufrichtig. Er selbst rasierte sich nicht, sondern trimmte sein Schamhaar nur. »Wohlbefinden erzeugt Selbstbewusstsein.«

Und eine selbstbewusste Frau war sexy.

Wie Leela ihm mit ihrem verführerischen Lächeln und ihrem wissenden Blick demonstrierte. Sie glich einer Göttin, die mit ihrer sinnlichen Ausstrahlung eine verruchte Seite in seinem Inneren wachrief.

Alles an ihr zog ihn in ihren Bann.

Ihr Verstand.

Ihre sexuelle Ausdauer.

Ihre langen Beine.

Ihre makellose Haut, die so blass wie Porzellan und so unglaublich geschmeidig war.

Ihre vollen Lippen.

Diese sündige Zunge.

Das verführerische Funkeln in ihren vielfarbigen Augen.

Der süße Duft ihrer Erregung.

Er wollte sie verschlingen und sie anbeten, wollte all ihre gemeinsamen verlorenen Erinnerungen wiederaufleben lassen und neue erschaffen. Er wollte sie in jeder möglichen Stellung an jedem Ort der Welt ficken und mit ihr gemeinsam eine erotische Szene nach der anderen inszenieren.

Es wäre ein perfektes Leben, eine stürmische Romanze und eine exotische Reise rund um den Globus.

»Wo ist meine Belohnung?«, fragte sie heiser. »Ich habe doch geschluckt, nicht wahr?«

»Luder«, murmelte er belustigt, weil sie versuchte, die Kontrolle an sich zu reißen. Doch sie wussten beide, dass sie seine Dominanz schätzte. Dabei war er weder grob, noch lebte er sadistische Perversionen aus, sondern ließ nur seine Macht und Stärke ein wenig spielen.

Und diese ließ er sie jetzt spüren, als er ihre Schenkel umfasste und sie zwang, die Beine zu spreizen.

So flexibel und gelenkig. Er wusste bereits, wie beweglich sie war, dennoch faszinierte ihn das Wissen darum von Neuem. Ihm kamen sofort noch weitere Stellungen in den Sinn, die sie ausprobieren konnten.

Seine Liste würde sie ein Jahrhundert lang beschäftigen.

Wahrscheinlich sogar länger.

Für einige der Aktivitäten würden sie weitere Spielpartner brauchen. Aber die meisten seiner Ideen drehten sich nur um Leela.

Für ihn war es ein völlig neuer Gedanke, denn für gewöhnlich gab er sich nicht damit zufrieden, seine Erfahrungen auf nur ihn und eine weitere Person zu beschränken.

Allerdings gefiel ihm die Vorstellung, Leela als alleinige Partnerin zu haben, denn es würde ihn vor eine

Herausforderung stellen. Wenn er ihr einziger Liebhaber wäre, müsste er einer Göttin gerecht werden.

Das bedeutete, dass er sie bei jeder Gelegenheit sexuell befriedigen musste, damit sie das Interesse nicht verlor.

Er würde sich weder Fehler noch Trägheit erlauben dürfen, noch würde er sich von irgendetwas ablenken lassen können.

Die Vorstellung war anregend, denn Balthazars sinnliche Fähigkeiten würden dabei auf die Probe gestellt werden.

Würde er ihr genügen?

Ja. Ja, das werde ich, beschloss er, als er sich hinunterbeugte, um seine Zunge über ihre feuchte Spalte gleiten zu lassen. »Du schmeckst nach Sex, Leela«, sagte er mit sanfter Stimme, während er den Geschmack ihrer Erregung genoss. »Es ist dekadent, köstlich und perfekt.«

Sie spannte die Schenkel an und stieß seufzend den Atem aus.

Er liebkoste sie mit seiner Zunge und verehrte sie, wie es sich für einen Mann gehörte, indem er sie gründlich leckte und dabei subtilen Druck ausübte. Es war ein Tanz, der sowohl Geduld als auch die Fähigkeit erforderte, die Signale ihres Körpers zu deuten.

Indem man ihre Erregung steigerte und sie ausgiebig reizte, konnte man eine Frau richtig befriedigen. Und Leela war ein Meisterwerk, das seine Mühe und Hingabe wert war.

Sie wand sich und stöhnte, als sie die Finger in seinem Haar verwob, um ihn genau dort festzuhalten, wo sie ihn am meisten brauchte. Er überließ ihr die Kontrolle gerade lange genug, um sie fast zum Höhepunkt zu treiben, bevor er den Kopf zurückzog, um erneut zu beginnen.

»Balthazar«, knurrte sie, als er es wieder tat.

»Vertrau mir«, erwiderte er an ihrem feuchten Unterleib.

Dann machte er sich daran, ihre Erregung ein drittes Mal in die Länge zu ziehen.

Er liebte den Klang ihres frustrierten Schnaubens, als er den Kopf wieder zurückzog. Doch er wusste, dass sie fast das Ziel erreicht hatten.

Nur noch zweimal.

Er umkreiste ihre Klitoris, drang mit seinen Fingern in sie ein und lächelte, als sie erneut einen Fluch ausstieß.

»Hör auf, mich zu reizen, und fick mich«, forderte Leela.

»Bald«, versprach er ihr, während sein Schwanz immer noch halb steif von der Ekstase war, die sie ihm mit ihrem hübschen Mund beschert hatte.

Sie stieß wieder seinen Namen aus, wobei ihr protestierender Tonfall ihm ein Lächeln entlockte.

Ihren Gedanken hatte er entnommen, dass die meisten ihrer früheren Liebhaber es eilig hatten, die Ziellinie zu erreichen. Aber er ließ sich Zeit und er wusste, dass sie übermäßige Eile genauso wenig zu schätzen wusste. Das hatte er weniger durch ihre Gedanken erfahren, als vielmehr an den Reaktionen ihres Körpers abgelesen.

Sie ist mir wirklich ebenbürtig, staunte er und hörte, wie sie jede seiner Bewegungen analysierte, seine Geduld bewunderte und sich an seiner Fähigkeit ergötzte, ihre Erregung hinauszuzögern.

Leela wusste, was geschehen würde.

Sie protestierte zwar währenddessen, aber sie würde das Endergebnis mehr als zu schätzen wissen.

Diese Erkenntnis verweilte in ihren Gedanken, damit er sie hören konnte. Doch als sich eine Gänsehaut auf ihrem Körper ausbreitete und sie von einem Schauer durchströmt wurde, wusste er, dass jetzt der richtige Zeitpunkt gekommen war.

Diesmal würde sie kommen.

Und sie würde heftig kommen.

Er fuhr mit seiner Zunge an ihrer Spalte entlang und schwelgte in dem süßen Geschmack ihrer Erregung. Sie schmeckte nach stundenlangem Sex und ihr Körper war ein Tempel, der von seinem Schwanz gebührend verehrt worden war und nach *mehr* verlangte.

Er krümmte die Finger in ihrem Inneren und liebkoste die Stelle, die alle Frauen zum Schmelzen brachte. Leela war keine Ausnahme. Sie öffnete die Lippen und stieß ein Stöhnen aus, das ihren ganzen Körper zum Vibrieren brachte. Er konnte es an seiner Zunge spüren und brummte zustimmend.

Dieses erotische Schauspiel würde er liebend gern über Tage oder sogar Jahre wiederholen.

Vielleicht sogar für immer, dachte er, als er an ihr einseitiges Band dachte. *Habe ich sie mein ganzes Leben lang geliebt, ohne es zu wissen?* Sie fühlte sich perfekt in seinen Händen an, während ihre Lust wie ein Aphrodisiakum auf ihn wirkte und er fast bereit war für eine neue Runde.

Und noch eine.

Und noch eine weitere.

Er war noch nie mit einem anderen Wesen in den Genuss einer solchen Sinnlichkeit gekommen.

Doch das war nicht ganz richtig. Er hatte es schon einmal erlebt, konnte sich nur nicht mehr daran erinnern. Und dann war da Nythos gewesen …

Wie viele dieser Erinnerungen bezogen sich eigentlich auf Leela und ihn?

Würde er es herausfinden, wenn er sie jetzt biss? Würde er anfangen, sich zu erinnern? Würden sich alle mentalen Blockaden in seinem Verstand auflösen?

Aber ein Blutsband erforderte Treue. Er würde nie eine andere begehren.

War das den Preis seiner Erinnerungen wert? Würde es eine Rolle spielen, wenn er Leela hätte?

Liebe ich sie? Er hatte das Gefühl, dass er dazu fähig wäre. Sie war ihm in jeder Hinsicht ebenbürtig. Was gab es da nicht zu lieben? Aber ein Leben nur mit ihr? Hatte er das Zeug dazu?

»Balthazar«, stöhnte sie und festigte den Griff um sein Haar, während sie von ihm verlangte, dass er sie in den Abgrund der Ekstase fallen ließ. »Bitte …«

Er verzog die Lippen an ihrem Unterleib zu einem Lächeln. »Du würdest jetzt vor mir kriechen, nicht wahr?«

»Ja«, gestand sie mit einem Zischen. Ihr Verstand begehrte gegen den Gedanken auf, sich aufsetzen zu müssen. Dennoch begann sie, die Beine zu bewegen, als wollte sie ihm zeigen, dass sie alles tun würde, was er von ihr verlangte.

Er drückte eine Hand auf ihren Bauch und hielt sie auf dem Bett fest. »Ich will nicht, dass du vor mir kniest, Lee. Ich will stattdessen deine Ekstase schmecken.« Daraufhin umschloss er ihre Klitoris mit seinen Lippen.

Er ließ seine Zunge um ihre Lustperle kreisen, während er seine Finger in ihren Unterleib stieß. Er hob den Blick und sah ihr in die Augen.

Er sah das Grün und Blau in ihren Iriden, die ständig die Farbe wechselten, während sie sich ihrer Leidenschaft hingab. Einmal waren sie grün, dann wieder blau, oder eine Mischung aus beidem, wie in diesem Augenblick. Er fragte sich, was das alles zu bedeuten hatte, ob sie eine Farbe bevorzugte oder ob dieser Wechsel aus Blau und Grün typisch für sie war.

»Ich will dich in mir spüren«, flüsterte Leela. »Ich will,

dass du fühlst, wie ich um dich herum komme. Bitte, B. Ich brauche ...«

Er biss ihr sanft in ihr empfindsames Fleisch und entlockte ihr einen Schrei, der sie lange genug ablenkte, während er sich aufsetzte und zwischen ihren Schenkeln positionierte. Dann drang er mit einem einzigen Stoß in sie ein, sodass sie sich mit einem Zischen lustvoller Schmerzen aufbäumte.

Dann begannen ihre Körper, einen wilden Tanz zu vollführen.

Er hielt sich nicht zurück, gab ihr alles, was er hatte. Er stieß immer wieder in sie hinein, wobei er darauf achtete, dass er mit jedem Stoß ihre Klitoris rieb.

Sie wimmerte, als ihr Unterleib sich um ihn herum anspannte, während sie auf der Klippe zwischen Orgasmus und lustvoller Erwartung schwankte. Sie krallte sich mit einer Hand in seinen Nacken, während sie die andere auf seinen Rücken legte. Ihre Münder verschmolzen zu einem Kuss, der einen normalen Sterblichen zerreißen würde.

Er war voller Hitze, Begierde und erotischer Anmut.

Balthazar packte ihre Hüfte und legte die andere Hand an ihre Wange, während ihre Zungen sich vereinten und sich Geheimnisse über ihre gemeinsame Vergangenheit zuflüsterten.

Es war so intensiv, wunderschön und berauschend zugleich. In diesem Moment vergaß er alles andere um sich herum und konzentrierte sich nur noch auf Leela.

Er wurde von ihrer Macht durchströmt, als ihre sinnliche Energie sein Wesen durchdrang und von ihm verlangte, mit ihr gemeinsam über den Abgrund der Vergessenheit zu fallen, während sich ihre Seelen auf unvergleichliche Weise miteinander verbanden.

Ihr Kuss wurde träger, als sie von einer zärtlichen

Wärme umhüllt wurden, während seine Hüften sich dem Tempo ihrer Münder anpassten.

Es war nicht sanft, aber innig und kraftvoll. *Sie machten Liebe.*

Er wurde von einem Beben erfasst, das ihn verwirrt aufschrecken ließ. Dennoch fühlte er sich *erfüllt*, überwältigt, trunken, *zufrieden.*

Sie krallte sich in seine Kopfhaut und zog ihn wieder an sich, während sie ihre Schenkel um seine Taille schlang und ihren Unterkörper anhob, um sich mit seinem wie in Zeitlupe zu vereinen. Wieder wurde sein gesamtes Wesen von einem Beben erfasst.

Er steuerte so langsam und so außergewöhnlich intensiv auf den Höhepunkt zu, dass er vergaß zu atmen.

Leela wurde zu seiner Rettungsleine und ihr Mund zu seiner einzigen Sauerstoffquelle, als sie sich gemeinsam von der Welle der Ekstase mitreißen ließen.

Reine, unverfälschte Glückseligkeit pulsierte durch sie hindurch und verband ihre Körper in einer Leidenschaft, die sich Raum und Zeit entzog.

Sie raubte ihm die Sicht und ließ ihn in einem Meer dunkler Verzückung versinken, das seine Glieder und seinen Oberkörper zum Beben brachte, während seine Essenz in ihren Körper, in die feuchte Spalte zwischen ihren Schenkeln und in ihre Seele strömte.

Sie strich mit der Zunge gegen die seine und diente ihm als Rettungsanker, der ihn an die Realität fesselte. Vielleicht war es auch umgekehrt, denn er konnte in ihren Gedanken hören, dass es ihr ebenso erging und ihr Verstand von einer völligen Leere erfüllt wurde.

Sie küssten sich, während sie auf einer Wolke der Leidenschaft schwebten und sich ihre Körper in einem stetigen Rhythmus bewegten, der ihre Ekstase noch in die Länge zog.

Bis die Welt um sie herum schließlich wieder Gestalt annahm.

Sie nahmen langsam die Geräusche und den Raum um sich herum wahr, während sie immer noch in der Empfindung ihres Kusses und dem Gefühl absoluter sexueller Befriedigung schwelgten.

Ein hedonistischer feuchter Traum.

Erotische Kunst.

Ein perfektes Leben.

Dieses Leben ist es wert, gelebt zu werden, dachte er staunend und öffnete die Augen, um Leelas Blick zu begegnen. *Und sie ist ein Geschöpf, das es wert ist, geliebt zu werden.*

Er küsste sie und ließ sie all seiner Emotionen gewahr werden, die in ihm aufwallten. Er musste daran denken, was sie in all den Jahrtausenden möglicherweise verpasst hatten.

Vielleicht war das der Grund, warum er die freie Liebe der Monogamie vorgezogen hatte.

Weil ihm die Frau, die für ihn bestimmt war, vor dreitausend Jahren genommen worden war.

Er konnte es nicht mit Sicherheit sagen.

Also küsste er sie stattdessen leidenschaftlich.

Und ihr Spiel begann von Neuem. Ihre Körper holten die verlorene Zeit nach, während sie sich auf die intimste Art und Weise neu kennenlernten.

Durch Sex.

Und animalische Leidenschaft.

Sie ignorierten alles andere um sich herum.

Und existierten nur in diesem glücklichen Moment der sinnlichen Harmonie.

Um neue Erinnerungen zu schaffen, die ein Leben lang halten würden.

Kapitel 27

Issac

Astasiya hatte einen Großteil der Nacht und des frühen Morgens damit verbracht, an den Schutzsymbolen zu arbeiten, während Issac sie in Gedanken beobachtete. Sie hatten den größten Teil des ätherischen Zaubers fertiggestellt. Jetzt fehlten nur noch die äußeren Runen.

Vera hatte ihnen geholfen, obwohl sie ziemlich erschöpft gewesen war, nachdem sie Lucians Erinnerungen wiederhergestellt hatte. Gabriel war jedoch kurz darauf eingetroffen und hatte gesagt: »Du kannst mich darüber aufklären, wo du dich herumgetrieben hast, während wir arbeiten.«

Der erinnerungsmanipulierende Seraph hatte sichtlich ermattet geseufzt, war ihm aber dann in den Himmel gefolgt, um ihm alles über Osiris und Patreel zu erzählen.

Lucian hatte Alik und Jayson über Balthazar und Leela sowie Osiris auf den neuesten Stand gebracht und hatte es Issac überlassen, auch Tristan zu informieren. Das tat er jetzt, während er Astasiya am Himmel im Auge behielt.

»Was gedenkst du wegen Mateo zu tun?«, fragte sein Nachkomme leise, während sie sich in Balthazars Haus im

Wohnzimmer befanden. Issac hatte gerade einen Kaffee für Aya gekocht und schenkte sich selbst und Tristan eine Tasse ein.

Letztere reichte er seinem Nachkommen, bevor er sich auf einen Stuhl neben der Couch setzte. »Lucian spricht gerade mit ihm.«

»Ja, aber danach?«

»Ich weiß es nicht«, gestand Issac. »Er hat uns alle verraten. Aber seine Absichten …«

»Waren im Großen und Ganzen zu unseren Gunsten«, beendete Tristan den Satz für ihn. »Ja.«

Sie verfielen in nachdenkliches Schweigen und nippten an ihrem Kaffee, während Tausende unausgesprochener Worte zwischen ihnen in der Luft hingen. Doch Worte waren überflüssig, denn ihre Freundschaft hatte bereits zwei Jahrhunderte überdauert, was bedeutete, dass sie einander in- und auswendig kannten.

Tristan würde den inneren Kampf verstehen, den Issac mit sich austrug, weil er nicht wusste, wie er auf diese Situation reagieren sollte. Mateo gehörte zu ihrer Familie, und das nicht nur, weil ihr Blut sie miteinander verband. Issac hatte Mateo gebissen, weil er sich für ihn *entschieden* hatte.

Und er hatte sie alle verraten.

Was bedeutete, dass Issac mitverantwortlich dafür war, denn er hatte ihn in die Gruppe eingeführt.

Weder Tristan noch sonst irgendjemand würde ihm die Schuld dafür geben. Aber Issac zeichnete sich selbst verantwortlich und würde auch die Bestrafung seines Nachkommens übernehmen müssen.

Jetzt stellte sich die Frage, wie diese Strafe ausfallen sollte.

Es war durchaus interessant, dass Lucian Mateo nicht in den Kerker geworfen hatte. Vielleicht war er der

Meinung, dass Osiris seinen Nachkommen seinem Willen unterworfen und zu seinen Taten gezwungen hatte. Issac hatte sich dieselbe Frage gestellt, doch Mateo hatte ihnen deutlich zu verstehen gegeben, dass er aus freien Stücken gehandelt hatte.

Um sie zu beschützen.

»Glaubst du ihm«, fragte Issac laut, »dass er mit Osiris zusammengearbeitet hat, um uns zu schützen?«

Tristan nippte mit ausdrucksloser Miene an seinem Kaffee. »Ich glaube, Mateo würde uns nie schaden wollen. Entweder wurde er gezwungen oder er hat uns mit seinen Handlungen in irgendeiner Weise geholfen, was seine Beteiligung an der Sache rechtfertigen würde.«

Issac stimmte mit einem Nicken zu. Denn genau diese Gedanken waren ihm ebenfalls durch den Kopf gegangen.

»Ich glaube nicht, dass er von Amelia wusste«, fuhr Tristan fort. »Ich meine, dass Jonathan sie gefangen gehalten hat. Ich glaube nicht, dass er wusste, dass sie sich die ganze Zeit über in der CRF befand.«

Ein Schauer lief Issac über den Rücken. »Hast du ihn danach gefragt?«

»Nein«, antwortete Tristan. »Und du?«

»Nein.« Aber er hätte es tun sollen. Allerdings hatte er sich mehr darauf konzentriert, dass Mateo indirekt an Aidans Tod beteiligt war. »Ich werde ihn fragen.« Oder er würde Lucian darauf ansprechen, denn dieser hatte sich wahrscheinlich schon danach erkundigt. »Mateo sagte, er habe hauptsächlich mit Osiris gesprochen und hat sich nur gelegentlich zuerst an Jonathan gewandt. Es ist also zweifelhaft, dass er von Amelia wusste.«

»Wusste Osiris darüber Bescheid?«, fragte Tristan.

Issac spannte die Kiefermuskeln an. »Vermutlich ja.«

»Hast du sie über all das informiert?«

»Noch nicht.« Er hatte zuerst mit Tristan gesprochen,

während Lucian den Ältesten den Vorrang gegeben hatte. »Aber ich sollte es tun.« Sein britischer Akzent trat jedes Mal deutlich hervor, wenn er sich mit seinem besten Freund unterhielt. Diese Angewohnheit war auf ihre lange gemeinsame Vergangenheit zurückzuführen.

»Ich könnte es tun«, bot Tristan an. »Stas braucht dich im Moment. Du kannst dich auf sie konzentrieren, während ich mit Tom und Amelia spreche.«

Issac betrachtete ihn einen Moment. »Hast du mir etwa gerade eine Möglichkeit aufgezeigt, wie ich mich vorrangig um Aya kümmern kann?«

In Tristans grünen Augen war keinerlei Regung zu sehen. »Sie ist deine Gefährtin, was bedeutet, dass du hauptsächlich ihr gegenüber verpflichtet bist.«

Issac zog eine Augenbraue in die Höhe. »Ist das der einzige Grund?«

Sein Freund kniff die Augen zu dünnen Schlitzen zusammen. »Was willst du damit sagen?«

»Ich frage mich nur, ob du deine Meinung über sie geändert hast.«

Tristan schnaubte. »Sie lernt viel und ist bereit, sich nützlich zu machen. Das kann ich respektieren.«

»Hm«, brummte Issac belustigt. »Ich glaube, du magst sie.«

»Und ich glaube, du bildest dir etwas ein, Kumpel«, murmelte Tristan, wobei sein irischer Akzent stärker hervortrat. Allerdings huschte ein amüsierter Ausdruck über sein Gesicht, während er leicht mit den Mundwinkeln zuckte.

Bis vor Kurzem hatte er Aya noch ablehnend gegenübergestanden, weil ihre Beziehung zu Issac vor allem eines repräsentiert hatte – den Tod.

Mittlerweile stellte sie jedoch keine Bedrohung mehr dar.

Wenn überhaupt, dann hatte sie Issac noch stärker gemacht.

»Hm«, wiederholte Issac und stellte seine Kaffeetasse ab. »Nun, sie wird jeden Moment hier sein. Also versuche, nett zu sein.«

»Ich bin immer nett«, murmelte Tristan und stellte seine Tasse ebenfalls auf den Couchtisch. Er fuhr sich mit den Fingern durch sein dunkles Haar und entspannte sich übertrieben in seinem Stuhl, statt zur Tür zu eilen und Reißaus zu nehmen.

Issac schüttelte nur den Kopf, denn er wusste, dass sein bester Freund eine Menge Unfug im Kopf hatte. Er hatte Glück, dass Aya ihn noch nicht in seine Schranken verwiesen hatte. Sie war momentan viel zu sehr von der Wut auf ihren Bruder eingenommen, um Tristan viel Beachtung zu schenken. Das würde sich jedoch bald ändern.

»Ich habe dich noch nie so glücklich gesehen«, sagte sein bester Freund leise und riss ihn aus seinen Gedanken. »Sie ist gut für dich, Issac. Zuvor habe ich mir Sorgen gemacht, aber jetzt …« Er verstummte und räusperte sich. »Ich bin froh, dass ihr einander gefunden habt.«

Issac riss die Augen auf, als er das hörte. »Versuchst du etwa, mich wegen Mateo zu trösten?« Es war eine ehrliche Frage, denn sein bester Freund sprach nie gern über Aya oder seine Beziehung zu ihr.

Tristan knurrte. »Darf ich denn nicht auch mal etwas Nettes sagen?«

»Natürlich darfst du das, aber es sieht dir gar nicht ähnlich.«

»Das ist nicht wahr«, widersprach Tristan. »Amelia gegenüber bin ich immer nett.«

Issac schnaubte. »Das ist etwas völlig anderes.«

Tristan lächelte nur.

Im nächsten Augenblick erschien Aya im Wohnzimmer. Ihr blondes Haar wehte um ihr Gesicht, während sie die Flügel auf dem Rücken anlegte. Sie warf einen Blick auf Tristan und atmete tief durch. Offensichtlich war sie nicht begeistert von seiner Anwesenheit, aber sie nahm dennoch ihre körperliche Gestalt an, damit er ebenfalls ihrer Ankunft gewahr wurde.

Andernfalls hätte er sie weder sehen noch hören können.

»Hallo, Stas«, begrüßte Tristan sie mit gespielter Freude. »Wie war das Training heute Morgen? Ist es gut gelaufen?«

Issac verdrehte die Augen, als er sah, wie sein Freund sich bemühte, »nett« zu sein.

Aya blinzelte ihn an und runzelte die Stirn. »Geht es dir gut?«

»Es ist alles bestens«, murmelte Tristan. »Mir geht es blendend. Und dir?«

Was zum Teufel ist los mit ihm?, wollte Aya wissen.

Er versucht, nett zu sein.

Dann sag ihm, er soll damit aufhören. Es macht mir Angst.

Issac lachte leise und schüttelte wieder den Kopf. »In der Küche steht eine frische Tasse Kaffee für dich. Ich habe schon einen Teelöffel braunen Zucker hinzugefügt.«

Das ließ Aya aufhorchen und lenkte sie von Tristans seltsamem Verhalten ab. »Danke.« Sie teleportierte sich aus dem Zimmer, wobei ihre Federn opalfarben aufleuchteten.

Atemberaubend, flüsterte er ihr zu. *Einfach atemberaubend.*

Du versuchst nur, mich über die rosa Federn hinwegzutrösten.

Wohl kaum, Liebes. Ich hatte noch nie etwas für falsche Plattitüden übrig.

Es sei denn, du willst eine Frau damit in dein Bett locken, entgegnete sie.

Ich glaube, wir haben uns schon einmal darüber unterhalten, erinnerte er sie. *Und es hat damit geendet, dass deine hübsche Schamesröte überall in der Boulevardpresse zu sehen war.*

Sie schnaubte und tauchte wieder im Wohnzimmer auf, wobei sie die Kaffeetasse gerade an ihre Lippen führte. *Du bist ein Dämon.*

Ich bin dein Dämon, erwiderte er.

»Also schön«, sagte Tristan und erhob sich von seinem Stuhl. »Das ist wohl mein Stichwort. Ich sollte mich auf den Weg machen.«

Aya begann zu lächeln und ihre grünen Augen funkelten voller Wärme und Belustigung, als sie den Becher erneut zum Mund führte, um einen weiteren Schluck zu trinken. Doch auf halbem Weg hielt sie inne und legte die Stirn in Falten.

»Was ist los?«, fragte Issac, woraufhin Tristan auf dem Weg zur Tür direkt neben ihm innehielt.

»Du weißt ganz genau, was los ist«, entgegnete er. »Eure mentale Unterhaltung wird darin enden, dass ihr euch in den Armen liegt und abknutscht, und ich habe keine Lust …« Er verstummte, als ihm klar wurde, dass die Frage nicht ihm, sondern Aya gegolten hatte. Issac starrte sie an.

Sie war völlig still geworden und hatte den Blick zur Decke gerichtet. *Irgendetwas ist im Anzug*, flüsterte sie, während sie so stark zitterte, dass man es selbst von der anderen Seite des Raumes sehen konnte. *Etwas Mächtiges.*

Issac verströmte seine Macht über die ganze Insel und suchte in den Visionen der anderen nach einem Hinweis auf etwas, was sie hätte wahrnehmen können.

Lucian unterhielt sich gerade mit Jayson und Alik in seinem Haus. Mateo war bei ihnen. Der Anblick ließ ihn kurz innehalten, während er sich fragte, worüber sie sprachen.

Doch dann wurde er wieder Ayas Unbehagen gewahr und setzte seine Suche fort, wobei er zuerst Elizabeths Sehkraft überprüfte. *Sie träumt gerade*, bestätigte er, bevor er zu seiner Schwester und Thomas überging.

Das entpuppte sich jedoch als Fehler und er schnappte nach Luft. So etwas wollte er nie wieder sehen. Er knurrte innerlich und schüttelte heftig den Kopf, um das Bild seiner Schwester auf dem Bett zu vertreiben.

Scheiße, dachte er und versuchte, eine mentale Mauer zwischen ihm und Thomas zu errichten.

Aber ein Keuchen von Aya brachte ihn zurück in die Gegenwart und zu dem Paar, das gerade in der Mitte des Raumes erschienen war.

»Skye hatte gerade eine Vision«, sagte Sethios hastig. »Sie wiederholt ständig die Worte: ›Sie wissen es‹, aber sie will uns nicht mehr verraten. Wir wissen also nicht, ob sie die Schicksalsgöttinnen, den Rat oder die seraphischen Krieger meint. Kannst du ihre Vision durch ihre Augen sehen?«

Die Frage galt Issac. Noch bevor Sethios den Satz beendet hatte, machte Issac sich bereits an die Arbeit.

Der Anblick, der ihn erwartete, raubte ihm den Atem.

Tod. Zerstörung. Blut und Gewalt.

Sie liegen überall verstreut auf der Erde in Hydria.

Leblose Augen.

Ein Durcheinander aus Flügeln, Schwertern und ätherischer Energie.

Ein schreiendes Kind.

Ein helles Licht inmitten des Trubels.

Ayas wütender Gesichtsausdruck.

Ayas leerer Blick.

Ayas gequälter Schrei.

Ayas ausdrucksloses Starren.

Er runzelte die Stirn. »Sie sieht mehrere mögliche

Schicksale auf einmal«, sagte er, als er den anderen die Bilder beschrieb. »Aya steht im Zentrum von allem. Hier in Hydria. Und sie ist vom Tod umgeben.«

»Natürlich bin ich das«, murmelte sie. »Denn ich bin dazu bestimmt, uns alle zu töten.«

»Wir wählen unser Schicksal selbst«, sagte ihre Mutter, als sie in einem Wirbel hellblauer Federn erschien, bevor sie ihre körperliche Gestalt annahm. »Gabriel und Vera versuchen gerade, die äußeren Schutzsymbole fertigzustellen, denn uns bleibt offensichtlich nicht mehr viel Zeit.«

»Die Krieger sind zweifellos im Anzug«, stimmte Issac zu, der immer noch die Bilder in Skyes Kopf aufblitzen sah. »Ich glaube, sie meint, dass der Rat Bescheid weiß, aber es könnte auch eine gemeinsame Projektion der Schicksalsgöttinnen sein. Es ist schwer zu sagen, denn es ist alles ziemlich chaotisch.« Und es bereitete ihm verdammte Kopfschmerzen.

Er versuchte, irgendeine Art von Ordnung in die Visionen zu bringen, aber sie schienen in einer zufälligen Reihenfolge auf sie einzuprasseln, wobei sie ihr Ereignisse zeigten, die in ein paar Minuten oder in ein paar Jahrhunderten geschehen könnten.

Issac zog sich aus ihrem Kopf zurück, denn er war nicht imstande, es noch einen Moment länger zu ertragen.

Dann blinzelte er, als er Lucian in der Tür stehen sah.

Offenbar hatte er die Zeit vergessen, während er durch Skyes Visionen getaumelt war.

»Es wird Zeit, dass B nach Hause kommt«, erklärte Lucian. »Wir brauchen ihn. Er ist der Schlüssel, um die Moral der Hydraianer aufrechtzuerhalten.«

Issac stimmte mit einem Nicken zu.

Denn er hatte recht.

Alle Ältesten übernahmen eine bestimmte Rolle, um

ihrem Volk als Anführer zu dienen. Lucian war das strategische Superhirn, Jayson demonstrierte Stärke durch Taten und Alik wagte sich an die Aufgaben, für die sonst niemand den Mut aufbrachte.

Und Balthazar war das Herz von Hydria.

Issac mochte mit dem Gedankenleser nicht immer einer Meinung sein, aber er musste anerkennen, welche Aufgabe und Macht er auf dieser Insel innehatte.

Balthazar war der emotionale Leim, der die Hydraianer zusammenhielt, der Anführer, dem sie alle bereitwillig folgten, weil sie ihm bedingungslos vertrauten.

Wenn sie tatsächlich kurz davor standen, von einer Armee von Seraphim angegriffen zu werden, brauchten sie den Ältesten, der für sie Hoffnung und Liebe verkörperte.

Sie brauchten Balthazar.

»Wenn er sich das nächste Mal meldet, werde ich ihm mitteilen, dass die Zeit gekommen ist«, sagte Lucian und erkannte sowohl an Issacs Nicken und wahrscheinlich auch an seinem Gesichtsausdruck, dass dieser ihm zustimmte. »Bis dahin müssen wir die Insel auf einen Angriff vorbereiten, wie wir ihn noch nie erlebt haben.«

Issac legte den Kopf schief. »Sagt mir, was ihr braucht, und ich sorge dafür, dass es erledigt wird.«

KAPITEL 28

BALTHAZAR

LEELA STRECKTE SICH, WOBEI SICH IHRE KURVEN AN Balthazars Oberkörper und Lendengegend schmiegten.

Diese Frau strotzte nur so vor Sex.

Sie verströmte eine sexuelle Energie, die ihn anspornte, sie bis zur Vollendung zu verschlingen, jeden Zentimeter ihres makellosen Körpers zu genießen und sich in Anbetung vor ihr zu verneigen.

»Du bist ein Sukkubus«, sagte er, wobei er ihren Hals liebkoste und sie an sich zog, um seine Brust an ihren Rücken zu pressen. »Du saugst mir all meine Energie aus den Adern.«

»Aus deinem Schwanz«, korrigierte sie.

Er grinste an ihrer Halsschlagader, knabberte an ihrer Haut und fragte sich, wie ihr Blut wohl schmecken würde. Es war ein seltsames Verlangen, das er noch nie mit einer anderen Frau erlebt hatte.

Wegen des Bands, dachte er.

Was hatte sie dazu bewogen, ihn zu beißen? Ein gegenseitiges Einverständnis? Der Wunsch, mit ihm zusammen zu sein? Sie war seitdem immer noch in der

Lage, andere zu verführen, was bedeutete, dass sie nicht durch eine monogame Verbindung aneinandergefesselt waren. Er hatte sie gestern Abend sogar danach gefragt, weil er wissen wollte, wie es funktionierte.

Sie hatte ihm gesagt, dass das partielle Band ihnen beiden die Freiheit ließ, sich mit anderen zu vergnügen. Vielleicht war es auch ihr sinnlicher Geist, der danach verlangte, sie war sich nicht sicher.

Würde sich daran etwas ändern, wenn er sie beißen würde? Oder würde es zwischen ihnen genauso sein wie zuvor?

Sie waren beide leidenschaftliche Geschöpfe.

Obwohl ihm der Gedanke, sie mit anderen zu teilen, nicht unbedingt behagte. Er würde die Show wahrscheinlich auf sexueller Ebene genießen, vor allem, weil niemand sie besser befriedigen konnte als er.

Und wenn sie zufällig doch jemanden fand, dann war diese Person würdig, ihren Körper zu verehren, weil er ihr Lust bereiten würde.

Ein normaler Mann oder eine normale Frau wären dafür jedoch nicht geeignet.

Und sie waren zusammen zu kraftvoll, um einen dritten Spielpartner in ihr Bett einzuladen.

Wie viele der Erinnerungen, die er an Nythos hatte, waren eigentlich Erinnerungen an Leela? Nythos hatte es ebenfalls genossen, sich mit anderen zu vergnügen. Waren diese Erinnerungen von Momenten durchdrungen, die er mit Leela geteilt hatte? Hatte er sie dabei beobachtet, wie sie mit anderen Männern und Frauen geschlafen hatte? Oder war es immer nur Nythos gewesen?

Um sich wirklich sicher zu sein, musste er Leela beißen.

Und selbst dann gab es keine Garantie, dass es auch funktionieren würde. Patreel hatte nur vermutet, dass es ihnen dabei helfen würde, die Barrieren in ihren Köpfen zu zerschlagen.

Wie bei Caro und Sethios.

Allerdings war Caro weniger als zwei Jahrzehnten der Reformation unterzogen worden, während Leela ein ganzes Jahrhundert erdulden musste.

Was würde geschehen, wenn sie sie erneut einfangen würden? Würden sie ihn aus ihrem Gedächtnis löschen? Und auch seine Erinnerungen zunichtemachen?

Wie lange würde es dauern, bis sie wieder zueinanderfinden würden?

Ist meine Vergangenheit mit ihr der Grund, warum ich mich nie nach einer monogamen Beziehung mit einer anderen gesehnt habe?

Es gab so viele Fragen. Und nicht genügend Antworten.

Aber während sie ihren Hintern an seinen Lenden kreisen ließ, war er anderweitig abgelenkt durch die neuen Erfahrungen, die sie gerade erst in diesem Bett gemacht hatten. Die Erinnerung daran, dass er sie erst vor wenigen Stunden von hinten genommen hatte, war noch ganz frisch.

Er hatte sie auf jede erdenkliche Weise verwöhnt, denn es gab keinerlei Grenzen zwischen ihnen.

Sein kleines Luder genoss alle Arten von Sex, genau wie er. Und sie wussten beide, wie man stunden-, tage- oder wochenlang im Bett spielen konnte.

Es war ebenso möglich, dass seine eigene Sexualität durch die Verbindung zu Leela beeinflusst worden war – ein Gedanke, der ihm irgendwann mitten in der Nacht gekommen war, als Leela seine Unersättlichkeit angesprochen hatte.

»Die meisten Männer können mit mir nicht Schritt halten«, hatte sie ihm keuchend anvertraut, als er sie zum ersten Mal in den Hintern gefickt hatte. »Aber du ringst mir einiges ab.« Sie hatte ein Stöhnen ausgestoßen und war in die Kissen gesunken, als er ihre Klitoris massiert und sie so über den Rand der Ekstase getrieben hatte.

Sie hatte sich so fest um ihn angespannt, dass er ihr in den Rausch der Glückseligkeit gefolgt war.

Dann hatten sie geduscht, bevor sie noch einmal von vorn angefangen hatten.

Daraufhin hatten sie sich zu einem Nickerchen hingelegt, als in Brasilien gerade die Sonne aufgegangen war.

Balthazar schuldete Luc noch einen Anruf, aber er hatte einfach nicht aufhören können, seine Sirene zu verehren. Sie schmeckte umwerfend, und ihr Stöhnen machte ihn süchtig.

Leela drehte sich in seinen Armen und er bemerkte, dass das Blau ihrer Iriden von heute Morgen einem Grünton gewichen war. Sie presste ihre Lippen auf seine und küsste ihn träge, während sie einen Schenkel um seine Hüfte schlang.

Er ließ sich ihre Liebkosung gern gefallen und legte eine Hand an ihre Wange, bevor er sie wieder in ihr seidiges Haar gleiten ließ.

Mm, sie war wie Ambrosia, so süß und köstlich und berauschend.

Ihr Verstand wurde von einem zustimmenden Summen durchzogen, während ihre Gedanken von einer Mischung aus Staunen und Zufriedenheit erfüllt waren.

»Davon habe ich schon so oft geträumt«, flüsterte sie an seinem Mund. »In Brasilien mit dir aufzuwachen, während unsere gemeinsame Zeit niemals endet.«

»Wer sagt denn, dass du im Moment nicht träumst?«, neckte er sie mit sanfter Stimme.

»Vielleicht tue ich das.« Sie leckte ihm über die Unterlippe. »Vielleicht ist das alles nur ein Traum.«

»Ein guter, hoffe ich«, erwiderte er und positionierte sich zwischen ihren Schenkeln. Sein steifer Schaft presste an ihren Unterleib, ohne in sie einzudringen. Er reizte sie gerade genug, um sie zu verführen.

Sie wölbte sich auf, wobei ihre vollen Brüste sich perfekt an seine Brust schmiegten. »Jeder Traum mit dir ist ein guter Traum, B.«

Er lächelte. »Und wie schneidet die Realität im Vergleich zu deinen Fantasien ab?«

»Die Wirklichkeit ist besser«, gab sie zu und presste erneut ihre Lippen auf seinen Mund.

Ihre Berührungen wurden sinnlicher, während ein Hauch inniger Gefühle ihre Liebkosungen untermalte. Er könnte sich durchaus daran gewöhnen, täglich neben Leela aufzuwachen. Sie passte so gut zu ihm. Sie war ein göttliches Wesen, das seiner ständigen Anbetung würdig war. Aber er fühlte sich nicht nur wegen ihrer körperlichen Erscheinung und ihrer sexuellen Leistungsfähigkeit zu ihr hingezogen.

Es lag an *ihr*.

Sein süßer Seraph.

Seine kokette Sirene.

Sein geistreiches kleines Luder.

Sie strotzte vor Selbstvertrauen und Sinnlichkeit und besaß eine positive Lebenseinstellung, die seiner eigenen gleichkam.

Aus ihren Augen strahlte eine Freude, die seine Seele ansprach.

Diese atemberaubenden Augen lächelten ihn jetzt an, als sie ihn mit einem Grinsen auf die Matratze drückte und sich rittlings auf ihn setzte. Ihre Körper vereinten sich wie von selbst, als sein Schaft in ihren heißen Unterleib glitt.

Sie krallte sich in seine Brustmuskeln, als sie sich zu

bewegen begann, wobei ihre Brüste sich mit jedem Stoß ihrer Lenden hin und her wiegten. Er hob die Hüften an, um ihr entgegenzukommen, und passte sich ihrem Tempo an.

Es war ein langsamer, bedächtiger Rhythmus.

Geduldig. Fesselnd. Sinnlich.

Er richtete den Oberkörper auf, um sie zu küssen, dann legte er eine Hand an ihren Nacken, um sie zu sich hinunterzuziehen.

Sie ließ ihn gewähren, denn sein kleines Luder liebte es, wenn er die Kontrolle übernahm.

Also drehte er sie auf den Rücken und drang tief in sie ein, woraufhin sie leise nach Luft schnappte.

»Härter«, keuchte sie.

»Nein.« Er wollte sich in einem zärtlichen Rhythmus mit ihr vereinen und ihr die Leidenschaft entlocken, die tief in ihrer Seele wohnte.

Und danach würde er sie zum Frühstück ausführen.

Sie vergrub protestierend die Zähne in seiner Unterlippe.

Er ergriff ihre Handgelenke und streckte ihre Arme über ihren Kopf, um dann ihre Hände mit einer Hand zu fixieren. Mit seiner freien Hand umfasste er ihre Brust und drückte sie als subtile Ermahnung. Er zwickte ihr in die Brustwarze, während er sie langsam bis zum Anschlag ausfüllte und dann seinen Schaft wieder herauszog.

Sie knurrte.

Er grinste.

Dann wurde er von ihren Kräften umhüllt und sein Puls beschleunigte sich, während sich seine Hoden zusammenzogen. »Verdammt, Lee.«

»Das hast du nun davon«, sagte sie und verschränkte ihre Knöchel an seinem Rücken. »Und jetzt beweg dich.«

Er lachte leise, denn er konnte sich nicht dagegen

wehren. Seine fordernde kleine Sirene erwies sich immer wieder als mächtig.

Also gab er ihrem Befehl nach und übernahm durch schiere Kraft die Kontrolle. Er zeigte ihr, was sein Körper zu leisten vermochte, und brachte sie beide schreiend zum Höhepunkt, bis ihr Stöhnen zu einem zufriedenen Keuchen verebbte.

Danach küsste er sie lange und leidenschaftlich, bevor er sie in die begehbare Dusche ins Badezimmer trug und ihr lustvolles Spiel an der Steinwand fortsetzte.

Sie kam noch einmal zum Höhepunkt und bebte am ganzen Körper, als sie von der Welle der Ekstase mitgerissen wurde. Ihre Lider wurden schwer und sie sah aus, als wollte sie sich gleich wieder schlafen legen. Doch er ließ sie nicht gewähren, sondern seifte sie stattdessen ein, massierte ihre Muskeln und wusch ihr Haar, bevor er sich seinem eigenen Körper widmete. Dann wickelte er sie in einen flauschigen Bademantel und führte sie in die Küche ihrer Suite.

Der Kühlschrank war leer, denn sie hatten dieses Zimmer nicht reserviert, sondern sich nur hier hinein teleportiert. Also blieb ihnen nichts anderes übrig, als essen zu gehen.

Leela teleportierte sie in ein Kleidergeschäft, damit sie sich etwas zum Anziehen besorgen konnten. Es hatte noch nicht geöffnet, also legte Balthazar etwas Geld auf den Tresen. Die Besitzer würden zwar nicht wissen, was geschehen war und warum. Außerdem mussten sie das Geld in die Landeswährung umtauschen, doch am Ende würden sie immer noch ein Geschäft gemacht haben.

Balthazar entschied sich für eine Jeans und ein passendes T-Shirt, dazu ein Paar Socken und neue Stiefel.

Leela wählte ein hübsches Sommerkleid und ein Paar Sandalen, die ihre Waden auf modische Weise umhüllten und eher an das antike Griechenland als an das heutige Brasilien erinnerten, dann nahm sie sich noch eine Haarbürste.

Mit einem Grinsen erzählte sie ihm, dass sie genau den richtigen Ort für einen Brunch kannte.

Buenos Aires.

Es war ein kleines Café, das verschiedene Gerichte der internationalen Küche servierte.

Balthazar bestellte eine Portion Pfannkuchen, die in seinen Augen das ultimative Frühstück ausmachten. Leela tat es ihm gleich, dann machten sie es sich auf der Terrasse bequem, während sie auf ihr Essen warteten.

»Dieser Ort ist wie ein kleines Europa«, sinnierte Leela und betrachtete die bunten Gebäude, zwischen denen keinerlei Wolkenkratzer aufragten. »Er erinnert mich an Rom, aber auch an die französische Küstengegend, mit einer Prise Barcelona und Madrid dazu.«

Er verzog die Lippen zu einem Lächeln. »Es wäre nicht meine erste Adresse, um eine Portion Pfannkuchen zu essen, aber wir werden sehen, wie sie sich machen.«

»Deine erste Adresse wäre deine eigene Küche. Nackt. Während ich mit Sirup beschmiert auf dem Tresen liege.«

»Ist das eine deiner Fantasien oder tatsächlich passiert?«

»Eine Fantasie, die allerdings von den Ereignissen in Brasilien inspiriert ist, nachdem du mir eines Morgens Pfannkuchen gemacht hattest«, antwortete sie mit verheißungsvoll funkelnden Augen. »Aber wir können sie auf jeden Fall Wirklichkeit werden lassen, wenn wir wieder in Hydria sind.«

»Dabei fällt mir ein, ich muss Luc anrufen.«

Sie nickte mit dem Kinn in Richtung Restaurant. »Ich bin sicher, du kannst dir von jemandem drinnen ein Handy leihen.«

Er grinste. »Willst du, dass ich einen Gast verführe, um ihm ein Telefon zu entlocken?«

Sie betrachtete ihn einen Moment lang, dann fiel ihr Blick auf die Kellner, bevor sie die verschiedenen Gäste betrachtete. »Hm, nur wenn ich mir die Person aussuchen darf.«

»Was geschieht, wenn ich gewinne?«

»Ich lasse dich entscheiden, ob er oder sie sich zum Nachtisch zu uns gesellen darf.«

Er wusste bereits, dass er hier niemanden außer Leela zu sich ins Bett einladen würde. »Wie wäre es, wenn ich stattdessen eine Stellung meiner Wahl zum Nachtisch gewinne?«

Sie verzog die Lippen zu einem Lächeln. »Du bist wohl nicht in der Stimmung für einen Dreier?«

»Du bist die Einzige, die ich zum Nachtisch begehre, kleines Luder.« Das Eingeständnis kam ihm leicht über die Lippen, doch er hatte so etwas noch nie zuvor zu einem anderen Wesen gesagt.

Ihr Gesichtsausdruck wurde weicher und das schelmische Funkeln wich aus ihren Augen. »Wenn du weiter solche Dinge zu mir sagst, musst du nicht erst ein Spiel gewinnen, um dir eine Stellung auszusuchen.«

Er ergriff ihre Hand und führte sie an seine Lippen. »Aber wir lieben Spiele.«

»Sinnliche Spiele.«

»Sinnliche Spiele«, wiederholte er und hielt ihren Blick fest, während er ihre Hand umdrehte, um ihr einen Kuss auf die Handfläche zu drücken. »Hast du dir schon jemanden ausgesucht?«, fragte er.

»Nein«, flüsterte sie. »Denn du bist das einzige Gericht auf der Speisekarte, nach dem mir der Sinn steht.«

Er grinste, als sie ihm seine Aussage von eben mit anderen Worten an den Kopf warf. »Hm.« Er umschloss ihre Finger mit seinen Lippen und saugte daran, während er seine Zunge darum kreisen ließ. Ihre Pupillen weiteten sich, während sie zitternd den Atem ausstieß.

»Wenn du so weitermachst, werde ich gleich zum Nachtisch ...« Sie verstummte und legte die Stirn in Falten, als ein elektrisierendes Summen die Atmosphäre durchdrang. »*Scheiße.*«

Sie streckte die Hand nach ihm aus, aber die Vibration schleuderte sie zurück in ihren Stuhl. Er stürzte sich auf sie und packte ihre Schultern. »Teleportiere uns.«

»Ich kann nicht«, stieß sie zwischen zusammengebissenen Zähnen hervor. Ihre Gedanken verrieten ihm, dass sie von einer Art ätherischem Netz festgehalten wurde, das sie davon abhielt, ihre Flügel zu entfalten.

»Wie kann ich es entfernen?« Er tastete ihre Arme ab, doch er fühlte nichts als seidige Haut. »Wie kann ich dich befreien?«

»Das kannst du nicht«, sagte eine vertraute Stimme, als eine Frau mit kastanienbraunem Haar und tiefschwarzen Augen zu seiner Linken erschien. Sie war das Ebenbild eines Traums. Eine Erinnerung, an die er einst mit einer Mischung aus Nostalgie und Wehmut zurückgedacht hatte.

Er hatte sich selbst die Schuld an ihrem Tod gegeben.

Denn es war sein Blut gewesen, das sie getrunken hatte.

Und jetzt stand sie hier und lächelte ihn an, als wäre er ein lange verloren geglaubter Geliebter.

Er drückte den Rücken durch und baute sich hinter Leela auf, wobei er ihr den Rücken zudrehte, um sich der Frau zuzuwenden, die langsam auf ihn zukam.

»Balthazar«, säuselte Nythos. Ihre Stimme klang genau so, wie er sie in Erinnerung hatte. Sie war voller Sinnlichkeit, von der er mittlerweile wusste, dass sie sie von ihrem Vater geerbt hatte.

Genau wie Leela.

Doch ansonsten hatten die beiden nichts miteinander gemein.

Die eine war ein Engel mit cremefarbener Haut, aufrichtigem Blick und einem Verstand, den er von Sekunde zu Sekunde mehr bewunderte.

Die andere war eine Verführerin mit einem Schmollmund, einem verschlagenen Lächeln und kastanienbraunem Haar, das sich wie eine bedrohliche Wolke um ihre schlanken Schultern legte.

»Unsere letzte Begegnung liegt ein paar Jahrhunderte zurück«, fuhr sie mit diesem tiefen, verführerischen Tonfall fort. »Ich habe dich vermisst.«

»Ein paar Jahrhunderte?«, wiederholte er, während er jede ihrer Bewegungen verfolgte. Sie war jetzt nur noch ein paar Meter von ihnen entfernt. Leela konnte sich immer noch nicht bewegen, weil ihre Halbschwester sie mit einem Netz gefangen hielt. Balthazar ließ seine Arme locker an seinem Körper herabhängen, während er mit dem Rücken fast Leelas Stuhllehne berührte. Er wollte in der Lage sein, sie wenn nötig zu ergreifen.

Was in Anbetracht der Situation wahrscheinlich war.

Allerdings stellte das unsichtbare Netz ein Problem dar.

Sie hatte diese Möglichkeit ihm gegenüber nicht erwähnt, und ihre Gedanken verrieten ihm, dass sie auch nicht damit gerechnet hatte.

Haben sie mich schon einmal auf diese Weise gefangen?, fragte sie sich. *Kann ich ihm irgendwie entkommen?*

Vage Erinnerungen drängten sich ihr auf, die ihr verrieten, dass sie zuvor schon einmal in einer ähnlichen Situation war. Vielleicht sogar mehr als einmal.

Mit Balthazar direkt an ihrer Seite.

Er folgte den Gedankensträngen, während er Nythos weiter beobachtete.

Er wurde von einem Gefühl des Déjà-vus übermannt, als Nythos sich ihr langes Haar über die Schulter warf. Diesen triumphierenden Blick hatte er schon einmal gesehen. Und zwar nicht nur im Bett, sondern auch in einer ähnlichen Situation wie dieser.

In der Leela von einem Zauber gefangen gehalten wurde, den sie nicht verstand.

Er ballte die Hände zu Fäusten, als er von einer wütenden Hitze durchströmt wurde.

Leelas Verstand war von ihresgleichen derart geschändet worden, dass sie nicht einmal wusste, wie sie sich selbst schützen konnte. Sie hatte es auf ihre Weise versucht, indem sie in Immobilien investiert und alles über Schutzsymbole gelernt hatte. Doch die Seraphim waren ihr immer einen Schritt voraus gewesen und hatten dafür gesorgt, dass sie keinerlei Erinnerung an ihre Gefangennahme hatte.

Und schlimmer noch, sie hatten ihm dasselbe angetan.

Denn sie waren schon einmal in einer ähnlichen Situation wie dieser gewesen, was Nythos bewies, als sie gurrte: »Nun, in deiner Vorstellung sind es wohl eher drei Jahrtausende, nicht wahr?«

Sie neigte den Kopf zur Seite und musterte ihn auf eine Weise, die ihm eine Gänsehaut bereitete. Sie betrachtete ihn mit unverhohlenem Interesse, wobei er diesen Ausdruck für gewöhnlich gern im Gesicht einer Frau sah.

Doch nicht bei dieser Frau.

Mit dieser Schlampe wollte er nichts zu tun haben.

»Ich habe dich vermisst«, wiederholte sie mit einer süßlich ätzenden Stimme.

»Das Gefühl beruht nicht auf Gegenseitigkeit«, erwiderte er barsch.

Sie zog die Augenbrauen in die Höhe und ein Teil des

sinnlichen Funkels wich aus ihren Augen, als ein schockierter Ausdruck über ihr Gesicht huschte. »Wie bitte?«

»Du hast mich verstanden. Das Gefühl beruht nicht auf Gegenseitigkeit.« Er verschränkte die Arme vor der Brust. Sie hatte in seinem Verstand herumgepfuscht. Das würde er ihr nie verzeihen, genauso wenig wie die Tatsache, dass sie ihm seine Erinnerungen genommen hatte. Und ganz sicher würde er ihr nicht den Schmerz verzeihen, den Leela jetzt empfand, während sie von der Angst gepackt wurde, wieder gefangen genommen zu werden, weil sie wusste, was ihr dann bevorstand.

Denn als ihr klar wurde, dass sie schon einmal mit diesem Netz gefesselt worden war, verlor sich ihr Verstand in einem panischen Strudel voller schrecklicher Erwartung.

Sie werden mich dazu bringen, ihn wieder zu vergessen.

Ich werde uns vergessen.

Und alles, was wir gerade erfahren haben. Alles, was wir gerade zusammen durchgemacht haben.

Er wird sich nicht mehr an mich erinnern. Ich werde die wenigen Erinnerungen, die ich an Brasilien habe, verlieren. Und ich werde nicht in der Lage sein, Lizzie oder Baby Aidyn zu beschützen.

Ich habe alle enttäuscht.

Ich habe … ich habe ihn im Stich gelassen.

Er hätte am liebsten hinter sich gegriffen, um ihren Nacken zu packen und sie zu beruhigen, doch er konnte es nicht riskieren, auch nur einen Moment abgelenkt zu sein.

Wir brauchen einen Plan, dachte er. Denn Melanythos war wahrscheinlich nicht allein hier.

»Für gewöhnlich schockiert es dich, mich zu sehen«, sagte sie und trat einen Schritt vor, wobei der verwirrte Blick immer noch ihre Züge trübte. »Manchmal freust du dich sogar. Du hast mich auch schon geküsst, was die arme Leela jedes Mal umbringt.« Sie legte wieder den Kopf schief. »Was ist dieses Mal anders? Du bist nicht einmal überrascht, mich zu sehen.«

Er verspürte einen Stich im Herzen, als Melanythos' Worte Leela lange genug aus ihren Gedanken rissen, um darauf zu reagieren, dass er eine andere Frau geküsst hatte.

Und nicht nur irgendeine Frau, sondern ihre Halbschwester.

Bald wurde sie von Wut gepackt. Diese Emotion schien Leela in der Gegenwart zu verankern und riss sie aus der beunruhigenden Spirale, die gerade in ihrem Verstand tobte.

Ihre Gedanken an ihr eigenes Versagen wurden von unbändigem Zorn verdrängt.

Sie wollte ihre Halbschwester umbringen. Das war zwar nicht möglich, weil sie ein Seraph war, aber das hielt Leela nicht davon ab, sich ihren Fantasien darüber hinzugeben.

So viele Lügen.

So viele Betrügereien.

Alles, um einen Seraph zu kontrollieren und sie von ihrem Gefährten fernzuhalten.

Ist Dian in der Nähe?, fragte sich Balthazar. *Beobachtet er uns, um sich zu vergewissern, dass nichts seinen jahrtausendealten Rachefeldzug durchkreuzt?*

Denn offensichtlich war der Seraph von Leela besessen und nährte sich von ihrem Schmerz.

Nur weil sie ihm ein Kind verweigert hatte?

Das war ganz und gar nicht engelsgleich.

Aber Balthazar ahnte, dass es um viel mehr ging als nur um seinen Wunsch nach Vergeltung. Die Seraphim wurden von einigen wenigen kontrolliert, während ihre Gesellschaft auf den Maximen des Stoizismus basierte, aber die Verantwortlichen in Wirklichkeit durchaus etwas empfanden.

Ein bösartiges Spiel.

Bei dem Dian eine tragende Rolle einnahm.

Und die süße Leela das Opfer war.

Vielleicht hatte sie schon früh von alledem gewusst, aber ein Leben mit Balthazar der Aufgabe vorgezogen, die sie für den Rat zu erfüllen hatte.

Hatte Nythos ihren Platz eingenommen und war zu jemandes Schoßhündchen geworden? Die sadistische Schlampe wirkte mittlerweile gar nicht mehr so stoisch, während sie ihn mit zusammengekniffenen Augen musterte.

Stark war immer ein Musterbeispiel für Gefühllosigkeit gewesen, zumindest bis vor Kurzem.

Nythos hingegen verkörperte Emotionen in jeder Hinsicht.

»Fängst du an, dich zu erinnern?«, mutmaßte Nythos, als er nicht sofort antwortete. Sie runzelte die Stirn. »Nein, das ist unmöglich. Es sei denn, du …«

Es sei denn, ich habe sie gebissen, beendete Balthazar den Satz in Gedanken für sie, wohl wissend, was sie hatte sagen wollen.

Es war eine vielsagende Bemerkung, die darauf hindeutete, dass Patreel wahrscheinlich recht gehabt hatte. Wenn Balthazar das Band vervollständigte, wären er und Leela vielleicht in der Lage, alles andere zu enträtseln.

Nythos trat einen weiteren Schritt auf ihn zu, bis sie in Reichweite war.

»Rühr mich nicht an«, sagte Balthazar, in dessen Stimme ein bedrohlicher Unterton mitschwang, den er nur selten zum Ausdruck brachte. Aber er hatte nicht vor, dieser Frau noch einmal Zugang zu seinem Verstand zu gewähren.

Sie lächelte nur. »Schätzchen, ich werde dich auf jeden Fall berühren. Mit oder ohne deine Zustimmung.«

Die Worte brachten ihn zur Weißglut, denn offenbar war es für niemanden von Bedeutung, ob er dem Ganzen zustimmte oder nicht.

Balthazar tolerierte viele Dinge im Leben.

Doch einer unwilligen Person etwas aufzuzwingen gehörte nicht dazu.

Nythos griff nach ihm, woraufhin er einen Schritt um Leela herumtrat.

Lauf, B!, schrie sie in Gedanken. *Lauf weg! Da sind noch mehr von ihnen …*

Ein Knistern durchzog die Luft und erregte für den Bruchteil einer Sekunde seine Aufmerksamkeit, als zwei Seraphim in der Nähe auftauchten. Einer von ihnen hob eine Hand in Richtung der Gäste im Restaurant und ließ sie auf der Stelle erstarren. Sie hatten das Geschehen alle mit offenem Mund beobachtet.

»Dian wird darüber nicht erfreut sein, Melanythos«, sagte der Mann, dessen emotionslose Stimme typisch für einen Seraph war. »Du musst etwas im Hinblick auf diese Sterblichen unternehmen.«

»Ich werde ihre Erinnerungen löschen«, antwortete sie schnippisch. »Sobald ich mit Balthazar fertig bin.«

Er zog die Augenbrauen in die Höhe. »Du klingst ziemlich zuversichtlich, doch ich habe nicht vor, dich gewähren zu lassen.«

Sie lächelte. »Du wirst keine andere Wahl haben, Baby.«

Zwei weitere Seraphim erschienen, wodurch sie jetzt fünf gegen zwei waren.

Nun, im Grunde hatten sie es nur mit einem Gegner zu tun, da Leela sich nicht bewegen konnte.

Offenbar war sie auch nicht imstande zu sprechen,

während ihr Körper unter dem Bann des Netzes wie erstarrt war. Er konnte sie in Gedanken weinen hören, denn das Gefühl erinnerte sie an die Reformation und führte ihr vor Augen, wohin sie gehen würde, um zu sterben und alles zu vergessen, was ihr im Leben je wichtig war.

Einschließlich ihm.

Caro hatte dank Sethios dagegen ankämpfen können und ihr Verstand hatte sich gegen alles gewehrt.

Aber Leela hatte nur die Hälfte ihres Bands hergestellt.

Ohne Balthazars Biss würde sie dem Wahnsinn der Reformation zum Opfer fallen. Und sein Gedächtnis würde ebenfalls manipuliert werden.

Vielleicht sogar noch Schlimmeres, da Nythos auch sein Wissen über sie auslöschen müsste.

Würde Vera ihm die Wahrheit sagen?

Oder würden sie sie als Nächstes jagen?

Nythos würde alle diejenigen sehen, zu denen sie in Beziehung standen, und würde von Starks und Veras Verbindung zu Osiris erfahren.

Sie würde auch die Wahrheit über Osiris' Vergangenheit herausfinden.

Würde sie darauf reagieren, wie Patreel es getan hatte? Oder wusste sie es bereits?

Jedes Geheimnis in seinem Kopf würde Gefahr laufen, gelüftet zu werden. Jede Beziehung, die er je erschaffen oder ersehnt hatte, könnte zerstört werden. Und seine Verbindung zu Leela würde aufs Neue zunichtegemacht werden.

Denn was sie hatten, war nicht von Dauer. Noch nicht.

Aber das könnte es sein.

Mit einem Biss.

Es wäre eine Möglichkeit, sie beide zu schützen und an

ihrer Verbindung festzuhalten. Sie könnten damit sicherstellen, dass sie sich beide erinnerten.

Vielleicht hatte sie ihn einmal gebissen, um einen Anker zu setzen, damit sie immer wieder zu ihm zurückkehren konnte, um die Wahrheit zu erfahren.

Vielleicht hatte sie ihn gebissen, weil sie sich ineinander verliebt hatten.

Vielleicht hatte sie ihn gebissen, weil sie wusste, dass er der Richtige für sie war.

Vielleicht hatte sie ihn gebissen, weil er es von ihr verlangt hatte.

Oder vielleicht hatte sie ihn gebissen, um sich selbst zu retten.

Was auch immer der Grund war, es spielte keine Rolle mehr.

Denn seine Seele kannte die Wahrheit bereits. Der Biss hatte dem einzigen Zweck gedient, sie in diesem Moment in dieser Realität zusammenzuführen.

Damit er eine Entscheidung treffen konnte.

Er konnte ihre Beziehung entweder festigen und sie für die Ewigkeit aneinander binden.

Oder sie für immer aufgeben.

Denn dieses Mal würde es kein Zurück mehr geben, nicht bei allem, was sie beide jetzt wussten. Ihnen stand ein Krieg bevor. Es war Zeit, sich für eine Seite zu entscheiden.

Und Balthazar wählte Leela.

Er wählte sie beide.

Er wählte eine gemeinsame Zukunft, eine Welt und ein Leben, in dem sie ihresgleichen als Einheit gegenüberstanden, mit der ganzen Kraft Hydrias im Rücken.

Er wählte das *Schicksal*.

Er verzog die Lippen zu einem Lächeln und Nythos

hielt inne. Für einen kurzen Moment wirkte sie erleichtert, als hätte sie erwartet, bei ihrem Erscheinen diesen Ausdruck auf seinem Gesicht zu sehen.

Aber sein Lächeln galt nicht ihr.

Es galt Leela.

»Wie sich herausstellt, habe ich eine Wahl«, sagte er zu Nythos und legte seine Hand an Leelas Nacken, als sein Blick den ihren traf. »Und ich wähle *das hier*.«

Sie blinzelte zu ihm auf. Die Augen schienen das einzige Körperteil zu sein, das sie noch bewegen konnte. *Du wirst für immer an mich gebunden sein*, flüsterte sie, als sie verstand, was er vorhatte.

Ich wähle das hier. Ich wähle uns. Ich wähle unser Band. Weil es die einzige Möglichkeit war, um ihre Zukunft zu sichern.

Es war außerdem das Einzige, was sich *richtig* anfühlte.

Du wirst für immer an mich gebunden sein, hallte es in ihrem Kopf wider, damit er es hören konnte.

Sie gab ihm zu verstehen, dass er vielleicht nie wieder mit jemand anderem würde intim sein können, was für ihn ein großes Opfer darstellte. Für sie ebenfalls, denn sie spielte genauso gern wie er.

Aber es spielte keine Rolle, dass er für immer an sie gebunden sein würde, denn …

»Schätzchen, das bin ich schon«, antwortete er und beugte sich vor, um seine Zähne in ihrem Hals zu versenken.

Sie schnappte nach Luft, während in ihrem Verstand ein Strudel aus Überraschung und Hochgefühl tobte.

Dann schmeckte er ihr süßes Blut auf seiner Zunge.

Und schluckte es hinunter.

KAPITEL 29

LEELA

EINE ELEKTRISIERENDE ENERGIE DURCHSTRÖMTE LEELAS Venen und ihr Herz hämmerte wild in ihrer Brust.

Sie sah nur noch verschwommen, als hätte sie sich in einem Traum verloren. Die Realität zerfloss in einem Meer des Wahnsinns, in dem die Zeit aufhörte zu existieren.

Sie konnte Balthazars Gedanken hören, als er ihr im Geiste versicherte, dass er genau das wollte und brauchte, denn es würde sie beide retten.

Aber es ging noch tiefer.

Er hatte sie wegen der Erinnerungen gebissen und weil er wusste, dass es das Richtige war. Er hatte erkannt, dass es ihr Schicksal war, zusammen zu sein.

Sie waren die zwei Hälften ein und desselben Wesens.

Ein Paar, das dazu bestimmt war, gemeinsam zu herrschen. Ihre vereinte Sinnlichkeit war eine Bedrohung für die ganze Menschheit. Vielleicht war es auch ein Geschenk.

Oh, was werden wir für einen Spaß haben, hörte sie ihn in Gedanken sagen.

Und damit fielen sie in einer Welt voller Erfahrungen,

die ihnen bewiesen, dass der Gedanke sich schon längst bewahrheitet hatte.

Sie hatten überall auf der Welt sexuelle Erlebnisse provoziert, genauso wie letzte Nacht am Strand.

Zusammen waren sie so explosiv wie Dynamit, ein Duo, das dazu bestimmt war, jeden zu verführen, der ihm über den Weg lief.

Aber das waren nicht die Erinnerungen, die Leela gesucht hatte. Sie wollte wissen, wie sie sich zum ersten Mal getroffen hatten, um zu verstehen, warum sie ihn gebissen hatte. Sie wollte sich selbst bestätigen, was ihr Herz bereits wusste.

Ich liebe ihn.

Sie äußerte die Worte nicht in der Vergangenheitsform.

Denn ihre Gefühle für Balthazar hatten sich im Laufe der Jahrtausende nur noch vertieft, und jede Begegnung hatte die Bindung zwischen ihren Seelen weiter gefestigt.

Ein harter Schlag auf ihre Wange riss sie für einen Moment aus ihren Gedanken und sie sah Mel mit wütender Miene vor sich stehen. Ihr Mund bewegte sich, aber Leela konnte nicht hören, was sie sagte, und zog es stattdessen vor, sich von Balthazar zurück in ihre Gedanken führen zu lassen.

Sie waren jetzt miteinander verbunden, ihre Seelen vibrierten auf der gleichen Wellenlänge und verflochten sich auf eine Weise, die sie für die Ewigkeit zusammenhalten würde.

Sie wünschte sich, sie wären allein, um diesen Moment unter vier Augen genießen zu können. Aber Mel kannte bereits jede Erinnerung in Leelas Kopf, also würde eine weitere nicht schaden.

Denn Mel spielte keine Rolle mehr.

Nur Balthazar war noch von Bedeutung.

Und ihre Verbindung zueinander.

Nur dieses warme Gefühl, das ihrer beider Seelen zu einem unzertrennlichen Band zusammenschweißte.

Die Reformation würde Leela vielleicht in einem Meer des Nichts ertränken, aber diese Verbindung zu Balthazar würde immer bestehen bleiben. Selbst wenn man sie zwingen würde, ihn zu vergessen, würde sie ihn finden und sich immer wieder an ihn erinnern.

Nicht nur wegen des Bands, sondern auch wegen ihrer mächtigen Fähigkeiten.

Sie konnte ihn in ihrem Geist spüren, wie er mit seiner Gabe, Gedanken zu lesen, die Blockaden löste und die Hindernisse zerstörte, um die Erinnerungen zu finden, nach denen er sich sehnte.

Oder vielleicht nahm sie auch seinen eigenen Geist wahr.

Sie wusste es nicht, denn ihre Seelen waren so fest miteinander verwoben, dass es sich anfühlte, als wären sie eins.

Seine Frustration war ihre Frustration.

Sein Verlangen war ihr Verlangen.

Seine Entschlossenheit war ihre Entschlossenheit.

Er wollte ihre Erinnerungen freilegen, Nythos' Manipulation rückgängig machen und sie beide von diesem grausamen Bann befreien. Er wollte einen Weg finden, um sie daran zu hindern, sie noch einmal zu manipulieren, und gemeinsam daran arbeiten, diesem barbarischen Spiel zu entkommen.

Sie haben unseren Verstand vergewaltigt und unser Schicksal manipuliert, dachte er, während er vor Wut kochte.

Ein weiterer Schlag traf ihre Wange und hätte sie fast der Verbindung entrissen, aber Balthazar zog sie sofort zurück in seine Psyche. Ihre Seelen verschmolzen miteinander, während sie einen unsichtbaren Feind in ihren Köpfen bekämpften.

Blockaden.

Biegungen.

Straßen, die zu endlosen Spiralen und falschen Mauern führten.

Leela war schwindelig, als sie versuchte, einen Ausweg zu finden und die Wahrheit von der Fiktion zu unterscheiden.

Sie schluckte.

Ihr Herz klopfte.

Ihre Lunge schrie.

Nein, *sie* schrie.

Es schmerzte. Aber es war so befreiend zu *fühlen*.

Das Netz um sie herum brannte. Sie spürte, wie es sie in ihrer körperlichen Form gefangen hielt und sie daran hinderte, ihre ätherische Energie freizusetzen.

Ohne Flügel.

Ohne Emotionen.

Gefangen.

Sie wurde von Dunkelheit umhüllt, als sie ein kaltes, hartes Bett an ihrem Rücken spürte und sich in einer lautlosen, fensterlosen, *seelenlosen* Existenz gefangen sah.

Eine Kapsel.

Kalt.

Reformation.

Jede Zelle in ihrem Körper begehrte dagegen auf, und sie flehte, dass jemand sie befreien möge.

Aber sie war gefangen und ertrank in diesem kalten Metallbehälter, während ihre Seele für immer gefesselt war … und für immer verloren …

Doch dann wurde ihre Psyche von einer Wärme durchströmt, als eine vertraute männliche Präsenz sie ins Leben zurückzog und sie zwang, zu fühlen, zu atmen, sich zu *erinnern*.

Es war eine Erinnerung.

Eine böse, dunkle, albtraumhafte Realität, die sie einst hatte durchleben müssen.

Aber sie befand sich jetzt nicht dort.

Nein, sie war immer noch in Buenos Aires, gefangen in einem Netz, das aus der Energie eines anderen Wesens bestand.

Sie wollte die Fäden zerreißen und die Seraphim um sie herum anschreien, sie zu befreien. Sie wollte von ihnen verlangen, ihr einen echten Prozess zu gewähren.

Mir wurde noch nie ein Prozess zugestanden, erkannte sie, als ihr die Erinnerung an jenen schicksalhaften Tag wieder in den Sinn kam.

Sie und Balthazar waren Hand in Hand durch den Wald gegangen und hatten den Tag genossen. Er hatte vorgehabt, sie gegen einen Baum zu ficken. Sie hatten ständig miteinander gespielt, ständig gelacht und *gelebt*.

Eine Träne entrann ihrem Auge, als sie an die Schönheit ihrer Existenz dachte.

Sie waren so sorglos und *glücklich* gewesen.

Liebe, dachte sie und seufzte. *Wir waren verliebt.*

Und ihre Seelen waren es auch heute noch.

Sie hatten einander eine Ewigkeit verfolgt und waren genau diesem Moment hinterhergejagt, an dem sich ihre Seelen vermählen konnten, damit sie endlich als Einheit existierten.

Aber die Seraphim hatten ihr alles genommen.

Patreel war an jenem Tag gekommen und hatte sie von Balthazar direkt zu Dian gebracht.

Er war außer sich vor Wut gewesen, als er von ihrem partiellen Band erfahren hatte. Es war nur wenige Tage zuvor beim Liebesakt geschehen. Balthazar hatte den Biss nicht erwidert, weil sie immer noch dabei waren herauszufinden, was das alles zu bedeuten hatte. Sie hatte ihn jedoch gebissen, weil es sich richtig angefühlt hatte. Es hatte keinen anderen Grund gegeben, sie hatte nur aus einem Moment der Glückseligkeit heraus gehandelt.

Leela hatte die Bedeutung dessen gelernt, nachdem sie in Gewahrsam genommen worden war.

»Du bist eine illegale Verbindung eingegangen«, hatte Dian gebrüllt. »Mit einem abscheulichen Wesen.«

Sie war wie erstarrt stehen geblieben, gefangen von seiner Magie und verwirrt von seinen Worten. Die Vorstellung eines Blutbands hatte für sie keinen Sinn ergeben, denn niemand hatte ihr je etwas darüber erklärt.

Seraphim sprachen selten über Blutsbande und darüber, wie sie zustande kamen. Die uralten Verbindungen waren verboten, weil sie entweder Empfindungen zur Folge hatten oder aufgrund von Gefühlen überhaupt erst geschaffen wurden.

Und Seraphim waren nicht dazu bestimmt zu fühlen.

Blutsbande erforderten außerdem eine monogame Beziehung, da die Seelen sich weigerten, sich mit einer anderen zu verbinden. Das machte eine Schwangerschaft unmöglich.

Dian hätte sie auch benutzen können, während sie nur teilweise an Balthazar gebunden war, doch er hatte sich dagegen entschieden. Stattdessen hatte er sie unendlichen Qualen ausgesetzt, um die Ereignisse während der Reformation aus ihrem Gedächtnis zu löschen.

Allerdings hatte er sie zuerst gezwungen zuzusehen, wie Balthazar seine Erinnerungen verlor.

Ihr Herz krampfte sich bei der Erinnerung zusammen und ihr stockte der Atem.

Balthazar war gezwungen worden, sie zu vergessen, indem seine Erinnerungen an sie durch Visionen von Melanythos ersetzt worden waren.

Dazu mussten sich die beiden tatsächlich treffen und

ihre Halbschwester musste ihn verführen. Auch das hatte Leela mit ansehen müssen.

Ihr entfuhr ein Schluchzen, als sie sich den Schmerz ins Gedächtnis rief, als ihre Seele vor ihren Augen in Stücke gerissen wurde.

»Er wird ein Leben voller Ausschweifungen führen, nie seine wahre Partnerin finden und sich allen anderen hingeben, außer dir«, hatte Dian gesagt. »Er wird sich nach Berührungen, Sex und Erotik sehnen und sich der Fleischeslust hingeben, und das alles nur wegen seiner Bindung an dich und deiner verräterischen Sinnlichkeit. Dadurch wird er euer Band jeden Tag für den Rest eurer erbärmlichen Existenz beschmutzen.«

Leela war nicht in der Lage gewesen zu antworten, denn ihr Körper war durch das verdammte Netz völlig außer Gefecht gesetzt worden.

Dasselbe Netz, das mich jetzt umschlingt.

Oh, wie er sie gefesselt hatte.

So viele Male im Laufe der Jahrtausende.

Weil sie immer wieder zu Balthazar zurückgekehrt war. Sie hatte ihn immer wieder aufs Neue gefunden, mit ihm geschlafen und sich einem Band hingegeben, das keiner von beiden verstanden hatte.

Nur um gefangen und zu Dian zurückgeschickt zu werden.

Und ihre Erinnerungen waren jedes Mal ausgelöscht worden.

In ihrer Vergangenheit war sie danach noch zweimal der Reformation unterzogen worden. Jedes Mal waren die Gründe dafür Balthazar und ihre Gefühle gewesen, die sich über die Manipulationen ihres Verstandes hinweggesetzt hatten. Sie hatte ihn zu schnell gefunden, was ihr einen zweiten Aufenthalt in der Reformationskapsel beschert hatte. Den dritten hatte sie erst vor dreihundert Jahren durchlaufen. Sie hatte sie Dians Ungeduld zu verdanken gehabt, weil sie sich ihm immer noch nicht gefügt hatte.

Er hatte darauf gewartet, dass sie vor ihm zu Kreuze kriecht und ihn anfleht, sich mit ihr zu paaren, um dem Wunsch der Schicksalsgöttinnen nachzukommen und die Mutter seines zukünftigen Kindes zu sein.

Nun würde es nie dazu kommen, denn Balthazars Seele war an ihre gebunden und seine Unsterblichkeit vollkommen. Dian würde sie niemals durch den Tod trennen können.

Ihr Körper unterlag nicht mehr den Vorhersagen der Schicksalsgöttinnen.

Ihr Körper gehörte zu Balthazar, zu ihr selbst, zu ihrer beider Schicksal, das sie selbst *gewählt* hatten.

Ein lauter Knall holte sie in die Realität zurück und ätherische Energie durchzog zischend die Luft.

Gabe, dachte sie, als sie seine roten Federn erblickte.

Dann sah sie in seiner Nähe marineblaue Flügel aufblitzen, die Leelas Herz höherschlagen ließen. *Vera.*

Sie flogen durch die Luft und kämpften gegen die seraphischen Krieger.

Ist das ein Traum?, fragte sie sich und blinzelte zu den magischen Linien hinauf, die über den strahlend blauen Himmel zogen. *Woher sind sie gekommen?*

Patreel, antwortete Balthazar und sie erschrak. *Er ist mit ihnen hier.*

Sie suchte nach der Quelle der beruhigenden Stimme und ihr Blick fiel auf Balthazar, der vor ihr kniete. Seine braunen Augen waren voller Leben.

Leela versuchte, nach ihm zu greifen, aber das Netz brannte und drückte sie gegen den Stuhl.

Du bist in meinen Gedanken, sagte sie staunend. Sie liebte den Klang seiner Stimme in ihrem Kopf. Aber etwas fühlte

LEXI C. FOSS

sich unvollständig an, als fehlte ihnen immer noch ein wichtiges Detail ihrer Verbindung.

Sie suchte nach dem Grund, doch die Erinnerungen waren verschwommen und blitzten in einer undurchsichtigen Reihenfolge in ihrem Verstand auf, die sie nicht ordnen konnte.

Balthazar legte eine Hand an ihren Nacken und führte seine Lippen an ihr Ohr, um ihr zuzuflüstern: »Beiß mich.«

Passiert das gerade wirklich oder ist es eine Erinnerung? Sie konnte es nicht sagen, denn ihr kam die Nacht in den Sinn, in der sie ihn zum ersten Mal gebissen hatte. Ihre Körper waren miteinander verbunden gewesen, während sie seinen Mund mit ihrer Zunge angebetet hatte. Er hatte auf ihr gelegen, war langsam mit seinem dicken Schaft immer wieder in sie eingedrungen und hatte sie in Ekstase versetzt.

Sie hatte ihn beißen wollen.

Sie hatte den Wunsch laut ausgesprochen.

Und er hatte ihr die Erlaubnis dazu gegeben, indem er ihr dieselben wunderbaren Worte zugeflüstert hatte.

»Beiß mich«, wiederholte er jetzt und zog sie wieder an sich.

Träumte sie? Alles fühlte sich so verschwommen an und die statische Elektrizität durchzuckte die Luft, während die Engel miteinander kämpften.

Vera und Gabe.

Melanythos.

Seraphische Krieger.

In ihrem Kopf drehte sich alles und der Schwindel drohte sie zu verschlucken.

Sie brauchte ihren Anker, ihren Balthazar und die Realität, für die sie sich *entschieden* hatte.

Er führte ihre Lippen an seinen Hals, während ihr

Körper immer noch durch das Netz gefesselt war. Sie kämpfte darum, ihr Gesicht zu bewegen und die Lippen zu öffnen.

Es schmerzte.

Es brannte.

Das Netz bohrte sich wie Stacheldraht in ihre Haut und durchschnitt die Fasern ihres Wesens, doch Balthazar war ihr wichtiger.

Die Liebe ist das Opfer wert, dachte sie, wobei die Worte wie ein Echo in ihrem Kopf widerhallten, denn sie hatte sie vor langer Zeit zu Dian gesagt. Er hatte von ihr verlangt, ihre Erinnerungen über Balthazars Leben zu stellen.

Sie hatte ihren Verstand für ihn geopfert.

Leela bemühte sich, sich die Erinnerung vollständig ins Gedächtnis zu rufen, denn sie wollte wissen, wie es dazu gekommen war, doch die Blockaden in ihrem Kopf versperrten ihr den Zugang.

Sie griff danach und versuchte, sie Stein für Stein abzubauen.

Vergebens.

Es waren zu viele.

Und sie waren zu undurchdringlich.

Beiß mich, Leela, hallte Balthazars Stimme in ihrem Kopf wider.

Sie folgte seinem Gedankengang und suchte nach dem Grund für seine Aufforderung. Sie fand ihn kurz darauf, weil ihr logischer Verstand sie zu der Erkenntnis geführt hatte.

Um die Knüpfung des Bands zu beschleunigen, dachte sie. Sie hatte ihn vor über dreitausend Jahren zum ersten Mal gebissen. Jetzt hatte er den Biss schließlich erwidert und damit ihr Band besiegelt, doch die Zeit hatte ihre Verbindung brüchig werden lassen.

Blutsbande starben nie.

Aber sie konnten durch den Austausch von Blut ständig verstärkt werden.

Denn alles in ihrer Welt drehte sich um die seraphische Essenz, um die Seele, wobei die Seele durch *Blut* mit der körperlichen Gestalt verbunden war.

Diese Erkenntnis ließ eine neue Welle der Entschlossenheit in ihrem Inneren aufbranden und zwang sie, gegen den Schmerz anzukämpfen und den Mund zu öffnen. Tränen traten ihr in die Augen. Das Gefühl der Klingen, die in ihre Haut schnitten, hätte fast ausgereicht, um das Bewusstsein zu verlieren.

Ich bin stark und kann dagegen ankämpfen, sagte sie sich. *Ich kann es besiegen. Sie. Dieses Schicksal.*

Ich wähle mein eigenes Schicksal.

Ich wähle Balthazar.

Ihre Zähne berührten seine Haut. Das Netz grub sich in ihr Zahnfleisch und zerschnitt sie von innen.

Ihr. Sie begann zuzubeißen.

Werdet. Seine Haut begann, unter dem Druck nachzugeben.

Mich. Balthazar grub seine Finger in ihren Nacken und gab ihr Kraft.

Nicht. Die Schmerzen durchzuckten ihren Mund, ihr Gesicht und ihr ganzes Wesen, als sie schließlich das Netz um ihren Kiefer durchbrach und ihre Zähne in sein Fleisch bohrte.

Besiegen. Sein Blut traf auf ihre Zunge, jagte einen Strom der Euphorie durch ihre Adern und vertrieb die Schmerzen um ihren Mund.

Mein, dachte sie und seufzte, als sie seinen Lebenssaft hinunterschluckte. *Balthazar ist mein.*

KAPITEL 30

ISSAC

Einige Minuten zuvor

»BALTHAZAR HÄTTE SICH SCHON LANGST MELDEN sollen«, sagte Lucian, während er eilig über den schwarzen Sandstrand auf Issac zuging. »Irgendetwas stimmt nicht.«

Issac blickte hinauf in die untergehende Sonne. Aya flog mit Gabriel und Vera durch den Himmel, während sich das Gefühl des Schreckens in ihrem Inneren weiter verstärkte. In ihrem Kopf vermischten sich Gedanken der Besorgnis mit dem Bedürfnis, sich auf die Vorbereitungen zu konzentrieren.

Ich bin noch nicht bereit, sagte sie sich immer wieder.

Das ist keiner von uns, erwiderte Issac.

Zumindest hatten sie die Schutzsymbole so gut wie fertiggestellt. Vera, Gabriel, Caro, Sethios und Aya hatten den ganzen Tag über gearbeitet, um sich vorzubereiten und sicherzustellen, dass die äußeren Schutzzauber in Kraft waren.

Dennoch hatte Aya das Gefühl, dass es nicht ausreichen würde.

Issac stimmte ihr zu.

Irgendetwas war im Anzug. Selbst er konnte spüren, wie die bedrohliche Präsenz von Sekunde zu Sekunde wuchs.

Und nun war Balthazar auch noch unauffindbar.

Issac leitete die Nachricht an Aya weiter und teilte ihr mit, dass Balthazar sich zum vereinbarten Zeitpunkt nicht gemeldet hatte.

Im nächsten Moment teleportierte sie sich zu ihnen hinunter und landete mit Leichtigkeit neben Issac. Sie legte ihre Flügel an und nahm ihre körperliche Gestalt an, damit Lucian sie sehen konnte.

»Wir haben die Schutzsymbole fertiggestellt, aber sie werden nicht ausreichen.« Aya sprach das Problem geradeheraus an und wusste, dass Lucian ihre Direktheit zu schätzen wusste. »Sie werden uns gerade genügend Zeit verschaffen, damit wir den Angriff bewerten und uns eine Strategie zurechtlegen können.«

Lucian nickte. »Diesen Teil werde ich übernehmen, sobald ich weiß, womit wir es zu tun haben.«

»Seraphim können nicht sterben«, betonte Aya.

»Sie können vielleicht nicht sterben, aber sie können kampfunfähig gemacht werden«, antwortete er.

»Vorübergehend.«

Lucian betrachtete sie einen Moment lang, bevor er sich Issac zuwandte. »Unserer Kenntnis nach hat Balthazar sich zuletzt in Bulgarien aufgehalten. Ich bezweifle, dass er noch dort ist, aber ich schicke Jacque dorthin, um zu sehen, ob er herausfinden kann, wohin B und Leela danach verschwunden sind.«

»Sie haben wahrscheinlich keine Hinweise hinterlassen, da sie versuchen, im Verborgenen zu bleiben«, räumte Issac ein.

»Dem stimme ich zu, aber es ist unsere einzige Spur, und wir brauchen ihn«, antwortete Lucian.

»Habt ihr Evakuierungsmaßnahmen in Betracht gezogen?«, fragte Sethios, als er neben ihnen erschien, wobei sowohl sein Tonfall als auch seine Miene seine übliche Arroganz vermissen ließen. Er spürte die herannahende Bedrohung ebenfalls. Und wie die anderen Seraphim auf der Insel zweifelte er an ihrer Fähigkeit, den bevorstehenden Kampf zu gewinnen.

»Wir haben Pläne für eine Evakuierung, aber wir werden sie nicht brauchen.« Lucians zuversichtlicher Tonfall veranlasste Issac zu einem Stirnrunzeln.

»Wie kannst du dir da so sicher sein?«, fragte er laut. Er war neugierig zu erfahren, was Lucian zu wissen schien, was die anderen nicht wussten.

»Weil ich darauf vertraue, dass alles wie erwartet verlaufen wird«, antwortete er vage. »Aber die Pläne sind vorhanden, falls unsere Schutzmaßnahmen versagen sollten.« Er wandte sich Vera zu, die sich gerade neben Sethios materialisierte. »Balthazar hat sich noch nicht gemeldet. Irgendetwas stimmt nicht.«

Sie wollte gerade antworten, als etwas am Himmel ihre Aufmerksamkeit erregte.

Im nächsten Atemzug spürte Issac einen kaum merklichen Hauch von Energie, der ihm einen elektrisierenden Schauer über die Haut jagte. Ayas Gedanken kamen den seinen gleich, doch sie war diejenige, die die Frage laut aussprach. »Was ist das?«

»Das sind die Seraphim, die sozusagen anklopfen«, antwortete Vera mit zusammengekniffenen Augen. Sie verschwand wieder und die anderen starrten ihr hinterher.

Er versuchte, durch ihre Augen zu sehen, was sie da oben vorfand, aber er konnte sich weder zu ihrem Geist noch zu der Sehkraft eines anderen im Himmel Zugang verschaffen.

Das bedeutete, dass derjenige, der »anklopfte«, eine Rune wie die ihre trug, die Issac daran hinderte, auf seinen Geist zuzugreifen.

Seine Fähigkeit, das Sehvermögen anderer zu manipulieren, schien bei den Seraphim nur bedingt einsetzbar zu sein, während sich seine Gabe noch weiterentwickelte. Caro hatte ihm bereits erklärt, dass Seraphim von Natur aus immun gegen hydraianische und ichorianische Kräfte waren. Runen wurden ebenfalls verwendet, um seraphische Kräfte zu blockieren, aber sie mussten ständig neu geschrieben werden, um weiterhin funktionstüchtig zu bleiben.

Issac vermutete jedoch, dass es um mehr als nur Runen ging und dass er als frischgebackener Seraph seine Macht zuerst noch stärken musste, denn Sethios' Geist blieb Issac weiterhin verschlossen. Im Grunde war es ein Segen und vielleicht sogar ein Geschenk des Schicksals, denn somit war es wahrscheinlich, dass beide Männer ihr erstes gemeinsames Jahr als »Familie« überleben würden.

Caro gesellte sich zu ihnen an den Strand und ihre blauen Flügel verschwanden, als sie ihre körperliche Gestalt annahm. »Patreel ist hier«, sagte sie. »Er spricht gerade mit Gabriel und Vera.«

»Der Fährtenleser?«, fragte Sethios.

Sie nickte. »Er ist derjenige, von dem Vera die Wahrheit über Balthazar und Leela erfahren hat.«

»Was sagt er?«, wollte Lucian wissen, wobei seine ruhige Fassade ein wenig ins Wanken geriet. Issac konnte die Besorgnis verstehen, denn der König der Hydraianer hatte gerade erst den Verlust von Aidan erleiden müssen. Es hatte sie alle nervös gemacht, aber Lucian sogar noch mehr als die anderen.

»Ich weiß es nicht. Ich war ihnen nicht nahe genug, um sie verstehen zu können.« Caro blickte zum Himmel. »Aber die fehlende Energie in den Wolken sagt mir, dass er allein gekommen ist und nicht hier ist, um uns zu bekämpfen.«

Darauf verfielen sie alle in Schweigen und warteten darauf, dass Vera oder Gabriel zurückkehrten.

Aya lief wieder ein Schauer über den Rücken, als eine weitere Welle dieser dunklen Energie sie zu umhüllen schien.

Das gefällt mir nicht, sagte sie zu Issac. *Irgendetwas stimmt hier nicht.*

Ich weiß. Er versuchte wieder, durch die Augen der anderen auf der Insel zu blicken, aber ihm fiel nichts Besonderes auf. Er sah nur das Übliche.

In Skyes Kopf schwirrten weiterhin Zukunftsvisionen umher, wobei die Bilder sich drehten und alle paar Sekunden änderten.

Blut.

Aya.

Helles Licht.

Aya.

Gebrochene Flügel.

Aya.

Elizabeth schreit.

Aya.

Issac musste schlucken, denn ihm gefiel der wechselnde Ausdruck in Ayas Augen nicht. Zuerst sah er mörderische Wut, dann Schadenfreude, gefolgt von einem liebevollen Blick, der dann wieder zornig wurde. Doch am schlimmsten waren die ausdruckslosen Augen, als würde ihr weder das Leben noch dessen Sinn etwas bedeuten.

Er hoffte, dass sich diese Vision nie bewahrheiten würde.

Er verdrängte die quälenden Bilder aus seinem Kopf und suchte den Rest der Insel nach allem ab, was vielleicht verdächtig erschien. Außer einem Gefühl von Bereitschaft und unerschütterlicher Entschlossenheit konnte er nichts entdecken. Die Hydraianer waren bereit für den Kampf.

»Balthazar ist in Buenos Aires.« Veras Stimme eilte ihrem Erscheinen voraus, und kurz darauf verschwanden ihre marineblauen Flügel. »Melanythos hat sie zusammen mit ein paar seraphischen Kriegern aufgespürt. Sie brauchen uns.«

Gabriel teleportierte sich zu ihnen und seine roten Federn verschwanden, als er in seinen körperlichen Zustand zurückkehrte. »Wir gehen dadurch ein Risiko ein«, sagte er zu Vera. »Wenn wir dort auftauchen, werden sie wissen, auf welcher Seite wir stehen.«

»Sie werden es wissen, sobald Melanythos den Versuch unternimmt, ihre Erinnerungen wieder zu verändern«, warf Lucian ein und verschränkte die Arme vor der Brust. »Balthazar und Leela sind mehr wert als jedes Risiko. Holt euch alle Hilfe, die ihr brauchen könnt, und nehmt alle Hydraianer mit, von denen ihr glaubt, dass sie von Nutzen sein können. Was auch immer nötig ist. Wir brauchen die beiden hier, und zwar sofort.«

»Die Hydraianer werden uns nicht helfen können«, erwiderte Gabriel und wandte sich Vera zu. »Wir machen uns auf den Weg. Sethios, Caro und Stas bleiben hier, um die Grenzen zu schützen. Das wird uns vielleicht dreißig Minuten verschaffen.«

Vera nickte. »Sieht so aus, als würde ich doch nicht zu meinem Nickerchen kommen.«

Er blinzelte sie an. »Du bist unsterblich. Du brauchst keinen Schlaf.«

Sie stieß einen langen, hörbaren Seufzer aus. »Gerade als ich dachte, Clara hätte einen positiven Einfluss auf deine Empfindsamkeit, sagst du *so* etwas.« Sie schüttelte den Kopf.

Er musterte sie einen Moment lang. »Du verschwendest kostbare Zeit.« Mit diesen Worten verschwand er, woraufhin Vera leise fluchte.

»Dreißig Minuten«, wiederholte sie und sah Sethios an. »Wenn wir bis dahin nicht zurück sind, müsst ihr mit dem Schlimmsten rechnen.«

Sie verschwand, bevor jemand etwas erwidern konnte. Sie starrten auf die leere Stelle, auf der sie gerade noch gestanden hatte.

»Scheitern ist keine Option«, sagte Lucian und unterbrach die Stille. »Ich muss gehen und die anderen vorbereiten. Gebt mir Bescheid, wenn ...«

»Wakefield«, blaffte Ezekiel, der in einem schwarzen Luftwirbel am Strand auftauchte, »ich brauche dich, um Skye zu überwältigen. Sie schreit immer wieder: ›Sie kommen!‹, und ich kann sie nicht dazu bringen, sich so weit zu beruhigen, dass sie mir verrät, was wir wissen müssen.«

Issac tauschte einen Blick mit Lucian und dann mit Aya aus.

Letztere sah ihn jedoch nur für einen kurzen Moment an, denn im nächsten Moment blickte sie zum Himmel hinauf. »Scheiße«, hauchte sie, als ein Knall die Luft zerriss.

Sie breitete ihre opalfarbenen Flügel aus und schoss in den Himmel hinauf.

»Uns bleiben dreißig Minuten«, verkündete Sethios und flog hinter seiner Tochter her.

Caros Miene verfinsterte sich und sie zog die Mundwinkel nach unten. »Scheiße.«

KAPITEL 31

BALTHAZAR

Über ihnen tanzten die Engel am Himmel und versprühten elektrische Funken, die auf die Menschen unter ihnen herabfielen.

Es war ein verblüffender Anblick, den Balthazar endlich *sehen* konnte.

Und doch zog die Frau, die vor ihm saß, seine ganze Aufmerksamkeit auf sich.

Ätherische Energie zischte um sie herum, während das Netz sie immer noch körperlich voneinander trennte. Ihre Gedanken waren jedoch vollständig miteinander verbunden, ebenso wie ihre Seelen.

Sie hatte ihn durch die magischen Fesseln hindurch gebissen. Er hatte ihren schmerzverzerrten Schrei in ihren Gedanken gehört, der sich jedoch in ein Stöhnen verwandelt hatte, als sie sein Blut geschluckt hatte.

Balthazar hatte mit einer Hand ihren Nacken gepackt, während sein Arm von der ätherischen Energie durchzuckt wurde, die sein kleines Luder gefangen hielt.

Es brannte.

Aber er ertrug die Schmerzen für sie. Sein Bedürfnis, sie zu berühren und sie zu halten, war stärker als der Schmerz, den ihre Fesseln ihm bereiteten.

Leela, keuchte er. Er hatte seine ganze Kraft entfaltet, während er die restlichen Blockaden aus ihren Köpfen verdrängte, weil er jedes Detail ihrer Vergangenheit wissen wollte.

Liebe.

Das Leben.

Lachen.

Oh, wie nahe sie sich gestanden hatten. Seine Leela hatte ihm damals gezeigt, was wahre Lust bedeutete. Sie hatte ihm alles beigebracht, was er wusste. Und er hatte sich bei ihr revanchiert.

Es hatte vor ihr ein paar Frauen in seinem Leben gegeben.

Genauso wie es in ihrem ein paar Männer gegeben hatte.

Aber sie hatten beide erst die Bedeutung einer explosiven Beziehung kennengelernt, als sie einander begegnet waren.

Zwischen ihnen hatte eine solche Leidenschaft und Hitze geschwelt. Sie hatten eine stürmische Romanze durchlebt, die wie eine Fügung des Schicksals angemutet hatte.

Sie waren wie füreinander geschaffen und ihre Körper passten perfekt zueinander. Es war kein Wunder, dass sie die Gedächtnismanipulation immer wieder umgingen.

Leelas Seele gehörte zu ihm.

Und seine Seele gehörte zu ihr.

Ihr Band war nur einseitig gewesen, weil keiner von ihnen die Auswirkungen ihres Bisses verstanden hatte. Aber es wäre auch keinem von ihnen wichtig gewesen.

Denn sie hatten nur Augen füreinander gehabt. Es war ein Gefühl, das Balthazar nie für möglich gehalten hatte, an das er sich aber jetzt so lebhaft erinnerte.

Sie hatte ihn so sehr in ihren Bann gezogen, dass er nur noch Augen für sie gehabt hatte.

Bis er gezwungen gewesen war, sie zu vergessen. Und doch waren ihre Seelen miteinander verbunden gewesen, und er hatte über Jahrtausende hinweg das überwältigende Verlangen verspürt, sie zu finden.

Sie war schon immer für mich bestimmt, dachte er staunend, als er seine Stirn an die ihre presste. Die Berührung löste ein Zischen aus und erinnerte ihn an das Netz, doch er ignorierte es. Er brauchte sein Luder und ihre gemeinsamen Erinnerungen.

Gemeinsam durchlebten sie ihre Erinnerungen an Sex und Intrigen, wobei sich ihre Wege immer wieder gekreuzt hatten, wenn sie einander wiedergefunden hatten.

Bis ihnen ihre Erinnerungen genommen worden waren.

Melanythos hatte mit seiner Psyche gespielt. Sie war immer wieder aufgetaucht, hatte sein Verständnis von der Vergangenheit durcheinandergebracht, ihn verführt und in seinem Verstand herumgepfuscht.

Sein Herz schmerzte angesichts der gestohlenen Erfahrungen, verdrehten Erinnerungen und der schändlichen Taten, denen Leela hatte beiwohnen müssen, bevor ihre eigenen Erinnerungen gelöscht worden waren.

Dian hatte sie gezwungen, sich zwischen Balthazars Leben und den Momenten, die sie miteinander durchlebt hatten, zu entscheiden.

Sie hatte sich für Balthazar entschieden und um sein Leben gebettelt.

Ohne das Band hätte er getötet werden können.

Aber jetzt waren sie für immer verbunden und ihre Seelen waren vereint.

Um sie herum tobte ein Krieg. Die Seraphim kämpften am Himmel, während Balthazar sich an Leela klammerte und ein Dutzend Erinnerungen auf einmal durchlebte.

Sie hatten sich über die Jahrhunderte hinweg immer wieder gefunden, hatten miteinander gespielt und waren der Wahrheit oft so nahe gekommen. Doch dieses Mal hatten sie tatsächlich etwas über ihre Vergangenheit erfahren und sie gemeinsam erlebt, denn es war das erste Mal, dass Balthazar sich mit ihren Gedanken verbunden hatte.

Die Karten waren neu gemischt worden.

Und das Blatt hatte sich gewendet.

Und nun würde ihre Zukunft für immer miteinander verwoben sein.

Leela könnte eine Reformation durchlaufen, doch ihre Verbindung zu Balthazar würde bestehen bleiben.

Er könnte einer ähnlichen Behandlung unterzogen werden, aber seine Seele würde für immer die ihre sein.

Er verzog die Lippen zu einem triumphierenden Lächeln, als die Emotionen seiner Jugend sein Herz erfüllten und das Gefühl, das er bereits für Leela empfand, noch vertieften.

Sein süßer Seraph.

Sein lebensfrohes Luder.

Seine verwegene Gespielin.

Verdammt, er wollte sie küssen, sie verschlingen und dieses Band auf die wahrhaftigste aller Arten vollziehen.

Aber das verdammte Netz hielt sie immer noch gefangen.

Der Himmel öffnete sich, als ein Strahl ätherischer Energie durch die Luft zuckte. Starks Schwert blitzte auf und erregte Balthazars Aufmerksamkeit. Es kollidierte mit dem eines anderen Kriegers und entfesselte eine Wut, die sich wie ein Seil aus Feuer um Balthazars Sinne legte und ihn drängte, seine Kräfte zu entfalten.

Denn seine Macht hatte jetzt auch Einfluss auf die Seraphim. Er konnte sie wahrnehmen und sie *fühlen*.

Allerdings reichte seine Gabe nicht aus, um ihre Wesen zu manipulieren.

Dafür sind die Schutzrunen verantwortlich, erkannte er. Veras Geist blieb für ihn undurchdringlich, während er Starks Gedanken nur bruchstückhaft wahrnahm.

Wie funktionieren die Schutzrunen?, fragte er Leela. *Ich meine die, die die Seraphim daran hindern, ihre Kräfte gegeneinander einzusetzen.*

Leela murmelte etwas, während ihr Geist in Erinnerungen schwelgte, als sie sich an einen Vorfall in Skandinavien vor etwa dreihundert Jahren erinnerte. Sie waren sich buchstäblich auf der Straße über den Weg gelaufen und hatten ein Wochenende im Bett verbracht.

Das war das letzte Mal gewesen, dass Melanythos ihrer beider Gedächtnisse manipuliert hatte.

Leela war kurz darauf erneut einer Reformation unterzogen worden, wodurch alles noch einmal von vorn begonnen hatte.

Balthazar hatte nichts davon gewusst, da sein Verständnis der Realität von Nythos völlig durcheinandergebracht worden war. Sie hatte mit ihm gespielt, indem sie als ein Geist aus seiner Vergangenheit erschienen war und die Erinnerungen, die er gerade mit Leela geschaffen hatte, zerstört hatte.

Ein Teil von ihm hatte gespürt, wie falsch es war, doch er war damals machtlos gegen ihre Manipulation gewesen.

Diesmal hatte seine Verbindung zu Leelas Psyche alle Versuche vereitelt, seine Erinnerungen zu löschen.

Dabei lag es nicht an dem Blutsband, das sie gerade eingegangen waren, sondern an der Tatsache, dass er jetzt ihre Gedanken kannte.

Es war faszinierend, denn er hatte sich im Laufe der Jahrtausende immer wieder zu ihr hingezogen gefühlt, gerade weil er ihre Gedanken nicht hatte hören können. Dabei hatte er die ganze Zeit über genau diese mentale Verbindung zu ihr gebraucht, um diesen quälenden Kreislauf, in dem sie sich befunden hatten, endlich zu durchbrechen.

Vielleicht hatte er es in gewisser Weise geahnt und war ihr deshalb hinterhergejagt.

Oder vielleicht war es einfach Schicksal gewesen.

Ein weiterer lauter Knall lenkte seinen Blick nach oben, wo ein Seraph leblos vom Himmel fiel. Er krachte auf einen der Tische und die Sterblichen stießen einen Schrei aus, als der Engel seine körperliche Gestalt annahm.

Stark verschwendete keine Zeit und traf einen weiteren Seraph mit einem ähnlichen Lichtblitz, der auch ihn zu Boden fallen ließ.

Ein Anflug von Sorge trübte Starks Aura, doch sie war im Nu wieder verschwunden. Balthazar suchte nach der Ursache, denn der Krieger schien seine Brüder mit Leichtigkeit zu erschlagen.

Ablenkung, dachte Stark. *Diese … Ablenkung.*

Balthazar runzelte die Stirn und nahm die Szene noch einmal in Augenschein.

Melanythos hatte Vera mit mystischer Energie gefesselt, während Stark gegen die Krieger kämpfte. Es waren vier gegen einen und nur noch zwei Seraphim übrig, die es zu überwältigen galt. Einer von ihnen besaß jedoch kein Schwert.

Er ist derjenige, der die Sterblichen vorhin hat erstarren lassen, erinnerte sich Balthazar, der den schlaksigen Körperbau des Mannes betrachtete. Er wirkte emotionsloser und überlegter als die anderen und erschuf gerade eine Art Rune, die er offensichtlich gegen Stark einsetzen wollte.

Doch der seraphische Krieger fing sie mit seinem Schwert auf und ließ die Energie zu Staub zerfallen, bevor er dem Mann einen Feuerball entgegenschleuderte. Dieser wich ihm aus, doch die Kugel drehte sich und explodierte in seinem Rücken. Die Energie legte sich um seine Flügel und sandte auch ihn zu Boden.

Er landete inmitten der Sterblichen, die er ursprünglich hatte erstarren lassen, wobei sie längst von dem Bann befreit waren, mit dem er sie verzaubert hatte.

Viele von ihnen machten Fotos und Videos, statt um ihr Leben zu laufen.

Typisch für die Menschheit heutzutage, dachte Balthazar angewidert. Keiner von ihnen hatte das Bedürfnis, zu helfen oder andere zu beschützen. Sie waren zu sehr damit beschäftigt, das Geschehen zu beobachten und es mit ihren verdammten Handys festzuhalten.

Ablenkung. Das Wort erregte erneut Balthazars Aufmerksamkeit, nur diesmal war Leela diejenige, die es gedacht hatte.

Er begegnete ihrem Blick, wobei sie ihre Reise in die Vergangenheit vorübergehend unterbrochen hatte, um sich auf die aktuelle Situation zu konzentrieren.

Leek und Kital sind nicht hier, fuhr sie fort und warf einen Blick zu den drei Seraphim, die außer Gefecht am Boden lagen, bevor sie wieder in den Himmel sah. *Da stimmt etwas ganz und gar nicht, B. Diese Krieger sind zu jung für diese Mission. Was bedeutet, dass die Elitekämpfer … woanders sind.*

Er blickte noch einmal zu Vera und Stark hinauf und bemerkte die fehlenden Seraphim am Himmel.

Patreel ist nicht mehr da. Doch er hatte gesehen, wie der Fährtenleser mit den anderen beiden hier erschienen war.

Das konnte eigentlich nur eines bedeuten.

Der Rat weiß von Vera und Stark, sagte er mit einem leisen Knurren. Entweder hatte Patreel es den Mitgliedern gesagt oder sie hatten es auf andere Weise herausgefunden. Aber der Rest war klar. *Der Rat hat Vera und Stark hierhergelockt, damit Hydria ungeschützt ist.*

Denn abgesehen von Leela, die wusste, wie der Rat und die Krieger funktionierten, waren sie Hydrias wichtigste Verbündete.

Caro wusste auch ein bisschen, aber da sie erst kürzlich die Reformation durchlaufen hatte, war sie nicht mehr auf dem Laufenden.

Die Mitglieder des Rates hatten also ein Szenario inszeniert, von dem sie gewusst hatten, dass es Veras und Starks Aufmerksamkeit erregen würde, indem sie Balthazars und Leelas Leben in Gefahr gebracht hatten.

Hatte Patreel sie hierhergeführt?

Oder hatten sie sich direkt in die Falle teleportiert?

Balthazar schüttelte den Kopf – wie dem auch sei, Stark und Vera waren hier.

Und die seraphischen Krieger nutzten wahrscheinlich ihre Abwesenheit in Hydria aus. Und zwar genau in diesem Moment.

Scheiße, murmelte Leela.

Balthazar stimmte ihr zu, aber er wollte sich von diesem Rückschlag nicht abschrecken lassen. Seine Hydraianer brauchten ihn, und er würde nicht in die Falle tappen, die die Seraphim ihnen gestellt hatten.

Jetzt zählte seine Familie.

Und Emotionen überragten alles andere.

Er würde niemals aufhören, für die zu kämpfen, die er liebte, und das sollten diese stoischen seraphischen Arschlöcher jetzt lernen.

»Wir müssen dieses Netz entfernen«, sagte er

entschlossen zu Leela. »Tut mir leid, Schätzchen, aber das wird ein bisschen wehtun.«

KAPITEL 32

STAS

EIN SERAPH MIT RUBINROTEN FEDERN SCHWEBTE KURZ hinter dem Wall aus Schutzsymbolen. Seine hellgrünen Augen und seine gemeißelten Gesichtszüge ähnelten denen von Stark.

»Du musst Adriel sein«, vermutete Stas, die seine muskulösen Schultern und sein dichtes goldenes Haar bemerkte. Es war nicht ganz so hell wie Starks, hatte aber fast die gleiche Farbe, was die Ähnlichkeit mit seinem Sohn unverkennbar machte. *Ja, er ist definitiv Starks Vater.*

Sei vorsichtig, Aya, mahnte Issac. Sie konnte seine Besorgnis durch das Blutsband spüren.

»Und du musst Astasiya sein«, erwiderte der Seraph der Krieger mit ausdrucksloser Stimme. »Die Mitglieder des Rates möchten mit dir sprechen.«

»Ja, das habe ich gehört«, antwortete sie.

»Gabriel sollte dich eigentlich zu ihnen bringen, aber ich fürchte, seine Absichten haben sich … geändert.«

»Hm, ja, er war damit beschäftigt, mir in den Hintern zu treten«, antwortete sie wahrheitsgemäß. »Aber wir werden einen Blick in unseren Terminkalender werfen und sehen, ob wir nächste Woche Zeit haben. Dann melden wir uns wieder.«

Er legte die Stirn in Falten, was das einzige Anzeichen dafür war, dass er irgendetwas fühlte. *Verwirrung.* »Du kannst eine Vorladung nicht einfach ignorieren, Kind. Edikte existieren aus einem bestimmten Grund.«

»Um die gesamte Rasse der Seraphim zu kontrollieren«, antwortete ihr Vater, der neben ihr erschien. »Ja, ich finde den ganzen Hohen Rat von Seraph ziemlich faszinierend. Ihr sitzt unter einer Kuppel, wiederholt die Schicksale, die ihr besprechen wollt, und erlasst Edikte, denen jeder auf magische Weise gehorcht. Wie langweilig muss das für dich sein.«

Adriel blinzelte ihn an, bevor er sich wieder Stas zuwandte. »Deine Erziehung ist durch den Einfluss der abscheulichen Wesen beeinträchtigt worden. Wir werden das für dich berichtigen.«

»Darauf wette ich«, sagte ihr Vater. »Das hat aber bei Caro nicht so gut funktioniert, nicht wahr?«

»Wir können dir helfen, den Zweck unseres Daseins zu verstehen.« Adriel fuhr fort, als hätte ihr Vater kein Wort gesagt.

»Der Zweck ist es, blindlings den Befehlen des Rates zu folgen, ohne Rücksicht auf persönliche Entscheidungen oder Wünsche«, warf ihr Vater wieder ein. »Ich denke, wir passen.«

Stas stimmte zwar zu, dass sie nichts mit diesen Wesen zu tun haben wollte, aber sie war auch bereit zu verhandeln, wenn es bedeutete, dass Lizzie und Aidyn dadurch am Leben blieben. »Wenn ich mich bereit erkläre, mit dir zum Rat zu gehen, würdest du Lizzie und ihre Tochter dann verschonen?«

Adriel starrte sie an. »Die abscheulichen Wesen?«

Stas verschränkte die Arme vor der Brust, während sie

sanft mit den Flügeln schlug, um sich in der Luft zu halten. »Sie sind keine abscheulichen Wesen, sondern haben Namen. Sie heißen Lizzie und Aidyn.«

Er blinzelte wieder, wobei seine Miene ansonsten nichts verriet. »Die abscheulichen Wesen dürfen nicht am Leben bleiben.«

»Dann werde ich wohl nicht zu eurem Rat gehen.«

Er neigte den Kopf leicht zur Seite und erinnerte sie in diesem Moment an einen verwirrten Vogel. »Du ziehst sie deinesgleichen vor?«

»Ich ziehe meine Familie einem Rat vor, der ohne Gnade und ohne gerechten Grund tötet«, erwiderte sie und zog eine Augenbraue in die Höhe. »Wenn die Ratsmitglieder bereit sind zu verhandeln, bin ich bereit, mich mit ihnen zu treffen.« Sie ließ diesen Satz zwischen ihnen in der Luft hängen, damit er darüber nachdenken konnte, doch er starrte sie mit seinen grünen Augen nur ausdruckslos an.

Ein Moment verstrich.

Gefolgt von einem weiteren.

Und noch einem.

Schließlich sagte er: »Wenn du nicht freiwillig mitkommst, werden wir dich zwingen, uns zu begleiten, nachdem wir unsere Aufgabe hier erledigt haben.« Er hob eine Hand, woraufhin sechs weitere Seraphim in den Wolken erschienen. »Es sei denn, du willst die abscheulichen Wesen jetzt ausliefern? Dann werden wir die Insel mit ihnen und dir verlassen, um zum Rat zurückzukehren. Sie würden in diesem Fall zumindest so lange leben, bis wir sie studiert haben.«

»Ihr wollt also an meiner besten Freundin und ihrer Tochter experimentieren und sie anschließend töten, und ich soll mich mit den Ratsmitgliedern treffen, die es angeordnet haben«, interpretierte sie seine Worte in sarkastischem Tonfall.

Adriel entging ihr Sarkasmus offenbar, denn er antwortete nur: »Ja.«

»Hm«, brummte sie und legte den Kopf schief. »Ja, ich denke, ich passe.«

»Dann wird diese Insel zerstört werden«, erwiderte Adriel.

»Mit welcher Begründung?«, wollte ihre Mutter wissen, die neben ihr auf der gegenüberliegenden Seite ihres Vaters auftauchte.

Ihre Anwesenheit ließ Adriel kurz innehalten und in seinen grünen Augen flackerte für den Bruchteil einer Sekunde eine Emotion auf. »Caro.«

»Adriel.«

Stas' Vater schnaubte. »Was für ein rührendes Wiedersehen.«

»Hat der Rat die Tötung der abscheulichen Wesen angeordnet?«, drängte ihre Mutter, während sie die ganze Zeit über Adriel fixierte.

»Wir sind wegen des im Labor erschaffenen Seraphs und des illegitimen Kindes hier«, antwortete er. »Wir werden alle vernichten, die sich uns in den Weg stellen.«

»Mich eingeschlossen?«, fragte ihre Mutter.

»Du wirst zur Reformation zurückkehren.«

»Dazu wird es nicht kommen«, sagte ihr Vater mit eisiger Stimme. »*Niemals.*«

»Ihre Programmierung ist fehlerhaft«, erwiderte Adriel und wandte sich schließlich ihrem Vater zu. »Genau wie deine.«

»Ihr wollt mich also auch in eine Kiste stecken?« Ihr Vater knurrte. »Mein Vater hat mich kürzlich gezwungen, mich in einem Zementblock zu ertränken. Um es mit den Worten meiner Tochter zu sagen: Ich denke, ich *passe* und lehne diese Möglichkeit einer klaustrophobischen Erfahrung dankend ab.«

Adriel warf einen Blick auf Stas. »Du kannst gerettet werden, wenn du dem Rat erlaubst, dich zu unterweisen. In unseren Augen bist du noch ein Kind und hast deine Sünden nicht selbst zu verantworten.«

»Mein Schicksal ist direkt an eine vernichtende Prophezeiung gebunden«, sagte Stas scherzhaft. »Ich denke, ich werde das Risiko eingehen und bei denen bleiben, die ich liebe.«

»Liebe«, wiederholte Adriel und zog die Augenbrauen in die Höhe. »Das ist unpraktisch.«

Sie musterte ihn. »Die Liebe ist viel mächtiger, als euch allen klar ist.«

»Adriel«, warf ihre Mutter erneut ein. »Es gibt hier so vieles, was du nicht verstehst. So vieles, was du nicht weißt.«

»Du wagst es, so etwas zu einem Ältesten zu sagen?«, fragte er, nicht unbedingt brüskiert, doch er schien fast schockiert zu sein.

Emotionen, dachte Stas. *Adriel zeigt Anzeichen von Emotionen.*

Er war Osiris' erster Kandidat, der der Reformation unterzogen wurde, erwiderte Issac. *Vielleicht ist das der Grund.*

»Osiris …«

»Diese Unterhaltung ist beendet, Caro«, unterbrach Adriel sie. »Du wirst zur Reformation zurückgeschickt, und dein Gefährte und deine Tochter werden dich begleiten. Gabriel wird ebenfalls mitkommen, da wir jetzt wissen, wo seine wirklichen Absichten liegen. Er hat uns verraten. Und ich habe keinen Zweifel daran, dass du die Ursache für diesen Verrat bist.«

Er zog sein Schwert und die sechs Krieger hinter ihm folgten seinem Beispiel.

»Das ist eure letzte Chance, freiwillig mitzukommen«, drohte er.

»Hat mein Vater das gesagt, als er dich in die Reformationskammer gesteckt hat?«, fragte ihr Vater beiläufig.

Adriel runzelte die Stirn. »Ich wurde nicht reformiert.«

»Osiris …«

»Sir, sie wollen nur Zeit schinden«, warf einer der seraphischen Krieger ein. »Wir müssen jetzt zuschlagen, bevor Gabriel zurückkehrt.«

Stas runzelte die Stirn. *Sie wissen, dass Stark nicht hier ist.*

Wie ist das möglich?, fragte Issac. *Können sie es spüren?*

Nein. Sie wissen, dass er fort ist und zurückkommen wird. Ein Gefühl des Unbehagens durchströmte ihre Adern und ließ ihr einen Schauer über den Rücken laufen. *Sie müssen ein Ablenkungsmanöver inszeniert haben.*

Mit Balthazar und Leela als Köder, fügte Issac hinzu. *Scheiße.*

Gib Luc Bescheid.

Schon dabei, antwortete er.

Das bedeutete, dass Patreel sie verraten haben musste, aber er war jetzt nicht hier. Sie erkannte den Seraph, der gerade gesprochen hatte, als Leek oder Kital, die momentan beide anwesend waren. Sie hatte sie in Island gesehen, aber sie wusste nicht, welcher Name zu welchem der beiden Männer gehörte.

Der andere Fährtenleser war auch hier. *Arvane.*

Aber Patreel war nirgendwo zu sehen.

Hier sind mindestens drei seraphische Krieger, von denen einer der älteste und stärkste ist, sowie ein Fährtenleser. Die anderen drei sind mir nicht bekannt, aber sie alle haben Schwerter. Ich vermute also, dass sie Krieger oder etwas Ähnliches sind.

Ich gebe die Informationen an Lucian weiter, antwortete Issac. *Adriel scheint nichts von seiner eigenen Reformation zu wissen, und der Krieger neben ihm hält ihn davon ab, Fragen zu stellen.* Ihre Mutter hatte zweimal versucht, es ihm zu erklären, während Stas mit Isaac gesprochen hatte. Aber der Krieger hatte sie immer wieder unterbrochen und behauptet, sie würden sie hinhalten.

Adriels leerer Gesichtsausdruck deutete darauf hin, dass er mit dem Krieger neben ihm übereinstimmte.

Wir sollten diese Information nutzen, murmelte Issac, wobei das eher nach etwas klang, was Luc sagen würde. Vielleicht übermittelte Issac ihr Lucs Standpunkt.

Ich glaube nicht, dass er in der Stimmung ist zuzuhören, sagte Stas, als Adriel mit seinem Schwert auf eines der Schutzsymbole einschlug.

Energie zischte wie ein Blitz durch die Luft, als die Magie hinter der Markierung zu Staub zerfiel.

Äh, sie kommen, flüsterte sie, als die anderen anfingen, ihre Schwerter in die Runen vor ihnen zu rammen. »Verdammt.«

Sie duckte sich hinter die zweite Schicht aus Schutzsymbolen und ihre Eltern folgten ihr.

»Wir werden keine dreißig Minuten durchhalten«, sagte ihr Vater.

Nein, wir können froh sein, wenn wir fünf überdauern, dachte Stas, als die Seraphim ihre erste Verteidigungslinie durchbrachen.

»Er hat die drei mächtigsten Nachkommen seiner Linie nach Gabriel mitgebracht«, sagte Stas' Mutter. »Einen Fährtenleser, einen Telepathen und einen Kryptographen.«

»Einen Kryptographen?«, wiederholte Stas. »Jemand, der auf verschlüsselte Muster spezialisiert ist?«

»In diesem Fall ist er auf Runen spezialisiert«, antwortete ihre Mutter grimmig. »Sie wussten von den Schutzsymbolen.«

»Patreel?«, vermutete Stas' Vater.

»Oder sie haben es schon immer gewusst«, sagte ihre Mutter und zuckte zusammen, als die Seraphim sich an der zweiten Verteidigungslinie zu schaffen machten. »Wir müssen landen.«

Was ist los, Liebes?, fragte Issac.

Stas informierte ihn darüber, dass sie landen mussten, und materialisierte sich dann neben ihm.

Luc stand zwischen ihnen und beobachtete den Himmel. Alik stand daneben, wobei sie von einer Horde Hydraianer umringt wurden, von denen die meisten Wächter waren und die anderen stärkere Unsterbliche, die über defensive Fähigkeiten verfügten.

»Adriel ist der Schlüssel«, verkündete Luc geradeheraus. »Er muss die wahren Hintergründe der Reformation verstehen und erfahren, was wir wissen. Er ist der Anführer, deshalb wird seine Verwirrung auf die anderen übergreifen.«

»Leek hat mich nicht ausreden lassen«, sagte ihre Mutter und meinte damit den dunkelhaarigen Krieger, der sie immer wieder unterbrochen hatte.

»Kennt er die Wahrheit?«, fragte Luc.

»Das weiß ich nicht, aber er hat Adriel ohne Weiteres davon überzeugt, dass wir versuchen, ihn hinzuhalten«, antwortete sie. »Es wäre eine logische Strategie, also kann ich verstehen, warum er zu diesem Schluss gekommen ist.«

»Oder es war eine geschickte List, um dich davon abzuhalten, Adriel die Wahrheit zu sagen«, murmelte Stas' Vater, der den Blick gen Himmel gerichtet hatte. »Wir müssen uns eine neue Strategie zurechtlegen.«

»Wir müssen Adriel von der Wahrheit überzeugen«, wiederholte Luc.

»Und wie sollen wir das anstellen?«, fragte Issac mit ernstem Tonfall ohne einen Anflug von Sarkasmus in der

Stimme. Er war aufrichtig gespannt auf Lucs Antwort. Er stimmte Luc zu, wollte jedoch wissen, wie sie vorgehen sollten.

»Wir brauchen Osiris«, sagte Luc und brachte damit alle zum Schweigen. »Ohne Veras Gabe der Gedächtnismanipulation und Starks Fähigkeit, möglicherweise an Adriels väterliche Instinkte zu appellieren – falls er überhaupt welche hat –, bleibt uns keine andere Möglichkeit. Osiris ist der Einzige, der ihn von der Wahrheit überzeugen kann.«

»Es muss doch einen besseren Weg geben«, wandte ihr Vater sofort ein. »Wir werden meinen Vater kaum einfach so anrufen können. Er ist sein ganzes Leben lang immer nur aufgetaucht, wenn ihm der Sinn danach stand und nicht, weil jemand seine Anwesenheit verlangt hat.«

»Mateo kann ihn anrufen«, sagte Luc.

»Tu es«, warf Issac ein, bevor Stas' Vater etwas erwidern konnte.

»Hast du den Verstand verloren?«, fragte ihr Vater, der offensichtlich ganz und gar nicht mit der Idee einverstanden war. Stas war sich auch nicht sicher, ob sie ihr behagte.

Ihre Mutter hielt ihn fest, als er einen Schritt auf Issac zutreten wollte. »Sethios …«

»Mir gefällt die Vorstellung auch nicht, genauso wenig wie die Tatsache, dass wir uns auf die Person verlassen müssen, vor der wir Hunderte Jahre lang unsere Beziehungen verborgen haben, aber wir brauchen seine Fähigkeiten«, sagte Issac und begegnete dem tödlichen Blick ihres Vaters, indem er ihn selbst mit einem eisigen Ausdruck in den Augen ansah. »Er wird seine hydraianischen Schöpfungen nicht an eine Handvoll Seraphim im Himmel verlieren wollen. Er wird uns helfen.«

»Zu welchem Preis?«, fragte ihr Vater. »Wird Stas zustimmen müssen, mit ihm zu arbeiten?«

»Wenn es nötig ist, um die Sicherheit aller zu gewährleisten, werde ich diesen Preis zahlen«, warf Stas ein, bevor Issac für sie antworten konnte. Er hätte es zwar ohnehin nicht getan, aber er kannte ihre Gedanken und ihre Entschlossenheit. Er wusste, was sie vorhatte, noch bevor sie es aussprach, was er ihr mit einem Blick bewies.

»Wir haben keine Zeit, weiter darüber zu diskutieren«, fuhr sie fort. »Luc, versuche, Osiris zu erreichen. Bis dahin brauchen wir einen Ausweichplan, wie wir Adriel von der Wahrheit überzeugen können.« Denn sie war ebenfalls der Meinung, dass es der beste Weg wäre. Wenn sie ihn von seiner Vergangenheit überzeugen konnten, würde er vielleicht so sehr ins Schwanken geraten, dass die anderen Seraphim mit ihm darüber nachdenken würden.

Natürlich hatte auch Patreel geschwankt.

Und jetzt war er nirgendwo auffindbar, nachdem er Vera und Stark offensichtlich in eine Falle gelockt hatte.

Es sei denn, er wurde irgendwie dazu gezwungen, es zu tun.

Osiris' Blutlinie zeichnete sich durch die Fähigkeit der Willensunterwerfung aus, da in ihr die Kontrolle über die Wiederauferstehung und das Leben vorherrschend war. Aber gab es noch eine weitere Blutlinie, die dazu in der Lage wäre?

Sie würden sich mit dieser Frage befassen müssen, *nachdem* sie sich um das Chaos im Himmel gekümmert hatten.

»Blake«, sagte ihre Mutter plötzlich.

»Was ist mit ihm?«, riefen mehrere gleichzeitig, darunter auch Stas.

»Ja«, antwortete Luc mit einem Nicken. »Sein

derzeitiger Zustand könnte ausreichen, um ihre Neugier zu wecken.«

Ihre Mutter nickte. »Ich werde mich zu ihm teleportieren und ihn holen.« Sie verschwand und ließ Stas' Vater mit einem Stirnrunzeln zurück. Er sagte nichts, was darauf hindeutete, dass er gerade mit ihrer Mutter durch ihr Band sprach.

Das half Stas allerdings nicht dabei, ihre Beweggründe zu verstehen. »Warum Blake?«

»Weil er ein Mensch ist, der einer Art Reformation unterzogen wurde, was beweist, dass Osiris den Prozess zumindest ansatzweise kennt. Für die Seraphim wäre es unpraktisch, ein solches Mittel an einem Menschen anzuwenden, daher wird der Anblick von Blake sie vielleicht ablenken, damit wir sie noch eine Weile hinhalten können.«

»Und wenn nicht?«, fragte Issac, als ein weiterer Energiestoß durch die Luft donnerte.

Nur noch eine Barriere, dachte Stas finster.

»Dann können wir nur hoffen, dass wir lange genug durchhalten, bis Osiris oder die anderen eintreffen«, antwortete Luc und streckte Jacque seine Hand entgegen. »Teleportiere mich zu Mateo. Wir haben einen Plan zu besprechen. Das ist jetzt deine Show, Alik.«

Der Telepath lächelte. »Wurde auch Zeit, verdammt.«

»Wo sind Jay und Lizzie?«, wollte Stas wissen.

»In Sicherheit«, antwortete Alik vage, während er gen Himmel blickte. »Also gut, wir werden wie folgt vorgehen.« Er begann, den Hydraianern Befehle zu erteilen, woraufhin diese mit einer Effizienz zur Tat schritten, die darauf schließen ließ, dass sie sich während der letzten Jahrhunderte auf einen solchen Moment vorbereitet hatten.

Allerdings hatten sie erwartet, Ichorianer bekämpfen

zu müssen.

Und nicht die Seraphim.

Dieser Umstand wurde deutlich, als die Engel den Strand erreichten. Sie wirkten fast gelangweilt und steckten ihre Schwerter mit einer Arroganz weg, die Stas das Blut in den Adern gefrieren ließ.

»Letzte Chance, dich zu fügen, Kind«, sagte Adriel an Stas gewandt.

Scheiße. Ihnen blieb keine Zeit für ein Ablenkungsmanöver. Selbst wenn ihre Mutter es schaffte, Blake hierherzubringen, würde es vielleicht nichts mehr bringen. Die Seraphim legten eindeutig eine Mordlust an den Tag. Stas konnte es in ihrer Haltung spüren und sah den blutrünstigen Ausdruck in ihren Augen.

Sie verachteten abscheuliche Wesen.

Sie waren hier, um diejenigen erbarmungslos zu töten, die ihrer Meinung nach nicht für diese Welt bestimmt waren.

Das ließ ihnen nur eine Wahl.

Wir kämpfen.

Wir kämpfen, wiederholte Issac. *Immer.*

Immer, stimmte sie zu. Sie lächelte, als sie die Zuversicht in seinem Tonfall hörte und die Bedeutung des Wortes ihre Sinne umschmeichelte.

»Ich wähle das Leben«, gab sie aufrichtig zu. »Ich wähle die Liebe. Ich wähle die Familie.«

Sie begann, eine Rune zu zeichnen, die Gabriel ihr beigebracht hatte, wohl wissend, dass sie einem Wesen von Adriels Macht kaum etwas anhaben konnte. Aber sie würde ihm damit eine Botschaft senden.

Ich werde mich nicht beugen.

Sie warf die Rune nach ihm.

Adriel wehrte sie ab.

Und dann nahm die Schlacht ihren Lauf.

KAPITEL 33

LEELA

LEELA SPÜRTE, WIE ETWAS AN IHREM BEWUSSTSEIN zerrte, und zuckte zusammen. Das Gefühl war mit der Rune auf ihrem Rücken verbunden, als das Treueband sie auf Stas' Bedrängnis aufmerksam machte.

Sie übermittelte die Empfindung an Balthazar und erklärte ihm, was sie bedeutete.

Sie hatten recht damit gehabt, dass die Seraphim sie hatten ablenken und Vera und Gabe von Hydria hatten weglocken wollen.

Sie werden die Insel verteidigen, versicherte Balthazar ihr.

Die Hydraianer sind auf den Kampf gegen die Seraphim nicht vorbereitet.

Wir sind besser, als du denkst.

Sie kämpfen gegen einen unsichtbaren Feind, der ätherische Kräfte statt normale Waffen einsetzt, gab sie zu bedenken.

Sie werden einen Weg finden. Seine Zuversicht half ihr, ihre Befürchtungen zu zerstreuen, doch das unangenehme Gefühl, das von ihrem Kreuz ausstrahlte, blieb.

Er riss einen Strang des Netzes an ihrem Hals entzwei und entlockte ihr ein Zischen.

Weißt du, ich war schon immer ein Fan von Bondage, sagte er beiläufig, *aber das hier gibt dem Ganzen eine ganz neue Bedeutung.*

Nur ein Sadist würde diese Art von Folter im Schlafzimmer genießen, knirschte sie und zuckte zusammen, als er einen weiteren Strang zerriss, der um ihre Schulter gewickelt war. *Sethios würde es gefallen.*

Balthazar grunzte. *Ich kenne einige Hydraianer, die es ebenfalls mögen würden.*

Alik?, vermutete sie.

In einem früheren Leben, antwortete Balthazar und klang traurig. *Mit Jenika.*

Leela erinnerte sich an die blonde Frau. *Wir sind uns einmal begegnet.* Sie hatte ein Bild von einer Party vor Augen, bei der die Frau getanzt hatte, während ihre Fingerspitzen in Flammen gestanden hatten. *Was ist mit ihr passiert?*

Lucinda hat sie umgebracht, antwortete er und sein Tonfall war säuerlich. *Auf Osiris' Befehl hin.*

Leela runzelte die Stirn. *Es scheint im Widerspruch zu seinen Zielen zu stehen, wenn er eine so mächtige Frau wie Jenika töten lässt.* Sie konnte sich daran erinnern, mit welcher Leichtigkeit sie die Flammen manipuliert hatte. Sie waren ihr in einer brennenden Spur gefolgt, als sie am Strand entlanggegangen war.

Balthazar verstummte, doch seinem Verstand konnte sie entnehmen, dass er ihr zustimmte.

Er fuhr fort, die ätherischen Bänder zu zerreißen, während sie den Widerhall seiner Schmerzen in seinen Gedanken hören konnte. Aber er ertrug die Qualen um ihretwillen. Er konnte an nichts anderes mehr denken, als sie zu befreien.

Das letzte Seil um ihren Hals zerriss und ihr Kopf war frei.

Balthazar verschwendete keine Zeit und bedeckte ihren

Mund mit dem seinen, um sie leidenschaftlich zu küssen, während er seine Hände weiter über ihren Körper wandern ließ. Um sie herum tobte das Chaos, während am Himmel Engel tanzten, unten am Boden Menschen schrien und ihr Körper mit feurigen Strängen gefesselt war, und doch hatte sie sich noch nie in ihrem Leben so sehr nach einem Kuss gesehnt.

Sie brauchte ihn.

Sie beide.

Und ihr Band.

Sie brauchte alles, was sie einander zu bieten hatten, während ihre Körper in Sehnsucht nacheinander vergingen und ihre Seelen auf einer Ebene ausgelassen umhertobten, die keiner von beiden sehen konnte. Sie waren nur imstande, sie zu fühlen.

Seine Zunge strich über die ihre und sein Kuss war kraftvoll, stark und berauschend.

Sie spürte nicht mehr, wie das Feuer um sie herum brannte, denn das Netz trat in den Hintergrund ihrer Gedanken, als sie sich dieser leidenschaftlichen Liebkosung hingab.

Balthazar ging weiterhin entschlossen zu Werke und ließ seine Finger über ihren Körper gleiten, während er die Stränge einen nach dem anderen zerriss.

Bis sie schließlich frei war und aufsprang.

Sie schlang ihre Arme um seinen Hals und ihr Körper verschmolz mit seiner Kraft, während sie von dem überwältigenden Gefühl gepackt wurde, *zu Hause* angekommen zu sein.

Mein, hauchte sie und verlor sich in dem Augenblick. *Du bist mein.*

Er lächelte an ihrem Mund. *Mm, das gefällt mir.*

Tatsächlich?, fragte sie ehrlich überrascht. *Denn ich weiß,*

LEXI C. FOSS

wie du über Monogamie denkst. Ihr ging es oft ähnlich. Aber mit Balthazar war es anders, denn er ließ keine Wünsche offen. Wenn sie mit ihm zusammen war, stillte er all ihre Begierden. Er war unvergleichlich.

Ich habe mich nie der Monogamie verschrieben, weil meine Seele nie jemanden gefunden hat, der sie so vollends zufriedengestellt hat, flüsterte er ihr zu und öffnete die Augen, um ihrem Blick zu begegnen, während er mit beiden Händen ihr Gesicht umfasste. »Ich habe nur auf dich gewartet.«

Um unser Band zu vervollständigen, erkannte sie.

Er nickte und ließ seine Hand an ihren Nacken gleiten, um sie an sich zu ziehen, während er die andere Hand an ihr Herz presste. »Du bist auch mein.«

Er küsste sie, bevor sie etwas erwidern konnte.

Doch sie hatte ohnehin nicht mehr viel zu sagen.

Sie waren endlich vollständig, zwei Seelen, die sich in einer Zeremonie jenseits von Zeit und Raum vermählt hatten.

Während die Hölle um sie herum ausgebrochen war.

Mel hatte ihr all das genommen, genauso wie Dian. Sie hatten sie dreitausend Jahre lang der Einsamkeit, unzähligen Experimenten und einer unendlichen *Reformation* unterworfen.

Kein Wunder, dass sie ihr ganzes Leben unbewusst dagegen aufbegehrt hatte. Sie hatte sich gegen eine Strafe gewehrt, die sie nicht verdient hatte. Während sie immer auf der Suche nach der Liebe ihres Lebens, nach ihrem Herzen und nach der anderen Hälfte ihrer Seele gewesen war.

All ihre verflossenen Liebhaber bedeuteten ihr nichts mehr. Nur noch Balthazar zählte, und die Gefühle und Empfindungen, die er in ihr weckte. Und sie wusste, dass er dasselbe empfand.

Ihre früheren Beziehungen verblassten im Vergleich zu dieser, die ihre Liebe und ihr *Schicksal* war.

Und doch war sie vor ihr verborgen worden.

Von ihrem eigenen Fleisch und Blut.

Sie blickte nach oben zum Himmel, an dem die Schlampe gerade gegen Vera kämpfte. Die beiden strahlten eine unglaubliche Macht aus, während sie vor allem ihre Kräfte zum Einsatz brachten.

Sie hatten sicher eine Rune benutzt, um die Blockaden des anderen zu durchbrechen.

Dann waren sie in den Geist der jeweils anderen eingetaucht, um sich gegenseitig zu vernichten.

Leela kniff die Augen zu dünnen Schlitzen zusammen. Da sie sowohl der Fruchtbarkeits- als auch der Sinnlichkeitslinie entstammte, verkörperte sie den Inbegriff von Sex und war die geborene Aphrodite. Mel hatte früher oft versucht, in die Rolle der Göttin zu schlüpfen.

Doch Leela war die wahre Göttin der Schönheit, der Liebe und der Sinnlichkeit. Das bedeutete allerdings, dass ihre übersinnlichen Fähigkeiten für einen Kampf nicht sonderlich geeignet waren.

Aber sie hatte sich selbst ein paar Tricks beigebracht.

Und ihr linker Haken konnte sich sehen lassen.

Gabe besiegte auch den letzten Krieger mit seinem Schwert und sein Kopf landete auf einem Tisch.

Leela hörte die Schreie um sie herum nicht mehr und konzentrierte sich ganz auf Mel.

Gabe war bereits auf dem Weg zu ihr, um sie mit seinen Waffen zu bekämpfen. Leela handelte instinktiv und teleportierte sich an Veras Seite, während Balthazar sie von unten beobachtete. Sie schlug Mel mitten in ihr verdammtes Gesicht.

»Du Schlampe«, fauchte sie, packte sie an den Haaren

und riss ihren Kopf mit einer solchen Wucht nach hinten, dass sie mehrere Büschel in der Hand hatte. Dann schlug sie erneut zu, bevor sie selbst eine Rune erschuf, mit der sie die Frau mit einem Strang feuriger Glut fesselte.

Sie fiel in ihrer körperlichen Gestalt auf die Erde, wo sie mit einem befriedigenden Knall mitten auf der Straße auf dem Kopf landete.

Ihr Blut spritzte in alle Richtungen.

Ihr Körper war gebrochen.

Doch er würde in ein paar Minuten verheilt sein.

Oder auch nicht, dachte Leela, als Gabe neben Mel auftauchte und ihren Hals durchtrennte. *Okay, dann eben in ein paar Tagen.*

Sie würde nicht so schnell wie die Krieger heilen. Sie besaßen Regenerationskräfte, die den Prozess beschleunigten. Manche Seraphim brauchten bis zu einem Monat, um sich von einer Enthauptung zu erholen. Bei ihrer Halbschwester würde es wohl eher ein paar Tage dauern, vielleicht sogar eine Woche.

Vielleicht würden die Menschen sie bis dahin begraben haben.

Dadurch wäre Mel auf unbestimmte Zeit gefangen.

Der Gedanke gefiel Leela, vor allem, wenn man den Zustand bedachte, in dem sich ihre Halbschwester momentan befand.

Eigentlich ... Sie flog zur Erde herab, um die Überreste aufzusammeln, und teleportierte sich dann aufs offene Meer, etwa hundertsechzig Kilometer von der Küste entfernt. Dort ließ sie ihren Kopf fallen.

Dann flog sie weitere hundertsechzig Kilometer in die entgegengesetzte Richtung und versenkte den Körper.

Das würde den Heilungsprozess erschweren.

Vor allem, falls ihr Körper oder ihr Kopf auf den Grund sank oder von einem Meerestier gefressen wurde.

»Viel Glück bei der Heilung«, sagte sie, wohl wissend, dass die Seele ihrer Schwester ganz in der Nähe sein würde. Natürlich konnte sie sie nicht hören. Die Seelen verweilten nicht wie ein Geist auf der Existenzebene, sondern wurden vorübergehend in einen anderen Zustand versetzt, bevor sie versuchen konnten, ihre körperliche Gestalt wieder zu regenerieren.

Zufrieden kehrte Leela zu Balthazar, Gabe und Vera zurück. Sie betrachteten die Sterblichen mit grimmigen Mienen, während sie Fotos und Videos mit ihren Handys machten.

»Uns bleibt keine Zeit, Vera«, sagte Gabe. »Sie werden ihnen ihre Erinnerungen nicht nehmen können.«

Balthazar blickte finster drein. »Die Videos sind bereits im Internet zu sehen. Selbst wenn du ihr Gedächtnis manipulierst ...« Er verstummte, denn alle wussten, was er sagen wollte.

»Zu viele haben es bereits gesehen«, sagte Leela laut.

»Das ist schon einmal passiert und konnte eingedämmt werden«, begann Vera, in deren Augen sich ein ruheloser Ausdruck widerspiegelte.

»Nicht so wie heute«, antwortete Balthazar. »Im Technologiezeitalter verbreiten sich Nachrichten sofort in der ganzen Welt.«

»Sie werden sich irgendetwas einfallen lassen«, drängte Gabe. »Wir haben keine Zeit, uns um sie den Kopf zu zerbrechen. Die Schutzrunen in Hydria sind gefallen. Ich kann die Energie der Schlacht förmlich in meinen Adern *spüren*.«

»Das hier war ein Ablenkungsmanöver«, sagte Vera und ihre Miene verfinsterte sich. »Ich musste mich beeilen, als ich Leeks Gedächtnis manipuliert habe, weil seine kriegerischen Gene ihn schneller geheilt haben, als ich arbeiten konnte. Nach allem, was ich von Melanythos im

Himmel erfahren habe, wusste Leek, dass etwas nicht stimmte, und ist zum Rat gegangen. Die Ratsmitglieder stellten seine Erinnerungen wieder her und wissen nun, auf welcher Seite wir wirklich stehen.«

Gabe schwieg einen Moment, bevor er nickte. »Dann haben wir nichts mehr zu verbergen.«

»Genau.« Vera klang weder überrascht noch traurig, sondern akzeptierte die Tatsache einfach.

»Wir müssen gehen.« Ein Hauch von Dringlichkeit schwang in Gabes Stimme mit, während seine blassgrünen Iriden voller Sorge schimmerten.

Er war mit Clara ein Band eingegangen und sie hatte wohl gerade etwas zu ihm gesagt.

Leela hätte ihn fast danach gefragt, aber ihr lief ein Schauer des Grauens über den Rücken, als die Treuerune voller Macht und Qualen zu pochen begann. *Irgendetwas stimmt hier ganz und gar nicht.*

»Wir müssen sofort gehen«, wiederholte Gabe und verschwand.

Vera folgte ihm ohne ein weiteres Wort.

Ein Aufschrei hallte durch die Menge und ließ Balthazar sichtlich zusammenzucken. Er konnte die Gedanken all der Sterblichen hören und die Verwirrung spüren, die ihre Auren ausstrahlten.

Leela schlang ihre Arme um ihn. »Ich hab dich«, flüsterte sie ihm ins Ohr und teleportierte sie beide.

Sie brachte sie direkt nach Hydria und landete am Strand, der vom Mondlicht beschienen wurde.

Doch der Anblick war weder romantisch noch idyllisch.

Er war albtraumhaft und grausam.

Der beißende Gestank von verbranntem Fleisch lag in der Luft.

Leises Stöhnen war zu hören.

Weinen.
Eine dunkle mächtige Energie.
Und völlige Verwüstung.
Hydria …
Hydria glich dem *Tod*.

KAPITEL 34

STAS

Eine halbe Stunde zuvor

SIEBEN GEGEN HUNDERT SCHIEN NICHT GERADE FAIR ZU sein.

Doch die Seraphim waren völlig immun gegen die Kräfte der Hydraianer.

Und in ihrem ätherischen Zustand unsichtbar.

Die Einzigen, die sie überhaupt sehen konnten, waren Stas, Issac und ihr Vater.

Ihre Mutter war noch nicht zurückgekehrt.

Aber Eliza war mit Amelia, Tom, Tristan und Nadia eingetroffen.

Ein zischendes Geräusch hallte über den Strand. Tristan hatte den Blick starr auf die Seraphim gerichtet, die sich in einer V-Formation mit Adriel an der Spitze aufgebaut hatten.

Er trat einen Schritt nach vorn und die Erde donnerte unter ihm, wobei die Vibration seine Schritte verriet.

»Hervorragend«, sagte Issac und grinste, als ein zweites Donnern Leeks Position verriet.

Wie stellt Tristan das an?, fragte sie sich. *Er sollte nicht in der Lage sein …* Sie riss die Augen auf. *Du zeigst ihm, wo die Seraphim stehen.*

Ich zeige allen, wo sich die Seraphim befinden, korrigierte Issac. Tristan verdeutlichte das Bild nur mithilfe von Soundeffekten.

Ein Team von Hydraianern sprang auf Aliks Befehl nach vorn. Sie feuerten ihre Waffen ab und warfen mit Messern nach den Seraphim.

Doch sowohl die Kugeln als auch die Klingen flogen einfach durch ihre ätherischen Gestalten hindurch.

Dann schleuderte Leek den Hydraianern eine Rune entgegen, die ihr Vater jedoch auffing und aufs offene Meer umleitete. Die ätherische Energie, die einer Granate gleichkam, zerbarst in einem Inferno über den Wellen.

Der seraphische Krieger feuerte noch weitere ab, von denen sie zwei auffangen und wie ihr Vater davonschleudern konnte. Die dritte traf jedoch die Truppen der Hydraianer und entfachte ein Feuer, das viele von ihnen aufschreien ließ.

Die Flammen erloschen im nächsten Moment, als einer der Hydraianer seine Fähigkeit, Wasser zu kontrollieren, einsetzte, um das Inferno zu löschen.

Doch es folgten weitere Runen, die zu schnell durch die Luft flogen, als dass Stas sie alle hätte auffangen können. Sethios versuchte es ebenfalls, denn sie waren die Einzigen, die schnell genug fliegen konnten, um der ätherischen Feuerkraft etwas entgegenzusetzen.

Stas sah Starks Training im Himmel plötzlich mit anderen Augen.

Er hatte sie wirklich geschont.

Verdammt.

Die V-Formation löste sich auf, als Adriel flankiert von

Arvane und Kital in die Luft schoss und Leek die Führung am Strand überließ.

»Ich übernehme Adriel«, verkündete ihr Vater. »Caro wird mich ausfindig machen, sobald sie Blake geweckt hat.«

Blake geweckt hat?, dachte Stas.

Aber sie hatte keine Zeit, um ihn zu fragen, was er damit meinte, denn Leek feuerte gerade wieder eine Reihe dieser granatenähnlichen Wurfgeschosse ab.

Stas schwebte durch die Luft, fing die meisten auf und schleuderte sie ins Meer. Einige entwischten ihr jedoch und explodierten, aber die Hydraianer schafften es, das Feuer einzudämmen.

Wir müssen einen Weg finden, sie zu Fall zu bringen, brachte Stas zwischen zusammengebissenen Zähnen hervor, während sie die Runen weiter abwehrte. *Die Kräfte der Hydraianer können gegen sie nichts ausrichten.*

Mit Feuer würden wir sie zur Strecke bringen können, vorausgesetzt, sie befinden sich in einem körperlichen Zustand, antwortete Issac.

Wie können wir sie dazu bringen …

Ein Netz flog auf sie zu, dessen kraftvolle Stränge ein summendes Geräusch von sich gaben. Sie duckte sich, wobei eine Ecke des ätherischen Gewebes ihren Flügel streifte. Sie schnappte nach Luft.

Diesen Trick hatte Stark ihr nie gezeigt.

Als sie den Schrei eines Hydraianers am Strand vernahm, wusste sie, dass es nicht nur bei einem Seraph in ätherischem Zustand Wirkung zeigte, sondern auch alles andere verletzte, was sich bewegte.

Ich kümmere mich darum, sagte Issac, als Stas sich dem armen Unsterblichen zuwenden wollte, der unter der Energie gefangen war. Für ihn brannte es wahrscheinlich wie ein unsichtbares Feuer.

London, erinnerte sich Stas. Der Hydraianer war nur ein paar hundert Jahre alt und besaß die Fähigkeit, Luft zu kontrollieren. *Kannst du ihm die Stränge zeigen?*

Ich arbeite bereits daran, Liebes, antwortete Issac, dessen mentale Stimme erschöpft klang. *Konzentriere du dich auf die Runen.*

Stas warf einen Blick zurück auf Leek und sah den Feuerball, den er ihr gerade entgegenschleuderte. Sie sprang wieder in die Luft, um die Rune abzuwehren.

Doch sie unterschied sich von den anderen.

Sie explodierte nicht zeitverzögert, sondern zerbarst in dem Moment, in dem Stas sie berührte, woraufhin sie zu Boden geschleudert wurde. Sie teleportierte sich aufs Meer hinaus, bevor sie von einer weiteren getroffen werden konnte. Issac stieß in ihren Gedanken einen besorgten Schrei aus.

Es geht mir gut, keuchte sie, denn der Aufprall der ersten Kugel hatte ihren Körper in Brand gesteckt.

Doch das Wasser hatte sofort für Kühlung gesorgt und den Brand gelöscht, während ihre unsterblichen Gene umgehend in Aktion traten, um sie zu heilen.

Stark hat mich wirklich geschont, murmelte sie vor sich hin und versuchte, ihre Flügel zu entfalten, als eine weitere glühende Kugel auf sie zuflog.

Sie riss die Augen auf und teleportierte sich gerade noch rechtzeitig, um ihr auszuweichen.

Leek flog mit gelangweilter Miene über sie hinweg. »Du hättest Adriels Angebot annehmen sollen«, sagte er mit ausdrucksloser Stimme und warf ein Energienetz aus, dem sie nur knapp entkam.

Zumindest konzentrierte er sich auf sie und nicht auf die Hydraianer am Strand. Damit blieben noch drei, die sie mit Hilfe von Issacs visueller Unterstützung bekämpfen konnten, während sie mit einem sehr erfahrenen Krieger Verstecken spielte.

Sie teleportierte sich über ihm in die Wolken. Dann verschwand sie und tauchte zu seiner Rechten wieder auf.

Dort wartete jedoch bereits ein Feuerball auf sie.

Er traf sie mitten in den Unterleib und sie stürzte schreiend ins Meer. Die Energiekugel verwandelte sich in einen Felsbrocken, der sie bis auf den Meeresboden drückte und sie dort festhielt.

Auf ihrem Rücken.

Ihr Herz setzte einen Schlag aus, als sie das albtraumhafte Bild vor Augen hatte, wie sie unter den Wellen angekettet war.

Wobei sie vor Qualen schrie.

Und immer wieder aufs Neue starb.

Während sie keine Möglichkeit hatte zu entkommen.

Sich zu bewegen.

Zu atmen.

Issacs Stimme hallte in ihrem Kopf wider, aber sie konnte ihn nicht hören, weil ihr das Wasser in den Ohren rauschte. Sie presste die Lippen aufeinander, um nicht einzuatmen.

Aber sie war nicht in der Lage, sich zu teleportieren.

Sie konnte sich nicht *bewegen*.

Die Magie hielt sie gefangen und erinnerte sie daran, wie sie unter der Erde begraben war.

Oh Gott …

Sie versuchte mit aller Kraft, sich dagegen zu stemmen, doch sie war nicht imstande, sich zu bewegen.

Sie hörte Schreie in ihrem Kopf. Vielleicht waren es ihre eigenen. Vielleicht waren es Issacs. Vielleicht die der Hydraianer am Strand. Vielleicht die von Lizzie.

Stas biss die Zähne zusammen. *Ich werde hier nicht sterben.*

Ich lasse mich nicht so einfach unterkriegen. Ich werde mich diesem Schwachsinn nicht beugen!

Aber der Felsbrocken bewegte sich kein bisschen. Er glich jetzt Ketten, die sich um ihren Körper legten, um sie unter Wasser festzuhalten. Sie würde ertrinken … genau wie ihre Mutter … genau wie in ihren Albträumen … genau wie das Schicksal, das sie immer gefürchtet hatte.

Ihre Arme zitterten.

Ihre Beine rührten sich nicht mehr.

Ihre Lunge brannte.

Ihre Augen brannten.

Nein, nein, nein!

Denk nach!

Es musste einen Ausweg aus dieser Situation geben. Sie musste der ätherischen Energie irgendwie entgegenwirken können.

Die Tatsache, dass sie gefangen gehalten wurde, bedeutete, dass sie sich noch nicht wirklich unter dem Meeresspiegel befand … oder? Seraphim waren nicht in der Lage, sich zu teleportieren, solange sie unter der Erde waren.

Aber … hatte Stark nicht eine Rune in Osiris' Kerker gezeichnet?

Das bedeutete, dass sie auch eine zeichnen konnte. *Vielleicht.*

Sie lenkte ihre Gedanken von dem Felsbrocken aus kettenartiger Energie ab und schloss die Augen. Sie konzentrierte sich auf die Magie um sie herum und versuchte, einen Weg zu finden, dem Zauber entgegenzuwirken.

Stark hatte ihr in den letzten Tagen mehrere Schutzzauber beigebracht, von denen die meisten defensiver Natur waren. Er hatte erklärt, dass sie keine Zeit hatte, offensive Runen zu lernen. Sie musste vor allem wissen, wie sie sich verteidigen konnte.

Daher der Unterricht im Fangen und Werfen von magischen Bällen.

Aber diesen hatte sie nicht fangen können.

Er hatte sie bereits getroffen.

Und nun? Starks Stimme hallte in ihrem Kopf wider und erinnerte sie daran, wie er sie während ihrer Ausbildung zum Sentinel auf eine Sparringmatte gepresst hatte.

Sie war wütend gewesen, denn er hatte sich wie ein Arschloch verhalten. Aber jetzt sah sie diese Lektion in einem neuen Licht.

Du musst das Hindernis aus dem Weg schaffen. Beweg mich, hatte er gesagt.

Sie hatte ihn damals von sich gestoßen.

Dasselbe würde sie mit dem Felsbrocken nicht bewerkstelligen können.

Aber sie könnte versuchen, ihn zum Explodieren zu bringen.

Konzentriere dich, sagte sie sich immer wieder, während der Drang, Luft zu holen, immer stärker wurde.

Sie hörte wieder Issacs Stimme in ihrem Kopf. Sein verzweifelter Tonfall riss sie aus ihren Gedanken.

Hilf den anderen, sagte sie.

Aya …

Ich schaffe das schon, versprach sie. *Nur … hilf einfach den anderen.*

Verdammt, sie musste atmen.

Sie war schon zu lange unter Wasser.

Sie war dabei zu ertrinken.

Zu sterben.

Aber ich werde zurückkommen, dachte sie fast im Delirium. Ich komme zurück … und dann habe ich zwei oder drei Minuten …

Sie hatte das schon einmal getan. Sie könnte es wieder tun.

Doch diesmal wusste sie, was geschehen würde, und sie wusste, dass sie entkommen konnte.

Die Albträume drohten sie wieder zu überwältigen, zogen sie in die Tiefe, in die Schwärze des Meeres, zu einer verwesenden Gestalt … ihre Mutter, die immer wieder von Neuem den Tod fand … immer und immer wieder …

Stas fröstelte, als das kalte Wasser in ihre Lunge strömte und sie innerlich verbrannte.

Sie begrüßte den Schmerz. Er gab ihr das Gefühl, trotz allem lebendig zu sein.

Ich bin gleich wieder da, sagte sie zu Issac. *Kämpfe weiter.*

Sie konnte seine Wut spüren, die ihr bis in die Tiefen des Todes folgte.

Und sie mit einem Rachedurst erfüllte, als sie wiedererwachte.

Aya!, rief er.

Sie öffnete den Mund und ihr Instinkt befahl ihr einzuatmen. Aber sie schluckte den Drang hinunter und flüsterte Issac zu, dass sie zurück sei. Dann begann sie, im Geiste die Runen durchzugehen, die Stark ihr beigebracht hatte.

Issac drohte, zu ihr zu kommen, um sie selbst herauszuziehen.

Tu es nicht, erwiderte sie. *Du bist der Einzige, der den anderen am Strand helfen kann.*

Es ist ein verdammtes Gemetzel, Aya, knurrte er, wobei sie seine Frustration und Angst deutlich wahrnahm.

Ich werde gleich zu euch kommen, versprach sie.

Aber dann atmete sie wieder ein und das Wasser strömte wieder in ihre Lunge, um sie erneut in die Dunkelheit zu schicken.

Sie kehrte zurück und ihr Verstand war geschärfter als

je zuvor. Sie begann, ätherische Energie über der Wasseroberfläche zu verströmen, die sich nur etwa eineinhalb Meter über ihrem Kopf befand.

Ich bin nicht unter der Erde.

Ich kann den Mond noch sehen.

Ich kann es schaffen.

Aber die Zeit reichte nicht aus. Die zwei Minuten verstrichen und sie wurde wieder in die Tiefe gezogen. Sie ertrank … ihre Lunge brannte …

Als sie wiedererwachte, kochte sie vor Wut und verfluchte Leek und seinen verdammten Felsbrocken. *Ich werde ihn zerstören. Dann werde ich dich zerstören.*

Doch ein durchdringender Schrei zerriss die Luft über ihr und war laut genug, damit sie ihn unter den Wellen hören konnte.

Hydraianer starben.

Die Insel war dabei, die Schlacht zu verlieren.

Und es waren nur sieben von ihnen nötig, dachte sie wie betäubt. *Verdammt, verdammt, verdammt!*

Sie ballte die Energie und wirbelte sie umher, so schnell sie konnte, um sie in eine dieser verdammten Granaten zu verwandeln, während sie versuchte, sich die Magie zu vergegenwärtigen.

Zwei Minuten vergingen.

Sie starb.

Und kehrte voller Entschlossenheit zurück.

Issacs Panik durchdrang ihre Gedanken.

Ich kann nicht sterben, erinnerte sie ihn immer wieder. *Und du auch nicht.*

Und sie würde einen Ausweg aus dieser Situation finden.

Fast geschafft.

Sie wurde von einem triumphierenden Gefühl durchströmt, als die Rune fertig war. Jetzt musste sie sie nur noch zu sich hinunterziehen. Es erforderte all ihre Konzentration, um sich eine Macht zunutze zu machen, die sie nicht ganz verstand, während sie den Energiestrang einholte.

Zu spät, dachte sie wie betäubt, und ihr Mund öffnete sich wieder.

Ich ertrinke.

Dunkelheit.

Ich treibe dahin.

Hm?, dachte sie benommen und öffnete die Augen und den Mund, um die frische Luft einzuatmen. Sie spuckte und hustete und stellte fest, dass ihre Rune funktioniert hatte. Sie war offenbar explodiert, als sie bewusstlos gewesen war.

Ja. Sie sprang auf und erhob sich in die Nachtluft. Voller Schreck wurde sie der Flammen gewahr, die den Strand bedeckten und das dunkle Blut im schwarzen Sand beleuchteten. *Issac!*

Sie stürzte vorwärts und teleportierte sich zu der Stelle, an der sie ihn zuletzt gesehen hatte.

Es war ein verdammtes Massaker, überall lagen Leichen. Einige waren völlig tot, während andere außer Gefecht gesetzt waren, aber heilen würden.

Genau wie damals, als die Sentinels den Empfang nach Lizzies und Jaysons Hochzeit gestürmt hatten.

Lizzie, dachte sie und ihre Gedanken überschlugen sich. Wie viel Zeit hatte sie in den Wellen verloren? Genügend, damit die Seraphim ins Innere der Insel hatten vordringen können.

Wir halten die Stellung, sagte Issac mit angespannter Stimme. *Es ist fast unmöglich, aber wir halten sie noch zurück.*

Wo seid ihr? Sie bekam im nächsten Moment eine Antwort auf ihre Frage, als ein Funke in den Himmel flog und London seine Fähigkeit, Luft zu manipulieren, nutzte, um eine Art wirbelnden Schild gegen die Runen zu schaffen.

Sie sind unsichtbar, brauchen aber einen stetigen Luftstrom, um uns zu treffen, erklärte Issac.

Wasser vermischte sich mit Londons Wand aus Luft und bildete eine Art Elementarschild, der die Seraphim vorerst abzuwehren schien.

Er würde nicht lange halten.

Sie würden bald einen Weg finden, ihn zu umgehen.

Stas eilte in ihre Richtung, während ihr Verstand auf Hochtouren arbeitete und sie versuchte, eine Möglichkeit zu finden, um sie auszuschalten.

Sie hatte kein Schwert.

Ihr Wissen über Schutzsymbole reichte eindeutig nicht aus.

Leek hatte sie viel zu leicht überwältigt und würde es ohne Zweifel wieder tun. Aber er war nirgendwo zu sehen. Im Moment schienen nur zwei Seraphim gegen die Hydraianer zu kämpfen.

Wo ist Leek? Ist er mit einem der anderen ins Innere der Insel gegangen? Es waren vier am Strand gewesen und die anderen drei waren mit ihrem Vater im Schlepptau in den Himmel geflogen.

Ezekiel und Eliza haben sie irgendwie in Richtung Baumgrenze gelockt. Skye hat etwas diesbezüglich gesagt und Ezekiel hat uns die Nachricht übermittelt. Ich habe nicht alles verstanden.

Sie wollte gerade nicken, doch die Seraphim schleuderten eine weitere Energiespirale gegen den Schild. Er prallte mit einem lauten Knall dagegen, woraufhin mehrere Hydraianer zurücksprangen.

Ihre Runen wurden immer stärker.

Es muss doch eine Möglichkeit geben …

Ein schriller Schrei durchzuckte ihre Gedanken. Nein. Nicht ihre Gedanken. Ihre *Ohren.*

Sie blickte nach oben und suchte nach der Quelle. Es war derselbe Schrei, den sie unter Wasser gehört hatte.

Lizzie, erkannte sie. *Es ist Lizzie.*

Issac ...

Geh schon!, befahl er ihr, bevor sie den Satz beenden konnte. *Es geht mir gut.*

Stas schoss in die Luft und teleportierte sich zu ihrer besten Freundin, die sich in Lucs Haus befand, das von Chaos umgeben war.

Überall lagen Leichen.

Darunter ihr Vater und Blake ... reglos ... tot.

Sie ging neben den beiden auf die Knie und riss die Augen auf, als sie den leblosen Blick ihres Vaters sah. »Dad?«, flüsterte sie, als sie von der Erinnerung an den Tag übermannt wurde, an dem sie ihn vor so vielen Jahren verloren hatte.

Aber er war am Leben gewesen.

Er war an jenem Tag nicht gestorben. Er war nur entführt worden und sie hatte ihn *gerettet*.

Er ist ein Seraph und kann nicht sterben. Er wird wiederauferstehen.

Blake ... Blake würde nicht mehr erwachen. Er war immer noch ein Mensch. Ein Sterblicher. Und in seiner Brust klaffte nun ein Loch, das die Klinge eines Seraphs verursacht hatte.

Ein weiterer Schrei durchdrang die Luft und lenkte ihren Blick auf ihre Mutter ... die auf dem Boden kniete ... während ihr jemand eine Klinge an die Kehle hielt.

Kital umfasste den Griff des Dolches.

Adriel sagte etwas mit emotionsloser Stimme, doch seine Worte verloren sich im Wind. Vielleicht war Stas auch nicht in der Lage, sie zu verstehen, denn er drückte ein Schwert an den Hals ihrer besten Freundin. Jayson lag neben ihr auf dem Boden und atmete nicht.

Sie haben ihn nicht enthauptet, also ist er nicht tot, dachte sie automatisch, wobei in ihrer mentalen Stimme ein seltsam abschätziger Tonfall mitschwang. Sie klang so stoisch und praktisch wie die eines *Seraphs.*

Aidyn lag in Lizzies Armen und umklammerte mit winzig kleinen Fäusten das rote Haar ihrer Mutter.

Beide zitterten.

Beide waren verängstigt.

Doch Adriel sprach weiter.

Stas konnte ihn nicht hören, sie sah nur die Klinge an Lizzies Kehle.

Das Metall begann, sich zu bewegen.

Es hob sich.

In einem Bogen.

Und auf eine Art abgewinkelt, die nur eines bedeuten konnte.

»Wenn das deine Wahl ist«, sagte Adriel, und seine Worte drangen endlich in Stas' Bewusstsein. »Dann werde ich dich deinem Schicksal überantworten.«

Stas blinzelte.

Sie öffnete den Mund.

Das Schwert begann, die Luft zu durchschneiden.

Dann entfuhr ein Schrei ihrer Kehle. Laut. Herrisch. *Wütend.*

Diese Seraphim hatten ihre Familie und alle, die ihr am Herzen lagen, angegriffen. Und dieser seraphische Krieger besaß die verdammte Dreistigkeit, ihre beste Freundin *vor ihren Augen* enthaupten zu wollen?

Eine kraftvolle Energie durchströmte ihre Adern und entlud sich im Wind, als sie die Hände nach Adriel ausstreckte, um ihn zu erwürgen.

Doch er stand zu weit von ihr entfernt, um nach ihm zu greifen.

Viel zu nahe bei ihrer besten Freundin.

Mit diesem verdammten Schwert in der Luft.

Und war im Begriff, eine Frau zu enthaupten, die ein Baby im Arm hielt.

»Halt!«, rief Stas. Ihre Stimme war derart herrisch, wie sie sie selbst noch nie gehört hatte. Sie war laut, ließ den Boden vibrieren, erhöhte die Energie, die von ihren Fingerspitzen ausging, und versengte die Luft um sie herum.

Sie brüllte, schrie zum Himmel und forderte Vergeltung für all die Ungerechtigkeiten.

Sie hatten die Hydraianer angegriffen.

Sie selbst ertränkt.

Ihren Vater und Jayson kampfunfähig gemacht.

Bedrohten ihre Mutter mit einem Messer.

Hatten Blake getötet.

Und Grace und Ash, fügte sie hinzu und betrachtete ihre kopflosen Gestalten. *Tot.*

Noch mehr Wut flammte in ihr auf und entlud sich durch ihre Fingerspitzen in Form von Lichtbögen, die Adriel, Kital und Arvane direkt in die Brust trafen.

Dann fielen sie auf die Knie, als Stas noch mehr Energie freisetzte. So viel mehr.

Sie werden niemanden mehr verletzen.

Sie werden Lizzie nicht gefangen nehmen.

Sie werden Aidyn nicht mitnehmen.

Stas hörte wieder Issacs Besorgnis in ihren Gedanken, als er sie fragte, was los war, aber sie war nicht imstande zu antworten. Sie war *außer sich vor Wut.*

Diese Ungeheuer hatten ihre Familie angegriffen.

Sie wollten, dass sie ihnen gehorchte? Niemals.

Stattdessen sollten sie ihren Zorn zu spüren bekommen.

Ein weiterer Schrei entrang ihrer Kehle und brachte die Luft zum Vibrieren, als noch mehr Energie aus ihren

Fingerspitzen strömte und den Boden unter ihrer Wut erbeben ließ.

Ein Hassgefühl, wie sie es noch nie empfunden hatte, ließ ihre Adern in Flammen aufgehen, während die Bilder vom Strand in ihrem Kopf aufblitzten. Das Blut, die Todesopfer, die grausame Schlacht auf diesem Feld vor Lucs Haus. Sie wusste nicht einmal, ob er noch am Leben war. Hatte Jacque ihn rechtzeitig an einen anderen Ort teleportiert? Mateo? Was war mit den anderen Wächtern geschehen?

Sie hatte nur Grace' und Ashs Köpfe gesehen, aber es musste noch andere geben. Jay und Luc verfügten beide über einen ganzen Stab von Wächtern. Waren sie alle tot? Oder nur außer Gefecht gesetzt? Würden sie wieder aufwachen?

Tränen liefen ihr über das Gesicht, als sie ein Gefühl des Versagens mitten ins Herz traf und noch mehr Energie in ihr freisetzte.

Hitze.

Lava.

Elektrizität.

Ihre Fingernägel schmerzten und der felsige Boden unter ihr stach in ihre Haut, aber sie ignorierte alles, als ihr Schmerz, ihre Angst und ihre Wut die Atmosphäre durchtränkten.

Diese verdammten Seraphim mussten fühlen, sie mussten verstehen. Sie waren nicht mehr als Werkzeuge, Waffen und bedeutungslose Hüllen ohne Emotionen. Sie verstanden nicht den Sinn des Lebens. Sie wussten nicht, was es bedeutete, eine Familie zu haben. Sie hatten keine Ahnung, was *Liebe* bedeutete.

Sie drängte ihnen all die Gefühle auf und zwang sie zu erfahren, was es bedeutete zu leben. Sie verlangte von ihnen, dass sie mit dem *Sinn des Lebens* in *Einklang* waren.

Warum sollte man ohne Emotionen leben?

Warum ohne Beziehungen existieren?

Warum ein Dasein ohne Gefühle fristen?

Ihr Herz brach angesichts ihrer sinnlosen Existenz und ihre Seele schrie angesichts der Ungerechtigkeit, die ihnen angetan wurde.

Alle um sie herum weinten mit ihr.

Lizzie. Aidyn. Ihre Mutter.

Sie spürte ihren Kummer und ließ ihn in das Netz der Existenz strömen, das sie um die Insel gewoben hatte.

Warum leben? Warum existieren? Warum überhaupt atmen?

Diese Wesen waren grausam. Sie hatten keine Bestimmung. Sie führten ein Leben, das keinen Zweck erfüllte.

Aber sie würde sie fühlen lassen.

Sie würde sie zwingen, den Sinn des Lebens zu begreifen.

Sie würde ihre Seelen zwingen, Gefühle zu empfinden und zu existieren.

Ihr werdet Schmerz empfinden.

Den Schmerz über den Verlust, den sie erlitten hatte, den Issac durchleben musste und den auch Luc ertragen hatte. Sie ließ sie den Verlust aller fühlen und all derer, die sie möglicherweise auch verloren hatte. All die Freunde und geliebten Wesen, die ihr etwas bedeuteten.

Sie wurde von einer elektrisierenden Energie umhüllt, die die Haare auf ihren Armen und Beinen zu Berge stehen ließ. Ihr war nicht mehr kalt und sie war auch nicht mehr durchnässt von den Wellen. Sie war kein körperliches Wesen mehr.

Sondern ein Seraph von großer Macht.

Eine ätherische Essenz, die von diesen Engeln verlangte, sich einer neuen Bestimmung zu *unterwerfen*.

Empfindungen.

Dem Leben.

Gefühlen.

Emotionen.

Ein Feuer floss in einem unsichtbaren kraftvollen Strom durch ihre Adern, der durch ihre Arme in die Erde floss. Sie war eine Seele, die von Trauer, Wut und Entschlossenheit besessen war.

Tränen trübten ihre Sicht.

Die Nacht umschmeichelte ihre Sinne.

Es existierte nichts als Schönheit, als die Seelen um sie herum ihrer Macht unterlagen und sich unter ihrer Energie verneigten.

Die Intensität *schmerzte*.

Sie konnte nicht atmen und war nicht imstande, sich zu bewegen. Sie war eine Sklavin des Gefühls, mit dem diese Läuterung sie fesselte.

Bis schließlich Stille an ihr Ohr drang.

Herrliches Schweigen.

Ein Flüstern von Akzeptanz.

Ein Schimmer von *Licht*.

Sie schluckte und senkte den Kopf, um ihre Hände zu betrachten. Sie schienen ganz normal zu sein. Sie waren zwar immer noch blass und unter ihren Fingernägeln hing der Dreck von den Felsen, doch ansonsten sahen sie genauso aus wie immer. Dennoch spürte sie die Vibration statischer Energie, die ihre Haut streifte und ihren Geist beflügelte.

So viel Macht, staunte sie und starrte auf ihre Handflächen, als enthielten sie alle Antworten.

Aya, hauchte Issac in ihren Gedanken. *Geht es dir gut?*

Ich weiß es nicht, gestand sie. *Ich ... ich fühle mich, als wäre ich ... implodiert.*

Du hast all die Seraphim in die Knie gezwungen, sagte er. *Sie ... weinen.*

Sie zog die Stirn in Falten und warf einen Blick auf Adriel, Kital und Arvane, die tatsächlich weinten.

W-wie? Sie schluckte erneut und ihr Magen verkrampfte sich beim Anblick dieser mächtigen Wesen, die vor ihr knieten und sie mit Ehrfurcht in den Augen betrachteten.

Ihre Mutter und Lizzie bedachten sie mit einem ähnlich ehrfurchtsvollen Blick.

Stas schüttelte den Kopf. »Ich … ich weiß nicht …«

Ein gemessenes Klatschen ertönte zu ihrer Linken und unterbrach die Stille.

Sie blinzelte und ihr Herz hämmerte wild in ihrer Brust. Dann wandte sie den Kopf in die Richtung, aus der das Klatschen kam.

Ihr Blick fiel auf Osiris, der an einem Baum lehnte. Er trug einen Anzug und hatte die Beine lässig an den Knöcheln gekreuzt, als hätte um sie herum nicht gerade eine Explosion der Macht stattgefunden.

»Gut gemacht, meine Enkelin«, lobte er. »Könntest du diese Macht jetzt noch einmal aufleben lassen und sie gegen eine Insel voller Seraphim einsetzen?«

KAPITEL 35

BALTHAZAR

DAS WIRD ABER AUCH ZEIT, SAGTE ALIK UND SETZTE SEINE Telepathie ein, um direkt mit Balthazar zu kommunizieren. *Wakefield macht die Seraphim für uns sichtbar, aber wir können sie nicht …*

Er verstummte.

Balthazar runzelte die Stirn, als ein statisches Summen über seine Haut tanzte.

Um sie herum wogte eine Macht, die wie ein unheilvoller Kuss des Todes die Luft kühlte.

Leela zitterte und festigte den Griff um seinen Nacken.

Balthazar entfaltete seine Macht, um die Gedanken derer zu suchen, die ihm am nächsten standen. Er brauchte eine Erklärung, ein Update, *irgendetwas*, das ihm verriet, was hier gerade vor sich ging.

Er konnte Jays mentale Stimme nicht hören und sein Herz setzte einen Schlag aus.

Doch dann vernahm er Lizzies Gedanken, die ihm bestätigten, dass sein bester Freund noch lebte.

Und Luc beobachtete die Quelle der Energie, wobei er

496

sein strategisches Geschick einsetzte, um die Szene zu analysieren, die sich vor ihm abspielte.

Stas, hauchte Balthazar. *Das ist die Macht, die wir fühlen.*

Ich weiß, flüsterte Leela. *Ich ... ich kann es durch das Treueband spüren.*

Was tut sie da?, wollte er wissen.

Doch im nächsten Moment hatte er die Antwort auf seine Frage, als die Gedanken der Seraphim auf der ganzen Insel aufblühten und ihm erlaubten, nicht nur ihre Reaktionen zu hören, sondern auch ihre Emotionen zu *fühlen*.

Balthazar stand der Mund offen, als ein Ansturm von Verwirrung, überwältigendem Schreck und Traurigkeit auf ihn einströmte. Er verlor fast das Gleichgewicht, doch Leela erdete ihn und gab ihm Halt, während er das Chaos in sich aufnahm, das ganz Hydria ergriffen hatte.

Die Seraphim, die sie angegriffen hatten, waren auf die Knie gefallen, während ihr Verstand ganz und gar Stas' Befehl unterlag.

Leela schien jedoch nicht davon beeinflusst zu sein.

Waren Stark und Vera davon betroffen? Und was war mit Sethios und Caro?

Issacs Gedanken, die für Balthazar nun wieder zugänglich waren, verrieten ihm, dass es ihm gut ging, er sich jedoch Sorgen um Stas machte, weil sie nicht auf ihn reagierte.

Außerdem war sie gerade mehrmals ertrunken, bevor sie sich zu Lucs Haus teleportiert hatte.

Jetzt schien sie ihre Macht voll auszuschöpfen und jeden auf der Insel spüren zu lassen.

Indem sie die Seraphim zwang, zu ... zu ...

Sie zwingt sie zu fühlen? Balthazar war sich nicht sicher, wie er das Gefühl erklären sollte, das er empfand, doch er wollte es Leela näherbringen. *Es hat den Anschein, dass sie sie den Sinn des Lebens verstehen lässt.*

Sie entstammt Osiris' Blutlinie. Er ist der ursprüngliche Seraph des Lebens und der Auferstehung. Sie setzt ... irgendeine Kraft aus seiner Linie frei, antwortete Leela, deren Gesichtsausdruck ihren ehrfürchtigen Tonfall noch untermalte. *Ich habe so etwas noch nie zuvor gesehen oder gefühlt.*

Du kannst es spüren?

Nur durch dich, gestand sie. *Und durch die Luft, die mich frösteln lässt. Ansonsten spüre ich nichts. Sie hat mich nicht im Geringsten ihrem Willen unterworfen.*

Er nickte und suchte nach Starks Verstand. Abgesehen von der Tatsache, dass er ein wenig überrascht war, schien es ihm gut zu gehen. Das konnte Balthazar zumindest den Gedanken entnehmen, die er aus seinem Geist aufschnappte.

Clara stand neben ihm. Balthazar hörte in ihren Gedanken, dass der seraphische Krieger nach seiner Ankunft direkt zu ihr gegangen war.

Dank seiner Verbindung zu Leela war er nun auch wieder in der Lage, ihre Gedanken zu lesen.

Und Clara war zweifellos mit Stark ein Band eingegangen.

Die Bestätigung dafür lieferten ihm jedoch nicht ihre Gedanken, sondern all die Gefühle, die sie ausstrahlte.

Erleichterung.

Verwirrung.

Ein Hauch von Angst.

Und eine gesunde Portion Vertrauen.

All die Emotionen auf der Insel hatten sie überwältigt, doch es schien, als würde Stark ihr helfen, ihren Geist zu beruhigen.

Allein diese Tatsache reichte aus, dass Balthazar diese

Bindung guthieß. Auf das Wie und Warum würde er später zurückkommen.

Balthazar suchte im Geiste nach Sethios und Caro und stellte fest, dass Sethios genauso still war wie Jayson. Caro konnte er jedoch laut und deutlich hören. Sie strahlte Stolz aus, in den sich ein Anflug von Angst mischte. *Was hat das zu bedeuten?*, fragte sie sich. *Was wird der Rat mit ihr anstellen, wenn er davon erfährt?*

Eine ausgezeichnete Frage.

Balthazar wandte sich seinem ältesten Freund zu und war neugierig zu hören, was er zu alledem zu sagen hatte. Er runzelte die Stirn, als er in seinen Gedanken keinerlei Überraschung vernahm.

Wir müssen zu Luc gehen, sagte Balthazar gedehnt. *Kannst du uns zu seinem Haus teleportieren?*

Leela fragte nicht nach dem Grund, sondern setzte einfach ihre Kräfte ein und teleportierte sie in Lucs Wohnzimmer.

Sein Freund stand am Fenster und beobachtete Stas und die drei Seraphim, die im Gras knieten. Mateo und Jacque flankierten ihn und hatten ihre Blicke ebenfalls auf das Geschehen draußen gerichtet.

Dem mentalen Geplapper der anderen Hydraianer konnte er entnehmen, dass sich zwei weitere Seraphim am Strand befanden und eine ähnliche Haltung eingenommen hatten, während sie ganz und gar unter Stas' Bann standen.

Mateo und Luc schienen allerdings nicht sonderlich besorgt zu sein und wirkten völlig entspannt. Jacque war jedoch wachsamer als die beiden anderen Männer und blickte sofort auf, als Balthazar eintraf. Er verzog die Lippen zu einem Lächeln und sah Balthazar mit seinen silbergrauen Augen erleichtert an.

Balthazar zwinkerte ihm zu und freute sich, dass es

auch ihm gut ging. Dann hörte er Owens Gedanken ganz in der Nähe, was darauf hindeutete, dass er sich ebenfalls im Haus aufhielt.

Balthazar wunderte das nicht.

Die beiden Männer hatten eindeutig ein neues Kapitel ihrer Freundschaft aufgeschlagen. Ihre Beziehung steckte noch in den Kinderschuhen, daher wollte Balthazar sie nicht bedrängen, doch er war mehr als einverstanden mit dieser Entwicklung. Die beiden Hydraianer hatten Jahrzehnte lang umeinander herumgetanzt. Und das war vor Owens angeblichem Tod gewesen.

Obwohl Jacque es nicht schätzte, dass er im Dunkeln gelassen wurde, hatte er die Gelegenheit endlich beim Schopfe gepackt.

Allerdings war immer noch ein Anflug von Wut in seiner Aura wahrnehmbar, die vermuten ließ, dass die beiden Männer noch einige Unebenheiten ausbügeln mussten.

»Schön, dass du wieder da bist, B«, sagte Luc, ohne sich umzudrehen. »Und gerade rechtzeitig.«

»Manche könnten behaupten, dass ich zu spät gekommen bin«, antwortete Balthazar.

Luc nickte. »Ja. Aber du bist am Leben und in Sicherheit. Nur darauf kommt es an.«

»Ich bin überrascht, dass du noch hier bist«, sagte Balthazar, wohl wissend, dass noch ein paar Geheimnisse in den Gedanken seines alten Freundes herumschwirrten.

Eines davon war die Tatsache, dass er diese Reaktion von Stas erwartet hatte.

Denn Osiris hatte ihm gegenüber die Möglichkeit erwähnt.

Das überraschte Balthazar mehr, als er zugeben wollte.

Seit wann unterhältst du dich derart ungehemmt mit Osiris?, wollte er fragen. Aber er hatte Luc über dreitausend Jahre hinweg vertraut. Wenn er mit Osiris kommunizierte, hatte er sicher einen sehr guten Grund dafür.

»Ich konnte Hydria unter diesen Umständen nicht verlassen«, antwortete Luc und wandte sich zu ihm um. »Sie brauchten einen Anführer.«

»Einen König«, korrigierte Balthazar.

Sein alter Freund seufzte und schüttelte den Kopf. »Wir wissen beide, dass ich im Moment nicht in der Lage bin zu regieren, B.« In seinen smaragdgrünen Augen spiegelte sich Aufrichtigkeit wider. »Ich bin in viel zu schlechter Verfassung, um angemessene und logische Entscheidungen zu treffen.«

»Du machst vielleicht eine schwere Phase durch«, stimmte Balthazar zu und spürte die Wut in der Aura seines Freundes, »aber dein logisches Denken ist davon nicht beeinträchtigt.«

Luc musterte ihn einen Moment. »Ja, vielleicht. Aber ich zweifle ständig an mir und meinen Entscheidungen. Ich brauche … einen klaren Kopf.«

Balthazar verstummte, denn er wusste, wonach sein Freund sich sehnte, denn er konnte es in seinen Gedanken lesen. Er brauchte eine Atempause. Er war sich jedoch der Tatsache bewusst, dass dies der denkbar schlechteste Zeitpunkt war, um für eine Weile zu entfliehen und neue Kräfte zu sammeln.

Deshalb war er geblieben.

Aber seine psychische Verfassung verschlechterte sich zunehmend und seine Wut überlagerte langsam seine Fähigkeit, sich in Geduld zu üben.

Luc brauchte eine Pause, um sich der Entscheidungsgewalt zu entziehen. Er brauchte einen Moment für sich, um zu trauern, um wütend zu sein und um die Welt zu hassen.

Eine mentale Auszeit.

Und er brauchte Balthazar, um in seiner Abwesenheit die Führung zu übernehmen.

Jay war zu sehr mit seiner Rolle als Vater beschäftigt, um zu herrschen.

Und Alik war zu verbittert.

Also war Balthazar der einzig denkbare Kandidat.

Für wie lange?, wollte er fragen. Aber er wusste, dass sein alter Freund nicht in der Lage sein würde, ihm einen Zeitrahmen zu nennen. Er würde so lange fortbleiben, bis er die Kontrolle über seine Gefühle und seinen logischen Verstand wiedererlangt hatte.

B, flüsterte Leela, die ihren Blick immer noch auf die Fenster gerichtet hatte. *Osiris ist gerade aufgetaucht.*

Balthazar folgte ihrem Blick und sah den Seraph, der klatschend am Baum lehnte. Auch bemerkte Luc ihn, schien von seiner Ankunft aber nicht überrascht zu sein.

Denn er hatte ihn gerufen. Balthazar konnte es in seinen und Mateos Gedanken lesen.

Sie hatten sich an ihn gewandt, weil sie wollten, dass er Adriel alles über die Reformation erklärte. Ein guter Plan, allerding war der ursprüngliche Seraph des Lebens und der Auferstehung nicht rechtzeitig aufgetaucht, um ihnen zu helfen. Stattdessen hatte seine Enkelin die Arbeit für ihn erledigt.

Worauf er ziemlich stolz zu sein schien.

Die olivfarbene Haut seines kahlen Kopfes schimmerte im Mondlicht und ließ einen falschen Heiligenschein um seinen Kopf entstehen.

Eine passende Zierde für einen Seraph.

Doch weder dieser Mann noch seine Seele hatten engelhafte Züge.

Balthazar ging zur Tür, weil er hören wollte, worüber sie sprachen.

Die anderen folgten ihm nach draußen, als Osiris

gerade sagte: »Könntest du diese Macht jetzt noch einmal aufleben lassen und sie gegen eine Insel voller Seraphim einsetzen?«

Stas blinzelte ihn nur an und brachte keinen Ton heraus. Entweder war sie zu verblüfft von seinem Erscheinen oder sie konnte noch immer nicht glauben, was sie gerade vollbracht hatte. In ihrem Verstand herrschte Verwirrung angesichts dieser Macht, die sie nicht benennen konnte. Aber sie war sich der Tatsache bewusst, dass sie die Seraphim durch eine Art der Wiedergeburt in die Knie gezwungen und sie dazu gebracht hatte zu fühlen. Sie wusste nur nicht, wie sie es angestellt hatte.

Aus Wut.

Aus Verzweiflung.

Aus Erschöpfung.

Ihrem Verständnis nach zu urteilen waren alle möglichen Ursachen denkbar, doch Balthazar vermutete, dass es eine Kombination aus allen dreien war, wobei die Liebe auch eine große Rolle gespielt hatte.

Sie hatte ihre wahren Fähigkeiten genutzt, um ihre beste Freundin zu retten. Eine bewundernswerte Leistung, die definitiv Lob verdiente, aber Balthazar bezweifelte, dass sie ein Lob von Osiris akzeptieren würde.

»Hm, das dachte ich mir schon«, fuhr der uralte Seraph fort und bezog sich dabei auf seine Frage, ob Stas noch einmal auf diese Macht würde zugreifen können. »Ich bin bereit, mit deiner Ausbildung zu beginnen, wann immer du es wünschst, Astasiya.«

Sie legte die Stirn in Falten, als ein Teil ihrer Verwirrung von einer Woge intensiver Gefühle überflutet wurde.

Zorn.

Er durchströmte die Luft und überlagerte alle anderen Gefühle auf der Lichtung.

Leela presste ihre Handfläche auf Balthazars Kreuz und spürte das Gefühl durch ihr Band.

Es glich einer tiefroten Flamme, die wütend züngelte und heißer brannte als alles andere. Allerdings war sie unsichtbar, und niemand außer Balthazar schien sie zu bemerken.

Denn er nahm Stas' unbeständige Emotionen wahr.

Genauso wie er die Wut hörte, die ihre Gedanken durchzog.

Sie hatte ein Puzzle zusammengesetzt, das sich den anderen noch nicht erschlossen hatte. Aber in dem Moment, in dem sie es sich in Gedanken vergegenwärtigte, wusste Balthazar, dass sie recht hatte.

»Du hast bei all dem zugesehen«, sagte sie mit trügerischer Ruhe. »Wir haben dich um Hilfe gebeten, doch statt uns beizustehen, hast du tatenlos zugesehen, wie alles seinen Lauf genommen hat.«

Osiris starrte sie an, doch in seinen grünen Augen, die dieselbe Farbe wie die seiner Enkelin hatten, war keine Regung zu erkennen. »Du hast einen Platz zum Üben gebraucht und ich habe dafür gesorgt, dass du ihn bekommst.«

Sie zog die Augenbrauen in die Höhe.

Doch es war Caro, die als Nächste sprach und deren Zorn dem ihrer Tochter gleichkam. »Du hast das alles eingefädelt?«

Osiris sah sie an. »Nicht direkt. Leek kannte die Wahrheit dank Veras überstürzter Gedächtnismanipulation bereits. Ich habe das Unvermeidliche nur beschleunigt, indem ich ihnen jemanden gegeben habe, den sie manipulieren konnten.«

»Patreel«, sagte Leela und überraschte Balthazar. Dabei verblüffte ihn weniger ihre Antwort, denn er war zu demselben Schluss gekommen wie sie, sondern ihr Tonfall.

»Er hat seinen Zweck erfüllt und war für niemanden mehr von Nutzen«, antwortete Osiris und bestätigte damit indirekt seine Beteiligung an den Ereignissen des heutigen Abends. »Ich bin mir sicher, du wirst mit mir übereinstimmen, dass er sein Schicksal verdient hat, wenn man bedenkt, welche Rolle er bei deinen Reformationen gespielt hat.«

Leela spannte die Kiefermuskeln an. In Gedanken pflichtete sie ihm zwar bei, doch ihr kam sofort ein Argument in den Sinn, das dagegensprach. *Patreel wusste nichts davon*, dachte sie. *Er war nur eine Marionette.*

Balthazar lehnte sich an sie und gab ihr wortlos zu verstehen, dass sie mit diesem Gedankenkonflikt nicht allein war. Denn er stimmte ihr zu, dass Patreel für seine Taten bestraft werden sollte, aber er war auch der Meinung, dass Patreel im Grunde keine Schuld traf.

Der Hohe Rat von Seraph war der eigentliche Schuldige, zumindest die ursprünglichen Mitglieder des Rates.

»Patreel mag seine Strafe verdient haben, wie auch immer sie ausgefallen sein mag«, sagte Stas, »aber Grace hat es nicht verdient zu sterben. Genauso wenig wie Ash. Die Hydraianer am Strand haben es auch nicht verdient, verletzt oder getötet zu werden. Und mein Vater, Jay, Lizzie und *Baby Aidyn* haben all das nicht verdient.«

Mit jeder Aussage trat sie einen Schritt vor, bis sie nur noch wenige Zentimeter von Osiris entfernt war.

»Es ist oft nötig, Opfer zu bringen, wenn man ein so mächtiges Wesen wie dich ausbilden will«, antwortete er. Er schien völlig unbeeindruckt von ihrer Nähe oder der stillen Wut, die sie ausstrahlte.

»*Opfer?*«, wiederholte sie. »Du hast alle in Gefahr gebracht. Du hast unschuldige Wesen sterben lassen. Und das alles nur, um mich zu *trainieren*?« Ihre Faust traf seinen Kiefer, und alle um sie herum starrten sie schockiert an.

Caro trat einen Schritt nach vorn, doch Osiris hob seine Hand, um ihr Einhalt zu gebieten. Entweder hatte die Geste sie zum Innehalten bewegt oder er hatte sie seinem Willen unterworfen. Balthazar hatte keinen Zugang zu den Gedanken oder Gefühlen des uralten Unsterblichen. Zweifellos war eine Rune dafür verantwortlich, vielleicht hatte er es auch einfach seiner Macht zu verdanken.

Doch Stas schien sich davon nicht einschüchtern zu lassen.

Sie sah ihm direkt in die Augen, als sie sagte: »Ich werde *niemals* mit dir trainieren. Vor allem jetzt nicht mehr. Nicht nach allem, was du getan hast. Du bist ein Monster.«

»Ich bin nicht derjenige, der die Seraphim hierhergeschickt hat, um Elizabeth und ihre Tochter zu töten«, erwiderte er mit emotionsloser Stimme. »Dafür ist der Hohe Rat von Seraph verantwortlich.«

»Aber du hast zugesehen, wie der Rat fast Erfolg damit gehabt hätte«, blaffte sie ihn an. »Das macht dich genauso mitschuldig.«

»Es macht mich geduldig«, entgegnete er. »Es bedeutet, dass ich Vertrauen in deine Fähigkeiten habe. Ich habe recht behalten, und *sie* sind der Beweis.«

Er zeigte auf Adriel, Arvane und Kital, die alle auf dem Boden knieten und Stas wie eine anbetungswürdige Göttin anstarrten.

»Und wenn du dich geirrt hättest?«, fragte sie. »Hättest du einfach zugelassen, dass sie Lizzie töten? Und Aidyn und Jayson?«

»Ich liege nur selten falsch, wenn überhaupt«, antwortete Osiris.

»Ich bin nicht bereit, andere aufgrund einer

Vermutung in Gefahr zu bringen«, stieß sie hervor. »Ich bin nicht wie du.«

»Und genau deshalb *brauchst* du mich«, entgegnete er. »Ich war hier. Hätte sich die Situation als aussichtslos erwiesen, dann hätte ich eingegriffen. Leider war das jedoch nicht nötig, denn *du* warst die Lösung. Allerdings hast du einen Anstoß gebraucht, damit du auf deine eigene Kraft vertraust, um zu wissen, wozu du fähig bist, ohne dich auf deine Mentoren zu verlassen.«

Damit meint er Gabe und Vera, dachte Leela und verschränkte die Arme vor der Brust. *Auf diese Weise hatte er also seine Finger im Spiel. Er muss Patreel seinem Willen unterworfen und ihn gezwungen haben, Mel oder Dian zu verraten, wo wir zu finden sind, dann hat er Patreel davon überzeugt, Vera und Gabe um Hilfe zu bitten. Er wollte sie von hier fernhalten, um Stas auf die Probe zu stellen.*

Dann hatten die Ratsmitglieder also nichts mit dem Ablenkungsmanöver zu tun.

Vielleicht in gewisser Weise, murmelte sie. *Aber vor allem hat Osiris durch Patreel indirekt Einfluss darauf genommen. Er hat das Spielbrett entworfen.*

Lucs Gedanken stimmten mit Leelas Einschätzung überein. Er dachte über die Strategie nach und erachtete sie als logisch. Er empfand sogar ein wenig Respekt. Hinsichtlich seiner Bereitschaft, Opfer zu bringen, war er jedoch nicht mit Osiris einer Meinung.

Und Balthazar ebenso wenig.

Sie hatten heute Nacht einige gute Leute verloren. Sie hätten diese Hydraianer für die bevorstehende Schlacht dringend gebraucht.

Hydraianer wie Ash und Grace, dachte er, als er den Blick über ihre leblosen Körper auf dem Boden schweifen ließ. *Sie haben dieses Schicksal nicht verdient.*

Leela legte eine Hand an sein Kreuz und lehnte ihren

Kopf an seine Schulter, um ihm Halt zu geben. Balthazar würde die Hauptlast dieser emotionalen Auswirkungen tragen, vor allem wenn Luc ihm die Verantwortung überließ.

Wen haben wir noch verloren?, fragte sich Balthazar. *Wie viele sind heute Nacht gestorben?*

»Deine Spielchen haben uns heute Nacht das Leben vieler wichtiger Leute gekostet«, sagte Luc mit ausdrucksloser Stimme. Balthazar hatte den gleichen Gedanken gehabt.

Deshalb waren sie als Anführer ein so gutes Team. Luc glänzte durch seine strategischen Fähigkeiten, während Balthazar den Verstand und die Herzen seiner Leute kannte.

»Ash war unsere beste Pyrokinetikerin«, fuhr Luc fort. »Grace war zwar jung, aber sie war nicht nur kämpferisch sehr gewandt, sondern beherrschte auch die Kunst, die Geschichte von Gegenständen zu lesen.«

»Bei Ersterer bin ich anderer Meinung, und für Letzteres hast du immer noch Owen«, antwortete Osiris.

Luc runzelte die Stirn. »Wir haben keine anderen Pyrokinetiker auf der Insel.«

»Vielleicht nicht. Aber es existieren andere, die sie ersetzen können. Das habe ich bei den heutigen Ereignissen berücksichtigt.« Er verschränkte die Hände vor seinem Körper. »Hydrias Gesamtmacht ist so stark wie eh und je. Ich würde sagen, sie hat sich gegen die Seraphim sogar als recht machtvoll erwiesen, was die Ratsmitglieder sicher schockieren wird. Sie haben nur sieben von ihnen geschickt, weil sie offenbar nicht mit großem Widerstand gerechnet haben.«

»Es waren also eine Trainingsübung und ein Test«, interpretierte Stas seine Worte. Sie hatte die Hände zu

Fäusten geballt und sah aus, als wollte sie Osiris erneut einen Kinnhaken verpassen.

Balthazar bezweifelte, dass der uralte Seraph einen weiteren Schlag über sich ergehen lassen würde.

Deshalb hoffte er für Stas, dass sie ihr Temperament zügelte, auch wenn er mit ihrer Wut durchaus einverstanden war.

»Es gibt im Leben außer Macht auch noch andere Dinge, die wichtig sind«, sagte Balthazar leise. »Wir sind eine Familie. Ein Verlust wirkt sich auf die Moral aus, was unsere Fähigkeit, als geschlossene Einheit zu kämpfen, stark beeinträchtigen kann.«

Luc war Beweis genug dafür, denn seine Führungsqualitäten hatten unter dem Verlust von Aidan gelitten.

Osiris betrachtete Balthazar einen Moment, bevor er Lizzie und Aidyn ansah und dann den Blick wieder auf Stas richtete.

»Vielleicht gibt es auch Dinge, die du mir beibringen kannst«, sagte er. »Die Menschheit wird normalerweise als schwach angesehen, aber du hast mir heute gezeigt, dass sie auch ihre Stärken haben kann.«

»Ich werde nicht mit dir trainieren«, wiederholte Stas mit entschlossenem Tonfall. Die Emotionen, die sie ausstrahlte, ließen jedoch vermuten, dass sie ihre Wut hatte sprechen lassen.

Balthazar konnte es ihr nicht verdenken.

Doch in Lucs Gedanken schwang ein Hauch von Enttäuschung mit. Denn obwohl er mit Osiris' Methoden nicht einverstanden war, konnte er die Zweckmäßigkeit einer Zusammenarbeit erkennen.

Balthazar blickte seinen ältesten Freund überrascht an.

Luc ignorierte ihn und fixierte weiter den uralten Seraph.

Osiris seufzte. »Das wirst du, mein Kind. Du wirst keine andere Wahl haben.« Er trat einen Schritt zurück. »Ich werde in der Nähe sein.« Er warf einen Blick auf seinen Sohn am Boden und presste die Lippen zu einer dünnen Linie zusammen. »Heile ihn, Caro. Heile sie alle.«

Statt sich zu teleportieren, ging er einfach auf die Bäume zu.

Und schlenderte auf einem Pfad in die Nacht hinein.

»Wir lassen ihn jetzt einfach in Hydria herumlaufen?«, fragte Stas, als Caro neben Sethios auf die Knie fiel.

Er hat sie seinem Willen unterworfen, erkannte Balthazar. *Und sie gezwungen zu heilen.*

Das wundert mich nicht, murmelte Leela.

»Ich glaube, Osiris wandert seit Jahrhunderten in Hydria umher«, sagte Luc leise und starrte mit zusammengekniffenen Augen auf den Pfad, den Osiris gerade entlanggegangen war. »Wie viele Tote haben wir …«

»Luc?«, drang Elizas Stimme aus der Dunkelheit. Ein Anflug von Angst war ihrer Ankunft vorausgegangen und ihre Aura war von einer Mischung aus Schock und Schreck getrübt.

Balthazar runzelte die Stirn und brachte sofort seine Kräfte zum Einsatz, um herauszufinden, was diese Reaktion bei ihr ausgelöst hatte.

Während der letzten Monate hatte er ihre Emotionen beobachtet und ihr geholfen, sich von den Schrecken ihrer Vergangenheit zu erholen.

Aber in dem Moment, in dem sie die Lichtung betrat und alle dort stehen sah, erstarrte sie.

Vielleicht lag es auch an dem eisigen Blick, den Luc ihr zuwarf. »Ich habe jetzt keine Zeit für dich«, stieß er hervor. »Komm später wieder.«

»Luc«, warf Balthazar ein und trat vor.

Luc bedachte ihn mit einem vielsagenden Blick. »Nicht jetzt.« *Wenn sie jetzt mit mir spricht, werde ich etwas sagen oder tun, was ich später bereuen werde.* Die Worte hallten zwischen ihnen wider und der Nachdruck in Lucs mentaler Stimme ließ Balthazar innehalten.

Sein alter Freund hatte während der letzten Monate immer wieder geleugnet, dass er sich zu der jungen Hydraianerin hingezogen fühlte, weil sie zu jung und zu unerfahren für ihn war. Aber das hielt ihn nicht davon ab, sie insgeheim zu begehren.

Jetzt schien er sich diese Anziehungskraft zumindest gegenüber Balthazar offen einzugestehen, indem er ihm zu verstehen gab, dass er in seiner derzeitigen Stimmung nicht bereit war, sich ihr zu stellen.

Weil er nicht riskieren wollte, etwas zu sagen, was die Chance auf eine Beziehung zunichtemachen könnte.

Eine interessante Entwicklung.

Vielleicht war es aber auch nur ein müdes Eingeständnis.

Was auch immer es war, Balthazar bedeutete ihm mit einem Nicken, dass er verstanden hatte.

»Aber ich muss wirklich …«

»Eliza, ich habe im Moment Wichtigeres zu tun, unter anderem muss ich die Toten auf der Insel bergen«, erklärte Luc mit fester Stimme. »Falls du nicht vorhast, mir die Anzahl der Opfer zu nennen, die wir gerade erlitten haben, dann musst du dich gedulden.«

Die dunkelhaarige Frau schluckte und ihre mitternachtsblauen Augen trübten sich, als sie sich scheinbar geschlagen gab. Sie senkte verständnisvoll den Kopf und in ihrem Verstand breitete sich eine seltsame Leere aus, als sie ohne ein weiteres Wort zurücktrat.

Balthazar seufzte. Das war nicht die richtige Art, mit

der Situation umzugehen, aber es war immer noch besser als Luc, der sie anschnauzte.

Trotzdem fragte er sich, was sie ihm hatte mitteilen wollen. Was immer es war, sie hatte es scheinbar aus ihren Gedanken verdrängt, vielleicht, als sie Balthazar ganz in der Nähe erblickt hatte. Dieser Umstand faszinierte ihn nur noch mehr.

Beinahe wäre er auf sie zugegangen, um mit ihr allein zu sprechen, doch Sethios erwachte in diesem Moment wieder zum Leben und stieß einen wütenden Fluch aus, mit der er die Aufmerksamkeit aller auf sich zog.

Caro ging sofort zu Jay hinüber, wobei sie Sethios weder küsste noch umarmte noch seine Genesung anderweitig kommentierte.

Er runzelte daraufhin die Stirn und sah sich um.

»*Großvater* hat sie gezwungen, alle zu heilen«, erklärte Stas mit zusammengebissenen Zähnen.

Sethios' Stirn legte sich wieder in Falten, als er alle anderen ignorierte und sich neben Caro kniete, um eine Hand auf ihre Schulter zu legen. Die Energie, die durch ihr starkes Band floss, war spürbar.

Er sagte nichts, sondern machte sich sofort an die Arbeit und versuchte, ihr durch ihre Bindung zu helfen.

Versucht er, den Bann zu brechen?, fragte sich Balthazar.

Entweder das, oder er gibt ihr Energie, um sie zu stärken, antwortete Leela. *Ihre Fähigkeit zu heilen ist noch neu und wahrscheinlich sehr ermüdend für sie.*

Das bedeutete, dass sie Hilfe brauchte.

Balthazar suchte den Geist der einen Hydraianerin, die ihnen helfen konnte, und fand sie am Strand. »Lara heilt gerade London«, sagte er zu Luc. »Soweit ich ihren Gedanken entnehmen kann, gibt es nicht viele, die dauerhaft tot sind. Doch viele haben schwere Wunden erlitten und manche werden einige Tage brauchen, um wiederaufzuerstehen.«

Hydraianer konnten nur durch Enthauptung oder durch vollständiges Ausbluten sterben. Zu Letzterem kam es, wenn eine Feuerkugel in die Blutbahn eindrang.

Allerdings hatten die Seraphim außer ihren ätherischen Schwertern keine weiteren Waffen benutzt. Zumindest hatte er das in den Gedanken seiner Hydraianer gelesen.

»Aya«, keuchte Issac und durchbrach die Baumgrenze, an der Eliza gerade noch gestanden hatte.

Balthazar runzelte die Stirn und stellte fest, dass sie ohne ein Wort verschwunden war.

Er versuchte, ihren Geist zu finden, aber Issacs Gefühle wirbelten durch seine Sinne und lenkten seine Aufmerksamkeit auf das Paar auf der Lichtung, das sich in den Armen lag.

Issac strahlte Liebe, Bewunderung, Respekt und Besorgnis aus, während er Stas mit einer Heftigkeit festhielt, die Balthazar bis in seine Seele spürte.

Als er sah, wie sich die beiden direkt neben Sethios und Caro umarmten, wurde er auf seltsame Weise einer neuen Realität gewahr. Einer neuen Lebensart. Balthazar hatte nie geglaubt, sich einmal ein solches Schicksal zu wünschen, doch jetzt brauchte er es mehr als die Luft zum Atmen.

Und er hatte es.

Er hatte Leela.

Die andere Hälfte seiner Seele.

Die Frau, für die er schon immer bestimmt war, die er jedoch dreitausend Jahre lang gesucht, verloren und wiedergefunden hatte.

Er blickte in ihre blaugrünen Augen, in denen sich das Verständnis widerspiegelte, das zwischen ihnen erblühte.

Das sind wir, dachte er an sie gerichtet.

Was unsere Vergangenheit uns verwehrt hat, flüsterte sie.

Was unsere Zukunft für uns bereithält, erwiderte er und legte eine Hand an ihre Wange.

Sie schmiegte sich an seine Handfläche und schloss die Augen. *Was unsere Gegenwart bereits ist*, sagte sie leise.

Er presste seine Lippen sanft auf die ihren. *Ich schulde dir noch eine Portion Pfannkuchen.*

Das ist wahr, stimmte sie zu.

Ich werde sie dir frisch zubereiten, wenn wir hier fertig sind. Bis er in der Lage wäre, dieses Versprechen einzulösen, wäre wahrscheinlich ohnehin bereits der nächste Tag angebrochen.

Sie hob ihre langen blonden Wimpern, wobei ein verruchter Ausdruck in ihren Iriden funkelte. *Aber nur, wenn ich Sirup von deinem Bauch lecken darf.*

Willst du damit sagen, dass du mich den Pfannkuchen vorziehst?

Ich will damit sagen, dass deine Bauchmuskeln mich an Waffeln erinnern, und ich esse lieber Waffeln als Pfannkuchen, murmelte sie.

Lügnerin, entgegnete er und sah sie mit zusammengekniffenen Augen an. *Ich kann deine Gedanken lesen, Lee.*

Ja, das kannst du, antwortete sie und grinste. *Dann weißt du also, dass ich die Wahrheit sage, wenn ich davon spreche, am liebsten dich mit Sirup beträufelt zum Frühstück zu vernaschen.*

Er küsste sie erneut, bevor er ihre Wange streifte und seinen Mund an ihr Ohr presste. »Das Gefühl beruht auf Gegenseitigkeit.« Für Balthazar war das so etwas wie eine Liebeserklärung, denn Pfannkuchen waren seine Leidenschaft.

Aber Leela übertraf diese Leidenschaft noch.

Sie war zu der Mahlzeit geworden, die er am liebsten verspeiste.

Er strich mit den Lippen über ihre Wange, dann richtete er sich auf und konzentrierte sich darauf, was ihnen in dieser Nacht noch bevorstand.

Leela würde seine Nachspeise sein.

Später.

Nachdem er seine Hydraianer getröstet hatte.

Und die nächsten Schritte mit den anderen Ältesten besprochen hatte.

KAPITEL 36

BALTHAZAR

»VIER TOTE, DARUNTER BLAKE. DREIZEHN VERWUNDETE, aber größtenteils geheilte Unsterbliche. Und sechs emotionale Seraphim.« Jay verschränkte die Arme vor der Brust und hatte die Beine in den Boden gestemmt. »Letztere haben wir vorerst in den Kerker gesperrt. Allerdings werden wir sie dadurch kaum festhalten können.«

»Ja, aber sie scheinen kein großes Interesse daran zu haben zu entkommen«, erwiderte Luc.

»Es scheint fast so, als befänden sie sich in einer seltsamen Art von Reformation«, warf Caro ein, die neben Sethios auf der Couch saß und ihren Kopf auf seine Schulter gelegt hatte. Er hatte einen Arm um sie geschlungen, um ihr Kraft zu geben.

Die Wirkung des Banns war entweder geschwächt oder vollständig gelüftet worden, sodass sie sich jetzt erholen konnte.

Beide Möglichkeiten deuteten darauf hin, dass Osiris immer noch in der Nähe lauerte, aber seither hatte er sich auf der Insel nicht mehr gezeigt. Issac hatte diese

Vermutung bestätigt, denn er hatte den Seraph durch niemandes Augen sehen können.

Es wäre natürlich möglich, dass er seine Macht einsetzte und die anderen zwang, seines Anblicks nicht gewahr zu werden.

Aber es spielte keine Rolle.

Denn wenn Osiris in Hydria umherstreifen wollte, würde er es tun. Mit oder ohne Erlaubnis.

Und Balthazar war einfach zu erschöpft, um sich auch noch darüber den Kopf zu zerbrechen.

»Sie sind bei Bewusstsein, aber gefügig«, fuhr Caro fort. »Statt keinerlei Emotionen zu haben, fühlen sie jetzt alles.«

»Adriel scheint seine Erinnerungen wiederzuerlangen«, fügte Stark hinzu, der seine Beine lässig an den Knöcheln gekreuzt hatte, während er sich an die Wand von Lucs Wohnzimmer lehnte. »Er erwähnt ständig jemanden namens Dapharia.«

Caros Stirn legte sich in Falten. »Ich kenne niemanden mit diesem Namen.«

»Ich auch nicht«, erwiderte Stark. »Aber er fragt immer wieder nach ihr.«

»Mir ist der Name auch nicht bekannt«, warf Leela ein.

»Vielleicht kann ich herausfinden, wer gemeint ist, wenn ich seine Gedanken durchsuche«, bot Vera an und ließ sich auf einen Sessel neben der Couch fallen, auf der Sethios und Caro saßen.

Balthazar und Leela hatten den anderen Sessel im Raum eingenommen, wobei sie auf der Lehne saß und ihren Arm um seine Schultern geschlungen hatte. Er hätte sie am liebsten auf seinen Schoß gezogen, doch er hielt sich zurück und konzentrierte sich stattdessen auf die Unterhaltung.

»Was ist mit dem siebenten Seraph passiert?«, wollte Sethios wissen. »Ist er entkommen?«

»Ich habe Leek nirgendwo auf der Insel wahrnehmen können«, antwortete Stark. »Und Stas sagte, sie könne ihn nicht so spüren wie die anderen.«

»Ja, sie hat eine Art Verbindung zu ihnen hergestellt«, fügte Caro hinzu. »Ich könnte mir vorstellen, dass sie Osiris' Verbindung zu seinen Ichorianern ähnelt.«

Stas und Issac waren den Abend über bei Lizzie und Aidyn geblieben, da Stas das Bedürfnis hatte, in der Nähe ihrer besten Freundin zu sein, falls die Seraphim zurückkehrten.

Jay wäre beinahe bei ihnen geblieben, aber er wollte das Treffen der Ältesten nicht verpassen. Zumal er wusste, dass Luc vorhatte, einen notwendigen Führungswechsel anzukündigen.

Das bedeutete, dass sie sich alle einig sein mussten, um den Hydraianern gegenüber als einheitliche Front aufzutreten.

Es würde nur vorübergehend sein. Luc würde nur lange genug wegbleiben, damit er das Vertrauen in seinen eigenen Verstand zurückgewinnen konnte.

Balthazar respektierte ihn dafür, dass er die Notwendigkeit erkannt hatte, seine Gefühle unter Kontrolle zu bringen, doch er wünschte sich, dass sein alter Freund sich von ihm helfen lassen würde.

Aber das war nicht Lucs Art.

Er musste sich seinen Schmerz zuerst eingestehen, um wirklich heilen zu können.

»Man kann also davon ausgehen, dass Leek zum Rat zurückgekehrt ist«, sagte Luc, der am anderen Ende des Raumes in der Nähe des Kamins stand. Er hatte bewusst eine Position eingenommen, von der aus er alle Anwesenden und die Tür im Blick hatte. »Glaubst du, sie werden noch mehr Seraphim schicken, um uns anzugreifen?«

»Erst wenn sie verstehen, was hier vorgefallen ist«, antwortete Vera. »Und das könnte eine Weile dauern.«

Stark nickte zustimmend. »Für Seraphim verläuft die Zeit anders. Ein paar Wochen sind für sie dasselbe wie ein paar Monate oder sogar Jahre. Das macht es schwierig, den Zeitpunkt ihrer Rückkehr vorherzusagen.«

»Skye wird uns dabei helfen«, murmelte Caro. »Und soweit ich von Ezekiel gehört habe, hat sie sich endlich beruhigt.«

»Aber hat er nicht auch etwas über den herannahenden Tod gesagt?«, fragte Alik. »Angeblich hat sie es wie ein Mantra wiederholt, kurz bevor Stas implodiert ist.«

»Vielleicht meinte sie damit, dass die Seraphim hier bald sterben und wiedergeboren werden?«, schlug Sethios vor. »Oder sie hat den Tod der Hydraianer vorausgesagt.«

»Oder sie meinte buchstäblich den Seraph des Todes und der Zerstörung«, konterte Alik. »Da er offensichtlich wie besessen ist von Bs ...« Er blinzelte und wandte sich Balthazar zu. »Wie soll ich sie nennen? Eine Gefährtin? Eine Freundin? Eine Ehefrau? Ich bin ehrlich neugierig zu erfahren, wie ich dein neues Anhängsel betiteln soll, denn *Eroberungen* hattest du wahrlich genug.«

»Sie ist nicht mein Anhängsel«, entgegnete Balthazar. »Sie ist Leela, ein Seraph der Fruchtbarkeitslinie und die sinnlichste Frau der Welt. Sie ist ein eigenständiges Wesen, und das wird sie auch immer sein.«

Sie verzog die Lippen zu einem Lächeln. »Ein Wesen, das sich entschieden hat, Balthazars Gefährtin zu sein.«

»Ganz genau.« Er grinste. »Sie ist eine Herausforderung, die ich bis in alle Ewigkeit zufriedenstellen und verehren muss.«

»Eine sehr schwierige Aufgabe«, fügte Leela hinzu.

»Ich würde mir nie eine leichte Aufgabe wünschen«, erwiderte er mit ernstem Tonfall.

Leela beugte sich vor, um ihn zu küssen. Ihr Verstand war voller warmer Gedanken, als sie mit der Zunge über seine Unterlippe fuhr. *Ich freue mich schon aufs Frühstück, B.*

Ich mich auch, Schätzchen. Er erwiderte die Liebkosung und strich mit seiner Zunge sanft über die ihre, um sie auf den bevorstehenden Morgen einzustimmen. Es dämmerte bereits, und er bezweifelte, dass sie in nächster Zeit schlafen würden.

Was für ein Glück, dass wir keinen Schlaf brauchen, dachte er.

Ja, stimmte sie zu. *Wir können tagelang ohne auskommen.*

Tagelang, wiederholte er. *Ich nehme die Herausforderung …*

»Ich bedaure meine Frage«, unterbrach Alik seine Gedanken in sarkastischem Tonfall. »Ich wollte damit sagen, dass Skyes Prophezeiung von dem Seraph handeln könnte, der von *Leela* besessen ist. Deshalb kommt deine Abreise zu einem ungünstigen Zeitpunkt.« Die Worte waren an Luc gerichtet. »Aber ich kann verstehen, warum sie nötig ist.«

»Ich werde nicht lange weg sein«, versprach Luc. »Ich muss nur … meine Trauer verarbeiten.«

»Du musst sie akzeptieren«, entgegnete Balthazar und löste seine Lippen von Leelas Mund, um seinen alten Freund mit einem Blick zu fixieren. »Schmerz und Trauer sind dazu da, angenommen zu werden. Du kannst sie nicht von dir schieben.«

Luc blinzelte ihn an, doch er wollte sich nicht länger mit dem Gedanken beschäftigen und konzentrierte sich stattdessen auf das, was vor ihnen lag. »Die Hydraianer müssen die Wahrheit über meine Abwesenheit erfahren. Es würde nur Misstrauen und Verwirrung stiften, wenn wir versuchen, zu lügen und es zu vertuschen. Und beide Emotionen können wir uns im Moment nicht leisten.«

Balthazar nickte zustimmend.

»Sie müssen keine Einzelheiten erfahren. Erzählt ihnen einfach, dass ich gegangen bin, um zu trauern und eine neue Bestimmung zu finden.« Luc räusperte sich. »Sie werden euch drei als emotionale Stütze brauchen.«

Alik schnaubte. »Nicht gerade meine Stärke.«

»Aber er wird daran arbeiten«, fügte Balthazar hinzu, bevor Luc etwas erwidern konnte. »Sie werden auch mich und Jay haben. Und Stas.« Es war wichtig, sie miteinzubeziehen. Sie hatte die Seraphim besiegt. Das würde ihr in den Augen der Hydraianer einen gewissen Status verschaffen, den sie nutzen konnten, um das Volk zu beruhigen.

»Wir alle sind eine Familie«, fügte Jay hinzu. »Wir werden uns darum kümmern. Und wir werden deine Abwesenheit respektieren, Luc. Niemand wird dein Bedürfnis, Frieden zu finden, infrage stellen.« Er trat auf Luc zu und legte ihm eine Hand auf die Schulter. »Im Gegenteil, wir respektieren dich alle dafür, dass du dieses Bedürfnis anerkennst.«

Er zog Luc in seine Arme und klopfte ihm auf den Rücken, während er seine Schläfe an den Kopf des anderen Mannes presste.

»Du bist immer noch unser König«, sagte Jay leise. »Diese Umordnung ist nur vorübergehend.«

»Ich wollte nie König sein«, murmelte Luc und erwiderte Jays Umarmung.

»Nein, aber du bist der Beste für diesen Job, und genau damit beweist du es«, erwiderte Jay, packte ihn im Nacken und drückte seine Stirn an Lucs. »Versuche, nicht zu weit fort zu gehen, in Ordnung?«

Luc hielt seinem Blick einen Moment lang stand,

wobei er ihm weder zustimmte noch widersprach. »Jacque wird wissen, wie ihr mich finden könnt«, sagte er stattdessen.

»Das ist gut genug«, stimmte Jay zu und ließ ihn los. »Wir kümmern uns um das Volk und die möglichen Auswirkungen der Videos, die mittlerweile überall im Netz zu sehen sind. Du kümmerst dich um deinen Verstand.«

»Mateo versucht, die Videos alle aus dem Internet zu löschen«, sagte Luc. »Aber ich fürchte, der Schaden ist bereits angerichtet.«

Jay zuckte mit den Schultern. »Darüber musst du dir keine Sorgen machen. Wir kriegen das schon hin.« In der Stimme seines besten Freundes schwang ein unbekümmerter Unterton mit, da er offensichtlich versuchte, die Sache herunterzuspielen. Doch sie alle wussten, dass die Videos ein großes Problem darstellten.

Balthazars und Leelas Gesichter waren überall zu sehen.

Genauso wie die von Gabriel und Vera und all den toten Seraphim.

Sie waren gerade in eine neue Phase ihres Lebens übergegangen, die ähnlich verlaufen könnte wie zur Zeit der Antike, als die Griechen und Römer sie für Götter gehalten hatten.

Oder sie könnte den Weg einschlagen, den auch die CRF genommen hatte, indem sie sie verfolgt hatte.

Wie dem auch sei, sie würden sich auf alle Eventualitäten vorbereiten und dann weitersehen.

»In der Zwischenzeit werden Vera und ich uns um Adriel und die anderen kümmern«, sagte Stark und stieß sich von der Wand ab. »Wir lassen es euch wissen, sobald wir etwas Nützliches erfahren.«

Luc nickte.

»Wir werden uns mit Ezekiel und Skye am äußeren

Rand der Insel aufhalten.« Sethios' Worte waren weniger ein Vorschlag oder ein Angebot als vielmehr eine Feststellung. »Stas und Issac werden uns begleiten.«

Balthazar runzelte die Stirn. »Wollen sie denn nicht mehr in meinem Gästezimmer wohnen?«

»Ezekiel hat Issac gebeten, ein Auge auf Skye zu haben, wenn sie schläft. Sie hat mit Albträumen zu kämpfen. Es ist einfacher, wenn sie in der Nähe sind«, erklärte Stas' Vater. »Zumindest für den Moment.«

Luc nickte erneut. »Er wird auch in der Lage sein, ihre Visionen zu entschlüsseln. Ein strategisch kluger Schachzug.«

Sethios und Caro brachten ebenfalls ihre Zustimmung zum Ausdruck und standen auf. »Außerdem hätte mein Vater einen zentralen Anlaufpunkt, falls er sich entschließt, uns wieder zu besuchen, denn ich bezweifle, dass eure Hydraianer es gutheißen würden, wenn er einfach offen auf der Insel umherwandert.«

»Wir können ihn nicht kontrollieren«, antwortete Luc.

»Nein. Aber wir können seine Aufmerksamkeit auf einen bestimmten Punkt lenken.« Sethios lächelte. »Glaubt mir, ich habe ein paar Jahrtausende Erfahrung mit seinen Spielchen. Ich weiß, wie er denkt.«

Und mit diesen Worten verließen er und Caro den Raum.

Vera und Stark folgten ihnen.

Damit befanden sich noch Jay, Alik, Luc, Balthazar und Leela im Wohnzimmer.

Für einen Augenblick herrschte Stille, als die Ältesten diesen Moment auf sich wirken ließen, der entscheidend für ihre Zukunft sein würde, und über die Notwendigkeiten nachdachten, die mit dieser Entscheidung einhergingen.

»Wir werden es den Hydraianern erst in ein paar

Stunden sagen«, unterbrach Balthazar schließlich das Schweigen. »Nach der Beerdigungszeremonie.«

Luc nickte. »Ich werde im Geiste bei euch sein.« Er hatte sich bereits auf seine Weise verabschiedet und ihre Seelen auf seine uralte Art gesegnet. Dabei hatte er nicht nach außen hin getrauert und den Verlust beklagt, sondern ihnen Frieden und Glück im Jenseits gewünscht.

Ein Teil seines Heilungsprozesses würde darin bestehen, ihren Tod zu akzeptieren, zusätzlich zu dem der anderen.

Aber um Aidan würde er am meisten trauern.

Um seinen Vater. Sein Fleisch und Blut. Die andere Hälfte seines Verstandes.

»Ich schaffe das schon«, sagte er, als er sich Balthazar zuwandte.

»Davon bin ich überzeugt«, antwortete er und stand auf, um seinen ältesten Freund in seine Arme zu ziehen. »Und wir werden bei deiner Rückkehr mit offenen Armen auf dich warten«, sagte er mit gedämpfter Stimme.

Dann klopfte er dem Mann auf den Rücken, genau wie Jay es getan hatte, und trat einen Schritt zurück.

»Ich werde dich nicht umarmen«, sagte Alik. »Aber ich werde während deiner Abwesenheit unsere Schutzlinien aktiv umstrukturieren.«

»Ich erwarte einen vollständigen Bericht, wenn ich zurück bin«, antwortete Luc.

Alik grinste. »Ich werde dir stattdessen eine Demonstration bieten.«

Die beiden Männer schwiegen und der Moment war von gegenseitigem Verständnis geprägt, denn sie hatten beide einen großen Verlust erlitten. Während Alik jedoch seinen Lebenswillen aus seiner Wut schöpfte, wollte Luc einen anderen Weg beschreiten. Er weigerte sich, von Rachegelüsten getrieben zu werden. Er wollte, dass

Strategie und Logik wieder in den Vordergrund seines Verstandes traten.

Und es würde ihm gelingen.

Aber er brauchte Zeit.

Die vier Männer standen noch einen Moment schweigend beisammen, dann ging jeder von ihnen seiner Wege, um sich seinen Aufgaben zu widmen.

Balthazar würde heute Abend auf der Insel eine Rede halten, nachdem er die Begräbniszeremonien geleitet hatte.

Dann würde er Lucs vorübergehende Abwesenheit verkünden.

Und er würde seine Hydraianer in ihrer Trauer begleiten, indem er ihre Emotionen besänftigte, während er sich ihre Gedanken und Kommentare anhörte.

Kameradschaft und Moral waren seine Spezialitäten.

Das bedeutete, dass seine Fähigkeiten heute Abend und in absehbarer Zukunft gebraucht würden.

Glücklicherweise hatte er jemanden, der ihm dabei helfen würde.

Leela.

Seine sinnliche Herausforderung. Seine perfekte Gefährtin. Seine andere Hälfte.

Sie lächelte zu ihm auf, als sie Lucs Haus auf dem Hügel in der Mitte der Insel verließen und er sie den Pfad hinunter zu seinem Heim führte.

»Es ist wohl eine glückliche Fügung, dass Issac und Stas vorerst bei ihren Eltern wohnen werden«, sagte Leela beiläufig beim Gehen.

»Ach tatsächlich? Und warum?«, fragte er, der die Antwort bereits kannte. Er wollte jedoch, dass sein kleines Luder sie laut aussprach.

»Weil ich heute nicht in der Stimmung bin, dich mit jemandem zu teilen«, antwortete sie.

»Keine Gruppenorgien am Strand?«

»Hm, nein«, antwortete sie, wobei ihre blaugrünen Iriden voller sinnlicher Energie sprühten. »Dafür bin ich viel zu ausgehungert.«

Er nickte und legte einen Arm um ihre Taille. »Ich habe ohnehin nur genügend Sirup für zwei.«

Ihr entfuhr ein Kichern, dessen Klang ihm überaus gut gefiel. »Ich habe dir nie gezeigt, was an dem Morgen passiert ist, an dem du mir in Brasilien Pfannkuchen gemacht hast.«

Er konnte sich die Erinnerung jetzt leicht ins Gedächtnis rufen, da sie alle Blockaden zwischen ihnen beseitigt hatten, aber er spielte trotzdem mit. »Ich hoffe, es hat etwas damit zu tun, dass du Sirup von meinem Bauch leckst.«

»Und von deinem Schwanz«, erwiderte sie, ohne zu zögern. »Sowie von deinen Eiern.«

»Nur wenn ich mich revanchieren darf«, ergänzte er.

»Oh nein. Ich werde mich bei dir revanchieren, B.« Sie trat vor ihn und begann rückwärtszugehen, wobei ihre Augen aufreizend schimmerten. »Weil du derjenige sein wirst, der mich zuerst vernascht.«

KAPITEL 37

LEELA

DER MARMOR DER KÜCHENTHEKE fühlte sich kalt unter Leelas erhitzten Schenkeln an.

Doch der Anblick, der sich ihr bot, lenkte sie von der Gänsehaut ab, die sich auf ihren Beinen ausbreitete.

Balthazar.

Nackt.

Mit nur einer Schürze bekleidet.

Er wendete einen Pfannkuchen in der Pfanne, während in seinen braunen Augen ein verheißungsvoller Ausdruck funkelte.

Sie hatten bereits mit dem Sirup gespielt und sich mehr als einmal gegenseitig bis zur Ekstase geleckt, bevor sie ihre klebrige Haut abgeduscht hatten.

Jetzt war er fest entschlossen, sie zu füttern.

Sie hatte jedoch nur das Verlangen, auf die Knie zu gehen und ihn noch einmal mit dem Mund zu verwöhnen.

Diese unglaubliche sexuelle Energie, die zwischen ihnen herrschte, machte sie unersättlich. Und die Wölbung an seiner Schürze verriet ihr, dass es ihm genauso erging.

»Das ist nicht ungefährlich«, sagte sie beiläufig, als sie seine beeindruckende Männlichkeit fixierte. »Bitte verbrenn dich nicht.«

Oder vielleicht doch, dachte sie. *Ich werde ihn küssen und die Schmerzen lindern.*

Er verzog die Lippen zu einem Lächeln, wobei seine wunderbaren Grübchen zum Vorschein kamen. »Keine Sorge, Schätzchen. Ich bin ein Profi in der Küche.«

»Und im Schlafzimmer«, murmelte sie.

»Ich bin überall herausragend, wenn es um Sex geht, kleines Luder.«

Sie zog eine Augenbraue in die Höhe. »Sogar in den Wolken?«

Er hielt mitten beim Wenden eines Pfannkuchens inne und blickte sie an. »Wir können im Himmel ficken?«

Sie schenkte ihm ein Lächeln. »Ich habe Flügel.«

Er dachte einen Moment darüber nach. »Das wäre eine neue Erfahrung.«

»Für uns beide«, gab sie zu. Sie hatte sich noch nie auf diese Weise vergnügt, weder mit einem Seraph noch mit einem anderen Wesen.

»Nach dem Frühstück«, beschloss er lautstark, nachdem er den Pfannkuchen gewendet hatte.

»Willst du nicht warten, bis du selbst deine Flügel entfaltet hast?«

Er schüttelte den Kopf. »Du wirst mich nicht fallen lassen.«

»Vielleicht doch, falls du deinen Job richtig machst.«

Er legte den Pfannenwender beiseite und schlenderte zu der Küchentheke hinüber, auf der sie saß. Er packte ihre Hüften und zog sie zu sich, um seine Lenden zwischen ihre gespreizten Schenkel zu schieben.

»Schätzchen«, sagte er mit sanfter Stimme und strich

mit den Lippen über ihren Mund, »ich werde meinen Job ganz sicher richtig machen und du wirst zu sehr damit beschäftigt sein, dich an mich zu klammern, um mich loszulassen.«

Sie schlang die Arme um seinen Hals. »Etwa so?«

Er ließ die Hände an ihren Schenkeln hinunter zu ihren Knien und Waden gleiten, legte ihre Beine um seine Taille und zog sie dicht an sich. Die Schürze war das einzige Hindernis zwischen ihnen und sie hätte sie ihm am liebsten vom Leib gerissen.

»Nein, so«, flüsterte er und küsste sie.

Sie stöhnte auf und gab sich seiner Liebkosung und der Süße auf seiner Zunge hin. Er schmeckte nach Sex, Sirup und Fleischeslust.

Er war wie Schokolade, die eigens für sie kreiert worden war.

Eine Nachspeise, nach der sie sich für immer sehnen würde.

Seine Brust vibrierte zustimmend. Das leise Knurren kam tief aus seiner Seele und forderte die ihre zum Spielen auf.

Doch im nächsten Moment zog er sich langsam zurück und konzentrierte sich wieder auf die Pfannkuchen.

Er hatte ihr eine Mahlzeit versprochen.

Und wie es schien, war er wild entschlossen, sein Versprechen einzuhalten.

Sie hielt ihn nicht zurück und weidete sich daran, wie sich sein Hintern beim Gehen anspannte.

So muskulös und perfekt. Es war kein Wunder, dass ihm zu Ehren mehrere Statuen errichtet worden waren. Dabei war es verwerflich, dass man die Vorderseite nicht nach dem Vorbild seiner Lenden modelliert hatte.

»Sie waren eingeschüchtert«, sagte er und grinste,

während er schamlos ihren Gedanken über seinen Körperbau lauschte. »Sie wollten nicht riskieren, dass sich jemand entmannt fühlte, also haben sie sich für eine kleine Vorderseite entschieden.«

»Und dein Ego hat es zugelassen, weil du weißt, wie umwerfend du bist.«

»Ganz genau«, murmelte er und sein Grinsen wich einem Lächeln. »So wie du dir deiner Schönheit bewusst bist.«

Er hatte recht. Sie wusste um ihre Anziehungskraft und ihre sexuelle Leistungsfähigkeit. Deshalb waren sie so perfekt füreinander, denn im Hinblick auf alles Sinnliche strotzten sie nur so vor Selbstvertrauen.

Außerdem hatten sie das Bedürfnis gemein, das Leben in vollen Zügen zu genießen.

»Und unsere Liebe zu Pfannkuchen«, fügte Balthazar hinzu, während er noch immer ihren Gedanken lauschte.

»Ich habe dir doch gesagt, dass ich Waffeln bevorzuge.«

»Wenn du mich weiter anlügst, werde ich dich zum Nachtisch nicht ficken.«

»Was willst du stattdessen tun?«, wollte sie wissen und fragte sich, welche Perversion er stattdessen erkunden würde. »Wirst du mir den Hintern versohlen? Mich auspeitschen? Oder doch lieber einen Stock benutzen?«

Er schnaubte. »Ich bin kein Sadist, kleines Luder.«

»Das heißt aber nicht, dass du nicht in die Rolle schlüpfen würdest.«

»Das ist wahr«, gab er zu. »Aber nur, solange der Partner es vorzieht und du nicht beherrscht werden willst.«

Er schob einen Pfannkuchen auf ihren Teller, gefolgt von einem weiteren. Dann gab er zwei auf seinen eigenen Teller und wandte sich dem Kühlschrank zu.

»Was will ich denn?«, fragte sie und war neugierig, was er sagen würde.

Er nahm ein paar Früchte und etwas Sahne aus dem Kühlschrank und stellte sie neben die Teller, bevor er nach dem Sirup griff.

Erst als er alles vorbereitet hatte, sah er sie endlich an.

»Du magst es, wenn der Mann dominant ist, aber nur, wenn du dich dabei sicher fühlst.« Er nahm die Teller mit den dekorierten Pfannkuchen. »Es gefällt dir auch, den Partner zu reizen und Grenzen auszutesten, aber du würdest es nicht genießen, dafür bestraft zu werden.«

Er stellte die Teller neben ihr ab und packte dann ihre Hüften, um sie in die Mitte der Insel zu ziehen. Sie spreizte automatisch die Schenkel, aber er schob sie wieder zusammen und stellte einen Teller auf ihren Oberschenkeln ab.

Sie griff nach der Gabel, aber er drückte ihre Hand weg.

»Ich werde dich füttern«, sagte er. »Und du wirst mir nach jedem Bissen sagen, wie köstlich diese Pfannkuchen sind.«

Sie dachte darüber nach, wie sie dieses Spiel spielen sollte. »Was gewinne ich, wenn ich lüge?«

»Du gewinnst mehr Pfannkuchen, wenn du die Wahrheit sagst«, antwortete er. »Und wenn du wirklich überzeugend bist, werde ich meine Pfannkuchen von deiner nackten Haut essen, bevor ich dich zum Nachtisch sauber lecke.«

»Also kein Sex in den Wolken?«

»Das hier ist nur ein Vorspiel«, versprach er, während er mit der Gabel bereits einen Bissen Pfannkuchen abtrennte. »Und jetzt mach den Mund auf.«

Sie öffnete ihre Lippen und sah ihn mit einem verführerischen Blick an. Das wäre allerdings nicht nötig gewesen, denn unter der Schürze war sein Schwanz bereits hart.

Die perfekte Mischung aus saftigen Aromen traf auf ihre Zunge. Sie schmeckte Sirup, Obst, Sahne und fluffige Pfannkuchen und stöhnte auf. Der Laut entfuhr unwillkürlich ihrer Kehle und war nicht gespielt, und sie erlaubte ihren Sinnen, sich von Balthazars süßer Kreation umhüllen zu lassen.

Er grinste, als er sie mit einem weiteren Bissen fütterte. Er gab ihr keine Gelegenheit, etwas zu sagen, sondern sorgte nur dafür, dass sie noch lauter stöhnte.

So gut, dachte sie an ihn gerichtet. *Fast so gut wie Sex.*

Nichts ist so gut wie unsere Leidenschaft, erwiderte er.

Deshalb habe ich den Begriff »fast« verwendet.

Er schob ihr ein weiteres Stück Pfannkuchen in den Mund und sie hatte das Gefühl, dass der Geschmack mit jedem Bissen intensiver wurde. Es erinnerte sie an einen Orgasmus, der sich langsam aufbaute, wobei jeder Schritt sie näher an diesen euphorischen Zustand heranführte, der sie nach mehr verlangen ließ.

Mehr Gefühl.

Mehr Geschmack.

Mehr B.

Ihre Schenkel bebten vor Erregung und ihr Unterleib spannte sich an, als ihre Zunge über die Gabel glitt. Balthazars braune Augen verwandelten sich in flüssige Schokolade, als er eine Begierde ausstrahlte, die ihre Haut brandmarkte und ihr But in Wallung brachte.

Sie wollte, dass er sie auf die Küchentheke drückte und an Ort und Stelle fickte.

Aber seine Geduld siegte.

Er fuhr fort, sie mit einer Hand zu füttern, während er mit der anderen Hand sanft an der Außenseite ihres Oberschenkels entlangglitt.

Die perfekte Verführung.

Er wollte ihre Erregung steigern und sie in den Wahnsinn treiben.

Er spielte dieses Spiel so verdammt gut. Und sie liebte ihn dafür.

Den letzten Bissen fütterte er ihr nicht von der Gabel, sondern von seinen Fingern. Sie leckte sie sauber, umkreiste mit der Zunge seine Fingerspitze und beobachtete, wie die flüssige Schokolade in seinen Augen zu brennender Lava wurde.

»Leg dich hin«, flüsterte er, als er den Teller von ihren Oberschenkeln nahm.

Sie gehorchte, als er sich von ihr löste, um den Teller in die Spüle zu stellen.

Aber er kam fast genauso schnell zurück und strich über ihre Oberschenkel, bevor er sie spreizte, um sich zwischen sie zu schieben. Als sie seine nackte Haut spürte, ließ sie den Blick auf seinen Oberkörper wandern.

Er hatte die Schürze ausgezogen.

Und verdammt, er war umwerfend.

Er bestand nur aus Sehnen und Muskeln.

Sie leckte sich über die Lippen, als sie von einem neuen Hunger übermannt wurde.

»Jetzt werde ich frühstücken«, murmelte Balthazar und beugte sich vor, um ihre Brustwarze mit den Lippen zu umschließen. Sie fuhr mit den Fingern durch sein Haar, wölbte sich auf und genoss das Gefühl seiner Zunge auf ihrer Haut.

Doch im nächsten Moment packte er ihre Handgelenke, legte ihre Hände über ihren Kopf und sagte: »Beweg dich nicht.«

Das war die Art von Dominanz, die sie mochte. Er war sich dessen bewusst und fand offensichtlich ebenfalls Gefallen daran.

Ein verruchter Ausdruck spiegelte sich in seinen Augen wider, als er sich von ihr löste, um seinen Teller zu holen. Er stellte ihn auf ihren Bauch, um sicherzustellen, dass sie sich wirklich nicht bewegen konnte, andernfalls würde sein Frühstück von ihrem Körper heruntergleiten.

Er durchschnitt mit der Gabel den Pfannkuchen und führte einen Bissen an seinen Mund. Sie starrte wie hypnotisiert auf seine Kehle. Sie hatte das Verlangen, die maskulinen Linien mit ihrem Mund nachzuzeichnen und mit der Zunge zu spüren, wenn er schluckte.

Er lenkte ihre Aufmerksamkeit von seiner Kehle ab, indem er die Spitze seiner Gabel an ihrem Venushügel entlang bis zu ihrer feuchten Spalte gleiten ließ.

Die spitzen Zinken waren gerade bedrohlich genug, damit ihr der Atem stockte, während ihr Herz jedoch erwartungsvoll hämmerte.

Balthazar drang nicht in sie ein und streichelte sie kaum, dann nahm er einen weiteren Bissen.

Sie zitterte, während er sie mit seinen sinnlichen Bewegungen in seinen Bann zog.

Er reizte sie weiter, indem er die Gabel über ihre Haut gleiten ließ, wobei er hin und wieder mehr Druck ausübte und ihre empfindsamsten Stellen streichelte, während er sich vergewisserte, dass das Metall ihre Klitoris berührte. Dann ließ er zarte Liebkosungen folgen, die er mit dunklen Verheißungen in seinen Gedanken untermalte.

Er lobte sie, weil sie sich nicht rührte.

Er dankte ihr dafür, dass sie sein Essen so sehr versüßte.

Er erwog, sie allein durch die Gabel zum Orgasmus zu bringen.

Irgendwann lag sie keuchend auf dem Tresen, während ihr Körper wie erstarrt war, weil er es ihr befohlen hatte und der Teller noch immer auf ihrem

Bauch stand. Es zog die Vorfreude in die Länge und erhitzte ihr Blut so sehr, dass sie glaubte, dahinschmelzen zu müssen.

Als er seinen letzten Bissen gegessen hatte, stöhnte sie auf. Sie war so erregt, dass sie ihre Begierde keine Sekunde länger zügeln konnte.

Er nahm behutsam den Teller von ihrem Körper und stellte ihn mit einem leisen Klirren in die Spüle.

Sie bewegte sich nicht, denn sie wusste, dass er von ihr absoluten Gehorsam erwartete.

Die Zeit schien stillzustehen, während ihr Verlangen einen Höhepunkt erreichte, der dem Orgasmus so nahe kam, dass sie innerlich bebte. Balthazar berührte sie nicht, aber sie spürte, dass er seinen Blick über jeden Zentimeter ihres Körpers gleiten ließ, während er seinen nächsten Schritt abwog.

Ein Teil von ihr wollte mit ihm in den Himmel auffliegen, seinen Schwanz in sich aufnehmen und ihn bis zur Ekstase reiten.

Aber ein tiefer liegender Teil von ihr wollte hierbleiben, sich in seine Arme schmiegen und sich den immer stärker werdenden Gefühlen zwischen ihnen hingeben.

Ihre Bindung hatte sich vollständig gefestigt und ihre Seelen waren für immer miteinander verwoben. Das musste gefeiert werden. Es musste voll ausgekostet, angebetet und *verehrt* werden.

Balthazar liebkoste mit den Lippen die Innenseite ihres Knies, während er sie ansonsten nicht berührte. Sie spürte nur seinen Mund und seine Zunge, die ihre Haut kitzelten und ihr eine Gänsehaut bescherten.

Sie stöhnte auf und brauchte mehr.

Aber sie kannte ihn zu gut.

Sie wusste, er würde sich Zeit lassen, jeden Zentimeter

von ihr lecken und schmecken, bis er entschied, dass sie bereit für mehr war.

Leela begehrte nicht dagegen auf, sondern gab sich seinen geschickten Berührungen hin. Er streichelte sie verführerisch mit seinem Mund, liebkoste sie mit seiner Zunge und biss sie zärtlich, um sie noch mehr zu reizen.

»B«, stöhnte sie. Sie war dem Höhepunkt so nahe, wobei er noch nicht einmal zu ihrer empfindsamsten Stelle vorgedrungen war. Er widmete sich weder ihren Brüsten noch der pulsierenden Hitze zwischen ihren Schenkeln.

Stattdessen konzentrierte er sich auf jede andere Stelle ihres Körpers, erforschte erogene Zonen, von deren Existenz nur wenige Männer wussten, und trieb sie an den Rand des Wahnsinns.

»Mm, du bist fast bereit«, flüsterte er, während er mit der Zunge die Falte nachzeichnete, die von ihrem Schenkel zu ihrer Hüfte verlief.

»Mehr als bereit«, antwortete sie und spannte den Bauch an, weil es sie alle Kraft kostete stillzuhalten.

»Nein, Schätzchen.« Er biss leicht in ihren Hüftknochen. »Ich will dich zum Himmel auffliegen lassen. Ich will zusehen, wie du deinen ätherischen Zustand annimmst und deine wunderschönen violetten Flügel entfaltest.«

Ihr Herz setzte einen Schlag aus, als sie die Begierde in seiner Stimme hörte. So dunkel und sinnlich. »Willst du im Himmel ficken?«

»Erst nachdem ich dich so heftig habe kommen lassen, dass du Sternchen vor Augen hast, kleines Luder. Ich will, dass du den Verstand und jeglichen Bezug zur Realität verlierst. Dann werde ich dich so hart nehmen, dass du keine andere Wahl hast, als zu fliegen.«

Ihre Brustwarzen verhärteten sich zu schmerzhaften

Spitzen. Sie war so erregt, dass sie das Gefühl hatte, jeden Moment in Tränen ausbrechen zu müssen.

Aber er liebkoste sie weiter, trieb sie noch weiter an den Rand des Wahnsinns und drohte seine Worte wahr zu machen.

Ihr Körper vibrierte und durch ihre Adern floss flüssiges Feuer. *»Balthazar.«* Bisher hatte sie noch nie jemand derart gereizt und erregt, nicht einmal Balthazar.

Ihr Spiel mit dem Sirup verblasste im Vergleich dazu und war im Grunde nur eine Aufwärmübung für den bevorstehenden Morgen gewesen.

Jetzt sorgte Balthazar dafür, dass sie genau wusste, wen ihre Seele beansprucht hatte, wer im Gegenzug von ihr Besitz ergriffen hatte und an wen sie für immer gebunden war.

Und es machte ihr nicht das Geringste aus.

Ihr Körper jauchzte vor Freude, weil er bei ihr war, während ihre Seele vor Erleichterung tanzte.

Dieser Mann gehörte ihr.

Und sie gehörte ihm.

Sie waren für immer aneinander gebunden.

Durch ihr Blut.

Verbunden, um gemeinsam ein Leben voller Genus und Liebe zu führen.

Dann küsste er sie. Sowohl sein Geist als auch sein Herz strahlten dieselben Empfindungen aus, und er bewies es ihr mit einem Streich seiner Zunge.

Sie spreizte die Schenkel, als er sie an den Rand der Theke zog und in sie eindrang.

Sie hatte erwartet, seinen Mund an ihrem heißen Unterleib zu spüren, doch stattdessen gab er ihr seinen Schwanz und füllte sie bis zum Anschlag aus, während er sie mit seinem Mund verschlang.

Ihr entfuhr ein Stöhnen, das durch ihre Körper vibrierte und mit dem Knurren in seiner Brust verschmolz.

Ein vereinter Klang der Leidenschaft.

Ein Taumel aus Begierde und Lust.

Sie hob die Hüften und presste sie an seine Lenden, als sie die Beine um ihn schlang.

Sie legte die Arme um seinen Hals.

Und er zog sie hoch, sodass sie aufrecht saß, während ihre Körper vereint waren und er immer wieder in ihren heißen Unterleib stieß.

»B«, flüsterte sie und verlor sich völlig in den Empfindungen.

»Flieg für mich«, erwiderte er und drang so heftig in sie ein, dass sie keine andere Wahl hatte, als zu gehorchen.

Sie schrie auf, als sie über den Abgrund der Ekstase fiel, den Rand des Wahnsinns überschritt und den Verstand verlor, wie er es von ihr verlangt hatte.

Er stieß immer weiter in sie hinein, während sie am ganzen Körper bebte, und sorgte dafür, dass sie innerhalb von Minuten ein zweites Mal über den Abgrund stürzte.

Es war ein Akt der Perfektion.

Ein Mann, der seine Gefährtin kannte.

Ein Mann, der wie ein König fickte.

Sie ließ ihre Fingernägel über seinen Rücken gleiten und krallte sich in seine Haut, um sich festzuhalten.

Und dann flogen sie und schwangen sich in die Wolken.

Er umklammerte sie nicht und verkrampfte sich nicht, sondern stieß weiter rhythmisch in sie hinein, bis er sie zum dritten Mal auf der Welle der Ekstase reiten ließ.

Denn er vertraute darauf, dass sie ihn nicht fallen lassen würde.

Er ließ sich mit ihr von der Erfahrung überwältigen

und legte seine Seele und sein Leben sorglos in ihre Hände.

Es hatte zur Folge, dass ihr Herz nur noch heftiger für ihn schlug.

Vertrauen war der Schlüssel zu allem, zu ihrer Beziehung und zu dem Band, das sie schließlich eingegangen waren. Und er bewies ihr, dass er ihr unwiderruflich vertraute.

Sie erwiderte sein Vertrauen und hielt ihn fest, während sie durch den Himmel tanzten und ihre Körper sich auf eine Weise paarten, wie es nur wenige je erlebt hatten.

Eine neue Erfahrung für sie beide.

Ein Weg, um den Beginn des gemeinsamen Lebens für die Ewigkeit einzuläuten.

Eine leidenschaftliche Affäre, die für die Sterne bestimmt war.

Sie festigte den Griff um seinen Körper und strich mit den Lippen über die seinen. *Ich will deinen Samen in mir spüren, B*, flüsterte sie ihm ins Ohr. *Ich muss spüren, wie du kommst.*

Er verzog die Lippen an ihrem Mund zu einem Lächeln. »Wir wissen beide, dass du mich dazu bringen könntest.«

»Das ist wahr«, stimmte sie zu. »Aber ich will meine Kräfte nicht einsetzen. Ich will, dass uns nur unsere Lust antreibt.«

Er küsste sie wieder und stieß noch heftiger in sie hinein, als er das Tempo zwischen ihnen diktierte und sie wie eine Einheit durch die Wolken glitten.

Sie breitete die Flügel auf ihrem Rücken aus, die sie schweben ließen und ihnen ein sprichwörtliches Bett aus Federn boten, auf dem sie sich lieben konnten.

Er presste seinen Daumen auf ihre Klitoris, ließ ihn

kreisen und massierte sie, um sie zu zwingen, mit ihm über den Abgrund der Ekstase zu fallen, als er in sie hineinstieß und sich in ihr ergoss.

Sie stieß einen Schrei aus, der in dem blauen Himmel um sie herum unterging.

Sie bebte und zitterte am ganzen Körper und ihr Innerstes krampfte sich zusammen, während sie darum kämpfte, sie in der Luft zu halten.

Dadurch zögerte sie den Moment hinaus, verstärkte die Intensität und legte ihrer beider Leben in ihre Hände, sodass sie sich stark und Balthazars sinnlichem Geschick ebenbürtig fühlte.

Ich kann es kaum erwarten, bis dir Flügel wachsen, dachte sie wie benommen. *Die Dinge, die wir dann tun können …*

Er lachte leise, während er seine Lippen an ihren Hals presste und sie sich weiter in einem sinnlichen Rhythmus bewegten. *Ich freue mich schon darauf, dich unter den Sternen zu schmecken,* flüsterte er. *Ich werde mit meiner Zunge tief in dich eindringen und mit meinen Flügeln dafür sorgen, dass wir nicht vom Himmel fallen.*

Sie bebte, denn allein die Vorstellung ließ sie fast noch einmal über den Abgrund stürzen.

Aber sie verlangsamten ihre Bewegungen, denn ihre Herzen brauchten jetzt mehr Sanftheit und Zärtlichkeit.

Leela teleportierte sie in sein Schlafzimmer in Hydria und setzte sich rittlings auf ihn, als er auf dem Rücken landete. Sie richtete sich auf und begann, sich vor und zurück zu wiegen, wobei sie ihre Flügel voll zur Geltung brachte und er sie mit halb geschlossenen Lidern beobachtete.

»Du bist atemberaubend«, sagte er, während er die Hände über ihre Kurven gleiten ließ und sich jeden Zentimeter ihres Körpers einprägte.

Sie breitete ihre Federn um sich herum aus und erlaubte ihm, jede einzelne Federspitze zu betrachten.

Dann nahm sie ihn wieder mit in die Ekstase, als sie ihre Kräfte entfaltete und sie beide damit einhüllte.

Sie ließen sich keuchend nebeneinander aufs Bett fallen und küssten sich träge, während sie weiter auf der Welle der Ekstase ritten, bis sie verebbte.

»Du hast recht«, flüsterte sie und liebkoste seinen Hals, während sie einen Flügel über seine Brust legte. »Ich esse auch lieber Pfannkuchen.«

Er lächelte. »Es gibt nichts Besseres zum Frühstück.«

Sie nickte und strich mit den Lippen sanft über seine Halsschlagader. »Du kannst sie jederzeit für mich zubereiten.«

»Wie wäre es jeden Morgen bis in alle Ewigkeit?«

»Das klingt wie eine Herausforderung, die wir beide genießen würden«, sagte sie und meinte es ernst. Denn es würde voraussetzen, dass sie sich genug konzentrieren konnten, um Frühstück zu machen.

»Nur gut, dass ich Herausforderungen mag«, flüsterte er und legte eine Hand an ihre Wange, wobei er den Daumen über ihren Kiefer gleiten ließ. »Und du bist meine liebste von allen. Ich will dich befriedigen, dich halten und dich bis in alle Ewigkeit ficken.« Er verzog die Lippen zu einem Grinsen. »Ich werde nie zulassen, dass es dir langweilig wird.«

»Ich glaube nicht, dass so etwas in deiner Gesellschaft überhaupt möglich ist, B.«

»Ich werde mich bemühen, dass du es nie auch nur in Erwägung ziehst, Lee«, murmelte er, bevor er die Lippen auf ihren Mund presste, um ihr einen leidenschaftlichen Kuss zu geben, der sie für immer zusammenschweißen sollte.

Für die Ewigkeit.

Für den Rest ihres Lebens.

Bis ans Ende der Zeit.

Denn Seraphim konnten nicht sterben.

Und so waren ihre Seelen dazu bestimmt, miteinander zu tanzen.

»Spreiz die Beine, kleines Luder«, sagte er an ihren Lippen. »Ich habe ein Gelübde zwischen deinen Schenkeln abzulegen, und ich werde es mit meiner Zunge untermauern.«

EPILOG

ELIZA

Einige Stunden zuvor

DIE ÄLTESTEN HATTEN DAS HAUS VON LUC VOR ETWA einer Stunde verlassen. Eliza ging davor auf und ab und wartete auf den richtigen Moment, um an die Tür zu klopfen.

Sie wusste, dass Luc nach dem Angriff, mit den Videos der vom Himmel fallenden Leichen, die sich überall im Internet verbreiteten, und all dem, was gerade mit Stas passiert war, eine Menge um die Ohren hatte, aber Eliza musste *unbedingt* mit ihm reden.

Er hasste sie und damit würde sie leben müssen.

Aber er würde wissen wollen, was sie ihm zu sagen hatte.

Verdammt, vielleicht würde es ihn sogar dazu bewegen, sie ein wenig zu mögen. Denn es machte sie sicher zu einem nützlichen Mitglied der Hydraianer.

Sie warf einen Blick auf ihre Fingerspitzen und verzog den Mund.

Vielleicht war es Zufall gewesen.

Aber Ezekiel hatte es auch gesehen.

Verdammt, er hatte es sogar *erwartet*.

Der Tod wird kommen, hatte Skye gesagt. *Der Tod wird kommen.*

Sie hatte von Eliza gesprochen. Und von der tödlichen Kraft, die in ihr erwacht und aus ihren Händen geströmt war.

Der Seraph war direkt über ihr geschwebt und hatte sie mit seinem Schwert töten wollen. Sie hätte ihn eigentlich gar nicht sehen dürfen, hatte ihn aber plötzlich doch wahrgenommen.

Sie erschauderte, als sie sich seine stoischen Gesichtszüge und seine emotionslosen Augen ins Gedächtnis rief, als er das flammende Metall auf sie gerichtet hatte.

Aber sie hatte die Magie *aufgefangen*.

Sie hatte einfach die Hand geöffnet, die Energie absorbiert und sie zurückgeschleudert.

Es war eine rein instinktive Reaktion gewesen.

Sie hatte damit den seraphischen Krieger in Brand gesetzt, und er hatte sich im Nu aufgelöst.

Skye war einen Moment später aus den Schatten der Bäume getreten und hatte genickt. »Es ist vollbracht«, hatte sie gesagt. »Die Fesseln in deinem Geist sind zersprungen. Deine Kraft kann endlich wieder atmen, seine Kontrolle gehört der Vergangenheit an.«

Dann war sie keuchend in den Sand gefallen und hatte einen Augenblick später das Bewusstsein verloren.

Ezekiel war zu ihr geeilt und hatte ihren schwachen Körper in seine Arme gehoben. »Deine Berührung bringt den Tod«, hatte er gesagt, bevor er mit Skye verschwunden war.

Eliza hatte blinzelnd die Stelle betrachtet, an der er vor einem Moment noch gestanden hatte, dann hatte sie die Asche am Strand begutachtet und den Blick wieder auf die verwaiste Stelle gerichtet. »Was zum Teufel war das?«, hatte sie geflüstert.

Seitdem hatte sie die Worte ständig wiederholt.

Sie hatte einen Seraph getötet, was eigentlich nicht hätte möglich sein sollen.

Aber der dunkelhaarige Scheißkerl war ganz sicher nicht wiedererwacht. Und sie hatte gehört, wie die anderen gesagt hatten, dass einer der Seraphim entkommen war.

Nicht geflohen, nein. Er ist tot. Denn ich habe ihn getötet.

Sie musste es Luc sagen und hatte es sogar versucht, aber er hatte ihr mehr oder weniger gesagt, sie solle sich verpissen.

Auch gut, sie brauchte ohnehin noch ein paar Minuten, um sich zu sammeln. Oder Stunden. Vielleicht sogar Tage.

Sie fuhr sich mit den Fingern durchs Haar, während sie voller Entsetzen und Ehrfurcht darüber nachdachte, was sie getan hatte.

Die Macht hatte ihre Sinne erquickt, ihre Seele beflügelt und ihr erlaubt, sich *lebendig* zu fühlen.

Bedeutet das, dass ich böse bin?, fragte sie sich und zitterte. *Wenn ich mich nach dem Tod sehne, muss ich doch schlecht sein, nicht wahr?*

Sie war sich nicht einmal sicher, wie sie es getan hatte. Der Ball hatte ihre Haut vibrieren lassen und die feurige Energie hatte irgendetwas in ihrem Inneren angesprochen, dann hatte sie einen Teil ihrer selbst in den Zauber einfließen lassen und ihn zurückgeschleudert.

Der Seraph hatte vor Schreck die Augen aufgerissen.

Und dann hatte er sich … in Asche aufgelöst.

Vielleicht würde er wiederauferstehen, vielleicht auch nicht. Aber sie vermutete, dass Letzteres der Fall war. Irgendetwas an seinem Tod hatte sich endgültig angefühlt.

Und genau diese Endgültigkeit hatte ihr ein lebendiges Gefühl vermittelt, als hätte sie ihn irgendwie in sich aufgesogen.

Allein bei dem Gedanken wurde ihr übel.

Sie wollte keine seraphische Seele in sich tragen.

Ich muss wirklich mit Luc reden.

Sie wusste nur nicht, wie sie ihn ansprechen sollte. Ihre Beziehung war so gut wie nicht existent. Er schrie sie immer nur an oder sagte ihr mit strenger Stimme, was sie tun sollte.

Sie rebellierte.

Eliza hatte schon einmal ein Leben des Gehorsams geführt und weigerte sich, es wieder zu tun.

Luc war nicht in der Lage, das zu verstehen.

Sie war hin- und hergerissen zwischen dem Wunsch, ihn zu töten – ein Gedanke, der jetzt eine völlig neue Bedeutung angenommen hatte –, und dem Verlangen, ihn zu ficken. Oder ihn zu ficken und ihn dann zu töten.

Denn sie konnte nicht leugnen, wie umwerfend er war.

Die dichten blonden Locken und die erstaunlich grünen Augen machten ihn zu einem anbetungswürdigen Mann.

Die Vorstellung schockierte sie, denn sie hatte dem Sex nach allem, was sie durchgemacht hatte, für den Rest ihres Lebens abgeschworen.

Und doch entbrannte ihr Körper jedes Mal, wenn er sich ihr näherte, voller Sehnsucht nach ihm und ihre Schenkel spannten sich unwillkürlich an, während sie von dem Verlangen gepackt wurde, sie um seine muskulösen Hüften zu schlingen.

Dieses Verlangen würde sie am liebsten verdrängen.

Er verfolgte sie in ihren Träumen, in denen er sie immer wieder nahm, woraufhin sie dann mit einem Stöhnen erwachte. Nur um festzustellen, dass sie allein war und den einzigen Mann auf dieser Insel begehrte, der sie niemals berühren würde.

Sie biss die Zähne zusammen. Darüber sollte sie jetzt wirklich nicht nachdenken.

Ich habe gerade einen Seraph getötet.

Ihr Kiefer schmerzte, weil sie ihn so sehr angespannt hatte, doch dann lockerte er sich, als die Tür zu Lucs Haus geöffnet wurde.

Sie hatte Mateo erwartet, da er während der vergangenen Tage hier gewohnt hatte.

Das blonde Haar würde dafürsprechen, dass er es war.

Doch der große, muskulöse Körperbau war ganz und gar Luc.

Mit seinen breiten Schultern nahm er den gesamten Eingang ein, als er hindurchtrat. Dann schloss er die Tür mit einem lauten Klicken.

Eliza schluckte, denn bei seinem Anblick bekam sie einen trockenen Mund.

Der Mann wurde von einer dunklen und mysteriösen Aura umgeben, die in ihr ständig den Wunsch wachrief, vor ihm niederzuknien. Genau deshalb wehrte sie sich so sehr gegen ihn. Sie weigerte sich, sich jemals wieder vor jemandem zu verbeugen, auch nicht vor dem König der Hydraianer.

Gut, dachte sie. Ich muss nur auf ihn zugehen und von ihm verlangen, dass er mir zuhört.

Aber er hatte sich bereits in Bewegung gesetzt und schlug den Weg in die entgegengesetzte Richtung ein.

Sie stieß einen Seufzer aus und folgte ihm.

Sie würde sich allerdings vergewissern, dass er nichts Wichtiges vorhatte, wie zum Beispiel diejenigen zu trösten, die heute um ihre Freunde trauerten. Grace, Ash und Jordy waren von den anderen Hydraianern sehr geliebt worden. Daher war es wahrscheinlich, dass er auf dem Weg zu jemandem war, der ihn mehr brauchte als Eliza.

Kein Problem.

Sie würde einfach so lange warten, bis er einen Moment Zeit für sie hätte. Vielleicht würde er sie dafür respektieren.

Wahrscheinlich aber nicht.

Er schien sie überhaupt nicht zu respektieren.

Es zermürbte sie, denn sie hatte eigentlich immer alles getan, was er von ihr verlangt hatte. Trotzdem behandelte er sie weiterhin wie ein verdammtes Kind, wobei er ihr das Training verweigerte und ihr nicht erlaubte, ihren Platz auf der Insel zu finden. Er hatte ihr sogar deutlich zu verstehen gegeben, dass er sie hier im Grunde nicht haben wollte.

Wenn du erfährst, was ich diesem Seraph angetan habe, wirst du anders darüber denken, dachte sie.

Der Gedanke, ihn endlich beeindrucken zu können, erregte sie fast.

Allerdings wäre es auch möglich, dass er ihre Macht verabscheute.

Sie war gefährlich.

Und er würde sie wahrscheinlich wissen lassen, dass sie dieser Macht nicht würdig war und mit einer solchen Gabe nicht umgehen konnte, weil sie noch viel zu jung dafür war.

Sie kniff die Augen zusammen, als sie an all die Beleidigungen dachte, die er ihr an den Kopf schleudern würde.

Vielleicht sollte sie stattdessen zu Alik gehen und es ihm erzählen.

Sie zögerte einen Moment, dann schüttelte sie den Kopf.

Nein. Luc muss es wissen.

Er wäre wahrscheinlich wütend, wenn sie sich mit dieser Sache an jemand anderen wenden würde. Sie wunderte sich darüber, dass Ezekiel noch nichts gesagt hatte, aber wahrscheinlich war er zu sehr damit beschäftigt, Skye zu trösten.

Eliza schluckte. *Es unterliegt meiner Verantwortung und ich werde mich nicht davor drücken.*

Lucs energische Schritte verrieten ihr jedoch, dass er sich auf einer Art Mission befand, also blieb sie zurück, während sie auf den richtigen Moment wartete, um mit ihm zu sprechen.

Es erwies sich als die richtige Entscheidung, denn er machte plötzlich halt. Wäre sie nur wenige Schritte näher gewesen, so wäre er sicher auf sie aufmerksam geworden.

Sie trat hinter einen Baum und beobachtete ihn mit einem Stirnrunzeln. *Was tust du nur?*

Er war mitten auf dem Weg stehen geblieben.

Hast du gehört, dass ich dir folge?

Vielleicht sollte sie sich einfach zeigen und …

»Hallo, Lucian«, sagte eine tiefe vertraute Stimme, die ihr einen Schauer über den Rücken jagte.

Osiris.

Sie wurde von der Erinnerung daran übermannt, wie sie ihm zum ersten Mal begegnet war.

Man hatte sie in Ketten gelegt.

Und ihr Leben auf einer Auktion versteigert.

Sie sah sein sadistisches Grinsen vor sich, das seine Vorfreude auf die bevorstehenden Spiele zum Ausdruck gebracht hatte.

Sie hatte gefroren und war völlig verängstigt und *gebrochen* gewesen.

Aber gleichzeitig auch wütend.

Sie hatte jeden in diesem Raum umbringen wollen.

Und dann hat er dieser Frau mit einem Rasiermesser die Haut durchschnitten, dachte sie. Mit pochendem Herzen rief sie sich den Geruch ins Gedächtnis, der ihr in die Nase gestiegen war, als er sie mit Alkohol übergossen und dann angezündet hatte.

Oh Gott ... Ihr wurde übel, wenn sie nur daran dachte.

Und doch stand er hier, einige Meter entfernt, und sprach mit Luc. Sie versuchte, sich auf seine Worte zu konzentrieren, aber das Hämmern in ihren Ohren war viel zu laut.

Was macht er hier? Wie ist es möglich, dass er hier ist? Was ist hier los?

Luc hatte sich wieder in Bewegung gesetzt und ging neben ihm her.

Elizas Füße bewegten sich wie von selbst. Sie folgte ihnen, während ihre Panik von Sekunde zu Sekunde wuchs.

Warum folgst du ihm?

Wohin führt er dich?

Oh Gott, hat er dich etwa seinem Willen unterworfen?

Sie überlegte, ob sie jemanden um Hilfe bitten sollte, aber sie näherten sich dem Ufer. Außer ihr war niemand in der Nähe.

Es war nur eine Jacht zu sehen, die vor dem Dock vor Anker lag.

Und Osiris führte Luc zu genau dieser Jacht.

Sie öffnete den Mund und wollte schreien. Aber was konnte sie tun? Sollte sie einfach laut rufen? Würde irgendjemand rechtzeitig eintreffen?

Sie könnte versuchen, ihre Macht zu nutzen, um das schreckliche Wesen vor ihr zu töten. Aber was, wenn sie ihn verfehlte und stattdessen Luc traf?

Was, wenn es nicht funktionierte?

Was, wenn sie sich die ganze Zeit über geirrt hatte?

Luc ging an Bord und Osiris folgte ihm.

Eliza riss die Augen auf.

Nein, nein, nein.

Sie konnte das nicht zulassen. Sie musste etwas tun!

Sie öffnete wieder den Mund, um einen Schrei auszustoßen, doch in diesem Moment sprang der Motor an.

Alles geschah wie in Zeitlupe.

Ihr lief die Zeit davon.

Luc hatte die Jacht willentlich betreten, während er zweifellos unter dem Einfluss des Monsters neben ihm stand.

Ich kann das nicht zulassen, entschied sie und eilte auf die Jacht zu. *Ich kann nicht zulassen, dass sie einfach verschwinden.*

Doch die Jacht hatte sich bereits in Bewegung gesetzt.

Also tat sie das Einzige, was ihr in den Sinn kam.

Sie lief den Steg hinunter und sprang auf den hinteren Teil der Jacht zu.

Ich werde sie verfehlen und …

Doch dann schien sich alles um sie herum zu verschieben.

Die Welt schien zu schweben.

Nein, ich schwebe.

Dann berührten ihre Füße das Deck.

Die Luft schien um sie herum zu schimmern.

Voller Federn.

Was zum Teufel ist da gerade passiert?, dachte sie verwirrt und verlor den Halt, als die Jacht an Fahrt gewann.

Sie unterdrückte einen Schrei und eilte zum Heck der Jacht, wo sie sich hinter einem Stuhl versteckte.

Dort verharrte sie.

Während Hydria hinter ihr langsam verschwand.

Die Geschichte geht weiter mit *Herrscher des Blutes...*

Würden Sie gern über Neuerscheinungen informiert werden? Dann tragen Sie sich für ihren Newsletter ein: https://www.lexicfoss.com/deutschen-newsletter

HERRSCHER DES BLUTES

Können zwei gebrochene Seelen sich gegenseitig trösten?
Oder ist es ihr Schicksal, für die Ewigkeit gegeneinander zu kämpfen?

Ein gefährlicher Vertrauensvorschuss führt zu einer Welt der Geheimnisse und Wahrheiten, die drohen alles zu zerstören, was Luc wichtig ist. Er ist der hydraianische König. Ein Unsterblicher. Der älteste seiner Rasse. Eine allwissende Seele, deren Schicksal es ist zu führen. Mit Weisheit kommt Macht, doch in Lucs Fall könnte die Macht zu viel sein.

Sein Volk ist in Gefahr.
Der Einsatz war noch nie höher.
Und die Frau an seiner Seite könnte seine stärkste Waffe sein.
Vorausgesetzt, er kann sie bändigen.

Eliza ist ein blinder Passagier. Eine Frau, die ihrem Herzen gefolgt ist, obwohl sie ihre Seele hätte verlieren können. Sie wollte ihn nur beschützen. Ihn retten. Um ihren Wert unter Beweis zu stellen.
Doch nun ist sie in einem Spiel bestehend aus Tod und Magie gefangen.
Einem Krieg, den sie nicht wirklich versteht.
Und ihre Fügsamkeit könnte der Schlüssel zu ihrer Erlösung sein.

Nur schade, dass sie sich weigert zu gehorchen.
Unterwerfung ist keine Option.
Nicht einmal dem Herrscher des Blutes.

Der Hohe Rat von Seraph hat ein neues Edikt erlassen. Schließe dich uns an und herrsche, oder bleib zurück und diene.
Für welche Seite wird Eliza sich entscheiden?

Anmerkung der Autorin: *Blood King – Herrscher des Blutes* ist das neunte Buch der Reihe »Unsterblich verflucht«. Es wird empfohlen, die Bücher in der richtigen Reihenfolge zu lesen.

1) Blutgesetze
2) Unsterblich entfesselt
3) Blutige Unschuld
4) Unsterblich geboren
5) Himmlische Bande
6) Die Fährte des Blutes
7) Himmlische Bürde
8) Himmlisch verrucht
9) Herrscher des Blutes

Herrscher des Blutes

USA Today Bestsellerautorin Lexi C. Foss ist eine
Schriftstellerin, verloren in der Welt der Computer. Sie lebt
in Chapel Hill, North Carolina mit ihrem Mann und ihren
haarigen Gesellen. Wenn sie nicht gerade schreibt, ist sie
mit Sicherheit auf Reisen. Viele der Orte, die sie schon
besucht hat, lassen sich in ihren Büchern wiederfinden,
einschließlich der mystischen Welt von Hydria, die auf der
griechischen Insel Hydra basiert.

Lexi ist ein bisschen verschroben, trinkt viel zu viel Kaffee
und schwimmt gern.

Würden Sie gern über Neuerscheinungen informiert
werden? Dann tragen Sie sich für ihren Newsletter ein:
https://www.lexicfoss.com/deutschen-newsletter

Besuchen Sie Lexi im Netz!
https://www.lexicfoss.com/aktuell
www.facebook.com/LexiCFoss
twitter.com/LexiCFoss
www.instagram.com/LexiCFoss
E-Mail: lexicfoss@gmail.com

Bücher von Lexi C. Foss

Akademie der Mitternachtsfeen:

Buch Eins

Buch Zwei

Buch Drei

Buch Vier

Ellas Mitternachtsmärchen

Die Blutallianz:

Chastely Bitten – Keuscher Biss (Buch 1)

Royally Bitten – Königlicher Biss (Buch 2)

Regally Bitten – Majestätischer Biss (Buch 3)

Rebel Bitten – Rebellischer Biss (Buch 4)

Kingly Bitten - Royaler Biss (Buch 5)

Cruelly Bitten - Grausamer Biss (Buch 6)

Die Wölfe des X-Clans

Andorra Sektor

Das Experiment

Pfeil des Winters

Bariloche Sektor

Königin der Elemente:

Buch Eins

Buch Zwei

Buch Drei

Königin der Elementefeen: Die nächste Generation

Eigenständige Fee-Romane

Königin der Winterfeen

Unsterblich verflucht:

Blood Laws − Blutgesetze (Buch 1)

Forbidden Bonds − Unsterblich entfesselt (Buch 2)

Blood Heart − Blutige Unschuld (Buch 3)

Blood Bonds − Unsterblich geboren (Buch 4)

Angel Bonds − Himmlische Bande (Buch 5)

Blood Seeker − Die Fährte des Blutes (Buch 6)

Blood Burden − Himmlische Bürde (Buch 7)

Wicked Bonds - Himmlisch verrucht (Buch 8)

Blood King - Herrscher des Blutes (Buch 9)

Eigenständiger paranormaler Liebesroman

Rotanev − Eine Poseidon-Erzählung

Carnage Island: Wolfsklauen und verbotene Bisse

Und auch die folgenden Bücher von Lexi C. Foss werden in Kürze auf Deutsch erhältlich sein:

Auferstanden aus der Dunkelheit:

Daughter of Death − Die Tochter und der Tod (Buch 1)

Paramour of Sin − Die Geliebte und die Sünde (Buch 2)

Son of Chaos − Der Sohn und das Chaos (Buch 3)

Heiress of Bael − Die Erbin von Bael (Buch 4)

Princess of Bael – Die Prinzessin von Bael (Buch 5)

www.ingramcontent.com/pod-product-compliance
Lightning Source LLC
Chambersburg PA
CBHW020622020726
47494CB00001B/13

* 9 7 8 1 6 8 5 3 0 0 7 8 4 *